FLAME
Sonnentod und Sternensturz

Man erzählt sich, dass Henriette Dzeik auf einem Floß treibend von Nixen gefunden, von Hexen entführt und in einem Schloss, das an goldenen Ketten hing, von Feen aufgezogen wurde. Sie kämpfte gegen den Drachen, der diesen schönen Käfig bewachte, und erlangte schließlich durch einen Deal mit einem verrückten Flaschengeist die Freiheit. Heute lebt sie mit ihrem dunklen Prinzen und einem furchterregenden Wächterhund in ihrem minimalistischen Palast, wo sie auf Papier all ihre Träumereien wahr werden lässt.

Für mehr Informationen zu Henriette Dzeik, ihren Büchern und spannenden Aktionen folgt ihr auf Instagram und TikTok @henriettedzeik

Weitere Titel von Henriette Dzeik:

FLAME
Bd. 1: Feuermond und Aschenacht

FLAME
Bd. 2: Dunkelherz und Schattenlicht

FLAME
Bd. 3: Flammengold und Silberblut

FLAME
Bd. 4: Nebelsturm und Racheglut

HENRIETTE DZEIK

FLAME

SONNENTOD UND STERNENSTURZ

LOOM LIGHT

Liebe Leser:in,
bevor du erneut in Flames Welt eintauchst, ist es mir ganz wichtig, dich darauf hinzuweisen, dass »Flame – Sonnentod und Sternensturz« neben expliziten Szenen auch Elemente und Situationen enthält, die triggern können. Diese sind sexuelle, psychische und körperliche Gewalt, Mord und Tod, Suizid, Suizidgedanken sowie selbstverletzendes Verhalten. Bitte lies dieses Buch nicht, wenn du denkst, dass dich diese Themen emotional zu sehr aufwühlen könnten.

Für Flame, Dark, Hunter, Cato, Ava, Prom, Phoenix,
Apate, Apollo, Phoibe, Hale, Phia, Chaos, Lost, Flora,
Candela, Dream, Lavea, Yasar, True, Jules, Amanda,
Miriam, Eros, Ladon, Fayna, Adeon, Porcia, Lemos,
Persephone und all die anderen,
die während dieser Reise auf ewig einen Teil
meiner Seele gestohlen haben:
Mein Herz wird für immer für euch schlagen.
Ganz egal in welchem Takt.

»We are the broken ones, who chose to spark a flame
Watch as our fire rages, our hearts are never tame«

The Score, Born For This

Prolog

IN DER UNTERWELT ODER BEI DEN STERNEN

FLAME

Früher dachte ich, dass Zeit etwas ist, das man tatsächlich stehlen kann. Dass ich sie packen und festhalten und meinem Willen beugen kann. Ich glaubte, all das Leid, welches ich gesehen und gespürt hatte, die Hitze, den Hunger und das Elend, einfach vergessen zu können, sollte es mir gelingen, einen Augenblick, in dem einfach alles stimmte, einzufrieren. Dass ich in der Lage wäre, auf ewig in diesem einen Moment zu leben.

Wenn ich das Ende eines Tages nicht akzeptieren wollte, blieb ich stur auf dem zerklüfteten Gestein vor unserer Höhle sitzen und blickte zu dem dunkler werdenden Himmel auf, als könnte ich die Nacht selbst zwingen, vor mir zurückzuweichen und ihre Vorhänge beiseitezuziehen, damit das Licht wieder seinen rechtmäßigen Platz einnehmen kann. Doch egal wie eisern die Macht meiner Gedanken mir erschien – es sollte mir nie gelingen, dass die Dunkelheit vor mir auf die Knie fiel. Stattdessen war es jedes Mal Cato, der zu mir trat, während Amanda, Jules und Miriam friedlich schliefen. Anders als ich hatten sie nie das Gefühl, etwas zu verpassen.

»Ich kann nicht loslassen«, flüsterte ich Cato durch die sich windenden Schatten zu, während sich meine weiche Handinnenfläche an seine raue schmiegte, an ihr Halt suchte, obwohl ich wusste, dass ich irgendwann in die Tiefe stürzen würde.

»Die Welt wird sich immerfort bewegen. Es gibt keinen Stillstand – selbst wenn wir nur noch Geister sind«, hatte er stets erwidert.

»Warum kannst du mir nie etwas Schönes sagen?«

»Weil Sanftheit«, antwortete er, legte einen Arm um meine Schultern und zog mich gleichzeitig zu sich heran, ehe er seine kühlen Lippen gegen meine erhitzte Schläfe presste, »nicht ist, woraus du und ich geformt sind.«

An dieser Stelle seufzte ich und er lachte leise. »Die Zeiger aller Uhren dieser Erde rücken unaufhörlich voran und trotzdem ... tragen wir beide – *du* und *ich* – jede gemeinsame Erinnerung in unserer Seele.«

»Und was bedeutet das?«

»Eines Tages werden wir in der Unterwelt – oder vielleicht auch bei den Sternen sein. Wir verlieren unsere Körper, doch unsere Seelen werden sich auf diese Reise begeben. Und was in ihnen ist, all die Augenblicke, die wirklich zählen, werden wir niemals vergessen.«

Es waren Mal für Mal exakt dieselben Worte. Dieselbe Tonlage. Dieselben Berührungen. Seine Art, mir zu helfen, den Moment immer wieder einzufangen. Er hielt mich nicht für verrückt. Und er war bereit, mit mir in jede Schlacht zu ziehen. Schon damals war mir klar, dass er für mich nicht einmal davor zurückschrecken würde, die Zeit herauszufordern.

Oder den Styx, in dessen endlose Schwärze wir in dieser Sekunde blicken. Der Unterschied ist, dass nun unser beider Handinnenflächen rau – und vom Leben gezeichnet sind. Ich übe einen leichten Druck aus, den Cato erwidert.

»Seid ihr sicher, dass ihr das tun wollt?«, fragt Hunter, der hinter uns steht.

Ich nicke, während mein Auge, das dem Nektar der Götter gleicht, mir wild aus den tintenartigen Wellen entgegenfunkelt.

»Drei«, erklingt Catos entschlossene Stimme.

»Zwei«, erwidere ich und spüre, wie Hunters Brust meinen Rücken streift, als er sich auf meine andere Seite stellt und seine Finger wie in einem ewigen Schwur mein Handgelenk umschlingen.

»Eins«, grollt seine tiefe Drakonstimme. Ich wende ihm mein Gesicht zu, treffe auf reptilienartige Iriden, die geschliffenem Turmalin gleichen. Gemeinsam atmen wir ganz tief ein, ehe wir uns gleichzeitig abstoßen und den sicheren Kontakt zur Kaimauer verlieren. Wir müssen alles riskieren – auf *alles* vorbereitet sein, weil irgendwo dort draußen ... Chaos auf uns wartet.

Kapitel 1
STREICH DER SINNE

CHAOS

Das Aroma von Verrat ist bitter. Als würde eine Frucht aus einem vergangenen Jahrhundert unendlich langsam auf meiner Zunge zergehen und dabei gewaltsam in all meine Geschmacksnerven dringen. Ich existiere schon so lange, dass ich diese Empfindung nicht zum ersten – und auch nicht zum letzten Mal erlebe. Kontinuierlich zieht sie sich durch mein Dasein, weshalb ich der Einsamkeit stets den Vorzug gebe. Doch nie hätte ich gedacht, dass ich dieses beißende Gefühl mit *ihr* verbinden würde. Der Frau, deren Wimmern so scharf wie die Klinge des Dolches, den sie tief in meine Brust gegraben hat, an meine Ohren dringt. Schwarze Flecken verweigern mir die Sicht, aber ich weiß, dass sie weichen werden, damit ich ihr zerzaustes, zinnoberrotes Haar und ihre verquollenen Lider begutachten kann. Allein bei der Vorstellung ihres sündhaft schönen Anblicks rauscht Zorn unaufhaltsam und fordernd durch meine Adern, während ich paradoxerweise versuche, mit der Erinnerung an ihre süße Haut den bitteren Geschmack des Betrugs zu vertreiben. *Du hattest unrecht – an jenem Tag im Wald. Denn ich würde mich immer für meine Freunde entscheiden.*

Sie hat alles riskiert für *Freunde*, die sie mir überlassen haben. Fest presse ich die Zähne aufeinander, warte darauf, dass sich das Kribbeln, welches an meinen Fingerspitzen pulsiert, in meinem gesamten Körper ausbreitet. Sie war gründlich … aber nicht gründlich genug. Ich bin kein gewöhnlicher Gott. Sie kann mein Herz so oft durchbohren, so viele Stücke herausschneiden, wie sie nur will. Es wird immer nachwachsen. Der einzige Weg, mich aus diesem Universum zu verbannen, ist, dieses Herz gänzlich aus meinem Körper zu reißen und zu verbrennen. Das ist auch der Grund, weshalb das Mädchen, dem das Feuer folgt, mir so gefährlich werden kann. Doch all das spielt längst keine Rolle mehr. Denn ich will die Erde gar nicht vernichten. Ich will die Menschheit nicht auslöschen. Ich will mich nicht an den neuen Göttern rächen oder mich mit ihnen messen. Nein … Ich will nur *sie* zerstören.

SAPHIRA

In einer abgewirtschafteten Schenke, noch lange bevor ich die Welt der Götter betrat, habe ich einst ein Gespräch zwischen zwei Männern belauscht, die davon sprachen, dass es einem Rausch gleicht, seinem Feind den Todesstoß zu versetzen. Ich erinnere mich an ihre leuchtenden Gesichter, an die Schwaden, die von ihren Zigarren aufstiegen, den Geruch von Schweiß und süßem Wein, den ich in ihre Gläser füllte, ehe ich mich einem anderen Tisch zuwandte, um die nächste Bestellung aufzunehmen. Zu jenem Zeitpunkt ging ich davon aus, dass mein Leben auf ewig diese eintönigen Bahnen ziehen würde. Dass ich auf der Erde sei, um zu dienen und einzig mein makelloses Gesicht dazu beitrug, die Innentaschen meines Kleides gerade genug mit Talern zu füllen, dass ich nicht verhungern und verdursten musste. Diese beiden Männer ... in meinen Augen waren sie keine Mörder, sondern Abenteurer. Auch ich wollte mir Hosen überstreifen, zu einem Messer greifen und diese Euphorie verspüren, von der sie schwärmten.

Aber nun sitze ich hier – weinend. Kauere seit einem ganzen Tag in einer Ecke, schluchze erbärmlich, weil ich mich nicht dazu überwinden kann, den Leichnam meines Feindes allein zu lassen. Der rationale Teil in mir weiß, dass ich die richtige Entscheidung getroffen habe. Er ist eine Bedrohung für meine Freunde, meine Familie – für die gesamte Menschheit. Chaos bringt Verderben. Und dennoch ... in seiner Gegenwart kam es mir nicht vor, als wäre es der goldene Apfel aus dem Garten der Hesperiden gewesen, der mich zurückgeholt hat – sondern er. Das Übel allen Seins. Er ist das Böse ... Das Schlechte dieser Welt.

Wie, bei allen Göttern, konnte ich in seiner Gegenwart dann die Finsternis vergessen, die sich für so lange Zeit an meine Seele geklammert hat? Was stimmt nur nicht mit mir? Es ist, als hätte mein innerer Kompass gänzlich die Orientierung verloren – als wäre er *Chaos* verfallen. Ich stoße einen klagenden Laut aus und fahre mit den Händen durch mein Haar. Ich konnte nie nachvollziehen, was Flame oder Lavea meinten, wenn sie über ihre Beziehungen zu Dark und Dream sprachen ... dass manche Begegnungen einfach alles verändern.

Bis jetzt.

Gequält reibe ich mit meinen Fingerknöcheln über meine brennenden Lider und lasse anschließend kraftlos meine Arme sinken. Ob er schon fort ist? Bei Candela in der Unterwelt? Ist das ein Ort, an den Chaos gehen würde? Aber was ist, wenn es dort für jemanden wie ihn keinen Platz gibt?

Wenn er niemals Ruhe findet? Eine Gänsehaut lässt mich erschauern, während ich nach dem Türknauf rechts von mir greife und mich mühsam daran hochziehe. Meine Beine drohen jeden Moment wieder unter mir nachzugeben. Tief atme ich durch. Die einzige Möglichkeit zu gehen, besteht darin, nicht zurückzublicken.

»Du kannst das«, flüstere ich und alles in mir schreit mich an, zu bleiben. Als würde ich nicht verstehen, dass er tot ist. Dabei habe ich ganz genau gesehen, wie seine Mitternachtssonnenaugen dunkel wurden. Meine Hand zittert unkontrolliert, als es mir endlich gelingt, den Türknauf zu drehen, nachdem ich mehrmals abgerutscht bin. Das Schloss klickt und dennoch zögere ich. Will mich noch einmal umdrehen. Seinen unerträglich reglosen Körper sehen.

Mit all meiner verbleibenden Kraft mache ich den ersten Schritt über die Schwelle in den Thronsaal. Leer und verlassen. Nur das Plätschern des mit Ambrosia gefüllten Brunnens durchbricht die Totenstille. Ich zögere, weil da plötzlich noch etwas anderes ist. Ein Rasseln. Sofort spannen sich meine müden Muskeln an und ich schaue mich um, während ich hinter einer der Statuen in Deckung gehe. Erst in diesem Moment wird mir klar, dass meine einzige Waffe noch immer Chaos' Herz durchbohrt. Sobald das Rasseln erneut ertönt, versuche ich, den Ursprung des Geräusches auszumachen. Hektisch drehe ich mich wieder zu dem Gemach, aus welchem ich eben erst gekommen bin. Wie von selbst bewegen meine Füße sich in diese Richtung, als wären da plötzlich unsichtbare Fäden, die sich unaufhaltsam um mich schlingen und zurückziehen. Im Türrahmen bleibe ich stehen, halte mich selbst davon ab, weiterzugehen. Stattdessen blinzele ich mit meinen noch immer brennenden Lidern.

Meine Sinne spielen mir einen Streich.

Es muss so sein.

Ich bilde mir ein, dass sein Oberkörper sich hebt und senkt.

Ein zweites und drittes Mal blinzele ich. Das muss der Schlafmangel und ... Seine Hände bewegen sich, packen das stoffumwickelte Heft des Dolches, von dem ich noch ganz genau weiß, wie schmerzhaft es meine Haut geschürft hat. Als würde es mich strafen, weil ich einen Verrat begehe – dabei habe ich doch die richtige Seite gewählt. Ich stolpere nach vorn und muss mich an einer Säule abstützen. In dieser Sekunde reißt Chaos das Metall aus seiner Brust und wir stoßen gleichzeitig keuchend unseren angehaltenen Atem aus, als er sich aufrichtet und seine glühenden Iriden mich gefangen nehmen. Genau wie all die Male zuvor. Gebrandmarkt von einem Blick. *Seinem* Blick. Und nun stehe ich hier wie ein Reh im Scheinwerferlicht. Sofort muss ich an das Tier denken, das er am Lagerfeuer verspeist hat. Und vielleicht werde auch ich so enden. Nicht auf exakt dieselbe Weise. Aber dennoch ... tot. Weil ich mir sicher bin, dass Wut – und nicht Leidenschaft – für das Glühen in seinen Augen verantwortlich ist. Langsam schlägt er die Decke zurück und ich frage mich, ob es ein Zauber ist, der mich an Ort und Stelle hält, wo ich doch eigentlich um mein Leben rennen sollte, welches wie der Sand der Zeit zwischen meinen Fingern zerrinnt.

Ein Schimmer, der nicht von dieser Welt ist, umgibt seine linke Brust, verschließt die Wunde, bis kaum noch eine Narbe zu erkennen ist. Dann kommt er auf mich zu. Er ist schön. So unerträglich schön. Und nicht für mich bestimmt. Nicht heute. Nicht morgen. *Niemals.* Denn wir werden auf ewig auf unterschiedlichen Seiten kämpfen.

Meine Chance zu fliehen ist bereits verstrichen. Womöglich wäre es mir gelungen, weil er geschwächt ist. Andererseits ... sitze ich so oder so auf dem Olymp fest. Darin besteht seit meinem missglückten Fluchtversuch, bei dem ich beinahe von halb verhungerten Wölfen zerfleischt worden wäre, keinerlei Zweifel. Vermutlich wären es Ziva und ihr Gefolge gewesen, die mich letztendlich geholt hätten. Weshalb ich nicht daran glaube, dass meine Freunde zu meiner Rettung kommen, kann ich mir selbst nicht erklären.

Das wichtigste Glied unserer Einheit bin nicht ich. Mein Name ist nicht Flame, für die sie Erde, Himmel und Hölle in Bewegung setzen. Meine Kehle ist wie zugeschnürt und brennt beim Schlucken wie Feuer. Jegliche Luft entweicht meiner Lunge, als Chaos gegen mich prallt, meinen Körper mit seinem gegen die Säule presst und mich mit seinen Armen wie in einem Käfig gefangen hält. Ein Röcheln dringt aus meinem Mund, weil ich nicht damit gerechnet hatte, dass er über so viel Kraft verfügt. Unerträglich langsam löst sich eine Träne aus meinem Augenwinkel und rollt meine Wange hinab, bis sie auf seine Brust tropft. Genau auf die frisch verschlossene Wunde.

»Hör auf ... damit.« Seine Stimme klingt rau, als hätte er sie seit Jahrtausenden nicht mehr benutzt. »*Hör auf*, in Selbstmitleid zu ertrinken.«

Zischend atme ich aus und balle die Hände zu Fäusten. Noch immer vergesse ich, dass meine Gedanken ein offenes Buch für ihn sind. Mit Daumen und Zeigefinger fängt er mein Kinn ein, zwingt mich, ihn anzusehen. Ihm und seinem Zorn so nahe zu sein, ist beklemmend. Weil ich nicht weiß, was als Nächstes passieren wird. Ob er mit mir spielen wird, wie ein Jäger mit seiner Beute – so, wie er es am liebsten mag.

»Lüge«, raunt er.

»Du wirst also nicht mit mir spielen?«

»Ich sagte *Lüge*, weil du keine Angst vor mir hast. Nicht wirklich. Nicht wie die anderen.« Mit dem Daumen streicht er über meine Unterlippe und ich schließe flatternd meine Lider, weil ich verloren bin. »Sie würden sterben vor Furcht«, fährt er fort, »wenn ihre Gesichter nur wenige Zentimeter von meinem entfernt wären. Ihre Hände würden so sehr beben, dass sie nicht fähig wären, den Dolch zu führen.« Meine Augen rollen zurück, als sein Daumen weiterwandert, meinen Wangenknochen nachfährt und ich darauf warte, dass sein Mund endlich den meinen berührt. Das zwischen uns ist kaputt und falsch … und trotzdem verzehre ich mich danach.

»Nie wieder.« Harsch durchschneiden seine Worte den Raum. »Nie wieder – werde ich dich berühren. Nie wieder – darfst du von mir kosten. Nie wieder – wird mein Chaos deine Leere füllen.« Er beugt sich vor, fährt mit seinen Zähnen über den Rand meiner Ohrmuschel, genau wie in der ersten Nacht. »Egal wie sehr du flehst. Egal wie sehr du bettelst.« Er lacht leise. »*Nie wieder.*«

Sein kühler Atem streift wie zum Abschied meinen Hals, ehe er zurücktritt. Als er das Gemach verlässt, stößt er mit seiner Schulter gegen mich und ich bin noch immer derart wackelig auf den Beinen, dass ich falle. In letzter Sekunde schaffe ich es, mich mit den Unterarmen abzufangen. Trotzdem zuckt Schmerz durch meine Knochen und meine Zähne schlagen unsanft aufeinander.

»Jeder künftige Schritt, den du machst, wird sich anfühlen, als würdest du durch den Pyriphlegethon waten. *Ich* werde dein Leben zur Hölle machen.« Seine Drohung ist nicht mehr als ein Zischen. Dann ist er verschwunden.

Ich brauche einige Zeit, bis ich es schaffe, mich aufzurichten und zu sammeln. Wie in Zeitlupe spielt sich die Szene noch einmal vor meinem inneren Auge ab. Am liebsten würde ich meinen Kopf gegen den Marmor schlagen. Ich habe versucht, ihn umzubringen, nur wenige Stunden, nachdem er mich vor dem sicheren Tod bewahrt hat, und glaubte tatsächlich, dass er mich küssen würde?

Ich liege im Bett und starre an die Decke. Es kommt mir vor, als würde ich auf meine Strafe warten. Draußen herrscht tiefschwarze Nacht, doch Chaos hat sich dieses Mal nicht zu mir gelegt. *Nie wieder.* Diese beiden Worte hallen unaufhörlich durch meinen Kopf. Ich weiß nicht, wie es weitergehen wird, und habe auch keine Kraft, mir Gedanken darüber zu machen. Es ist, als hätte mich jeglicher Kampfgeist, der noch in mir war, in der Sekunde verlassen, in der ich den Dolch in seine Brust gejagt habe. In diesem Augenblick ist auch in mir etwas unwiderruflich zerbrochen. Als wäre ich nur noch eine Hülle. Ich habe akzeptiert, dass ich ihm ausgeliefert bin. Dass ich keine Möglichkeit habe, den Olymp zu verlassen oder mit meiner Familie in Kontakt zu treten.

Ein hohles Schnauben entfährt mir.

Familie.

Freundschaft.

Was bedeutet das schon? Keiner von ihnen hat meine stummen Hilfeschreie gehört. Ich bin nicht wie Lavea, die alle umsorgen. Bei mir ist jeder davon ausgegangen, dass ich mich schon wieder fangen würde. Sie haben nicht gesehen, nicht erkannt, dass ich eine ganz andere geworden bin – und nie wieder die Phia sein kann, die ich vor dem Turnier und Candelas Tod gewesen bin. Seit meinem Erwachen befinde ich mich in einer Schlucht, deren Gestein so glatt ist, dass ich nicht herausklettern kann. Und keiner meiner Freunde hat mir ein Seil zugeworfen. Einzig Hale ... Er hat es versucht – *wirklich* versucht. Aber er versteht nicht. Er versteht nicht das Ausmaß meines Schmerzes. Die Zweifel. Den Selbsthass. Ich habe in seinen Augen gesehen, dass er denkt, mit mir würde etwas nicht stimmen. Er war besessen davon, mich zu reparieren, anstatt mich so zu akzeptieren, wie ich bin. Er will eine Version von mir, die überhaupt nicht existiert. Und nicht selten ist die Dunkelheit überall in mir, sodass jede Faser meines Herzens nichts als Zerstörung will. Dann wünsche ich mir, dass die Schwärze, die an meiner Seele kratzt, mich endlich verschlingt. Ich lechze nach Stille und nach Linderung.

Langsam richte ich meinen Oberkörper auf und schwinge die Beine über die Matratze. Kurz zucke ich zusammen, als meine Fußsohlen den kalten Boden berühren. Ich mache einige unbeholfene Schritte, ehe ich die volle Kontrolle über meinen Körper habe. Ich versuche, mich daran zu erinnern, wann ich das letzte Mal gegessen und getrunken habe – doch es gelingt mir nicht. Mit der Zunge befeuchte ich meine trockenen Lippen und stütze mich am Fenster ab, ehe ich mich nach vorn beuge und die frostige Nachtluft einatme. Aber irgendwie ist es nicht genug. Ich will nichts sehnlicher, als dass die unerträgliche Enge aus meiner Brust verschwindet. Vorsichtig setze ich einen Fuß auf die Erhöhung und taste mich mit den Händen in eine stehende Position. Für ein paar Sekunden erlaube ich mir, die Augen zu schließen, während der leichte Wind meinen Körper umschmeichelt. Mir ist bewusst, dass unter mir unendliche Tiefe liegt, doch ich sehe nur die weißen Wolken, die sich von der Dunkelheit der Nacht abheben. Sie wirken einladend – als würden sie mich auffangen, wenn ich falle. Ich beuge mich ein wenig weiter nach vorn, spüre, wie mein Brustkorb sich endlich weitet. Vorsichtig löse ich meine Hände, die als Absicherung dienten, und strecke sie aus, fast so, als wären es Flügel, die mich tragen können. Ist das mein Weg, diesem Gefängnis zu entkommen?

»Hast du den Verstand verloren?«

Ich schrecke zusammen, als ich *seine* Stimme vernehme, und verliere das Gleichgewicht. Mein Herz sackt mir in die Magengrube und ich glaube, tatsächlich fallen zu müssen, als sich starke Arme blitzschnell um meine Taille schlingen und meinen Körper zurückreißen. Kurz bin ich von dunklem Rauch umgeben, bis ich mich auf dem Laken des Bettes wiederfinde. Chaos beugt sich über mich wie ein Racheengel, während ich zu zittern beginne, weil ich begreife, was beinahe geschehen wäre. Meine Zähne klappern unkontrolliert aufeinander und ich muss mir eingestehen, dass ich eigentlich überhaupt nicht sterben will. Es ist das erste Mal, dass ich mir diese Tatsache seit meinem Erwachen und Candelas Tod eingestehe. Ich will nicht aufgeben. Ich will nicht in meiner eigenen Qual ertrinken. Ich will weitermachen. Aber ich weiß nicht ... *wie.*

Ein Schluchzen dringt aus meiner Kehle, als Chaos auf dem Absatz kehrtmacht und verschwindet. Hysterische Laute kommen aus meinem Mund – nie zuvor war ich so sehr mit Verzweiflung gefüllt. *Er hat recht*, flüstert eine gehässige Stimme in meinem Kopf. *Du hast den Verstand verloren.* Ich rolle mich zusammen, bekomme nur am Rande mit, wie Chaos mit viel Lärm eine der tonnenschweren Statuen durch die Tür wuchtet, bis zum Fenster schleift und somit die Öffnung versperrt. Eine Weile verharrt er davor, nur seine Finger strecken und ballen sich abwechselnd zu Fäusten, während seine Schultern sich heben und senken, als würde er heftig atmen. Dann wendet er sich abrupt ab, kommt auf mich zugeschritten, nimmt auf dem Boden neben meinem Bett Platz. Sein Rücken ist mir zugewandt und ich strecke zaghaft die Hand nach ihm aus, wage es jedoch nicht, seine Haut zu streifen. Ich rechne mit Wut und Hohn. Beinahe kann ich sogar die rügenden Worte meiner Freunde hören. Aber schließlich ist es Chaos, der zu mir spricht, so leise, dass ich glaube, seine Worte würden lediglich meiner Einbildung entspringen. »Es ist in Ordnung. Nichts an dir ist kaputt. Auch ich trage einen Abgrund in mir. Wir alle tun das. Einige nähern sich ihm weiter als andere. Einzelne klettern gänzlich hinab, während manche niemals mit den Schatten in Berührung kommen. Aber ich ... verstehe. Denn ich bin die Schwärze des Universums und das Chaos. Deshalb versichere ich dir: Auch die Dunkelheit hat ihren Zweck, wenngleich ihre Berührungen schmerzhafter als die der Sonne sind. Finsternis ist die Essenz dieser Welt – mehr noch als das Licht.«

Als ich erwache, ist meine Wange an eine muskulöse Brust gepresst. Unter mir erklingen feste Schritte. Sein Geruch nach Moschus und Patschuli dringt an meine Nase, in jeden Teil von mir. Dann werde ich von Rauch und Dunkelheit eingefangen, ehe wir uns in rasender Geschwindigkeit fortbewegen. Wo unser Ziel liegt, weiß ich nicht. Ich versuche, eine Hand über meine tränenden Augen zu legen, doch der Gegenwind zerrt an mir, pfeift unangenehm schrill in meinen Ohren. Ich verliere jegliches Zeitgefühl, aber immerhin hält die Übelkeit sich dieses Mal in Grenzen. Irgendwann fühlt es sich nur noch an, als würden wir schweben, bis Chaos sich wieder in seiner menschlichen Form materialisiert. Er geht leicht in die Knie, um unsere Landung abzufedern. Währenddessen wische ich mir über mein eiskaltes Gesicht und mustere unsere Umgebung. Wir befinden uns in einer Senke und direkt vor uns ragt bedrohlich eine graue, trostlos wirkende Burg auf. Dahinter erstreckt sich ein Wald, aus dem Hunderte Lichter zu uns herüberscheinen, auch wenn ich ihre Quelle nicht erkennen kann. Ich habe keine Ahnung, ob bald die Sonne aufgehen – oder die Nacht hereinbrechen wird. Es ist gut möglich, dass ich einen ganzen Tag verschlafen habe. Und dennoch fühle ich mich alles andere als ausgeruht.

»Hast du nicht.« Fragend sehe ich zu Chaos auf. »Den ganzen Tag verschlafen«, fügt er hinzu. Seit seiner Drohung hat er mir nicht mehr in die Augen gesehen. Als würde er mich trotz unserer Nähe so auf Abstand halten. Er gibt ein undefinierbares Geräusch von sich, bevor er mich absetzt und ich mich für einen Moment an seine Schultern klammere, bis ich meinen eigenen Beinen trauen kann. Kurz darauf legt sich seine Hand in meinen Nacken und er schiebt mich unsanft vorwärts. Erst jetzt erkenne ich das Tor, welches wir ansteuern. Als ich es erblicke, setzt es sich rasselnd in Bewegung. Bei dem Laut, den es dabei verursacht, kriecht quälend langsam eine Gänsehaut über meinen Körper.

»Was hast du vor?«, raune ich Chaos zu, der meinen Nacken nur noch fester packt. Verzweifelt winde ich mich, doch sein Griff ist eisern – unnachgiebig. Ich erhasche einen Blick auf seine Miene und wünschte, es wäre mir nicht gelungen. Der Ausdruck darin ist noch kälter als der kristallartige Schnee, der meine nackten Füße taub werden lässt. Nun kann ich auch die Gestalt ausmachen, die hinter dem Gitter steht, das bereits bis zur Hälfte nach oben gezogen wurde.

»Tu das nicht«, flehe ich zwischen zusammengebissenen Zähnen. »Tu. Das. *Nicht.*« Er gibt mir keine Antwort, ist vollkommen regungslos. Als hätte er mich überhaupt nicht gehört. Mit einem endgültigen Knall rastet das Tor ein und gibt die Sicht auf Ziva frei. Doch sie ist nicht der Grund, weshalb ich keuche. »Du«, entfährt es mir. Mein Tonfall ist anklagend. Darks Haar ist so schwarz wie die Nacht und seine Haut so bleich wie der Schnee. Er sieht aus wie ein Winterprinz. Und genau wie Chaos ignoriert er mich. Ich verstehe nicht, weshalb Letzterer sich nicht auf ihn stürzt, wie er es schon bei Theia getan hat. Immerhin ist auch er dafür verantwortlich, dass er zweihundert Jahre in einem Verlies verbracht hat.

»Ich sehe, du bist meiner Einladung gefolgt«, gurrt Ziva zufrieden. »Und hast deinen Teil der Vereinbarung erfüllt.« Sie neigt leicht den Kopf und als sie mich ins Visier nimmt, beginnt die Narbe, die sich über meinen Hals bis hinunter zum Schlüsselbein und meiner Brust zieht, unangenehm zu kribbeln. Automatisch will ich mich gegen Chaos lehnen, doch er tritt mit der Schuhspitze in meine Kniekehle, sodass ich zu Boden falle – und vor Ziva krieche.

»Ich bin fertig mit ihr«, sagt Chaos gelangweilt. »Ich kann mir nicht erklären, was du mit beschädigter Ware willst, aber sie gehört dir.«

Das ist eine Lüge. Er ist keineswegs fertig mit mir. Seine Drohungen laufen in Endlosschleife durch meinen Kopf und ich realisiere, dass dieser Ort meine Hölle sein wird. Auf Zivas Gesicht breitet sich ein verzerrtes Lächeln aus, während sie sich vor mich hockt, eine Strähne meines roten Haares um zwei ihrer Finger wickelt und heftig daran reißt. »Saphira und ihr hübsches Porzellangesicht«, zischt sie, ehe sie mein Haar loslässt und mit dem Nagel ihres Daumens über meine Wange fährt, dabei vermutlich einen ärgerlichen Striemen hinterlässt. Wütend starre ich sie an, aber sie scheint in einer anderen Dimension zu sein. Einer, in der alles längst ihr gehört. »Wie lauten deine Bedingungen?«, fragt sie schließlich und richtet sich auf.

»Ein wenig Spaß ... ein wenig Chaos ... Ich will zusehen, wie sie leidet.«

Mich. Er will *mich* leiden sehen. Nicht die anderen. Vermutlich sollte ich darüber erleichtert sein.

»Das lässt sich einrichten«, säuselt Ziva honigsüß. Ich frage mich, wie Chaos es erträgt, ihre Gedanken zu hören. Sie müssen sich anfühlen wie dunkle Tentakel, die versuchen, sich in seinen Geist zu graben. »Pars«, fordert sie nun. »Bring Saphira in den Kerker.«

Ein Mann packt meinen Arm und zerrt mich unsanft hoch, doch kurz darauf ist Chaos schon an meiner Seite, drängt den Fremden von mir fort. »Ich übernehme das«, widerspricht er kühl. »Ich will sichergehen, dass sie es nicht zu gemütlich hat.« Dann nickt er Dark zu. »Zeig du mir den Weg.« Zu meiner Überraschung wandert dessen Blick zu Ziva, fast so, als würde er um Erlaubnis bitten. Mit einer kaum erkennbaren Bewegung ihres Kinns gibt sie ihm ihr Einverständnis. Mein Mund klappt auf und ich stolpere über meine eigenen Füße, als Chaos mich mit sich zieht, um Dark zu folgen. Es kommt mir vor, als wäre ich in einer Art Paralleluniversum gelandet, in der eine andere Version vom Gott der Angst und der Finsternis existiert. Denn der Dark, den ich kenne, nimmt niemals – unter gar keinen Umständen – Befehle entgegen.

Obwohl alles viel zu schnell an mir vorbeizieht, registriere ich, dass auch das Innere grau und nicht gerade einladend ist. Außerdem ist es kalt. Eiskalt, was wohl erklärt, warum die Anwesenden fast ausschließlich Pelzmäntel tragen. Und das ist es, was mich am meisten beunruhigt. Wie zahlreich die Anhängerschaft ist, die Ziva um sich geschart hat. Wie ist ihr das in so kurzer Zeit gelungen? Weiß Yasar hiervon?

Zwar habe ich nicht laut gesprochen, dennoch erinnere ich mich in diesem Moment daran, dass Chaos jeden einzelnen Gedanken hören kann. Fest beiße ich mir auf die Unterlippe und der Schmerz leert meinen Kopf. Immer mehr Schaulustige versammeln sich, um die Neuankömmlinge anzustarren. Einige von ihren Gesichtern wirken ... exotisch. Eine Frau mit rosafarbenem Haar und türkisgrünen Augen fällt mir am meisten auf. Derart intensive Iriden habe ich zuvor nur bei den neuen Göttern gesehen. Ist es möglich, dass sie ebenfalls vom Planeten Viridi stammt? Ein Fluch entfährt mir, als Chaos mich in einen Gang schubst, der uns von den anderen abschottet.

»Vorsicht«, sagt er träge und mit reichlich Verspätung, denn ich bin längst auf einer der Stufen, die scheinbar auf eine untere Etage führen, umgeknickt. Wütend knurre ich, doch Chaos hat erneut meinen Arm gepackt – zieht mich unerbittlich vorwärts. Je tiefer wir uns bewegen, desto kleiner werden die Fensteröffnungen und in der Luft liegt ein modriger Geruch.

Dark wartet vor einer schweren Tür auf uns, deren eiserne Scharniere einen kreischenden Ton ausstoßen, sobald er sie öffnet und uns den Vortritt lässt. Ich brauche einige Sekunden, bis ich mich an die Lichtverhältnisse gewöhnt habe. Und dann erkenne ich die Gestalt, die hinter den Streben steht. Sein sandfarbenes Haar sticht aus der schummrigen Umgebung hervor und unterscheidet sich von dem der dunklen Prinzen, die mich einrahmen. »Lost«, flüstere ich.

LOST

»Phia?«

Umständlich versuche ich, meinen Kopf durch die zu eng beieinanderliegenden Stangen zu schieben, um einen besseren Blick auf die Frau zu erhaschen, die zwischen Dark und ... *Chaos* steht? Chaos, der sich eigentlich in seinem Gefängnis am Grund des Meeres befinden sollte.

»Verdammter Zyklopenkot«, stoße ich aus und taumele zurück.

»Man könnte meinen, dass wir die Hölle auf Erden haben, nicht wahr?« Die Lippen der Frau verziehen sich in dem schummrigen Licht zu einem angewiderten Lächeln. »Und der Gestank, den sie mitgebracht haben ... Kaum zu ertragen.« Eindeutig Phia. Tatsächlich sorgen ihre Worte dafür, dass ich mich ein wenig entspanne – wenngleich ich noch immer in höchster Alarmbereitschaft bin. Alles an dieser Situation ist einfach nur seltsam ... und ein wenig bedrohlich.

Dark tritt vor und schließt meine Zelle auf. Verwundert hebe ich eine Augenbraue. Auch Chaos scheint das nicht zu schmecken. »Weshalb bekommt sie kein eigenes Verlies?«, fragt er in einem Tonfall, der dafür sorgt, dass ich am liebsten den Kopf einziehen würde. Doch Dark steckt in aller Seelenruhe einen anderen Schlüssel ins zweite Schloss und lässt ein paar Funken seiner Finsternis auf mich los, die mich vollständig erblinden lassen. Fluchend wanke ich zur Pritsche. Ich hasse es, wenn er das tut. Trotzdem schmeichelt es mir, weil es bedeutet, dass er mich noch immer als stark genug einschätzt, um einen Fluchtversuch zu starten.

»Die beiden *kennen* einander. Sie müssen also mit einer gemeinsamen Zelle vorliebnehmen, da wir noch weitere Gäste erwarten«, sagt Dark an Chaos gewandt. Zwar kann ich seinen Gesichtsausdruck nicht sehen, aber in meinen Ohren klingen seine Worte wie eine Anspielung. Verwechselt er Phia möglicherweise mit ... Candela? Es könnte sein, schließlich gehört sein Verstand vermutlich schon eine Weile nicht mehr ihm. Eine Sekunde später fällt mir ein, was Apollo uns kurz nach unserer Ankunft über Chaos gelehrt hat. *Er ist dazu in der Lage, sich jeden einzelnen deiner Gedanken anzueignen.* Angestrengt schlucke ich und denke an das Erstbeste, was mir in den Sinn kommt. Ziva als Kentaur. Ein riesiger Pferdehintern, der den Schweif hebt und ... *aaah,* das geht in die falsche Richtung. Goldene Äpfel. Goldene Äpfel, die an majestätischen Bäumen wachsen und Ladon ... Ein riesiger Drache. In einem Kleid. Ein mit Edelsteinen besetztes Ballkleid.

»Grundgütiger«, glaube ich Chaos murmeln zu hören, doch ich bin viel zu sehr in meinen eigenen Bildern gefangen. Ladon mit einer rüschenbesetzten Duschhaube, die Platz für seine Hörner lässt. Regen prasselt auf ihn nieder, während er zu einer schiefen Melodie mit seinen riesigen Klauen auf den Boden tappt und dabei ungelenk hin und her wackelt. In dieser Sekunde wird mir erst so richtig bewusst, wie ungeeignet der Körperbau eines Drachen zum Tanzen ist. So wird der arme Ladon auf jeden Fall niemals eine Frau beeindrucken.

»Ihr neuen Götter habt wohl zu viel Ambrosia getankt.« Dann schließt sich die Tür mit einem lauten Quietschen.

Den Drachen gibt es wirklich, will ich Chaos am liebsten hinterherbrüllen, doch kurz darauf wird die Schwärze von meinen Augen genommen und ich erkenne Phia, die vor mir kniet und mich besorgt mustert. Vorsichtig streckt sie ihre Hände nach mir aus und umfasst mein Gesicht, fast so, als wollte sie sich vergewissern, dass ich wirklich da bin. Als ihre kühlen Finger über meine Wangen fahren, breitet sich ein echtes Lächeln auf ihrem Gesicht aus. Ohne Vorwarnung stürzt sie sich in meine Arme, sodass wir beide auf der Pritsche zurückrollen.

»Ein halbes Jahr«, dringt ihre Stimme undeutlich an mein Ohr, ehe sie sich halb aufrichtet und mir einen harten Schlag gegen die Brust verpasst. »Ich – wir alle – haben uns solche Sorgen gemacht!«

»Nun ja«, erwidere ich trocken und wuschele ihr durchs Haar. »Offensichtlich nicht genug, sonst hättet ihr mich längst gefunden.«

Mit gerunzelter Stirn lässt Phia von mir ab, greift jedoch gleichzeitig nach meiner Hand und setzt sich neben mich. »Zuerst dachten wir, dass Dark und du Abstand braucht ... wegen eures Verlustes. Aber seit einer Weile durchkämmen wir systematisch die gesamte Erde nach euch, Ziva, Ares und Athene. Dream kümmert sich um den Westen, Apollo den Süden und Yasar hat den Osten und Norden übernommen. Er war auch im Land der Vergangenheit und des Vergessens – als er zurückkam, sagte er uns, dass die Suche nicht erfolgreich war. Gibt es womöglich einen Schutzzauber, der euch verbirgt?«

Bei ihren Worten breitet sich ein komisches Gefühl in meiner Brust aus und ich reibe mit den Fingerknöcheln darüber, als würde es so verschwinden. »Bestimmt wurden Verteidigungsmaßnahmen ergriffen, aber es gibt nichts, was die hier Anwesenden unsichtbar machen könnte. Außerdem ist Yasar verdammt gründlich bei allem, was er anpackt. Ich kann mir überhaupt nicht vorstellen, dass er übersehen hat, was hier vor sich geht.«

Phias Augen werden so groß wie der Mond, während ihre Pupillen unruhig hin und her huschen. »Was ist …«, flüstert sie, »wenn Yasar euch überhaupt nicht finden will?«

»Oder schon weiß, dass wir hier sind«, murmele ich kaum hörbar vor mich hin.

»Aber er hat einen Plan. Da ist diese riesige Modellkarte in seinem Arbeitszimmer. Als Nächstes –«

»Stopp!«

Irritiert bricht Phia mitten im Satz ab, ehe sie sich noch näher zu mir beugt. »Glaubst du, wir werden belauscht?«

»Warum sollte Ziva uns belauschen, wo doch Chaos nun auf ihrer Seite steht und ihr über jeden unserer Gedanken Bericht erstatten kann, wenn er in unserer Nähe ist …«

Grüblerisch kaut sie auf ihrer Unterlippe. »Da hast du wohl recht.«

»Je weniger ich weiß, desto besser«, sage ich und stütze mich mit den Ellenbogen auf meinen Knien ab, während ich mir in einem unruhigen Rhythmus Phias Handrücken gegen die Stirn klopfe, als könnte ich meinem Gehirn so einen brillanten Einfall abverlangen. Es ist mir unerklärlich, weshalb die anderen nicht mehr unternehmen. Ich meine, was zum Teufel machen sie dort drüben im Sandpalast? Entspannt die Füße ins Wasser halten, während Ziva immer stärker wird?

»Wie kommt es, dass Chaos dich hergebracht hat?« In dieser Sekunde erinnere ich mich, dass Theia hier war, und einige Puzzleteile fügen sich zusammen. Übelkeit breitet sich in meiner Magengrube aus, noch bevor Phia zu sprechen beginnt.

»Theia und Yasar mussten im Unterwassergefängnis nach dem Rechten sehen. Theia sollte zusätzliche Zellen für Ziva, Ares und Athene erschaffen. Yasar fragte mich, ob ich sie begleiten will. Er wusste, dass ich mich nach einer Beschäftigung sehnte. Also sagte ich zu. Während die beiden beschäftigt waren, wagte ich mich etwas tiefer vor. Zu tief. Ich gelangte in Chaos' Bereich ...« Sie seufzt schwer. »Die Kurzfassung lautet: Ich war unglaublich dumm. Ich fiel Chaos in die Hände und er drohte, mich zu töten, sollte Yasar ihn nicht durchlassen. Dann nahm er mich mit auf den Olymp. Ich versuchte zu fliehen, aber es gelang mir nicht.« Sie schluckt schwer und irgendwie habe ich das Gefühl, dass sie bei ihrer Erzählung einiges auslässt. Trotzdem unterbreche ich sie nicht. »Eines Morgens tauchten Ziva, Artemis und Theia auf. Ziva – sie ... sie trank von dem Ambrosia. Außerdem teilte sie Chaos etwas mit– in Gedanken, sodass wir anderen es nicht hörten. Außerdem versprach sie ihm Rache und ließ zu, dass er Theia tötete. Sie muss sehr überzeugend gewesen sein, sonst wäre er wohl nicht hierhergekommen.«

»Das bedeutet, Theia hat tatsächlich die Seiten gewechselt und heimlich für Ziva gearbeitet«, überlege ich. »Immerhin hat dieses Verlies seit Jahrhunderten zwei der mächtigsten Gottheiten der Erdgeschichte gefangen gehalten. Chaos konnte nicht zufällig ausbrechen. Das war Absicht. Vielleicht wollte die Titanin Ziva mit diesem Schachzug ihre Loyalität beweisen.« Leise fluchend setze ich mich wieder aufrecht hin. »Das alles stinkt doch bis zum Styx.« Frustriert knacke ich mit meinen Fingerknöcheln. »Nur, damit ich es richtig verstanden habe: Chaos bricht aus – du wirst von ihm geraubt. Und Yasar und die anderen unternehmen ... nichts? Hale muss doch längst durchgedreht sein vor Sorge!« Bei der Nennung von Hales Namen windet Phia sich und ich hebe eine Braue. Mir ist nicht entgangen, dass es nach ihrem Erwachen eher holprig zwischen den beiden lief, dennoch verwundert mich ihre Reaktion.

»Das zwischen ihm und mir ... war schon vorbei, bevor es überhaupt begonnen hat«, flüstert sie schließlich.

»Und weiß er das auch?«

Sie seufzt abgrundtief. »Er wird es wollen ... wenn er alles erfährt.«

Genervt rolle ich mit den Augen. »Du sprichst in Rätseln.«

Halbherzig lächelnd zuckt sie mit den Achseln. »Eine Frau muss auch ihre Geheimnisse haben. So bleibt sie interessant.«

»Na schön«, gebe ich nach. »Du gewinnst.« Ich lehne mich gegen die raue Wand unserer Zelle und strecke die Beine aus. Es ist wohl an der Zeit, die Frage zu stellen, die mir schon die ganze Zeit auf der Zunge brennt. Allerdings bin ich mir nicht sicher, ob ich die Antwort wirklich hören will. »Was ist mit Flame?«

»Sie hat die Prophezeiung erfüllt.«

»Das ist mir nicht entgangen ... die Kälte und der Schnee«, murmele ich. Und Darks Reaktion im Verlies am Tag seiner Ankunft in meiner Burg, die nichts Gutes verhieß. »Aber ... ist sie am Leben?«

»Es ist eine Menge passiert und ich weiß nicht, ob ich dir alles erzählen sollte«, murmelt Phia. »Doch sie war für sehr lange Zeit verschwunden, bis Cato, Ava und Hale auf einen wichtigen Hinweis stießen ...«

»Ava?«

»Die Seherin von Delphi. Cato und sie ... Es ist kompliziert. Jedenfalls sind Cato und Ladon vor Wochen aufgebrochen, um dieser Spur zu folgen. Und dann kam Chaos an dem Abend, bevor Ziva aufgetaucht ist, von einem seiner Ausflüge zurück auf den Olymp und er ... er erzählte mir von einem Mädchen, das die unzähmbare Macht des Feuers besitzt.«

Meine Mundwinkel heben sich leicht und auch Phias Gesicht leuchtet auf. »Flames Anwesenheit war irgendwie schon immer ein Symbol für Hoffnung, nicht wahr?«

Ich nicke und lege einen Arm um Phias Schultern. »Ein wenig Hoffnung können wir durchaus gebrauchen.« Ich glaube daran, dass ihre schier unerschöpfliche Macht des Feuers es selbst mit Chaos aufnehmen kann. Aber wird es ihr gelingen, Dark wieder auf den richtigen Pfad zu lenken? Nach wie vor treibt es mich um, ob er aus freien Stücken mit Ziva zusammenarbeitet, oder es die schwarze Magie des Rings ist, welche ihn an sie bindet.

»Über Yasars Absichten soll ich dir nichts verraten, aber du kannst mir doch berichten, was an diesem Ort vor sich geht. Ich meine, wer sind all diese Leute, die sich in der Burg aufhalten?«, will Phia nach einigen Sekunden des Schweigens wissen.

Ich wünschte, ich könnte ihr jetzt – in diesem Moment – schon alles verraten. Von meiner Vermutung, die mit großer Wahrscheinlichkeit der Wahrheit entspricht. Dass ich einen Weg kenne, um das Unheil abzuwenden, wenn ich hier nicht festsäße und Dark noch vertrauen könnte. Ungeachtet der Tatsache, dass ich mich auf diese Weise selbst opfern würde. Allerdings bin ich bereit, mein Leben für diese Welt zu geben. Doch so wie die Dinge aktuell stehen, kann ich Phia lediglich einen Teil meines Wissens anvertrauen. »Diejenigen, die Ares angeheuert hat, sind eingetroffen. Übrigens ist der Gott des Krieges tot – gestorben durch meine Hand. Leider war ich danach derart abgelenkt, dass es Ziva gelungen ist, mich zu überwältigen.« Letzteres ist mir noch immer unangenehm, doch Phia drückt meine Hand und gibt einen grimmigen Laut von sich.

»Ich wünsche Ares, dass er im heißesten und unerträglichsten Höllenfeuer schmort. Ich wünsche ihm, dass er auf ewig entsetzliche Qualen leidet.« Sie schnaubt wütend und es würde mich nicht wundern, Rauch aus ihren Nasenlöchern aufsteigen zu sehen. Aber ich verstehe ihre Reaktion. Auch ich bin noch in Trauer, bloß nicht mehr so unendlich wütend, denn die Gelegenheit, Candelas Tod zu rächen, hat mir ein wenig Frieden verschafft. Phia hingegen konnte nicht so einen Schlussstrich ziehen. Vermutlich fällt es ihr deshalb noch schwerer, loszulassen. »Und wen genau konnte er von seiner Sache überzeugen?«, reißt Phia mich aus meinen Überlegungen.

»Pan und Artemis mitsamt ihrer Gefolgschaft, die Titanenbrüder Koios, Krios und Hyperion, die Gorgonenschwestern sowie …« Für einen Moment schließe ich die Lider, weil sich das Bild der Nacht vor meinem inneren Auge entfaltet, in der ich angezogen von dem überirdischen Leuchten aus dem kleinen Fensterschlitz spähte und die Pegaluxe sah. Ich räuspere mich. »Ziva ist nicht allein zur Erde gekommen. Ich habe keine Ahnung, wie viele es insgesamt sind, doch sie hat einen Teil des Volkes von Viridi mitgebracht. Unter anderem Flora … ich … sie war mir einst versprochen.«

Ruckartig wendet Phia sich mir zu. »Du warst verlobt?« Es schwingt ein vorwurfsvoller Unterton in ihrer Stimme mit.

»Vor sehr, *sehr* langer Zeit.«

»Und als du Viridi den Rücken gekehrt hast, da … hast du sie nicht mitgenommen?«

Beschämt reibe ich mir über den Nacken. »Ich habe Flora nicht geliebt, aber sie hat mir trotzdem viel bedeutet. Deshalb habe ich unsere Verbindung schließlich gelöst. Damit sie frei ist und jemanden finden kann, der ihr das gibt, was sie verdient. Noch dazu hat sie sich bei dem Konflikt auf Zivas Seite gestellt.« Bei diesen Worten wird mir übel, weil ich mir mittlerweile auch erklären kann, wieso. »Ich musste die Seite meiner Freunde wählen«, fahre ich so sachlich wie möglich fort. »Allerdings war ich mir bis zu ihrem Auftauchen in meiner Zelle nicht einmal sicher, ob sie überlebt hat.«

Phia schnappt hörbar nach Luft. »Sie hat dich hier besucht?«

»Eher attackiert ...« Mit Daumen und Zeigefinger massiere ich meine Schläfen. »Es war, wie einen Geist zu treffen. Einfach nur seltsam ... und auch traurig.«

»Weißt du, wer noch seltsam ist?«, fragt Phia, wartet meine Antwort jedoch gar nicht ab. »Dark.«

Ich kann nur zustimmend nicken. Da ich ihr nichts über die Urgegenstände Viridis verraten kann, unterbreite ich ihr meine zweite Theorie. »Zuerst nahm ich an, dass er Ziva etwas vorspielt, er mal wieder versucht, uns alle auf eigene Faust zu retten. Aber mittlerweile ... Er hat es mir gegenüber zwar nicht direkt ausgesprochen, doch er glaubt, dass Flame tot ist. Und ich schätze, dass er ... Sie war alles für ihn. Sie trägt die andere Hälfte seines Herzens in sich. Er hat es nicht verkraftet.«

»Und wenn ich ihm sage, dass Flame noch lebt?«

Ich stoße ein müdes Seufzen aus. »Ich bin mir nicht sicher, ob es clever ist, diese Information zu teilen. Es könnte ein Trumpf gegen Ziva sein. Ein Überraschungsmoment zu unseren Gunsten.«

»Dann sollten wir wohl hoffen, dass Chaos vor ihr nicht von dem Feuermädchen sprechen wird.« Sie lehnt ihren Kopf an meine Schulter und gähnt herzhaft. »Und was ist unser Plan?«

Einer, den ich dir erst in letzter Sekunde unterbreiten kann.
»Ein guter Anfang wäre, nicht in dieser Burg zu sterben«, sage ich stattdessen.

»Und ich hatte schon befürchtet, du hättest deinen Pessimismus abgestreift.« Sie lacht leise, aber es klingt schläfrig. »Ich bin froh, dass du bei mir bist, Lost.«

»Ich bin auch froh, dass du bei mir bist, Phia.«

Eine Weile betrachte ich ihre geschlossenen Lider und es dauert nicht lange, bis ihre Brust sich ruhig und gleichmäßig hebt und senkt. Sachte, um sie nicht wieder aufzuwecken, winde ich meine Hand aus ihrer und lege ihren Oberkörper auf der Pritsche ab, die ich anschließend mit äußerster Behutsamkeit ein wenig nach vorn ziehe, sodass die Wand dahinter freigegeben wird. Ein Klappern ertönt und ich stoße einen stummen Fluch aus. Das Geräusch stammt von den sechs Steinen, die lose in der Mauer stecken, die aus drei Schichten besteht. Für mich ist der Spalt noch lange viel zu klein, Phia allerdings ... Kurz halte ich inne und lausche nach Schritten oder dem Trappeln von Arachnes Spinnenbeinen, doch alles, was ich hören kann, ist eine ferne Melodie. Ziva besteht seit Neuestem auf Feierlichkeiten, welche die gesamte Nacht andauern. Laut Phia muss die Einnahme des göttlichen Nektars ihr verändertes Verhalten ausgelöst haben.

Seit ich den Ring an ihrem Finger, das Armband an ihrem Handgelenk und den siegessicheren Ausdruck in ihrem Gesicht gesehen habe, fühle ich mich, als hätte man mich unter Strom gesetzt. Ich wusste von ihrer Verbindung zu Vater, wenngleich ich nie vermutete, dass er sie in jedes einzelne seiner Geheimnisse einweihte. Trotzdem war ich wachsam. Ich habe nicht all seine Tagebücher und Aufzeichnungen gelesen, dafür aber alle Schriftstücke verbrannt. Ich habe die

Bibliotheken Viridis durchkämmt und versucht, jedes Buch, welches über diese eine Legende berichtet, zu vernichten. Mit Sicherheit habe ich nicht jedes erwischt, aber die meisten. Niemand sollte dieses Wissen in die Hände bekommen. Zwar verschwanden einen Tag nach Vaters Tod das Grau und die Armut aus *Patriam Praeter*, das daraufhin in neuer Pracht erstrahlte, doch ich war schon damals der Meinung, dass das Werkzeug, welches dieses Wunder vollbracht hatte, in den falschen Händen zu viel Schaden anrichten kann.

Nur eine Woche nach dem Ereignis, welches auf ewig mein Leben verändern sollte, weil ich mein Erbe viel früher als geplant antreten musste, suchte ich Ziva auf und löschte in präziser Arbeit die Erinnerungen, die mit Vater und seinen Entdeckungen verwoben waren, gänzlich aus. Als sie sich zwanzig Jahre später an die Spitze Viridis kämpfte, sah ich keinen Zusammenhang. Ich hatte Vertrauen in meine Fähigkeiten. Mein Misstrauen wurde erst geweckt, als Dark kurz vor unserem geplanten Angriff verriet, dass sie sich in manchen Nächten in den *Nigrum Silvam* schlich. Daraufhin drang ich in ihre Gemächer ein und hielt auch bei ihr Ausschau nach den Gegenständen, über die ich zuvor nur gelesen hatte. Ich fand keine Hinweise und behielt meine Befürchtungen für mich. Yasar vermutete, dass sie im Totenwald mit einem dunklen Wesen einen Handel eingegangen sei. Inmitten der Hektik unserer Vorbereitungen für die Schlacht gab ich mich damit zufrieden. Und auch jetzt, obwohl ich das Armband und den Ring bei ihrem letzten Besuch gesehen habe, erscheint es mir nahezu unmöglich, dass sie im Besitz zweier Urgegenstände ist, wo Vater schon für die Beschaffung von *Votum* mit dem Leben bezahlen musste. Für mich gibt es keine Erklärung, wie sie das erreichen konnte.

Und dennoch ist sie hier ... mit einer Armee. Ich wünschte, ich hätte die Geschehnisse von Viridi nicht für so lange Zeit im hintersten Winkel meiner Gedanken vor mir selbst verborgen. Vielleicht wäre es mir dann schon früher gelungen, die losen Enden zusammenzufügen.

Hätte.

Wäre.

Wenn.

Mir bleibt nichts anderes übrig, als davon auszugehen, dass der Erbin von *Patriam Oculus* gelungen ist, woran mein Vater scheiterte. Und als sie zur Erde reiste, war nicht nur ein Teil unseres ehemaligen Volkes bei ihr. So wie ich heimlich *Votum* bei mir trug, als ich mich vom Rücken meines Pegalux schwang und meine Füße zum ersten Mal diese Welt berührten.

Ich muss versuchen, Yasar, Dream und Hale meine Vermutungen mitzuteilen. Sie müssen die Uhr zurückholen. Die Zeit ist zu knapp, um ein Loch in die Mauer zu graben, durch welches mein Körper passt. Die schlafende Frau mit dem zinnoberroten Haar hingegen ist deutlich schmaler als ich. Sie soll die Botin sein. Flame ist Hoffnung – und Phia meine Chance.

Kapitel 2

DAMALS AM FLUSS

LOST

Vergangenheit

Viridi steht für Vollkommenheit. Jeder einzelne Grashalm sieht aus wie mit einem zarten Pinselstrich gemalt. Die Geräusche sind klangvoll und rein. Der Wind ist sanft und schmeichelnd. Selbst die Luft schmeckt wie Seide auf unseren Zungenspitzen. Man sagt, dass jeder gesegnet sei, der hier leben darf. Und hinter vorgehaltener Hand flüstert man, dass nur die Pechvögel in *Patriam Praeter* geboren sind, dem kleinsten aller Reiche. In dem Land, das mein Zuhause ist. Das Gebiet, über das meine Eltern regieren. Was im Umkehrschluss bedeutet, dass ich eines Tages der Herrscher über die Pechvögel sein darf. Das vergessene Volk. Und obwohl der Name ursprünglich nur auf unsere Gaben bezogen war, beschreibt er unseren Zustand doch recht treffend. Es würde mich nicht wundern, sollte man uns eines Tages einfach von den kunstvoll gefertigten Karten streichen, welche die blumenberankten Wände der Hallen von *Patriam Oculus* schmücken.

Das Unglück begann uns zu Zeiten meines Urgroßvaters heimzusuchen. Vor knapp eintausend Jahren verlor Rubrum, einer der Planeten, die uns umkreisen, ein riesiges Bruchstück, welches auf uns niederfiel. Auf dem Weg nach unten fing es Feuer und schlug mitten in *Patriam Praeter* ein. Eine Hälfte des Reiches wurde zerstört und sackte ab, ehe sie sich wenig später gänzlich löste. Zudem breiteten sich Rubrums Flammen beim Zusammenstoß rasend schnell aus, sodass der Boden für viele Jahrhunderte unfruchtbar wurde. Seitdem erholen wir uns von dieser Tragödie. Auch nach all der Zeit sind wir noch angewiesen auf die Hilfe der Herrscher der fünf anderen Gebiete und nicht jeder von ihnen macht einen fairen Preis, was dafür sorgt, dass uns noch mehr Energie entzogen wird. Äußerlich wagt es niemand, Schwäche zu zeigen, aus Angst, dass man sich auf uns stürzt. Doch spät abends, wenn ich durch die angelehnte Tür des Arbeitszimmers meines Vaters linse, erblicke ich die Wahrheit: Seinen gebeugten Rücken, weil die Verantwortung, die auf seinen Schultern lastet, unerträglich geworden ist. Seine von Tinte gefärbten Fingerspitzen, die unermüdlich über Buchseiten fahren, stetig auf der Suche nach einem Ausweg, während seine Miene verhärmt aussieht. Und wenn ich die Räumlichkeiten meiner Mutter passiere, höre ich ihr Schluchzen, weil Vater ihren sehnlichsten Wunsch – ein weiteres Kind – verweigert, denn anders als die Geschichten verbreiten, ist Viridi seiner Ansicht nach kein Platz, der auf ewig selig bleibt. Unter diesen Umständen fällt es schwer, die Herrscherfamilie dem Volk als geeinte Front zu präsentieren.

Das Klirren von Besteck ertönt und ich werde von Mutter aus meinen Überlegungen gerissen. Für einen kurzen Moment bin ich erleichtert, ehe mir einfällt, dass die Realität kein bisschen rosiger als meine Gedankenwelt ist. »Evaris, hörst du mir überhaupt zu?« Ihre Tonlage ist prinzipiell vorwurfsvoll. Noch nie habe ich sie anders gehört. Ich richte meinen Blick auf meinen Vater, der mit einer Hand die wässrige Suppe löffelt, mit der anderen in einem Buch blättert. Wütend springt Mutter auf und verlässt den Raum. Erst als sie auf dem Weg mit voller Wucht die Tür knallt, welche von der Wand zurückgeschleudert wird und anschließend schief in den Angeln hängt, hebt Vater seinen Kopf. Fragend mustert er mich. Mein Magen antwortet mit einem Knurren. Ich bin immer hungrig. Und zu Besuch in einem der anderen Reiche zu sein, fühlt sich jedes Mal wie eine Reise ins Paradies an, mit den großzügig gefüllten Tafeln und wohlduftenden Speisen, die vor allem in *Patriam Somnium* besonders auserlesen und exotisch sind.

Seufzend schlägt Vater das Buch zu und Staub wirbelt zwischen den alten vergilbten Seiten auf. Dann schiebt er seinen Teller von sich und faltet die Hände ordentlich auf dem Tisch. »Was ist mir entgangen?«

Augenrollend lehne ich mich zurück und lege leise meinen Löffel ab. Der Hunger ist so groß und nagend, dass er alles einnimmt und ich nicht einmal die Kraft aufbringe, Mutters Zorn über Vater zu teilen. Es füllt unsere Bäuche nicht, wenn wir uns gegenseitig an die Gurgel gehen. »Wir sind in diesem Jahr an der Reihe, die Feierlichkeiten zum Blutmond auszurichten. Ich denke, dass sie die Organisation mit dir besprechen wollte.« Das anstehende Fest ist auch der Grund für die Einsparungen, die wir machen müssen. Ist es Vater tatsächlich entgangen, dass wir uns schon seit zwei Monaten von kaum etwas ernähren, wofür man Zähne bräuchte? Seinem Blick nach zu urteilen schon. Auf der Suche nach einer Lösung zur Rettung *Patriam Praeters* hat er sich so sehr in der Recherche und der Vergangenheit verloren, dass er womöglich niemals den Weg zurück in die Gegenwart finden wird.

Aber vielleicht ist es einfach unser Schicksal, das Erbe, welches auch ich eines Tages antreten muss.

Der große Tanzsaal, der noch vor wenigen Tagen mit Spinnweben geschmückt war, erstrahlt nun in einem warmen Licht, welches von goldglimmenden Laternen ausgeht, die an der gewölbten Decke schweben. Die Wandmalereien, welche die Geschichte Viridis zeigen, sind nicht länger blass und von Rissen durchzogen, sondern sehen aus, als wären sie erst gestern gezeichnet worden. Alles wirkt ... lebendig. Und die Paare, die sich auf der Tanzfläche drehen, ahnen nicht, dass sie sich zu den Klängen einer Lüge bewegen. Der Grund, weshalb wir niemals unangekündigten Besuch empfangen und es nur eine Räumlichkeit gibt, die das ganze Jahr über präsentabel ist.

Ich bahne mir meinen Weg durch die Menge, spiele den galanten Gastgeber, was mir nur mäßig gelingt, doch es reicht, um Mutter zu besänftigen, die mit geröteten Wangen dasselbe auf der anderen Seite der Halle tut, während Vater wieder durch Abwesenheit glänzt und nur die Sterne rund um den Planeten Flavo wissen, wohin er dieses Mal verschwunden ist.

»Nimm dir ein Zimmer, aber nicht in meinem Reich«, knurre ich Hale im Vorbeigehen zu, dessen flinke Finger sich gerade durch die zahlreichen Stofflagen seiner Begleiterin bahnen. Ihr kunstvoll geflochtenes Haar ist pechschwarz und die blasse Haut schreit förmlich *Patriam Anxiet*. Vermutlich handelt es sich hierbei um eine von Darks Cousinen, denn Hale verfügt über keinerlei Selbsterhaltungstrieb. Ich drehe mich noch einmal um, als ein Schmerzenslaut ertönt, was mir ein zufriedenes Lächeln entlockt. Fergus ist hinter einer der Säulen aufgetaucht und hat Hale mit einem Schwertgriff auf die Hände gehauen. »Wollt Ihr dieses Bürschchen heiraten?

Wir können jetzt gleich bei den Herrschern von *Patriam Lux* vorsprechen«, sagt er an das Mädchen gewandt, dessen Augen sich weiten, ehe es stolpernd die Flucht ergreift.

Schmollend schiebt Hale die Unterlippe vor. »Ist das zu fassen?«, fragt er empört. »Ganz offensichtlich wollte sie nur das eine von mir!« Dramatisch legt er die Hand ans Herz. »Fergus – du hast mir meinen ersten Liebeskummer beschert.« Der Angesprochene verpasst ihm einen Klaps auf den Hinterkopf, was Hale nur noch verschmitzter grinsen lässt. »Nun bist du mir aber einen Gefallen schuldig!«

Ich wende mich ab, als die beiden diskutierend verschwinden, was bedeutet, dass Hale plappert und Fergus hin und wieder etwas Unverständliches zurückgrummelt. Der Erbe von *Patriam Lux* hat es faustdick hinter den Ohren und einst sagte er zu mir, dass jede Stunde seines Lebens so lange ein rauschendes Fest sein wird, bis seine Eltern ihn zwingen, sein Erbe anzutreten. Auf ewig kann keiner von uns dieser Pflicht entkommen.

Als Nächstes passiere ich unsere Gäste aus *Patriam Somnium* und nicke Dream zu, an dessen Lippen gleich fünf kichernde Mädchen mit glasigen Augen hängen. Außerdem sehe ich Yasar und True, die sich angeregt unterhalten, und Dark, der sich in eine der hintersten Ecken zurückgezogen hat und jeden, der sich ihm nähert, mit düsteren Blicken straft. Da ich Konfrontationen immer meide, mache ich einen großen Bogen um ihn. Der Einzige, der den Erben vom dunklen Volk zu verärgern wagt, ist selbstverständlich Hale.

Als liebliches Vogelzwitschern ertönt, will ich wie die meisten anderen den Bereich ansteuern, der unter freiem Himmel liegt, um den Blutmond zu betrachten, doch eine Frau stellt sich mir in den Weg. Freundlich, aber zurückhaltend lächele ich sie an. »Was für ein zauberhafter Abend!«, legt sie sofort los. »Und wie umwerfend alles hergerichtet ist. Meine Tochter und ich fühlten uns sehr geehrt, als die Einladung eingetroffen ist.« Erst jetzt fällt mir auf, dass sie mit einer Hand den Arm einer jungen Frau umklammert. Als ich sie ansehe, kann ich mir nicht erklären, weshalb sie mir zuvor nicht aufgefallen ist. Mutter beschwert sich oft, dass ich genau wie mein Vater nie gänzlich in der Gegenwart lebe, weil die Macht der Vergangenheit zu sehr an meiner Seele zerrt. Je stärker unsere Begabung ausgeprägt ist, desto größer ist ihrer Meinung nach die Bürde, die auf unseren Schultern lastet.

Die Tochter lächelt schüchtern, während ihre Mutter unaufhörlich weiterredet. Die Augen des Mädchens erinnern mich an die einzigartigen Libellenfischteiche in *Patriam Somnium* und ihr Duft sowie ihr rosafarbenes Haar an die prachtvollen Gärten in *Patriam Oculus.* Alle Männer, die an ihr vorbeigehen, drehen sich mindestens zweimal um, stolpern ungelenk über ihre eigenen Beine und einer kehrt sogar zurück, wartet in einigem Abstand, um sie bei erster Gelegenheit abzupassen. Doch ihre Aufmerksamkeit gilt mir und die Geräusche um uns herum sind nach kurzer Zeit nur noch kaum wahrnehmbare Laute. Kein einziges Mal blinzelt sie mit ihren langen, dichten Wimpern. Ihre türkisgrünen Iriden funkeln mich an, blenden mich beinahe. Und während Viridi um uns herum verblasst, frage ich mich, ob es ein Fluch ist, so schmerzhaft schön zu sein. *Ich kann dich nicht retten,* spreche ich in Gedanken zu ihr, *weil ich selbst ein Verlorener bin.*

Seit den Feierlichkeiten zum Blutmond sind fünf Nächte vergangen und ich verbringe den Abend allein in meinen Gemächern, die lediglich aus zwei Räumen bestehen und mit keinerlei Annehmlichkeiten ausgestattet sind. Ein Gähnen unterdrückend, gleiche ich die karge Ernte mit der vom vergangenen Jahr ab. Beim Umblättern des vergilbten Pergaments schneide ich mich an einem Holzsplitter, der aus dem alten Sekretär herausragt. Fahrig greife ich nach einem nicht sonderlich vertrauenerweckenden Tuch mit schwarzen Flecken und presse es auf die Wunde. Im Palast arbeiten kaum noch Angestellte und die Abwesenheit von Dienstmägden macht sich inzwischen deutlich bemerkbar.

Stöhnend erhebe ich mich und strecke meinen schmerzenden Rücken. Die Müdigkeit sorgt dafür, dass meine Lider sich bleischwer anfühlen, und ich beschließe, mir ein Getränk zu holen, um meine Sinne wach zu rütteln, da unsere Berater den Bericht schon morgen erwarten.

Es kommt nicht oft vor, dass ich mein Leben mit dem der anderen fünf Erben Viridis vergleiche, doch als ich den verlassenen Korridor entlangschlendere, stelle ich mir unwillkürlich vor, wie sie sorglos in ihren Betten liegen, während mich die Unsicherheiten der Zukunft verfolgen.

Es wundert mich nicht, dass auch unter dem Türspalt zum Arbeitszimmer meines Vaters Licht hervorscheint. Was mich allerdings stutzig werden lässt, sind die Stimmen, die aus seinem Raum dringen. Ich verlangsame meine Schritte, bis ich gänzlich stehen bleibe. Doch sie unterhalten sich im Flüsterton, sodass ich meine Stiefel abstreife und langsam näher schleiche.

»Mir ist klar, dass ich viel von dir verlange. Allerdings kenne ich deine Gabe und weiß, was du für mich tun kannst.« Für einige Sekunden herrscht Stille. »Kann ich auf deine Verschwiegenheit zählen?« Die Erwiderung ist so leise, dass ich weder den Sprecher noch das Gesagte identifizieren kann. »Es ist nie verkehrt, Schulden zu sammeln, die man eines Tages einfordern kann.« Erneute Stille, gefolgt von Gemurmel. »Wie oft wirst du den Zauber erneuern müssen?«, fragt mein Vater nun. Getrieben von Neugier lasse ich jegliche Vorsicht sausen, presse mein Ohr gegen die Tür. »Alle sechs Wochen – spätestens.« Ich zucke zurück, als hätte ich mich verbrannt – weil ich Ziva in diesen Worten erkenne. Yasars jüngere Schwester, die uns stets wie ein Schatten folgt. Doch was will Vater von ihr?

Rasch ziehe ich mich in eine Nische zurück, als die Klinke heruntergedrückt wird, und halte die Luft an. »Hoffen wir, dass du lang genug lebst, damit du deine Schuld begleichen kannst.« Fassungslos verharre ich in meinem Versteck, während Zivas blasser Haarschopf in die andere Richtung verschwindet und Nebelschwaden sie verschlucken. Bis heute habe ich sie für unterwürfig gehalten. Nicht einmal im Traum wäre mir die Idee gekommen, dass eine verborgene Seite in ihr lauert. Vielleicht sollte ich Dark warnen, denn mir ist nicht entgangen, wie sie ihn beäugt, wenn sie glaubt, dass niemand sonst hinschaut. Und was denkt Vater sich nur dabei, einen Handel mit Anatolius' Tochter einzugehen? Die anderen Herrscher wachen schon jetzt über jeden unserer Schritte, lechzen vermutlich danach, *Patriam Praeter* gänzlich aufzulösen und unter sich aufzuteilen. Wir dürfen uns keinen Fehltritt erlauben.

Gerade will ich aus meinem Versteck hervortreten, als Vater sein Arbeitszimmer verlässt. Überrascht ziehe ich die Brauen zusammen. Für gewöhnlich hält er sich dort bis in die Morgenstunden auf. Und trägt er einen ... Mantel? Vater trägt nie einen Mantel über seinen zerknitterten, zumeist löchrigen

Hemden. Dann streift er sich eine Kapuze über, ehe er von grauen Schlieren verschlungen wird.

Bis vor zwei Tagen glaubte ich, den Mann, der mich großgezogen hat, zu kennen. Jede einzelne Gewohnheit, jede Bewegung war mir bis ins kleinste Detail vertraut. Ich habe ihn immer für ehrlich, rechtschaffen und loyal gehalten. Doch nachdem ich ihn mit Ziva gehört habe, nagen unerträgliche Zweifel an mir. All seine Gesten erscheinen mir nun verdächtig. Seit jener Begegnung warte ich bei Nacht stets zur selben Zeit in der Nische vor seinem Arbeitszimmer, um ihm zu folgen. Bisher bin ich gescheitert. Schließlich müsste ich ihn berühren, damit ich mit ihm gehen kann und dann würde er erfahren, dass ich ihm auf die Schliche gekommen bin. Auch die Tür zu seinen Räumlichkeiten ist mit einem neuen Zauber verwoben und es gelingt mir nicht, mir Zutritt zu verschaffen. Allerdings bin ich nicht der Einzige, der misstrauisch geworden ist. Mutter beäugt Vater wachsam über die Frühstückstafel hinweg. Gestern hat sie mich beiseitegenommen und gefragt, ob ich glaube, dass er eine Geliebte hat. Ich kann ihr nicht verübeln, dass sie auf diese Idee kommt, wenn ihr Ehegatte kaum noch eine Nacht in ihrem Bett verbringt, wobei das eine Sache ist, über die ich in Bezug auf meine Eltern wirklich nicht nachdenken will. Doch es sind die kleinen – die wichtigen – Details, die ihr entgehen. Seine Haltung ist noch gebeugter als zuvor, seine Augen wirken wässrig und abwesend, unter seinen Fingernägeln klebt immer ein wenig schwarze Erde und trotzdem sind mir die Flecken nicht entgangen, die seine Haut zieren. Stellen, die runzlig erscheinen. Aber was mich am meisten beunruhigt, sind die zwei tiefen Falten, die sich über seine

Stirn ziehen. Denn *Deum Viventem* altern nicht. Wir bleiben auf ewig jung – ganz egal, wie lange wir leben.

Ich zucke nicht einmal zusammen, als Mutter in üblicher Manier ihr Besteck mit einem klirrenden Geräusch fallen lässt und wutschnaubend den großen Saal verlässt, in dem abgesehen von der langen Tafel kein einziges Möbelstück steht. Dieses Mal fragt Vater nicht, wohin sie geht oder was geschehen ist. Entgegen seiner Gewohnheit liest er auch nicht, sondern schreibt in ein Buch. Ein Tagebuch, um genau zu sein. Wenn ich es nur in die Hände bekommen könnte ...

Es ist die siebte Nacht, seit ich Vater auf die Schliche gekommen bin und Frustration ist mein ständiger Begleiter, weil ich keine Antworten gefunden habe. Ich fühle mich rastlos, kann weder schlafen noch kriege ich beim Essen mehr als zwei Bissen herunter. Eine düstere Vorahnung hat ihre eiskalte Faust um meine Kehle geschlossen.

Außerdem kommt es mir vor, als wäre ich in einer Art Zeitschleife gefangen, als Vater aus seinem Arbeitszimmer tritt und mir den Rücken zuwendet. Der einzige Unterschied ist, dass er jedes Mal ausgelaugter wirkt. Er zieht die Tür so langsam hinter sich zu, als kostete es ihn die größte Kraft. Schon vorhin bei Tisch war seine Reaktionszeit verzögert. Aus diesem Grund habe ich beschlossen, dass heute der richtige Tag ist, um ein wenig waghalsiger zu sein. Und selbst wenn er mich schlussendlich erwischt ... spielt das auch keine Rolle mehr, denn irgendwann muss ich ihn zur Rede stellen. Ich kann nicht auf ewig so tun, als wäre alles in Ordnung, während er zwielichtige Geschäfte macht – und sich dabei zerstört.

Ich hefte mich an seine Fersen und als Nebel aufkommt, greife ich nach einem Zipfel seines Mantels, folge ihm durch den geschaffenen Spalt im Raumgefüge. Wenige Sekunden später schlage ich die Augen auf und werde von tiefer Schwärze empfangen. Lediglich Vaters Umrisse direkt vor mir kann ich ausmachen. Fast rechne ich damit, dass er sich umdreht, doch er setzt sich stur in Bewegung. Mir ist nicht wohl bei der Sache, dennoch gehe ich ihm nach, orientiere mich an seiner Gestalt, während der Boden unter meinen Sohlen weicher wird. Es dauert einen Moment, bis meine Augen sich endlich an die Dunkelheit gewöhnt haben. Und was ich sehe, lässt mich für einen Augenblick erstarren. Unwissentlich habe ich hinter Vater den *Nigrum Silvam* betreten. Ein Wald, der nur den Toten gehört und den man niemals stören sollte, es sei denn, man will einer von ihnen werden. Das wird jedem Kind Viridis eingebläut. Nicht einmal für Mutproben kommt man hierher. Der *Nigrum Silvam* existiert – ist ein Teil dieser Welt –, doch er wird von allen Bewohnern gemieden. Weil er daran erinnert, dass es auch mit uns eines Tages zu Ende geht.

Ich konzentriere mich darauf, gleichmäßig zu atmen, kann aber nicht leugnen, dass Furcht durch meine Adern kriecht. Der Abstand zu Vater hat sich ein wenig vergrößert und ich blicke unruhig umher, jedes Geräusch lässt mich zusammenzucken. Ich trage zwei Dolche bei mir, bezweifle allerdings, dass sie etwas gegen die gequälten Seelen ausrichten können. Zwar kenne ich auch die Erzählungen über Monster und Ungeheuer, die hier angeblich lauern, trotzdem glaube ich, dass sie wirklich nur das sind … Legenden und Spukgeschichten. Die Toten hingegen erscheinen mir sehr real.

Schatten und Schemen umgeben mich, winden sich an den hohen Bäumen empor und manchmal kommt es mir vor, als würden sich die Äste zu knochigen Armen verdichten, deren Ziel es ist, mich zu packen. Wurzeln kriechen wie Gliedmaßen durch den weichen Untergrund, brechen daraus hervor und verschwinden wieder. Und ich halte es nicht für unwahrscheinlich, dass ein Sog mich hinabziehen wird, sollte ich stehen bleiben.

Je tiefer wir uns in den Wald bewegen, desto größer wird mein Verlangen, einfach umzudrehen. Vater und ich sind Eindringlinge. Wir gehören auf die andere Seite. Wir haben eine Grenze überschritten, die eigentlich unantastbar ist.

Ruckartig und in höchster Alarmbereitschaft hebe ich den Kopf, als ein Heulen erklingt. Mein Blick schnellt umher, ehe ich Vater rechts von mir erkenne. Er steht vor einer Felswand inmitten eines Steinkreises. Wind kommt auf und weht dunkle Blätter durch die Luft, die plötzlich schwer und stickig ist, als würde der Sauerstoff ins Nichts entschwinden. Meine Atmung wird hektischer, als das Heulen sich steigert. Es ist ein Ton – tief und gleichzeitig kreischend –, den ich nie wieder vergessen werde. Er trifft mich bis ins Mark. Meine Fluchtinstinkte erwachen, weil es wie der Eröffnungsruf einer Jagd klingt. Eine Jagd auf Vater und auf mich. Schwarze Umrisse erheben sich aus dem Steinkreis, in dem er steht, während er auf die Knie fällt und giftgrüne Symbole in den Felsen aufleuchten, welche die Nacht wie Blitze zerschneiden. Meine Augen muss ich mit einer Hand abschirmen, so sehr blendet es, und mein Herz beginnt zu rasen, als ich beobachte, wie Vater sich windet. Die schwarzen Schatten stürzen sich auf ihn, zerren an ihm, sodass sein Abbild verschwimmt. Es ist, als würden sie seine Energie rauben, ihm alles nehmen. Als er den ersten Schrei ausstößt, stürze ich nach vorn und will in den Kreis eindringen. Aber kaum, dass ich zwischen zwei

Steinen hindurchtrete, werde ich zurückgeschleudert. Rasch rappele ich mich auf, sehe, wie die Schattenmasse dichter und dunkler und das grüne Licht noch gleißender wird.

»Vater«, brülle ich. Das letzte Mal schrie ich derart verzweifelt seinen Namen, als ich als Kind bei einer Wanderung in den Fluss gestürzt war und er am Ufer entlangsprintete, um mich rechtzeitig zu erwischen, bevor ich den Wasserfall erreichte. Und auch jetzt kommt es mir vor, als kämpfte ich gegen eine Strömung an. Aber verglichen mit der Vergangenheit sind die Angst und die Verzweiflung nun noch viel größer. Als Kind dachte ich, dass mein Vater fähig ist, mich vor allem zu retten und zu beschützen. Dass ich stark bin, weil er an meiner Seite steht. Dass er immer da sein wird, um mir die Hand zu reichen. Genau wie damals am Fluss. Erinnerungen ziehen an meinem inneren Auge vorbei, als würde ich im Geiste Abschied nehmen.

»NEIN«, grolle ich, packe meine Dolche und stürze mich auf die Schatten. »Vater!« Immer wieder rufe ich nach ihm, während ich mit Dunkelheit und Rauch kämpfe und trotzdem nicht zu ihm durchdringe. Doch in dem Moment, in dem sich eine der Schwaden lichtet, kann ich ihn noch einmal sehen. Und auch seine Augen sind auf mich gerichtet. Erschreckend klar. Als wären die Müdigkeit und die Last in dieser Sekunde von ihm abgefallen. Früher erzählte man mir oft, ich sei das exakte Abbild von ihm.

Meine Brust hebt und senkt sich unkontrolliert, zieht sich gleichzeitig schmerzhaft zusammen. Es gibt so viel, was ich ihm noch sagen will, während die Schatten an mir zerren. Stattdessen starre ich Vater stumm an, dessen Mund immer wieder dasselbe Wort formt. *Lauf.*

Ich hatte stets angenommen, der Tod sei das ewige Nichts. Dass jegliche Schmerzen und Gedanken einfach so verschwinden. Ich verstehe nicht, weshalb meine Knochen und Glieder noch wehtun, wo ich sie doch eigentlich nicht mehr wahrnehmen sollte. Aber ich *spüre* meine Finger. Jeden einzelnen von ihnen. Irritiert bewege ich sie, fahre durch weiches Gras. Auch mein restlicher Körper beginnt zu kribbeln. Aber warum sehe ich nichts? Schwerfällig öffne ich die Lider. Schwärze. Bin ich noch immer im Wald? Panik überrollt mich und ich atme rasselnd ein, ehe ich hochschrecke und mich in einer knienden Position wiederfinde. Hektisch blinzele ich und blicke auf meine Hände, die mit schwarzer Erde beschmiert sind und einen extremen Kontrast zu dem grünen Gras bilden. Dann hebe ich den Kopf weiter an. Mein Mund öffnet sich, doch der stumme Schrei soll für immer in meiner Kehle gefangen bleiben. Ich bin direkt an der Schwelle zum *Nigrum Silvam*. Grünes Gras trifft auf schwarze Erde – als wäre beides mit voller Wucht aufeinandergeprallt. Vor mir liegt Vater bäuchlings auf dem Boden – wie ich noch vor wenigen Sekunden. Nur sein Gesicht ist zur Seite gedreht. Es ist das von einem Greis, sein Haar ist schlohweiß. Neben ihm befindet sich eine grün glimmende Kettenuhr. Sein Arm ist ausgestreckt – so wie der meine noch vor wenigen Sekunden. Genau wie damals am Fluss.

Kapitel 3
DER FLUCH

ZIVA

Vergangenheit

An manchen Tagen frage ich mich, was passieren würde, wenn ich inmitten einer der zahlreichen Versammlungen, zu denen mich Anatolius mitnimmt, zu schreien beginnen würde. Ich stelle mir vor, dass es ein so lauter und hoher Ton wäre, dass er sich auf ewig in das Gedächtnis aller Anwesenden einbrennt. Wie jene Nacht, die niemals aus meinem Kopf verschwinden wird. Egal wie sehr ich es mir wünsche. Egal wie sehr ich Rubrum und Flavo anflehe, die unerbittlich ihre Kreise ziehen, wenn ich nicht schlafen kann. Die Müdigkeit steckt tief in meinen Gliedern. Sie ist so schwer, dass ich meine Augen einfach nur schließen – und vielleicht nie wieder aufschlagen mag. Denn wäre das wirklich so schlimm? Gäbe es irgendjemanden, der mich vermissen würde?

Ich lasse meinen Blick über die Berater meines Vaters schweifen, träume mit geöffneten Lidern von meinem Schrei, davon, wie durchdringend und markerschütternd er sein würde. Er sollte ihre Ohren zum Bluten und Viridi zum Beben bringen. Damit sie all das fühlen, was ich verdrängen musste, weil es nicht mehr zu ertragen war. Leicht wende ich mein Gesicht nach links – wo *er* steht. Pars. Ich habe es geübt, seinen Namen zu denken, ohne dass die Erinnerung an den metallischen Geruch in meine Nase steigt. Nächtelang habe ich ihn immer wieder im Stillen ausgesprochen.

Seine Iriden flackern auf, als er bemerkt, dass ich ihn ansehe, doch ich zucke nicht zusammen. Ich habe keine Angst. Nein. Angst müssen nur jene haben, die das Grauen noch nicht kennengelernt haben. Einer meiner Mundwinkel zieht sich nach oben und ich blinzele ihm zu. Ich weiß selbst nicht genau, wieso ich es tue. Es ist, als würde ich bereits mit einem Stiefel im *Nigrum Silvam* stehen und meinen Mörder anlachen. Ich war stets anders – sonderbar –, aber er ist der Grund … der Grund, warum ein Teil von mir tot ist. Die Ursache, weshalb ich jeden Tag Schmerz verspüren muss, um mich zu vergewissern, dass ich noch am Leben bin. Schmerz, den nach wie vor *er* mir zufügt.

Vielleicht lache ich aber auch, weil er in Wahrheit so unendlich dumm ist. Glaubt er wirklich, dass er einfach so davonkommen wird? Dass er niemals bezahlen wird? Rache ist nicht nur die Durchführung, dieser eine Moment, sondern auch die Planung. Schon jetzt spüre ich, wie ihre süße verheißungsvolle Note auf meiner Zunge zergeht. Sie lockt mich und ich kann den Tag, an dem ich gänzlich von ihr kosten werde, kaum erwarten.

»Ziva?«

Ich tue, als wäre ich so abwesend, dass ich Anatolius nicht hören kann. So nenne ich ihn, weil mein Vater vor langer Zeit für mich gestorben ist.

»Ziva!« Sein Tonfall ist missbilligend. Ich bin eine Enttäuschung für ihn und ich weiß, dass er sich insgeheim wünscht, ich wäre mehr wie Yasar.

Yasar.

Innerlich schnaube ich. Der goldene Junge. Irgendwann wird auch er bezahlen, dafür, dass er mir kein guter Bruder war.

»Ja?«, erwidere ich schließlich und richte meine Aufmerksamkeit auf Anatolius, dessen Wangen vor Wut gerötet sind. Trotz meines Benehmens hat er mich bisher aus keiner der Versammlungen geworfen, was wirklich ein Jammer ist.

»Ich fragte, ob du auch alles mitgeschrieben hast? Ich möchte später deine Zusammenfassung der Beschlüsse lesen.«

Innerlich verdrehe ich meine Augen. Es wäre wohl ein Wunder, wenn ihn meine Meinung zu dem neuen Forschungsprojekt interessieren würde, welches sich damit beschäftigt, inwieweit wir die Jahreszeiten nutzen können, um die Wirkung unserer magischen Fähigkeiten auf die Umwelt zu verstärken.

»Du wirst meinen Bericht heute Abend bekommen«, sage ich und er wendet sich stirnrunzelnd von mir ab. Nova, meine Mutter, hat vor einiger Zeit den Vorschlag gemacht, dass ich Yasars rechte Hand werde. Was nicht bedeutet, dass ich in irgendeiner Weise befugt bin, Entscheidungen zu treffen. Vielmehr nehme ich wohl die Rolle eines Sekretärs ein. Mit dem einzigen Unterschied, dass ich bei Nacht in exquisiten Gemächern unter einem seidigen Himmel ruhen kann. Anatolius war natürlich dagegen, doch am Ende hat er sich überraschenderweise dem Wunsch seiner Gattin gefügt. Trotzdem bin ich mir sicher, dass er insgeheim noch immer vorhat, mich an einen Tölpel vom Lande zu verheiraten. Weil ich eine Last für ihn bin. Manchmal frage ich mich, weshalb meine Eltern überhaupt ein zweites Kind bekommen haben, wo das erste schon all ihre Erwartungen übertrifft.

Es ist ein Segen, als Anatolius die Versammlung für beendet erklärt. Ich erhebe mich und bleibe vor meinem Platz stehen, während die Berater an uns vorbei nach draußen gehen. Leicht neige ich den Kopf, mustere jeden Einzelnen von ihnen. Sie ahnen es noch nicht, doch irgendwann werden sie mir folgen. Und ich werde Viridi so lange beben lassen, bis dieser Planet nur noch aus Trümmern besteht, die dem Bild in meinem Herzen gleichen.

Anstatt den Bericht zu verfassen, streife ich durch die Gärten *Patriam Oculus'*. Ich schließe die Augen und atme den Duft der blühenden Pflanzen ein, während ich einen Kranz aus Vergissmeinnicht flechte. Ich bin vollkommen entspannt, obwohl *er* nur wenige Schritte hinter mir geht. Ab und an streift sein heißer Atem meinen Nacken oder seine Finger meinen Unterarm. Für einen entfernten Beobachter mag es zufällig wirken. Harmlos.

Vor mich hin summend ignoriere ich die Gänsehaut, die sich ab und an auf meinem Körper bildet. Wir dringen weiter in die labyrinthartige Anlage vor und tief in meinem Inneren glaube ich, dass ich auch das nur tue, um mir selbst zu beweisen, dass ich furchtlos bin. Je weiter wir uns vom Palast entfernen, desto häufiger und länger werden seine Berührungen, bis er einen Arm um meine Taille schlingt und mich an seine Brust zieht. Sofort sehe ich vor mir die starren, viel zu schönen Puppenaugen. Meine treuen Begleiter – selbst wenn ich einsam und auf ewig verloren bin.

Eigentlich ist der Tag bisher gut verlaufen. Da ist nicht der übliche Nebel in meinem Kopf. Trotz meiner ständigen Müdigkeit sind meine Gedanken klar. Überlegen und beschwingt. Vielleicht habe ich Pars auch deshalb in den Garten mit den hohen Hecken gelockt.

Damit er mich daran erinnert, dass nicht alles in Ordnung ist.

Deshalb halte ich still. Ich halte *immer* still, bis es vorüber ist. Und dabei empfinde ich nichts. Einzig dem Schmerz verfalle ich.

Als wir uns auf den Rückweg zum Palast machen, ist es bereits später Nachmittag und der Abend beginnt die Fäden aus Licht zu stehlen. Ich bin überrascht zu sehen, dass Nova den breiten Pfad zwischen den Skulpturen aus Marmor auf mich zugeeilt kommt. In den Händen trägt sie eine in Papier gewickelte Schatulle, die von einer roten Schleife geschmückt wird.

»Ziva«, ruft sie keuchend, obwohl sie nur noch wenige Schritte entfernt von mir ist. »Hier steckst du also.« Wie so oft klingt sie vorwurfsvoll. »Dein Vater sagte, du würdest arbeiten, doch ich fand dich weder in deinen Gemächern noch in der Bibliothek.«

Abwartend mustere ich sie, weil ich schon vor langer Zeit aufgehört habe, mich zu rechtfertigen. Doch meine fehlende Antwort scheint sie nicht zu stören, denn sobald sie vor mir steht, presst sie mir das Päckchen gegen die Brust. »Ich hatte ganz vergessen, dass heute Trues Geburtstag ist. Sei ein Schatz und bring es ihm. Du weißt, dass Vater und ich einen Empfang geben und Yasar für Verhandlungen nach *Patriam Anxiet* gereist ist, sonst würde er es übernehmen.«

Automatisch schließen sich meine Finger um das Geschenk. »Natürlich.«

»Und du kommst mit mir, mein Lieber«, fordert sie an Pars gerichtet. »Deine Hilfe wird im Palast gebraucht.« Dabei klimpert sie mit den Wimpern und ich frage mich, ob sie auch noch versuchen würde, ihm schöne Augen zu machen, wenn sie wüsste, was er getan hat. Pars sieht für einen Moment so aus, als wolle er widersprechen, doch ich rufe bereits den Nebel, der mich Sekunden später einhüllt. Ich habe das Gefühl, dass er noch besitzergreifender als früher ist und vielleicht muss er von Nova daran erinnert werden, dass er in Wahrheit auch nur ein Diener – ein Spielzeug – ist, ungeachtet dessen, was hinter verschlossenen Türen geschieht.

Sobald der Nebel sich lichtet, schreite ich auf die Wachen zu, die vor dem Eingang zum privaten Bereich der hiesigen Herrscherfamilie patrouillieren. Mit einem Nicken lassen sie mich passieren. Selbstverständlich kann nicht jeder diese Sonderbehandlung erwarten, doch *Patriam Oculus* und *Patriam Veritas* sind enge Verbündete und stärken sich in allen Belangen gegenseitig den Rücken. In manchen Momenten verwundert es mich, dass unsere Eltern True und mich bisher nicht einander versprochen haben.

Eigentlich hatte ich reges Treiben und Musik erwartet, denn True ist eine schillernde Persönlichkeit und lässt keine Gelegenheit aus, sich in Aufmerksamkeit zu sonnen. Stattdessen werde ich von Stille begrüßt und frage mich, ob alle beim Empfang in unserem Reich sind und Nova etwas durcheinandergebracht hat. Obwohl ihr das nicht ähnlich sieht.

Ich komme mir vor wie ein Eindringling, gleichzeitig beginnt mein Magen vor Neugierde zu kribbeln. Ich nehme mir ausgiebig Zeit, mich umzuschauen, schnüffele hier und da ein wenig herum und überlege, ob ich das Geschenk im großen Saal zurücklassen soll. Aber dann entscheide ich, es direkt in Trues Räumlichkeiten zu bringen. Es ist eine Schande, dass er nicht hier ist, denn ich weiß, dass er mich unheimlich findet. Ich hörte einst, wie er es Yasar anvertraute – und genieße es, wie er sich in meiner Gegenwart windet.

Fast habe ich seine Gemächer erreicht, als plötzlich Schritte hinter mir erklingen. Zwar tue ich in dieser Sekunde genau genommen nichts Verbotenes, dennoch schlüpfe ich rasch in eine der verlassenen Dienstbotenkammern, weil mein Fluchtinstinkt die Oberhand gewinnt. Die Tür ist einen winzigen Spaltbreit geöffnet und ich halte die Luft an, als ich meinen Bruder erkenne. Zu Verhandlungen in *Patriam Anxiet*.

So, so.

Nur mit Mühe kann ich mich davon abhalten, missbilligend mit der Zunge zu schnalzen. Ich drücke die Tür ein wenig weiter auf, als er hinter der nächsten Biegung verschwindet, und folge ihm auf leisen Sohlen. An der Ecke halte ich an und beobachte mit vorgebeugtem Oberkörper, wie er vor Trues Gemach stehen bleibt. Ehe er die Faust heben kann, um anzuklopfen, stürmt True bereits heraus und stürzt sich in Yasars Arme. Für einen Moment irritiert mich das Ausmaß seiner Begeisterung und meine Stirn legt sich in Falten. Yasar schiebt ihn ein wenig von sich und streicht so liebevoll über seine Wange, dass mein totes Herz für eine Sekunde wieder zu schlagen beginnt. »Du weißt doch, dass wir vorsichtig sein müssen«, mahnt er ihn.

»Alle sind ausgeflogen – bei diesem albernen Empfang. Wir haben den Palast für uns allein.« True beugt sich vor und presst seine Lippen hungrig auf die meines Bruders, während ich eine Hand vor meinen Mund schlage. Aber nicht aus Schock, wenngleich ich diese Entwicklung nicht kommen sah. Stattdessen empfinde ich … Freude. Wilden Triumph. Würden Anatolius und Nova nur ahnen, was ihr Erbe hier treibt … Sie sind so schrecklich traditionsbewusst – es würde ihnen ihre Seelen zerreißen. Und ich werde mir selbst in diesem Theaterstück einen Platz in der ersten Reihe – auf dem Thron – reservieren.

»Wie kommt es, dass hier keine Feier tobt?«, fragt mein Bruder zwischen gierigen Küssen.

True löst sich von ihm, nimmt sein Gesicht in beide Hände. »Ich sagte ihnen, dass es mir nicht gut gehe.« Leise kichert er. »Und nun lass uns für eine Weile nicht mehr sprechen.« Dann zieht er ihn in sein Gemach, die Tür fällt mit einem endgültigen Knall ins Schloss.

Langsam richte ich mich wieder auf, strecke meinen protestierenden Rücken durch. Nur mit Mühe kann ich das schallende Gelächter zurückhalten, das sich seinen Weg über meine Kehle in die Freiheit bahnen will.

Yasar und True wollen also Verstecken spielen.

Ob ich ihnen verraten soll, dass ich sie bereits gefunden habe?

Aber wo bliebe da der Spaß?

Ich kann noch ein wenig warten.

Doch eines Tages werde ich dafür sorgen, dass alle hiervon erfahren.

Viridi wurde durch sechs Lichtblitze der siebzehnten Sonne im Universum erschaffen und von einem Sturm aus Feuer und Eis geformt. Aus den Flammen entstanden Erde, Wälder, Sand und Gestein, aus dem Frost bildeten sich Seen, Flüsse und heilige Quellen. Nachdem er sein Kunstwerk vollbracht hatte, legte der Sturm sich zur Ruhe. Stattdessen fegte nun ein sanfter Wind über das Land. Dieser schenkte dem Planeten seinen ersten Atemzug, hauchte ihm das Leben ein und als er sich zurückzog, zeigte er ihm auch, wie man starb. Kurz darauf erwachten die sechs Deum Viventem, die Herrscher dieser Welt. Man erzählt sich, der fruchtbare Bo-

den selbst habe sie aus seinen Wurzeln geboren. Die Hände hatten sie bei ihrer Auferstehung friedlich über der Brust gefaltet, die sechs Urgegenstände dicht an ihr Herz gebettet. Als der erste Deum Viventem die Augen öffnete, erschuf er mithilfe von Originem, der Krone der Schöpfung, die sechs Reiche Patriam Lux, Patriam Anxiet, Patriam Oculus, Patriam Praeter, Patriam Veritas und Patriam Somnium sowie die Völker Viridis. Der zweite Deum Viventem öffnete die Augen und machte die Herrscher, das Volk und den Planeten durch die Kraft Immortalems, dem Armband der Unsterblichkeit, für den Tod unerreichbar. Der dritte Deum Viventem öffnete die Augen und erklärte mit Imperium, dem Ring der Überzeugung, den Willen der Herrscher zum Gesetz. Der vierte Deum Viventem öffnete die Augen und verlieh Viridi durch Cogitatio, den Spiegel der Unverwundbarkeit, unzerstörbaren Schutz. Der fünfte Deum Viventem öffnete die Augen und schenkte dem Planeten und allen Lebewesen durch Votum, die Uhr der Wünsche, unendliche Perfektion und Schönheit. Doch als der letzte Deum Viventem die Augen öffnete, wurde er von den anderen überwältigt, denn er besaß Exitium, das Schwert des Vergessens und der Zerstörung.

Ich zucke zusammen, als es an der Tür klopft und Irina, meine Zofe, ihren Kopf in mein Gemach steckt. Als sie sieht, was ich in der Hand halte, rümpft sie die Nase, obwohl sie es war, die mir früher jeden Abend daraus vorgelesen hat. »Schon wieder dieses Buch«, sagt sie tadelnd. Ihrer Ansicht nach sollte ich all meine Energien für die Suche nach einem geeigneten Gemahl aufsparen. Ich sollte auf zahlreiche Feste gehen und jeden Tag einen neuen Anwärter empfangen.

Ungefragt betritt sie den Raum und zieht die Vorhänge zu. »Du musst nun schlafen, Ziva. Damit du morgen hübsch und ausgeruht bist.« Innerlich schnaube ich. Kein Schlaf kann dafür sorgen, dass ich jemals so schön wie Flora oder die anderen Mädchen sein werde. Seufzend, fast so, als würde eine große Last auf ihren Schultern liegen, kommt Irina an mein Bett, nimmt mir das Buch aus der Hand, klappt es zu und legt es auf den Nachttisch neben die reglose Porzellanpuppe. »Das sind alles nur Geschichten. Nichts davon ist wirklich passiert. Das weißt du doch, oder?«

»Natürlich«, erwidere ich und ziehe die Decke bis zum Kinn.

»Du solltest mehr in der Wirklichkeit leben.« Flüchtig streicht sie über mein Haar, ehe sie mein Gemach verlässt.

Sobald ich ihre Schritte nicht mehr hören kann, rutsche ich von der Matratze, ziehe die Vorhänge weit auseinander, damit ich Rubrum, Flavo und die Sterne sehen kann, und lege mich anschließend zurück ins Bett, wo ich das staubige Buch erneut aufschlage und eilig durch die vergilbten Seiten blättere.

Viele Jahrhunderte vergingen und die Deum Viventem herrschten weiterhin über das Land. Doch ihre Unantastbarkeit stieg ihnen zu Kopf und ihr einziger Antrieb war die unstillbare Habsucht, worunter auch das Volk zu leiden hatte. Nur einer von ihnen, der König von Patriam Lux, erkannte, dass unermessliche Macht und Perfektion, welche dem Gleichgewicht der Natur widersprechen, Zerstörung bringen und die erbarmungslose Schwärze ihrer gierigen Seelen Viridi eines Tages gänzlich verschlingen würde, wenn ihnen niemand Einhalt gebot. So überließ er sein Zepter seinem Sohn, bevor er mit der Kraft von Originem, der Krone der Schöpfung, den Nigrum Silvam erschuf, der die Dunkelheit und all das Schlechte einsperren und das Gegenstück zu der Vollkommenheit Viridis bilden sollte. Als sein Werk vollbracht war, befreite er den sechsten Deum Viventem, der sein gesamtes Dasein in Gefangenschaft in seinem eigenen Reich ver-

bracht hatte. Mithilfe von Exitium, dem Schwert des Vergessens und der Zerstörung, trieb dieser die anderen Herrscher und alle Urgegenstände in den Totenwald. Im Herzen des Nigrum Silvam hatte Originem einen Kreis errichtet, der aus sechs Steinen bestand. Jeder von ihnen sollte fortan das Grab für einen der Deum Viventem sein, wo ihre Seelen bis heute und auf ewig rastlos ruhen. Und wer sie stört – auf den wartet ein Fluch.

Evaris ist der Herrscher über *Patriam Praeter* und trotzdem sieht er in dieser Sekunde unendlich verletzlich aus, während ich über ihm aufrage und meinen Zauber webe. Als er mich vor einigen Monaten zu unserem ersten Treffen bat, war ich überrascht, denn zuvor hatten wir nie auch nur ein Wort miteinander gewechselt. Und nun bin ich seine Retterin – seine einzige Vertraute. Das ist ein gutes, mächtiges Gefühl. Er ist der Erste, der meinen Wert erkannt hat. Er sieht, wozu ich fähig bin. Meine Fingerspitzen streichen kundig über sein Gesicht. Ich müsste ihn nicht anfassen, um meine Magie zu wirken, doch ich will es. Sein Altern fasziniert mich und stößt mich gleichzeitig ab. Ein Bildnis der Vergänglichkeit. Seine Hände zittern und ich streife auch sie, lasse die dunklen Flecken darauf verschwinden.

Er glaubt, dass ich nicht ahne, was genau er im *Nigrum Silvam* treibt. Dass ich ihm seine zahlreichen Ausreden abkaufe. Doch ich weiß, dass es der Fluch ist, der sich wie ein Mantel um seine Schultern gelegt hat. *Ich* berühre in diesem Augenblick den Fluch. Ich hätte nicht gedacht, dass er so sanft sein würde. Hätte erwartet, dass Dunkelheit aus jeder Pore dringen würde. Stattdessen erscheint er mir wie eine zarte, zerbrechliche Melodie. Wie etwas, das ich unterwerfen – mir aneignen will.

Während Evaris' Haut ihre Falten glättet, werde ich mir zweier Dinge bewusst. Die Begegnung mit dem Herrscher über *Patriam Praeter* ist wie eine Offenbarung, die mir einen Pfad aus der Dunkelheit zum Schlüssel meiner zukünftigen Macht weist. Tief in meinem toten Herz bin ich nicht länger wütend. Ich hege keinen Groll mehr gegen Yasar, True, Lost, Dream, Hale und Dark, die mich mein ganzes Leben ignoriert und ausgeschlossen haben. Aber ich werde nicht nachtragend sein. Ich will sie beschützen, ihr wärmender Ort der Zuflucht sein, damit sie in der Kälte der Hoffnungslosigkeit nicht erfrieren müssen, wie ich es einst tat. Doch vorher muss ich ihnen eine Lektion erteilen. Denn sie sollen fallen – bevor ich sie befreie.

»Fertig«, sage ich zu Evaris, der nun wieder wie jemand aussieht, dem Zeit nichts anhaben kann.

»Ich danke dir, Ziva«, murmelt er und als er sich fahrig erhebt, kippt sein Stuhl scheppernd zu Boden. Ohne sich noch einmal zu mir umzudrehen, verlässt er das Arbeitszimmer. Lächelnd bleibe ich zurück. Die dunklen Kräfte des *Nigrum Silvam* scheinen seinen Geist zu verwirren. Ich frage mich, auf welchen der sechs Urgegenstände er es abgesehen hat. Vermutlich wird er einen wählen, der sein sterbendes Reich vor dem Untergang bewahrt. Ihn dabei zu beobachten, wie er sich die Hände schmutzig macht, löst ein Gefühl der Überlegenheit in mir aus. Als würde er mir dienen. Und das gefällt mir. Unterdessen schaue ich nur zu ... und werde es bei meinem Anlauf um Welten besser machen.

Nachdem ich die Tür geschlossen habe und einige Male vor dem Regal aus Nussbaumholz auf und ab gewandert bin, halte ich inne und leere eines der Fächer. Auf den ersten Blick erscheint der Unterschied minimal, doch es ist ein wenig breiter als die anderen. Dahinter offenbart sich ein Schiebesystem und sobald ich es bediene, kommen zahlreiche Bücher zum Vorschein. Ich ziehe das Erstbeste heraus und schlage es auf. Ein Tagebuch. Eilig greife ich nach der Tasche, die ich mitgebracht habe, und packe nur so viele Schriftstücke ein, dass ihr Fehlen nicht auffallen wird.

Der Herrscher über das vergessene Volk ist tot. Die Nachricht hat sich wie ein Lauffeuer in ganz Viridi ausgebreitet. Doch die Neuigkeit stellt ein viel größeres Wunder in den Schatten. Einen Tag nach Evaris' Tod erstrahlte *Patriam Praeter* in neuer Pracht, weil die magische Uhr es geheilt hat. *Votum*. Dessen bin ich mir mittlerweile absolut sicher. Es ist der letzte Beweis, den ich gebraucht habe.

Ich sitze an dem wackeligen Schreibtisch in Evaris' Arbeitszimmer, der unter der Last der unzähligen Bücher und Pergamentrollen beinahe zusammenbricht. »Sei unbesorgt, Evaris«, murmele ich, während ich sanft über das vergilbte Papier fahre und mir vorstelle, dass es seine Haut ist, die ich berühre. »Du bist als Held gestorben, wenngleich sich niemand jemals daran erinnern wird. Ich werde beenden, was du begonnen hast. Mit dem einzigen Unterschied, dass ich schlauer handeln werde als du.« Sachte schiebe ich den Stuhl zurück und erhebe mich. Es ist mein letzter Besuch – um der alten Zeiten willen. Den weiteren Weg werde ich allein beschreiten. Nur mit Pars an meiner Seite, denn er ist Teil meines Plans. Er ist vermutlich der Einzige, für den ich den Ring nicht benutzen müsste. Und trotzdem wird er vielleicht sogar der Erste sein, der stirbt. Aber nicht jetzt ... nicht für eine halbe Ewigkeit. Es wird ein langer Marsch sein, der ihn zu seiner Schlachtbank führt.

Ich trete ans Fenster und starre in die Nacht hinaus. Es war töricht von Evaris, auf die Uhr zu setzen, anstatt als Erstes *Immortalem*, das Armband der Unsterblichkeit, zu beschwören. Aber weshalb beschwere ich mich? Aufgrund seiner Fehler bleibt umso mehr für mich.

Gerade rechtzeitig kann ich hinter dem schweren Vorhang verschwinden, als Schritte erklingen und die Tür kurz darauf aufgestoßen wird. Der Eindringling wütet in dem Raum, doch ich zucke nicht zusammen, als eine Vase an der Wand zerspringt und sich ein Scherbenregen auf dem Boden ergießt, einige Splitter bis zu meinen Stiefelspitzen schlittern. Keuchender Atem und ausgiebiges Fluchen ertönen. Mit äußerster Vorsicht schiebe ich den Vorhang einige Millimeter zurück. Es ist Lost, der wie ein Besessener die Tagebücher und Pergamentrollen in eine große Kiste wirft. Meine Augen verengen sich zu Schlitzen, doch ich verharre ruhig an Ort und Stelle. Erst als jegliches Wissen weggeräumt ist, erhebt er sich und verlässt den Raum. Er ist derart aufgebracht, dass er nicht bemerkt, wie ich ihm folge.

Lost führt mich durch die verborgensten Gänge in *Patriam Praeter*, die ich nie zuvor betreten habe. Aber mein Gehirn arbeitet rasch und ich mache mir Notizen auf einer gedanklichen Karte. Schließlich gelangen wir in einen Keller und ich gehe hinter einem großen Waschkessel in Deckung, während Lost eine Klappe im Gemäuer öffnet. Dieses Reich ist so unfassbar rückschrittlich. Nur mit Mühe kann ich ein abfälliges Schnauben unterdrücken. Doch mein Hochmut fällt in sich zusammen, als ich das Knistern von Feuer höre. Meine Augen weiten sich und am liebsten würde ich sofort aus meinem Versteck stürmen und Lost niederschlagen. Was für ein dummer, dummer Junge. Glaubt er wirklich, dass er dieses heilige Wissen auf ewig zerstören kann?

Nichts. *Nichts* kann für immer verborgen bleiben.

Sein Vater beschwor mich, dass seine Frau und sein Sohn niemals von alledem erfahren dürfen ... Aber es scheint, als hätte Lost mehr herausgefunden, als ich ihm zugetraut habe. Er macht stets den Eindruck, als wäre er nie im Hier und Jetzt. Doch möglicherweise verbirgt auch sein wahres Wesen sich hinter einer klug errichteten Fassade. Dieser Umstand bringt meine Pläne zwar nicht zum Scheitern, ist aber ein Hindernis. Was, wenn er Evaris und mich zusammen gesehen hat? Seine Gabe ist der meinen überlegen. Er wäre in der Lage, meine Erinnerungen zu stehlen.

Zorn kocht in mir hoch, trotzdem halte ich mich noch immer zurück. Dann – endlich – schlägt er die Klappe zu und während ich den Waschkessel in geduckter Haltung umrunde, verschwindet er aus dem Kellerraum. Keinen einzigen Blick wirft er zurück, als wären es keine Schätze, die dort in Flammen stehen.

Ich warte nur wenige Sekunden, ehe ich mit einem feuchten Tuch, das ich von einer der gespannten Leinen reiße, zu der Mauer stürze und die Luke aufreiße. Wie in weiter Ferne höre ich, dass meine Nägel daran abrutschen und splittern. Ohne zu zögern, greife ich in das Feuer, das genauso wütend ist wie ich. Die losen Pergamentrollen sind zerstört, doch einige der Bücher kann ich retten. Als wären es meine Kinder, presse ich sie an meine Brust, wiege sie hin und her, ungeachtet der Tatsache, dass sie meine Haut versengen. Es stört mich nicht, weil ich schon so unendlich lange gezeichnet bin. Ich bin Schmerz und Blut und Narben.

Ich sitze auf dem unbequemen Schaukelstuhl am Fenster, die Vorhänge weit beiseitegeschoben. Die Porzellanpuppe von meinem Nachttisch liegt in meinem Schoß und ich streiche ihr in sanften kreisenden Bewegungen durchs Haar. In meiner Nase und in meinem Mund ruhen noch immer die Erinnerungen an Feuer und Rauch. Doch meine Geheimnisse aus Gold bewahre ich sicher auf. Und ich weiß, dass ich sie eines Tages wiederfinden werde. Ganz gleich, wie viel mir noch genommen wird.

Ein Klopfen ertönt von der Tür und ich setze ein Lächeln auf. »Herein«, rufe ich, mache mir nicht die Mühe, aufzustehen. Wie in Zeitlupe beobachte ich die Hinabbewegung des Griffs. Es ist Lost, der eintritt, und ich lächele noch ein wenig breiter, weil ich es vorausgesagt habe. Sie alle werden lernen, dass ich stets einen Schritt weiter bin.

Heute.

Heute – werde ich also mit der ersten Lektion beginnen.

Lost kommt auf mich zu, ein entschlossener Ausdruck liegt in seinem Gesicht. Sachte setze ich die Puppe auf dem kühlen Fensterbrett ab und strecke eine Hand nach ihm aus. »Wie schön, dass du mich einmal besuchen kommst«, flüstere ich, während er sich zu mir herunterbeugt und meine Schläfe mit Vergessen küsst.

Kapitel 4
LEBENDIGE GESCHICHTEN

ZIVA

Vergangenheit

Es ist erschreckend, was ich alles dafür tun würde, um nur ein einziges Mal von ihnen bemerkt zu werden. So unendlich gern würde ich dazugehören. Der Wunsch ist derart groß, dass er alles in mir bestimmt. Doch anstatt neben ihnen zu sitzen, spähe ich aus sicherer Entfernung durch die wenigen kahlen Stellen der Hecke unseres Hauptgartens und beobachte die Erben der sechs Reiche Viridis. Geistesabwesend mache ich einige Schachzüge auf dem Brett, das zu meiner Linken auf dem Brunnen aufgebaut ist. Hale sagt etwas, worüber die anderen lachen. Alle außer ihm. Dark. Sein Gesicht ist immer furchtbar ernst. Wie in Stein gemeißelt. Unnachgiebig. Mit scharfen Ecken und Kanten. Wenn ich gut darin wäre, würde ich ihn malen. Er wirkt stets, als wäre er viel lieber an einem anderen Ort. Und ich würde ihn gern dorthin begleiten. Dann könnten wir uns gemeinsam fehl am Platz fühlen. Es würde alles so viel erträglicher machen.

Zusammen einsam.

An der Seite des anderen auf ewig verloren.

Gebannt sehe ich dabei zu, wie True einen albernen Zaubertrick vollführt und Hale in lautes Johlen ausbricht. Yasar schüttelt den Kopf, dennoch zupft unbewusst ein zartes Lächeln an seinen Mundwinkeln. Eigentlich will er die Dummheiten seiner Freunde nicht amüsant finden, weil er der kluge Kopf der Gruppe ist. Ich frage mich, wie man nur so gesegnet sein kann, dass man unabsichtlich glücklich ist …

Heftig erschrecke ich, als das Rufen meiner Mutter ertönt. Gleichzeitig springe ich hastig auf, stoße das Schachbrett um, sodass die Spielfiguren wie Dominosteine zu Boden fallen. Der König gleitet in das Wasser des Brunnens und mit einem stummen Schrei auf den Lippen beuge ich mich nach vorn, bekomme ihn gerade noch rechtzeitig zu fassen. Seufzend presse ich ihn an meine Brust, ehe ich den Gang zwischen den verwinkelten Hecken entlangeile und die restlichen Spielfiguren zurücklasse.

Novas Rufe werden unterdessen immer ungeduldiger, aber ich bin bereits auf der anderen Seite des Halbkreises angelangt, in dem sich die Erben aufhalten. Niemand kennt sich in den Gärten von *Patriam Oculus* so gut aus wie ich. Auch wenn ich vorerst im Palast bleiben darf, um Yasar zu unterstützen, und nicht fortgeschickt werde, ist Nova der Ansicht, dass ich einen Gemahl an meiner Seite brauche. Aus diesem Grund hat sie heute einige potenzielle Kandidaten eingeladen. Sie ist nicht erfreut darüber, dass ich ihr und Pars schon wieder entwischt bin, weil es bereits der vierte Anlauf ist. Aber ich habe keine Lust, zur Schau gestellt zu werden.

Ich sollte meine Abwesenheit auf meine Vergesslichkeit schieben, die mich tatsächlich seit einigen Jahren derart quält, dass ich häufig von stechenden Kopfschmerzen heimgesucht werde. Sobald ich versuche, mich an bestimmte Tage oder Ereignisse zu erinnern, ist es, als würde ich mich am Rande einer ungeheuerlich tiefen Schlucht befinden. Andererseits will ich meinen Eltern nicht noch mehr Beweise liefern, die zeigen, dass ich nicht an Yasar heranreiche. Deshalb werde ich mir diese Ausrede nicht zunutze machen. Zischend ziehe ich die Luft ein, als ich vor einem neuen Guckloch stehen bleibe und gleichzeitig auf einen kleinen Ast trete, der ein leises Knacken von sich gibt. Bei dem Geräusch friere ich ein, wage es nicht einmal, die Haarsträhne zurückzustreichen, die sich beim Laufen aus meiner Flechtfrisur gelöst hat. Lost ist wie immer so sehr in seine eigene Welt verstrickt, dass er nicht aufblickt, und Hale, Dream, Yasar und True sind in eine angeregte Unterhaltung vertieft. Aber Dark ... Dark ist herumgewirbelt und schaut direkt in meine Richtung. Durchbohrt die Hecke mit seinen silbrigen Augen, deren Iriden heute wie Stahl im Licht der siebzehnten Sonne blitzen. Ich würde zurücktaumeln, wäre ich nicht erstarrt. In diesem Moment ruft Nova erneut nach mir und ich bin mir sicher, dass er mich nun verraten wird. Stattdessen verharrt er einige Sekunden – ehe er sich wortlos abwendet, fast so, als würde ihn all das nichts angehen. Als würde *ich* ihn nichts angehen.

Zittrig atme ich aus und als ich meine zu Fäusten geballten Hände entspannen will, rutscht der König aus meiner Hand, wird von den weichen Armen des Sandes aufgefangen. Staub wirbelt durch die Luft, doch ich beobachte wie gebannt die Innenfläche meiner Hand, wo ein Schnitt an meiner Lebenslinie entstanden ist. Rote Flüssigkeit quillt nun daraus hervor, sammelt sich, bevor sie hinuntertropft, mitten auf die Brust des gefallenen Königs. Sie läuft über seinen gesamten Körper, aber vielleicht sickert sie auch in sein Innerstes. Noch einmal blicke ich zu Dark, seiner stattlichen Erscheinung, während Stolz in meiner Brust wie die Rose neben mir erblüht. Dieser Blutschwur hat uns miteinander vereint.

Das Kleid fühlt sich an, wie nicht für mich gemacht. Ich stehe auf einem der Balkone, die wie Vogelnester in den Saal ragen, auf dessen poliertem Parkett sich tanzende Paare drehen. Ärgerlich zerre ich an meinem Mieder, das viel zu eng anliegt. Es ist, als hätte ich mich in eine Haut gezwängt, die nicht passen will – obwohl sie es sollte. Nova und Irina haben dieses Ungetüm, das bestickt ist mit *Patriam Somniums* kostbarster Muschelseide, für mich ausgesucht. Am liebsten würden sie mich wohl noch heute Abend verheiraten. Ich habe dabei kaum etwas mitzureden. Das Warten ist eine Erniedrigung, denn die meisten umliegenden Balkone sind bereits leer. Nur mich will niemand fragen, obwohl ich den höchsten Rang besitze. Ich wüsste so gern, was falsch mit mir ist. Warum mich niemand zu den Klängen der Musik durch die Luft wirbeln will. Als Pars' Finger meine Schulter berühren, überlege ich, ob sie selbst auf die Entfernung sehen können, wie gebrochen und beschädigt ich bin. Mühsam straffe ich die Schultern. Heute ist einer der grässlichsten Tage meines Daseins.

»Wie wäre es mit einem Tanz?«, raunt Pars mir zu. Ich schüttele den Kopf, selbst wenn er mich vielleicht dafür bestrafen wird. In welchem Licht stehe ich da, wenn nur mein Leibwächter sich meiner erbarmt? Obwohl ... das doch eigentlich genau ist, was ich möchte. Denn ich will keinen von diesen Bauern zum Gemahl, wo es doch der König ist, der auf mich wartet.

Pars' Griff wird fester und ich ahne, dass er nur zu gern an meinen Haaren zerren würde, um vielleicht ein wenig Blut zu sehen. Ich drehe mich um und schenke ihm ein liebreizendes Lächeln. »Nun gut«, flöte ich. »Du hast mich überzeugt.« Seine Gesichtszüge entspannen sich und er reicht mir seinen Arm, damit ich mich bei ihm unterhaken kann. Gemeinsam verlassen wir das prunkvolle Nest, schreiten nebeneinander den burgunderroten Samtteppich entlang. Als wir über die breite Treppe den Festsaal erreichen, entgehen mir die hungrigen Blicke nicht, die einige Frauen Pars zuwerfen. Objektiv betrachtet verstehe ich, dass er muskulös gebaut ist und über ein recht attraktives Antlitz verfügt. Deshalb war ich auch geschmeichelt, als er sich damals auf diesen Posten bewarb. Es ist nur so, dass er von innen hässlich ist.

Gekonnt führt er mich in eine Drehung und bald verschwimmt unsere Umgebung. Aufgrund des engen Mieders fällt mir das Atmen schwer, dennoch gebe ich meine aufrechte Haltung zu keiner Sekunde auf. Vermutlich sehe ich aus, als hätte ich ein Zepter verschluckt. Ich bin zu steif. Nicht wie die anderen, die sich wiegen, als wären sie eine Einheit mit der zarten Melodie.

Beinahe bin ich erleichtert, als das Quartett verstummt und Pars mich an den Rand der Menge führt. Auf dem Weg greife ich mir ein Weinglas von einem der vorbeischwebenden Tabletts und leere es in einem Zug. Die Tanzfläche gehört nun Lost und Flora – schließlich ist es ihre Verlobungsfeier. Ich schlucke hart, weil sie unwirklich schön ist. Selbst ihre Haut hat einen goldenen Teint. Am liebsten würde ich vor Eifersucht mit den Zähnen knirschen, als Lost und sie ihre Handinnenflächen aneinanderlegen. Das perfekte Paar. Aber ich bin auch deshalb wütend, weil die Erben ihr, ohne zu zögern, einen Platz in ihrer Mitte angeboten haben. Sie haben sie akzeptiert – und nun ist sie eine von ihnen. Flora ist kein Mädchen, das sich jemals hinter einer dornigen Hecke verbergen musste. Ihre Familie ist arm, ihrem Zukünftigen hat sie nichts zu bieten ... Trotzdem ist ihr äußeres Gewand, in welches das Universum sie so großzügig gekleidet hat, wertvoller als jeder Barren Gold. Am liebsten würde ich schreien – wegen dieser Ungerechtigkeit. In dieser Sekunde bin ich so verzweifelt, dass mir sogar Pars' Brust willkommen ist, um mich daran anzulehnen.

Als der Verlobungstanz endet und tosender Applaus ausbricht, steigt saure Galle aus meinem Magen empor. Blinzelnd beobachte ich, wie Losts Freunde an sie herantreten und Glückwünsche überbringen. Und mein Blut beginnt zu kochen, als Lost sich zu Flora beugt und sanft ihre Wange küsst. Etwas glühend Heißes durchzuckt meine Glieder und ein kehliger Laut dringt aus meinem Mund. Dann wirbele ich herum und haste aus dem Saal, den missbilligenden Blick von Anatolius nehme ich kaum wahr. Ich spüre, wie Pars meinen Arm streift, doch ich schüttele mich, als wäre er ein lästiges Insekt. Unaufhaltsam stürme ich weiter, zerre wie getrieben an dem Ausschnitt meines Kleides, während meine Atmung hektischer wird. Als ich endlich in der Lage bin, den Nebel zu rufen, fühlt es sich an, als würde sich ein kühlendes Leinen um meinen Körper legen. Trotzdem bin ich halb besinnungslos, als ich mein Gemach erreiche, die Tür hinter mir zuschlage und die Lehne eines Stuhls unter die Klinke klemme. Schwarze Punkte tanzen vor meinen Augen und es dauert einen Moment, bis ich das Messer gefunden habe, welches im rechten Schubfach meiner Kommode unter Tüchern aus Seide liegt. Die eisige Spitze setze ich am obersten Rand des Stoffs an und durchtrenne das Mieder mit einem endgültigen *Ratsch*. Luft dringt tief in meine Lunge und ich stöhne erleichtert auf. Klappernd fällt das Messer zu Boden. Es fühlt sich an, als wäre ich nur sehr knapp mit dem Leben davongekommen. Achtlos schäle ich mich aus dem verhassten Kleid, während meine Sicht langsam wieder klarer wird. Sofort entringt sich meiner Kehle ein Schluchzen und ich halte überrascht inne, weil mir zuvor vollkommen entgangen ist, dass ich dicke Tränen vergieße. Orientierungslos taumele ich nach vorn, schüttele mit den Füßen die letzten Reste Muschelseide ab, ehe ich mich mit beiden Händen am Rand des großen Spiegels abstütze. Ich sehe nicht hübsch aus, wenn ich weine. Meine Lider sind verquollen, mein Gesicht aufgedunsen. Aber ich lege meine Hand dafür ins Feuer, dass Flora zum Sterben schön ist, selbst wenn Sturzbäche aus ihren Augen quellen und ihre Wangen rot und fleckig sind. *Selbst dann* würde Lost und jeder andere Mann Viridis sie noch küssen wollen. Ich wende mich ab, weil ich den Anblick meines eigenen Spiegelbildes nicht ertrage. Jedes Mal wünsche ich mir, es wäre jemand anderes, der mir daraus entgegenstarrt. Eine Frau, die strahlend – und nicht so furchtbar blass ist wie ich.

Ich bin so sehr in meine Gedanken verstrickt, dass ich auf dem Weg zum Bett über den Stoff stolpere und der Länge nach hinschlage. Ich keuche und fluche, als mein Zeigefinger auf dem Boden umknickt. Wimmernd komme ich auf die Knie, weil ich mir ganz sicher bin, dass er gebrochen ist. Doch schließlich werde ich sehr still, betrachte mit großen Augen die Diele, die sich bei meinem Sturz gelöst hat. Mit zitternden Händen hebe ich das dunkle Holz vollständig heraus. Der Schmerz rückt in den Hintergrund, während ich nach dem verborgenen Inhalt greife. Es handelt sich um Briefe. So unzählig viele Briefe, die ich mir selbst geschrieben habe, und die auf in Leder geschlagenen Büchern liegen.

Jeden einzelnen von ihnen lese ich. Sauge die Wörter in mich auf, als wären sie mein Henkersmahl.

Als ich fertig bin, herrscht draußen bereits Nacht. Ungeachtet der Tatsache, dass ich im Angesicht der Weite des Himmels winzig wirke, fühle ich mich in diesem Augenblick alles andere als unbedeutend.

»Lost.«

Sein Name kommt wie eine Drohung über meine Lippen. Er hat es gewagt, meine Erinnerungen zu nehmen – mir mit seiner törichten Tat wertvolle Zeit gestohlen. Trotzdem versuche ich, der Vergangenheit nicht zu viel Gewicht zu verleihen und mich stattdessen auf die Zukunft zu konzentrieren. Eines Tages wird er etwas Wertvolles verlieren – etwas, das ihm kostbarer als alles andere ist – und ich werde genüsslich dabei zusehen. Mit dem Unterschied, dass er es, im Gegensatz zu mir, niemals zurückbekommen wird.

Meine Arme drohen unter mir nachzugeben, während ich auf Händen und Knien in Richtung Baderaum krieche und dabei eine Spur schwarzer Erde hinterlasse. In mir pocht eine Macht, von der ich nicht weiß, ob mein Körper ihr standhalten kann. Nun verstehe ich, weshalb die Gründer jeweils nur einen Urgegenstand besaßen. Doch ich will mehr als sie.

Ich.

Will.

Alles.

Ich muss stark genug sein. Zum Umkehren ist es längst zu spät.

Ein wildes Knurren ausstoßend, ziehe ich mich an der Kommode empor und stolpere über die kühlen Fliesen zum Waschbecken, auf dessen Rand ich mich abstütze. Keuchend starre ich zu meinem Handgelenk, um das sich *Immortalem* schlingt. »Auf dass ich dem Tod auf ewig widerstehen kann«, flüstere ich und eine Gänsehaut breitet sich auf meinem Körper aus. Automatisch taste ich nach meinem Gürtel, in dessen Schlaufe *Cogitatio* steckt. »Auf dass kein Angreifer mich jemals verwunden kann.« Meine Finger beben, als ich sie an meinen Mund führe und meine Lippen sich auf *Imperium* pressen. »Und sie alle sich meinem Willen beugen werden.« Als ich schließlich *Originem*, die Krone der Schöpfung, berühre, lege ich meinen Kopf in den Nacken und breche in schallendes Gelächter aus. Japsend schnappe ich nach Luft, während mein Blick zu der Seifenschale wandert, in der mein Verlobungsring wie ein Geschenk auf mich wartet. »Ich habe es für dich getan«, raune ich ihm zu. Aber dann halte ich inne, bin ganz ehrlich zu mir selbst. Erneut lache ich. So sehr, dass mein gesamter Leib sich schüttelt.

»Das war eine Lüge«, zwitschere ich, meine Stimme so schrill, dass sie Glas zerspringen lassen könnte. »Ich habe es für mich getan.« Ich umklammere den Waschbeckenrand noch ein wenig fester. »Nur für *MICH*«, brülle ich. Sollen sie es nur hören. Mir ist bewusst, dass ich die Gegenstände nicht offen zur Schau tragen kann, falls Lost Verdacht schöpfen sollte. Andererseits kann mich sowieso niemand mehr aufhalten.

Niemand.

Sie *alle* – werden sich meinem Willen beugen.

Keiner könnte *Exitium* beschaffen, ohne bei dem Versuch zu sterben. Weil ich bereits im Besitz von *Immortalem* bin. Langsam hebe ich den Blick, um den Preis zu betrachten, den ich gezahlt habe. Strähniges Haar hängt in mein Gesicht, als ich in den Spiegel blicke.

»Das ist es mir wert«, spreche ich mir selbst zu, als ich eine Hand vom Beckenrand löse und meine Haare beiseiteschiebe.

Faltige Haut.

Dunkle Flecken.

»Nun sind wir uns so ähnlich«, wispere ich. In dieser Sekunde glaube ich, Evaris zu vermissen. Dann hebe ich beide Hände an meine Wangen, lasse meine Gabe wirken.

Jung und schön.

Aber nicht so schön wie die anderen.

Nicht so bezaubernd wie Flora.

Nicht so makellos, dass Dark mich tatsächlich sehen kann.

Ich sitze auf einem gestohlenen Thron. Auf einem Thron, der geschmückt ist mit den Wappen von *Patriam Oculus, Patriam Veritas* und *Patriam Anxiet.* Mit den Fingernägeln fahre ich über die verzierten Reliefs, während ich auf diejenigen blicke, die ihre Bitten vortragen. Zu meiner Linken befindet sich Dark, seine Züge wie immer eine undurchdringbare Maske.

Mein.

Mein Verlobter.

König und Königin.

Ich wusste doch, dass die Bindung durch den Blutschwur endgültig ist. Mittlerweile lächele ich müde darüber, dass ich jemals Zweifel hegte.

Huldvoll neige ich den Kopf und spreche mit dem Bittsteller, der als Nächstes vor uns tritt. So geht es eine ganze Weile, bis sich der Saal irgendwann vollständig geleert hat. Langsam erhebe ich mich, merke erst jetzt, wie ausgelaugt ich bin. Dark geht neben mir und Pars folgt uns wie eine Marionette. *Meine* Marionette.

Im Gang treffen wir auf Anatolius und Nova. Ersterer bedenkt mich mit einem stolzen Nicken. »Was für ein schönes Paar ihr doch seid. Ich kann die Hochzeit kaum erwarten«, säuselt Mutter in einem Tonfall, der früher nur für Yasar bestimmt war. Sie werden nie erfahren, dass ich ihre Zuneigung durch *Imperium* gestohlen habe.

»Wir hoffen auch, dass die Zeit bis dahin rasch vergeht«, erwidert Dark an meiner Stelle und legt eine Hand auf meine Schulter, ehe er mich weiterschiebt. Ich entlasse Pars, bevor wir unsere Gemächer erreichen. Unschlüssig wende ich mich Dark zu. Er ist der Einzige, in dessen Gegenwart ich mich noch befangen fühle. Zwar leben wir schon vor der Vermählung zusammen in diesen Räumlichkeiten, doch wir teilen nicht das Bett miteinander. Und ich weiß, dass er sich in manchen Nächten fortschleicht – genau wie ich.

Ich bin mir ziemlich sicher, dass er sich mit Yasar und True trifft, die sich wie Feiglinge in *Patriam Somnium* verstecken, wo Dreams Familie ihnen Unterschlupf gewährt. Glaubt mein Bruder tatsächlich, dass er mir so leicht entkommen kann? Nur mit Mühe unterdrücke ich ein abfälliges Schnauben. Ich konnte mich nie verkriechen. Immer musste ich den Kopf hinhalten. Warum sollte er verschont bleiben? *Weil du auf ihn achtgeben willst. Weil er deinen Schutz benötigt – er eine deiner Puppen ist.* Eine liebliche Stimme säuselt in meinem Kopf. Sie klingt wie die eines kleinen Mädchens. Meine Augen huschen unstet umher, doch hier sind nur Dark und ich.

Nur wir beide.

»Leistest du mir noch Gesellschaft?«, frage ich ihn, während ich auf meine Tür zusteuere. Ich spüre, wie er mir schweigend folgt, drehe mich aber nicht um. Stattdessen eile ich ins Bad, ziehe mein Nachtgewand an und kehre ins Schlafzimmer zurück. Dark schlägt die Decke für mich zurück, sodass ich darunterschlüpfen kann. Als er sich zu mir legt, brennt nur noch eine Fackel an der Wand. Ich warte darauf, dass er mich berührt. Ich will es und gleichzeitig auch nicht.

Weil ich es sowieso nicht genießen kann. Nicht einmal mit ihm. Plötzlich schlägt mein Herz so laut, dass ich den Nachhall in meinen eigenen Ohren vernehmen kann. Ich rolle mich auf die Seite und sehe ihn an. Zum ersten Mal wünsche ich mir, dass sein Gesicht keine eiserne Maske ist. Früher war sie der Grund dafür, dass er mir am liebsten war. Weil in seinem Blick nie eine Wertung lag. Und obwohl seine Haltung stets unnachgiebig ist, zeugen seine Iriden von Hoffnung und von Licht. Als er meine Hand nimmt und meine Augen zufallen, wird mir klar, dass ich es nicht über mich bringen werde, seine Zuneigung zu stehlen. Nicht jetzt. Vielleicht sogar niemals.

Ich will, dass er es will.

Ich will, dass uns beiden alles gehört.

Ihr wollt doch gemeinsam über Viridi herrschen. Schon wieder diese Stimme. Dieser grässlich hohe weinerliche Ton. Mit geschlossenen Lidern winde ich mich. *Raus aus meinem Kopf!*

Ich weiß, dass die Gegenstände versuchen, mich mit Wahnsinn zu schlagen. Dass es der Fluch ist, der sich mit eisiger Zunge an meinen Gedanken labt. Aber ich bin ihre Meisterin. Und auch sie – werden sich vor mir verneigen. Genau wie Dark, True, Yasar, Hale, Lost und Dream. Sie sollen wach und bei Verstand sein, wenn sie sich ergeben. Wenn ich eine von ihnen werde. Wenn Flora und ihre Schönheit in Vergessenheit geraten – nur noch ich für sie sichtbar bin.

So anbetungswürdig wie eine Heilige.

Ihre Retterin.

Sie werden um Vergebung für all ihre Sünden flehen.

Ich stehe vor den Trümmern, die einst Viridi waren – mit der Armee im Rücken, von der ich immer geträumt habe. Sie alle sind starr und regungslos. Viel zu sehr wie hübsche Porzellanpuppen. Ich beuge mich zum Boden und hebe ein grobes Stück zersplittertes Glas auf.

Königin der Scherben.

Wütend knirsche ich mit den Zähnen.

Vielleicht war es der größte Fehler meines Lebens, die Erben nicht der Macht des Rings zu unterwerfen. Geistesabwesend drehe ich *Imperium* an meinem Finger. Ich will schreien und toben, doch äußerlich bin ich vollkommen ruhig.

Sie sind fort.

Haben mich zurückgelassen.

Sie wollen mich noch immer nicht.

Aber am schlimmsten ist, dass Dark unseren Schwur gebrochen hat.

Wie konnte er es wagen – nachdem er meine Hand wie eine Rose gehalten hat?

Jede Berührung und jeder Blick – hat er diese Gesten etwa ganz anders gedeutet als ich? Ich habe gemerkt, dass er anfangs widerwillig war. Aber dann wuchsen wir zusammen. Er war doch der Einzige, der verstand …

Bilder rasen vor meinem inneren Auge vorbei. Wie er über meinen Rücken streicht. Wie er mir seinen Arm reicht, damit ich mich daran festhalten kann. Wie er mir galant die Schleppe meines Kleides richtet. Wie wir gemeinsam vor unserem Volk stehen. Wie er meine Stirn wie etwas Kostbares küsst.

Ich zische, als die Scherbe in meine Haut schneidet und große Blutstropfen auf die Trümmer fallen. Es ist, als gäbe ich mir selbst einen neuen Schwur.

»Flora.«

Losts Verlobte tritt neben mich und ich schlage ihr ins Gesicht. Keuchend fällt sie vor mir auf die Knie. »Das ist dafür, dass du eine schlechte Berichterstatterin warst.«

Sie wimmert, kriecht vor mir.

So unendlich schwach.

Bedauernswert.

Und zurückgelassen.

Genau wie ich.

Ihre Schönheit hat ihr letztendlich gar nichts gebracht.

Ein Lächeln umspielt meine Lippen, als ich sie am Unterarm packe und zurück auf die Füße zerre. »Wir werden sie hierfür bezahlen lassen.«

Ich folge Dark durch die dunklen Gänge des Sandpalastes. Er scheint noch immer schlaflos zu sein. Genau wie ich. Genau wie damals. Die Versuchung, mich ihm zu zeigen, ist unendlich groß. Aber ich weiß auch, dass es meine jahrzehntelange Arbeit zerstören würde. Sie sind alle hier versammelt – zu meiner sorgfältig aufgebauten Schachpartie. Die Erben Viridis haben weitergelebt, mich und unseren Planeten vergessen. Es ist ihre Schuld, dass unsere Heimat nicht mehr bewohnbar ist.

Dark geht nun langsamer und ich warte neben einer Statue, die den verstorbenen Meeresgott Poseidon mit seinem muschelbesetzten Dreizack darstellt. Unruhig kratze ich über meine Arme, die mich so sehr jucken, als hätten tausend hungrige Insekten daran gesaugt. Obwohl ich schon eine Weile Kiana bin, will ich noch immer jeden Tag aus dieser Haut, um wieder die meine anzulegen. Es fühlt sich auch deshalb falsch an, weil meine Gegenstände nach mir rufen. Sie wollen ihre Herrin zurück. Ich hatte recht – sie haben sich mir unterworfen. Und nun wollen sie nicht mehr ohne mich sein. Die Entfernung zwischen uns ... ist wie ein ungeduldiges Zerren, wie ein unsichtbares Seil, das immer kürzer wird. Doch ich habe sie absichtlich zurückgelassen. Ich brauche die Herausforderung. Muss beweisen, dass ich es ohne einen Zauber schaffen kann. »Nicht mehr lange«, flüstere ich, versuche, meine gereizte Haut und auch mich zu beruhigen. Ebenso diejenigen, die verteilt auf der ganzen Welt auf mich warten. Die mir und meinen Zwecken dienen. Die Zwietracht in den Köpfen des Volkes säen, die Geschichten verbreiten, über unersättliche neue Götter, die in Prunk, Reichtum und Herrlichkeiten baden, während die einfachen Menschen an Hunger sterben.

»Hallo, kleines Monster. Wir scheinen beide eine Vorliebe für nächtliche Spaziergänge zu haben.« Beinahe zucke ich zusammen, als seine spöttische Stimme die Stille durchschneidet. Ich linse zwischen zwei mit Seetang umwickelten Zacken hindurch und fühle mich in der Zeit zurückversetzt. Als befände ich mich in einem der wohlduftenden Gärten *Patriam Oculus'*, hinter der gepflegten Hecke, mit der starren Königsfigur in meiner rechten Hand. Ich erblicke Flame, die versucht, sich an Dark vorbeizudrängen. Ihren Duft nach Vanille und Orangenöl kann ich bis hierher riechen. Es ist ein angenehmer Geruch – das muss ich zugeben. Trotzdem verstehe ich nicht, was er in ihr sieht. Sie ist mit hässlichen Narben übersät. Ich erkenne nicht, was an ihr besonders ist.

»Was hast du um diese Uhrzeit hier verloren?« Alles an Darks Haltung schreit, dass er sie für sich beanspruchen will. Er ist ein Narr und erkennt nicht, dass sie seiner überhaupt nicht würdig ist.

Lediglich halb dreht Flame sich zu ihm um. Ihr bernsteinfarbenes Auge funkelt in der Dunkelheit und das Glühen darin bereitet mir Unbehagen. Leidenschaft ist nichts, womit mein totes Herz etwas anfangen kann. »Du redest wieder mit mir«, stellt sie tonlos fest.

»Offensichtlich.«

Ich presse mich enger an Poseidon, als Flame ihren Zeigefinger in Darks Brust bohrt und vor Wut zu beben beginnt. »Du! Was glaubst du, wer du bist? Du kannst nicht all diese Dinge tun ... und dann einfach zu mir kommen, wenn es dir wieder beliebt!«

»Mir beliebt?« Er unterdrückt ein Lachen und heiße Schauer des Zorns rasen wie Pfeile durch mein Innerstes.

»Du hast mir all diese Hoffnungen gemacht. Dann lässt du mich fallen, als wäre nichts gewesen, nur um mich anschließend zu suchen, mit mir die Nacht im Wald zu verbringen, aber kein Wort zu reden. Du ignorierst mich seit Wochen! Also, was ist echt und was nicht? Ist das nur ein bescheuertes Spiel für dich? Ein Zeitvertreib, damit es nicht langweilig wird?«

»Ich glaube, es ist nicht abschließend geklärt, wer hier mit wem spielt«, erwidert Dark. In ihm scheint ihr Ausbruch Ruhe auszulösen. Als wäre sie sein Gegenstück. Meine Hand umfasst den verfluchten Dreizack nun so fest, dass meine Knöchel in der Dunkelheit weiß hervortreten.

»Wenn ich dieses Turnier gewinne, dann darf ich einen von euch zum Gemahl nehmen. So lauten doch die Regeln, nicht wahr? Wie würde es dir also gefallen, wenn ich Hale zum Mann nehme? Oder auch Apollo? Geht das? Wir verstehen uns recht gut, weißt du.« Es ist das erste Mal, dass Flame ein wenig listig – vielleicht sogar schadenfroh klingt.

Ein Knall ertönt und meine Augen weiten sich. Innerhalb eines Wimpernschlags hat Dark sie gegen die Wand gepresst und Eifersucht dringt aus jeder seiner Poren. »Sag. So. Etwas.

Nie. Wieder«, flüstert er bedrohlich. Trotzdem werde ich von einem wohligen Schauer erfasst.

Und schon wieder will ich, was eine andere hat.

Sein Körper schirmt ihren gänzlich ab, sodass ich Flame nicht mehr sehen kann. Aber er wird nicht immer da sein, um sie zu schützen. Um sich vor sie zu stellen. Irgendwann werden nur sie und ich uns gegenüberstehen. Dann werden wir herausfinden, wer von uns beiden triumphiert. Anders als ich wuchs sie nicht in einem Palast auf, sondern in einem Dorf, das nur aus Schmutz und Schlamm und vertrockneter Landschaft besteht. Sie hat keine Chance, an der Seite eines Gottes wie Dark zu überleben.

Das Hochgefühl ist so allgegenwärtig, dass ich mich nicht einmal an der halb vermoderten Pritsche unter mir störe. Ich höre, wie schwere Schritte die moosbewachsene Treppe herunterschreiten und werde von Vorfreude übermannt.

Zweihundert Jahre.

Siebentausenddreihundert Tage.

So lange habe ich gewartet.

So lange bin ich geduldig – aber alles andere als untätig gewesen.

Ich habe all das geschafft – aus meiner eigenen Kraft.

Sie wären niemals dazu in der Lage gewesen ... *Sie* ... können nur fliehen.

Ich spüre, wie mein Bruder und sein Begleiter mich beobachten. Einer meiner Mundwinkel hebt sich, weil ich ohne hinzusehen weiß, wie Darks Kiefer zuckt.

Yasar, True, Hale, Dream, Lost und Dark.

Ich kenne jeden Einzelnen von ihnen, weil ich sie immer im Auge behalten habe.

Dark mag mein totes Herz vor langer Zeit geblendet haben ... doch es wird kein zweites Mal geschehen.

»Nuuuun«, sage ich gedehnt, während ich mich aufrichte. Eigentlich wollte ich überlegen klingen. Stattdessen kann ich meine Freude nicht verbergen. »Wie lange wollt ihr noch dort stehen und mich anstarren?«

»Wir haben ein paar Fragen an dich«, erwidert Yasar.

Entspannt lehne ich mich zurück und schlage die Beine übereinander. »Nur zu. Keine falsche Scheu.«

»Warum wolltest du die anderen Mädchen töten?«

Gespielt nachdenklich lecke ich mir über meine trockenen Lippen. Es ist eine Weile her, dass ich zuletzt getrunken habe. »Ich langweile mich so schnell. Und außerdem: Es kann nur eine Gewinnerin geben. Niemand hat gesagt, dass wir uns nicht gegenseitig aus dem Rennen befördern dürfen.«

Dark gibt ein abfälliges Schnauben von sich. Am liebsten würde ich ihm an die Gurgel gehen. Ihm zeigen, dass ich nicht derart unterwürfig wie damals bin.

»Warum erst jetzt? Warum hast du vorher keinen Versuch gestartet?«

Gleichgültig zucke ich mit den Schultern. »Zu viele. Ich habe erst die natürliche Auslese abgewartet.« Ich hole Luft, koste den Moment aus, ehe ich eine weitere Überraschung offenbare. »Haben euch die Stymphalischen Vögel gefallen?« Meine Besucher erstarren und ich bin von der Macht wie berauscht. »Tja, ich weiß, Eigenlob stinkt, aber die kamen von mir. Der liebe Hale hatte damit nichts zu tun. Von ihm waren lediglich diese albernen Sirenen.«

Dieses Mal sehe ich, wie Darks Kiefer zuckt und es verschafft mir Befriedigung. »Weißt du darüber Bescheid, wo sie Candela hingebracht haben?«

»Vielleicht.« Mein Gesicht verzieht sich zu einem breiten Lächeln. »Leider muss ich zugeben, dass die Biester nicht besonders schlau sind. Eigentlich sollten sie Flame mitnehmen.« Das stimmt. Meine Rache, weil sie versucht hat, sich etwas zu nehmen, das mir gehört.

Darks Hautfarbe wechselt zu Dunkelrot, doch Yasar bewahrt wie immer die Ruhe. »Warum?«, will er lediglich wissen.

Einen Moment bin ich irritiert, lege den Kopf leicht schräg, ehe mir einfällt, dass sie nicht in der Lage sind, hinter die Fassade zu blicken. Ich erhebe mich, schlendere auf die beiden zu, bis uns nur noch Zentimeter trennen.

»Ich bin ziemlich enttäuscht«. In einer schmollenden Geste schiebe ich die Unterlippe nach vorn. »Erkennt ihr mich denn gar nicht?«

Darks Augen sind zu Schlitzen verengt, als ich einen letzten Schritt auf sie zumache. Und dann lasse ich los. Streife diese falsche Hülle endlich ab. Langsam beginnt sich mein Gesicht zu verformen: Ich spüre, wie mein Kopf schmaler, meine Nase kleiner und mein Kinn spitzer wird. Als ich die Lider aufschlage, stolpert Dark zurück. Von seiner schockierten Miene werde ich auf ewig zehren.

»Hallo, Bruderherz«, wende ich mich zuerst an Yasar und schließlich an Dark. »Geliebter.« Bedächtig lege ich eine Hand um die Gitterstäbe. »Bekomme ich zur Begrüßung gar keinen Kuss? Ich habe eine solch beschwerliche Reise auf mich genommen, nur um bei dir zu sein.«

»Was willst du hier?«, fragt Dark barsch. Yasar hingegen hat es die Sprache verschlagen. Er ist kreidebleich.

»Ich bin nicht mehr so unbeherrscht wie damals, weißt du. Im Gegensatz zu dir nehme ich mir alle Zeit der Welt für meine Rache. Einer der Vorzüge des unsterblichen Lebens.«

Wütend knirscht Dark mit den Zähnen. »Deine Rache wirst du nicht bekommen. Du wirst dieses Verlies nie mehr verlassen.«

Ich kichere, muss mich zurückhalten, um nicht in schallendes Gelächter auszubrechen. Er – sie alle – haben sich kein bisschen verändert. Noch immer unterschätzen sie mich. Das wird ein ganz wunderbares Spiel. Weil ich jetzt schon ahne, dass ich nicht verliere.

YASAR

Gegenwart

In meinem Leben habe ich unendlich viele Fehler begangen. Manchmal frage ich mich, ob Ziva und ich wirklich so verschieden sind, wie meine Brüder mir seit jeher einzureden versuchen. Wäre vielleicht sogar alles anders gekommen, wenn sie sich mit der richtigen Gesellschaft umgeben hätte? Wenn wir sie nicht ausgeschlossen und immer wieder abgewiesen hätten?

Ich wollte meine Freunde nie mit ihr teilen. Meine Eltern und ich haben dafür gesorgt, dass sie in Einsamkeit ertrinkt. Möglicherweise hätte der Wahnsinn nie von ihr Besitz ergriffen, wäre ich für sie da gewesen. Hätte ich ihre Hand gehalten, anstatt letztendlich eine Waffe gegen sie zu richten. Aber nun ist es zu spät. Es ist schon so lange viel zu spät. Und unser Plan, um die Erde vor ihr zu schützen, kommt mir in dieser Sekunde lächerlich vor. Wie ein Kartenhaus, das kurz davor ist, in sich zusammenzustürzen – oder von Anfang an nicht richtig aufgebaut gewesen ist. Ich kann nicht fassen, dass ich mich darauf eingelassen habe. Und noch weniger kann ich glauben, dass diese Idee von *ihm* stammt. Dass er dieser fragilen Empfindung mehr vertraut als jeder Armee in diesem Land. Und trotzdem habe ich zugestimmt. Weil ich erfahren durfte, wie es ist. Als hielte man ein Herz aus Glas in der Hand.

Erschaudernd reibe ich meine Hände aneinander, die ich aufgrund der Kälte in meinem Palast nicht mehr spüre. Ich blase warmen Atem hinein, versuche, die Unruhe zu vertreiben, die sich in jede meiner Zellen geschlichen hat. Denn ich fürchte die Zukunft mehr, als ich es auf Viridi tat. Ich habe Angst, dass Ziva wie ein unaufhaltsamer Sturm aus Zorn über diese Welt fegt und all das zerstört, was ich mittlerweile mein Zuhause nenne. Ich weiß, dass sie dazu fähig ist, weil ich es mit eigenen Augen gesehen habe. Die Erinnerung ist ein wenig verblasst – wie ausgewaschen. Aber der Schmerz ... der Schmerz ist so real, als wären seitdem nicht Jahrhunderte vergangen. Ich habe mich stets gefragt, wie sie diese Art der Macht erlangen konnte. Doch niemals wäre ich darauf gekommen, dass etwas Derartiges tatsächlich existiert. Dass diese Legenden so lebendig sind wie wir. Geschichten, die mich gelangweilt haben, weil ich in *Patriam Oculus* groß geworden bin, wo das Erfundene und Fantasie nur Torheiten sind.

Eis knirscht unter mir, als ich das Gewicht verlagere, und ein Zapfen löst sich von der Wendeltreppe, gräbt sich neben mir in den Boden, wo er ein splitterndes Geräusch verursacht. Schwer schlucke ich, als ich an mein letztes Gespräch mit True denke. Ein unerträgliches Brennen breitet sich in mir aus und es ist, als hätte sich der Frostzapfen direkt in meine Seele gebohrt. Ich habe sie alle in die Irre geführt und verraten. Nur True ... Bei ihm konnte ich es nicht tun. Ich habe ihn enttäuscht – uns zerbrochen, aber ich könnte ihn niemals in diese Falle locken. Deshalb musste ich dafür sorgen, dass er rechtzeitig geht.

Schritte erklingen und ich weiß, dass meine Zeit abgelaufen ist. Ich straffe meine Schultern, doch ich drehe mich nicht um, als Ziva mich holen kommt.

Kapitel 5
HEUCHLER UND SCHWINDLERIN

FLAME

Ein Gewicht legt sich auf meine Brust und ich erbreche schwarzes Wasser. Zwei Hände packen mich an Arm und Taille, rollen mich auf die Seite, und ich muss erneut würgen – so lange, dass es sich anfühlt, als hätten sämtliche Eingeweide meinen Körper durch meinen Mund verlassen. Eine grauenhafte Vorstellung, bei der ich mich erneut übergeben muss, obwohl eigentlich schon nichts mehr in mir sein kann. Mein Atem geht rasselnd, so geschunden ist meine Kehle. Ich keuche auf, als Hunter mich auf seinen Schoß zieht, mein Kinn umfasst und mich sorgenvoll mustert.

»Du solltest nur darin baden – nicht den gesamten Styx austrinken, Schmetterling.«

Ich lächele schwach über seinen Tadel und lasse meine Stirn gegen seine Schulter sinken. »Gut zu wissen, dass ich nicht wieder auf Elysion bin, Drakonjunge. Oder sind wir vielleicht beide dort?«

Er drückt mich ein wenig fester an sich, als müsste er sich selbst überzeugen, dass ich tatsächlich bei ihm bin. »Nein, wir sind noch immer in der Hölle.«

Erleichtert schließe ich die Augen und registriere die Gerüche meiner Umgebung – Feuer und Rauch, die nichts mit dem Paradies gemeinsam haben. Nur ungewöhnlich still ist es, weshalb es mich in Alarmbereitschaft versetzt, als ich das Schlagen von Flügeln vernehme.

»Heilige Harpyie«, erklingt Catos Stimme. »Ich sehe drei von euch.«

»Er ist in Ordnung«, beruhigt Hunter mich, als ich mich mit zitternden Armen an ihm abstütze, um nach meinem Freund zu sehen, der einige Meter von uns entfernt liegt.

»Da bin ich mir nicht so sicher«, raune ich zurück. Vor ihm stehen drei Frauen mit leuchtend roten Haaren und ausgebreiteten Schwingen, die wie Rabengefieder aussehen.

»Du stinkst nach Oberwelt«, sagt diejenige, die an ihrer Spitze steht und aussieht, als würde sie die Welt niederbrennen wollen. »Ihr alle – stinkt nach Oberwelt.«

»Wie seltsam, wo wir doch gerade ein Bad im Styx genommen haben«, erwidere ich trocken, ehe ich mich mühsam aufrichte. Ich hebe eine Hand und lasse Flammen daran züngeln, die vergnügt knistern, als wären sie hungrig. Der linke Rabe – ich habe kurzerhand beschlossen, sie so zu nennen – macht einen Schritt auf mich zu. »Ihr hattet kein Recht, das heilige Flusswasser zu beschmutzen«, zischt sie. Und dann macht es endlich Klick. Vor mir stehen die Erinnyen. Ich bin ihnen schon begegnet – in meinem allerersten Leben.

»Warum bist du immer so schrecklich aufgebracht?«, hatte ich sie gefragt und entgegen Persephones Warnung an einer ihrer Federn gezupft. Ich kann mich haarscharf an den mörderischen Blick erinnern, mit dem sie auf mich hinabgeschaut hat. Und vermutlich hätte sie mich wirklich umgebracht, wäre ich nicht die Thronerbin – und noch ein Kind gewesen. Es fasziniert mich, dass ich darauf zugreifen kann. Einfach so. Meine Vergangenheit gehört mir.

»Zorn ist meine Essenz«, hatte sie damals erwidert, mich

aus ihren elektrisierenden Iriden angestarrt, als wäre ich das sonderbarste Geschöpf, das ihr jemals begegnet ist. »Zorn ist, was meinem Herzen den unsterblichen Rhythmus weist.«

»Megaira, die Zornige«, begrüße ich sie mit einem Nicken. Für einige Sekunden verharrt sie regungslos, als würde auch sie der Erinnerung nachhängen, ehe sie das Nicken erwidert.

»Ich hätte nicht gedacht, dass du es so lange schaffst.« Grazil verschränkt sie die Arme vor der Brust und faltet ihre Flügel. »Bist du gekommen, um zu bleiben?«

»Nein«, erwidere ich sanft. »Und ihr solltet uns auch nicht aufhalten.«

»Ist das eine Drohung?«, fragt diejenige, die ich für Alecto, die Unerbittliche, halte. Aber ganz sicher bin ich mir nicht. Sie sehen sich zu ähnlich.

»Keine Drohung, nur die Wahrheit.«

»Und was ist die Wahrheit?«, hakt Megaira nach.

Ich spüre, wie Hunter dicht hinter mir steht, eine Hand auf meine Schulter gelegt. Auch Cato scheint mehr und mehr zur Besinnung zu kommen, obwohl er ein wenig taumelt, als wäre er betrunken. »Dass die Welt in Trümmer zerfällt, wenn wir es nicht verhindern.«

Der dritte Rabe, Tisiphone, die Vergeltende, gibt einen undefinierbaren Laut von sich. »Das heißt, ihr zieht los – um uns alle zu retten?«

»Gegen eine Furcht einflößende Begleitung hätten wir nichts einzuwenden«, sagt Cato, der stolpernd zu meiner Rechten stehen bleibt. Dabei entgeht mir nicht, wie er ihr zublinzelt. Ich schnalze mit der Zunge, um ihm zu verstehen zu geben, dass sein Charme hier vergebens ist.

Tisiphones Blick schnellt zu ihm und ein raubtierhaftes Lächeln breitet sich in ihrem Gesicht aus. Sie will gerade einen

Schritt auf ihn zumachen, als Megairas Arm vorschnellt und ihre Schwester packt. »Wir werden euer Auftauchen Nyx gegenüber unerwähnt lassen«, spricht sie an mich gerichtet. Ich bin überrascht zu sehen, dass die anderen beiden tatsächlich auf sie hören, sich abwenden und wie dunkle Vögel mit dem roten Himmel des Hades verschmelzen.

»Weshalb hat sie keinen Gefallen eingefordert?«, fragt Hunter skeptisch.

»Weil ich sie nicht verraten habe.« Eine weitere Erinnerung überkommt mich, doch ich schiebe sie beiseite. Ich habe während meiner Kindheit im Palast viele Geheimnisse erfahren. Doch es macht mich viel stutziger, dass sie von Nyx, der Urgöttin der Nacht, und nicht von Hades geredet hat. Ein Gefühl, das ich nicht gänzlich zuzuordnen vermag, breitet sich in mir aus. Doch es ist der falsche Zeitpunkt, um dem nachzugehen. Später. Aber nicht jetzt. Wo so viel größere Probleme auf uns warten.

Seufzend lehne ich mich mit dem Rücken gegen Hunter. »Wir sollten aufbrechen.« Ich mustere unsere Umgebung. Wir sind in Richtung der Flussgabelung des Acheron getrieben worden und befinden uns an einem Ufer, dessen Sand wie Asche ist. Man kann von Glück reden, dass wir nicht inmitten der toten Seelen gelandet sind. »Wir müssen auf eine der Gondeln springen, die in Richtung Osten fahren«, murmele ich. Noch immer ein wenig unsicher auf den Beinen, laufen wir über das triste Grau, bis wir einen Steg erreichen und auf eines der zahlreichen Boote übersetzen.

»Fühlt sich einer von euch unverwundbar?«, fragt Hunter nach einer Weile und betrachtet misstrauisch seine Hände.

»Wir könnten es ausprobieren«, schlägt Cato vor.

»Steck den Dolch wieder ein«, mahne ich ihn und sehe mich mit gerunzelter Stirn um. »Es ist wie … ausgestorben.«

Cato stößt ein rumpelndes Lachen aus. »Willkommen in der Unterwelt.«

»Nein, mal im Ernst, es –«

Ich komme nicht dazu, den Satz zu beenden. Während Hunter und Cato heftig zusammenzucken, habe ich bereits die Flammen gerufen, bin bereit, uns zu verteidigen. Doch ich lasse mein Feuer ungläubig erlöschen, als ich erkenne, wer da auf unsere Gondel gesprungen ist. »Apollo?« Apollo und eine junge Frau, der ich nie zuvor begegnet bin.

»Hmpf«, mache ich, als er sich auf mich stürzt und fest drückt. »Ich dachte, Ava erlaubt sich einen schlechten Scherz, als sie sagte, dass wir sofort umdrehen müssen, weil Flame zurückgekehrt ist.« Ava, also. Die Seherin.

»Ein kleiner Tipp zum Überleben in der Unterwelt –«, sagt sie in diesem Moment zu Cato. »Lass dich nicht von einer Rachegöttin verführen.« Mit gerümpfter Nase schaut sie auf ihn hinab, weil er noch immer sitzt und aussieht, als hätte ein Zyklop seinen Hintern versohlt. »Hallo, Heuchler.«

Cato schluckt schwer, sein Adamsapfel bewegt sich auf und ab. »Hallo, Schwindlerin«, flüstert er schließlich. Es ist das erste Mal, dass ich höre, wie seine Stimme bricht. Es kommt mir vor, als würde ich etwas beobachten, das überhaupt nicht für meine Augen bestimmt ist. Das für niemandes Augen bestimmt ist, weil dieses Wiedersehen nur ihnen gehören sollte. Rasch lege ich meine Hände auf Apollos Schultern und schiebe ihn ein wenig von mir. »Du siehst müde aus«, stelle ich nach einer eingehenden Musterung fest.

»Es hat sich herausgestellt, dass ich wohl zu alt dafür bin, um noch auf feuchtem Laubboden zu schlafen«, erwidert er mit heruntergezogenen Mundwinkeln, die sich sogleich wieder heben, als ich einen Kuss auf seine Wange hauche.

»Ich kann nicht fassen, dass du wirklich vor mir stehst«, murmelt er. »Fantasiere ich?«

Schmunzelnd schüttele ich den Kopf. »Nein. Nein, ich bin wirklich hier.« Plötzlich werde ich von meinen eigenen Gefühlen überrollt, weil ich erst in dieser Sekunde wirklich realisiere, was gerade passiert ist und daran denken muss, wie sehr ich Momente wie diesen auf Elysion herbeigesehnt habe. Ungefiltert stürmen die Empfindungen auf mich ein und würde Hunter mich nicht wieder von hinten stützen, wäre ich vermutlich längst zusammengebrochen. »Du hast mir schrecklich gefehlt«, schluchze ich und werfe mich erneut in Apollos Arme. Er riecht so sehr nach zu Hause und Geborgenheit, dass ich ihn am liebsten nie wieder loslassen würde.

Es dauert eine ganze Weile, bis ich mich einigermaßen gefangen habe und nur noch leise Hickser meinen Mund verlassen. »Ich will ja nicht unhöflich sein«, raunt Apollo an mein Ohr. »Aber ich frage mich schon die ganze Zeit ... Wer zur Hölle ist der dritte Typ an Bord?«

Ich lache, aber es klingt noch immer mehr nach einem Weinen. Rasch mache ich die beiden miteinander bekannt. »Dann bist du also tatsächlich wie Ladon«, stellt Apollo fasziniert fest. »Yasar wäre begeistert.«

»Ich bin auch zum Teil wie Ladon«, erinnere ich Apollo und stoße ihm meinen Ellenbogen in die Seite, damit er aufhört, Hunter so anzustarren, als würde dieser von einem noch ferneren Planeten als Viridi stammen. Entschuldigend blinzelt er mir zu und ich weise die anderen an, mit mir auf die nächste Gondel zu wechseln. Währenddessen muss ich Apollo bis ins kleinste Detail von Elysion erzählen und Cato und Hunter berichten abwechselnd, was sich im Reich der Drakon zugetragen hat.

»Es gefällt mir nicht, dass wir Ladon, Fayna und Adeon zurückgelassen haben«, murmelt Cato, das schlechte Gewissen steht ihm ins Gesicht geschrieben.

»Es war ja nicht unbedingt so, als hättet ihr eine Wahl gehabt.«

»Ich bin mir sicher, dass wir uns unbeschadet wiedersehen«, werfe ich ein und klinge zuversichtlicher, als ich mich in Wahrheit fühle. Als wir endlich die Höhle erreichen, über welcher der Ausgang liegt, hilft Hunter mir aus der Gondel. Nacheinander klettern wir die Felswände empor und wieder irritieren mich die Stille, die Leere und die Abwesenheit sämtlicher Wachen.

»Es gibt da etwas, das ich dir noch erzählen muss«, nuschelt Apollo, nachdem er mich wie ein kleines Kind unter den Achseln gepackt und aus dem Spalt hervorgezogen hat. Sofort umschmeichelt kühle Nachtluft meine Haut.

»Vielleicht sollten wir uns vorerst ein wenig vom Hades entfernen«, schlägt Cato vor, der wachsam die Umgebung mustert. Da wir Cato zustimmen, muss die Unterhaltung mit Apollo warten. Wie Diebe schleichen wir durch den dunklen Wald, wo nur der Mond und die silbernen Sterne unsere Zeugen sind. Unzählige Fragen schwirren mir durch den Kopf und in diesem Moment kommt es mir nicht so vor, als wäre jemals ausreichend Zeit, um sie alle zu stellen. Auch mit Amanda hätte es noch so viel mehr zu bereden gegeben, doch sie muss sich gemeinsam mit Atlas und den Donati um die Menschen kümmern und die anderen Evakuierungslager informieren, während wir herauszufinden versuchen, wie man die Welt vor Chaos schützen kann.

Und dann ist da noch Dark. Jede einzelne meiner Zellen schreit nach ihm. Ich will ihn endlich wiedersehen – will es so sehr, dass selbst das verborgene Feuer in meinem Inneren allein beim Gedanken an ihn glühend heiße Funken sprüht. *Er glaubte, du seist tot*, höre ich Catos ernste Worte in meinem Kopf. Kurz schließe ich die Augen, warte darauf, dass der Schmerz abebbt, der wohl niemals erträglich sein wird, solange ich getrennt von ihm bin. Und trotzdem … mache ich ihn schon wieder nicht zu meiner Priorität. Dabei will ich nichts sehnlicher, als egoistisch zu sein. Aber ist das wirklich eine Option? Sich nicht darum kümmern, wenn die Dunkelheit die Erde verschlingt?

Es ist Hunter, der mich aus meinen düsteren Überlegungen befreit, indem er mit dem Daumen meine Wange streift. Wir befinden uns direkt an der Grenze, wo der Schutzzauber der Unterwelt endet. Apollo und Ava unterhalten sich leise, ehe Ersterer verkündet, dass wir hier bis zum Morgengrauen ausharren. Cato und ich tauschen einen beunruhigten Blick. Wir wissen beide, dass wir uns keine Pause erlauben können. Apollo, dem unser lautloser Austausch nicht entgangen ist, seufzt schwer. »Ava weiß, was zu tun ist. Sie hat eine Menge gesehen.«

Cato war zwar sehr schweigsam, was das Orakel betrifft, doch Hunter hat mir ein paar Informationen gesteckt. Da ich es sonderbar finde, dass wir uns nicht offiziell vorgestellt wurden und auch sonst noch nicht wirklich unterhalten haben, gehe ich auf sie zu und strecke ihr meine Hand entgegen.

»Hi, Ava. Ich bin Flame. Es freut mich sehr, dass wir uns endlich kennenlernen, wo du und –«

»Sie ist ein Fan«, blökt Cato dazwischen, bevor ich meinen Satz beenden kann. Irritiert blinzele ich, registriere, dass Avas Gesicht eine rötliche Färbung angenommen hat. Zögerlich ergreift sie meine Hand.

»Halt die Klappe, Halbgott«, knurrt sie Cato an.

»Warum setzen wir uns nicht, damit du uns erzählen kannst, was genau du gesehen hast?«, frage ich sie und kurz darauf machen wir es uns in einem kleinen Kreis so bequem wie möglich. Leider haut Hunter mir auf die Finger, als ich ein paar Feuerfunken daran tanzen lasse, um die Kälte zu verscheuchen. Ich gebe ein beleidigtes Geräusch von mir, obwohl ich weiß, dass er recht hat und offene Flammen meist ungebetene Besucher anlocken. Also dränge ich mich Wärme suchend näher an ihn, beschwöre die Hitze allein in meinem Inneren, und es ist ein wenig seltsam, weil Ava ebenfalls nachrückt, um Cato zu entkommen, der direkt neben ihr Platz genommen hat.

»Ist mit Phoibe alles in Ordnung?« Besorgt schaue ich Apollo an, der direkt mir gegenüber sitzt. Es ist seltsam, dass sie nicht bei ihm ist, weil sie für mich so sehr zusammengehören.

Seine Schultern sacken herab und er fährt sich mit einer Hand durchs Haar. »Das ist alles etwas kompliziert«, gibt er vage zu.

Ich puste mir eine meiner gelockten Strähnen aus meinem Sichtfeld. »Wann ist es das nicht?« Ich wende mich Ava zu, die mittlerweile halb auf meinem Schoß hockt und ihren Anflug von Schüchternheit anscheinend überwunden hat, um auf größtmöglichen Abstand zu Cato zu gehen.

»Also, was genau hast du gesehen? Wie habt ihr uns gefunden? Und wie soll es jetzt deiner Meinung nach weitergehen?« Unsere Augen treffen sich und erst jetzt erkenne ich, dass ihre Iriden von einem einzigartigen orangefarbenen Ton sind. Wie ein Feld voller Mohnblüten.

Ava zieht die Knie an und umschlingt sie mit beiden Armen. »Nachdem du die Prophezeiung erfüllt hattest, war es für eine Weile sehr dunkel. Es dauerte einige Monate, bis meine Fähigkeiten sich wieder zeigten. Und auch dann war es nicht vergleichbar mit früher, wo jede Stunde eines jeden Tages mit Visionen der Zukunft gefüllt war.«

»Und wann hat sich das geändert?«, frage ich, weil es deutlich ist, dass es eine Wendung gegeben haben muss.

»Als Ladon und Cato aufgebrochen sind, um dich zurückzuholen«, erwidert sie unumwunden. »Yasar hat immer wieder nachgehakt, ob ich etwas gesehen habe. Und irgendwann ... wachte meine Gabe tatsächlich – endlich – auf.«

»Aber Yasar weiß überhaupt nicht, dass ihr hier seid«, mutmaße ich. Das würde auch Apollos ausweichendes Verhalten erklären.

Sie nickt zögerlich. »Yasar war ein so großer Bestandteil von dem, was ...« Sie seufzt schwer. »Verstehst du, damals, als ich noch im Tempel diente, war ich zu keiner Sekunde allein. Meine Priesterinnen waren stets bei mir. Sie schrieben alles auf, was meinen Mund verließ – ganz gleich, wie unwichtig es erschien. Und ich war es gewohnt, ihnen jeden meiner Gedanken mitzuteilen. Ich war ein offenes Buch. Doch nun ... das Blatt hat sich gewendet. Ich muss allein entscheiden, wie viel ich preisgebe. Das ist eine große Verantwortung.« Sie holt tief Luft und umschlingt ihre Knie noch ein wenig fester. »Es ist auch deshalb alles anders, weil ich immer wieder Geschehnisse rund um dasselbe Ereignis sehe. Es gibt unzählige Versionen davon. Schon so oft hat sich der Ausgang geändert. Die Zukunft ist in Bewegung. So viel mehr in Bewegung als sonst. Und ich habe Angst, dass ich einen Fehler begehe, wenn ich alles davon erzähle. Dass sich die Richtung erneut ändert. In manchen Momenten erscheint es mir, als würde mich das Schicksal absichtlich verwirren – und blind machen wollen.«

»Diese verschiedenen Versionen und Ausgänge«, wirft Hunter ein. »Zeigen einige davon unser Scheitern?«

Avas gesamter Körper erzittert und ihre Lippen pressen sich zu einem schmalen Strich zusammen. Aus den Augenwinkeln sehe ich, wie Cato eine Hand nach ihr ausstreckt. Sie zuckt zurück und auf seiner Stirn zeichnen sich Falten der Frustration ab.

Ich setze mich ein wenig aufrechter hin, spiele nachdenklich mit meinem Schmetterlingsmedaillon. »Aber ein wenig musst du uns schon verraten«, sage ich nach einigen Minuten des Schweigens. »Schließlich seid ihr nicht grundlos zu uns gestoßen. Apollo sagte vorhin, dass ihr umgekehrt seid. Wohin wart ihr unterwegs? Warum habt ihr euch von den anderen getrennt?« Und wo sind die anderen? *Wo* ist Dark? Doch die letzten beiden Fragen stelle ich nicht. Noch nicht. Ich befürchte, enttäuscht zu werden, nachdem weder Cato noch Amanda oder Atlas etwas Konkretes über seinen Verbleib wussten und nur Vermutungen anstellen konnten.

»Das würde ich auch gern endlich erfahren«, merkt Apollo zu meiner Überraschung an. »Ich verstehe, weshalb wir aufbrechen mussten – aber ich kannte nicht unser Ziel und auch keine ... weiteren Details«, erwidert er auf meinen irritierten Blick. »Ava meinte, sie habe schon zu viel in meine Zukunft eingegriffen und dass sie unsicher ist, welche Auswirkungen das haben kann.«

Ich mustere die Seherin von der Seite, die schlagartig kreidebleich geworden ist, und ein unwohles Gefühl breitet sich in meiner Magengrube aus. »Ich kann die Art von Last, die auf deinen Schultern liegt, nicht genau nachempfinden, aber du musst mit uns reden, damit wir gemeinsam handeln können«, sage ich. »Wir werden dieses Gewicht mit dir zusammen tragen. Du musst das nicht allein durchstehen. Es ist in Ordnung, unsere Hilfe anzunehmen – selbst wenn es uns in Gefahr bringt.« Sachte lege ich eine Hand auf ihren Arm. »Wir alle sind es gewohnt, Risiken einzugehen und unser Leben aufs Spiel zu setzen. Wir wurden in diese Welt hineingeboren, doch anstatt davonzulaufen, haben wir das Kämpfen erlernt, denn mit Zurückhaltung wurde noch niemand gerettet. Sich wegzuducken ist keine Option. Und sollte einem von uns etwas geschehen, ist es nicht deine Schuld. Aber du musst mit uns sprechen. Und sollten wir das Schicksal tatsächlich erzürnen, werden wir auch diese Strafe teilen.« In Avas Augen liegt nun Hoffnung – aber auch noch ein Rest Zweifel. »Es ist nicht deine Schuld, wenn einem von uns etwas geschieht«, wiederhole ich, weil ich glaube, dass sie es noch einmal hören muss.

»Ursprünglich wollte ich allein aufbrechen«, sprudelt es schließlich aus ihr hervor und ihre Aussage sorgt dafür, dass Cato ausgiebig flucht, aber keine Anstalten macht, sie erneut zu berühren.

»Vom Sandpalast?«, hake ich nach, während sich vor meinem inneren Auge eine imaginäre Karte ausrollt. Ava nickt bestätigend. »Und was hat sich geändert?«

»Ich habe Apollos Tod gesehen«, gibt sie stockend zu. »Er lag am Strand – blutüberströmt. Phoibes Schreie ...« Bei der Erwähnung von Phoibes Namen gibt Apollo einen gequälten Laut von sich.

»Du wirkst nicht besonders besorgt um dich«, stelle ich fest. Ich wünschte, ich wäre mehr schockiert von Avas Aussage, doch irgendwie ... Vielleicht bin ich inzwischen von der Bedrohung des Todes abgestumpft.

»Hast du eine Ahnung, wie oft mir schon mein Ende vorausgesagt wurde?«, murrt Apollo und reibt sich müde über sein Gesicht. Da es eine rhetorische Frage ist, erwidere ich nichts darauf. Vielleicht hat er bereits etwas in diese Richtung vermutet und möglicherweise wäre er sogar umgekehrt, wäre da nicht Ava, die er nicht allein lassen will und die Ursache für ... Ja, welche Ursache eigentlich? »Worum geht es bei dieser geheimen Mission? Weshalb seid ihr aufgebrochen?«

Apollo lacht rau auf. »Aus demselben Grund, weshalb ihr in den Styx gesprungen seid, nehme ich an ... Muss ich an dieser Stelle erwähnen, wie leichtsinnig das war?« Vorwurfsvoll schaut er mich an, aber ich wedele nur mit der Hand, damit er endlich mit der Antwort herausrückt. »Na, wegen Zivas Armee.«

Cato und mir gelingt es, uns synchron an unserer Spucke zu verschlucken, und Hunter klopft mir auf den Rücken, während ich diese Neuigkeit verdaue.

»Zivas Armee?«, echoe ich.

»Ja, offenbar hat Ziva das Volk Viridis – oder zumindest einen Teil davon – mitgebracht, das sich unter die Bewohner der Erde mischte, während sie zu Kiana wurde. Doch mittlerweile haben sie sich Ziva wieder angeschlossen. Ganz zu schweigen von jenen, die Ares und Athene rekrutiert haben ...« Apollo seufzt schwer. »Was hast du denn gedacht?« Sein Gesichtsausdruck ist ein Bildnis einziger Verwirrung.

»Chaos«, erwidern Cato, Hunter, Ava und ich unisono.

»Chaos?«, echot Apollo, ehe er die Augen zu Schlitzen verengt und Ava ansieht. »Was hat das zu bedeuten?« Schuldbewusst zieht die Seherin den Kopf ein, erwidert jedoch nichts.

Ich hätte Apollo wohl eher über unsere Begegnung mit Chaos in Kenntnis setzen sollen, doch ich hatte vorhin mit meiner Erzählung an der Stelle geendet, als ich uns in unserem alten Dorf in Sicherheit gebracht hatte, damit wir nicht von den Trümmern der unterirdischen Stadt begraben werden.

»Wir wollten in den Sandpalast zurückkehren, um anschließend nach ... Dark zu suchen«, erkläre ich rasch. Sein Name kommt holprig über meine Lippen, doch ich gebe mein Bestes, mich zusammenzureißen. »Doch wir konnten den Palast nicht erreichen. Es schien ganz so, als hätte es jemand mit den Schutzbarrieren ein wenig zu gut gemeint. Jedenfalls haben wir es dann bei einem der Evakuierungslager versucht und sind dort auf Amanda und Atlas gestoßen. Kurz darauf wurde das Lager von Chaos angegriffen, doch Cato und mir gelang es, ihn in die Flucht zu schlagen – zumindest für den Moment. Das hat unsere Pläne ziemlich durcheinandergewirbelt. Im Styx zu baden, um unsere Chancen gegen Chaos zu vergrößern, erschien uns wie eine ausgezeichnete Idee ...«

»Bei der man draufgehen kann«, ergänzt Apollo mit ironischem Unterton.

»Hmpf«, mache ich, während ich meine Schläfen massiere. »Ich finde es seltsam, dass Yasar nicht sofort alle informiert hat. Ich meine, er muss doch gemerkt haben, dass Chaos seinem Verlies entflohen ist ...«

Unschlüssig zuckt Apollo mit den Achseln. »Wir haben keinen Chalcedon-Edelstein dabei, weil Ava darauf bestand, jeglichen Kontakt abzubrechen. Aber Chaos ... Verdammter Zyklopenkot.«

Ich lache erstickt auf und wegen meinem Hustenanfall klingt es noch immer rau.

»Chaos sollte vorerst nicht unser Problem sein«, wirft Ava zu meiner Überraschung ein. »Wir müssen uns auf Ziva konzentrieren.«

Schlagartig werde ich wieder ernst, vielleicht auch, weil

ich mich in dieser Sekunde an das Turnier zurückerinnere. Daran, wie Kiana mir ihren Dolch in den Bauch stieß. Sie war damals meine Freundin. Ich habe ihr vertraut. Und sie hat mich verraten. Sie hat uns alle verraten. Und dann noch ihre Vorgeschichte mit Dark ... Wut kocht so siedend heiß in meinem Inneren, dass es sich anfühlt, als würde ich erneut brennen müssen. »Ich muss dir diese Frage jetzt stellen, Ava, und ich will, dass du sie mir wahrheitsgemäß beantwortest.« Dieser eine Gedanke quält mich seit meinem Gespräch mit Cato am See. »Ist Dark bei ihr? Ist Dark bei Ziva?«

Ihre Erwiderung ist so leise, dass sie beinahe vom Wind davongetragen wird. »Ja.«

»Wo?« Meine Stimme klingt bedrohlich leise.

»In einer Burg im Land der Vergangenheit und des Vergessens. Genau wie Lost.«

Sofort hüllt Nebel mich ein, selbst wenn ich den Weg dorthin überhaupt nicht kenne. Aber ich will ihn endlich zurück. Ich muss endlich bei ihm sein.

Ohne Vorwarnung werde ich gepackt und zu Boden geworfen, die grauen Schwaden verschwinden. »Sie hat sich erstaunlich lange gehalten«, höre ich Cato wie aus weiter Ferne. »Ich dachte, sie würde schon eher die Beherrschung verlieren.« Es ist Hunter, der auf mir liegt, mich daran hindert, einfach zu verschwinden. Wir starren uns an und ein wildes Knurren verlässt meinen Mund. Es klingt so animalisch, dass ich zum ersten Mal wirklich verstehe, dass in meinen Adern das Blut der Drakon fließt. Bei dem Geräusch blinzelt Hunter, ehe er aus reptilienartigen Iriden auf mich hinabblickt und scharfe Eckzähne in seine Unterlippe schneiden, sodass rote Flüssigkeit auf meinen Hals tropft. Plötzlich sind all meine Sinne auf Kampf ausgerichtet. Ich bäume mich auf und irgendwie gelingt es mir, ihn von mir zu stoßen. Nur am Rande registriere ich, dass Apollo Ava hinter sich zieht. Feuer lodert nun an meinen Fingerspitzen, ehe ich es in Hunters Richtung schleudere. Mein Zorn ist wie ein gieriger Höllenschlund und ich frage mich, ob Megaira diese Art von Emotion an jedem einzelnen Tag verspürt. Bevor meine Flammenbälle ihn berühren können, erscheinen stellenweise Schuppen auf seiner Haut, sodass mein Feuer ihm nichts anhaben kann. Sein Schutz und dass es ihm gelingt, meiner Macht auszuweichen, lässt mich nur noch rasender werden. Mit einem Schrei stürze ich mich auf ihn. Die Laute, die wir beide bei meinem Angriff ausstoßen, sind dunkel und grollend. Meine Flammen vollführen einen unerbittlichen Tanz in den verschiedensten Formen. Immer wieder attackieren sie den Drakon, der für seine Größe erstaunlich wendig ist. Ich zische wütend, als er erneut einen Satz beiseite macht und ich ihn verfehle. Mit erhobenen Händen bilde ich weitere Feuerbälle, schleudere sie ihm, gepaart mit Frustration, entgegen. »Du kannst mich nicht aufhalten«, lasse ich ihn wissen, bevor ich auf ihn zustürme und ihn mit einem Roundhouse Kick, auf den Hale stolz gewesen wäre, zu Boden befördern will, aber er macht einen eleganten Satz über mein Bein. Tief in meinem Herzen ist mir bewusst, dass er nicht die Ursache für meinen Schmerz ist. Meinen Zorn an ihm auszulassen, ist falsch. Doch ich kann mich nicht bremsen. Meine Hitze hat mich fest im Griff. »Feigling«, brülle ich ihn an. »Wehr dich!« Ich bin so in Rage, dass ich mich nur mit meinen glühenden Fäusten auf ihn stürze. »Wehr dich!« Ich prügele auf seine Brust ein, sein Shirt ist bald mit Brandlöchern übersät, doch seine Haut bleibt aufgrund seiner Schuppen, welche die Farbe von Feuerachat besitzen, unversehrt. Vielleicht ist es aber auch die Macht des Styx, die ihn schützt.

»WEHR DICH!«, brülle ich und die Erde zu meinen Füßen erzittert. Und dann verlassen Feuerfunken meinen Mund. Das ist etwas, was noch nie zuvor geschehen ist. Ich bin so schockiert, dass ich mitten in der Bewegung einfriere. Keine Sekunde später schaben meine Handinnenflächen über die Rinde eines Baumes, gegen den Hunter mich gestoßen hat. Ich zucke, weil mein Oberteil nach oben rutscht und mein nackter Bauch den mit Frost überzogenen Stamm berührt, während Hunter mich von hinten einkesselt und meine Arme über meinem Kopf verschränkt. Seine kühlen Lippen streifen meinen heißen Nacken, als er mit mir zu sprechen beginnt.

»In Momenten, in denen einem alles zu viel wird, kann man keine klare Entscheidung treffen.« Ich erschauere, als das Eis beginnt, auf meiner Haut zu schmelzen. »Glaubst du wirklich, dass ich dich jetzt gehen lasse?«

Glaubst du wirklich, dass ich dich jetzt gehen lasse?

Seine Worte vibrieren in jeder meiner Zellen. Langsam gibt er meine Arme frei, bis sein Daumen über das Medaillon an meinem Hals fährt. »Fast ein ganzes Jahrzehnt hielt ich dich für tot, Schmetterling. Und ich habe dich an jedem Tag vermisst.« Tränen laufen über meine Wangen, als er die Kette öffnet und den bernsteingoldenen Flügel küsst. »Ich verstehe, dass zu viel Zeit vergangen – zu viel geschehen ist, und unsere Verbindung sich verändert hat. Und ich werde auf ewig bereuen, dass ich damals Abschied von dir genommen habe. Das war der größte Fehler, den ich in meinem gesamten Dasein begangen habe.« Sanft legt er den Anhänger zurück auf meine Brust, die sich in dieser Sekunde so heftig zusammenzieht, dass ich kaum noch Luft bekomme. »Nie wieder wird mein Herz jemanden so sehr lieben können wie dich.«

Eine Antwort bringe ich nicht hervor, lasse meine Stirn lediglich kraftlos gegen die Rinde sinken.

»Vielleicht habe ich kein Recht dazu«, fährt Hunter fort, als hätte er nicht gerade einen Vulkanausbruch in meiner Seele verursacht, »aber ich kann dir nicht erlauben, vollkommen kopflos aufzubrechen und dich in Gefahr zu bringen. Du hast gerade erst die Prophezeiung erfüllt und bist aus Elysion entkommen. Niemandem vor dir ist das gelungen. Und trotzdem solltest du dein Glück nicht herausfordern.« Er gräbt seine scharfen Zähne in meinen Schultermuskel und ich stöhne auf, gleichzeitig sorgt der betörende Schmerz dafür, dass mein Kopf endlich wieder klarer wird.

»Wir sollten auf den Rat – den Plan der Seherin hören, wie auch immer dieser aussehen mag. Ich bin mir sicher, dass Dark sich zu verteidigen weiß und Ziva nicht grundlos aufgesucht hat. Er wird zurechtkommen, bis du wieder bei ihm bist.«

»Sie ist ein Monster. Sie hat ihn schon einmal gebrochen.« Am liebsten würde ich Hunter auch sagen, dass er nicht begreift ... welche Qualen diese Art der Sehnsucht in mir auslöst, aber dann halte ich mich zurück. Denn womöglich empfindet er dasselbe – obwohl wir so nah beieinander sind. Mit der Zunge leckt er über die Spur seines Bisses an meiner Schulter und ich spüre, wie sie heilt. Die Geste weckt mit ungeahnter Heftigkeit den Drakonteil in mir, von dem ich glaubte, dass er für immer schlafen würde. Es fühlt sich so gut an, dass ich flatternd die Lider schließe und zu Wachs in seinen Händen werde. Zum ersten Mal denke ich darüber nach, wie es wäre, ihn zu küssen. Wie seine Lippen auf meinen schmecken würden, wenn ich nicht nur wie ein Schmetterling seine Wange berühre.

Kapitel 6

DU BIST MEINE STRAFE

CATO

Es ist unmöglich, das Wesen eines anderen nach nur wenigen Wochen zu kennen. Und doch hatte ich bei Hunter das Gefühl, dass wir durch Flame miteinander verbunden sind. Dass wir vom ersten Augenblick an Verbündete – und keine Fremden waren, obwohl wir zu diesem Zeitpunkt wegen Lemos und des Rates eigentlich auf unterschiedlichen Seiten standen – ich anfangs nicht einmal wusste, dass die Schmetterlingskette, die sie schon länger als ich begleitet, von ihm geschmiedet worden ist. Das, was zwischen ihnen ist – festgehalten in einem Medaillon. Trotzdem kam es mir vor, als hätte er sich in dem Moment ein wenig zurückgezogen, als er von Dark erfuhr. Ich nahm an, dass Freundschaft ihm genügt. Dass er Frieden für Flame und sich wollte, nachdem er so lange mit der Schuld kämpfen musste, sie zurückgelassen zu haben. Doch wo ich sie jetzt zusammen am Baum stehen sehe, denke ich, dass er die Chance ergreifen wird, die sich ihm bietet. Und ich kann es ihm nicht einmal verübeln. Er war vor uns da – vor mir und auch vor Dark. Die Liebe zwischen ihnen ist älter, einst getragen von Kinderherzen.

Ein kaum hörbares Knacken ertönt neben mir und ich wende den Kopf, blicke auf Ava hinab. »Ich sagte, du sollst bei Apollo auf mich warten. Aber natürlich hast du nicht gehört.« Ihr goldenes Haar hebt sich von der in Nacht getränkten Umgebung ab, wirkt so seidig, dass ich es jetzt und für immer berühren will. Angestrengt kneife ich mir in den Nasenrücken, versuche, meine quälenden Überlegungen in eine andere Richtung zu lenken. »Wo ist er überhaupt? Apollo, meine ich.«

»Er läuft unseren näheren Umkreis ab – kontrolliert, dass Flames Ausbruch keine unerwünschten Besucher angelockt hat.« Sie verschränkt die Arme vor der Brust und ihre Wangen röten sich im Schein des Mondes, als sie die beiden Gestalten genauer mustert. »Weshalb beobachtest du sie, ohne auf dich aufmerksam zu machen? Das sieht nach einer ...« Sie schluckt schwer und nun kriecht die Röte auch über ihren Hals bis hinab zu ihrem – Stopp! Innerlich fluchend verpasse ich mir eine imaginäre Ohrfeige. Nun geht das schon wieder los. Für gewöhnlich habe ich mich bestens unter Kontrolle – außer bei ihr. In Avas Gegenwart machen meine Gedanken und mein Körper, was sie wollen.

»... intimen Situation aus«, beendet sie unbeholfen ihren Satz.

Mein Mundwinkel zieht sich auf einer Seite nach oben, während ich sie taxiere. »Nur zu«, sage ich und deute entspannt nach vorn. »Ein anständiger Mann lässt einer Dame stets den Vortritt. Warum also gehst du nicht dazwischen?«

Ihre Augen verengen sich zu Schlitzen. »Du bist kein anständiger Mann, Heuchler.«

Ich kann nicht anders, als mich zu ihr herunterzubeugen, sodass mein Gesicht ganz dicht vor ihrem ist und ich die etwas helleren Punkte in ihren Iriden erkenne. »Erzähl mir was Neues, Schwindlerin«, raune ich, ehe meine Finger ein Eigenleben entwickeln und verschlungene Kreise über ihren Schultermuskel zeichnen. »Weißt du, seit unserer Zeit im Sandpalast führe ich Buch darüber, was deine Knie weich werden lässt ... Und nun muss ich unbedingt erfahren, ob Zusehen eine deiner Schwächen ist.« Ich hätte es nicht für möglich gehalten, dass ihre Haut sich noch dunkler färbt. Und weil ich mich nicht beherrschen kann, schiebe ich mich hinter sie, fahre mit dem Daumen die Linie ihres Kiefers entlang, ehe meine Lippen ihr Ohr streifen. »Doch was mich noch viel mehr interessiert ... Haben dich deine Götter schon bestraft?« Ihre Brust hebt und senkt sich unregelmäßig und ich atme gierig ihren Duft nach Zimt und Kirschen ein. Allerdings haben ihre Worte dieselbe Wirkung wie ein Schwall Eiswasser.

»*Du* bist meine Strafe.« Dann rammt sie mir den Ellenbogen in die Seite und wirbelt zu mir herum. »Während deiner Abwesenheit hast du einiges verpasst.« Sie zeigt mit dem Finger auf mich, als würde sie mich verfluchen. »Das kannst du übrigens gerne mitschreiben«, spottet sie.

»Was genau hat sich verändert?«, frage ich mit rauer Stimme.

»Nun ja«, sagt sie gedehnt und tippt sich mit einem frostigen Lächeln gegen ihr Kinn, als läge ihr die Erwiderung nicht schon längst auf der Zunge. »Dir ist zum Beispiel entgangen, dass mir ein Rückgrat gewachsen ist.« Mit einem verächtlichen Blick stürmt sie an mir vorbei und verschwindet zwischen den Bäumen.

Einige Sekunden bin ich wie erstarrt, bis ein glucksendes Geräusch ertönt. Fuck. Da war ja noch jemand. Flame ist hinter Hunters massiger Gestalt hervorgeschlüpft und hat sich die Hand auf den Mund gepresst, doch ihr Körper wird von Lachsalven geschüttelt. Taumelnd kommt sie näher und der Drakon folgt ihr mit hochgezogenen Brauen. »Ich glaube, jetzt wird sie ein wenig hysterisch«, murmelt er, während sie eine Entschuldigung japst.

»Ob sie gerne zusieht?«, bringt Flame mühsam hervor.

Mit einer Hand fahre ich mir durch mein kurz geschorenes Haar. »Das konntest du unmöglich verstehen. Ich habe geflüstert.«

»Ich bin ein Götter-Drakon-Wesen«, erwidert Flame, als würde das als Erklärung für alles durchgehen.

»Ich habe es auch gehört«, wirft Hunter wenig hilfreich ein. »Laut und deutlich.« Dabei sieht er mich an, als wolle er eigentlich sagen: *Zu viele Informationen, du Sohn eines Höllenzyklopen.*

Ich hebe eine Schulter, aber es tut mir nicht wirklich leid.

Flame kommt zu mir und schlingt einen Arm um meine Taille. »Du bist so wunderbar verkorkst.«

Hunter stößt indessen ein Seufzen aus. »Bin ich der Einzige, der diese Situation absurd findet?«

Flame und ich sehen uns an und schütteln synchron den Kopf. »Lustig ja, absurd nein«, sagen wir gleichzeitig. Für einen Moment grinsen wir, ehe ihre Miene ernst wird und sie sich wachsam umschaut. »Ich habe keine Ahnung, was da gerade in mich gefahren ist. Das Feuer in mir war derart heiß wie ... wie damals. Als ich noch Jules' Trank zu mir nehmen musste. Unerträglich. So ... unkontrollierbar. Ich verstehe es nicht.« Trotz der Finsternis erkenne ich im Schein des Mondes, dass ihre Wangen gerötet sind und sie plötzlich verlegen wirkt – schuldig.

Ich ziehe sie ein wenig enger an mich, weil ihre Verzweiflung wie eine Faust nach meinem Herzen greift. »Wir haben dir doch von Avas Prophezeiung erzählt.« Sie nickt zögerlich und ich fahre fort. »Sie spricht davon, dass auf

Elysion dein Drakonblut erwacht ist. Und das ist eine weitere ... Umstellung. Du musst diesen neuen Teil in dir erst kennenlernen.«

»Solche Ausbrüche sind bei jungen Drakon nichts Ungewöhnliches«, merkt Hunter an.

Nachdenklich kaut Flame auf ihrer Unterlippe. »Ich bin aber nicht jung.«

»Wie Cato sagte – dieser Teil in dir schon.«

Spielerisch zupfe ich an einer ihrer Locken. »Dein sterblicher Tod hatte ganz offenbar eine Aktivierungsfunktion.«

Angespannt stößt sie ihren Atem aus. »Heißt das, es wird noch öfter passieren?«

»Dass dir die Sicherungen durchbrennen?« Sie kneift mir in die Seite, doch ich weiß, dass sie mir nicht wirklich böse ist. Es hat mich ehrlich gewundert, dass sie nicht schon eher die Beherrschung verloren hat, bei allem, was sie in so kurzer Zeit durchmachen musste. Dafür muss man nicht mal ein Drakon sein. Allerdings konnte ich während meiner Zeit im Drakonreich feststellen, dass ihre Art keine besonders lange Zündschnur hat. All das animalische Gehabe, die sich ständig verformenden Pupillen, wenn man nur einmal den Fuß in die falsche Richtung setzt. Anstrengend.

»Bei mir ist es schon eine Weile her«, überlegt Hunter. »Deshalb habe ich das bei dir auch gar nicht in Erwägung gezogen.« Schlagartig sieht er zerknirscht aus. »Aber ja, ich denke, damit musst du rechnen. Mit regelmäßigen Stimmungsschwankungen, überkochenden Emotionen und heftigen körperlichen Reaktionen.«

Flame lässt die Schultern hängen und wirkt über diese Entwicklung alles andere als glücklich. »Auf Elysion ist es schon manchmal mit mir durchgegangen, aber hier ... Seit ich wieder auf der Erde bin, kam es mir eigentlich vor, als hätte ich die Sache im Griff.«

»Um Kontrolle zu haben, brauchst du ein Ventil für deine Energie«, erklärt Hunter und mustert sie konzentriert. »Vermutlich ging es so lange gut, weil du dich zweimal stärker verausgabt hast. Zuerst, als du durch das Portal gegangen bist, und dann bei der Verteidigung des Evakuierungslagers gegen Chaos.

»Also muss ich dafür sorgen, dass ich immer bis zu einem bestimmten Grad erschöpft bin?«, hakt Flame nach.

Hunter nickt langsam. »Junge Drakon fliegen mehrmals täglich. Allerdings gehe ich davon aus, dass ein stetiges Training bestehend aus Kampf und Lauf genügen sollte. Und du musst eine Möglichkeit finden, regelmäßig deine Feuerkraft zu verausgaben, damit es nicht einfach aus dir herausbricht. Aber es geht auch darum, den Geist zu besänftigen, dafür kann ich dir ebenfalls Techniken zeigen.«

»Wir haben schon einige Male darüber gesprochen«, wende ich mich an Hunter, »aber glaubst du wirklich, dass Flame sich nicht wandeln kann?«

Bei meiner Frage hebt sie den Kopf in meine Richtung und schaut mich aus großen Augen an. »Flammenfunken kamen aus meinem Mund. Hast du das gesehen?«

Ich gluckse leise. »Nein, das habe ich wohl verpasst. Wie hat es sich angefühlt?«

»Unheimlich«, gibt sie mürrisch zu.

»Das lässt sich nicht mit einhundertprozentiger Sicherheit sagen, weil ich niemanden außer Flame kenne, der zu einer Hälfte göttlich und zur anderen Hälfte Drakon ist«, ergreift Hunter das Wort. »Und dass Feuerfunken aus ihrem Mund kamen, sind nicht unbedingt Anzeichen einer Wandlung.«

»Und was wären eindeutige Anzeichen?«, will Flame wissen.

»Die reptilienartige Veränderung der Pupillen in brenzligen oder hoch emotionalen Situationen sowie einzelne Schuppen auf der Haut. Das Aufeinandertreffen mit Chaos hätte durchaus das Zeug dazu gehabt, all das und mehr hervorzurufen, doch es ist nichts geschehen. Von daher ... tendiere ich zu nein. Ich kann mir nicht vorstellen, dass Flame eine Drakongestalt besitzt.«

»Das beruhigt mich irgendwie«, erwidert sie sichtlich erleichtert und reibt sich über ihre Arme. Ich schmunzele, als sie ein gemurmeltes »Vorerst« nachschiebt.

»Mit der Zeit wird sich das Feuer in dir legen. Dann wird es nur noch zum Vorschein kommen, wenn es du es willst, und auch nicht mehr so unbeherrschbar sein.«

Sie kratzt sich über den Nasenrücken und seufzt leise. »Tut mir ehrlich leid, dass ...«

»Du versucht hast, mich abzufackeln?«, schlägt Hunter vor. »Keine Sorge, ich habe auf dem Übungsplatz schon ganz andere Dinge erlebt.«

Trotzig schiebt Flame das Kinn vor. »Es tut mir leid«, wiederholt sie stur.

Ein Grinsen stiehlt sich in das Gesicht des Drakon. »Entschuldigung angenommen.«

»Ich hoffe, dass dir klar ist, dass du mir von nun an dabei helfen musst, diese Energie abzubauen«, informiert Flame ihn und wie vorhin treffen sich Hunters und mein Blick. *Bring mich jetzt um*, verraten mir seine Augen und ich muss mich zusammenreißen, um aufgrund seiner gequälten Miene nicht in Gelächter auszubrechen.

»Was?«, fragt Flame in das Schweigen hinein.

»Ich bin mir sicher, dass er dir gern helfend zur Hand gehen wird«, erwidere ich trocken, woraufhin sie mir einen Klaps auf den Hinterkopf verpasst und tadelnd mit der Zunge schnalzt.

»Sehr witzig, Mr-ich-sehe-gerne-zu-weil-ich-noch-so-viel-lernen-muss.« Dann rauscht sie wie Ava an mir vorbei, bleibt jedoch zwischen zwei knorrigen Bäumen stehen und dreht sich zu mir um. »Kommst du, oder soll Hunter dir noch zeigen, wie man richtig zubeißt?«

»Autsch«, raunt der Genannte mir zu, ehe er ihr feixend folgt. Zugegeben, ich hatte auch schon bessere Tage.

FLAME

Eine feuchte Nase schnüffelt über meinen Hals, eine weitere spüre ich an meinem Ohr. Und dann ist da noch eine Zunge, die über meine Hand leckt. Ich weiß nicht, wie das anatomisch möglich sein soll. Es sei denn ... man hat drei Köpfe. Erschrocken und auch ein wenig orientierungslos fahre ich hoch, kollidiere beinahe mit Kerberos, der mich aus sechs treuherzigen Augen anschaut und leise winselt. Ich blinzele einige Male, doch er verschwindet nicht. Nur langsam kommen die Erinnerungen an letzte Nacht zurück. Nach all dem Durcheinander haben wir entschieden, einige Stunden zu ruhen, bevor wir weiterziehen. Ich bin dagegen gewesen, doch es ist offensichtlich, dass mein Körper es gebraucht hat.

Es dauert noch einige weitere Sekunden, ehe der Schleier des Schlafes von mir abfällt und ich vollständig begreife, dass Kerberos direkt vor mir steht. Unbeholfen komme ich auf die Knie und umschlinge eines seiner Vorderbeine, schmiege mich an sein weiches Fell, das nach Rauch und Feuer riecht. »Was hast du nur die ganze Zeit getrieben?«, nuschele ich, während ich seinen vertrauten Geruch einatme. Immer wieder tätschele ich seinen Hals. »Du bist ein so viel besserer Freund, als ich es bin.« Ich hätte an ihn denken sollen, als ich im Hades war, um im Styx zu baden. Kerberos brummt zustimmend. »Aber jetzt bist du ja hier.« Erneutes Brummen folgt, das seine Brust vibrieren lässt, an welcher nun auch meine Wange lehnt.

Ein erschrockenes Kieksen entfährt mir, als ich entdecke, dass Cato mich an einen Baumstamm gelehnt beobachtet. »Ich habe mit mir selbst gewettet, wie viel Sabber auf dein Gesicht tropfen muss, bis du endlich aufwachst«, lässt er mich wissen, während er mit einem Stock verschlungene Kreise auf den Waldboden zeichnet. Rasch verschaffe ich mir einen Überblick: Apollo befindet sich am Baum gegenüber von Cato und muss unfreiwillig eingenickt sein, wobei sein Kopf auf seine Schulter gesackt ist. Leise Schnarcher verlassen seinen Mund, was mich zum Schmunzeln bringt. Hunter liegt mit einem verschränkten Arm als Kissen links von mir und Ava befindet sich wie vorhin dicht an meiner rechten Seite. Der Schnee spart unseren Kreis aus, weil ich ihn habe schmelzen lassen.

»Sie kennt dich schon viel länger als du sie. Deshalb empfindet sie die Nähe nicht als seltsam«, erklärt Cato, dem nicht entgangen ist, dass ich Ava ein wenig länger gemustert habe.

»Hat sie dich auch gesehen?«, hake ich im Flüsterton nach und versuche, so geräuschlos wie möglich aufzustehen, um mich zu ihm zu gesellen. Kerberos ist mir dabei so dicht auf den Fersen, dass der warme Atem seiner Nüstern meinen Rücken streift.

»Nein«, erwidert Cato und macht mir Platz, damit ich mich ebenfalls an den Stamm lehnen kann. Ich gluckse leise, weil es so klingt, als würde ihm diese Tatsache ganz und gar nicht schmecken, während ich geistesabwesend Kerberos tätschele.

»Mein treuer Gefährte«, raune ich ihm zu und drücke meine Lippen auf seine Stirn, was Cato ein angewidertes Grunzen entlockt.

»Konntest du nicht schlafen?«

»Nein.«

Ich verdrehe die Augen angesichts seiner einsilbigen Antwort. »Bist du noch sauer wegen vorhin?«

»Weil ich von Frauen umgeben bin, die mir Kontra geben?«

»Unter anderem ...«

Seufzend zieht er ein Knie an und stützt seinen Ellenbogen darauf ab. Auf eine weitere Erklärung warte ich jedoch vergeblich.

»Meinst du, wir sollten die anderen wecken?«, frage ich nach einer Weile.

Natürlich wandert sein Blick sofort zu Avas Gesicht, die ihre Hände darunter gefaltet hat und zu friedlich für diese Welt aussieht.

»Nein.«

Ein warmes, sehr angenehmes Gefühl breitet sich in mir aus, als Kerberos seinen Kopf in meinen Schoß legt, damit ich seine Ohren besser kraulen kann. »Ich dachte, er wäre bei Yasar und den anderen geblieben.«

Cato mustert den Höllenhund noch immer mit einer Mischung aus Faszination und Abscheu. »Hale sagte mir, er sei verschwunden, kurz nachdem du die Prophezeiung erfüllt hattest. Ich nehme an, dass du der einzige Grund für ihn bist, sich in der Oberwelt aufzuhalten.«

Ich gebe ein zustimmendes Geräusch von mir und suche erneut unsere Umgebung ab. »Falls du doch noch ein wenig die Augen schließen willst, kann ich gerne die Wache übernehmen«, schlage ich vor.

»Nicht nötig. Ich bin so sehr mit Adrenalin und dem Wasser des Styx vollgepumpt, dass ich vermutlich nie wieder schlafen muss.«

Ich schnaube belustigt. »Meinst du, es hat wirklich etwas gebracht?«

»Bist du beunruhigt, weil du gestern für Hunter geblutet hast?«

»Ein wenig«, gebe ich zu und ignoriere seine Stichelei. »Was bedeutet schon Unverwundbarkeit?«

»Vermutlich werden wir das erst in einem richtigen Kampf erfahren. Hunter ist nicht der Feind. Vielleicht hat es damit zu tun.«

»Vielleicht«, murmele ich.

»Du brauchst kein schlechtes Gewissen zu haben, das weißt du, oder?«

Im ersten Moment spanne ich mich an, nehme eine abwehrende Haltung ein, aber dann lasse ich meine Schultern sinken, weil es eben Cato ist. Es gibt keine Mauern zwischen uns.

»In der einen Minute habe ich an Dark gedacht, wie weh es tut, ihn so sehr zu vermissen, und in der nächsten wollte ich schon Hunt. Keine Ahnung, was da in mich gefahren ist.« Ich empfinde Scham, für das, was mir eine Sekunde lang durch den Kopf gegangen ist.

»Niemand ist so aufopferungsvoll und loyal wie du, Flame. Du warst dazu bereit, für jeden deiner Freunde – für deine Familie – und jeden einzelnen Bewohner dieser Welt durch Feuer zu gehen. Für sie zu brennen. Dein Leben zu opfern.

Und obwohl du mit Dark verbunden bist, darfst du auch herausfinden, was das zwischen dir und Hunter ist. Du hast zwei Mal deine Erinnerungen verloren und erst vor Kurzem wieder vollständig zurückerlangt. Jetzt, wo du alles weißt, ergibt sich aus den einzelnen Teilen und Bruchstücken womöglich ein neues Bild. Wenn du das nicht erforschst, wird es keine Zukunft für Dark und dich geben. Weil du dich immer fragen wirst: Was wäre gewesen, wenn ...«

»Auf der Lichtung nach unserer Ankunft aus dem Reich der Drakon hat das aber noch anders geklungen«, gebe ich stirnrunzelnd zurück.

Cato zuckt unbedarft mit den Achseln. »Weil du entschlossen gewirkt hast, Dark umgehend zu finden. Und weil ich dich und Hunter nicht gesehen habe. Nicht wirklich, jedenfalls. Ich kann nicht einschätzen, ob einfach nur eine tiefe Freundschaft oder mehr zwischen euch ist.«

»Es macht mich krank zu wissen, dass Dark bei Ziva ist«, platzt es aus mir heraus, während Verzweiflung sich in mir ausbreitet. Tief atme ich durch, versuche, mich auf meinen Herzschlag zu konzentrieren, anstatt auf das zornige Rauschen hinter meinen Schläfen. »Was glaubst du, geht in dieser Burg vor sich? Was genau unternimmt er?«

»Wir werden wohl warten müssen, bis Ava aufwacht, bevor wir Antworten bekommen. Ich bin aber der Meinung, dass er das Richtige tun wird. Allerdings auch das, was nötig ist.«

»Auf Viridi wollte er sie heiraten«, merke ich frustriert an. »Was ist, wenn er wieder etwas sehr Dummes tut, weil er die Erde vor ihr retten will?«

Zu einer Erwiderung kommt es nicht, weil Hunt sich in diesem Moment gähnend aufrichtet. Ich verstehe, weshalb Cato den Rat, die Empfindungen zwischen Hunter und mir zu erforschen, ausgesprochen hat. Und mir ist auch klar, dass er nur das Beste für mich will. Aber ich bezweifle, dass er Ava dasselbe gesagt hätte, würde sie zwischen zwei Männern stehen. Eher würde er sie sich über die Schulter werfen und davonmarschieren. Und Dark täte dasselbe – wenn er hier bei mir wäre. Meine Kehle ist wie zugeschnürt, weil er mir so sehr fehlt. Weil ich vermutete, ihm so nah zu sein, bloß um erneut enttäuscht zu werden. Vielleicht wollte ich mich Hunt hingeben, weil ich es nicht mehr ertrage, Dark zu vermissen. Da es mir in dieser einen Sekunde wie Linderung erschien.

»Du hast nichts Falsches getan«, raunt Cato mir noch einmal zu, ehe er sich erhebt. Ich muss lächeln, weil er ganz genau weiß, dass ich manchmal dazu neige, zu viel nachzudenken. Kerberos brummt erneut in meinem Schoß und ich fahre damit fort, seinen Kopf zu kraulen. Ich kann nicht fassen, dass es über sechs Monate her ist, seit ich in flüssigem Silber ertrunken bin. Wie lange noch? Wie lange, bis wir endlich wieder zusammen sind? Und ich habe Angst. Angst davor, dass alles anders ist, wenn wir einander wiedersehen.

Ich bin der Meinung, dass er das Richtige tun wird. Allerdings auch das, was nötig ist. Die Bedeutung von Catos Worten dringt tief in mich ein, bis ich das Gefühl habe, von Schwärze überrollt zu werden.

Wird Dark sich wirklich immer für mich entscheiden?

Nicht, wenn er dich aufgegeben hat. Nicht, wenn er glaubt, du seist tot, flüstert eine höhnische Stimme, die der von Kiana gleicht.

Apollo, Kerberos und ich folgen den anderen, die sich einige Schritte vor uns geräuschlos durch den Wald bewegen. Ava hatte darauf bestanden, dass wir gemeinsam in Richtung Norden ziehen, bevor sie uns ihren Plan unterbreitet. Ich hatte wissen wollen, weshalb wir nicht durch den Nebel gehen können, worauf sie mir keine Antwort gab. Doch auch jetzt dreht sie sich immer wieder um, ein gehetzter Ausdruck liegt in ihrem Blick. Ich bin mir nicht sicher, ob sie wirklich im Hier und Jetzt ist, weil ihre Augen so wild umherhuschen, als befände sie sich in einer Umgebung, in der in dieser Sekunde viel mehr passiert. Da ich zu Zeiten des Turniers, was sich mittlerweile wie ein anderes Leben anfühlt, ein Bruchstück von Yasars Gabe erlangt habe, bin ich mit dem Wesen der Zukunftsvisionen vertraut. Allerdings kann ich mir das Ausmaß, mit welchem Ava täglich konfrontiert ist, nicht einmal ansatzweise vorstellen.

»Diese eine Sache, die ich dir noch sagen wollte ...«, beginnt Apollo und bedeutet mir, stehen zu bleiben. Ich komme seinem Wunsch nach und mustere ihn fragend, während er sich mit einer Hand das lang gewordene Haar aus seiner Stirn streicht.

»Ich weiß nicht, wie ich es dir am besten ...« Er holt tief Luft. »Als du verschwunden warst – sozusagen, jedenfalls – wollten wir natürlich herausfinden ...«

»Ob ich tot bin, weil mein Körper nie gefunden wurde?«

Apollo zieht die Brauen zusammen. »Makaber. Wirklich makaber, kleine Flamme.«

»Ich bin mir nicht sicher, ob die Bezeichnung von damals noch zu mir passt.«

»Du wirst immer unsere kleine Flamme sein«, erwidert Apollo und entlockt mir damit ein Lächeln. »Aber zurück zu meiner Erzählung«, fährt er seufzend fort. »Apate ist in die Unterwelt gegangen, um dort nach dir zu suchen. Sie erwartet übrigens Prometheus' Kind. Oder ist es mittlerweile schon da? Ich habe keine Ahnung ...«

Ich japse überrascht. »Ach, du heilige Harpyie! Und damit rückst du erst jetzt heraus?« Enttäuscht kaue ich auf meiner Unterlippe. »Ich kann nicht glauben, dass ich das verpasst habe. Wie sehr ist Prom denn ausgeflippt? Bitte keine Einzelheiten aussparen.«

»Der ahnungslose Teufel«, beendet Apollo wenige Minuten später seine Zusammenfassung für mich. »Doch zuletzt war er ... sehr glücklich. In der Unterwelt hat er ihr übrigens einen Antrag gemacht und sie hat ihn angenommen.«

Ich kann nicht anders, als ein sehr lang gezogenes und mädchenhaftes »Oooooooh« auszustoßen. »Das ist aber schön«, schniefe ich. Tatsächlich empfinde ich die reinste Freude, die man sich nur vorstellen kann. Und ich kann es gar nicht abwarten, die beiden – nein, die drei – ganz bald in die Arme zu schließen. Ich hoffe, dass sie in Sicherheit sind. Diesen Gedanken spreche ich auch gegenüber Apollo aus.

»Yasar hat sie ins Lager der Halbgötter geschickt, zu Persephone, Hekate und Hale. Die Göttin der Zauberei sollte dort die Geburt überwachen. Ich habe nichts mehr von ihnen gehört, aber ich gehe davon aus, dass alles gut ist. Sie sind ja weit entfernt von den ... Problemen.«

»Und Mutter ist ... okay? Was macht sie überhaupt bei den Halbgöttern?«

»Meinen Kenntnissen zufolge ist Persephone wohlauf. Sie erholt sich von den Schrecken der Unterwelt. Und Yasar wollte, dass die Halbgötter uns gegen Ziva zu Hilfe kommen. Allerdings dauert es aus unerfindlichen Gründen länger als gedacht und Persephone und Hekate sprechen in Rätseln. Einer der Gründe, weshalb er Hale nachgeschickt hat. Und dann Prometheus mit Apate.«

»Seltsame Vorstellung, dass es irgendwo dort draußen so ein Lager gibt«, überlege ich laut.

Als Ava sich auffordernd zu uns umdreht, will ich mich wieder in Bewegung setzen, doch Apollo hält mich zurück. »Nicht so schnell. Du hast mich gänzlich vom Thema abgebracht.«

»Dann nur heraus damit«, erwidere ich und wippe ungeduldig auf und ab. Die Nervosität der Seherin scheint auf mich überzuspringen.

Apollo räuspert sich und verschränkt die Arme vor der Brust. »Wie ich bereits sagte, hat sich Apate in die Unterwelt begeben, um nach dir zu suchen. Prom war davon alles andere als begeistert und reiste ihr nach, um sie zurückzuholen. Phoibe und ich begleiteten sie. Wir fanden Apate, die übrigens durch Tartaros von der Existenz der Drakon erfuhr, und gelangten durch das Portal im Blutsee zurück in die Oberwelt. Kurz darauf erzählte sie uns von dem, was sie herausgefunden und erlebt hatte.« Er holt tief Luft und sieht dabei aus, als wäre er in dieser Sekunde lieber an einem anderen Ort. »Hades ist tot, Flame.«

Ich schaue Apollo an, als hätte er den Verstand verloren. »Der Gott des Todes ... ist tot?«, wiederhole ich ungläubig.

»Laut Apate war er in einem sehr verwirrten Zustand und außerdem wirkte er ... krank.«

»Götter können nicht krank werden«, stelle ich fest. Zweifelnd beiße ich mir auf die Innenseite meiner Wange. Hades ist nicht mehr. Es ist seltsam ... Ich meine, er ist die personifizierte Unterwelt.

War.

Ich horche in mich hinein. Doch ich empfinde keinerlei Traurigkeit. Er hat meine Mutter misshandelt, mich entführt und anschließend gezwungen, aus der Lethe zu trinken. Er hat sich genommen, was mir gehörte. Meine Erinnerungen. Mein kostbarstes Gut. Auf Elysion beschloss ich, dafür Rache zu nehmen. Aber scheinbar hat das Schicksal schon über ihn gerichtet.

»Wer weiß noch davon?«, frage ich schließlich. »Und wer regiert nun die Unterwelt?«

»Hypnos und Thanatos waren dabei, als es geschah«, gibt Apollo unumwunden preis. »Sie warteten vor der Tür, während Apate an Hades' Sterbebett saß. Anschließend nahm sie mithilfe einer Illusion deine Gestalt an und sprach Hypnos und Thanatos die volle Entscheidungsgewalt zu, bis Hades wieder auf den Beinen ist. Bisher ist nicht offiziell bekannt, dass der König tot ist. Aber ... irgendwann wird es wohl herauskommen, das lässt sich nicht vermeiden.«

»Nyx«, bringe ich zwischen zusammengebissenen Zähnen hervor, »riecht Schwäche auf zehn Meter Entfernung gegen den Styx.« Wenn sie sich bereits von den Erinnyen Bericht erstatten lässt – sich mit ihrer eigenen Schar von Untergebenen umgibt ... Sie will ganz klar die Zügel zu fassen bekommen. Und ich frage mich, ob ich mich verantwortlich fühlen sollte, für die Geschehnisse in der Unterwelt ... Ist es meine Aufgabe, zu helfen, wo Hades nun überhaupt nicht mein Vater war? Wer ist in diesem Fall der rechtmäßige Erbe? Ich seufze schwer. »Das ist also der Grund, weshalb dort unten alles so ... verlassen wirkte.« Ich sehe hinauf zum wolkenverhangenen Himmel. »Poseidon ist tot. Nun auch Hades. Es steht bloß noch eine Grundsäule dieser Welt – Zeus. Was werden die Auswirkungen sein, wenn alle drei nicht mehr auf dieser Erde weilen?«

»Vielleicht können wir ganz einfach ohne sie existieren.«

»Ich weiß nicht«, erwidere ich, versuche, das hohle Gefühl in meiner Magengrube zu verdrängen und tue so, als läge es daran, dass ich seit einer halben Ewigkeit nichts mehr gegessen habe. »Dass Chaos hier ist ... Es erscheint mir wie ein böses Omen. Möglicherweise lässt er die Welt untergehen, damit er sie anschließend neu formen kann.«

Auf Apollos Gesicht breitet sich ein Grinsen aus. »Du bist ja eine richtige Stimmungskanone, kleines Flämmchen.«

Ich schüttele den Kopf und lache leise. »Nun ja ... Es ist wohl zu lange her, seit wir uns das letzte Mal so richtig zusammen betrunken haben.«

Seine Augen blitzen auf, als er sich daran erinnert, wie wir gackernd halb im Meer vor dem Sandpalast gelandet sind und ein sehr wütender dunkler Gott ... Verflucht. Kurz schließe ich die Augen. Dark ist einfach überall. Weshalb schaffe ich es nicht, nur einen Tag nicht an ihn zu denken?

Apollos Arm schlingt sich um meine Schultern, ehe er mich sanft vorwärtsschiebt. »Irgendwann werden wir all den Spaß nachholen, der uns in den letzten Monaten entgangen ist. Versprochen.«

Ich gebe ein zustimmendes Geräusch von mir. »Nachdem wir mal wieder die Welt gerettet haben.«

Er blinzelt mir verschwörerisch zu. »Niemand kann das so gut wie wir.«

In einer vertrauten Geste lege ich meinen Kopf an seine Schulter, während wir zu den anderen aufschließen. Für immer ein Team.

Kapitel 7
BRENNENDER FROST

FLAME

Ich fühle mich, als hätte ich bei einer Partie Brettspiel verloren und um eine Revanche gebeten. Anders kann ich mir nicht erklären, weshalb ich schon wieder in der vertrauten Höhle in Catos und meinem Heimatdorf sitze. Nachdem wir stundenlang durch den Wald gewandert sind, hat die Seherin Apollo und mich aufgefordert, uns durch den Nebel hierher zu bringen. Ich verstehe nicht, warum sie uns unbedingt an diesem Ort in ihren Plan einweihen will, und ich möchte mir gar nicht vorstellen, was Ziva und Chaos treiben, während wir so tun, als würde die Zeit uns nicht im Nacken sitzen.

»Hat es eigentlich schon immer so muffig gerochen?«, frage ich an Cato gewandt, während wir unsere Hände an einem kleinen Feuer wärmen, das ich im Inneren der Höhle entfachen durfte.

»Du bist wohl zu fein geworden für den Duft, den die Armut verströmt«, stichelt Cato, wofür ich ihm in die Seite boxe. Kerberos knurrt leise und ich grinse zufrieden.

»Du solltest dich besser nicht mit mir anlegen, sonst ziehst du den Zorn des Höllenhundes auf dich.« Zugegeben, sein massiger Leib lässt den Raum winzig wirken.

Mein Freund setzt einen ängstlichen Gesichtsausdruck auf und rückt ein wenig von mir ab. »Jetzt, wo du es sagst ...«

Er ringt sich sogar dazu durch, einmal Kerberos' Kopf zu kraulen. Nach seinen Maßstäben ein wahres Friedensangebot. Dann mustert er unsere Umgebung und wirkt dabei fast ein bisschen wehmütig. »Der Geruch muss von der Feuchtigkeit kommen, die sich aufgrund der veränderten Temperaturen hier drin sammelt«, erklärt er schließlich. »Es müsste regelmäßig ein Feuer gemacht werden, um dem entgegenzuwirken.«

»Die Vorstellung, dass hier alles zerfällt, stimmt mich ein wenig traurig«, gebe ich zu.

»Nicht alles kann die Ewigkeit überdauern«, sagt Apollo und setzt sich neben mich. In diesem Moment schreckt Ava hoch, die eingenickt gewesen sein muss. Kurz darauf stößt Hunter zu uns, der eine Runde fliegen musste, weil er sonst den Verstand verliert. Seine Worte, nicht meine. Ich war davon nicht sonderlich begeistert, weil ein riesiger Drakon nicht gerade unauffällig ist, doch überraschenderweise hat Ava, die sonst übervorsichtig ist, ihre Zustimmung gegeben.

Schläfrig blinzelnd rückt sie näher ans Feuer, um sich ebenfalls zu wärmen.

»Also«, durchbreche ich nach einigen Minuten die Stille. »Alle Karten auf den Tisch?«

Ava nickt zögerlich. Das sollten besser höllisch gute Informationen sein, um die sie ein solches Geheimnis macht.

»Im Wald vor der Unterwelt habe ich euch berichtet, dass ich nach Erfüllung der Prophezeiung Schwierigkeiten hatte, zu meiner Gabe zurückzufinden. Ich erzählte euch, dass Yasars Nachfragen scheinbar geholfen haben. Aber er war nicht der einzige Auslöser«, beginnt sie ihre Geschichte. »Nachdem Cato mich auf meinem Weg zum Tempel in Delphi abgefangen und zum Sandpalast gebracht hat, kamen meine Fähigkeiten nach und nach zurück. Ich sprach die Weissagung über dich und Elysion, woraufhin Cato und Ladon aufbrachen.«

An dieser Stelle wirft Apollo dem Halbgott einen bösen Blick zu. »Nur, weil du mir vor meiner Ankunft in Hales Reich entwischt bist, heißt das noch lange nicht, dass wir keine Harpyie mehr miteinander zu rupfen haben.«

Entspannt streckt Cato seine langen Beine aus. »Du hättest wohl besser auf deine Seherin aufpassen sollen, dann wäre sie dir nicht so leicht davongelaufen.«

»Falscher Zeitpunkt, um einen Streit anzufangen«, gehe ich dazwischen.

»Die folgenden Nächte kam ich nicht zur Ruhe«, nimmt sie den Faden wieder auf. Bei ihren Worten versteift Cato sich merklich, während sie ihre Hände knetet. »Deshalb war ich tagsüber sehr müde. Manchmal verbrachte ich Zeit mit Phia und Lavea – aber in vielen Stunden streifte ich auch allein durch die Gänge des Palastes und schlief in unbewohnten Räumen. Doch es gab ein Gemach, das ich häufiger als die anderen aufsuchte. Ich wusste nicht, wem es gehörte, bis die ersten Visionen und Träume kamen.« Sie holt tief Luft. »Es war Losts Zimmer, zu dem ich mich so sehr hingezogen fühlte.« Eine leichte Röte breitet sich nun auf Avas Wangen aus. »Für gewöhnlich werden mir hauptsächlich Ausschnitte aus der Zukunft gezeigt, aber ...« Sie krempelt ihren Ärmel nach oben und gibt den Blick auf ein Lorbeerarmband preis. »Das hat Candela gehört«, flüstert sie. »Ich habe es in der Nachttischschublade neben seinem Bett gefunden. Ich weiß gar nicht wieso, aber ich legte es um. Und plötzlich konnte ich noch so viel mehr sehen. Die Vergangenheit ... Viridi ... Ziva ... dann wieder die Zukunft. Alles hat sich zu einem großen Bild zusammengefügt. Ich habe außerdem gemerkt, dass die Visionen sich verstärken, wenn ... wenn ...«

»Wenn was?«, fragt Cato ungeduldig.

»Wenn ich Losts Kleidungsstücke trage. Und sobald ich träumte, war es ... als wäre ich mitten im Geschehen. Nie zuvor hat es sich so angefühlt. Faszinierend und ... intensiv.«

»Es war *intensiv* für dich, in *Losts* Shirt zu schlafen?«, grollt Cato und klingt dabei so richtig angepisst. »Was ist mit dem Oberteil passiert, das *ich* dir überlassen habe?«

»Das hat sie gemeinsam mit Phia und True in einer recht bedenklichen Zeremonie verbrannt«, merkt Apollo trocken an.

»Hast du jetzt auch seine Sachen im Gepäck?«, hakt Cato nach und deutet auf ihren Rucksack. Er sieht aus, als wäre er ebenfalls dazu bereit, ein Ritual durchzuführen. Als er sich erheben will, zerre ich ihn an seiner Hosentasche zurück auf seinen Platz,

»Wir können später eine Voodoo-Puppe daraus basteln, sollte es dir damit besser gehen«, schlage ich ironisch vor.

Ava zieht empört die Nase kraus, was sie, wie mir bereits aufgefallen ist, häufiger macht. »Das geht dich rein gar nichts an, Heuchler«, zischt sie.

»Ich liebe deine schönen Lügen, Schwindlerin«, feuert Cato zurück.

Stöhnend tippe ich Kerberos gegen die Schulter, der sogleich versteht und mit seinen drei Köpfen ein schauriges Kläffen ausstößt, das alle außer mir zusammenzucken lässt. Warnend sehe ich Cato an, der heute offenbar auf Streit aus ist. Vielleicht ist es aber auch eine Art von schrägem Vorspiel zwischen Ava und ihm. »Was hast du denn nun in deinen Träumen und Visionen herausgefunden? Abgesehen davon, dass Ziva eine Armee besitzt und nicht allein auf die Erde gekommen ist. Und dass Dark und Lost bei ihr sind.«

Ava strafft ihre Schultern, ehe der wirklich interessante – und schockierende Teil der Geschichte beginnt, der das Blut in meinen Adern in Frost verwandelt. Sie berichtet von Legenden zur Entstehung Viridis, die mehr nach einem düsteren Märchen klingen. Sie spricht von sechs Gründern, die durch sogenannte Urgegenstände unermessliche Macht erlangten. Größere Macht, als selbst ein Unsterblicher besitzen sollte. Die nur Gier und das Schlechte hervorbrachte. Sie erzählt von Losts Vater, der sein sterbendes Reich vor dem Tod bewahren wollte und dafür Grenzen überschritt, die im Nachhinein nicht rechtzeitig verschlossen werden konnten, weil Ziva bereits hindurchgeschlüpft war – und für das Erlangen dieser dunken Kraft mit ihrer ewigen Jugend bezahlt hat.

»Diese Urgegenstände ... sie sind das Geheimnis ihrer Kraft?«, hakt Apollo nach.

Ava nickt, ihr Gesicht eine bleiche Maske. Sie macht den Eindruck, als müsste sie sich jeden Moment übergeben und ich streiche ihr besänftigend über den Rücken.

»Weshalb hat sie nicht von Anfang an davon Gebrauch gemacht? Weshalb hat sie ihre Armee erst jetzt gerufen?« Die Vorstellung, dass ihr Gefolge die ganze Zeit unter uns war, bereitet mir eine Gänsehaut.

Zitternd atmet Ava aus und reibt sich in einer hilflosen Geste über die Stirn. »Zivas Kopf, ihre Psyche, ist wie ein Spinnennetz. Es ist schwer, ihre Handlungen und den Weg ihrer Gedanken nachzuvollziehen. Sie ist innerlich zerrissen. Vermutlich wollte sie den neuen Göttern demonstrieren, dass sie auch ohne äußere Hilfe dazu in der Lage ist, sie zu schlagen. Dass sie stärker und schlauer ist als sie. Dass sie es mit ihnen jederzeit und in jeder Welt aufnehmen – und gewinnen kann. Ich glaube, das jahrelange Beobachten, das Einschleichen in das Turnier ... war nichts weiter als ein Aufwärmen für sie. Der richtige Kampf beginnt erst jetzt.«

»Besitzt sie alle Gegenstände?«, frage ich.

»Das habe ich nicht gesehen ...« Ava gräbt ihre Fingernägel in ihre Handinnenflächen und hinterlässt dabei rote Abdrücke. »Ganz sicher bin ich mir nur bei *Immortalem*, dem Armband der Unsterblichkeit, *Imperium*, dem Ring der Überzeugung, mit dem sie den Willen ihrer Gefolgschaft kontrolliert, *Cogitatio*, dem Spiegel der Unverwundbarkeit und *Originem*, der Krone der Schöpfung.«

»Wie viele stehen unter dem Einfluss von *Imperium*?«

»Hunderte«, flüstert Ava.

Ich schlucke schwer. »Und will sie die neuen Götter ... dieser Ring ...«

Die Seherin weicht meinem Blick aus. »Wie schon erwähnt ... Ziva ist hin- und hergerissen, zwischen dem Drang, dass sie wach sind, alles miterleben, ihrem Triumph bei vollem Verstand beiwohnen ... Andererseits ist die Versuchung groß, sie nach so langem Warten endlich zu unterwerfen. Damit sie ihr nicht noch einmal entkommen.«

»Was hat sie mit ihnen vor? Was ist ihr nächster Schritt?«, will Hunter wissen.

»Es ist ein wenig verschwommen, die Gegenstände behindern meine Sicht«, murmelt Ava. »Sie plant etwas in Delphi. Ich kann das Kolosseum erahnen, aber da ist noch mehr. Es ist größer ... wie eine – Arena?«

»Was würde einer größenwahnsinnigen Verrückten wohl als Erstes in den Sinn kommen, nachdem sie bei einem Wettkampf von den neuen Göttern herumgeschubst worden ist?«, fragt Cato spöttisch.

Meine Hände fühlen sich plötzlich klamm an.

»Rache. Eine Strafe?«, wirft Apollo ein.

»Und eine Demonstration ihrer Macht. Schließlich hat sie in den vergangenen Jahrzehnten im Verborgenen agiert. Aber nun will sie sich zeigen. Sie lechzt nach Anerkennung für ihre Taten«, ergänze ich.

»Ein Wunder, dass sie noch nicht geplatzt ist«, knurrt Cato und wirft zwei Äste ins Feuer.

»Alle sollen sehen, wem sie von nun an folgen, und wie ginge das besser ...«, wispert Ava.

»Als mit dem einhundertzweiundachtzigsten Turnier«, führe ich ihren Gedanken fort, »wo die neuen Götter ihre Marionetten sind.« Nach meinen Worten herrscht Stille. Sie ist so laut, dass man selbst ein Laubblatt zu Boden schweben hören könnte. Durchbrochen wird sie von Apollo, der sich mit der flachen Hand gegen die Stirn schlägt.

»Innerhalb der Bevölkerung hatten die neuen Götter nie den besten Ruf«, überlegt er laut. »Zwar wussten die Menschen, dass sie es waren, die sie vor Zeus' Zorn bewahrt hatten, allerdings nahmen sie ihre weiteren Bemühungen im Kampf gegen die Hitze überhaupt nicht wahr und dachten, dass die Unsterblichen in Saus und Braus leben, während das einfache Volk kaum Zugang zu Nahrung und sauberem Wasser hat.«

»Das stimmt«, gebe ich zu und erinnere mich an die Tage zurück, an denen ich schweißüberströmt und mit brennender Kehle auf dem Marktplatz stand und die neuen Götter verfluchte.

»Was wäre also, wenn es Zivas Leute waren, die sich

nach ihrer Ankunft von Viridi unter das Volk gemischt haben, und diese Geschichten über die neuen Götter verbreiteten? Was ist, wenn sie das alles von langer Hand geplant hat? Natürlich, die neuen Götter haben die Evakuierungslager errichtet und die Bewohner der Erde erneut beschützt, doch der Hass wurde über Jahrzehnte hinweg gesät und ist tief verwurzelt. Außerdem neigen Menschen dazu, eher die negativen als die positiven Ereignisse langfristig abzuspeichern ...«

»Dieses Turnier hätte das Zeug dazu, die Leute in Ekstase zu versetzen«, stimmt Cato zu, während er die Feuerfunken hypnotisiert. »Und in ihrer Mitte, auf ihrem goldenen Thron – Ziva, als die Retterin, welche die neuen Götter für ihre Vergehen bestraft.« Er schnaubt angewidert. »Was?«, fragt er, als er bemerkt, dass wir ihn alle anstarren. »Ich bin mir sicher, so hat sie es sich ausgemalt.« Cato lehnt sich zurück und stützt sich auf den Ellenbogen ab. »Ich bin dieser Frau nur einmal im Verlies in Yasars Palast begegnet, aber all diese Geschichten über sie ... was sie getan hat – das macht mich so verdammt wütend, dass ich ihr am liebsten mit bloßen Händen den Hals umdrehen würde.«

»Ja, diese Gefühle löst sie wohl in einem aus«, kommentiert Apollo bedächtig.

»Das, was sie dort in Delphi vorhat –«, wende ich mich an Ava, »ist es noch aufzuhalten?«

Die Seherin schüttelt bedauernd den Kopf. »Yasar will, dass Ziva alle holen kommt. Sie soll sich in Sicherheit wiegen und denken, dass ihr Vorhaben aufgeht. Dass sie im Besitz aller Fäden ist und nach Belieben daran ziehen kann.«

»Aber Yasar hat noch einen größeren Plan, oder? Ich kann mir nicht vorstellen, dass er sich einfach so ergibt.«

Ava presst die Lippen zusammen, als würde sie es eigentlich nicht verraten wollen.

»Na los ...«, bohre ich.

»Jemand ist in Zivas Nähe, der die Macht hätte ... Aber es ist riskant. *Sehr* riskant. Ich bin mir unsicher, auf welcher Seite er tatsächlich steht, ob Yasars Strategie aufgehen wird. Und noch ein anderer ist in seinem Auftrag unterwegs, um etwas zu besorgen ...«, erklärt sie kryptisch. »Etwas, mit dem die Gegenstände zerstört werden können, sobald sie von Ziva gelöst sind. Doch aufgrund von *Immortalem* und *Cogitatio* ... ist es nahezu unmöglich ...« Ava presst sich jeweils zwei Finger gegen die Schläfen. »Ich sehe zu wenig«, flüstert sie gequält.

»Das klingt ja alles nach reichlich Problemen«, merkt Cato an, »aber was, meine liebste Schwindlerin, hattest du mit Apollo vor?«

Anstatt erbost zu reagieren, streift Ava ihre Verzweiflung ab und ihre Augen beginnen zu leuchten. »Mnemosyne. Ich will, dass wir Mnemosyne finden, die Titanin der Erinnerung.«

»Was genau sind die Fähigkeiten dieser Titanin?«, frage ich.

»Auf sie geht die Kunst der Erinnerung zurück. Sie kann die eines jeden Lebewesens und die der Erde selbst abrufen. Es gab sie, noch bevor die Schrift erfunden wurde.«

Mit hochgezogenen Brauen wende ich mich Apollo zu. »Es gibt eine Titanin der Erinnerung? Ernsthaft? Und ich musste *sterben*, um meine Vergangenheit zurückzubekommen?«

Apollo runzelt die Stirn, während Hunter nach meinem Handgelenk greift und meinen Puls fühlt. Vermutlich ist er besorgt, dass ich gleich wieder austicke und Feuer speie. »Man sagt, dass Mnemosyne sich vor langer Zeit aus Schmach das Leben nahm«, sagt Apollo schließlich. »Sie war eine von Zeus' zahlreichen Geliebten. Sie gebar die neun Musen für ihn und glaubte, dass er Hera für sie verlassen würde, weil er ihr – so wie jeder Frau, mit der er zusammen war – leere Versprechungen machte. Statt bei ihr zu bleiben, vergnügte er sich schon bald darauf mit anderen Göttinnen. Mnemosyne konnte sich von diesem Tiefschlag nicht erholen.«

»Zeus ist ein Arsch«, sprudelt es aus Ava hervor und sie reckt das Kinn, als Cato einen Laut der Belustigung ausstößt.

Seufzend massiere ich meine Schläfen. »Ich stimme ihr zu. Aber was genau soll Mnemosyne denn für uns tun, sollte sie nicht tot sein?«

Ava beendet das Blickduell mit Cato und wendet sich wieder mir zu. »Alle, die unter dem Einfluss von Zivas Ring stehen … Ich meine, wenn Yasars Beauftragter erfolgreich ist und es ihm mit der Waffe gelingt, die Urgegenstände von Zivas Körper zu trennen, ist das ja schön und gut, aber wie werden diejenigen, die schon seit Jahrhunderten mit ihr verbunden sind, das unbeschadet überstehen? Was ich in der Zukunft gesehen habe, hat mir offenbart, dass die Titanin in der Lage wäre, ihren geschundenen Geist zu heilen. Ihnen ihre eigenen Erinnerungen zurückzugeben und sie von den Überzeugungen zu befreien, welche Ziva ihnen eingeflößt hat.«

»Ich kann nicht fassen, dass du mir das alles nicht früher erzählt hast«, murmelt Apollo.

»Du hättest die Informationen einfordern müssen«, sage ich zu ihm, was ihn nur müde nicken lässt.

»Ava hat mich mitten in der Nacht aus dem Sandpalast geschleift und mir dann Zivas Armee vorgesetzt. Das musste ich erst einmal verdauen. Ich stand unter Schock.«

»Wenn ihr aber schon auf dem Weg zu dieser Mnemowas-auch-immer wart«, mischt Hunt sich ein, »warum seid ihr dann umgedreht? Was können wir jetzt noch tun? Sollen wir euch begleiten?«

»Ursprünglich wollte ich nicht umkehren«, gibt Ava zu, was dafür sorgt, dass Cato die Kinnlade herunterklappt.

»Du wolltest nicht zu mir kommen?«, wiederholt er und sieht dabei irgendwie ... verletzt aus.

Ava verdreht die Augen. »Kaum vorstellbar, wenn man bedenkt, dass sich die Erde lediglich um dich dreht.« Demonstrativ richtet sie ihre Aufmerksamkeit wieder auf Hunt. »Ich wollte weiterziehen, weil Zeit ein sehr kostbares Gut ist und man sie unter den gegebenen Umständen keinesfalls verschwenden darf. Aber dann habe ich etwas gesehen ... ein erneuter Richtungswechsel.« Angestrengt atmet sie aus. »Ich hatte euch ja erzählt, dass Losts Vater *Votum*, die Uhr der Wünsche, beschafft hat. Nun ja ...« Bedeutungsschwer schaut sie in die Runde. »Lost hat die Uhr mit zur Erde gebracht. Er hat sie hier versteckt. Er ist in Sorge, dass Ziva das herausfinden wird. Er kann *Votum* nicht selbst beschaffen, weil er im Gegensatz zu Dark im Verlies der Burg gefangen gehalten wird. Phia ist übrigens bei ihm.«

Furcht und Sorge schnüren mir die Kehle zu. »Wie konnte Phia in Zivas Fänge geraten?« Ich will mir nicht vorstellen, was sie gerade durchmacht, wie Ziva sie womöglich quält. In dieser Sekunde will ich den Plan der Seherin nicht länger abwarten, sondern zu Losts Burg aufbrechen. Wir müssen unsere Freunde retten. Und Dark ... Fest kneife ich in meine Nasenwurzel, um das Brennen in meinen Augen zurückzudrängen.

»Phia war in dem Unterwasserverlies, als Chaos entkam.

Bei seinem Ausbruch hat er sie entführt. Das ist alles, was ich weiß.«

»Was du weißt, oder was du erzählen *willst*?«, hake ich zähneknirschend nach.

Cato grollt frustriert. »Ich dachte, Chaos ist aktuell nicht unser größtes Problem?! Mir scheint, als wäre dein Urteilsvermögen in Gefahrensituationen ein wenig fehlgeleitet, Seherin.«

»Keineswegs, Halbgott.«

Grrr. Geht das schon wieder los? »Auseinander, ihr zwei«, gehe ich dazwischen und mache eine wedelnde Handbewegung, um die beiden zum Schweigen zu bringen.

»Was also sollen wir nun unternehmen?«, fragt Apollo, wohl, um die angestaute Spannung zu entladen.

»Wir teilen uns auf«, erwidert Ava. »Eine Gruppe muss *Votum* finden, bevor Ziva es tut, während die anderen Mnemosyne aufspüren. Wir sind alle verloren, sollte die Uhr der Wünsche in ihre Hände geraten.« Es kommt mir vor, als würde der letzte Satz vor allem Cato und mir gelten. Vermutlich spürt Ava, dass wir nicht damit einverstanden sind, wie sie die Prioritäten setzt. Abgesehen von unseren Freunden, die sich in Gefangenschaft einer Psychopathin befinden, erscheint es mir falsch, Ziva im Vergleich zu Chaos als größere Gefahr einzustufen. Wir sollten gegen beide vorgehen.

Cato setzt sich ein wenig aufrechter hin. »Wer wird mit wem aufbrechen? Und wo hält sich Mnemo-bla-bla überhaupt auf?« Apollo lacht ein wenig hysterisch, vermutlich, weil es ein nahezu unaussprechlicher Name ist.

»Sie ist im Palast der Titanen, der sich auf dem Othrys befindet. Die Titanen kämpften von dort aus gegen Kronos' Kinder, die Zeus damals anführte. Ihr Zeitalter ist zwar schon seit einer Ewigkeit vorüber, doch es ist nach wie vor ihr Stützpunkt. Ich habe überlegt, dass es am besten wäre, wenn Flame, Hunter und Apollo sich auf diese Reise begeben und Cato und ich nach *Votum* suchen. Da nur ich die Uhr durch meine Visionen finden kann.«

Bei ihren Worten zieht Cato einen Mundwinkel träge nach oben, während seine Augen sich verdunkeln und ich bin froh, dass *ich* nicht dazu fähig bin, seine Gedanken zu lesen.

»Ich bin mir unsicher, ob diese Aufteilung schlau ist. Solltet ihr nicht besser Apollo mitnehmen?«, werfe ich ein.

»Warum?«, fragt Cato mit einem spitzbübischen Grinsen im Gesicht. »Willst du denn so dringend mit Hunter allein sein? Nur ihr zwei und euer hitziges Drakonblut?«

Die Situation ist ernst und ich will es gar nicht, kann aber nicht verhindern, dass ich lospruste. »Cato, du unerträglicher Lustmolch«, rüge ich ihn mit drohendem Zeigefinger. »Das ist selbstverständlich nicht der Grund.« Dabei registriere ich, dass Apollo Hunter einen mahnenden Blick zuwirft. »Geht in deinem Kopf eigentlich jemals etwas anderes vor?«

Lässig verlagert der Halbgott sein Gewicht auf die andere Seite. »Selten«, gibt er schamlos zu. »Und was ist nun deine Ausrede?«

Seufzend verdrehe ich die Augen. »Apollo und ich sind von uns fünf die Einzigen, die durch den Nebel reisen können. Diese Fähigkeit sollte in jeder Gruppe vertreten sein, weil sie in brenzligen Situationen Leben rettet. Ich weiß, dass du stark bist, gut kämpfen und schneller als ein Sterblicher laufen kannst. Aber manchmal ist das eben nicht genug. Verstanden, Schlaumeier?«

Er gibt ein Brummen von sich.

»Du weißt, wo sich der Palast der Titanen befindet?«, frage

ich an Apollo gewandt und tausche einen Blick mit Ava. Ich werde der Seherin einen Vertrauensvorschuss geben und meine eigenen Bedürfnisse – und auch Zweifel – hintanstellen. Bei allen toten Seelen der Unterwelt hoffe ich, dass sie sich nicht irrt und uns auf einen falschen Pfad führt. Der Gott der Heilkunde nickt und ich fahre fort. »Es gibt zwei Möglichkeiten: Entweder, du gibst mir eine sehr genaue Wegbeschreibung – oder du setzt uns ab, ehe ihr zu eurer Mission aufbrecht.«

Nachdenklich beobachtet Apollo den Feuerball, den ich spielerisch zwischen meinen Fingern drehe. »Du erinnerst dich an Theben ... an das Halsband der Harmonia?«

Ich schnaube. »Vor allem erinnere ich mich an den giftigen Biss des Mantikors. Und an die Halluzinationen.«

»Tja, ich kann mir vorstellen, dass auch der Besuch bei den Titanen nicht ungefährlich wird ... Eine gute Möglichkeit, um auszutesten, ob euer Leichtsinn am Styx gefruchtet hat.«

»Das muss es!«, erwidere ich. »Die Legenden von Achilles und Troja –«

»Achilles war ein eingebildeter Gockel«, murrt Apollo.

»Ein heißer Gockel«, rutscht es Ava heraus. »Wenn man den Abbildungen in den Archiven Glauben schenkt«, fügt sie errötend hinzu.

»Wäre da nur nicht die Sache mit der Ferse gewesen«, merkt Cato spöttisch an. »Zu dumm.«

»Wir sind mit dem ganzen Körper eingetaucht, daher wird uns das nicht passieren. Also, der Weg zum Palast der Titanen ...«

»Am besten ist es, wenn du euch an den östlichen Zipfel von Theben bringst – an die größte Bucht des Mittelmeers. Von dort aus reist ihr am Wasser immer in Richtung Nordwesten, bis ihr das Othrys-Gebirge erreicht, das zwischen Darks und Trues Reich liegt. Der gleichnamige Berg befindet sich davor und ist unter der Last der Zeit abgesackt, sodass nur noch der höchste Punkt aus dem Ozean schaut. Der Palast ist durch Illusionen und Zauber geschützt, weshalb ihr ihn mit bloßem Auge nicht sehen könnt. Um ihn zu erreichen, müsst ihr das Wasser durchqueren. Wenn ihr taucht, werdet ihr ein Tor entdecken. Schwimmt hindurch und sobald ihr auf der anderen Seite wieder herauskommt, wird der Palast über euch aufragen.«

»Glaubst du, sie werden uns Einlass gewähren?«

»Ja«, erwidert Apollo zuversichtlich. »Weil sie sich unsterblich langweilen.« Er lacht herzhaft, ehe er den Kopf schüttelt, als würde Phoibe ihn ermahnen, dass er nicht schadenfroh sein soll.

»Irgendwelche Tipps für den Umgang mit Mnemosyne?«, frage ich und lasse den Feuerball mit einem Knistern erlöschen.

»Eigentlich nicht. Ich bin ihr vielleicht drei, vier Mal begegnet. Es wäre aber sinnvoll, wenn *du* euer Anliegen vorträgst. Seit Zeus ist sie auf Männer nicht besonders gut zu sprechen.« Er hält inne. »Falls sie überhaupt noch zu sprechen ist. Ich kann nicht fassen, dass sie wirklich noch lebt.«

Ich richte mich wieder an Ava. »Und sollen wir der Titanin den wahren Grund nennen, aus dem wir ihre Hilfe brauchen, von Ziva und den Gegenständen erzählen, oder ...« Der Satz hängt unvollendet zwischen uns in der Luft, während Ava an ihrer Unterlippe nagt.

»Zu Mnemosyne müsst ihr aufrichtig sein. Den anderen, denen ihr begegnet, allerdings ... Ich überlasse es dir und deiner Intuition. Aber sei auf der Hut, wem du traust.«

»In Ordnung.« Vermutlich ist das so ein Fall, in welchem sie nicht zu sehr in die Zukunft eingreifen will. Ungeachtet meiner Zustimmung erscheint es mir, als würden wir uns dazu verabreden, einen Vulkan zu erklimmen, der kurz vor dem Ausbruch steht.

»Keiner von uns hat einen Chalcedon-Edelstein dabei, oder?«, erkundige ich mich nach einigen Sekunden der Stille. Alle verneinen. »Dann sollten wir eine Zeit und einen Treffpunkt vereinbaren.«

»Delphi. Beziehungsweise im angrenzenden Wald. Sagen wir in elf Tagen? Anschließend bleibt uns voraussichtlich ein weiterer Tag, bis Yasars Kontaktmann eintrifft«, überlegt die Seherin.

»Aber weshalb kann die gute Mnemo ihre Kraft nicht schon früher wirken, wenn sie bei uns ist?«, will Hunt wissen.

»Das wäre ungefähr so schlau, wie in ein Wespennest zu fassen«, erwidert Ava. »Solange wir die Gegenstände nicht unschädlich machen können, dürfen wir Ziva unter gar keinen Umständen aufschrecken.«

»Wir könnten einfach die Uhr der Wünsche benutzen«, schlägt Cato vor.

»Ja«, faucht Ava zurück. »Falls du verflucht und als Greis enden willst.«

Darauf sagt niemand mehr etwas und die Seherin atmet tief durch. »Diese Urgegenstände ... In ihnen wohnt eine Macht, über die niemand verfügen sollte – weil sie nur Unheil und Verderben bringt.«

»Verstanden«, besänftige ich sie.

»Ich habe ein schlechtes Gefühl wegen Lost, Dark und Phia«, gibt Apollo zu. »In Zivas Gewalt ...«

»Ihnen wird nichts geschehen.« Ava sieht aus, als wolle sie

noch ein ›glaube ich‹ hinterherschieben, presst ihre Lippen im nächsten Moment jedoch fest aufeinander.

Mit den Fingern fahre ich durch meine verknoteten Locken. »Wenn es zum Gelingen des Plans und für den Sieg über Ziva entscheidend ist, sie keinen Verdacht über unsere Reise zu Mnemosyne schöpfen zu lassen, müssen wir *wirklich* vorsichtig sein. Und wir können nur hoffen, dass sie den sechsten Urgegenstand, *Exitium*, das Schwert der Zerstörung, nicht mitgebracht hat.« Ich erhebe mich und strecke meine schmerzenden Glieder. »Auf ein Wort, Ava«, sage ich und nicke in Richtung Höhlenausgang.

»Wann brechen wir auf?«, ruft Hunter mir zu. Fragend sehe ich Ava an.

»Im Morgengrauen.«

Apollo gähnt ausgiebig. »Wir können alle noch ein paar Stunden Ruhe vertragen. In den nächsten Tagen werden wir wohl nicht sehr viel davon bekommen«, höre ich ihn noch nuscheln, ehe die Seherin und ich nach draußen treten.

»Wollen wir ein Stück gehen?« Ich deute auf den Weg, der sich an dem hohen rauen Felsen Richtung Wald entlangwindet.

Ava vergräbt die Hände in ihren Taschen und nickt, während die kühle Nachtluft das Pochen hinter meinen Schläfen vertreibt. Obwohl nie alles perfekt war, hängen an diesem Ort so unendlich viele schöne Erinnerungen. Als wir kurz nach unserer Ankunft aus dem Drakonreich wieder von hier aufbrachen, nahm ich an, es wäre ein Abschied für längere Zeit. Und irgendwie tut es doch gut, noch einmal hier zu sein.

»Weshalb wolltest du mit mir sprechen?«, ergreift Ava schließlich das Wort, während sie einen Ast zur Seite schiebt, der quer über den Pfad gewachsen ist.

Kurz überlege ich, ob sie es nicht vielleicht sogar schon weiß, verwerfe den Gedanken aber wieder. Die Zukunft funktioniert nicht auf diese Weise. Ich bleibe stehen und lehne mich gegen die Felswand. »Dark.« Ava versteift sich und weicht meinem Blick aus. Das dachte ich mir. »Du sagtest, dass es in Zivas Kopf sehr verworren zugeht und die Gegenstände dein Sehen erschweren, du daher unsicher bist, ob sie *Imperium* tatsächlich bei den neuen Göttern anwenden wird. Weil sie will, dass sie wach und bei Verstand sind, um ihren Aufstieg mitzuerleben. Trotzdem wird sie jeden von ihnen gefangen nehmen – Lost und auch Phia sitzen bereits in einem Verlies. Was aber ist mit Dark? Wird sie Dark dem Ring unterwerfen? Oder hat sie es bereits getan?«

»Er ... er darf sich in der Burg frei bewegen. Er stand mit Ziva auf einem Mauervorsprung, als die Armee eintraf.«

»Ava.« Es kostet mich die größte Selbstbeherrschung, ruhig zu bleiben. »Steht er unter dem Einfluss ihres Rings? Ist er ihre Marionette? Hat er sie ursprünglich freiwillig aufgesucht? Hat er einen Plan?« An diese winzige Hoffnung klammere ich mich, doch Ava erstickt sie im nächsten Moment.

»Ich habe gesehen, wie sein Blut auf den Ring getropft ist«, wispert sie. »Das ist nötig, damit Ziva die Kontrolle über jemanden gewinnt. Mehr weiß ich zum jetzigen Zeitpunkt nicht über ihn. Es tut mir leid.«

Ihr Geständnis sorgt dafür, dass die Hitze schlagartig zurückkehrt, ich das Gefühl habe, Feuer würde in mir wüten, meine inneren Organe schwarz färben und meine Knochen zu Asche zerfallen lassen. Es ist, als würde ich jeglichen Halt verlieren.

»Du darfst nicht zu ihm.« Ava lehnt sich mir entgegen, wagt aber nicht, mich zu berühren. »Alles, was du für ihn tun kannst, ist, Mnemosyne aufzuspüren. Cato, Apollo und ich kümmern uns um *Votum.* Und Yasars Kontaktmann bringt uns die Waffe. Wir können es schaffen. Wir *werden* es schaffen. Und dann können Dark und all die anderen, die durch *Imperium* gefangen sind, befreit werden.«

Götter. Was ist, wenn wir scheitern? Wenn dieser grässliche Ring bleibende Schäden hinterlässt? Wenn Dark niemals wieder sein wird wie früher? Wenn Ziva ihm wehtut? Ich schlucke schwer, blinzele. Ich werde ihn trotzdem lieben. Als er mich aus der Unterwelt zurückgeholt hat, war auch ich verändert. Und es hat keinen Unterschied für ihn gemacht. Er hat nie losgelassen.

Bis du in der Höhle aus Lava gebrannt hast, flüstert die Stimme des Zweifels. *Danach hat er dich aufgegeben. Euch aufgegeben.*

»Du verlangst sehr viel, Seherin«, knurre ich, bevor ich mich an ihr vorbeidränge und in einen Laufschritt falle. Zurück findet sie allein. Und da sie weder im Styx gebadet hat noch über hitzeabweisende Drakonschuppen verfügt, sollte ich besser so viel Abstand wie möglich zwischen uns bringen. Cato wüsste es wohl kaum zu schätzen, würde ich ihr goldenes Haar verkohlen. Am Grund meiner Seele liegt die Vernunft, die weiß, dass Ava vermutlich recht hat, weil sie das große Ganze im Blick behält. Doch in dieser Sekunde ist da bloß Wut in mir. Die Flammen und das nahezu unkontrollierbare Feuer. Der Wunsch, mein Leben nur nach meinen eigenen Bedürfnissen zu gestalten. Nur ein götterverdammtes Mal rücksichtslos zu sein. Ich renne immer schneller, als könnte ich so dem glühenden Schmerz entfliehen, der knisternd durch meine Adern kriecht.

Auf der Lichtung, auf der Cato den See erschaffen hatte,

bremse ich abrupt ab. Mein Herz pumpt in einem viel zu schnellen Takt. Das Blut in meinen Ohren rauscht. Meine Hände zittern wie Espenlaub. Ohne mein Zutun heben sie sich und sorgen dafür, dass meine Umgebung kurz darauf in Flammen steht. Ich keuche, als ich den Frost an den Blättern brennen sehe. Und während ich dem Zischen lausche, erinnere ich mich daran, dass ich nur Zerstörung bringe. Dark ist auf ewig der einzige Mann, der meine Dunkelheit zügeln kann.

Nun ist es Traurigkeit, die all meine zornigen Empfindungen niederringt, bis meine Arme kraftlos hinabsinken. Ein Funkenregen ergießt sich über mich, bleibt wie ein aus Licht gewebter Teppich auf dem Boden liegen. Noch bevor ich die Schreie vernehme, verspüre ich ein Ziehen in meiner Brust. Mein Nacken kribbelt und meine Kopfhaut juckt. Ich drehe mich um, doch es ist, als würde die Zeit über ihre eigenen Zeiger stolpern. Entfernt von mir ... Viel zu weit entfernt von mir ... ist mein dunkler Gott. Meine Lippen formen lautlos seinen Namen. Meine Augen fühlen sich an, als hätten sie Feuer gefangen. Mein Blick sucht ihn ab. Jeden Zentimeter von ihm. Er sieht aus, als wären wir keinen Tag getrennt gewesen. Und trotzdem ist nichts mehr, wie es einmal war. Sein Gesicht – so unerträglich ausdruckslos. Dort warten kein Funkeln ... und keine Hitze auf mich. Es gelingt mir nicht, in seinen Iriden zu ertrinken. Keine Wellen aus Quecksilber, in denen ich treiben kann. Nur harter, unerbittlicher Stahl. Kein Platz an seiner Seite – kein Zuhause für mich. Erneut bildet mein Mund seinen Namen, ohne auch nur ein Wort dabei zu sagen. Noch immer ist er vollkommen regungslos. Kurz frage ich mich, ob er nur meiner Fantasie – meinem eigenen Sehnen entsprungen ist.

Im Gegensatz zu mir zuckt er nicht zusammen, als ein beifälliges Klatschen ertönt, das von den entfernten Felswänden widerhallt. »Chaos hat also nicht gelogen, als er von einem Mädchen mit der Kraft des Feuers sprach, das eines der Evakuierungslager verteidigt hat.« Beim Klang ihrer Stimme zieht sich alles in mir zusammen, die Kampfgeräusche, die zu mir herüberdringen, nehme ich kaum wahr. Die Frau, die nun vor mir steht, hat nichts mit Kiana gemein, die zwar zynisch – aber trotzdem meine Freundin war. Jedenfalls, bis sie mir die Klinge eines Dolches in den Bauch gerammt hat.

In Zivas Pupillen liegt ein sadistischer Glanz, als sie mit den Fingernägeln über Darks Schulter fährt, sich an ihn schmiegt, fast so, als wäre Abstand etwas, das keiner von beiden ertragen kann. Saure Galle wandert meine Kehle hinauf. »So begegnen wir uns erneut, *Flame*.« Ihr höhnisches Grinsen verwandelt ihr Gesicht in eine hässliche Fratze, die ihr Innerstes offenbart. »Mir gefällt, dass ich dir nun zeigen kann, dass wieder mir gehört, womit du dich eine Weile vergnügen durftest.« Ihre Finger wandern seinen Hals entlang, umfassen seinen Nacken, bevor sie sich auf die Zehenspitzen stellt und ihre Lippen auf seine presst. Und meine Seele schreit, als er seine Hand an ihren Rücken legt. Das Schlimmste in dieser Sekunde ist wohl, dass ich ihn dafür nicht einmal hassen kann, weil es der Ring ist, der seine Handlungen beherrscht.

Es ist nicht das Wiedersehen, das ich mir ausgemalt hatte. Von dem ich in jeder Nacht, in der ich fortgewesen bin, geträumt habe. Es ist nicht schön und es wärmt nicht mein geschundenes Herz, das sich nach dem Teil verzehrt, der ihm gefehlt hat. Stattdessen verstärkt dieses Treffen die Qualen, die unsere Trennung in mir ausgelöst hat. Der Schock gräbt eisige Splitter in mich, beschwört eine Kälte, die mich erstarren lässt.

Erst, als Ziva sich von ihm löst und auf mich zugeschlendert kommt, schießen Flammen direkt vor ihr aus dem Boden. »Keinen Schritt weiter«, fauche ich – doch sie läuft einfach hindurch. In einer Hand hält sie einen Spiegel, der ein grünes Glimmen ausstrahlt.

»So lange warte ich bereits darauf, dich in meine Sammlung aufzunehmen«, säuselt sie. »Nur muss ich dich vorher lehren, dass du mich nicht verärgern darfst.« Sie lacht. Vielleicht begreife ich erst in diesem Moment, wie verrückt sie tatsächlich ist. Und wie gut sie es verbergen kann – weil sie sonst niemals in der Lage gewesen wäre, in Kianas Haut zu schlüpfen. »Flora musste es am eigenen Leib erfahren. Doch es ist mir gelungen, sie zu etwas zu formen, das mir gefallen kann.« Mein Blick schnellt zu einer Frau, die zwischen zwei mächtigen Bäumen hindurch auf die Lichtung tritt. Nie zuvor habe ich so zarte Züge gesehen. Sie wirkt, als käme sie direkt aus einem Zauberwald, wo andere Maßstäbe von Schönheit gelten. Ihr rosafarbenes Haar glitzert wie Zuckerwasser im Licht der wenigen Sonnenstrahlen und ihre grazilen Gliedmaßen bewegen sich zu einer Melodie, die niemand außer ihr hören kann. Ihre Augen strahlen Frieden und Gelassenheit aus, allerdings lenkt ihr sirenenhaftes Antlitz mich nicht von den Dolchen in ihren Händen ab. Ihr folgt ein Mann, groß und breitschultrig, mit einer Nase, die den Eindruck macht, als wäre sie mehrmals gebrochen worden, ohne den Knochen im Anschluss zu richten. Ich war so sehr auf die beiden Neuankömmlinge fixiert, dass ich einige Sekunden zu spät realisiere, wie Ziva ein schlangengrünes Pulver in meine Richtung bläst. Es gibt kein Entkommen für mich. Kurz verspüre ich ein taubes Kribbeln und dann … nichts. Die Anwesenden lauern voller Erwartung, während nun ein Lächeln meine

Lippen ziert. Wenn Ziva wüsste, dass ich eine Runde im Styx geschwommen bin ... Korrigiere: Fast darin ersoffen bin. Aber die erste Version klingt doch irgendwie eleganter.

Mein Schmunzeln ist offenbar nicht die Reaktion, die Ziva sich erhofft hat, denn nun gibt sie Flora ein Zeichen. Gerade, als mich Nebelschwaden beginnen einzuhüllen, um mich zu meinen Freunden zu bringen, fegt ein riesiger Drache in der Farbe von Feuerachat durch das Unterholz, bringt meine Angreifer aus dem Gleichgewicht und umschließt meinen Körper mit seinen Furcht einflößenden Krallen. Mit einem Ruck werde ich so heftig in die Luft gezogen, dass meine Locken wie sich windende Schlangen mein Gesicht einrahmen.

Obwohl wir rasch an Höhe gewinnen, verspüre ich keine Angst. Stattdessen sind meine Augen noch immer auf Darks Gestalt gerichtet, hoffend – betend – auf ein Zeichen, dass mehr als nur Zivas Gedanken in ihm stecken.

Kapitel 8

EIN MEER GEFALLENER STERNE

SAPHIRA

Nur ein einziges Mal in meinem Leben bin ich mit einem Karussell gefahren. Ich wollte es auch nur, weil es trotz der abgeblätterten Beschichtung so wundervoll bunt und vielversprechend aussah. Weil es etwas Besonderes war. Fünf Jungen mussten gleichzeitig eine Kurbel anschieben, ehe sich das Gefährt endlich in Bewegung setzte und dabei protestierende Laute von sich gab. Das Quietschen hallte unerträglich schrill in meinen Ohren. Und sobald es an Geschwindigkeit gewonnen hatte, drehte sich der Kreisel, auf dem ich saß, so schnell, dass mir noch Tage später schwindelig war. Genauso fühle ich mich jetzt – in diesem Moment.

Lost kniet vor dem Loch in unserer Zellenwand, von dem ich vor gut einer dreiviertel Stunde überhaupt nichts wusste. Wie besessen, als hätte sich ein Daimon seines Körpers bemächtigt, gräbt er, obwohl seine Hände längst blutig sind. Mit den Füßen stützt er sich links und rechts neben der Öffnung ab, ehe er mit einem Knurren einen weiteren Stein herausreißt. Einen stummen Schrei ausstoßend, ducke ich mich, als er nachgibt und Lost durch die Wucht des Steins nach hinten fällt. Keuchend rappelt der Gott der Vergangenheit sich auf, um mit dem nächsten weiterzumachen. Ich würde ihm gerne helfen, doch er hat mir befohlen, mich in die äußerste Ecke zurückzuziehen. Ich darf auf keinen Fall verletzt werden, weil meine Aufgabe mir erst noch bevorsteht. Meine Fingerspitzen presse ich mir gegen die Schläfen, während ich immer wieder zur Tür starre, damit rechne, dass jeden Moment eine Wache hereinstürmt und uns erwischt. Dieser Lärm ... Andererseits ist oben schon wieder eine wilde Feier im Gange und ich bin mir sicher, dass der Alkohol in Strömen fließt.

Ich gebe wirklich mein Bestes, ruhig zu atmen, was sich alles andere als leicht gestaltet, wenn einem derart übel ist. Mir schwirrt der Kopf von all den Informationen, die ich gar nicht begreifen kann. Lost hat so schnell und eindringlich gesprochen und trotzdem habe ich ihn für einen Augenblick einfach nur für verrückt gehalten. Er verlangt von mir, dass ich durch dieses Loch und mit nichts als einem lumpigen Kittel bekleidet durch die Eislandschaft fliehe. Er will, dass ich einen Pegalux stehle und damit zu Yasar reise, damit wir *Votum* vor Ziva finden. Die Uhr der Wünsche ist nur einer von insgesamt sechs Urgegenständen, die aus Viridi stammen. Lost kann nicht mit absoluter Sicherheit sagen, wie viele Ziva besitzt, doch in jedem Fall hat sie Macht über das Armband und den Ring, der am meisten Schaden anrichten kann.

Unruhig beginne ich, auf und ab zu gehen. »Ich verstehe noch immer nicht, weshalb sie *Imperium* nicht bei uns angewendet hat«, murmele ich. Lost nimmt an, dass alle hier Anwesenden unter seinem Fluch stehen – außer uns, was für mich einfach keinen Sinn ergibt. Und eventuell Chaos, weil er Gedanken lesen kann und Ziva es bei ihm vermutlich nicht wagen würde. Aber das braucht sie auch gar nicht, weil sie offenbar auf einer Wellenlänge sind, ihm gefallen hat, was sie ihm auf dem Olymp zeigte. Allein bei der Erinnerung kriechen Hitze und Wut wie Lava durch meinen Körper. Für gewöhnlich bin ich niemand, der seine Energie mit Hass verschwendet, doch Ziva … Sie verabscheue ich mit jeder Faser meines Herzens. Und ich hoffe, dass sie für ihre Taten bezahlen muss – genau wie Ares.

»Weil«, ächzt Lost, »darin keinerlei Genuss für sie läge. Sie ist wie eine Katze, die eine Maus so lange quält, bis sie im Spiel verstirbt. Denn unter dem Einfluss des Rings ist man genau das – tot. Ziva kontrolliert in diesem Zustand deine Gedanken, was du willst und was du fühlst. Du bist nur noch eine Hülle, die mit allem Schlechten von ihr gefüllt ist.«

»Dark …Warum …« Ich würge, weil ich mir nicht einmal ansatzweise vorstellen kann … Und Flame … Götter, Flame – wenn sie hiervon erfährt.

Eine Hand berührt meine Schulter und ich sehe in Losts Iriden, welche die Farbe von dunklem Waldhonig haben. »Ziva hat *Imperium* vermutlich deshalb bei ihm angewandt, weil die Angst, ihn noch einmal zu verlieren, zu groß gewesen ist. Bei ihm konnte sie es nicht ertragen, länger zu warten. Deshalb brauchen wir dich. Du musst Yasar diese Information übermitteln.« Eindringlich hält er meinen Blick gefangen. »Hast du dir die Wegbeschreibung auch gut eingeprägt?«

Ich schlucke angestrengt, mein Hals ist so rau, als hätte ich halb zerbröselte Muscheln verschluckt, deren scharfe Kanten mich nun von innen schneiden. »Weshalb kann ich mich nicht direkt an den Ort begeben, wo du *Votum* versteckt hast?« Ich senke das Kinn und schaue auf meine nackten Füße, die nicht gerüstet sind für die Reise, die ich gleich antreten werde. »Und außerdem: Können wir Yasar wirklich vertrauen? Rückblickend betrachtet erscheint mir sein Verhalten so sonderbar. Was ist … wenn auch er …« Verfluchte Harpyie. Dieses

Wissen lässt mich noch verrückt werden. Plötzlich könnte jeder ein Verräter sein.

Ohne Vorwarnung zieht Lost mich an sich und drückt seine Lippen auf mein Haar. »Die Gefahr, der du dich wegen meiner Fehler aussetzt, ist schon groß genug. Ich kann nicht verantworten ... nicht nach ihr ... Ich würde es nicht noch einmal ertragen. Du bist stark, Phia – unsterblich. Und dennoch keine Göttin. Aber du brauchst besondere Kräfte, um *Votum* zu beschaffen. Ich würde – ganz egal, in welcher Situation – mein Leben immer in Yasars Hände legen.« Er klingt überzeugt und ich bewundere ihn für seine Loyalität – für das tiefe Band ihrer Freundschaft. Trotzdem ... auch er ist nicht unfehlbar. Auch er kann eine falsche Entscheidung treffen.

»Bereit?«, fragt Lost und ich nicke, nehme eine aufrechtere Haltung ein und schiebe meine Zweifel beiseite. Erst einmal muss ich es hier rausschaffen. Anschließend kann ich immer noch wählen.

Gemeinsam treten wir an die Öffnung, aus der mich sogleich ein kühler Wind trifft. Warum heute der perfekte Tag ist, um einen absolut lebensmüden Plan in die Tat umzusetzen? Weil wir vor wenigen Stunden beobachtet haben, wie Ziva, Dark, Chaos, Flora, Pars, die Titanenbrüder und Artemis aufgebrochen sind. Wohin wissen wir nicht. Doch es kommt sehr selten vor, dass alle Mitglieder der starken Einheit, wie Lost sie getauft hat, fort sind. Mir erscheint es fast ein wenig zu schön, um wahr zu sein, aber Lost ist der Meinung, dass sich eine derartige Chance vielleicht nie wieder bieten wird.

Nahezu synchron gehen wir auf die Knie und Lost beugt sich vor, um zu kontrollieren, ob die Luft rein ist. »Der Wachposten verschwindet gleich um die Ecke«, informiert er mich. »Dann bleiben dir –«

»Exakt zweihundertvierzig Sekunden, um die Schlucht zu durchqueren, hinter dem mittleren der drei Felsbrocken in Deckung zu gehen, einhundertzwanzig Sekunden zu warten und dann mit dem Klettern zu beginnen.«

»Genau.« Angespannt stößt Lost die Luft aus, ehe er mir einen spitz geschliffenen Stein in die Hand drückt. Noch einmal wendet er sich mir zu, packt mich an beiden Schultern und schiebt mich direkt an die Kante der Öffnung. »Du schaffst das, Phia. Ich weiß, dass du das schaffst.«

»Weshalb bist du dir da so sicher? Verflixter Höllenzyklop – das ist … hoch.«

»Weil du es beim Turnier bis zur letzten Aufgabe geschafft hast. Ich versichere dir – nicht viele wären dazu in der Lage gewesen. Und glaub mir, die dicke Schicht Schnee wird deine Landung abfedern.«

Zitternd umfasse ich die provisorische Waffe und umarme Lost ein letztes Mal. »Ich wünschte, du könntest mit mir kommen«, murmele ich und verfluche die Zauber, die verhindern, dass er den Nebel rufen kann. Ich will mir nicht vorstellen, was passiert, wenn Ziva herausfindet, dass er mir zur Flucht verholfen hat. Was sie mit ihm anstellen wird …

»Jetzt.«

Ich gleite durch die Öffnung, fast so, als wären da Flügel, die mich tragen. Doch anstatt sanft hinabzusegeln, mit Federn, die sich sachte im Rhythmus des Windes wiegen, falle ich ungestüm. Meine Zähne klappern heftig aufeinander, als ich in dem Bett aus weißen Wolken lande. Schmerz durchzuckt meine Wirbelsäule, aber ich höre keinen einzigen Knochen knacken. Kälte dringt in jede meiner Poren, trotzdem hält das Adrenalin mich warm. Während ich stumm die Sekunden zähle, rappele ich mich auf und sprinte lautlos durch den Schnee. In großen Sätzen bewege ich mich fort, meine Arme rudern und ich bete, dass niemand aus einem Fenster späht und mein verräterisch rotes Haar entdeckt. Ich habe versucht, die Leuchtkraft mit Staub und Schmutz zu dimmen, womit ich nur mäßig erfolgreich war.

Ein Keuchen unterdrückend, sporne ich meine Beine dazu an, mich noch schneller zu tragen. Von dem Loch in unserer Zelle sah die Entfernung deutlich kürzer aus.

Zweihundertelf.

Zweihundertzwölf.

Zweihundertdreizehn.

Mein Herz wummert so laut, dass ich Angst habe, es könne sich jeden Moment selbst zerstören. »Nein«, knurre ich bei diesem absurden Gedanken. Wütend starre ich zu den Felsen, als könnte ich sie so zwingen, ihren Platz zu verlegen, um mir entgegenzukommen – wenigstens ein kleines Stück. Mein Unterleib ist von der eisigen Kälte mittlerweile so betäubt, dass ich mich selbst kaum noch spüre. Meine Gliedmaßen gehören nicht mehr zu mir und trotzdem fegt meine Umgebung an mir vorbei. Mir ist absolut schleierhaft, wie das funktionieren kann.

Zweihundertvierunddreißig.

Zweihundertfünfunddreißig.

Zweihundertsechsunddreißig.

Auf meinen Lippen liegt ein stummer Schrei und ich fühle mich so gehetzt, als würde mir Hades höchstpersönlich im Nacken sitzen.

Ich.

Muss.

Es.

Schaffen.

Tränen rinnen über meine Wangen, hinterlassen Linien aus Frost auf meiner Haut. Unter Aufbringung meiner letzten Kraftreserve hechte ich hinter den mittleren Felsen.

Zweihundertvierzig.

Götter. Oh, ihr verdammten Götter.

Lautlos sinke ich in den Schnee und vergrabe mein Gesicht in beiden Händen, während Krämpfe dafür sorgen, dass sich meine Brust zusammenzieht. Ich wage es kaum, zu atmen, lausche dem Wachposten, der nun wieder auf der Rückseite der Burg patrouilliert. Dabei gibt er keinen Ton von sich, kein Geräusch des Lebens – ein Pfeifen als Zeitvertreib seiner eintönigen Arbeit, oder Ähnliches. Nein, er tut nichts dergleichen. Weil er eine ihrer braven Marionetten ist. Ein Schauer schüttelt meinen Körper und ich umschlinge meine Taille, stelle mir vor, es wäre jemand anderes, der mir Trost spendet. Es sollte Hale sein, den ich dabei vor Augen habe, stattdessen blenden mich die Strahlen der Mitternachtssonne.

Vorhin habe ich gelogen – denn ich hasse nicht nur Ares und Ziva.

Nein.

Ich verabscheue mein eigenes Herz.

Einhundertfünfzehn.

Einhundertsechzehn.

Einhundertsiebzehn.

Mit wackeligen Beinen richte ich mich auf, wende mich von dem mir Schutz bietenden Felsen ab.

Einhundertzwanzig.

Ich mache mich an den Aufstieg. Lost hat diese Stelle gewählt, weil sie nicht ausschließlich aus Gestein besteht, welches aufgrund der Kälte spiegelglatt ist, sondern aus fester Erde und störrischen Pflanzen, die sich durch die lockere

Schicht Schnee in meine Fußsohlen bohren. Ich unterdrücke ein Fluchen, nehme meine klägliche Waffe in den Mund und taste nach dem nächsten Strauch. So hangele ich mich nach oben, während ich innerlich noch immer zähle. Irgendwie beruhigt es mich, sorgt dafür, dass ich konzentriert bin, obwohl es mich nicht wundern würde, wenn mein Gehirn nur noch aus Frost besteht. Ich kann mich nicht daran erinnern, wann ich zuletzt so bitterlich gefroren habe.

Zweihundertvierzig.

Ich ziehe mich über die Kante und bleibe flach auf dem Boden liegen. Meine Handinnenflächen brennen und als ich einen Blick darauf werfe, sind sie mit dunkelrotem Blut überströmt, das in den weißen Schnee sickert. Der Kittel, den ich trage, ist vollkommen durchtränkt und ich muss meine Zähne zusammenpressen, damit sie nicht unkontrolliert aufeinanderschlagen. Sobald sich der Wachposten wieder auf der vorderen Seite der Burg befinden muss, stütze ich mich mühsam auf den Unterarmen ab, komme taumelnd zum Stehen. Doch irgendetwas stimmt hier nicht. Ganz langsam hebe ich den Blick. Und sehe in Arachnes finstere Spinnenaugen.

Ich bin wie erstarrt. Ihr massiger Leib versperrt mir den Weg. Mit diesem lächerlichen Stein, der mir als Waffe dient, kann ich sie unmöglich erledigen. Und trotz ihrer Größe durfte ich bereits Zeuge davon werden, wie schnell sie sich fortbewegt. Sie wird mich in einen Kokon einwickeln und zur Burg zurückschleifen. Vielleicht wird Ziva sogar zulassen, dass sie mich verspeist.

Arachne ist nach wie vor regungslos. Weshalb klackert sie nicht mit ihren Fängen? Warum lenkt sie nicht die Aufmerksamkeit der Wachen auf uns? Eine Gänsehaut breitet sich auf meinem gesamten Körper aus, als ich mich zwinge, in jedes einzelne ihrer Augen zu schauen. Ich würde schreien, wenn meine Kehle nicht wie zugeschnürt wäre. Wenn Furcht nicht die Kontrolle übernommen hätte. Sie stößt ein leises Grunzen aus und ich rechne damit, dass sie sich nun auf mich stürzen wird. Innerlich wappne ich mich, umklammere fester den Stein, den ich nach dem Klettern die ganze Zeit über in der linken Hand gehalten habe. Doch anstatt mich zu attackieren, trippelt sie zur Seite, sodass nur noch der Wald vor mir liegt. Irritiert verharre ich an Ort und Stelle, was sie dazu veranlasst, eine seltsame Bewegung zu machen. Fast so, als würde sie mit dem Kopf rucken, um mir zu sagen, dass ich verschwinden soll. Zögerlich mache ich einen Schritt. Und noch einen. Ich werfe ihr einen letzten Blick zu, um ihre Reaktion abzuschätzen. Dann sprinte ich los. Ich renne so schnell wie nie zuvor in meinem Leben und schaue nicht zurück. Die Bäume fliegen in rascher Abfolge an mir vorbei, verschwimmen vor dem Hintergrund der Nacht zu einer einheitlichen Masse. Dabei halte ich nach dem Leuchten Ausschau – frage mich, weshalb ich noch auf keinen einzigen Pegalux gestoßen bin. Für sie gibt es keine Stallungen, sie halten sich laut Lost immer in der Nähe auf. Zum ersten Mal frage ich mich, ob sie mir überhaupt gehorchen werden – oder ob sie womöglich auch unter Zivas Zauber stehen ... Leise fluche ich. Warum ist mir das nicht eher in den Sinn gekommen?

Trotz meiner Zweifel gönne ich mir keine Pause. Meine Füße fliegen über den eiskalten Boden und ich ignoriere den Schmerz, wenn sich ein weiterer eisiger Splitter in meine Haut gräbt. Aber dann höre ich Stimmen ... sie treffen mich wie tausend Messerstiche und ich halte abrupt inne. Hektisch sehe ich mich um, suche hinter einem breiten Baumstamm Schutz und presse mich mit meinem Rücken dagegen. Ich spitze die

Ohren, versuche, die Worte zuzuordnen. Zivas schnarrender Tonfall dringt zu mir und kurz vergrabe ich meinen Mund an meiner Schulter, um nicht laut aufzukeuchen. Natürlich hätte sie nicht länger fortbleiben können. Alles verlief beinahe reibungslos. Bis zu diesem verfluchten Moment.

»Findet *sie*.« Sie klingt wütend. Nicht überlegen oder gar amüsiert.

Und dann sehe ich ihn. Einen Pegalux. Auf der anderen Seite des Pfades. Kurz vergesse ich zu atmen – weil er so schön ist. Rein und stolz und strahlend. Ich will um jeden Preis sein Licht berühren. Ich beuge mich vor, vergewissere mich, dass meine Verfolger noch nicht nah genug sind. Meine Umgebung ist in Stille und die Tinte der Nacht getränkt. Vorsichtig strecke ich ein Bein, setze sachte meine Zehen auf, rechne damit, dass ein Sturm losbricht, doch nichts geschieht. Mit neuer Hoffnung schleiche ich näher, strecke meinen Arm nach diesem eindrucksvollen Geschöpf aus. Es bläht die Nüstern, weicht jedoch nicht vor mir zurück. Die Mähne des Pegalux schimmert wie ein Meer gefallener Sterne. Meine Finger zittern, als sie darüberstreichen und Zeuge dieses Wunders werden.

»Wirst du mich auf dir reiten lassen?«, wispere ich. In meinem Kopf tauchen dabei Bilder vom Sandpalast auf. Ich bin zu aufgelöst, um gegen Losts Willen zu rebellieren und die Uhr der Wünsche auf eigene Faust zu suchen. In dieser Sekunde sehne ich mich nach Hilfe, denn ich möchte diese Last nicht allein tragen, weil es sich anfühlt, als würde ich an dem Druck zerbrechen. Wie hat Flame das nur all die Male geschafft? Aber es ist in Ordnung. Ich muss nicht so stark sein wie sie.

Da der Pegalux weder nach mir ausgeschlagen noch nach mir geschnappt hat, werte ich sein Verhalten als Zustimmung.

Sachte fahre ich über seinen Rücken, stelle mich auf einen Baumstumpf, um aufzusteigen. Ein Schluchzer der Erleichterung rollt bereits über meine Lippen und ich will gerade ein Bein über den Pegalux schwingen, als ein Pfeil aus Rauch mich zu Boden ringt. »Meinen Respekt, kleine Mörderin. Ich hätte nicht gedacht, dass du es bis hierher schaffst.«

Jeder künftige Schritt, den du machst, wird sich anfühlen, als würdest du durch den Pyriphlegethon waten. Ich werde dein Leben zur Hölle machen.

Für ihn war es lediglich ein Spiel. Zu keinem Zeitpunkt hatte ich eine reelle Chance. Ich hatte angenommen, dass er mich in dem Verlies schon halb vergessen hat. Doch ich habe mich geirrt. So furchtbar geirrt. Oh, Götter und *Votum.* Die Uh–

In letzter Sekunde bremse ich meine Überlegung, hebe schockiert den Blick – und sehe in Chaos' zufriedenes Gesicht. Kurz schließe ich die Augen, lasse den Tränen der Verzweiflung freien Lauf. Ich habe es vermasselt. Ich war tatsächlich ungeeignet, diese Last zu tragen. Wie kam Lost bloß auf die Idee, mir all das anzuvertrauen?

Unwürdig.

Ich fühle mich ... *un*würdig.

Wie Abschaum.

Nur wegen mir – müssen nun alle anderen untergehen.

Klack, klack, klack.

Die Absätze von Zivas Stiefeln wirken wie der Ruf einer hungrigen Harpyie. Es würde mich nicht wundern, wenn sie mir zur Strafe die Augen auspickt. Ich knie auf dem Boden in einem großen Saal, der von zwölf Fackeln beleuchtet wird. Meine Handgelenke sind auf dem Rücken gefesselt. Da ich bis auf den schlecht geflickten Kittel nichts trage, fühle ich mich nackt und ausgeliefert. Wo Lost sich befindet, weiß ich nicht, doch die Spinne Arachne ist neben mir angekettet. Zivas Gefolge aus Viridi und Pans Herde halten sich im Hintergrund. Wie die willenlosen Marionetten, die sie sind. Nur Flora, Pars, Dark, Athene, Artemis, die Titanenbrüder und Gorgonenschwestern stehen einige Schritte vor ihnen. Chaos ist der Einzige, der direkt an Zivas Seite ist. Ihre Iriden sind so wässrig, dass man meinen könnte, die Sonne selbst hätte sie in einem Akt der Rebellion ausgeblichen, anstatt sie erstrahlen zu lassen, weil auch sie diesen Eindringling auf unserer Erde nicht dulden kann.

Ohne Vorwarnung trifft ein harter Schlag meine Wange und mein Kopf fliegt so heftig zur Seite, dass mein Nacken knackt. Es schmerzt und knirscht, als ich ihn langsam wieder zurückdrehe. Am Rande meines durch Tränen verschwommenen Sichtfeldes sehe ich, wie Ziva eine Peitsche knallen lässt und Arachne ein Geräusch des Zorns von sich gibt. Ich zucke zusammen, als die Peitsche zehn weitere Male durch die Luft zischt. Schon bald umgeben mich die Sekrete der Spinne wie ein schwarzer See. Am liebsten würde ich eine Hand nach ihr ausstrecken – weil sie mir geholfen hat. Und nun wird sie bestraft. Meinetwegen muss sie bezahlen. Ich schreie auf, als das Seil meine unversehrte Wange trifft und einen tiefen Striemen hinterlässt. Es brennt, als ein wenig Gift der Spinne in mich dringt. In der nächsten Sekunde werde ich grob am Kinn gepackt, Ziva zwingt mich, sie anzusehen. Blutdurst und Wahnsinn sind ihr ins Gesicht geschrieben.

»Ich frage mich, ob du sieben Leben besitzt, du törichtes Ding.« Sie gräbt den Nagel ihres Daumens in die offene Wunde und ein Stöhnen dringt aus meinem Mund. »Ich würde dich für deine Dreistigkeit, für deinen Ungehorsam, töten, wenn ich nicht wüsste, dass eine viel größere Strafe auf dich wartet. Du sollst noch ein wenig länger leben, damit du an einem anderen Tag so viel schöner sterben kannst.« In diesem Moment bin ich mir sicher, dass Schönheit für sie und mich zwei vollkommen unterschiedliche Bedeutungen besitzt. Ziva gräbt einen weiteren Fingernagel in meine Wunde, ehe sie beide mit so viel Gewalt herauszieht, dass meine Haut noch weiter reißt. Nebel kommt auf und dann spüre ich, wie sie direkt hinter mir steht. Sie packt meinen Zopf, zerrt derart aggressiv daran, dass einige Strähnen nachgeben. Ein unbarmherziges Ratschen ertönt, ehe zinnoberrotes Haar in den See aus Blut und schwarzen Sekreten segelt.

»Gebrochen wirkst du viel anziehender auf mich«, flüstert sie mit ihren Lippen dicht an meinem Ohr.

Klack, klack, klack.

Ich beiße mir auf die Innenseite meiner Wange, versuche mich abzulenken, nicht daran zu denken, was gerade geschehen ist – was noch immer geschieht.

Gebrochen wirkst du viel anziehender auf mich.

Jeder einzelne Muskel meines Körpers bebt, trotzdem hebe ich meinen Kopf, recke mein Kinn hervor. Ich werde nicht für Ziva brechen, denn ich bin stärker als ihr Hass.

»Verwandle sie!«, kreischt Ziva plötzlich und mein Blick wandert umher, bis er auf Athene liegen bleibt, die mit starren Augen einen Schritt nach vorn macht. Es vergehen einige Sekunden, bis ich verstehe. Sie spricht von Arachne. Das Mädchen, das seit Jahrhunderten im Leib einer Spinne gefangen ist. Unter größter Anstrengung zwinge ich meinen Nacken, sich ein wenig zur Seite zu drehen. Mir wird übel, als ich die Spinnenbeine zittern sehe, fast so, als würden sie jede Sekunde unter ihr nachgeben. Fädenartige silberne Schlieren kriechen auf uns zu, winden sich um Arachne, als würde Athene ein Netz um sie weben und sie damit gefangen nehmen. Bald ist sie nicht mehr dahinter auszumachen. Einzelne schimmernde Partikel tanzen durch den Raum und dann, ohne jegliche Vorwarnung, wird sie in die Luft gerissen. Laute, bei denen sich meine Kehle zuschnürt, hallen von den Wänden wider, es ist, als würde ein Kampf hinter diesen sonderbaren Schlieren stattfinden. Eine Druckwelle fegt über uns hinweg – und dann verschwindet das Netz. Zurück bleibt der Körper einer Frau. Für einen Moment schwebt sie dort oben und ich winde mich, um meine Arme auszustrecken, aber sie sind gefesselt.

Natürlich gewinnt die Schwerkraft, sobald die Magie weicht, und sie fällt. In Erwartung weiterer qualvoller Laute schließe ich die Lider, bis ich einen sanften Aufprall und ein Keuchen höre. Rasch reiße ich die Augen wieder auf und sehe Chaos, der eine halb bewusstlose Arachne trägt. Ihre Haut ist so blass, als hätte sie niemals das Tageslicht erblickt. Im Gegensatz zu ihrer massigen Spinnenform, ist diese hier zierlich. So unendlich zerbrechlich, als würden ihre Knochen aus Glas bestehen. Ihr Haar ist von dem tiefsten Schwarz, das ich jemals gesehen habe, und derart lang, dass es ihr vermutlich bis zu den Kniekehlen reicht. Durchzogen wird es von strahlend weißen Strähnen, die beinahe wirken wie Spinnweben.

Zorn kocht in mir hoch, weil mir erst jetzt auffällt, dass sie vollkommen unbekleidet ist – und alle in diesem Raum sie anstarren. Ich bin mir unsicher, ob ich sie tatsächlich mögen sollte, wo sie Dream gefangen gehalten und anschließend Yasars Palast angegriffen hat. Andererseits waren wir es, die in ihr Territorium einbrachen, etwas stahlen, ihr ein falsches

Versprechen gaben ... Außerdem wollte sie mir zur Flucht verhelfen. Die einzige Frage, die ich mir nun stelle, ist, weshalb sie sich Ziva, Athene und Ares überhaupt angeschlossen hat. Womöglich auch aus Rache?

»Ich bringe sie zurück in ihre Zelle«, spricht Chaos zu Ziva. Ich kann nicht fassen, dass er in einer Situation wie dieser gelangweilt klingt. »Ehe du sie zerstörst und der eigentliche Spaß noch nicht einmal angefangen hat.«

Ziva seufzt schwer und macht etwas Seltsames mit ihrer Unterlippe. Soll das ein Schmollen sein? Wenn ich es nicht besser wüsste, würde ich vermuten, dass sie mit Chaos flirtet. Angewidert verziehe ich meinen Mund. In mir ist so viel ... Ekel. Bevor ich Ziva begegnet bin, hätte ich niemals vermutet, dass so viel Abscheulichkeit in einer Person stecken kann. »Eigentlich war ich noch lange nicht fertig. Alle meine weiblichen Puppen werden auch von Pars geformt«, gurrt sie und deutet auf den Mann, der mich bei meiner Ankunft ins Verlies geleiten sollte und neben Flora steht. Von Lost weiß ich auch, dass er Zivas Leibwächter auf Viridi war. Er ist groß und breitschultrig, mit hellbraunem Haar. Er wirkt roh, was durch seine schiefe Nase unterstrichen wird. Ein gemeiner Ausdruck liegt in seinen Augen. Vielleicht auch Hunger, aber nicht die Art, die ich von Chaos kenne. Er ist auf eine andere Weise gefährlich. Ein Schauer kriecht meine Wirbelsäule hinab, weil ich daran denken muss, wie Ziva das Wort ›geformt‹ betont hat.

»Aber du möchtest doch, dass sie alles mitbekommen und dabei nicht weggetreten sind«, merkt Chaos an.

Einige Sekunden verstreichen, bis Ziva zu Arachne tritt und ihr mit zwei Fingern über die schweißnasse Stirn fährt. »Nun können wir viel besser miteinander spielen«, flüstert sie, ehe sie eine Handbewegung in meine Richtung macht. »Na schön, bringt sie fort.«

Einen Wimpernschlag später ist Dark neben mir, zerrt mich auf die Füße. Erleichtert atme ich auf, als ich spüre, wie die Fesseln um meine Handgelenke durchtrennt werden. Er umfasst meinen Unterarm und führt mich aus dem Raum. Die Blicke der Anwesenden folgen mir, aber ich bewege mich wie in Trance, starre Löcher in Chaos' Rücken.

»Du hast also versucht, ihn umzubringen«, raunt Dark mir zu, während wir in den Gang abbiegen, der bereits den modrigen Geruch der Zellen verströmt. Ich zucke zusammen, weil ich so überrascht bin, dass Dark mit mir spricht. »Das war sehr dumm von dir.« Ich schaue ihn an, noch immer irritiert. Er blickt stur geradeaus. In seinem Gesicht zeichnet sich keine einzige Regung ab, als wäre da kein Gefühl – nicht einmal hinter seinen Mauern, so wie früher. »Man sollte niemals gegen einen Mann wie Chaos rebellieren.«

»Du nennst mich dumm?«, fauche ich meinen ehemaligen Mentor wütend an. »Flame wird dir *niemals* vergeben.« Tief hole ich Luft. »Sollte sie je zurückkehren«, schiebe ich eilig hinterher.

»Spar dir die Scheinheiligkeit«, gibt Dark gelassen zurück. »Ich habe sie schon gesehen. Sie ist entwischt, aber keine Sorge ... Ihr werdet nicht mehr lange getrennt voneinander sein.« Ein Lächeln, bei dem sich meine Eingeweide zusammenziehen, zupft an seinen Mundwinkeln. »Ich werde Ziva damit ein unvergessliches Geschenk bereiten.«

Nach seinen verstörenden Worten bekomme ich kaum mit, wie ich in das Verlies geschoben werde. Dark verschwindet wieder, Chaos hingegen legt Arachne auf der Pritsche ab. Es dauert kurz, bis ich realisiere, dass ich nicht in der Zelle bin, die ich mir mit Lost geteilt habe. Hektisch schaue ich mich um, doch ich kann ihn nirgends entdecken.

»Wo ist er?«, krächze ich. »Wo ist Lost?«

Meine flehenden Gedanken stürmen auf Chaos ein, als mir klar wird, dass er mir keine Antwort geben wird. »Du begehst einen Fehler. Einen unverzeihlichen Fehler«, wispere ich.

»Du musst lernen, zu zügeln, was in deinem hübschen Kopf vor sich geht.« Abschätzig mustert er mich. »Obwohl ich zugeben muss, dass er mittlerweile schon recht verunstaltet ist.« Er klopft sein Hemd ab, fast so, als hätte er sich hier drin – an uns – schmutzig gemacht. »Nun muss ich wieder nach oben. Es gibt da diese eine Information, die ich noch weitergeben muss.«

Votum. Er spricht ... von *Votum.*

»Ganz genau«, sagt er, als er an der Tür angelangt innehält. »Und Phia«, raunt er und wäre sein Ton nicht eiskalt, würde es mich an unsere Zeit auf dem Olymp erinnern. »Bevor du dich das nächste Mal aufs Betteln verlegst, solltest du Folgendes bedenken: Ich vergebe nicht. Niemals.«

ZIVA

Die Macht, die in meinen Adern pulsiert, ist besser als jeder Rausch. Ich fühle mich leicht und trunken. Von einer Substanz, die niemand außer mir erwerben kann. Überlegenheit – damit ist mein Innerstes gefüllt. Kein Platz für Zweifel oder Schwäche. Auf meinem Haupt liegt das Gewicht von *Originem* – der Krone der Schöpfung. Sie singt zu mir und es ist eine wunderbar schwermütige Melodie. Im Angesicht des Untergangs der neuen Götter finde ich es durchaus angebracht.

Einen Ruf ausstoßend lege ich meinen Kopf in den Nacken, während ich beide Arme zu einer dramatischen Geste hebe. Ich bin eine Dirigentin, welche die alleinige Kraft besitzt, die Geschicke der Erde zu lenken. Früher mag ich Geschichten verschlungen haben – und heute werden Legenden über *mich* geschrieben.

Ein grünes Licht geht von dem Urgegenstand aus, der einst *Patriam Lux* vertrat, das gepaart ist mit einem goldenen Glanz. Bald ist die gesamte Umgebung darin eingehüllt. Ein Sog reißt und zerrt an mir, doch ich bleibe standhaft, hole aus, und schleudere dem Mittelpunkt der Welt die Macht der Krone entgegen. Einem Zeitraffer gleichend, beobachte ich, wie das Kolosseum sich verändert – sich ausdehnt und in Richtung Himmel wächst. Wie ein sich ausrollender Teppich breitet sich das überirdische Leuchten weiter aus, fegt über Delphi hinweg und lässt etwas Vollkommenes und Einzigartiges erblühen. Ich errichte eine Stadt. Eine Stadt und einen Palast. So, wie es mir von Anfang an zugestanden hätte. Mein Reich im Zentrum. Größer und prachtvoller als alles, was die neuen Götter je besaßen. Hunderte Bauten, gepflasterte Pfade und wohlduftende Rosengärten. Der mit purem Gold überzogene Tempel selbst – von exquisiten Blumenranken umrahmt. Mein Schloss, das alles andere überragt. Grün funkelnde Edelsteine, die jeden Turm und jeden Vorsprung zieren. Der ausladende Balkon, auf dem ich mich in Aufmerksamkeit baden kann. Der Fluss, der all das umringt und ein betörendes Rauschen von sich gibt. Das Rascheln der Bäume mit den gläsernen Ästen, die stetig klirren, als wollten sie mir applaudieren. Nun bin ich der Nabel allen Seins. Ihre Nährmutter und ihr Lebenselixier. Bedächtig lasse ich die Arme sinken, balle meine Hände zu Fäusten, an denen sich dunkle

Flecken bilden. Die Adern treten dick und hässlich hervor. Wut rauscht durch meinen Körper, während ich tief in meinem Inneren nach meiner Gabe greife, um mir erneut ein jugendliches Aussehen zu verleihen. Sobald sich wieder alles richtig anfühlt, drehe ich mich langsam um. Dark wartet dort, meine silbrige Hoffnung. Direkt neben ihm befinden sich Anatolius und Nova. Gemächlich schlendere ich auf meine Eltern zu, kneife meiner Mutter in die Wange. Ihr Gesichtsausdruck ist schön und starr.

»Lächele«, sage ich, während ich Nova umrunde. »Wer soll dich je wollen, wenn du nur so griesgrämig dreinschauen kannst?« Tadelnd schnalze ich mit der Zunge, ehe ich in den Saum ihres Rockes greife. »Und dieser graue Stoff. Wie sollen die Männer auf dich aufmerksam werden, wo du dich immer gegen die prachtvollen Kleider wehrst?« Vor ihr halte ich erneut inne, fahre mit dem Zeigefinger ihre Lippen nach. »Vielleicht könnte man etwas aus dir machen, wenn du nicht so farblos wärst.« Ich grinse schief. »Und nun sieh bloß, wie weit deine Enttäuschung – deine Schmach – es geschafft hat. Selbst ohne den Mann, den du mir an jedem Tag anhängen wolltest.«

Ich nicke in Anatolius' Richtung. »Möglicherweise hätte auch aus dir etwas werden können – hättest du nicht dein gesamtes Dasein in seinem Schatten verschwendet.« Grob packe ich Nova an dem rauen Kragen und ziehe sie ganz dicht zu mir, sodass mein Mund ihr Ohrläppchen berührt. »Du hast als Mutter versagt.« Dann ramme ich ihr meinen Dolch ins Herz. Sie gibt keinen Laut von sich und ich bedaure es, dass ich ihr nicht befohlen habe, einen markerschütternden Schrei auszustoßen.

Als ich von ihr ablasse und sie in sich zusammensackt,

widme ich mich meinem Vater. »Ich habe dich nur bis hierher mitgenommen, damit du mit eigenen Augen siehst, wozu ich imstande bin«, informiere ich ihn. »Weshalb kannst du nicht wie die anderen Mädchen sein?«, äffe ich ihn nach, es bricht förmlich aus mir heraus. »Du passt nirgendwo hinein.« Ich greife in sein zu lang gewordenes Haar, zwinge auch ihn auf meine Höhe. »Auf Viridi hast du mich nie gewollt – hast mich selbst dann insgeheim verachtet, als ich dein einziger Ausweg war.« Heißer Zorn steigt in mir auf und ich spucke ihm förmlich ins Gesicht. »Und nun sieh uns beide an, alter Mann.« Mein Körper wird von Lachsalven geschüttelt. »Heute wird nicht dein – sondern mein Haupt von einer Krone geschmückt.«

Abrupt trete ich zurück und werde wieder ernst. »Töte ihn«, befehle ich und Dark gehorcht, sodass Anatolius neben Nova zu Boden sinkt. Genüsslich atme ich ein. Gerade habe ich mich von einer Last befreit.

Huldvoll nicke ich den Anwesenden zu, die sich im Hintergrund gehalten hatten und nun näher kommen, darunter die Gorgonen, die Titanenbrüder und etwa zwanzig Custodi, die früher zur Garde von Trues Vater gehörten. Ich gebe den Befehl, die Gefangenen aufzuteilen, einige in die Katakomben des Kolosseums, andere in den Palast zu bringen. Das Volk Viridis und die weiteren Bewohner der Burg werden ebenfalls bald eintreffen. Etwas säuerlich betrachte ich die Tiere, die am Rand des Waldes stehen und mich beobachten. Obwohl Artemis nicht bei mir ist, bin ich nun ständig von ihnen umgeben. Als hätte sie mit ihrer nutzlosen Gabe auf mich abgefärbt. »Husch«, rufe ich ihnen gereizt zu und endlich ziehen sie sich zurück.

»Verbreitet die Nachricht«, wende ich mich an die verbleibenden Custodi, »dass die Welt nach Delphi zu reisen hat, um ihrer neuen Herrscherin ihre Aufwartung zu machen.« Wortlos besteigen sie ihre Pegaluxe, verschmelzen vor meinen Augen mit dem Licht von Zeit und Raum. Kurz darauf spüre ich Darks Körperwärme und nehme den Kelch entgegen, den er für mich bereitgehalten hat. Gierig trinke ich das flüssige Gold, das wie die Wolken am Himmel schmeckt. Als ich fertig bin, lasse ich das Gefäß auf die Leichname meiner Eltern fallen und streiche liebevoll über Darks muskulöse Brust, über seinen Hals, bis hinauf zu seiner Schläfe. »Ich hoffe, du verzeihst mir, Liebster, aber ich konnte dir nach allem, was zwischen uns geschehen ist, nicht gänzlich vertrauen oder gar riskieren, dich noch einmal zu verlieren. Schließlich bist du mein König – meine kostbarste Schachfigur.« Erwartungsvoll blicke ich ihn an.

Sag es.

Sag es.

Sag es.

Schmeichel mir.

Und er übertrifft meine Forderung, geht vor mir auf die Knie und drückt meinen Handrücken gegen seine Stirn. »Meine Königin.«

Zufrieden lächele ich, schmelze förmlich dahin. Aber es ist nicht genug. Ich will immer mehr. Ich will endlich, was schon so viele andere vor mir hatten.

»Küss mich«, flüstere ich, mit flatternden Lidern.

Er gehorcht.

»Berühr mich.«

Er gehorcht.

»Schau mich an, als gäbe es nur dich und mich auf diesem Planeten.«

Und er gehorcht.

Seine wunderschönen Augen sehen mich an. Doch sie sind starr.

Starre Puppenaugen.

Mit einem Schrei stoße ich ihn von mir und weiche zurück. Ich wusste doch, dass er mich niemals lieben kann. Nicht einmal mit diesem verfluchten Ring, der mich so unendlich viel gekostet hat.

Kapitel 9

WEIL WIR BRÜDER SIND

LADON

Vergangenheit

Die Flügel auszubreiten, fühlt sich unaufhaltsam an. Als wären da nicht die Ketten, die mich an das Reich der Drakon fesseln und uns alle zu Gefangenen machen. Und so gebe ich mich der Illusion der Freiheit hin, während ich eine Kralle in das klare Nass des Sees tauche, an dessen Grund die Steine trotz der Finsternis wie edle Kristalle funkeln. Aus den Augenwinkeln sehe ich Lemos, der seine Schwingen anlegt, um in Richtung Himmel zu schießen. Flammenfunken verlassen meine Nüstern, als ich schnaube und ihm folge. Gemeinsam rasen wir in Richtung Firmament, machen einen Wettkampf daraus, wer als Erster bei den Sternen ist. In meinem Kopf sind nur das Heulen des Windes und die Geschwindigkeit, die mich in einen Rausch versetzen. Obwohl es meiner Natur entspricht, werde ich es niemals als selbstverständlich ansehen, dem Himmel so nah zu sein. Ich beschleunige und Lemos speit sein Feuer in die Nacht hinaus, dabei wirkt es, als würde er die Rundung des Vollmonds in Brand setzen. Seine Schuppen, die schwarz wie Teer sind, verschmelzen beinahe mit der Dunkelheit, nur seine Augen glühen Gold und heben sich von unserer

Umgebung ab. Es ist unverkennbar, dass er die Finsternis beherrscht, sie ihn umschließt wie eine zweite Haut.

Ich spreize meine Flügel, als wir synchron eine Kurve fliegen, da wir wissen, dass wir die Barriere der Schutzzauber erreicht haben, die selbst die Prinzen der Drakon in ihre Schranken weist. Wir ziehen noch einige Kreise, lassen uns tiefer fallen, ehe wir die zerklüfteten Felsen erreichen und der grobe Sand bei unserer Landung knirscht. Wir wandeln uns gleichzeitig, sodass wir uns kurz darauf in unserer menschlichen Gestalt am Ufer des Sees wiederfinden. Wir starren beide auf das ruhige Wasser, welches durchzogen wird von einem Netz aus Stegen. Meine Aufmerksamkeit richtet sich auf die einzige Hütte, in deren Inneren ein gedimmtes Licht brennt. Ich schlucke, während mein Herz unbeholfen vorwärtsstolpert.

»Sie wartet auf dich«, durchbricht Lemos' raue Stimme die Stille. Ich zucke zusammen, als hätte er mich bei etwas Verbotenem erwischt. Was es eigentlich auch ist. *Sie* ist verboten für mich. Fayna.

»Ja«, erwidere ich schließlich, weil es keinen Sinn macht, ihn anzulügen.

»Vater ist dagegen, dass du sie nach der Sommersonnenwende ins Himmelsschloss mitnimmst.«

Meine Zähne knirschen, weil ich sie so fest aufeinanderpresse und als ich ihre Silhouette durch die trübe Fensterscheibe sehe, spüre ich, wie meine Iriden sich verändern. »Erinnerst du dich an das Gespräch, das wir ...« Ich schlucke schwer, bevor ich mich zusammenreiße. »Wir redeten einst über die Tatsache, dass man als Drakon nur einmal die ewige Bindung eingehen kann. Und dass wir es uns nicht vorstellen könnten, für immer auf diese Art an jemanden gebunden zu sein.«

»Ich erinnere mich.«

Tief hole ich Luft. »Ich habe meine Meinung geändert.« Ich wage es nicht, Lemos anzuschauen, während ich auf seine Reaktion warte.

»Sie werden euch Steine in den Weg legen«, erwidert mein Bruder nach einer Weile. Und er hat recht. Mir sind die Erwartungen, die seit unserer Geburt an uns gestellt werden, mehr als bewusst. Aber ich bin schon immer derjenige von uns beiden gewesen, der gegen die Regeln aufbegehrt. Der sich nicht beugen will. Der versucht, seine Schwingen so weit auszubreiten, dass sie jegliche Fesseln sprengen, die unser Erbe uns auferlegt. »Vater will, dass wir Frauen ehelichen, deren Blutlinie sich bis zu den Anfängen der Drakon zurückverfolgen lässt«, fährt Lemos fort.

»Ich werde meine Gefährtin nicht anhand ihrer Herkunft wählen.«

Er schnaubt wegen meiner Sturheit. »Dann ... bereite dich auf einen Sturm vor.«

Ich nicke knapp. »Kann ich auf dich zählen?«

Seine schwere Hand legt sich auf meine Schulter. »Immer, Bruder.« Ich wende ihm mein Gesicht zu und erkenne, dass auch seine Iriden sich reptilienartig verformt haben, die Nacht um uns herum zum Leuchten bringen, als würde er einen Schwur ablegen. »Egal was kommt.«

»Egal was kommt«, wiederhole ich. »Weil wir Brüder sind.«

Gegenwart

Nebenan liegt Lemos' Körper. Lemos' toter Körper.

Ich sitze auf einem Holzstuhl, der ein stetiges Knarzen von sich gibt und die ohrenbetäubende Stille stört, die droht meine Gedanken – und auch mich – in die Knie zu zwingen.

Meine Daumen bohre ich so fest gegen meine Schläfen, dass ich Schmerz verspüren sollte, stattdessen ist da bloß Taubheit. Als hätte man mir erneut das Halsband umgelegt, das sich ungehindert an meinen Lebensgeistern labt. Ich versuche zu atmen, während meine Brust bebt, doch kein Laut verlässt meinen Mund. Mit einer Hand fahre ich über meine Wange, auf der ich Tränen vermutet hätte, aber es erwartet mich nur trockene Haut, die unangenehm über meinen Knochen spannt.

Du und Fayna ... Euer Glück ... erinnert mich daran, was ich verloren habe. Ich zucke zusammen, weil ich sein gequältes Grollen ohne Vorwarnung so deutlich hören kann, als stünde er noch immer neben mir. Als wäre seine Seele nicht schon längst auf Elysion. Als hätte er nicht bereits vergessen. *Ich muss hier raus.*

Seine Worte waren gefüllt mit einer derartigen Dringlichkeit ... Mein Körper windet sich ohne meine Zustimmung, als wollte er ausbrechen, die Last abschütteln und sich das Gewand des Drakon überstreifen. Es wäre schön, sich hinter die smaragdgrünen Schuppen zu flüchten.

Ich muss hier raus.

Lemos hat sein gesamtes Dasein in Gefangenschaft verbracht. Und niemand versteht seine Traurigkeit und seine Sehnsucht besser als ich. Doch ich habe eine zweite Chance bekommen – im Gegensatz zu ihm. Trotzdem habe ich meinen Bruder in beiden Leben verloren. Ich habe ihn gehalten, als das Licht seiner goldenen Iriden von der Nacht gestohlen wurde. Und konnte nichts dagegen tun. Heiler Janus hat versucht, ihn zu retten. Es gelang ihm nicht.

Der König der Drakon ist tot.

»Ladon.« Beim Klang von Faynas Stimme hebe ich den

Blick und kurz darauf finde ich ihre saphirblauen Augen. Sie sind ... so vertraut. Als wären sie ein Teil von mir. Sie und das Mädchen, das vor sehr langer Zeit mein Herz beansprucht hat. Es gehört noch immer ihr. Und was wir auch erdulden mussten ... kann uns nicht aufhalten. Die Zukunft ist in der Lage, der Vergangenheit zu trotzen.

»Lemos' Beisetzung beginnt in wenigen Minuten«, flüstert Adeon, der gemeinsam mit Porcia hinter Fayna steht.

Obwohl meine Gliedmaßen protestieren, erhebe ich mich. In diesem Moment fühle ich mich tatsächlich so alt, wie ich bin, etwas, das man meinem Äußeren niemals anmerken wird, weil man als Drakon mit ewiger Jugend gesegnet ist. Fayna schiebt ihre Hand in meine, während wir den Saal verlassen, dessen Wände Risse und verblichene Malereien zieren.

Im Gang stoßen wir auf die verbliebenen Ratsmitglieder und die zur Wache abgestellten Drakon. Diejenigen, die auf Aloysius' Seite stehen, haben uns eine Trauerzeit von vier Tagen zugestanden. Verdammt großzügig von ihnen. Heute ist bereits der vierte Tag und morgen wird eine Versammlung auf dem Marktplatz stattfinden. Vermutlich hat Aloysius vor, sich zum neuen Herrscher zu erklären. Er ist verrückt genug, um das zu tun.

Es gelingt mir, die Fassung zu bewahren, als ich die Trage entdecke, neben der Gregor und Marek stehen. Ich gebe einen Kuss auf Faynas Stirn, bevor ich sie an Adeon übergebe und zu den Zwillingen trete. Gemeinsam heben wir die Bahre hoch und beginnen den Trauermarsch. Dabei kann ich Lemos' Anwesenheit noch immer überdeutlich spüren, ungeachtet der Tatsache, dass seine Seele fort und sein Körper mit schwarzem Leinen bedeckt ist. Der Geruch verschiedener Kräuter steigt mir in die Nase, mit denen Janus seinen Leichnam aufbereitet hat.

Meine Mundwinkel heben sich leicht, als Fayna aufholt, um neben mir zu gehen und damit unsere Tradition bricht. Ein herausforderndes Lächeln liegt in ihrem Gesicht, was darauf hindeutet, dass es ihr nicht gefallen hat, dass ich sie an unseren Sohn übergeben habe. Sie wird mich stets daran erinnern, dass sie stark ist – nicht zerbrechlich. Und das erfüllt mich mit Stolz.

Immer, Bruder.

Automatisch umfasse ich den Holzgriff etwas fester und stabilisiere sein Gewicht auf meiner Schulter. Es ist in Ordnung, dass Lemos eine Zeit lang von seinem Versprechen abgewichen ist. Ich trage ihm nichts nach. Ich verstehe, dass es alles andere als leicht ist, König der Drakon zu sein. Dass es schwer ist, sich selbst nicht in der Masse des Volkes zu verlieren.

Kühle Nachtluft füllt meine Lunge, während wir die Stufen des Rathauses hinabschreiten und den Pfad in Richtung des Sees einschlagen. Diejenigen, die auf dem Marktplatz gewartet haben, setzen sich schweigend in Bewegung, um uns zu folgen. Aloysius und seine Anhänger bleiben zurück, denn es ist ihnen untersagt, der Bestattung beizuwohnen. Fayna berührt mich sanft am Arm, als heiße Wut beim Anblick ihrer höhnischen Mienen durch meine Adern rauscht. Jeder Einzelne von ihnen hat seinen Platz im Reich der Drakon nicht verdient. Sie stehen für das, woran Cyrillus glaubte. Angst und Unterdrückung. Sie gefährden die Freiheit und den Frieden der Drakon. Und sie haben meinen Bruder auf ihrem Gewissen. Zumindest einer von ihnen. Ich werde herausfinden, wer dieser jemand ist. In dieser Sekunde ... schreit alles in mir nach Vergeltung.

Es war auch die Entscheidung der Ratsmitglieder, bis nach der Beisetzung mit der Konfrontation zu warten, die sie offenbar so sehr fürchten. In keiner Nacht seit Lemos' Tod habe ich ein Auge zugetan. Denn ich vertraue nicht darauf, dass Aloysius' Männer sich an die Abmachung halten. Sie könnten jederzeit erneut zuschlagen. Und im Gegensatz zum Rat bin ich mehr als bereit für einen Kampf. Allerdings habe ich Fayna und Adeon gerade erst zurückbekommen. Es geht nicht mehr nur um mich. Ihre Sicherheit steht an erster Stelle.

Ungeachtet der Tatsache, dass mich Fayna kein einziges Mal seit dem Angriff darum gebeten hat, weiß ich, dass sie das Reich der Drakon und all die dunklen Erinnerungen so schnell wie möglich hinter sich lassen will. Trotzdem kann ich nicht ignorieren, dass es einige Dinge gibt, die ich vorher in Ordnung bringen muss. Ich kann mich dieser Verantwortung nicht entziehen. Nicht, weil ich einst Prinz der Drakon war, sondern weil mein Bruder es so gewollt hätte. Ich will ihn nicht enttäuschen.

Kurz bevor wir den Hauptsteg erreichen, werden meine Schritte langsamer – mein Körper sträubt sich, will diese letzten Meter nicht gehen. Abschied ist nichts, womit ich umgehen kann. Es löst ein Stechen in meiner Brust aus, holt all die Verzweiflung hervor, die ich im Garten der Hesperiden empfunden habe, während der Fluch des Zeus auf mir lastete. Als ich dachte, alles verloren zu haben. Als nichts mehr von mir übrig – und ich bloß eine Hülle war. In dieser Sekunde glaube ich, dass man nichts zurückgewinnen kann, ohne dabei etwas anderes zu verlieren. Und als ich das Gefühl habe, in einen Abgrund zu stürzen, fühle ich nicht nur Faynas Hand an meinem Arm, sondern eine zweite, rauere und größere Hand. Ich werfe einen Blick über die Schulter, sehe in Adeons Iriden, die meinen so ähnlich sind. In ihnen steht Zuversicht. Ich schlucke schwer, ehe ich mich wieder unserem Ziel zuwende und weiterlaufe.

Gemeinsam mit Gregor und Marek lege ich die Bahre mit Lemos' Körper auf der Plattform aus Holz ab, welche über dem See errichtet worden ist. Die Zwillinge treten zurück und nehmen ihren Platz in der vorderen Reihe der Trauergesellschaft ein. Ich stelle mich ans Kopfende, meine Finger berühren das schwarze Leinen, doch ich kann es einfach nicht über mich bringen, den Stoff zurückzuziehen, um Lemos noch einmal anzusehen. Schließlich lasse ich meinen Arm sinken, denn tief in meinem Herzen weiß ich, wie ich ihn in Erinnerung behalten will. Voller Leben. Und nicht mit grauer Haut und vom Tode gebrochen.

Eine Bewegung am gegenüberliegenden Ufer erregt meine Aufmerksamkeit und ich entdecke die vier *Maior*, die auf dem groben Sandstrand landen, um der Bestattung beizuwohnen – dem König der Drakon die letzte Ehre zu erweisen. Sie zeigen sich so selten, dass ich ihre Anwesenheit in diesem Reich beinahe vergessen hatte. Ihre Körper sind derart starr, dass es mir vorkommt, als wären sie aus Stein gemeißelte Statuen. Ich blinzele, ehe ich mich erneut Lemos zuwende. Beisetzungen der Drakon sind schlicht. Wir romantisieren das Sterben nicht, sondern sehen es als das, was es ist. Ich konzentriere mich auf das Ritual und presse meine Hand auf die Stelle des Leinens, wo sich Lemos' linke Brust befindet.

»Möge dein Herz in unserer Erinnerung weiterschlagen.« Ich mache eine Pause, während die Anwesenden meine Worte wiederholen. »Mögen dein Erbe und deine Taten uns für immer als Beispiel dienen.« Meine Finger graben sich in den Stoff, als könnte ich Lemos auf diese verzweifelte Weise wieder zum Leben erwecken. »Möge dein Körper in der heiligen Asche ruhen.« Mein Kopf sinkt in den Nacken, als ich nach oben schaue. »Möge deine Seele in der Ewigkeit Frieden suchen.« Ich beuge mich nach vorn, stütze mich auf den Griffen der Bahre ab, und presse meine Lippen auf Lemos' stoffbedeckte Stirn. »Egal was kommt«, wispere ich so leise, dass niemand sonst es hören kann. »Weil wir Brüder sind.«

Anstatt mich an ihn zu klammern und den Erinnerungen nachzugeben, die mich zu überwältigen drohen, trete ich einen Schritt zurück und lasse zu, dass die Wandlung mich überkommt. Leicht stoße ich mich ab und breite die Flügel aus, ehe ich tief Luft hole – und Feuer ausatme. Es dauert nur Sekunden, bis die Plattform in Flammen steht. Langsam steige ich höher nach oben, registriere, wie auch die Bahre von diesem Inferno verschlungen wird. Grüne und violette Schleier durchziehen den Nachthimmel, von denen sich die aufwirbelnde Asche abhebt.

Ich lege meine Flügel an, als ich ein letztes Mal mit Lemos zu den Sternen fliege. Und ich kann nicht verhindern, dabei nach rechts zu blicken. Beinahe bilde ich mir ein, seine goldenen Augen in der Dunkelheit aufblitzen zu sehen.

Meine Beine fühlen sich schwer an, als die übrigen Ratsmitglieder die Hütte meines Bruders verlassen und ich die Tür hinter ihnen schließe. Wir haben noch einmal das Vorgehen für das Treffen mit Aloysius durchgesprochen, das in wenigen Stunden stattfindet, was bedeutet, dass ich kaum Schlaf bekommen werde. Ich wende mich vom Ausgang ab und nicke Porcia und Adeon zu, die noch am Tisch sitzen. Mein Kiefer knirscht, als ich daran denke, dass Lemos und ich noch vor wenigen Tagen genau auf diesen Plätzen saßen.

»Versucht, euch ein wenig auszuruhen«, sage ich in Richtung der beiden, ehe ich die Treppenstufen erklimme, über den Flur laufe und auf die Loggia trete.

»Glaubst du, die *Maior* werden sich einmischen?« Ich halte inne, als ich Adeons Stimme vernehme, stütze mich am Geländer ab und wende mich ihm zu. »Immerhin sind sie heute auch gekommen.«

Mit einer Hand fahre ich mir durchs Haar und zucke ratlos mit den Schultern. »Seit ich mich erinnern kann, waren die *Maior* lediglich als stumme Beobachter anwesend. Ich kann mich nicht entsinnen, einen von ihnen jemals sprechen gehört – oder in seiner menschlichen Form gesehen zu haben.«

»Aber niemand ist mächtiger als sie – den Legenden nach. Sie sollten sich nicht wie Feiglinge hinter ihren dunkelgrauen Schuppen verbergen«, ruft Adeon aufgebracht.

Ich seufze, maßregle ihn aber nicht, dass ihr Zorn mit Sicherheit nichts ist, was er gern erwecken will. Er ist alt genug und es steht mir nicht zu, ihn zu erziehen. Diese Jahre mit ihm habe ich verpasst. »In ihnen wohnen sehr alte Seelen«, erwidere ich. »Die Werte und Regeln, nach denen sie handeln ... sind fremd für mich. Keine Ahnung, wie ihr Geist funktioniert. Vor einer Ewigkeit, als mein Vater noch herrschte, hat er sie einmal im Monat aufgesucht. Aber weder Lemos noch ich haben ihn je begleitet.«

»Lass uns schlafen gehen«, sagt Porcia, als Adeon erneut den Mund öffnet, um seinem Ärger Luft zu machen. »Komm«, raunt sie ihm zu.

Kurz senke ich meinen Kopf. »Ich verstehe deine Wut. Diese Welt hat deiner Mutter und dir unendlich viel genommen.«

»Dir auch«, murmelt Adeon so leise, dass ich ihn beinahe

nicht gehört hätte. »Ich kann nicht nachvollziehen, wie es dir gelingt, die Ruhe zu bewahren. Wie du mit dem Rat sprechen kannst. Wie du diesen Ort erträgst ... nach allem, was sie dir angetan haben. Dass du ihn nicht niederbrennen und verschwinden willst.«

Ich habe mir so viele Sorgen um Fayna gemacht und um das, was sie wegen Cyr durchmachen musste, dass ich zu wenig an Adeon gedacht habe. Auch er trägt tiefe Narben auf seiner Haut, die niemand außer ihm sehen kann. Auch er kann es kaum ertragen, hierzubleiben.

»Wir wollen noch immer aus dem Drakonreich verschwinden«, sagt er, während ich meinen Blick hebe, in seine Augen schaue und beobachte, wie er Porcias Hand umschließt. »Wir wollen noch immer unseren Neuanfang.«

Ich nicke ernst. »Und wir werden gehen. Nachdem alles geregelt ist. Ich verspreche es.«

»Weshalb nicht jetzt sofort?«, hakt Adeon nach. »Es gefällt mir nicht ... Was ist, wenn Aloysius ...« Er muss nicht weitersprechen. Es ist offensichtlich, dass er Bedenken hat, dass Aloysius versuchen wird, Porcia in seine Gewalt zu bringen. »Ich weiß nicht, wie ich sie beschützen soll«, gibt er leise zu. »Ich bin kein Drakon. Ich bin ... schwach.«

Ich will ihm widersprechen, doch Porcia kommt mir zuvor. »Du bist nicht schwach, Adeon. Und ich brauche niemanden, der mich beschützt. Das, was du mir gibst, ist viel mehr, als ich mir jemals erhofft habe. Du machst mich glücklich. Du sorgst dafür, dass ich mich lebendig fühle. Du bist der Grund, weshalb ich mir zutraue, stark zu sein. Ich fürchte mich weder vor Vater noch vor seinen erbärmlichen Anhängern.«

»Da hörst du es. Du bist nicht unterlegen, nur weil du keine Flügel besitzt. Ihr beide seid eine Einheit. Es kommt darauf an, was ihr im jeweils anderen bewirkt und aus diesem Grund gemeinsam schaffen könnt«, sage ich lächelnd, während meine Brust sich zusammenzieht. Dieses Mal vor Freude. Mein Sohn verdient es, so sehr geliebt zu werden. »Und zu deiner Frage … Ich kann nicht einfach verschwinden und die Drakon dem Chaos überlassen. In der Vergangenheit war ich ihr Prinz und mir mag Unrecht widerfahren sein … Doch das ist nicht die Schuld unseres Volkes. Sie sind es nicht, gegen die ich einen Groll hege.«

Adeon reibt sich über die Stirn, ehe er schließlich ein zustimmendes Geräusch ausstößt.

»Wir werden gehen. Ich verspreche es«, wiederhole ich meine Worte von vorhin. Wir haben bereits ein Gespräch darüber geführt, in dem ich vorgeschlagen hatte, dass sie vor uns zum Sandpalast aufbrechen, aber der Plan wies zu viele Schwachstellen auf. Außerdem weigerte Adeon sich, dass wir uns trennen.

»Ich vertraue dir«, sagt mein Sohn und vermutlich hat er keine Ahnung, welche Last er damit auf meine Schultern legt. Denn ich habe ihn schon einmal enttäuscht. Aber nicht dieses Mal. Dieses Mal … wird alles gut werden.

»Wir sehen uns bei Sonnenaufgang«, verabschiede ich mich von Porcia und ihm, ehe ich das Badezimmer aufsuche, wo ich systematisch und mit kräftigen Bewegungen den Ruß des Feuers von meinem Körper wasche. Anschließend vergrabe ich mein Gesicht in einem der Handtücher, gebe mir einige Sekunden, um wieder halbwegs zu Verstand zu kommen, bevor ich meine Haare trocken reibe und dabei auf den See hinausstarre, der nun einen Teil von Lemos beherbergt. Gleichzeitig wird mir übel, weil ich daran denken muss, was Fayna mit dieser Aussicht verbindet … Dass sie in ihr Trost gefunden hat, wenn Cyr ... Verdammt. Das Blut in meinen Adern brodelt und ich schmecke Feuer auf meiner Zunge. In Momenten, in denen die Realität mit solch einer Heftigkeit auf mich einprasselt ... ja, Adeon hat recht. Denn ich wäre bereit, diesen Ort niederzubrennen. Nicht für mich – sondern für Fayna. Sie musste das ertragen. *Ihn* ertragen. Und alle haben weggeschaut. Niemand hat ihr geholfen. Für diese Drakon riskiere ich mein Glück? Möglicherweise sollte ich auf meinen Sohn hören und noch in dieser Nacht verschwinden ... Das einzige Problem ist, dass ich dann nie wieder in den Spiegel sehen könnte. Es ist keine Lösung, davonzulaufen.

»Wie lange willst du dort noch stehen?«

Ich wirbele herum und erblicke Fayna im Türrahmen. Es ist noch immer surreal ... Wir waren Jahrhunderte getrennt und trotzdem ist die Nähe unserer Herzen so intensiv, als wären wir keinen einzigen Tag ohne den anderen gewesen. »Du bist wunderschön«, wispere ich, anstatt auf ihre Frage zu antworten. Und damit meine ich nicht ihr Äußeres, ihre karamellfarbenen Haare, die ausnahmsweise nicht zu Zöpfen geflochten sind, sondern in Wellen bis zu ihrer Hüfte hinabfallen. Oder ihre saphirblauen Augen, die wie seltene Kostbarkeiten schimmern. Nein, es ist ihr Innerstes, das mich schon immer angezogen hat. Niemandem sonst habe ich mich jemals so sehr geöffnet wie ihr. Nur Fayna kann ich meine schönsten Erinnerungen und düstersten Geheimnisse anvertrauen. Nur mit ihr kann ich emotional auf diese Weise verbunden sein.

Zögerlich kommt sie auf mich zu, senkt aber die Lider. Seit wir wieder zusammen sind, passiert das häufig. Manchmal ist sie fröhlich und übermütig und dann wieder ... beschämt. Und mir ist sofort klar, weshalb. Wir haben in jeder freien Sekunde, in der wir allein miteinander waren, geredet.

Mehr als einmal hat sie mich gefragt, warum ich ihr vergeben habe. Weshalb ich sie noch berühren kann. Es wird noch eine Weile dauern, bis es mir gelingt, die Dunkelheit gänzlich zu vertreiben. Doch ich werde bei jedem Schritt an ihrer Seite sein. Als ich sie vor vielen Hundert Jahren zu meiner Gefährtin nahm, habe ich ihr mein ›für immer‹ versprochen. Und nichts könnte jemals etwas an diesem Schwur ändern. »Ich liebe dich, Prinzessin. Heute und bis in alle Ewigkeit. Selbst wenn unsere Seelen zu Staub zerfallen.«

Fayna erreicht mich und ich umfasse ihre Taille, hebe sie hoch, sodass sie ihre Beine um meine Hüfte schlingt. Unsere Nasenspitzen berühren sich, während wir unseren Atem teilen. »Ich liebe dich auch, Ladon. Mehr als mein Leben und mehr als die Unendlichkeit.« Sie küsst mich zaghaft, doch ich ziehe sie enger an mich, erobere ihre Lippen, als befänden wir uns inmitten eines Sturms.

Fayna rutscht von meinem Rücken, sobald sich meine Krallen in den Boden graben, und aus den Augenwinkeln sehe ich, wie Adeon dasselbe bei Porcia tut. Wir befinden uns auf der freien Fläche zwischen Trainingsgelände und Markt, die mit einer Schicht aus Eis bedeckt ist. Kristallartige Flocken fallen vom Himmel herab und in dieser Sekunde muss ich an Cato denken, an unsere Zeit im Kolosseum, als wir versucht haben, den Omphalos zu bezwingen. Ich hoffe sehr, dass Flame, Hunter und er wohlauf sind und dass wir uns im Sandpalast treffen werden. Tatsächlich wäre es eine nette Abwechslung, sollte es ausnahmsweise keine weiteren Komplikationen geben. Ein glückliches Leben in Ruhe und Frieden und vielleicht nur ein paar kleine Abenteuer ... Das wünsche ich mir.

Es ist Fayna, die meine Überlegungen unterbricht, indem

sie sachte über meine beschuppte Flanke streicht und mich daran erinnert, dass dies nicht der richtige Zeitpunkt zum Träumen ist.

Als wir uns in Bewegung setzen, ist es zu meiner Überraschung Kaje, der uns entgegeneilt. »Alle warten bereits auf euch«, bringt er keuchend hervor, als er bei uns ankommt.

»Wir sind nicht zu spät«, merkt Adeon neben mir an.

»Ja, aber Aloysius war schon früher hier und versucht, die Versammelten auf seine Seite zu ziehen.«

»Großartig«, murre ich und umschließe Faynas Hand mit meiner, während ich meine Schritte beschleunige. Aloysius und Cyr sind sich verdammt ähnlich, denn auch er weigert sich, zu Gesprächen ins Rathaus zu kommen, und will die Angelegenheit in einer öffentlichen Zurschaustellung klären. Die Ratsmitglieder haben sich seinen Forderungen bisher gebeugt, weil sie eine Revolution fürchten. Und obwohl ich mich liebend gern auf Aloysius und seine Schergen stürzen würde, so ist mir doch bewusst, dass ich nicht einfach dreißig Drakon abschlachten kann. Es bereitet mir Genugtuung, dass sich nach Lemos' Ermordung noch mehr seiner Anhänger von ihm abgewandt haben, weshalb von jenen, die er vom Olymp hierhergeführt hat, kaum noch welche übrig sind. Trotzdem ist er derart von sich und seiner Macht überzeugt, dass er sich weigert, aufzugeben.

Als wir den Marktplatz erreichen, ist bereits alles hergerichtet und ich werde an den Tag meines Prozesses zurückversetzt, was mir Unbehagen bereitet. Vor dem Brunnen sind zwei Rednerpulte aufgebaut, davor befinden sich die Sitzreihen. Hinter einem der Pulte steht Konstantin, hinter dem anderen Aloysius, auf den Bänken sitzen die Ratsmitglieder und die Anhänger der Gegenseite. Das Volk der Drakon befindet sich an dem provisorisch errichteten Zaun. Es herrscht angespannte Stille, während sich die Anwesenden uns zuwenden. Ich drücke Fayna einen Kuss auf die Schläfe, ehe ich Konstantin ablöse und mich wie besprochen hinter das Pult stelle.

Sofort beginnt Aloysius sich zu brüskieren. »Was hat der Verräter hier zu suchen? Er hat auf dieser Versammlung nichts verloren! Das betrifft lediglich die Gemeinschaft der Drakon.«

Mit einem Unterarm stütze ich mich auf die hölzerne Platte und wende mich Aloysius halb zu. »Als ich das letzte Mal nachgesehen habe, war ich noch ein Drakon. Und ich bin hier, um für meinen Bruder zu sprechen, da er es nicht mehr kann.« Es kostet mich die größte Mühe, nach außen hin gelassen zu wirken, während die Emotionen in meinem Inneren brodeln. Alles, was ich in diesem Moment will, ist Gerechtigkeit, indem ich dieser Farce ein Ende bereite. »Im Übrigen weise ich darauf hin, dass die Bezeichnung ›Verräter‹ unangebracht ist, wo längst bekannt ist, was Cyr getan hat. *Du* hast ihm dabei geholfen. Du und deine Frau. Ihr habt unsere Art an Zeus verkauft. Aus Macht und Gier. Dafür werdet ihr bezahlen.«

»Lügen! Alles Lügen«, kreischt Aloysius und wendet sich dem Volk zu. Dramatisch hebt er beide Arme, als wollte er es zur Zustimmung auffordern.

»Es ist die Wahrheit«, ruft ihm Janus, der in den Reihen der Ratsmitglieder sitzt, zu. »Cyr hat unter Einfluss des Wahrsage-Salbeis gestanden. Es zwingt denjenigen, der es konsumiert, zur absoluten Ehrlichkeit. Und er hat auch dich als Schuldigen genannt. Dein Platz ist im Verlies, bis dir der Prozess gemacht wird.« Bei seinen Worten erheben sich zwei der

Drakon, die zu Aloysius' Anhängern gehören und machen einen bedrohlichen Schritt auf den Heiler zu. Ich verenge die Augen zu Schlitzen, denn sie gehören zu der Gruppe, die Lemos und mich vor der Höhlenstadt abgefangen hat.

»Es war von einem friedlichen Gespräch die Rede. Willst du dein Wort jetzt schon brechen?«, mischt Konstantin sich ein.

Ich beobachte, wie Aloysius' Kiefer mahlt, ehe er die beiden Drakon auffordert, sich zurückzuziehen. Dass er vor dem Volk nicht sein wahres Gesicht zeigen will, spielt uns in die Karten.

»Was Cyr unter dem Einfluss dieses Krautes gesagt hat, kann man unmöglich ernst nehmen! Niemand ist dazu in der Lage, mit Sicherheit zu sagen, was dieser Quacksalber ihm noch alles untergemischt hat!« Anklagend deutet er in Janus' Richtung und macht eine bedeutungsschwere Pause. Offensichtlich wartet er auf Zustimmung, doch die Einzigen, die anerkennend pfeifen, sind die dreißig Drakon, die auf den Bänken vor seinem Pult sitzen.

»Sehr schön, Aloysius. Aber selbst wenn man die Cyr-Geschichte außen vor lässt, kannst du nicht leugnen, dass du meinen Bruder auf dem Gewissen hast. Du – oder einer deiner Anhänger, die in deinem Auftrag handelten. Du hast Königsmord begangen. Und ich schwöre bei allen Göttern der Drakon, dass du dafür bezahlen wirst.« Ich habe mich in seine Richtung gebeugt, spüre, wie meine Pupillen sich reptilienartig verformen und meine Sicht noch schärfer wird. Ein Grollen dringt aus meiner Kehle, Aloysius stolpert einen Schritt zurück und ich lache kalt. »Feigling«, knurre ich. »Das ist es, was Cyr war. Und das ist, was du bist. Dein Gefolge eingeschlossen. Denn nur ein Feigling würde sich bei Nacht hinterrücks anschleichen – seinem Gegner nicht einmal in die Augen schauen. Ich werde herausfinden, wer meinem Bruder das angetan hat.«

Aloysius richtet sich kerzengerade auf und reckt das Kinn hervor, aber seine Wangen sind noch immer verräterisch blass.

»Schuldig«, zische ich leise.

»W-wir hatten das Recht dazu. *Ich* hatte das Recht dazu. Ich war sein Stellvertreter. Und er war eines Königs nicht mehr würdig. Er besaß kein Feuer. Er hat uns alle angelogen.«

»Tu nicht so scheinheilig«, fahre ich ihn an. »Du wusstest, dass er kein Feuer mehr in sich trug. Cyr und du – ihr habt ihn damit erpresst, damit ihr eure Stellungen überhaupt erst bekamt. Lemos versuchte, das Volk vor eurer Willkür zu schützen und gründete den Rat.« Die nächsten Worte richte ich an die Anwesenden. »Lemos hat sein Dasein euch gewidmet. Ihr wart seine Priorität. Und jeder, der glaubt, dass einzig das Feuer einen guten Herrscher ausmacht, ist in alten Traditionen gefangen.« Ich mache eine wegwerfende Handbewegung in Aloysius' Richtung. »Ihr – das Volk – seid Drakon wie Cyr und Aloysius vollkommen egal. Sie sind nur auf Macht und ihren eigenen Vorteil bedacht. Sie würden einen jeden von euch ohne mit der Wimper zu zucken mit einem Wurfspeer durchbohren, wenn sie glaubten, sich damit mehr Macht zu verschaffen.«

»Ich bin im Recht«, schnarrt Aloysius erneut und es ist deutlich, dass ihm die Argumente fehlen. »Lemos' Zeit war abgelaufen.«

»Du bist nicht im Recht. Du hast eine Entscheidung gefällt, die nicht den Willen der Mehrheit der Drakon widerspiegelt.« Ich zeige auf seine dreißig Anhänger und dann in Richtung der Menge hinter dem Zaun. »Wach auf.«

Plötzlich stößt Aloysius ein gehässiges Lachen aus. »Nun verstehe ich, Ladon. Du willst Lemos' Platz als König einnehmen. Inszenierst dich als Held, während du keinen Deut besser bist als wir.«

»Du springst von einer Anschuldigung zur nächsten«, spreche ich das Offensichtliche aus und stelle zufrieden fest, dass Röte der Wut an seinem Hals hinaufkriecht. »Aber schön, dass du von dem Versuch, mich als Verräter zu bezichtigen, wieder abgekommen bist. Und um mich zu deinem neuen Vorwurf zu äußern: Ich wollte in der Vergangenheit nie König sein und ziehe es auch für die Zukunft nicht in Betracht. Ich möchte nicht einmal im Reich der Drakon leben. Aber bevor ich gehe, will ich dafür sorgen, dass das Volk in Sicherheit ist – in Sicherheit vor dir und deinen Anhängern. Diese Art musste bereits zu viel erdulden und ich kann nicht verantworten, dass wir uns am Ende selbst zerstören.«

»Wenn du nicht herrschen willst«, wirft einer der Männer aus Aloysius' Reihen spöttisch ein, »wer soll es dann tun? Wer soll deiner Meinung nach König sein?«

»Niemand«, erwidere ich ruhig und muss warten, bis ich weitersprechen kann, weil Tumult ausbricht. Ich erhasche einen Blick auf Adeon, der mir zuzwinkert.

»Kein König – wie soll das funktionieren?« Aloysius mustert mich abfällig.

»Jeder Drakon sollte frei über sein Leben entscheiden können, anstatt den Willen eines Herrschers aufgezwungen zu bekommen. Die Mitglieder des Rates sollen als ihre Vertreter dienen, die in regelmäßigen Abständen neu gewählt werden. Ich denke, dass Lemos richtig entschieden hat, als er die Weichen für diese neue Ordnung stellte.«

»Das ist ... ungeheuerlich. Es bricht mit unserer Geschichte und mit unserer Tradition.«

»Zeiten ändern sich, Aloysius. Kein einziger der Drakon, die hinter dem Zaun stehen, hat Lust, von dir unterdrückt zu werden.« Ich kann ein Lächeln nicht mehr zurückhalten, als das Volk beginnt, mit den Füßen zu stampfen und goldene Flammenfunken durch die Lüfte fliegen, die sich mit den Schneeflocken vermischen.

»Also«, sage ich, sobald die Menge sich beruhigt hat. »Du hast meinen Bruder zum Kampf herausgefordert. Und ich bin bereit, für ihn zu übernehmen. Wenn du verlierst, werden du, deine Frau und deine Anhänger in die Verbannung geschickt und seid im Reich der Drakon nicht länger willkommen.« Aloysius' Augen weiten sich vor Überraschung, ehe er sich wieder fängt. »Selbst ohne Feuer hätte mein Bruder dich in einem fairen Zweikampf vernichtet«, raune ich ihm zu, sodass bloß er es hören kann.

»Ich bin nicht derjenige, der als Verlierer aus diesem Kräftemessen hervorgehen wird«, spricht Aloysius hochmütig. »Ich verlange außerdem, dass Ladon gegen mich und meine beiden Stellvertreter kämpft, denn ich traue ihm zu, dass er zu regelwidrigen Mitteln greift.« Nur mit Mühe kann ich ein Schnauben unterdrücken.

»Formuliere deine Forderung im Falle eines Sieges«, verlangt Konstantin.

»Ich werde zum König ernannt. Der Rat wird abgesetzt und Ladon erhält seine gerechte Strafe – die Todesstrafe. Ebenso seine Frau und sein Sohn. Das hätte schon vor Jahrhunderten geschehen sollen.«

Ich bin froh, dass er ihre Namen nicht nennt, andernfalls hätte ich ihm sein verkommenes Herz herausgerissen.

»Du bist fern von jedweder Realität, Aloysius«, sagt Marek. Konstantin wirft mir einen fragenden Blick zu. Ich weiß, was er wissen will. Ob ich drei Gegnern gewachsen bin. »Ich nehme die Bedingungen an«, sage ich laut und deutlich.

»Der Kampf findet morgen bei Sonnenuntergang auf dem Trainingsgelände statt«, bestätigt Konstantin, einen beunruhigten Ausdruck auf seinem Gesicht.

»Ich hätte dich ziehen lassen«, flüstert Aloysius mir zu. »Ich wäre großzügig gewesen. Aber nun wirst du auf unbequeme Weise lernen müssen, dass dich die Angelegenheiten der Drakon nichts mehr angehen.«

»Ist das wirklich notwendig?« Adeon meint damit die drei Wachen, die das Haus umstellen. Eine weitere befindet sich unten im Wohnraum bei Fayna und Porcia, während mein Sohn und ich wieder auf dem Balkon stehen, der in Richtung der Felsen gebaut worden ist und vor neugierigen Blicken schützt.

»Nach Aloysius' Forderungen heute Morgen? Ja. Ich riskiere nichts, was euch betrifft. Und wir können ihnen vertrauen. Sie haben sich freiwillig von Janus Wahrsage-Salbei verabreichen lassen und ich habe sie befragt. Sie sind ausgebildete Krieger und bereit, euch zu beschützen.«

»Sie sollten lieber Aloysius aus dem Weg schaffen«, beharrt Adeon.

»Aloysius ist meine Aufgabe«, erwidere ich ruhig. »Niemand sonst soll sich einmischen, die Situation steht bereits kurz vor der Eskalation.«

»Ein Kampf zwischen dir, ihm und seinen Stellvertretern ist also keine Eskalation?«

Ich schüttele den Kopf. »Es ist ein Unterschied, ob vier

Leute einen Kampf austragen oder ein ganzes Volk mit hineingezogen wird. Ich will um jeden Preis verhindern, dass Unschuldige verletzt werden. Wir dürfen keinen Krieg im Reich der Drakon riskieren. Es wurde in der Vergangenheit bereits genug Blut vergossen.«

Adeon seufzt schwer. »Aber selbst wenn du Aloysius und seine Anhänger in die Verbannung schickst ... Wie willst du sicherstellen, dass sie niemals zurückkommen und keinen Vergeltungsschlag planen?«

»Wir werden die Schutzzauber erneuern, sodass sie keinen Zutritt mehr haben.«

Adeon schaut mich ernst an, ehe er sich mit den Unterarmen auf dem Geländer abstützt und in die Ferne schaut. »Was ist mit demjenigen, der Lemos getötet hat? Wirst du ihn auch ziehen lassen?«

Müde reibe ich mir mit einer Hand über mein Gesicht, antworte jedoch nicht. Einen Mord zu begehen ... das ist nichts, was ich mit meinem Sohn besprechen will.

»Du solltest dich hinlegen, damit du morgen ausgeruht bist«, merkt Adeon an, der mich aus den Augenwinkeln beobachtet hat.

Ich gebe einen zustimmenden Laut von mir. »Denk daran, dass Porcia und du noch packen müsst. Und falls ihr deine Hütte aufsucht, nehmt zwei der Wachen mit.«

»Aye, Sir.« Adeon wendet sich mir zu und ein verschmitztes Grinsen stiehlt sich in sein Gesicht. »Es hat mich überrascht, wie gut du dich auf dem Marktplatz geschlagen hast. Du kannst das Volk begeistern. Sie vertrauen dir. Du hast tatsächlich das Zeug zu einem König, Vater.«

Ein prustendes Geräusch verlässt meinen Mund. »Kaum jemand hat das Zeug, um König zu sein, Sohn.«

»Wie du meinst.« Er zwinkert mir zu, wie er es bereits auf dem Marktplatz gemacht hat, und ich halte inne, schaue ihn für einige Sekunden einfach nur an.

»Es ist verrückt«, murmele ich. »Das Bild von damals, von dir, als du noch ein Kind warst, zusammenzufügen mit ... dem Mann, der du heute bist ...«

»In manchen Momenten ist es auch für mich seltsam, dass du hier bist.«

»Gut seltsam oder schlecht seltsam?«, hake ich nach.

»Gut seltsam«, gibt Adeon belustigt zurück, ehe er einen Schritt auf mich zukommt und mich in seine Arme schließt. Etwas ungelenk klopfen wir uns gegenseitig auf den Rücken und ich blinzele heftig, während meine Augen kitzeln. *Verdammt.*

»Weinst du etwa?«, fragt Adeon schockiert, aber auch seine Stimme klingt belegt.

»'türlich nicht«, murre ich, ziehe geräuschvoll die Nase hoch und löse mich von ihm, bevor ich mich rasch umdrehe und ins Innere des Hauses trete. »Es tut mir leid, dass ich nie nach euch gesucht habe. Ich werde es auf ewig bereuen, dass ich so viel Zeit mit euch verpasst habe. Dass ihr ihm ausgeliefert wart ...«

»Dich trifft keine Schuld. Du hast uns für tot gehalten. Sie haben dir unsere Häute gezeigt.«

Zittrig atme ich aus, als der Schmerz dieser Erinnerung mich niederzuringen droht. »Morgen lassen wir all das hinter uns.« Tief im Herzen weiß ich, dass es in Ordnung ist, Schwäche zu zeigen, doch in Anbetracht dessen, was uns bevorsteht, ist jetzt nicht der richtige Zeitpunkt dafür. Deshalb setze ich mich in Bewegung, erreiche wenig später das Zimmer, das ich mir mit Fayna teile, und sinke auf die weiche Matratze des Bettes. Mit dem Handrücken wische ich mir über die Lider, bis sie trocken sind, und ziehe mir dann die Stiefel aus. Als ich mich hinlege und die Arme im Nacken verschränke, wandert die Sonne bereits hinter die Berge und taucht den Raum in warmes Licht. Ich schließe die Augen, lasse die Anspannung entweichen. Von Gregor weiß ich, dass Aloysius und seine beiden Stellvertreter auf dem Trainingsgelände Vorbereitungen treffen und sich keine Pause gönnen. Sollen sie nur. Es spielt mir in die Karten, wenn sie morgen müde – und ihre Reflexe verlangsamt sind. Ich presse die Zähne zusammen, als ich an Aloysius' Dreistigkeit und sein Verhalten auf dem Markt denke. Er hat nicht einmal abgestritten, dass er oder einer seiner Leute es war, der Lemos auf dem Gewissen hat. Als wäre er unantastbar. Und ich bin nicht so naiv zu glauben, dass er bei diesem Kampf nicht versuchen wird, mich umzubringen. Und obwohl ich mich selbst nicht als Krieger bezeichnen würde, trage ich dennoch die Wut all unserer Ahnen in mir. Ich töte nicht gern. Aber ich tue, was nötig ist. Und ich beschütze diejenigen, die ich liebe. Insgeheim stimme ich Adeon zu, dass es womöglich nicht ausreichen wird, diese Drakon in die Verbannung zu schicken.

Ich höre, wie die Klinke heruntergedrückt wird und Fayna ins Zimmer schlüpft, bevor sie die Tür geräuschlos hinter sich schließt. Träge öffne ich ein Auge und beobachte, wie sie sich nähert und sich schließlich neben meinen Oberkörper auf die Matratze kniet. »Schuhe im Bett, Prinzessin?«, murmele ich tadelnd, doch mein Blick wandert über die eng anliegenden Lederhosen und die Rundungen ihres Körpers. »Was ist los?«, hake ich nach, weil mir ihr Stirnrunzeln nicht entgangen ist.

»Mein alter Kosename gefällt mir nicht mehr«, erwidert sie nachdenklich.

Erleichterung durchflutet mich und ein Lächeln huscht

über mein Gesicht. »Dann werden wir uns einen neuen für dich überlegen.«

Sie beugt sich zu mir und küsst meine Wangen, meine Stirn und meine Schläfen, ehe unsere Lippen sich hauchzart berühren. »Du und Adeon … ihr nähert euch an.«

»Hast du gelauscht?« Unruhig rutsche ich hin und her.

Sie zuckt mit den Schultern. »Wir sind eine Familie, da gibt es so etwas wie geheime Gespräche nicht.«

»Es war nicht geheim«, wehre ich verlegen ab. »Aber ich hoffe, dass … na ja … sobald wir an einem ruhigeren Ort sind …« Ich seufze, mein eigenes Gestotter verärgert mich. »Ich hoffe, dass ich eine richtige Beziehung zu ihm aufbauen werde. Das ist mein größter Wunsch.«

»Ihr werdet das hinbekommen, dessen bin ich mir ganz sicher.«

»Ja?«

Sie küsst mich erneut und knabbert dabei spielerisch an meiner Unterlippe. »Ja.« Als sich unsere Blicke treffen, schlägt die Stimmung im Raum um, was vielleicht auch daran liegt, dass sie sich auf meinen Schoß setzt und mein Gesicht mit beiden Händen umfasst, um unseren Kuss zu vertiefen. Die Reibung, die sie dabei an meiner Körpermitte verursacht, sorgt gleichzeitig dafür, dass Verlangen durch meine Adern rauscht.

Unter Aufbringung all meiner Selbstbeherrschung löse ich mich von ihr. »Ich verstehe durchaus, was du hier versuchst. Aber ich weiß nicht, ob –«

»Ich will es. Das ist meine Entscheidung.«

»Und ich habe dabei nichts zu sagen?«

Sie beißt sich auf die Unterlippe und lässt ihre Finger zu meinem Gürtel wandern. »Nein.«

»Verdammt«, raune ich. »Zu deinen Diensten, *Rebellin.*«

Kapitel 10

DIE ARME DER FINSTERNIS

FLAME

Wie hypnotisiert beobachte ich das Wasser, welches über meine Hände schwappt. Es ist derart eisig, dass ich sie kaum noch spüre. Meine Haut ist blass, als wäre sie aus Porzellan und die Adern treten dunkel darunter hervor. Fest beiße ich auf die Innenfläche meiner Wange, bis ich Blut schmecke und trotzdem grabe ich meine Zähne tiefer, weil ich nicht will, dass der Schmerz aufhört, der mich ebenso betäubt. Als könnte ich mich jeden Moment aus meinem Körper lösen und in die Ferne schweben. Als wäre da keine Last, die auf meinen Schultern liegt und keine erbarmungslose Faust, die mein Herz umschließt. Es tut ... so weh. Es ist nicht vergleichbar mit Elysion, wo ich dachte, dass ich Dark vielleicht nie mehr wiedersehe. Nein ... das hier ... ist anders. Stechend. Roher. Ich presse die Lider zusammen, doch die Bilder verschwinden nicht: Darks starrer Blick, der nicht von Sehnsucht und Vermissen spricht, Zivas sadistisches Lächeln, ihr Körper viel zu nah bei seinem. Wie sie sich in Überlegenheit wiegt. Wie sie es wagt, durch meine Flammen zu gehen.

Mein Kopf fällt in den Nacken und ich stoße einen Schrei aus, der in meinen Ohren klirrt. Und es würde mich nicht verwundern, sollte das Gebirge hinter mir erzittern. Beinahe sehne ich mich danach, dass die Steine sich lösen, auseinanderfallen, als wären sie nichts weiter als Scherben aus Glas, die keiner Erschütterung trotzen können. In dieser Sekunde will ich, dass die Erde – genau wie ich – ihren Halt verliert und in die Tiefen des Universums stürzt. Wütend starre ich zur Sonne hinauf, die heute nicht im Schatten der Wolken ruht, und wünsche selbst ihr den Tod. Ich habe die Welt von der Hitze befreit und trotzdem wartet nur Unglück auf mich.

»Flame.« Hunter kniet sich neben mich und ich wende ihm mein Gesicht zu, das halb verdeckt wird von meinen wilden Locken. Meine Augen sind trocken und brennen.

»Es muss ernst sein, wenn du mich nicht Schmetterling nennst.«

Sachte zieht Hunter meine Hände aus dem Wasser und reibt sie an seinem Mantel trocken, ehe er mit ihnen eine Schale vor seinem Mund formt und warmen Atem hineinbläst. Als er mit dem Ergebnis zufrieden zu sein scheint, greift er unter meine Achseln und hebt mich hoch, ehe er sich in Bewegung setzt und mich zum Fuße des Gebirges trägt, wo Kerberos mit eingezogenem Schwanz und hängenden Köpfen auf uns wartet. Sobald Hunter mich neben ihm absetzt, stößt er ein leises Winseln aus und sofort überkommt mich ein schlechtes Gewissen. »Tut mir leid«, murmele ich und streiche zaghaft über sein Fell. »Ich wollte dir keinen Schrecken einjagen.« Nachdem Hunter uns in seiner Drakongestalt in Sicherheit gebracht hatte, bin ich mit ihm durch den Nebel nach Theben gegangen, wo der Höllenhund wie aus dem Nichts aufgetaucht ist. Ich habe keine Ahnung, wie er mich erneut finden konnte, aber offenbar ist er in der Lage, meine Spur aufzunehmen – jedenfalls in der Oberwelt und im Hades. Ich beuge mich vor und gebe einen Kuss auf seine mittlere Schnauze, was ihn zufrieden grunzen lässt. Noch eine Weile kraule ich ihn hinter den Ohren, ehe ich mich dazu durchringen kann, Hunter meine Aufmerksamkeit zu schenken, der vor mir hockt und mich besorgt mustert. Seit den Vorkommnissen auf der Lichtung haben wir kaum miteinander gesprochen.

»Du hast beinahe einen ganzen Tag am Wasser verbracht, ohne dich auch nur einen Zentimeter zu rühren.« Mit einer Hand fährt er sich durchs Haar und atmet geräuschvoll aus. »Ich verstehe, dass es ein Schock für dich gewesen sein muss, ihn zu treffen. Und dass ... dass er nicht so auf dich reagiert hat, wie du es dir erträumt hattest.«

»Ich habe mir in beinahe jeder Sekunde auf Elysion ausgemalt, wie es sein wird, wenn wir uns wiedersehen. Und auch davor ... Er ist der Grund, aus dem ich durchgehalten habe. Und jetzt –« Meine Stimme bricht und es dauert einen Moment, bis ich den Satz beende. »Jetzt ist alles kaputt. Er steht unter dem Einfluss des Rings.« Selbst ich bemerke, dass ich hysterisch klinge, aber ich kann meine Verzweiflung nicht in Schach halten. Ein Schluchzen verlässt meine Kehle und vermutlich erleide ich nun den Zusammenbruch, den ich mir auf Elysion nicht gestattet habe. Allerdings habe ich diese Rechnung ohne Hunter gemacht.

»Du musst dich zusammenreißen«, sagt er und unter seinem strengen Blick presse ich die Lippen aufeinander. »Du bist stark«, raunt er schließlich, nachdem er einige Sekunden geschwiegen hat. »Nichts und niemand kann dich unterkriegen. Nichts und niemand kann dich brechen. Verstehst du?«

Ich nicke, obwohl es eigentlich nicht stimmt und ich mich so sehr der Dunkelheit hingebe, dass ich nie mehr daraus hervorkommen will. Vielleicht wird Dark mich in den Armen der Finsternis finden.

Hunter umfasst mein Kinn mit Daumen und Zeigefinger, sodass ich gezwungen bin, meinen Kopf weiter anzuheben. »Du sollst nicht lügen, Schmetterling.«

Ein trauriges Lächeln zupft an meinen Mundwinkeln und ich verliere mich in seinen turmalingrünen Augen. »Verzeih mir.« Wir wissen beide, dass ich damit vielmehr den emotionalen Ausbruch und die Tatsache meine, dass ich mich nach Dark sehne, während Hunter ... *Nie wieder wird mein Herz jemanden so sehr lieben können wie dich.* Verflucht. Mir wird flau im Magen, als ich an seine Worte im Wald denke. Wir werden darüber reden müssen, doch gerade bin ich zu aufgewühlt.

»Es gibt nichts zu verzeihen«, erwidert er sanft. »Und ich weiß, dass du dich ausruhen willst. Aber wir müssen den Plan der Seherin befolgen. Es kann nicht mehr weit bis zum Palast der Titanen sein.«

»Was soll das noch bringen?«, frage ich mutlos.

»Nur weil Dark und Hunderte andere unter dem Einfluss des Rings stehen, bedeutet das noch lange nicht, dass sie verloren sind. Wir finden Mnemosyne, hoffen, dass Catos, Apollos und Avas Mission erfolgreich verläuft und dass wir denjenigen, der die Waffe zur Zerstörung der Gegenstände beschafft, in Delphi treffen.«

»Ich verstehe nicht, warum Ava uns nicht gesagt hat, wer Yasars Beauftragter ist«, murmele ich und scharre mit meinem linken Fuß im Sand. Gleichzeitig verkneife ich es mir, ihn daran zu erinnern, dass sie sagte, ungewöhnlich viele Versionen derselben Zukunft zu sehen, darunter auch solche, in denen wir scheitern.

»Es spielt keine Rolle, solange wir alle rechtzeitig Delphi erreichen«, beschwört mich Hunter. »Uns bleiben noch neun Tage. Und wir dürfen keine Zeit vergeuden.«

»Weshalb ist dir das so wichtig, Drakonjunge?«

Mit dem Daumen streicht er unter meinem linken Auge entlang, von dem ich weiß, dass es dem Nektar der Götter gleicht. »Weil ich will, dass du dein Glück bekommst. Ich habe nicht vor, eine Verrückte gewinnen zu lassen, die plant, die Herrschaft über diese Welt an sich zu reißen. Und ich will auch ein wenig egoistisch sein, die Möglichkeit bekommen, diese Erde zu entdecken, nachdem ich mein ganzes Leben hinter Mauern – erst im Hades und dann im Reich der Drakon – verbracht habe.«

»Dass du auch egoistisch sein willst, sagst du nur, damit ich mich besser fühle«, flüstere ich. »Dabei hast du es wirklich verdient, dein Glück zu bekommen.«

Hunter streicht ein letztes Mal über meine Haut, bevor er aufsteht, den Sand von seiner Hose klopft und mir seine Hand entgegenstreckt. »Dann sollten wir jetzt aufbrechen.«

Wir reiten auf Kerberos' Rücken, zwischen dem Gebirge und der See. Die Sonne versinkt bereits im Meer und es ist so kalt, dass sich Frost an Kerberos' Fell bildet, welchen ich immer wieder mit meiner Hitze vertreibe, mit der ich auch Hunter und mich wärme.

»Glaubst du wirklich, dass Cato, Apollo und Ava wohlauf sind?«, frage ich zum ungefähr tausendsten Mal, seit wir getrennt wurden. Das schlechte Gewissen nagt an mir, weil Hunter mich fortgeflogen hat und wir uns nicht vergewissern konnten, ob bei ihnen alles glatt verlaufen ist.

Er zieht mich mit dem Arm, der um meine Taille liegt, enger an sich und ich lasse noch mehr Wärme auf ihn überspringen, weil ich spüre, wie kalt er ist. »Ihnen ist nichts passiert, da bin ich mir sicher. Cato und Apollo haben sich gut geschlagen, bevor ich mich gewandelt habe. Außerdem hat Ava mir zugerufen, dass wir nicht zurückkehren sollen und wir uns am Treffpunkt wiedersehen.«

»Es ist ein wenig verrückt, dass du nun Teil von alledem bist«, merke ich an. »Es kommt mir viel länger als zwei Wochen vor …«

Hinter mir zuckt Hunter mit den Schultern. »Während Cato im Reich der Drakon war, hat er eine Menge erzählt. Und wir haben auch häufig über die Vergangenheit und alles, was passiert ist, geredet. Deshalb kommt es mir auch schon viel länger vor.« Mit den Fingern seiner freien Hand streift er mein Schmetterlingsmedaillon, öffnet es und berührt die feingliedrige Membran der beiden Flügel, wie er es auch im Wald getan hat. Als wäre er verwundert darüber, dass ich es tatsächlich trage. *An jedem Tag in jedem Jahr*, hallt mein eigenes Versprechen in meinen Ohren wider. Wir sind nie wirklich getrennt gewesen, obwohl ich vergessen hatte. Die Vertrautheit zwischen uns ist so alt und kostbar und ich habe Angst –

»Ich werde immer hier sein«, sagt Hunter, als hätte er die Abwärtsspirale meiner Gedanken bemerkt. »Und ich werde immer dein Freund sein.«

»Danke«, flüstere ich und will noch mehr hinzufügen, als Kerberos abrupt stehen bleibt, ehe er seine drei Schnauzen in den Sand steckt und sich laut schnüffelnd in Richtung des Wassers begibt.

Hunter blinzelt und schirmt die Augen ab, um besser sehen zu können. »Wir haben ungefähr die Mitte der Bucht erreicht. Erkennst du auch die leichte Erhebung im Wasser?«

»Wirkt wie eine Sandbank«, erwidere ich stirnrunzelnd. »Kerberos – Stopp!« Doch der Höllenhund läuft einfach ins Meer, kurz darauf streifen meine Füße das kalte Nass.

»Apollo sagte, dass der Othrys abgesackt ist und nur noch die Spitze aus dem Meer herausschaut.«

»Wenn das der Berg ist, den wir suchen, scheint er noch tiefer zu liegen als gedacht.« Vermutlich ist viel Zeit vergangen, seit Apollo zuletzt hier gewesen ist.

»Der Wasserspiegel ist mit Sicherheit durch die Veränderung des Klimas angestiegen.«

»Götter«, fluche ich, während meine Hose nun gänzlich durchtränkt ist. »Meinst du, Kerberos weiß, wo der Palast der Titanen ist?«

»Möglich. Er hat ein ziemliches Tempo vorgelegt. Was hat Apollo noch gleich gesagt?«

»›Der Palast ist durch Illusionen und Zauber geschützt, weshalb ihr ihn mit bloßem Auge nicht sehen könnt. Um ihn zu erreichen, müsst ihr das Wasser durchqueren. Wenn ihr taucht, werdet ihr ein Tor entdecken. Schwimmt hindurch und sobald ihr auf der anderen Seite wieder herauskommt, wird der Palast über euch aufragen‹«, wiederhole ich Apollos Worte.

»Beeindruckendes Gedächtnis, Schmetterling.«

Ich versuche, meine Hitze zu beschwören, doch es ist vergebene Mühe, sich im eiskalten Wasser von innen zu wärmen. »Hatte ich erwähnt, dass ich den Ozean hasse? Am Ufer planschen – kein Problem. Aber so richtig ... mittendrin ...« Erinnerungen an Skylla stürmen auf mich ein und würde Hunter mich nicht festhalten, wäre die Verlockung groß, zurück zum Strand zu paddeln, allerdings habe ich auch Angst. Als ich von Elysion entkommen wollte, mich von der Insel in die Wellen stürzte, war das etwas anderes. Meine Furcht verblasste, weil ich das Paradies verabscheute. Ich hätte jeden Preis gezahlt, um es zu verlassen. Doch in diesem Szenario ... »Lieber würde ich zehn Harpyien verspeisen, statt –«

In dieser Sekunde taucht der Höllenhund ohne Vorwarnung ab und ich schaffe es gerade noch rechtzeitig, die Luft anzuhalten, ehe das Wasser über uns zusammenschlägt. Ich reiße die Augen auf und wende mich Hunter halb zu, der ebenso überrascht wirkt wie ich, mich jedoch nun mit beiden Armen umschlingt und sich vor mir an Kerberos festhält, damit wir nicht abgeworfen werden. Plötzlich wird das klare, hellblaue Meer finster und raubt uns die Sicht. Es beunruhigt mich, nicht zu wissen, wann ich wieder atmen kann. Mit den Beinen umklammere ich Kerberos' mächtigen Körper, während der Ozean uns verschlingt, als gehörten wir zu ihm und beinahe bilde ich mir ein, seinen Herzschlag zu hören, der im Einklang mit dem Rhythmus der Wellen ist. Kurz schließe ich die Augen, dränge meine Panik zurück, lehne mich an Hunter und lasse mich innerlich fallen. Er hat recht. Ich muss mich zusammenreißen. In der Vergangenheit habe ich nicht aufgegeben. Und es kommt auch jetzt nicht infrage.

Wir werden zurück an die Oberfläche, ans Licht, gelangen und unsere Aufgabe erfüllen. Ich werde mit meiner Familie, mit meinen Freunden, und Dark zusammen sein. Dieses letzte Hindernis. *Du hast bereits die Sterne vom Himmel geholt. Warum sollte es dir kein zweites Mal gelingen?* Mortems Worte hallen durch meinen Kopf und automatisch setze ich mich aufrechter hin. Auf Elysion hielt ich es in vielen Momenten nahezu für undenkbar, zurückzukehren. Und trotzdem habe ich es geschafft.

Ich war in der Unterwelt, auf dem Olymp und im Paradies. Ich habe in einem See aus Lava gebrannt, bin gestorben und wieder zum Leben erwacht. Ich habe das Wasser des Vergessens geschluckt und den Nektar der Götter getrunken. Ich habe Monster und Ungeheuer bezwungen. Ich habe gegen Chaos gekämpft und bin ohne zu zögern in den Styx gesprungen. Alles ... ist möglich. *Ich* kann das Unmögliche möglich machen.

Energisch greife ich fester in Kerberos' Fell und schlage die Lider auf. Nur mit Mühe gelingt es mir, nicht meinen Mund zu öffnen und einen überraschten Laut auszustoßen. Ein magischer Schimmer umgibt den Höllenhund, Hunter und mich, als würden uns glitzernde Partikel einen Weg aus der Düsternis weisen. Vorsichtig bewege ich meine Finger, betrachte den überirdischen Glanz. Das Wasser um uns herum fühlt sich nun anders an. Wie hauchzarte Berührungen der Sonne – eine leichte Brise an einem warmen Frühlingstag. Fast glaube ich, karamellblondes Haar und braungrüne Augen vor mir zu sehen, doch als ich blinzele, verschwinden sie wieder.

Aufregung durchfährt mich, als ich spüre, dass sich Druck in meinen Ohren aufbaut, weil Kerberos beginnt, nach oben zu schwimmen. Ohne mich umzudrehen, lege ich meine Hand auf Hunters Arm, um ihm zu signalisieren, dass etwas passiert. Wenig später werden wir von einem Sog erfasst und beinahe ist es, als wäre die Erde tatsächlich eine Scheibe, die einmal umgedreht wird, ehe wir die Oberfläche durchbrechen. Gierig schnappe ich nach Luft und meine Lunge weitet sich. Schwindel überkommt mich und würde Hunter mich nicht halten, wäre ich vermutlich von Kerberos' Rücken gerutscht, der sich unter mir weiter fortbewegt und ein Schnauben ausstößt, das mein Gesicht mit Wassertropfen benetzt. Und dann – endlich – sehe ich, was vor uns liegt. Es ist Nacht, doch unsere Umgebung wird von Leuchtkäfern erhellt. Wir scheinen uns in einer Art Lagune zu befinden und in kurzer Entfernung erhebt sich ein Pavillon, der von acht Säulen getragen und von einer Kuppel bedeckt wird. Von beiden Seiten flankieren ihn zwei geschwungene Kolonnaden, deren Ende nicht einsehbar ist. Die Bauten sind derart gewaltig, dass es den Eindruck macht, als hätten Giganten sie erbaut. Das Wasser spiegelt die Silhouette so täuschend echt, dass man es für möglich halten könnte, sein exaktes Abbild würde sich unter uns befinden. Fasziniert verflechte ich meine Finger mit denen von Hunter und führe sie zu der Reflexion, streiche über das kühle Nass und durchbreche es. Erst jetzt realisiere ich, wie angenehm die Temperatur hier ist, weder zu heiß noch so bitterkalt, dass Hände und Füße taub werden.

»Sieh nur«, raunt Hunter und ich richte meinen Blick wieder nach vorn. Unter dem Giebeldreieck des antiken Pavillons und in den Öffnungen zwischen den Säulen haben sich drei Titanengötter versammelt. Je näher wir kommen, desto mehr Details kann ich ausmachen. Ein Mann, über dessen Haupt eine Krone aus Sonnenlicht schwebt, und sich von der Dunkelheit abhebt, ist vorgetreten. Seine Haut sondert einen goldenen Schimmer ab und erinnert mich an das, was uns im Wasser umgeben hat. Sein Haar hat die Farbe von hellem Blütenhonig und seine Haltung ist majestätisch. Rechts und links von ihm stehen zwei Frauen. Auch über ihren Köpfen schweben Kronen. Die der linken Göttin zeigt einen Mond, die der anderen strahlt ein Licht aus, das mich an die Morgenröte und an den anbrechenden Tag erinnert. »Ich kann die Stimmung nicht einschätzen«, flüstere ich Hunter zu, weil ihre Mienen nichts preisgeben.

»Immerhin hatte Apollo recht. Sie haben uns Einlass gewährt.«

Ehe ich überlegen kann, wie wir aus dem Wasser kommen, erreichen wir den Pavillon und Kerberos schafft es, einen Satz an Land zu machen. Man kann von Glück reden, dass die Bauten so riesig sind, und der Höllenhund problemlos Platz findet. Es wäre unangenehm gewesen, wenn wir bereits bei unserer Ankunft die Säulen zum Einsturz gebracht hätten. Rasch lasse ich Hitze in mir aufsteigen, trockne mich und meine Kleidung, während ich eine Hand auf Kerberos' Hals und die andere auf Hunters Oberschenkel lege und dasselbe bei ihnen tue. Anschließend rufe ich den Nebel, sodass Hunter und ich einen Wimpernschlag später vor den fremden Göttern stehen.

»Hi«, sage ich etwas atemlos, weil ich mich aus einem unerfindlichen Grund in Zeiten des Turniers zurückversersetzt fühle, wenn ich zu spät zu Yasars Unterricht kam. Ich muss den Kopf in den Nacken legen, um dem fremden Mann in die Augen zu schauen, dessen Iriden ultramarinblau sind.

»Hi«, erwidert er und Belustigung schwingt in seiner Stimme mit.

»Ich bin Flame, Tochter der Persephone, und meine Begleiter sind Kerberos und Hunter.« Seine Wesensbeschreibung lasse ich vorerst lieber aus. Keine Ahnung, wie diese Leute auf einen Drakon reagieren würden. Bestimmt müssen sie erst einmal den Höllenhund verdauen. »Bitte entschuldigt, dass wir unangekündigt hier aufkreuzen, aber wir haben ein wichtiges Anliegen.«

»Die Winde haben die Worte des Orakels zu uns getragen. Wir wissen recht genau, wer du bist, Flame«, spricht nun die Göttin mit der Mondkrone, die ihre weißblonden Haare in einem geflochtenen Zopf trägt, der beinahe den Boden berührt. »Und wir danken dir für deine Dienste, die du dieser Welt erwiesen hast.« Ich blinzele einige Male. Es ist ein wenig seltsam, dass diese Leute meinen Namen und offenbar auch meine Geschichte kennen, obwohl ich ihnen nie zuvor begegnet bin.

»Willkommen auf Othrys, dem Palast der Titanen«, lenkt der Mann wieder meine Aufmerksamkeit auf sich. »Ich bin Helios, der Gott der Sonne, und das sind meine Schwestern Selene, Göttin des Mondes, und Eos, Göttin des Morgens.« Er zeigt zuerst auf die Frau mit dem geflochtenen Haar und dann auf die Göttin Eos, die noch nicht das Wort ergriffen hat und uns lediglich zunickt. Sie hat die rosigste Haut, die ich jemals gesehen habe, und braunes Haar, das in seichten Wellen über ihren Rücken fällt. Alle drei sind in kostbare Gewänder aus Seide gehüllt, die aufwendige Muster und Verzierungen aufweisen. Ich bin bereits vielen Göttern in der Oberwelt und auch im Hades begegnet, doch nie zuvor habe ich solch eine altmodische – und auch edle – Kleidung gesehen. Beinahe kommt es mir vor, als wäre ich in der Zeit gereist. Vielleicht erscheint es mir auch deshalb sonderbar, weil das, was sie tragen, gänzlich ungeeignet für einen Kampf ist. Obwohl die Gefahren dieser Welt und das Überleben unser Dasein in den letzten Jahrhunderten bestimmt haben. Aber offenbar nicht für sie.

»Es ist uns eine Ehre, dass ihr uns empfangt«, sagt Hunter galant. Ich beiße mir auf die Unterlippe, um keinen Mucks von mir zu geben, weil ich ihn noch nie auf diese Weise habe reden hören. Allerdings wird es wohl nicht schaden, unseren Gastgebern zu schmeicheln.

»Warum gehen wir nicht in den Palast, damit ihr uns von diesem wichtigen Anliegen erzählen könnt«, schlägt Helios vor. Ich rechne damit, dass er uns einen Arm reicht, um durch den Nebel zu reisen, stattdessen wendet er sich ab und bedeutet uns, ihm zu folgen. Hunter legt eine Hand an meine Schulter und schiebt mich sanft vorwärts. Eos und Selene heften sich an unsere Fersen und mit einem Blick über die Schulter vergewissere ich mich, dass Kerberos das Schlusslicht bildet.

Wir verlassen den Pavillon und betreten den rechten Gang der Kolonnaden, zwischen deren Säulen ich mich wie eine Maus neben einem Riesen fühle. Staunend betrachte ich die kunstvollen Malereien an der Decke, welche die Geschichte der Titanen und Götter zeigen. Selbst auf die Entfernung wirken die Pinselstriche elegant und die violetten, dunkelgrünen, goldenen und indigoblauen Farben kräftig und überraschend exotisch. Auch die Säulen selbst sind so detailreich mit raffinierten Ornamenten und Kanneluren verziert, als hätte man jede Komponente von Hand geformt. Die Kapitelle, welche den Abschluss der Pfeiler darstellen, weisen fein ausgearbeitete florale Muster auf und besitzen an zwei Seiten spiralförmige Einrollungen.

Mit jedem Schritt, den wir machen, wird vor uns eine weitere Fackel entzündet, sodass wir in warmes Licht getaucht werden. An diesem Ort fällt es mir nicht schwer, zu glauben, dass das goldene Zeitalter noch immer existiert. Aus der Ferne erklingt sanftes Klavierspiel und ich schlucke, weil es mich so sehr an Lavea und an den Sandpalast erinnert. An alles, was ich mein Zuhause nenne. Traurigkeit wallt in mir auf und kurz darauf verspüre ich wieder eine Brise, die mich an einen warmen Frühlingstag zurückversetzt. Leicht zucke ich zusammen und blicke nach rechts – in braungrüne Augen. Genau wie unter Wasser verschwinden sie, keine zwei Sekunden nachdem ich sie entdeckt habe, während die leichte Brise bleibt. Mein Mund öffnet sich, doch kein Ton kommt daraus hervor, als Gräser aus dem Boden wachsen und Blütenknospen sich um die Säulen ranken.

»Einfach weitergehen«, sagt Eos hinter uns. Ich wäre trotzdem stehen geblieben, würde Hunter mich nicht noch immer vorwärtsschieben.

Mit geweiteten Augen beobachte ich, wie prachtvolle Blumen die Knospen ablösen, Singvögel und Insekten aus dem Nichts erscheinen. Der Geruch des Sommers steigt mir in die Nase, während ein Schmetterling in zarten Blautönen meine Nähe sucht und sich auf meinem Medaillon niederlässt. Stärkerer Wind zieht auf, beinahe sieht es aus, als würde er sich in kleinen Wellen direkt neben mir überschlagen, und dann schweben orange und rote Blätter durch die Luft, ehe ich von einem kalten Hauch erfasst werde und ein Teppich aus Eis sich zu unseren Füßen ausrollt, während wir ins Freie treten. Schnee beginnt vom Himmel zu fallen, im selben Moment, als ich den Palast erblicke. Er ist so prunkvoll und größer als alles, was ich kenne, dass es mir den Atem raubt. In dieser Sekunde erscheint es mir absurd, dass die Menschen die neuen Götter für verschwenderisch hielten, denn das hier ... ist kein Vergleich.

Der Palast besteht aus weißem Stein und Marmorplatten, Bogenpfeilern, wuchtigen Säulen, Kuppeln, die prächtig geschmückt sind, und zahlreichen abgestuften Balkonen. Die überbordende Bauweise lässt das Schloss lebendig wirken, fast so, als würden sich die mystischen Skulpturen, die Teil der Fassade sind, jederzeit in Bewegung setzen.

Helios macht eine Handbewegung und zwei der Bogenpfeiler rücken auseinander, sodass sich ein Gang auftut. Erneut geht er voran und dieses Mal überholen uns auch Selene und Eos. »Ihr solltet euch beeilen«, flüstert Letztere mir zu. »Bevor das Eis schmilzt. Meine Söhne genießen ihre kleinen Streiche.« Ihre Söhne? Verwirrt schaue ich Hunter an, ehe mein Blick zu unseren Füßen wandert, die sich auf dem Teppich aus Eis befinden. Erst jetzt entdecke ich, dass alles von Wasser umgeben ist und überhaupt keine Wege existieren. Ein Windhauch stupst mich von hinten an und meine Finger umschließen Hunters Unterarm, um ihn mit mir zu ziehen.

»Komm, Kerberos«, fordere ich meinen treuen Gefährten auf, der versucht, mit seinen drei Mäulern die herabfallenden Schneeflocken zu fangen.

»Einen vergleichbaren Ort habe ich nie gesehen«, raunt Hunter mir fasziniert zu, während wir das Innere des Palastes betreten, das dem äußeren Erscheinungsbild in nichts nachsteht. Es erwartet uns ein prächtiges Foyer, in dem Gold die dominierende Farbe ist. Kristallleuchter, die aussehen, als hätten sie die Essenz der Sterne eingefangen, hängen an der Decke und bronzene Statuen sonnen sich in ihrem Licht. Eine pompöse Treppe erhebt sich einige Meter von uns entfernt und fächert sich in der Mitte der Raumhöhe in zwei weitere Aufgänge. Trotz der enormen Größe herrscht bis auf das zarte Klavierspiel Stille und ich frage mich, wo die Bewohner sich aufhalten.

»Wer lebt hier?«, frage ich Selene.

»Die Götter, Titanen, Wesen und Helden, die in Vergessenheit geraten sind«, erwidert sie schlicht. Und irgendwie bestätigen ihre Worte mein Gefühl, mich in einer anderen Zeit zu befinden. Hunters und meine Finger verschränken sich miteinander und ich drücke seine Hand, muss dabei zwei Stufen auf einmal nehmen. Gleichzeitig mustere ich mein neues Umfeld, den prächtigen Bau, der sich über sieben Etagen erstreckt.

Als wir von der Haupttreppe auf die westlich abzweigende Treppe wechseln, würde ich am liebsten nachhaken, ob uns ein ganzer Tagesmarsch erwartet. »Ich könnte dich tragen«, neckt Hunter mich, als hätte er meine Gedanken erraten. An meiner linken Handfläche spüre ich eine von Kerberos' nassen Schnauzen, als wollte er mir sagen: »Ich auch.«

»Untersteh dich«, wispere ich Hunter zu und tätschele den Höllenhund. »Sie sollen uns ernst nehmen und nicht für Kinder mit Flausen im Kopf halten.«

Hunters Augen blitzen belustigt auf, für einige Sekunden verformen sich seine Iriden reptilienartig und ich muss an unsere Abenteuer in der Unterwelt denken, wie wir uns zum Erforschen der verbotenen Höhlengänge fortgeschlichen haben.

»Erinnerst du dich daran, wie wir Verstecken und Finden gespielt haben?«, raunt Hunter. »Dieser Ort würde sich ganz wunderbar dafür eignen.« Ich kaue auf meiner Unterlippe und sehe mich noch einmal um. Er hat recht, so viele Ecken und verborgene Winkel ... Hunter lacht leise. »Du ziehst es wirklich in Betracht.«

Sofort nehme ich eine aufrechtere Haltung ein und beschleunige meine Schritte, damit wir nicht den Anschluss verlieren. »Sei nicht albern, Hunt. Wir haben einen äußerst straffen Zeitplan. Immerhin müssen wir die Welt retten.«

Es gibt Augenblicke, in denen ich mich frage, was mächtiger ist – die Gabe der Weissagung oder der Wille des Schicksals. Schließlich war es eine Prophezeiung, die meinen Weg vorgezeichnet hat. Aber letztendlich ist es das Schicksal, das alles übertrumpft. Denn wenn es mich nicht unaufhörlich wie eine Spielfigur an den Ort seiner Wahl schieben würde, wäre ich nicht in den Styx gesprungen oder zum Othrys gereist. Ich wäre bei Dark. Die Lage, in der meine Freunde und ich uns befinden ... Es kommt mir vor, als wären wir in einem Spinnennetz gefangen, als befänden wir uns alle an unterschiedlichen Enden und versuchten verzweifelt, uns in der Mitte zu treffen, während die Spinne unaufhörlich weiterwebt. Dabei gibt es nichts, was ich mir sehnlicher wünsche, als dass wir wieder zusammenfinden. *Ich* will endlich über meine Gegenwart und Zukunft bestimmen. Nach all diesen Kämpfen, der Aufopferung und dem Verlust ... will ich endlich erfahren, wie es ist, zu gewinnen. Ich will mehr als einen Zwischensieg, dessen süßer Geschmack so rasch auf der Zunge zergeht, dass man hungriger als zuvor zurückbleibt.

»Du hast also mehrmals deine Erinnerungen verloren?«, hakt Helios nach, holt mich mit seinen Worten zurück ins Hier und Jetzt. Der Sonnengott hat uns in einen kleinen Salon geführt, wo Hunter und ich auf einer mit goldenem Stoff überzogenen Chaiselongue Platz genommen haben, die viel zu fein für uns ist. Kerberos hat sich links von uns zusammengerollt und vier seiner sechs Augenpaare sind geschlossen. Auch dieser Raum ist edel und gleichzeitig ausgefallen eingerichtet, mit aufwendigen Dekors und Möbeln, die mit verspielten Ornamenten verziert sind. Helios und Selene sitzen uns auf purpurnen Sesseln gegenüber, Eos hingegen lehnt am Rahmen eines Kristallspiegels, um den sich Blumen ranken, an welchen Frost entlangkriecht.

Helios bezieht sich mit seiner Frage auf die Geschichte, die ich ihm aufgetischt habe. Meine Aussagen sind nicht direkt gelogen – entsprechen sogar der Wahrheit, jedenfalls bis zu dem Punkt, als ich auf Elysion erwachte und meine Vergangenheit zurückerlangte.

»Ja, bis auf wenige Bruchstücke, die durch bestimmte Situationen hervorgerufen werden, weiß ich bloß aus Erzählungen anderer, wie mein Leben verlaufen ist«, bestätige ich. Hunter und ich haben uns auf dem Weg hierher kaum über unser Vorgehen abgesprochen und ich bin froh, dass er mir bisher das Reden überlassen hat. Ich beherzige Avas Rat, meiner Intuition zu vertrauen. Deshalb habe ich entschieden, unseren Gastgebern nicht den eigentlichen Grund für unser Kommen zu verraten. Sie sind Fremde und ich kenne sie nicht. Ich will ihnen nicht verraten, wer Ziva ist und dass die Macht der neuen Götter bröckelt.

»Wie bedauerlich …«, merkt Eos an, wirkt aber gelangweilt. Offensichtlich hat sie sich ein aufregenderes Anliegen erhofft.

»Flame hat sich für diese Welt geopfert und die Erde gerettet – sie von der Hitze befreit. Sie ist der Grund, weshalb wir alle noch hier sind und auf diesem Planeten leben können. Und nun bittet sie um einen kleinen Gefallen, lediglich einen Hinweis, damit sie ihre Erinnerungen zurückerlangt und eine Zukunft haben kann, die sie auch uns ermöglicht hat«, spricht Hunter eindringlich und legt einen Arm um meine Schultern.

»Und wie genau habt ihr von Mnemosyne erfahren?«, hakt Selene nach.

»Der Gott der Heilkunde, Apollo, hat mir von ihr erzählt«, erwidere ich. »Er erwähnte zwar auch, dass sie tot geglaubt sei, aber ich wollte es trotzdem versuchen.«

Zwischen Helios und Selene scheint ein stummer Austausch stattzufinden, ehe sich der Sonnengott wieder Hunter und mir zuwendet. »Nun, das Glück ist auf eurer Seite, denn Mnemosyne wohnt in diesem Palast. Sie fristet ein eher zurückgezogenes Dasein. Die Titanin zeigt sich kaum und ihre Töchter, die neun Musen, sind sehr beschützend, wenn es um ihre Mutter geht. Ihr müsst an ihnen vorbei, um Mnemosyne eure Bitte vorzutragen, und glaubt mir … das wird sich nicht leicht gestalten.«

»Wir sind zu allem bereit«, lasse ich ihn wissen, während

mich Erleichterung durchflutet, dass wir die Titanin der Erinnerung aufgespürt haben.

Er lächelt. »Nichts anderes habe ich von der Frau erwartet, in der die Macht des Feuers schlummert.« Er steht auf und streicht sein Gewand glatt. »Ich werde mit den Musen reden und euch ihre Entscheidung mitteilen. Doch vorerst sollten wir uns zur Ruhe legen, es bleiben nur noch wenige Stunden bis zum Morgengrauen.«

»Ich zeige euch den Weg zu euren Räumlichkeiten«, schlägt Selene vor und erhebt sich ebenfalls. Erst als ich ihrem Beispiel folge, leicht wanke und meinen müden Körper sowie meine protestierenden Muskeln spüre, realisiere ich, wie erschöpft ich bin. Seit ich aus Elysion zurückgekehrt bin, gab es keine Nacht, in der ich durchgeschlafen habe und nicht in ständiger Alarmbereitschaft war.

»Wir wissen eure Hilfe zu schätzen«, sagt Hunter, während er eine Hand an meine Taille legt. »Vielen Dank.« Ich murmele meine Zustimmung, bevor wir gemeinsam mit Kerberos der Mondgöttin folgen. Ich bin wirklich froh, dass um seine Anwesenheit kein Aufheben gemacht wurde. Allerdings hat Selene vorhin angedeutet, dass hier magische Wesen wohnen, von daher ist ein Höllenhund vielleicht nichts Ungewöhnliches für sie.

»Ich bringe euch im Westflügel unter«, informiert sie uns. »Von dort hat man die schönste Aussicht.« Wir gelangen erneut in das prachtvolle Treppenhaus und so viele Abzweigungen, wie darauf folgen, bin ich mir absolut sicher, dass ich mich niemals allein zurechtfinden werde. Vermutlich würde der Sandpalast fünf Mal in dieses Schloss passen. Selbst die Decken sind so hoch, dass ein Drakon hier drin fliegen könnte.

Als wir endlich vor einer doppelflügeligen Tür mit dem Knauf einer Rose stehen bleiben, würde ich vor Erleichterung am liebsten aufstöhnen. Selene öffnet die Tür für uns und macht einen Schritt zur Seite, damit wir eintreten können. »Soll ich euch noch durch die Gemächer führen?«

»Wir kommen zurecht, vielen Dank«, sage ich schnell.

Nachdenklich streicht sie über ihren langen Zopf. »Ich bezweifle, dass die Musen vor morgen Abend eine Entscheidung treffen werden. Dementsprechend könnt ihr so lange ruhen, wie ihr wollt. Einer der Winde wird euch holen und zu uns geleiten, wenn ihr bereit seid, das Gelände zu erkunden.«

»Vielen Dank«, wiederhole ich, ungeachtet der Tatsache, dass ich das mit den Winden nicht ganz begreife. Zählen sie auch zu den Wesen, die unter den Titanen und Göttern weilen? Ich hebe mir meine Fragen für später auf, werde sie stellen, sobald mein Kopf sich nicht mehr anfühlt, als sei er mit Nebelschwaden gefüllt.

Selene neigt lächelnd das Kinn, ehe sie die Tür hinter uns zuzieht und Hunter, Kerberos und mich allein lässt. Letzterer trottet durch eine weitere geöffnete Flügeltür in ein angrenzendes Zimmer und verschwindet aus unserem Sichtfeld. »Offenbar hat er unsere Gesellschaft bereits satt«, stellt Hunter lachend fest.

Gähnend schlinge ich meine Arme um seine Taille und vergrabe meinen Kopf an seiner Brust. »Er ist bestimmt auch nur müde – immerhin musste er uns ziemlich lange tragen.«

»Aber er ist der Höllenhund …«

»Und du ein zwei Meter großer Drakon in Menschengestalt. Ich versichere dir, du bist kein Fliegengewicht«, nuschele ich gegen den Stoff seines Oberteils. Gut, zwei Meter sind vielleicht ein wenig übertrieben, aber er und auch Ladon sind definitiv größer als die Götter und Titanen, denen ich bisher begegnet bin.

»Wenn du das sagst.« Hunter gibt einen Kuss auf mein Haar, bevor er mich hochhebt. »Ich schätze, es ist dir egal, welches Zimmer du bekommst?«

»Mhmmm.«

»Hier gibt es sechs«, informiert er mich. »Ein wenig übertrieben, finde ich. Willst du dich im Bad noch frisch machen?«

»Mhmmm«, grummele ich erneut, schüttele dabei allerdings den Kopf.

Kurz darauf spüre ich seidige Laken unter mir und als ich die Augen halb öffne, entdecke ich einen reich bestickten Himmel. Ich fühle mich wie in einer Art Trance, während Hunter mir die Stiefel abstreift und ich es irgendwie schaffe, meine Lederhose und das Cape auszuziehen.

»Soll ich ...?« Hunter klingt unschlüssig, lässt den Satz unvollendet, doch ich verstehe ihn auch so und klopfe erschöpft auf die andere Hälfte der Matratze. Er folgt meiner Aufforderung und legt sich neben mich. Ohne unser Zutun erlöschen die Fackeln in den Halterungen an den Wänden und ich taste etwas orientierungslos nach ihm, bis er den Abstand zwischen uns nur mit seinem Arm überbrückt und ich meine Wange an seine Handinnenfläche schmiege.

»Von dem unbequemen Strohlager in den Vulkanhöhlen der Unterwelt in dieses hochherrschaftliche Bett«, murmele ich. »Wer hätte das gedacht?«

Trotz der Dunkelheit weiß ich, dass Hunter lächelt. »Gute Nacht, Raupe.«

Für einen kurzen Augenblick zieht sich mein Herz zusammen. »Gute Nacht, Drakonjunge.«

Kapitel 11

BEDEUTUNG VON LIEBE

LADON

Es gibt Momente im Leben, die unbedeutend sind, und solche, an denen die Zukunft hängt. Manchmal kann man es schon davor überdeutlich spüren, in anderen Augenblicken realisiert man erst danach, dass eine Wahl, die innerhalb von Sekunden getroffen wurde, über die Kraft verfügt, eine neue Geschichte zu gestalten. Wie Worte, die in Sand geschrieben – und von einem einzigen Windstoß in Vergessenheit geschickt wurden. Am Anfang einer Veränderung steht immer eine Entscheidung. Das zu verstehen, verleiht die größte Macht und kann dich wahrhaftig unaufhaltsam machen.

Heute ist so ein Tag, an dem die Zukunft hängt. Nicht allein meine, sondern die der Drakon und meiner Familie. Obwohl ich es mir vorher nicht eingestehen wollte, ist dies vielleicht doch der letzte Dienst, den ich meinem Volk erweise. Mit dem Rat hat Lemos einen Weg der Freiheit eingeschlagen. Und ich werde dafür sorgen, dass das Volk ihn weiterhin beschreiten kann. Es ist meine Aufgabe, sicherzustellen, dass niemand diesen Pfad zerstört. Sobald ich das vollbracht habe, kann ich mich endlich meinem Leben mit Fayna und Adeon widmen. Liebe und Hoffnung sind mein Antrieb, anders als bei Aloysius, den nur die Gier leitet.

Wir stehen uns gegenüber, er wird flankiert von seinen

beiden Stellvertretern, Demetrius und Horaz. Konstantin verliest die Bedingungen des Kampfes und die Forderungen des Siegers. Ich höre kaum zu, mein Blick schweift über das unbewohnte Land und die in einiger Entfernung liegende Höhlenstadt. Ursprünglich sollte alles auf dem Trainingsgelände stattfinden, aber Aloysius hat in letzter Minute darauf bestanden, das Kräftemessen hierher zu verlegen. Mir soll es recht sein, denn durch meine Adern pumpt derart viel Adrenalin, dass ich ihn an jedem Ort besiegen kann.

»Bereit für deine letzten Atemzüge?«, raunt Demetrius mir zu. »Vielleicht werde ich mich an Fayna gütlich tun, wenn von deinem Körper nichts mehr übrig ist.«

Bei einem jüngeren Drakon hätte eine solche Aussage mit hoher Wahrscheinlichkeit eine Eskalation ausgelöst, ich hingegen bleibe äußerlich ruhig, lasse mich nicht provozieren. Auch gewähre ich ihm nicht die Genugtuung, in Faynas und Adeons Richtung zu schauen, die sich mit den anderen Zuschauern in einem sicheren Abstand zum Geschehen aufhalten. Ich hätte es bevorzugt, wenn sie dem Kampf gemeinsam mit ihren Wachen gänzlich ferngeblieben wären, aber sie haben beide ihren eigenen Kopf. Etwas, das mir gefällt, vor allem bei Fayna. Ich will, dass sie selbstbewusst ist und die Ketten der Vergangenheit hinter sich lässt. Dennoch werde ich mich wohl immer um sie sorgen, weil ich es nicht ertragen könnte, sollte ihr noch einmal etwas zustoßen.

»Sobald ein Gegner seine menschliche Form annimmt, scheidet er aus und darf nicht mehr angegriffen werden. Als Sieger gilt derjenige, der als Letzter in seiner Drakongestalt verweilt.« Konstantins Worte reißen mich aus meinen Überlegungen und ich muss ein Schnauben unterdrücken, weil es bei ihm nicht gerade so klingt, als ginge es um Leben und Tod.

Demetrius öffnet den Mund, vermutlich, um erneut eine hetzerische Bemerkung zu machen, als Flügelschlagen ertönt. Zuerst glaube ich, es sei eine Sinnestäuschung, aber es sind tatsächlich die *Maior*, die einige Meter entfernt von uns landen und kurz darauf in ihre gewohnte Starre verfallen, sodass es den Eindruck macht, als wären ihre Schuppen aus Stein gefertigt. Die stummen Richter sind eingetroffen, um dem Kampf beizuwohnen.

Ich registriere, wie sich Aloysius, seine Stellvertreter und seine Unterstützer, die sich überraschenderweise ebenfalls im Hintergrund halten, nervös umschauen, was mich dazu bewegt, meine Lippen zu einem trägen Lächeln zu verziehen. Feiglinge. Allesamt.

»Bleibt fair und im markierten Bereich«, mahnt Konstantin und deutet auf die Pfeiler, die den Platz provisorisch eingrenzen.

Nur mit Mühe gelingt es mir, den Drang zu unterdrücken, mit dem Kopf zu schütteln, denn von Drakon wie Aloysius kann man nicht erwarten, dass sie sich ehrbar verhalten.

»Nehmt in den Ecken eure Position ein«, spricht nun Gregor und wirft mir einen ernsten Blick zu. Die Mitglieder des Rates sind zwiegespalten und einige von ihnen fürchten, dass ich nicht dazu in der Lage bin, in einem Kampf gegen drei Drakon als Gewinner hervorzugehen. Es stimmt, dass schon eine Ewigkeit vergangen ist, seit ich zuletzt gekämpft habe, doch als Prinz musste ich eine Ausbildung durchlaufen, die mir alles abverlangt hat. Auf diese Erfahrungen kann ich mich verlassen.

Ich folge Gregors Anweisung und gehe gemäßigten Schrittes an die mir zugewiesene Stelle. Frost kriecht über den Boden, während die Sonne hinter dem Vulkan versinkt und die

Nacht Einzug hält. Die im Boden befestigten Fackeln erhellen den Platz, werfen Schatten und Schemen, die den Eindruck erwecken, als wären sie Teil des Geschehens.

»Wandelt euch«, befiehlt Gregor und in dieser Sekunde erscheint es mir, als würde das Reich der Drakon Atem holen. Es fühlt sich an, als würde eine fremde Macht Luft in meine Lunge pressen. Ein Ruck geht durch meinen Körper, meine Pupillen verändern ihre Form, sodass meine Sicht trotz der einbrechenden Dunkelheit schärfer wird. Kurz darauf befinde ich mich in meiner zweiten Haut. Feuerfunken dringen aus meinen Nüstern und ich stoße ein Brüllen aus, weil ich in dieser Gestalt die Anspannung und das Lechzen nach Zerstörung, welches von Aloysius und seinen Anhängern ausgeht, schmecken kann. In meinen Ohren rauscht es und mein eigenes Grollen vibriert in meinen Zellen.

Es ist Demetrius, der mich als Erster attackiert, ungeachtet der Tatsache, dass das Startsignal noch nicht gegeben wurde. Auf seinen safrangelben Schuppen spiegelt sich das Flammenspiel, während er auf mich zuschießt. Wenige Sekunden bevor er gegen mich prallen würde, stoße ich mich ab, umschließe seinen Kopf genau im richtigen Moment mit meinen Krallen, drehe uns einmal um die eigene Achse und schleudere ihn wieder von mir. Eines seiner Hörner bricht, als er auf dem Boden aufschlägt und von irgendwoher erklingt ein Schrei, weil Eis und Knochen gleichzeitig knirschen. Anstatt ihn liegen zu lassen und mich den anderen zu widmen, konzentriere ich mich auf Demetrius, bin in zwei Flügelschlägen bei ihm, packe ihn an seinem Schweif, um uns in Richtung Himmel zu bringen. Aloysius' Anhänger zischen aggressiv, als ich ihn erneut fallen lasse, sein Leib dieses Mal einen Abdruck in der Erde verursacht. Ich lande neben ihm, platziere eine Klaue auf seinem Rücken und drücke ihn noch tiefer in das Weiß des Schnees, der sich mit den dunkelroten Schlieren seines Blutes vereint, als wollte die Natur ein Gemälde zeichnen. Langsam beuge ich mich zu ihm herab, schaue dabei zu Aloysius und Horaz, die Abstand halten – warten.

»Du wurdest als Köder auserwählt, Demetrius«, grolle ich leise. »Bist nichts weiter als ihr Werkzeug, von dem sie sich erhoffen, mich ein wenig zu ermüden, bevor der richtige Kampf beginnt.«

Ein Röcheln dringt aus seiner Kehle und ich nehme meine Kralle von seinem Körper. »Wandle dich«, fordere ich. Im Schein der Fackeln beobachte ich, wie seine Pupillen in einem schnellen Wechsel ihre Form verändern, doch er kämpft dagegen an, seine menschliche Gestalt anzunehmen. Seine Flügel beben und in dieser Sekunde erschreckt es mich selbst, dass ich über so viel mehr Kraft als er verfüge. Als würde die Macht meiner Ahnen im unbewohnten Land, so nah bei der Höhlenstadt, auf mich übertragen werden.

»Vergiss deinen Stolz«, grolle ich. »*Wandle dich*, wenn du leben willst.«

»Töte mich«, bringt Demetrius mühsam hervor. Bettelt beinahe. In diesem Augenblick realisiere ich, dass Ehre und Feigheit oftmals Hand in Hand miteinander gehen. Er weiß, dass er, sollte er sich ergeben, keinen Platz mehr in Aloysius' Reihen hat. Und trotzdem ist er nicht bereit, sich mir erneut zu stellen und aufrecht zu sterben. Ich stoße ein animalisches Fauchen aus, reiße mein Maul auf, um meine Zähne in sein Genick zu graben. Wenige Zentimeter bevor ich seine Schuppen berühre, gibt er nach, schlüpft in seine sterbliche Haut. Am Rande meines Sichtfeldes sehe ich Janus auf uns zukommen, aber ich habe mich bereits meinen anderen beiden Gegnern zugewandt. Rauch steigt aus ihren Nüstern auf, hebt sich in wabernden Schwaden von der Finsternis ab. Sie wollten mich mit Demetrius schwächen, stattdessen kommt es mir vor, als hätte man alle Flüssigkeiten meines Körpers durch den Nektar der Götter getauscht. Ich stoße ein weiteres Brüllen aus, sodass der Boden unter unseren Füßen vibriert, selbst der Vulkan, der in der Ferne aufragt, bebt. Vielleicht ist nach Lemos' Tod das königliche Blut der Drakon in mir zum Leben erwacht.

Ich habe keine Ahnung, welche Taktik Aloysius und Horaz nun verfolgen, aber es ist offensichtlich, dass sie auf meinen Angriff warten. Und ich verfüge über derart viel Energie, dass ich ihnen den Wunsch mit Freuden erfülle, indem ich mich auf Horaz stürze, ihn mit mir in die Lüfte ziehe. Er scheint mit mehr Bedacht als Demetrius zu handeln, statt sich kopflos dem Kampf hinzugeben. Dennoch enden wir in einem Knäuel aus Klauen und Zähnen, bis wir gegen eine der Gesteinsformationen stoßen und an Höhe verlieren. Erst jetzt bemerke ich, dass wir uns aus dem abgesteckten Bereich entfernt haben.

»Ich war es.« Zuerst denke ich, der Wind, der in unseren Ohren säuselt, hätte mir möglicherweise einen Streich gespielt, doch Horaz wiederholt die Worte. »Ich war es.« Er lacht grollend. »Ich habe Lemos getötet.«

Bloß für eine Sekunde verfalle ich in eine Starre, aber sie verschafft ihm einen Vorteil und er gräbt seine Hörner in meine Brust. Der Geschmack von Flammen liegt mir auf der Zunge und ein schmatzendes Geräusch ertönt, als er sich zurückzieht und mir dabei einige Schuppen ausreißt. »Und auch deine Zeit war bereits vor Jahrhunderten abgelaufen.«

»Wie gut«, knurre ich. »Dass du nicht der Herr über meine Zeit bist.« Etwas Warmes rinnt über meinen Oberkörper, trotzdem richte ich meinen Blick nicht nach unten. Anstelle von Wut überkommt mich Ruhe und in Horaz' Zügen erkenne ich, dass ich nicht so reagiere, wie er es erwartet hat. Er wollte, dass ich mich der Raserei hingebe und die Kontrolle verliere. Diesen Gefallen werde ich ihm nicht tun. Ich sehe ein Aufblitzen von Unsicherheit, als ich mich entferne. In dem Moment, als er die Flügel spreizt und ebenfalls zurückweichen will, schnelle ich nach vorn, grabe zu beiden Seiten meine Krallen in seine Flügelmembran, sodass wir erneut gegen den Felsen prallen.

»Es zeugt nicht von Stärke, einen Mann umzubringen, der dir den Rücken zugewandt hat«, knurre ich. Dann atme ich ganz tief ein, mein Hals ruckt in seine Richtung und ich speie Feuer. Horaz brüllt und als meine Flammen versiegen, der Rauch sich lichtet, wirken seine Augen wie beschlagenes Glas. Die Schuppen in seinem Gesicht sind schwarz.

Ich lasse von ihm ab und sein Körper gleitet in die Tiefe, wandelt sich kurz vor dem Aufschlagen in seine menschliche Form. Ich schaue ihm nach und werde von einem Schwindelgefühl erfasst. Stückweise sacke ich ab, dabei ist es, als würde ich mich in einer Spirale drehen, meine Umgebung erscheint in einer Sekunde nah, in der anderen wieder unendlich fern. Mir ist bewusst, dass ich noch immer schwebe – mich *bewege*. Dennoch sind meine Flügel taub.

Ein schweres Gewicht trifft mich und ich werde von Schnee eingehüllt. Winzige Kristalle wirbeln durch die Luft. Die Abläufe in meiner Umgebung wirken wie um wenige Sekunden verzögert, als würde ich durch einen Sumpf waten. Ich entdecke Aloysius über mir, dessen Miene selbst in der Form eines Drakon von Häme spricht. Meinem Mund entringt sich ein bellender, halb belustigter Ton. Mir ist klar, was er getan hat.

»Du hast dich an Cyrs Giftvorrat bedient.« Die Worte klingen verwaschen in meinen Ohren, als hätte man mich in den Ozean getaucht. Horaz' Hörner waren mit Gift benetzt. Und niemand wird diesen Kampf unterbrechen, weil der Rat von dieser List nichts ahnt. Von außen wird es den Eindruck machen, als hätten die Wunde und der Blutverlust mich entkräftet. Kurz schließe ich die Lider, sehne mich danach, dass der Sturm, der mein Innerstes auseinanderreißt, zur Ruhe kommt. Aloysius' Klaue legt sich auf meinen Körper, so, wie ich es bei Demetrius getan habe. Er hatte nie vor, sich mir zu stellen. Das hier war von Anfang an seine Absicht. Dieses Gift allein kann mich nicht umbringen, aber es verschafft Aloysius einen Vorteil.

In dieser Sekunde durchtrennen seine Krallen weitere Schuppen, dringen ungehindert in mein Fleisch. Er spielt mit mir, will seinen Triumph auskosten. Vielleicht hatte Horaz recht – meine Zeit sollte vor Jahrhunderten zu Ende sein. Für mich selbst hat es sich wie eine Ewigkeit angefühlt, als wäre ich ein Toter, der unter den Lebenden weilt. Als wäre meine Seele mit meiner Frau und meinem Sohn nach Elysion gereist.

Wie durch einen Zauber taucht Faynas Gesicht vor mir auf, ihre saphirblauen Iriden, kostbaren Edelsteinen gleichend, die im Licht der Sonne leuchten und bei Nacht im Schein der Sterne übermütig funkeln, während sie mir gestattet, sie zu lieben. Rasselnd hebt sich meine Brust. Ich hole Atem, realisiere, dass mich nur dieser letzte Kampf von meinem Glück mit ihr trennt. Meine Augen brennen, trotzdem reiße ich sie auf, stoße ein Grollen aus, zwinge mich dazu, mich zu wehren, ungeachtet der Tatsache, dass meine Glieder schwer wie Blei sind. Aloysius will mit seiner Klaue ausholen, doch ich komme ihm zuvor. Das Überraschungsmoment ist auf meiner Seite, als ich mich auf ihn stürze, meine Fangzähne in die Stelle grabe, wo sein verkommenes Herz schlägt. Seine Schuppen schneiden mich, das fremde Blut schmeckt bitter auf meiner Zunge, doch ich höre nicht auf. Mein einziges Ziel ist es, ihn auszuweiden, ihm alles zu nehmen, das ihn an diese Erde bindet.

Aloysius brüllt, Feuer trifft auf meine Nüstern und es gelingt ihm, mich von sich zu stoßen und in die Lüfte zu erheben. Ungläubige Rufe werden laut, als er davonfliegt und rote Tropfen wie Regen auf mich hinabfallen. Meine Sicht und meine Bewegungen erscheinen mir noch immer verzögert, allerdings ist die Energie, die durch meine Venen pumpt, nun stärker, als hätte man mir erneut zu viel des göttlichen Nektars eingeflößt. Grollend drücke ich mich ab, breite meine Schwingen aus, um Aloysius zu folgen. Mit seinem Handeln, seiner *Entscheidung*, hat er sein wahres Gesicht gezeigt.

Er steuert den Ausgang des Drakonreiches an, doch er hat keine Chance, ist viel zu weit von seinem Fluchtweg entfernt, als ich gegen ihn pralle und ihn gegen den Vulkan schleudere, der hinter dem kleinen See aufragt. Das Blut rinnt nun in Strömen über ihn, dringt selbst aus seinem Maul und mir wird klar, dass ich bei dem Versuch, zu seinem Herz vorzudringen, seine Lunge beschädigt habe. Mit einer Klaue hole ich aus, lasse sie zu seiner Brust schnellen, als er zu betteln beginnt.

»Ich ergebe mich. Ich wandele mich. Dann ist es vorbei«, keucht er. »So sind die Regeln.«

»Als hätten Regeln und Vereinbarungen dich je interessiert«, spotte ich kühl.

Obwohl wir uns in mehreren Metern Höhe befinden, nimmt Aloysius seine menschliche Form an, sodass ich ihn mühelos zwischen meinen Krallen halte. »Hier«, bringt er mühsam hervor, presst beide Hände auf die Wunde an seinem Oberkörper, die am heftigsten blutet. »Ich halte mein Wort. Du gewinnst.« Er hustet, während seine Selbstheilungskräfte einsetzen. »Ich werde in die Verbannung gehen und nie zurückkehren.« Seine Augen füllen sich mit Tränen und ein Schluchzen dringt aus seinem Mund. Angewidert grolle ich und Feuerfunken tanzen um uns herum.

Ich nähere mich seinem Kopf und der Geruch von Urin steigt mir in die Nüstern. »Dein Wort – das Wort eines *Feiglings*«, knurre ich, »hat keinerlei Wert für mich.«

»D-du hast den B-bedingungen für den Kampf zu-zugestimmt«, stottert er.

»Nun, ich habe es mir anders überlegt. Wir wissen beide, dass du mich getötet hättest. Du verdienst meine Gnade nicht.«

»B-b-bitte! Cyr und ich haben diesem Volk gedient, als weder du noch Lemos zur Stelle wart.«

Er schreit, als ich meine Krallen in seine Schultern grabe und uns mit wenigen Flügelschlägen zum Rand des Vulkans bringe, darauf lande, ihn dabei auf den eisigen Untergrund drücke. »Wage es nicht«, grolle ich, »den Namen meines Bruders auszusprechen.« Aloysius' Laute verwandeln sich in ein Wimmern und ich fahre fort. »Cyr *und* du – *ihr* habt die gesamte Art der Drakon an Zeus verkauft. Aus Rachsucht und Habgier. Weil ihr aus egoistischen Gründen etwas wolltet, das euch niemals zustand. Vielleicht mag Cyr die treibende Kraft gewesen sein, doch du standest ihm bei jedem Schritt zur Seite. Du hast Aurelia, deine Frau, dazu angestiftet, in Faynas, Adeons und meine Gemächer einzudringen, und unseren Aufenthaltsort an Zeus verraten.« Meine Lider zucken, als ich an jenen Tag zurückversetzt werde, Faynas Verzweiflung und Adeons Angst spüre, als der Göttervater vor uns aufgetaucht ist. »Wegen euch sind Hunderte Drakon gestorben. Wegen euch wurden meiner Gefährtin und meinem Sohn bei lebendigem Leibe ihre Schuppen abgezogen. Sie haben mein Kind gehäutet, wegen der Information, die du weitergabst.« Ein Röcheln dringt aus Aloysius' Kehle, aber offenbar ist seine Furcht zu groß, als dass er noch reden könnte. »Wegen euch sind die Drakon und meine Familie durch die Hölle gegangen. Wir haben Qualen erlitten, an denen du dich ergötzt hast. Unser Leid hast du zu deinem Vorteil genutzt. Und deshalb *entscheide* ich, dass du nie wieder die Macht haben wirst, derartiges Unheil anzurichten. Männer wie du ändern sich nicht. Eure Versprechungen haben kein Gewicht.«

»I-ich–«

Was auch immer Aloysius noch sagen wollte, wird diese Welt niemals erfahren. Denn ich verwehre ihm das Recht auf seine letzten Worte, grabe meine Fangzähne in seinen Hals, trenne seinen Kopf von seinem Körper und reiße ihm sein Herz heraus.

PORCIA

fünfzehn Minuten zuvor

Rufe der Empörung werden laut, als Aloysius, der Mann, dessen Erbgut ich aus mir verbannen würde, wenn ich dazu in der Lage wäre, sich von Ladons Attacken befreit und in die Lüfte flieht. Der Prinz der Drakon windet sich wenige Sekunden, als müsste er zur Besinnung kommen oder etwas abschütteln, ehe er sich ebenfalls abstößt und die Verfolgung aufnimmt.

»Seine Hörner waren in Gift getränkt«, vernehme ich

Janus, der neben Horaz' Körper kniet, der zur Heilung die Gestalt seines Drakon gewählt hat. Bei diesem Bekenntnis erstarrt Adeon neben mir und lässt meine Hand los. Die Zuschauer setzen sich in Bewegung und die Krieger unter ihnen wollen sich wandeln, aber Konstantins Stimme erhebt sich dröhnend über die Menge. »Niemand mischt sich ein«, befiehlt er. Vor einigen Minuten wäre seine Anordnung möglicherweise nicht so ausgefallen, doch nun, wo Aloysius Schwäche gezeigt hat, und Ladon aussah, als würde er ihn in Stücke reißen, ist die Situation eine andere. Fayna schubst die Drakon beiseite, um ihrem Gefährten nachzulaufen, und die Masse heftet sich an ihre Fersen.

»Mutter!«, brüllt Adeon und versucht, zu ihr zu gelangen. Währenddessen gebe ich mein Bestes, mir einen Weg aus dem Gedränge zu bahnen, verliere dabei nicht nur Adeon, sondern auch den Wächter, der mir zum Schutz zugeteilt war. Aber in dieser Sekunde kümmert mich das nicht, weil meine Kehle wie zugeschnürt ist. In meinen Ohren rauscht es und mein Herz klopft so wild, dass es mich nicht verwundern würde, sollte ich jeden Moment das Bewusstsein verlieren. Die Brutalität des Kampfes hat mich aufgewühlt: die Farbe des Blutes, das Brechen von Knochen, das Stöhnen und die Eingeständnisse von Schmerz, die sich anfühlten wie Messerstiche. Die Geschichte der Drakon ist von Leid geprägt, trotzdem bereitet Gewalt mir Übelkeit. Ich ertrage einfach nicht, sie mit anzusehen. Vielleicht auch deshalb, weil es mich an das erinnert, was sich bei uns daheim hinter verschlossenen Türen zugetragen hat.

Irgendwie schaffe ich es, der Ansammlung von Zuschauern zu entkommen, stütze mich mit den Händen auf meinen Knien ab und konzentriere mich auf eine gleichmäßige Atmung. In meinem Rücken spüre ich die Wärme der Fackeln, welche das Kampfgelände einzäunen. Der Fels allerdings, an welchem ich mit der rechten Schulter lehne, strahlt Kälte aus und ist mit Frost überzogen. Keuchend presse ich auch meine Stirn gegen das Gestein, schürfe meine Haut an den Splittern aus Eis auf.

»Porcia.«

Zuerst denke ich, dass ich mir einbilde, meinen Namen zu hören.

»Porcia.«

Mein Magen bäumt sich auf und ich befürchte, mich jeden Augenblick übergeben zu müssen.

»Porcia!«

Mit einem Ruck richte ich mich auf, als ich den zischenden Tonfall meiner Mutter erkenne. Sie steht direkt vor mir und ich strauchele kurz, weil ich nicht mitbekommen habe, dass sie sich mir genähert hat. Seit der Nacht, in der ich Adeon und Cato in die Höhle gefolgt bin, wo Cyr Silvans Leichnam versteckt hatte, habe ich kein Wort mehr mit ihr gewechselt. Aloysius hasse ich, meine Mutter hingegen ... Meine Gefühle ihr gegenüber sind gemischt. Sie hat kein gutes Herz, andererseits muss sie sich seit Jahrhunderten Vaters Zorn beugen. Er hat sie gebrochen und sie hat sich auf die falsche Weise wieder zusammengesetzt. Ich schaue mich um, aber die meisten Drakon sind Ladon und Aloysius gefolgt und niemand schenkt uns Beachtung.

Aurelias knochige Finger legen sich um meinen Arm und bei der Berührung zucke ich zusammen. In ihrer Miene kann ich wie immer nicht lesen. Es ist, als wäre sie vor langer Zeit sowohl innerlich als auch äußerlich zu Eis erstarrt. Ihre Haltung ist gefasst, ihr Haar zu einem strengen Dutt nach hinten gebunden. »Ich muss mit dir reden.« Es ist keine Frage, sondern ein Befehl.

»Warum sollte ich das tun?« Trotz des Schwindels und meines Unwohlseins reiße ich mich energisch von ihr los. »Nach allem, was du getan hast …« Sie und Vater sind der Grund, weshalb ich mich auf ewig für meine Herkunft schämen werde. Die Vergangenheit ist eine Last, die an mir zerrt, und ich werde mir selbst jeden Tag beweisen müssen, dass ich anders bin als sie.

»Bitte, Porcia. Es ist vielleicht unsere letzte Gelegenheit.« Nun klingt sie beinahe flehentlich. »Nur wenige Minuten deiner Zeit.«

Noch einmal mustere ich unsere Umgebung, bevor ich mich wieder ihr zuwende. Hat sie womöglich auf diese Gelegenheit gewartet? Darauf, dass Aloysius abgelenkt ist, damit sie mit mir sprechen kann? Meine Augen wandern zu dem blauen Fleck, den sie nicht gänzlich mit dem Tuch, das sie um ihren Hals gebunden hat, verdecken konnte. Ich beiße so fest auf meine Unterlippe, dass sich ein metallischer Geschmack auf meiner Zunge ausbreitet. Und schließlich … gebe ich nach. Niemand weiß besser als ich, was meine Mutter alles erdulden muss. Die Schläge und die Erniedrigungen. Im Gegensatz zu Fayna hat sie nie die Stärke gefunden, sich von Aloysius, ihrem Peiniger, zu befreien. »In Ordnung«, seufze ich. Ihre Finger umfassen nun meine Hand und ich ziehe sie nicht zurück, als sie mich vom Geschehen wegführt.

Heute ist ein schöner Tag, weil Vater außerhalb unseres Reiches Patrouille fliegt. Es ist stets friedlich, wenn er nicht bei uns ist. Im Morgengrauen haben wir auf dem Steg gefrühstückt und mussten dabei nicht die ganze Zeit über mit gesenktem Kopf auf unsere Teller starren. Stattdessen konnten wir die seichten Wel-

len beobachten und dem Gezwitscher der Vögel lauschen. In unseren eigenen vier Wänden zittern wir in jeder Sekunde seiner Anwesenheit, die Schultern angezogen, hoffend, dass er keinen Makel, keinen Fehler, findet. In Gesellschaft anderer Drakon hingegen erwartet Vater von uns, dass wir uns stolz und tadellos benehmen. Manchmal denke ich, dass es doch jemandem gelingen muss, unser Schauspiel zu durchblicken.

»Wie wäre es mit dieser Perlenkette? Sie würde dir ausgezeichnet stehen.« Es ist bereits Mittag – an Tagen der Freiheit fließt die Zeit viel zu schnell – und wir schlendern über den Markt. Mutter hält meine Hand und deutet mit der anderen auf ein Schmuckstück. Wärme breitet sich in mir aus, nicht wegen des Geschenks, welches sie mir machen will, sondern weil ich mich in dieser Sekunde tatsächlich wie ihre Tochter fühle. Ich sehne mich so sehr nach Zuneigung, dass es schmerzt. Nichts wünsche ich mir mehr, als der Hölle entfliehen zu können, die Vater für uns geschaffen hat. Dann könnten wir immer sorglos sein. Gemeinsam über den Marktplatz schlendern und uns dabei an den Händen halten, ohne dass es einer Umklammerung gleicht, da wir nicht vergessen können, was uns erwartet, sobald wir heimkehren. Ich will den Teil in mir, der einzig aus Angst besteht, hinter mir lassen, verhindern, dass die Dunkelheit mich verschluckt. Doch wenn ich versuche, mit Mutter darüber zu reden, tut sie stets, als würde sie mich nicht hören, als wäre sie taub – und möglicherweise … ist sie das auch. Vielleicht kann sie unser Leben nur so ertragen.

Hektisch blinzele ich, um die Erinnerung zu vertreiben. Mutters Finger sind nach wie vor um meine Hand geschlungen. Mit dieser simplen Berührung symbolisiert sie alles, was ich jemals wollte. Und trotzdem wird mir in dieser Sekunde auch noch etwas anderes bewusst: Sie hat sich nie von Aloysius befreit, weil sie sich gewissermaßen ähnlich sind. Das einzige Problem ist, dass es unendlich schwer ist, sich das einzugestehen. Es ist eine Sache, dass sie sich nie von ihm losgesagt hat – nicht einmal um meinetwillen. Doch viel schlimmer ist, dass sie einen nicht geringen Beitrag zu dem Ereignis leistete, welches das Schicksal der Drakon umgeschrieben hat. Sie ist mitverantwortlich für den Tod so vieler Mitglieder unserer Spezies. Sie hat Familien auseinandergerissen und anderen vorsätzlich Leid zugefügt. Ja, auch sie musste eine Menge ertragen und ja, auch ihr war kein glückliches Leben vergönnt. Aber das ist keine Rechtfertigung dafür, andere mit in den Abgrund zu zerren. Mutter hat im Auftrag von Aloysius und Cyr gehandelt. Sie ist nicht davor zurückgeschreckt. Aurelia ... ist schuldig.

Schuldig.

Nun wird mir aus einem anderen Grund übel.

»Bloß noch ein wenig weiter«, fordert Mutter, als spürte sie meinen Widerwillen. Erst jetzt registriere ich, dass wir uns zwischen den ehemals heißen Quellen befinden, deren Dämpfe mitten in ihren Bewegungen zu Eis erstarrt sind. Es ist, als würde ein Riss durch meine Erinnerung gehen, weil ich mich nicht entsinnen kann, wie wir hierher gelangt sind. Ich fröstele und in dieser Sekunde erscheint mir nichts verlockender, als einfach umzukehren. Allerdings muss ich Mutter zustimmen. Vermutlich ist das unsere letzte Gelegenheit. Meine einzige Chance darauf, ihr Fragen zu stellen und einen Abschluss zu finden – wie auch immer dieser aussehen mag. Plötzlich kommt mir der absurde Gedanke, dass sie mich darum bitten wird, sie mitzunehmen, wenn ich das Reich der Drakon verlasse, um an Adeons Seite neu anzufangen. Dass sie nun Abstand zwischen sich und Aloysius bringen will, wo ihr Kartenhaus auseinanderfällt.

Aus der Ferne höre ich einen dumpfen Aufschlag und wirbele herum, während meine Pupillen ihre Form verändern und mein Sichtfeld schärfer wird. Obwohl die Dunkelheit kein Hindernis für mich ist, kann ich nicht erkennen, was genau vor sich geht. Aber auf dem Platz, wo der Kampf ausgetragen werden sollte, habe ich die Wellen der Macht gespürt, die von Ladon ausstrahlten. Als könnte ich seine Energie berühren. Von etwas Derartigem bin ich nie zuvor Zeuge geworden. Keiner von uns kann nun mehr bestreiten, dass königliches Blut in seinen Adern pulsiert, seine Kraft womöglich sogar größer als die von Lemos ist. Deshalb habe ich keinen Zweifel am Ausgang des Kampfes. Aloysius wird nicht als Sieger hervorgehen.

»Was–« Ein dumpfer Schmerz breitet sich in meinem Kopf aus, als mich etwas Hartes an meiner Schläfe trifft. Ich sacke auf die Knie, schaue gleichzeitig zu meiner Mutter auf, die einen Dolch in der Hand hält, mit dessen Heft sie mich attackiert hat. Blitze zucken vor meinen Augen und mein Oberkörper schwankt leicht, doch ich schaffe es, nicht gänzlich in den Schnee zu fallen.

»Du warst eine gute Tochter«, sagt sie unvermittelt, in ihren Augen liegt ein seltsamer Glanz. »Auch wenn *er* es nicht immer sehen konnte.«

»Was wird das?« Wie paralysiert starre ich auf das Messer, dessen Klinge nun auf mich zeigt.

»Dein Vater verliert den Kampf und ohne ihn können wir nicht auf dieser Erde bleiben. Wir müssen gemeinsam ins Paradies einkehren.«

Alles dreht sich, trotzdem komme ich taumelnd auf die Füße. »Mein Dasein ist nicht an das eure geknüpft. Ich bin *nicht* mit *euch* verbunden.«

»Wir sind vom selben Blut. Eine Familie.«

»Feiglinge«, fauche ich. »Feiglinge seid ihr alle beide. Ich gehöre nicht zu euch.«

Es ist das erste Mal, dass die Lippen meiner Mutter in meiner Gegenwart zu zittern beginnen. »Ich habe dich in meinem Leib getragen. Dein Vater hat dich genährt und uns beschützt.«

»Ohne seinen sogenannten Schutz wären du und ich besser dran gewesen.« Wut rast siedend heiß durch meinen Körper. »Und was willst du damit andeuten, Mutter? Denn ich schulde euch *nichts*. Weder ihm noch dir. Ihr seid Abschaum für mich.« Kurz friere ich in meiner Bewegung ein, bis ich die Wahrheit meiner eigenen Worte erkenne. Das ist, was ich empfinde.

»Ich werde es schnell machen. Du wirst kaum etwas spüren«, redet Mutter auf mich ein, kommt einen Schritt auf mich zu, was mich zurückweichen lässt. Es ist wie damals, wenn sie in der Küche am Spülbecken stand, während ich versuchte, zu ihr durchzudringen – mit ihr darüber zu reden, wie Aloysius uns behandelte. Aber sie ignorierte mich. Überging meine Ängste und Sorgen. Die Narben, die außer mir bloß ihr nicht verborgen blieben. Trotzdem entschied sie, mich nicht zu retten. Uns verkümmern zu lassen. Als wäre sie taub. Als könnte sie nicht hören, was ich zu ihr sagte. Worum ich sie bat.

»Das hier ist die Lösung für deinen Schmerz«, bedrängt sie mich weiter. Sie ist mittlerweile viel zu nah und mein Körper bebt, weil er sich wandeln will. Aber irgendetwas hält mich zurück. Wie Ketten, die mich an den Boden fesseln, die verhindern, dass meine Schwingen sich entfalten können. Mein Blick fällt auf mein Handgelenk, jenes, das Mutter gehalten hat. Es ist schwarz und graue Schlieren winden sich an meinem Arm nach oben. Dann mustere ich Aurelias Finger, die von einem Handschuh bedeckt sind. Als ich tief einatme, erst in dieser Sekunde den beißenden Geruch inhaliere, wird mir klar, dass es eine Tinktur ist, die über die Haut in meinen Blutkreislauf gelangt, mich daran hindert, meine Drakongestalt anzunehmen. Jedenfalls für einige Stunden – bis man ein Gegengift eingenommen hat, welches die Wirkung neutralisiert und das Toxin aus dem Körper leitet.

»Sei brav. Mach es mir nicht so schwer.« Mutter läuft nach wie vor auf mich zu, ich weiche weiterhin zurück, bis ich mit dem Rücken gegen eine zu Eis erstarrte Quelle stoße.

Sei brav und mach es mir nicht so schwer. Wir wollen deinen Vater nicht verärgern. Als Kind hatte sie mir diese beiden Sätze jeden Tag eingebläut. Sie haben mein Leben bestimmt. Aber nun nicht mehr. Ohne länger über mein Handeln nachzudenken, stürze ich mich auf sie. »Du hast zu lange gezögert, Mutter«, zische ich, während wir beide zu Boden gehen. Der Zorn kommt dabei wellenartig zurück. Sie hat mich hierhergelockt, mit meinen Sehnsüchten und meinem Verlangen nach Antworten gespielt. Dabei hatte sie nie vor, mir meine Fragen zu gewähren. Ich entreiße ihr das Messer, knicke ihr dabei zwei Finger um, sodass sie ein Wimmern ausstößt. Ihr gesamter Leib ist so knochig, dass man meinen könnte, ihre Seele sei längst auf Elysion und ich kämpfe lediglich mit ihren sterblichen Überresten.

Doch auch ich zögere einen Moment zu lange, sie mit dem Dolch zu attackieren. Schneller, als ich es ihr zugetraut hätte, springt sie zurück und streift sich dabei den Handschuh ab. Sobald der Stoff den Schnee berührt, zischt es und Rauch steigt auf, als hätte er die Kristalle vergiftet. Die Ablenkung genügt, sodass Aurelia sich in ihrer Drakongestalt vor mir befindet, als ich den Kopf erneut hebe. Es ist sonderbar, sie so zu sehen, da sie sich selten wandelt. Ihre Schuppen sind nachtblau, genau wie meine. Es ist eine schöne Farbe, auf die ich stets stolz gewesen bin. Aber nun, da mir diese Gemeinsamkeit überdeutlich bewusst wird, denke ich anders darüber. Ich will nichts mit dieser Frau teilen.

Innerlich fluche ich und meine Sicht verschwimmt ein wenig, gleichzeitig beginnt die mit Gift benetzte Hand schmerzhaft zu kribbeln. Meine Augen weiten sich, als Aurelia schlangenartig ihren Hals bewegt, es den Eindruck macht, als würde sie ihre Lunge zum Flammenspucken mit Sauerstoff füllen. Ehe mich das Feuer erreichen kann, werde ich zu Boden geschleudert und von einem anderen Körper bedeckt. Eine Welle der Hitze jagt über uns hinweg und verursacht ein Brennen in meiner Kehle. Ein Schauer durchläuft mich, als ich Adeons erdigen Geruch einatme. Kurz darauf verschwindet das Gewicht von mir, mein Brustkorb weitet sich, ich werde an meinen Armen gepackt und aufgerichtet.

»Adeon.« Ich bin so erleichtert, dass meine Stimme erstickt klingt.

Er zieht mich mit sich, bis wir hinter einem Stein Deckung finden. »Ich bin hier, Liebling.«

Ein Schrei entweicht meinem Mund, als ein Feuerinferno zu beiden Seiten an uns vorbeischießt, den Stoff meines Mantels am Ellenbogen versengt. Beinahe erscheint es mir, als hätte Aurelia ihre Flammen für den heutigen Tag aufgespart.

»Du bist verletzt«, keuche ich. Adeon hat sich leicht zur Seite gebeugt, sodass ich einen Blick auf seinen Rücken erhasche, auf dem ich Verbrennungen erkenne. Weil er sich auf mich geworfen hat, um mich zu schützen. Ich zucke zusammen, als ich höre, wie Aurelias Klauen den Boden beben lassen.

»Sorg dich nicht«, erwidert Adeon. »Bist du unversehrt? Kannst du dich wandeln?«

Ein frustrierter Laut kommt über meine Lippen. Vermutlich denkt er, ich habe mir meine Drakonhaut nicht übergestreift, da ich unter Schock stand.

»Ja und nein. Ein Gift verhindert es.« Erst jetzt kommt mir der Gedanke, dass es womöglich Aurelia und nicht Aloysius war, die dieses Gift beschafft hat. Dieses und jenes, mit welchem sie Ladon geschwächt haben.

Ich spüre, wie Adeon meine Hand umfasst. »Lauf.« Es ist ein Befehl. Obwohl ich am liebsten in die Knie gehen würde, bin ich gezwungen an Adeons Seite zu sprinten, stellenweise über den frostigen Untergrund zu schlittern. Er hat längere Beine und ist schneller als ich. Hakenschlagend bewegen wir uns vorwärts, suchen Schutz zwischen den gefrorenen Quellen und ihren erstarrten Dämpfen. Zwei Mal falle ich, doch Adeon richtet mich immer wieder auf.

»Wohin laufen wir?«, frage ich panisch, während wir weiteren Flammen ausweichen.

Bevor ich eine Antwort erhalte, ist der Schatten von Mutters Schwingen plötzlich direkt über uns. Adeon schubst mich so heftig, dass ich mich überschlage, den Abhang hinabrolle und es erst schaffe, abzubremsen, als ich einen Eiszapfen zu fassen kriege. Ich stöhne, weil er sich in meine Haut gräbt. Etwas Nasses rinnt über meine Handinnenfläche und meinen Unterarm hinab. Ich hinterlasse Abdrücke im Schnee, als ich ächzend auf die Füße komme. Die Welt wankt und meine Wirbelsäule knackt. Alles gerät aus dem Takt.

Mutter ragt in Drakongestalt über Adeon auf. Sie hat ihn zwischen ihren Klauen gefangen genommen, drückt ihn in den Boden. Er kann sich nicht wehren. Er hat mich von sich gestoßen, in dem Wissen, dass er keine Chance haben würde, ihr zu entkommen. Selbst von hier sehe ich das Blut, das unter seinem Rücken hervortritt. Ich höre einen Schrei.

Ich bin diejenige, die schreit.

Aurelia neigt leicht den Kopf, schaut in meine Richtung und fast glaube ich, Häme in ihren reptilienartigen Iriden zu lesen. Vater hat ihr Schmerz zugefügt. Und sie genießt es, anderen das gleiche Übel zuzufügen. Als dürfte niemand Glück empfinden. Nicht einmal ihre eigene Tochter. Zum ersten Mal verstehe ich, dass Aurelia wahrhaftig grausam ist. Ihr Hals schlängelt sich zurück und ich stürze los, als sie mit ihrer Kralle ausholt. Adeon darf mir nicht genommen werden. Er ist der Grund, aus dem ich mich lebendig fühle. Wegen dem mein Herz schneller schlägt und ich echte Freude empfinde.

Verzweiflung fließt gemeinsam mit dem Gift durch meine Adern, als ich versuche, mich zu wandeln. Auch dieses Mal gelingt es mir nicht. Und weil ich fürchte, nicht rechtzeitig bei ihm zu sein, nehme ich zwei Schritte, ehe ich mich kraftvoll abstoße, um mich vor Adeon zu werfen. Liebe bedeutet für mich, nicht nur miteinander zu leben, sondern auch füreinander zu sterben. Adeon würde mich retten – um jeden Preis. Und ich tue dasselbe für ihn. So lange bin ich feige gewesen, habe mich ihm nur in der Dunkelheit hingegeben. Doch das ist vorbei. Wir haben eine Zukunft im Licht verdient. Allerdings kann nicht jeder Wunsch, jede Sehnsucht, in Erfüllung gehen. Manchmal bleiben Träume auf ewig genau das: eine schöne Fantasie.

Erleichterung durchströmt mich, sobald ich seinen Körper mit dem meinen bedecke. Wie ein Schutzschild breite ich mich über ihm aus, während Aurelias Klaue auf uns zurast. »Ich liebe dich, Adeon«, wispere ich, zwinge mich, noch nicht die

Lider zu schließen. Ich bin stark genug, um dem Tod in die Augen zu blicken. Innerlich bereite ich mich darauf vor, dass ihre Krallen mein Fleisch durchschneiden und mir Qualen bereiten. Aber sie erreichen mich nicht. Stattdessen zuckt Mutter ohne Vorwarnung, als hätte ein Gewicht sie zurückgeworfen. Ein seltsamer Laut verlässt ihr geöffnetes Maul, ihre gespaltene Zunge schnellt hervor und ihr gesamter Körper verkrampft. Dann bricht sie zusammen, verfehlt um wenige Zentimeter meinen und Adeons Leib.

Blinzelnd und nach Atem ringend entdecke ich den Speer, welcher aus Aurelia herausragt. Es ist Fayna, die von ihrem Rücken springt. Ihre Haltung ist stolz und unbeugsam. Sogar die Kleidung, die sie trägt, seit sie sich von ihrer Vergangenheit befreit hat, gleicht der einer Kriegerin. Als sie auf uns zugeeilt kommt, realisiere ich, dass Fayna alles ist, was ich mir von meiner eigenen Mutter je gewünscht habe. Genau wie Adeon mir gefolgt ist, muss sie für ihn umgekehrt sein.

Ja, auch sie hat Fehler gemacht.

Ja, auch sie ist gefallen und wurde gebrochen.

Ja, auch sie hat tausend Mal verloren.

Und trotzdem hat sie zu sich selbst zurückgefunden. Sie hat nicht zugelassen, dass das Schlechte von ihr Besitz ergreift.

Zitternd rolle ich mich von Adeon, hocke mich neben ihn und taste ängstlich nach seinem Puls.

»Bin in Ordnung.« Ich schluchze, presse meine Stirn an seine, als seine Stimme mich von innen wärmt.

»Du liebst mich also«, raunt er weiter, was mich nur noch lauter schluchzen lässt. Seine Hand legt sich an meine Wange, als seine Lippen unendlich sanft über meine streichen. »Ich existiere nur für dich, Porcia.«

Kapitel 12

FLAMMENSTURM

FLAME

Meine Lunge brennt, als hätte sie Feuer gefangen, während ich den Tunnel entlangsprinte, der mit smaragdgrünen und goldenen Steinen gepflastert ist. Wesen, die nur aus Nebel und Rauch bestehen, tauchen aus dem Nichts auf und verschwinden innerhalb eines Wimpernschlages, als spielten meine Augen mir lediglich einen Streich. Und obwohl meine Umgebung in einen unvergleichbar schönen Schein gehüllt ist, liegt auf meiner Zunge der Geschmack eines dunklen Zaubers. Schritte, die nicht ich verursache, hallen Unheil verkündend von den Wänden wider. Die Ahnung über das, was kommt, kriecht wie eine giftige Pflanze mein Rückgrat hinauf, sodass ich mich am liebsten winden würde, um sie abzuschütteln. Ich könnte schneller rennen, stattdessen arbeite ich gegen meine Instinkte. Als wollte ich, dass sie mich erreichen. Als wäre es mein Ziel, dass sie mich fangen. In der Ferne glaube ich, ein Lachen zu hören, und meine Nackenhaare stellen sich auf. Plötzlich – ohne jegliche Vorwarnung – wird der Tunnel in Düsternis getaucht. Beinahe erscheint es mir, als würde jemand der gesamten Welt das Licht rauben. Schlitternd bremse ich ab, taste orientierungslos nach dem Gestein. Meine Lider sind weit aufgerissen, aber umgeben werde ich allein von Dunkelheit. Furcht schnürt meine Kehle zu. Ich wusste einst, wie es sich anfühlt, vom Gott der Angst und der Finsternis geliebt zu werden.

Wie es ist, von ihm berührt und begehrt zu werden. Wie es ist, von ihm gehalten und beschützt zu werden. Aber all das liegt in der Vergangenheit. Ich keuche, als eine raue Hand meinen Hals umschließt. Trotz der Gefahr wird mein verräterischer Körper von Schockwellen der Lust und der Sehnsucht erfasst und ich stöhne, als kühler Atem wie eine Melodie über meine Haut streicht. In meiner Nase liegt der Geruch von Wald und Schnee und Kiefernnadeln. Tränen rinnen meine Wangen hinab, als ich mich an ihn lehne, obwohl ich die Wahrheit kenne. Es entspricht seiner Natur, mit mir zu spielen, weil die Macht von Imperium seinen Verstand infiziert und er ein Raubtier ist.

»Ich ... erinnere ... mich.« Ich beiße mir so heftig auf meine Unterlippe, dass Blut auf mein Kinn tropft. Seine Stimme hat sich nicht verändert. Sie ist tief und betörend. Als würde er mich in eine Schlucht aus Samt und Seide locken. »An unser Versprechen ...« Dark löst seine Hand von meinem Hals, legt seine Finger auf meine Brust, unter der mein Herz schlägt. Ein Teil seines Herzens. »... einander immer zu finden.« Sein Mund fährt über die Linie meines Kiefers und ich presse mich enger an ihn, verhalte mich wie die Verlorene, die ich wegen ihm bin. »Du hättest es brechen sollen.« Dann lässt er seine Finsternis in mich dringen.

Angst pulsiert in meinen Zellen, Schreie verlassen meinen Mund und ich schlage um mich, als wäre ich in der Lage, damit seine Dunkelheit zu bekämpfen.

»FLAME!« Wie durch einen Schleier höre ich meinen Namen und reiße die Augen auf. Statt Schwärze werde ich von Feuer umgeben. Ich fauche wie ein Tier, als ich in eine aufrechte Position schnelle, an das Ende der Matratze rutsche und meine Nägel in die verkohlten Kissen grabe. Die Flammen schlagen bis zur Zimmerdecke, lecken an den Pfosten des Himmels. Ich habe das Bett in Brand gesteckt. Durch die roten und orangen Schwaden kann ich Hunters Gestalt ausmachen.

»FLAME!« Hunters Brüllen geht mir bis ins Mark. Mein Brustkorb bebt, als ich meinen angehaltenen Atem ausstoße, gleichzeitig kommt Rauch aus meiner Nase. Noch immer kann ich die Erinnerung an den Unheil bringenden Zauber auf meiner Zunge schmecken und mein Unterleib zieht sich in der Sekunde zusammen, als ich an Darks Berührungen denke. Wut und Sehnsucht vereinen sich zu einem schmerzhaften Gefühl, das unerbittlich durch meine Adern rauscht, alles füllt, woraus ich geschaffen bin. Es erscheint mir reizvoll, den Palast der Titanen dem Zorn meines Feuers auszuliefern. Ob diese Vision der Beweis ist, dass wir scheitern?

Erneut registriere ich, wie Hunter beschwörend meinen Namen ruft. Mit zitternden Fingern taste ich meine Wangen ab, die nass von Schweiß und Tränen sind. Ich will mich noch ein wenig länger im Schutz meiner Flammen verstecken, ertrage nicht, dass er schon wieder Zeuge meiner Schwäche wird. Als ich das Inferno schließlich in mich aufnehme, ist es, als würde ich versuchen, Sand zu schlucken. Nur mühsam kann ich es ersticken.

Das Knistern verstummt und weicht Stille. Ich knie in schwarzen Fetzen, welche einst die Laken waren. Asche fällt wie Schnee auf mich hinab. Langsam hebe ich den Blick, schaue in Hunters turmalingrüne Iriden, in seine Pupillen, aus denen der Drakon spricht. Meine Lippen verziehen sich zu einem bitteren Lächeln. »Du wolltest die Frau kennenlernen, zu der ich geworden bin.« Ich erhebe mich langsam, schere mich nicht darum, dass ich mir auch meine Kleidung vom Leib gebrannt habe, meine Haut mit Ruß bedeckt ist. »Und nun siehst du, was in mir ist. Bloß zu zwei Dingen bin ich fähig: retten oder zerstören. Ein Dazwischen gibt es nicht.«

Hunter macht einen Schritt auf mich zu, aber ich hülle mich in Nebel, bringe mich in den Flur, den ich kurz darauf entlangeile.

Ich.

Muss.

Hier.

Raus.

In mir tobt eine Macht, deren Ausmaß ich noch immer nicht gänzlich erforscht habe. Ich kann nicht genau benennen, wie weit sie reicht. Unter keinen Umständen darf ich auf Hunter losgehen, wie ich es auf der Lichtung vor wenigen Tagen getan habe. Ich will ihn nicht verletzen. Nach wie vor laufen Tränen über meine Wangen, gleichzeitig brodelt der Zorn in meinem Inneren. Und auch andere Emotionen, die ich nicht greifen kann. Sie wirbeln derart ungezügelt umher, dass ich mich selbst nicht mehr verstehe. Am meisten verstört mich die Tatsache, dass ich Angst vor Dark hatte. Trotzdem bin ich zu ihm gegangen. Habe mich ihm ausgeliefert. Wollte, dass er entscheidet, was mit mir passiert.

Nur am Rande bemerke ich, wie der Prunk des Palastes, zahlreiche Spiegel und Wandbehänge, an mir vorbeiziehen. Zwei Stufen auf einmal nehmend, hetze ich eine Treppe hinab, die mir fremd ist, ehe ich einen breiten Flur durchquere. Angezogen werde ich von Bogenpfeilern, durch deren Öffnungen das Licht des Morgens dringt. Wind zerrt an meinem Haar und tollt um mich herum, als wollte er mich zum Stehenbleiben bringen. Außerdem nehme ich Gemurmel wahr, aber meine Umgebung verschwimmt wieder zu einer einheitlichen Masse, sodass ich nur einzelne Sätze und Wortfetzen aufschnappe.

»... nackt.«

»Krieg dich wieder ein, Iason.«

»... bloß eine Feststellung.«

»Sie hat seltsame Haut.«

»Skandalös ...«

»Das nennt man Narben, Schwachkopf.«

»... hältst dich immer ... was Besseres ...«

»Vorsicht ... Fingerspitzen brennen.«

»Bei Kronos' Knochen.«

»So viel war hier seit Jahrhunderten nicht mehr los.«

Ich blende die Gespräche aus und gelange in den Außenbereich. Scheinbar bin ich auf der Palastrückseite rausgekommen. Ich laufe über eine Terrasse und erneut Treppenstufen hinunter, bis ich eine weitere Lagune erreiche. Anders als sonst können mich die Geräusche der seichten Wellen nicht besänftigen. Das Wasser ist kristallviolett und der azurblaue Himmel wird von zartrosa Schlieren durchzogen, als hätte ein Künstler versehentlich die Farben vertauscht. Aus dem Meer erheben sich leicht nach oben gewölbte steinerne Inseln, auf denen Pavillons stehen, die dem zwischen den Kolonnaden gleichen, allerdings wesentlich kleinere Abbilder sind. Schritte erklingen hinter mir und ich weiß, dass es Hunter ist. Ich stakse los und wate in die Lagune, lasse mich auf die Knie sinken, damit mir das Wasser bis zu meinen Schlüsselbeinen reicht. Tief atme ich ein, hoffe so sehr, dass Catos Gabe meine gequälte Seele kühlen wird. Dann lasse ich los, gestatte meinen Flammen, über die Oberfläche zu fegen, zu wüten und zu toben. Schließlich fange ich an zu schwimmen, tauche unter, mustere meine glühende Haut. Es ist ausgeschlossen, unter Wasser meine Kraft zu wirken. Doch allein der Versuch, Feuer zu erzeugen, erschöpft mich, stiehlt ein wenig von der Energie, von der zu viel in mir ist. Meine Lider sind geöffnet, ich beobachte die goldenen, saphirblauen und rubinroten Partikel, die um mich tanzen, mich an meine linke Iris und an den Nektar der Götter auf dem Olymp erinnern. Und ein wenig an Dark. Daran, wie ich ihm in jener Nacht meinen Körper anvertraut habe.

Ein Schrei dringt aus meiner Kehle und ein Sog zerrt an meiner Brust, als wollte die See sich vor mir zurückziehen. Wie von selbst heben sich meine Arme, gleichzeitig überstrecke ich meinen Rücken und mein Kopf fliegt zurück, während meine Macht ungehindert durch meinen Leib jagt und ihren Höhepunkt darin findet, dass der Grund des Meeres plötzlich in Flammen steht – ich das Unmögliche vollbringe.

Jeder Muskel in mir bebt und es würde mich nicht einmal wundern, sollten auch meine Knochen zittern. Trotz der Anstrengung fühle ich mich für einige Sekunden, in denen die Zeit selbst innehält, vollkommen schwerelos, bevor mich sämtliche Kräfte verlassen. Nacheinander erlöschen meine Flammen und ich sinke nach unten. Ich spüre, dass meine Lunge sich nach Sauerstoff sehnt, allerdings kann ich mich einfach nicht bewegen. Als ich glaube, innerlich zu zerbersten, schlingt sich ein Arm um meine Taille und ich werde in Richtung Sonne gezogen. Kurz darauf durchbrechen wir die Oberfläche und ich schnappe gierig nach Luft.

»Festhalten«, knurrt Hunter, aber im Prinzip ist er es, der meine Arme um seinen Hals platziert, uns in wenigen Zügen zu einer Stelle bringt, wo er bereits stehen kann. Leise fluchend hebt er mich hoch, setzt mich aber an einer flacheren Stelle wieder ab, um mir sein Shirt überzustreifen. Da meine

Gliedmaßen kaum meinem Willen folgen, bin ich dabei keine besonders große Hilfe. Statt auf den Drakon zu achten, starre ich wie paralysiert auf meine Haut, die aussieht, als würden sich Blitze aus purer Energie unter ihr entladen. Ich lasse zu, dass Hunter mich erneut anhebt, bin viel zu beschäftigt mit dem sonderbaren Lichtspiel.

Auf der Terrasse vor der Lagune hat sich eine Schar aus Göttern und Titanen versammelt, sogar einige Kentauren entdecke ich. Das Aufschlagen ihrer Hufe ertönt, als die Versammelten eine Gasse für uns bilden. Die alte Flame wäre womöglich beschämt, doch nun prallen die neugierigen Blicke an mir ab und ich hebe das Kinn. Genau wie Helios, Selene und Eos tragen auch die meisten von ihnen prachtvolle Gewänder. Nur einige Männer, vermutlich jene, die zu den vergessenen Helden zählen, tragen eine Lederkluft. Plötzlich kommt Unruhe auf und ich stütze mich auf Hunters Schultern ab, damit ich erkenne, was vor sich geht.

»Aus dem Weg!«, brüllt eine mir nur allzu vertraute Stimme. »Das ist mein Flämmchen!«

»True?«, rufe ich ungläubig und winde mich aus Hunters Armen. Widerwillig lässt er mich zu Boden gleiten und ich mache so unbeholfene Schritte wie ein frisch geborenes Fohlen. Hunter stützt mich leicht, während ich vorwärtsstolpere und endlich einen roten Schopf sichte. »TRUE!«, stoße ich dieses Mal freudig aus, gleichzeitig beschwöre ich meine Beine, dass sie mir endlich gehorchen mögen. Als er mich fast erreicht hat, ich meine Arme nach dem Gott der Wahrheit ausstrecke, geht Hunter dazwischen.

»Vorsicht«, warnt er. »Sie ist sehr erhitzt.« Erst jetzt registriere ich, dass Hunters Körper stellenweise mit seinen Schuppen in der Farbe von Feuerachat überzogen ist, sich selbst auf diese Weise vor mir schützt. Enttäuscht senke ich die Arme, taste True jedoch mit meinem Blick ab und blinzele heftig, weil ich sein sommersprossiges Gesicht und seine treuherzigen Augen so unendlich vermisst habe.

»Du bist hier«, bringe ich hervor, »aber weshalb?«

»Dasselbe könnte ich dich fragen, kleine Flamme.« True zwinkert mir zu.

Es ist schrecklich, dass ich ihn in diesem Moment nicht an mich drücken und seinen vertrauten Duft einatmen kann. »Du hast mir gefehlt.« Genau wie bei dem Wiedersehen mit Amanda und Apollo kann ich nicht verhindern, dass meine Emotionen mich überrollen, weil ich daran denken muss, wie sehr ich Momente wie diesen auf Elysion herbeigesehnt habe.

True schenkt mir ein strahlendes Lächeln. »Du hast mir mehr gefehlt.« Rasch schaut er sich um. Die Neugierde der Anwesenden ist nahezu greifbar. »Vielleicht sollten wir an einen Ort gehen, an dem wir ein bisschen ungestörter sind«, schlägt er vor und ich stimme zu.

»Wir sind im Westflügel untergebracht«, informiere ich True, woraufhin der Gott der Wahrheit Hunter und mir die Hände auf die Schultern legt und uns durch den Nebel bringt. Bevor ich protestieren kann, finden wir uns im Flur vor unseren Räumlichkeiten wieder.

»True«, schimpfe ich und untersuche seine Haut, an der glücklicherweise keine Striemen zu sehen sind.

»Habe doch nur den Stoff berührt«, beruhigt er mich. Im selben Moment steckt Kerberos einen seiner Köpfe aus der doppelflügeligen Tür, die zu unseren Gemächern gehört.

True lacht leise. »Ich hätte wissen müssen, dass der Höllenhund dich aufspürt.«

»Ich frage mich, wie er das anstellt«, sage ich nachdenklich und gehe voran, die beiden Männer folgen mir. Nacheinander schieben wir uns an Kerberos vorbei und betreten den kleinen Empfangssalon. Rasch schließe ich die Türen zum Flur sowie zu dem Zimmer, in welchem ich das Bett in Brand gesteckt habe. Der Rauchgeruch ist unverkennbar und mir entgeht nicht, dass True eine Augenbraue in meine Richtung lupft.

Abwesend tätschele ich Kerberos' Nüstern, während ich bei Tageslicht zum ersten Mal die Inneneinrichtung begutachten kann. Die Wände sind in Violett gestrichen und werden von goldenen Ziermustern ergänzt. Ein cremeweißer Teppich bedeckt den Boden und in einem offenen Wohnraum stehen ein ausladendes Sofa und zwei Sessel aus Mahagoniholz, die mit dicken vanillegelben Polstern aus Jacquard bezogen sind. Auf Kommoden und kleinen Tischen stehen bronzene Figuren, die Helden und Götter zeigen, sowie Spieluhren und kunstvoll bemalte Vasen.

»Setzen wir uns doch«, reißt Hunter mich aus meinen Überlegungen und deutet zum Wohnraum. True berührt mich sanft am Unterarm, da meine Haut mittlerweile nicht mehr glüht und bugsiert mich zum Sofa. Sobald wir Platz genommen haben, führen Hunter und ich einen stummen Blickaustausch. Mir ist klar, dass er eine Menge über das zu sagen hat, was gerade passiert ist und sich nur wegen True zurückhält.

»True, das ist Hunter, mein Freund aus Kindheitstagen, und Hunter, das ist True, der Gott der Wahrheit und der Wirklichkeit«, stelle ich die beiden einander vor. Automatisch fahre ich mit den Fingerspitzen die Konturen meines Schmetterlingsmedaillons entlang, ehe ich mir Hunters Shirt noch weiter über die Knie ziehe und eine Decke über meinem Schoß ausbreite.

»Verstehe«, murmelt True, der die Geste aufmerksam beobachtet hat. »Wie aufregend, einen alten Freund von Flame kennenzulernen«, richtet er sich direkt an Hunter. Der Drakon streckt lediglich die Beine aus und verschränkt die Arme vor der Brust.

Ich seufze leise. Möglicherweise ist er nicht der allergrößte Fan der neuen Götter, seit ich ihm von den Aufgaben des Turniers erzählt habe. Auch True entgeht Hunters Distanziertheit nicht. Er tut es schulterzuckend ab und schenkt ihm ein schelmisches Grinsen, als wollte er ihm damit versprechen, dass er ihn noch von sich überzeugen wird. Leise kichere ich, weil es absolut typisch für True ist. Ich schlinge meine Arme um seine Taille und lege meinen Kopf an seine Schulter. Mein Ausbruch von vor wenigen Minuten hat mich erschöpft und ich muss ein Gähnen unterdrücken. Der Gott der Wahrheit gibt mir einen Kuss auf die Stirn und legt ebenfalls einen Arm um mich. »Also ...«, durchbricht er nach einer Weile unser Schweigen. »Willst du anfangen oder soll ich?«

Ich hebe den Kopf und sehe in seine blitzenden Augen. »Ich könnte mir fast vorstellen, dass du noch mehr Fragen hast als ich.«

True zwinkert mir zu. »Wie gut du mich kennst, kleine Flamme.«

Tief atme ich durch, bevor ich beginne, von Anfang an zu erzählen. Dass Cato mich begleitet hat, um die Prophezeiung zu erfüllen, wie wir den Omphalos öffneten und ich in der Höhle aus Lava brannte. Einiges davon wusste er bereits durch Hale, der mit Cato vor dessen Aufbruch gesprochen hatte. Ich rede mit ihm über Elysion und ein wenig über die Drakon – Apate hat ihm von meiner wahren Herkunft berichtet. Ein wenig vertraue ich ihm auch über die Auswirkungen des Drakonblutes an, das in mir erwacht ist, halte mich jedoch kurz. Es fällt mir schwer, weil ich diesen neuen Teil in mir selbst noch nicht erforscht – und nicht gänzlich unter Kontrolle habe.

Schließlich spreche ich darüber, wie es mir gelang, dem Paradies zu entkommen, und wie ich zu Hunter und Cato gestoßen bin, der uns allerdings nicht zum Palast der Titanen begleitet hat. Während ich Kerberos hinter den Ohren kraule, der sich vor mich gelegt hat und in regelmäßigen Abständen das gewohnt zufriedene Brummen ausstößt, vertraue ich True außerdem an, dass wir auf der Suche nach Mnemosyne sind.

»Weil sie die Titanin der Erinnerung ist …«, sinniert True. »Verstehe.« Er glaubt, dass da noch immer Lücken in meinem Gedächtnis sind, welche die Lethe verursacht hat.

Ich bin froh, dass Hunter kein Wort zu alledem sagt. Denn True ist in der Lage, eine Lüge zu enttarnen, jedoch erkennt er nicht, wenn ich einige nicht ganz unwesentliche Punkte unter den Tisch fallen lasse oder Aussagen tätige, die zwar der Wahrheit entsprechen, aber trotzdem den eigentlichen Kern verbergen. Es ist falsch, unehrlich zu meinem Freund zu sein, der mir stets den Rücken gestärkt hat. Ich war nicht darauf vorbereitet, True zu begegnen, da ich annahm, an diesem Ort nur Fremde zu treffen. Ich kann nicht genau benennen, weshalb ich ihn täusche. Vielleicht, weil ich bei der Geschichte bleiben will, die ich auch Helios, Selene und Eos vorgetragen habe. Plötzlich verstehe ich, was Ava gemeint hat. *Damals, als ich noch im Tempel diente, war ich zu keiner Sekunde allein. Meine Priesterinnen waren stets bei mir. Sie schrieben alles auf, was meinen Mund verließ – ganz gleich, wie unwichtig es erschien. Und ich war es gewohnt, ihnen jeden meiner Gedanken mitzuteilen. Ich war ein offenes Buch. Doch nun ... das Blatt hat sich gewendet. Ich muss allein entscheiden, wie viel ich preisgebe.*

Ava hat Apollo, Cato, Hunter und mich über die Dinge, die wir ihrer Meinung nach wissen sollten, aufgeklärt. Und nun ist es unsere Aufgabe, diese Informationen zu schützen. Aufgrund unserer Kenntnisse haben wir bereits eine Zielscheibe auf der Brust und nach Avas Andeutungen ist klar, dass die Zukunft noch nicht zu unseren Gunsten geschrieben wurde. Sie hat uns siegen und scheitern gesehen. Und ich vermute – auch nach meiner heutigen Vision –, dass früher oder später jeder von uns Ziva in die Hände fallen kann. True gehört zu den neuen Göttern, wird daher weit oben auf ihrer Liste derer stehen, die sie holen will. Von uns allen wäre er womöglich das größte Risiko. Und obwohl es mir schwerfällt, mich True gegenüber nicht zu öffnen, muss ich dafür sorgen, dass Ziva unter keinen Umständen von unseren Plänen erfährt. Ich muss stets mindestens drei Schritte weiter denken als sie. Ich unterdrücke ein Seufzen und nehme mir vor, mich bei True für meine Unehrlichkeit zu entschuldigen, wenn das hier vorbei ist – und wir mit dem Leben davongekommen sind.

»Es wundert mich, dass du dich nicht gleich auf die Suche nach Dark gemacht hast.«

»Das wollte ich ... so sehr.« Meine Gedanken schweifen zu dem Gespräch, das ich mit Cato am See geführt habe. »Wie gesagt, unser Ziel war der Sandpalast, aber wir schafften es einfach nicht, dorthin zu gelangen. Und ... mir ist klar geworden, dass ich mich, nach allem, was ich bereits geopfert habe, erst einmal um mich selbst kümmern sollte. Ich muss mich mit meiner Vergangenheit auseinandersetzen, damit Dark und ich eine Zukunft haben.« Mit jeder Faser meines Seins bete ich, dass True die Wahrheit meiner Worte spürt.

Trues Blick wandert zu Hunter und er nickt langsam. »Und du bist nicht besorgt, was Ziva auf der Erde anrichten wird, während du dich um dich selbst *kümmerst*?«

Ich zucke zusammen und rutsche ein wenig vor ihm zurück. Obwohl es nicht einmal stimmt, verletzt mich seine Frage und ich sehe, wie Hunter sich anspannt. »Elysion hat mich verändert«, erwidere ich so gefasst wie möglich. »Nach Erfüllung der Prophezeiung habe ich es mir verdient, egoistisch zu sein. Ich kann nicht jedes einzelne Mal für die Rettung der Welt verantwortlich gemacht werden.«

True lächelt mich entschuldigend und auch ein wenig traurig an. »Du hast sehr viel durchgemacht, kleine Flamme. Aber jetzt ist nicht der richtige Zeitpunkt, um sich auszuruhen und der Wirklichkeit zu entfliehen.« Sanft tätschelt er meine Hand, der harsche Ton von eben ist verschwunden. Ein wenig irritiert runzele ich die Stirn.

»Es gibt da etwas ...« True unterbricht sich selbst und reibt sich über sein Kinn. »Es gibt wohl keinen einfachen Weg, dir das mitzuteilen, aber ... Dark ist vermutlich bei Ziva. Bestimmt versucht er, sie aufzuhalten – genau wie damals auf Viridi.«

Angestrengt schlucke ich den Kloß in meinem Hals herunter. »Cato hat mir von Darks Verschwinden berichtet, und dass die Vermutung naheliegt, dass er sie aufgesucht hat ...« Tief atme ich durch. Die Begegnung und Unterhaltung mit Ava behalte ich weiterhin für mich. »Ich weiß, dass Dark stark ist. Er ist nicht mehr derselbe wie damals auf Viridi. Er ist Ziva gewachsen. Sie haben eine Vergangenheit und deshalb ist es ein Kampf, den *er* austragen muss. Und wenn wir uns wiedersehen, werden wir uns beide von unserer Vergangenheit befreit haben.« Mehr traue ich mich nicht zu sagen, aus Angst, dass er in einer weiteren Aussage womöglich eine Lüge erkennt. Mir ist nicht wohl dabei, dass ich True nicht von den Urgegenständen berichte, allerdings müsste ich dann auch erzählen, wie ich von ihnen erfahren habe. Und True ist nicht dumm. Sobald er hört, dass wir Apollo und die Seherin persönlich getroffen haben, wüsste er, dass mehr dahintersteckt und ich Mnemosyne nicht aus purem Eigennutz brauche.

»Die Legende besagt, dass Mnemosyne tot ist«, merkt True an und innerlich vollführe ich vor Erleichterung einen Tanz, weil er nicht gefragt hat, woher ich überhaupt von der Titanin weiß.

»Legenden sind nicht immer mit der Wahrheit gleichzusetzen«, erwidere ich schulterzuckend. Meine anfängliche Freude, True bei mir zu haben, weicht Frustration, weil seine Gegenwart unser Vorhaben deutlich verkompliziert. Unter anderen Umständen würde ich mich für diese Überlegung schämen, allerdings haben wir nur noch acht Tage, bis wir mit Mnemosyne in Delphi sein müssen, um hoffentlich auf Ava, Apollo und Cato zu treffen, die Votum im Gepäck haben. Und wenn das Glück tatsächlich auf unserer Seite ist, sollte Yasars Beauftragter ebenfalls zu uns stoßen. Ich habe absolut keine Ahnung, was wir dann mit True machen sollen. Im Prinzip ist es so gut wie unmöglich, ihn bis zum Ende im Dunkeln zu lassen. Mir bleibt bloß zu hoffen, dass Hunter vielleicht später einen Einfall zu diesem Problem hat.

»Aber nun bist du dran«, wechsele ich nach einigen Sekunden des Schweigens das Thema. »Wie lautet deine Geschichte?« Ich beuge mich vor und gieße mir aus der Karaffe, die Hunter während unserer Unterhaltung geholt hat, Wasser in ein Glas. Als die Flüssigkeit meine Kehle hinabrinnt, verziehe ich augenblicklich die Lippen, doch zum Ausspucken ist es längst zu spät. *Igitt.*

»Honigwasser«, erklärt True und seine Mundwinkel zucken. »Gewöhnungsbedürftig.«

»Seit wann bist du hier?«, fragt Hunter.

»Bin vor drei Tagen eingetroffen.« True überschlägt seine Beine, lehnt sich zurück und knetet seine Finger, als würde er abwägen, wo er am besten anfangen soll.

»Ehe wir in den Sandpalast zurückgekehrt sind, haben wir einige Zeit in meinem Palast, im Land der Wahrheit und der Wirklichkeit, verbracht. Das Chaos, welches sich dort zugetragen hat, erspare ich dir an dieser Stelle. Da wir noch nach dir gesucht haben, waren wir ein wenig verstreut, aber letztendlich trafen wir uns in Hales Reich wieder. Kurz zuvor ist deine Verbindung zu den Drakon ans Licht gekommen und Cato war bereits mit Ladon aufgebrochen, um dich zu holen. Lost und Dark waren nach wie vor verschwunden, alle anderen jedoch anwesend, inklusive Ava, der Seherin. Am Abend unserer Ankunft aßen wir gemeinsam, am nächsten Morgen ist Hale schon aufgebrochen.«

»Wohin aufgebrochen?«, erkundige ich mich, obwohl ich es durch Apollos Schilderungen bereits erfahren habe.

»Es gibt eine Siedlung, in der Halbgötter leben. Yasar hatte Persephone und Hekate zu Gesprächen dorthin geschickt. Offenbar erfolglos, denn er hörte nichts von ihren Fortschritten. Aus diesem Grund sandte er Hale nach.« Trues Blick wandert zum Bogenfenster und zu den bestickten Vorhängen, die sich leicht im Wind wiegen. »Zum ersten Mal seit Monaten – seit du die Prophezeiung erfüllt hattest – verspürten wir einen Aufschwung. Bisher hatten wir weder nach Dark,

Lost, Ziva oder Ares gesucht, aber das sollte sich ab diesem Zeitpunkt ändern. Yasar war sehr ... Ich kann es nicht genau beschreiben, aber ab Zivas Ausbruch aus dem Gefängnis kam es mir vor, als hätte die Angst ihn gelähmt. Und es dauerte eine Weile, bis er sich von seinen eigenen Daimonen befreien konnte. Schließlich stellte er einen Plan auf und fing an, die Evakuierungslager aufzulösen. Er gab uns verschiedene Aufträge und Apollo, Dream und er nahmen sich vor, systematisch die Erde nach Lost, Dark, Ziva und Ares zu durchkämmen.«

»Welche Aufgabe hast du bekommen?«

Schmerz huscht über Trues Gesicht und er streckt die Hand aus, um einen von Kerberos' Köpfen zu streicheln, der knurrt, als könnte er die Emotionen des Gottes spüren. Leise schimpfe ich mit dem Höllenhund, sodass er es geschehen lässt. »Seit wann bist du so wählerisch?«, neckt True ihn, der natürlich wieder versucht, seine Gefühle hinter einem Grinsen zu verstecken. Sanft drücke ich seine Schulter, sodass er nun mich anschaut. Trotz seines Lächelns lese ich die Traurigkeit in seinen Augen, nehme sie förmlich in mich auf, teile seine Pein, obwohl ich ihren Kern noch nicht kenne.

»Yasar hat mich zum Neuen Olymp geschickt, um ein Auge auf die alten Götter zu haben. Ich sollte sie auf Ziva vorbereiten, ihm Bericht erstatten und herausfinden, auf welcher Seite sie stehen. Er ...« True sieht mich gequält an, ehe er kurz die Lider schließt und seine Lippen zu einem schmalen Strich zusammenpresst.

Ein unangenehmes Ziehen breitet sich in meiner Magengegend aus und ich wende mich an Hunter. »Kannst du uns für ein paar Minuten allein lassen?« Er mustert erst True und dann mich, ehe er knapp nickt, sich erhebt und den Wohnraum in langen Schritten durchquert. Als wir hören, wie eine der Türen zu den zahlreichen Zimmern geschlossen wird, sacken Trues Schultern herab und er vergräbt sein Gesicht in beiden Händen. Ich rutsche näher zu ihm, schlinge wieder beide Arme um ihn und lege meine linke Wange an seinen Rücken. Tränen sammeln sich in meinen Augen, weil sein Körper vor unterdrückten Schluchzern bebt und seine Stimme klingt erstickt, als er mühsam zu sprechen beginnt.

»In der Nacht vor meiner Abreise hat Yasar ... Scheiße, ich weiß nicht, was in ihn gefahren ist ...« Es ist das erste Mal, dass ich True fluchen höre. »Ich wollte bei ihm bleiben, weil es meinem Empfinden nach keine gute Idee war, ihn allein zu lassen. Wir haben uns immer gegenseitig gestärkt, gerade in den schwierigen Phasen. So viel haben wir bereits miteinander durchgestanden ...« True wischt sich mit dem Handrücken über die Augen und zieht geräuschvoll die Nase hoch. »Wir haben gestritten und er hat eine Menge verletzendes Zeug gesagt, damit ich gehe. Das ist der Nachteil, wenn man so lange zusammen ist. Man weiß ganz genau, was dem anderen Schmerz bereitet.«

Beruhigend streiche ich über seine Oberarme und True lehnt sein gesamtes Gewicht an mich. »Er hat deutlich gemacht, dass ich eine Ablenkung für ihn bin, die er nicht gebrauchen kann, wenn er sich Ziva stellt. Dass es unsere Schuld ist, dass sie auf Viridi überhaupt derart viel Macht erlangt hat. Wenn ich damals nicht den ersten Schritt auf ihn zugemacht hätte, wären wir nie ein Paar geworden, weil er allein seinem Verlangen nie nachgegeben hätte. Er meinte, wir beide hätten den Untergang Viridis verursacht, weil unsere Eltern ihre Reiche an Ziva abtraten, da wir uns durch unsere Handlungen als unwürdig erwiesen hatten. Er sagte außerdem, dass er meine Nähe aktuell nicht erträgt. Dass eine Trennung das Beste für uns ist.«

»WAS?!«, kreische ich empört und richte mich kerzengerade auf. In meinem Kopf spulen sich ohne mein Zutun alle Erinnerungen ab, die ich an True und Yasar habe. True war schon immer derjenige, der seine Liebe ganz offen zeigte, während Yasar zurückhaltender war. Dennoch lag immer tiefe Zuneigung und Verbundenheit in seinem Blick, sobald er True anschaute. Für mich besteht keinerlei Zweifel daran, dass die beiden Partner für die Ewigkeit sind. Und genau das teile ich True auch mit. Trotzdem kann ich nun nachvollziehen, weshalb er diese Kommentare zu mir und Dark gemacht hat. Er ist verletzt und ich verstehe das.

»Ich bin mir absolut sicher, dass er all das nur ausgesprochen hat, um dich aus der Schusslinie zu bekommen. Er sorgt sich um dich und wollte dich so weit fortbringen wie möglich.«

»Wir müssen zusammenbleiben, damit wir stark sind. Getrennt zu sein schwächt uns und ist exakt das, was Ziva von uns erwartet. Als würde er Viridi wiederholen, anstatt aus seinen Fehlern zu lernen. Aber so ist er nun mal. Unbelehrbar.« Mittlerweile kann ich deutlich Wut aus Trues Stimme heraushören. »Wir sind seit Jahrhunderten ein Paar, aber noch nie hat er es gewagt, mir solche Worte an den Kopf zu werfen. Und ganz gleich, in welcher Lage ich mich befände, ich würde ihm das niemals antun. Schon immer habe ich ihn an erste Stelle gesetzt, aber er hat nie dasselbe für mich getan.« Zittrig atmet True aus, steht auf und stellt sich vor das Bogenfenster. »Ich weiß nicht, ob ich ihm das jemals vergeben werde.«

Kapitel 13
UNBEUGSAM

FLAME

»Wie oft willst du den Fetzen Stoff noch umherdrehen? Ich bezweifle, dass es davon mehr wird«, stellt Hunter ironisch fest, der mit hinter dem Kopf verschränkten Armen auf dem Bett liegt und mich dabei beobachtet, wie ich missmutig das Kleid betrachte, das mir Selene zusammen mit einigen anderen Anziehsachen vorbeigebracht hat. Allerdings ist dieses *Kleid* alles andere als altmodisch und ein extremer Kontrast zu den Roben, die ich an den Göttern und Titanen gesehen habe. Es besteht lediglich aus Streifen goldener Seide, die wie der Nektar der Götter zwischen meinen Fingern zerfließen und mehr Haut freilassen werden, als sie zu bedecken.

»Meinst du, es handelt sich hierbei um einen Scherz?« Frustriert halte ich es an meinen Körper und schmeiße es anschließend zurück auf die Matratze. »Ich will das auf keinen Fall tragen. Glaubst du, sie wollen mich vorführen?«

»Die Titanin des Mondes hat es dir persönlich übergeben. Es wäre sehr unhöflich, es abzulehnen.« Ich werfe ihm einen zornigen Blick zu, doch er zuckt lediglich mit den Schultern. »Die Regeln der Gastfreundschaft. Sie hätten uns nach unserer Ankunft auch direkt wieder vor die Tür setzen können. Wir sollten also mitspielen. Schließlich wollen wir etwas von ihnen und nicht umgekehrt.«

»Aber sie haben alle so ... züchtig gewirkt. Ich verstehe das nicht.«

»Nun ja, dafür, dass du heute Morgen noch nackt durch den Palast gerannt bist, haben sie das vermutlich für vergleichsweise viel Stoff gehalten«, erwidert er trocken.

»Hunter!« Ich schleudere ihm das Kleid entgegen, welches er auffängt, ehe es sein Gesicht trifft. Ich balle die Hände zu Fäusten, stapfe zu der Chaiselongue, die gegenüber dem Bett steht, und lasse mich darauffallen. Helios hat den Schaden, den ich angerichtet habe, mit drei Handbewegungen wieder beseitigt und schien nicht einmal empört zu sein, dass ich das Zimmer in Schutt und Asche gelegt habe. Trotzdem haben wir einen neuen Raum bezogen, weil ich den anderen nun mit der Vision verbinde. Und mit Dark. Fest beiße ich mir auf die Unterlippe, überschlage meine Beine und versuche das quälende Ziehen, welches in meinem Unterleib immer stärker wird, zu ignorieren. Hunter räuspert sich und meine Wangen werden heiß. Trotzdem zwinge ich mich dazu, ihn anzusehen. Seit meinem Ausbruch ist er ein wenig ... angefressen.

»Was war das vorhin?«, fragt er und ich bin überrascht, wie ruhig seine Stimme klingt. Immerhin habe ich ihn fast im Schlaf gegrillt.

Verlegen winde ich mich auf meinem Platz. »Du hast doch selbst gesagt, dass der erwachte Drakonteil in mir ... dass ich erst noch lernen muss, ihn zu kontrollieren.«

Er hebt eine Braue, weil er merkt, dass ich ihm ausweiche. »Ich möchte vielmehr erfahren, was diesen Ausbruch verursacht hat«, stellt er klar.

Seufzend ziehe ich die Knie an und umschlinge sie mit beiden Armen. »Du weißt ja, dass wir mit jeder Aufgabe, die wir bei dem Turnier erfolgreich bewältigten, ein Stück der Gabe der neuen Götter erhielten. Ich war sehr empfänglich für ihre Fähigkeiten und habe sie in mich aufgenommen, sodass ich nicht einmal das Armband tragen muss, in dessen Anhängern ihre Kräfte eingefangen sind. Yasar ist der Gott der Zukunft und des Lebens. Seit ich seine Aufgabe erfüllt habe, empfange ich Visionen. Aber manchmal fällt es mir schwer, zu unterscheiden, was ein Traum ist und was womöglich tatsächlich geschehen wird.«

»Und heute hattest du so eine Vision?«

»Ja.«

»Sie handelte von Dark ...«

»Ja«, wispere ich. »Woher –«

»Ich habe dich nach eurem Aufeinandertreffen im Wald erlebt, schon vergessen? Ich denke nicht, dass irgendwer sonst dazu in der Lage ist, dich derart aufzuwühlen, Schmetterling.«

Mein Kinn stütze ich auf meinem Unterarm ab und versuche, meine Emotionen zurückzudrängen, weil ich ihnen in dieser Sekunde nicht standhalten kann.

»Willst du darüber reden?«

Ich zucke mit den Schultern, obwohl die Antwort eigentlich Nein lautet. »Ich vermute, dass ich in Delphi war. Dass ich freiwillig dort war, um ... damit er mich findet.«

»Hast du irgendetwas gesehen, einen Hinweis, der uns für die Zeit hier nützlich sein könnte?«, hakt Hunter nach und ich bin erleichtert, dass er so sachlich bleibt.

Langsam schüttele ich den Kopf. »Es war wirklich eine sehr kurze Sequenz und da ... waren nur Dark und ich. Weder du, Apollo, Cato oder Ava sind dabei gewesen. Auch nicht Mnemosyne, wobei ich ja nicht einmal eine Ahnung habe, wie sie aussieht.« Nervös kaue ich auf der Innenseite meiner Wange. »Würdest du das als schlechtes Zeichen werten? Dass etwas schiefläuft und wir den anderen nicht am Treffpunkt begegnen?«

Hunter richtet sich auf, um sich gegen das gepolsterte Ende des Bettes zu lehnen. »Nur, weil wir in deiner Vision nicht vorgekommen sind, muss das nicht automatisch heißen, dass wir nicht anwesend waren. Vielleicht haben wir uns absichtlich aufgeteilt. Du könntest es auch getan haben, um ihn, Ziva und wer sonst noch alles unser Feind sein mag, abzulenken, damit wir unserem zukünftigen Plan nachgehen können.«

»Dark ist nicht unser Feind«, flüstere ich.

»Solange der Ring ihn beeinflusst, ist er das irgendwie schon.«

»Du kannst froh sein, dass meine Flammen sich bereits verausgabt haben.«

Hunters linker Mundwinkel hebt sich und er wirkt beinahe belustigt. »Ich fürchte mich nicht vor deinem Zorn, Schmetterling. Und wir wissen beide, dass ich deinem Feuer gewachsen bin.« An dieser Stelle huschen seine Drakonschuppen über seine Haut und nun senke ich doch den Blick, umschlinge meine Knie noch fester. Wenn es Dark gewesen wäre, der neben mir gelegen hätte ... Wäre er meinen Flammen entkommen oder hätte ich ihn verletzt? Ungeachtet meiner Sehnsucht nach ihm bin ich auch ein wenig verstört, denn Hunters Worte haben mich gerade deshalb wütend gemacht, weil in ihnen auch ein wenig Wahrheit steckt. Dark und ich stehen im Moment auf unterschiedlichen Seiten, auch wenn es nicht seine Schuld ist. Und ich kann nicht bestreiten, dass ich zwar fasziniert – aber auch verängstigt war. Ich hatte vergessen, wie Furcht einflößend er sein kann, was ich empfand, als ich ihn zum ersten Mal in seiner göttlichen Gestalt sah.

Der Neuankömmling hebt den Kopf weiter an. Er ist der Einzige, der heute Abend keine Maske trägt. Unsere Blicke verhaken sich ineinander. Es ist, als würde ich den Moment auf der Lichtung noch einmal durchleben. Der riesige schwarze Wolf, seine majestätische Haltung, seine Unerschrockenheit, die dafür sorgte, dass ich ebenfalls stark und mutig sein wollte. Sein Geruch nach Wald und Schnee und Kiefernnadeln, der sich mit der Unbarmherzigkeit der trockenen Hitze vermischte. Elektrisierende Funken, die über meine Haut knisterten, während meine Seele sich anfühlte, als könnte sie schweben. Die das Verlangen nach Abenteuern und der Fremde weckten. Weitere Bilder ziehen an mir vorbei, und ich denke, wenn ich jetzt sterben müsste, wäre es ein guter Tod, weil er bei mir ist.

Innerlich winde ich mich, weil mein Körper anfängt, verrücktzuspielen. Fast so, als wäre es nicht die Vergangenheit, sondern Dark tatsächlich hier.

Meine Handinnenflächen sind nass und eiskalt zugleich, meine Haut beginnt zu jucken, während sanfte Schauer meinen Rücken hinabrieseln und an den Rändern meines Sichtfeldes Blitze zucken. Als meine Augen den seinen begegnen, halte ich unwillkürlich die Luft an. Nie zuvor habe ich Iriden in dieser Farbe gesehen. Wie Quecksilber umfließen sie seine schwarzen Pupillen und sorgen dafür, dass meine Knie weich werden.

Wenn ich könnte, würde ich fliehen, aber dieser Instinkt hat mich auch damals nicht gerettet.

Ich haste die Stufen hinauf, die kein Ende zu nehmen scheinen. Gerade als ich denke, ich hätte es geschafft, packt eine Hand meinen Arm. Eine große, warme, männliche Hand. Bei der Berührung keuche ich auf. Sie fühlt sich rau an. Ich werde zurückgewirbelt und an Dark gepresst. Eine weitere Hand legt sich an meine Hüfte und ich ziehe scharf die Luft ein. Silbrige Augen funkeln von oben auf mich herab.

»Das eben«, sagt er mit seiner sanften Stimme, sodass sich die Härchen an meinen Armen aufstellen, »das hättest du nicht tun sollen.« Sein Mund ist viel zu nah an meinem, so nah, dass wir uns denselben Atem teilen.

Ich wende mein Gesicht ab, und er streift meinen Hals. Ich bin wie erstarrt. Nur meine Handflächen pressen sich gegen seine Brust, wo ich spüren kann, wie sein Herz schlägt. Verräterisch schnell, genau wie meins. Es ist derselbe Takt. Es ist exakt derselbe Rhythmus, wie ich ihn von mir selbst in meinen Ohren hören kann.

»Flame?«

»Erde an Flame ...«

Blinzelnd richte ich mich auf und grabe meine Fingernägel in meine Oberschenkel. Angespannt atme ich aus. Seit ich mit ansehen musste, wie Ziva sich an Dark schmiegt, fühlt es sich an, als würde ich mich an einem Abgrund befinden. Als hätte ich einen Fuß längst über die Kante gesetzt. Eine Tiefe, die mich ängstigt und gleichzeitig zu sich lockt. Als wäre es eine Entscheidung von Sekunden, ob ich falle oder standhaft bleibe. Ob ich schreie – der Welt zeige, wie sehr ich leide – oder die Pein stumm in mir ersticke.

»Entschuldige«, sage ich schließlich. Meine eigene Stimme klingt verwaschen in meinen Ohren. »Auch für das, was vorhin passiert ist. Ich bin eine Last. Und ich habe Angst, dass ich die Hitze womöglich niemals kontrollieren kann.«

Hunter kommt zu mir, kniet sich vor mich und schließt seine Finger um meine Unterarme. »Du bist keine Last, Schmetterling. Und was das Feuer betrifft: Es gehört zu dir. Es fließt durch deine Adern ebenso wie Blut. Zu gleichen

Teilen. Es existiert kein Weg, sich davon zu lösen. Aber du wirst lernen, es besser zu beherrschen, indem du es kontrolliert einsetzt.«

»Du solltest mir etwas von deiner Zuversicht schenken«, murmele ich und lächele zaghaft.

Sanft drückt Hunter meine Unterarme. »Heute Abend konzentrieren wir uns auf diesen Empfang, der zu unserer Begrüßung ausgerichtet wird, und ab morgen zeige ich dir, was jungen Drakon beigebracht wird, um das Durcheinander an Emotionen und die Hitze zu bändigen. Einverstanden?«

Ich beiße die Zähne derart fest aufeinander, dass mein Kiefer knackt, nicke jedoch. *Du musst dich zusammenreißen*, hatte Hunter auf unserer Reise hierher gesagt. Und es ist wahr.

Nur noch ein bisschen länger.

Nur noch ein wenig weiter.

»Du kannst dich sehr glücklich schätzen, dass du jemanden gefunden hast, für den du all das empfindest. Manche Menschen suchen ihr gesamtes Leben danach und finden es nie.«

Ich kuschele mich mit der Wange tiefer ins Kissen. »Du hast recht. Aber muss es immer so kompliziert sein?«

»Das Leben und vor allem die Liebe sind nie leicht.«

»Das Schicksal will wohl, dass man sich sein Glück verdient.«

Phias Worte während des Turniers überrollen mich, geben mir Hoffnung und lösen gleichzeitig Traurigkeit in mir aus. Ich habe mich das schon oft gefragt, doch wie viel Zeit muss noch verstreichen, bis das Schicksal mir mein Glück gewährt?

Früher war mir der Wille des Schicksals heilig. Aber mittlerweile denke ich, dass ich vor allem an mich selbst glauben sollte. Meine eigene Entscheidung ist das, was letztendlich zählt. Meine Bedürfnisse haben Gewicht. Es ist mir gleich, welchen Pfad das Universum für mich vorgesehen hat. Ich lasse mich nicht mehr hinhalten.

Wir werden Mnemosyne finden.

Wir werden Ziva besiegen.

Und ich werde Dark zurückgewinnen.

Wir werden einander wieder zusammensetzen, auch wenn wir im Moment bloß noch aus Scherben bestehen. Und daran ist nichts verkehrt. Zu zerbrechen, ist keine Schwäche. Denn aus den zahlreichen Teilen kann man etwas Stärkeres erschaffen, etwas, das neu und einzigartig ist.

»Es wird stets Höhen und Tiefen geben. Die gibt es in jedem Leben, das gut und richtig gelebt wird. In dir und mir ... Da wird immer eine gewisse Dunkelheit existieren. Und das ist ebenfalls gut und richtig, solange man noch etwas Platz lässt, damit ein wenig Licht einfallen kann.«

In dieser Sekunde, als mein Puls zu rasen beginnt, weil es ist, als würde der sanfte Ton von Darks Stimme mein Innerstes mit Energie befüllen, verstehe ich, dass es die Vergangenheit ist, die mich unermüdlich antreibt. Es sind all die Erinnerungen, die ... die mein Grund sind. Ich habe Verluste erlitten, aber mir ist auch unendlich viel Gutes passiert. Und das ist ein weiterer Punkt, in dem Ziva und ich uns unterscheiden. Im Gegensatz zu ihr habe ich echte Liebe erfahren. Ich habe Licht, Wärme und Geborgenheit gespürt. Habe es bis in meine Seele gefühlt. Meine Freunde und ich brauchen keinen Zauber, der uns zusammenhält. Alles an uns ist echt. Und alles an ihr ist falsch. Ihre Macht ist genauso wenig real, wie Kiana es war. Wir werden ihre Illusion durchbrechen, uns von ihr befreien.

Nur noch ein bisschen länger.

Nur noch ein wenig weiter.

Ich springe so hastig auf, dass Hunter auf seinen Hintern fällt und mich verblüfft anstarrt. Ich stelle mich auf seine Fußspitzen und ziehe ihn an seinen Händen wieder hoch, was absolut albern ist, weil ich ihn ohne seine Hilfe niemals zum Aufstehen bewegen könnte. Dann laufe ich zum Bett, schnappe mir das Kleid und eile hinaus in den Flur. »Bin gleich wieder da«, rufe ich ihm über die Schulter zu.

Als ich in Trues Gemach stürme, ist dieser gerade dabei, sich eine dunkelrote Weste mit ockerfarbenen Stickereien überzustreifen. »Schick«, kommentiere ich grinsend. Bei unserem Gespräch habe ich erfahren, dass er Yasars Anweisung nur anfangs befolgt hat. Nach einer Weile bei den alten Göttern beschloss er, allein gegen Ziva vorzugehen, und kam zum Palast der Titanen, um Verbündete zu finden. Was ein wenig ungünstig ist, da er damit das offenbart, was ich vor unseren Gastgebern geheim halten wollte. Mir bleibt also nur der Trost, dass sie nicht von den Urgegenständen wissen und auch nicht ahnen, dass Mnemosyne dazu fähig ist, alle Gefangenen des Rings zu befreien.

True sagte außerdem, dass Ziva mit großer Wahrscheinlichkeit eine Armee um sich schart und dass wir auch Krieger benötigen, die auf unserer Seite kämpfen. Ein paar Halbgötter und Donati seien seiner Meinung nach nicht genug. Zudem hat er berichtet, dass ihm auf seinem Weg hierher die Nachricht zu Ohren gekommen ist, dass die Welt nach Delphi reisen soll. Aus diesem Grund vermutet er, dass Ziva an diesem Ort etwas Großes veranstalten wird. Noch immer frisst das schlechte Gewissen mich innerlich auf. Er erzählt mir bereitwillig, was er weiß, zählt auf mich, und ich verschweige ihm so viel. Es fühlt sich nicht richtig an – wie Verrat. Andererseits ist es ja nicht True, dem ich misstraue.

Ich liebe ihn, er gehört zu meiner Familie. Aber Ziva, dieser Ring und Chaos ... All das sind unkalkulierbare Einheiten. Ich muss daran denken, dass meine Handlungen darüber entscheiden, ob unsere Informationen in die falschen Hände geraten. Schließlich muss ich auf alles vorbereitet sein. Wir sind nicht umsonst in den Styx gesprungen.

In diesem Moment wünsche ich mir, die Zukunft hätte mir noch mehr gezeigt. Ich hoffe so sehr, dass unser Vorhaben gelingt, weil wir dann keine Kämpfer brauchen. Die Erde hat genug erdulden müssen. Weitere Zerstörungen – einen Krieg – sollten wir vermeiden.

»Nun, ich kann diesem Kleidungsstil durchaus etwas abgewinnen«, erwidert True und wendet sich mir zu. »Aber was für ein Haarband trägst du da bei dir?«

Ich verdrehe die Augen. »Sehr komisch.« Ich falte den Stoff auseinander und halte ihn vor seine Nase. »Selene hat mir das hier vorbeigebracht. Hunter ist der Meinung, dass es unhöflich wäre, es nicht zu tragen.«

»Da stimme ich deinem Drakon zu.«

»True ... er ist nicht *mein* Drakon. Und außerdem habe ich sowieso keine andere Wahl. Wir sind ohne Gepäck angereist.« Mahnend schaue ich ihn an, weil ich bereits damit rechne, dass er – ebenso wie Hunter – einen Kommentar über meinen Auftritt von vorhin machen wird. Allerdings würde True vermutlich darauf hinweisen, dass nackt aufzutauchen eine Alternative ist, die man tatsächlich in Betracht ziehen kann.

Der Gott der Wahrheit zieht Daumen und Zeigefinger über seine Lippen, als würde er seinen Mund versiegeln und nimmt mir das goldene hauchzarte Nichts ab, ehe er mich in den angrenzenden Raum bugsiert. Ich ziehe mir Hemd und Hose aus und wende mich dann True zu. Dieser blinzelt einige Male, ehe er den Kopf schüttelt. »Vor nicht allzu langer Zeit hätte ich es nicht für möglich gehalten, dass wir einander wiedersehen.«

Ich knuffe ihm spielerisch in die Seite. »Jetzt nicht sentimental werden.«

Er salutiert vor mir und betrachtet dann wieder stirnrunzelnd das Kleid. »Am besten, du steigst von oben rein.« True beugt ein Knie, sodass ich mich auf seinen Schultern abstützen kann, bevor ich seiner Aufforderung nachkomme. Eine Gänsehaut kriecht an meinen Beinen hinauf, sobald der Stoff über meinen Körper gleitet. Er fühlt sich seltsam an. Tatsächlich so, als würde ich erneut im Nektar der Götter baden. Samtig weich und schwer zugleich. Von meinen Fußknöcheln bis zur Hüfte sowie um meine Brüste werden die goldenen Bahnen durch Tüll miteinander verbunden, am Bauch, Rücken und an den Schultern hingegen ist meine Haut zwischen den Streifen unbedeckt. Die Enden der Bänder schlingt True um meinen Hals und bindet sie in meinem Nacken zu einer Schleife.

»Eingewickelt wie ein Geschenk«, murmele ich, während ich mich in dem Spiegel betrachte, dessen Rand von bronzenen Blumenranken eingerahmt wird.

True versucht, meine Locken zu zähmen, allerdings springen sie stets in ihre ursprüngliche Form zurück. »Sie werden entzückt sein«, sagt er trotzdem.

Stumm lasse ich es über mich ergehen, als er wenig später zwei goldene Spangen in mein Haar schiebt und sich mit dem Ergebnis zufriedengibt. »Was glaubst du, wie lange es dauert, bis sie dir ihre Entscheidung mitteilen – ob sie Unterstützung nach Delphi schicken?«, frage ich und streiche den Rock des Kleides glatt.

True legt eine Hand auf meine Schulter und gibt mir einen flüchtigen Kuss auf die Wange. »Sie sagten nur, dass sie darüber nachdenken. Eine Zeitspanne haben sie nicht genannt. Allerdings wissen sie auch, dass es dringlich ist, daher hoffe ich, dass sie es nicht zu lange aufschieben.« Er tritt von mir zurück und schlendert zur Tür, um sie für mich zu öffnen. »Aber heute soll es um dich gehen, kleines Flämmchen. Hoffen wir, dass Mnemosyne deinem Anliegen Gehör schenken wird.«

Ich gebe mein Bestes, nicht schuldbewusst dreinzublicken, kann aber nicht verhindern, auf meiner Unterlippe zu kauen. Noch immer ist da die Sorge, dass True und unsere Gastgeber meiner Lüge auf die Schliche kommen.

»Alles in Ordnung?« Ich zucke zusammen und entdecke Hunter, der nun neben True an der Schwelle steht und ein Paar goldener Sandalen für mich bei sich trägt. Geschlagen rucke ich mit dem Kinn, verkneife mir einen letzten Blick in den Spiegel und laufe zu ihm, ehe ich rasch in die Schuhe schlüpfe. True kennt den Weg, weshalb uns niemand abholen muss.

Hunter hat man im Gegensatz zum Gott der Wahrheit kein kostbares Gewand zugeteilt, sondern eine Ledermontur. In Augenblicken wie diesen fällt es mir schwer, in ihm den Jungen aus dem Tartaros wiederzuerkennen. Wir sind keine Kinder mehr, sondern erwachsen. Und es macht mich wehmütig, wie viel Zeit wir verloren haben.

»Festhalten«, warnt True uns. Eilig hake ich mich bei ihm unter und greife nach Hunters Handgelenk, bevor Nebel uns einhüllt. Als ich die Lider wieder aufschlage, befinden wir uns vor einer nach unten hin breiter werdenden Marmortreppe, welche in einen runden Saal führt. Auch hier ist Gold unverkennbar die Hauptfarbe. Die Decke ist mit Stuck ausstaffiert und so hoch, dass ich den Kopf weit nach hinten neigen muss, um die Malereien zu betrachten, welche diese schmücken. Logen mit prunkvollen Geländern sind in die Seitenwände gebaut und jede von ihnen ist besetzt. Am Fuße der Treppe beginnt eine freie Fläche, auf der wohl getanzt werden kann, doch im Moment befinden sich dort goldverzierte Sitzmöbel. Angrenzend durchtrennt ein violetter Samtvorhang den Saal, hinter welchem ich eine Bühne vermute. Helios, Selene und Eos erheben sich von ihren Stühlen, als sie uns erblicken.

»Geh vor«, raunt True mir zu und ich gehorche. Sobald meine Fingerspitzen das Geländer streifen, bildet sich Frost dort, bis kurz darauf Blumen aus Eis entstehen, sich wie ein prächtiger Garten ausbreiten, auf meinen Körper überspringen und sich um meine Arme und Hände ranken. Gleichzeitig kommt Wind auf, sodass es mir scheint, als würde ich schweben, weil meine Absätze auf dem Marmor keinen Laut von sich geben. Ein Gewicht legt sich auf mein Haupt, doch ich beherrsche mich, damit ich nicht danach taste. Nachtblaue Iriden blitzen vor mir auf, die nach nur einem Blinzeln verschwinden, als ich die vertraute unsichtbare Berührung spüre, welche sich wie die Sonne anfühlt und mich eine warme Frühlingsbrise umweht. Ich schnappe nach Luft, als es plötzlich zu regnen beginnt: große Tropfen, die sonderbar schimmern. Wie edle Kristalle fallen sie auf mich herab und kurz bevor sie auf meine Haut prallen können, verschwinden sie ins Nichts. Fasziniert versuche ich, sie zu berühren, was mir verwehrt wird, denn ein stärkerer Wind kommt auf. Als ich die letzte Stufe erreiche, wirbeln rostrote und braune Blätter um mich, ehe das Schauspiel endet und ich vor Helios stehe. Aus den Augenwinkeln erkenne ich, dass Hunter und True fast gleichauf mit mir sind. Leicht neige ich mein Kinn und die Titanengötter erwidern die Geste.

»Es ehrt uns sehr, dass ihr unserer Einladung nachgekommen seid«, spricht Selene.

»Es ist das Mindeste, was wir im Gegenzug für eure großzügige Gastfreundschaft tun können.«

»Ein Zufall, dass ihr bekannt miteinander und beinahe zur selben Zeit eingetroffen seid«, merkt Eos an, schaut dabei zwischen True und mir hin und her.

»In der Tat«, erwidere ich ungerührt, während True die Stirn runzelt. Ich habe keine Ahnung, wie das Verhältnis der hier lebenden Titanengötter zu den neuen Göttern ist. Die Titanen haben gegen Kronos' Kinder, die von Zeus angeführt wurden, gekämpft und verloren, weshalb sie vermutlich einen Groll gegen die Olympier hegen. Aber die neuen Götter waren in diese Schlacht nicht verwickelt, besiegten Zeus sogar ... Phoibe und Theia haben Yasar beispielsweise seit dem heißen Krieg unterstützt, was als gutes Zeichen gewertet werden kann. Und Eos, Selene und Helios sind die Kinder von Theia und Hyperion ... Die Frage ist nun, wie sie zu Yasars Schwester stehen. Denn was passiert, wenn sie von dem Machtumschwung begeistert sind und sich hinter Ziva stellen?

»Was erwartet uns hier?« Ich verdränge meine düsteren Gedanken und wende mich lächelnd an Helios, der zum Vorhang nickt.

»Die Musen werden nach ihrer Darbietung ihre Entscheidung verkünden, ob ihr Mnemosyne persönlich treffen dürft, um dein Begehren zu unterbreiten.« Dann wendet der Sonnengott sich an True. »Über dein Anliegen haben wir noch kein Urteil gefällt.«

True neigt höflich den Kopf. »Darum soll es heute Abend auch nicht gehen.«

Helios deutet auf drei nebeneinanderstehende Sessel in der ersten Reihe. »Sie gehören euch. Aber ich muss euch warnen, die Musen sind sehr eigenwillige Wesen.«

Ein leichter Windhauch stupst mich an, sodass ich mich automatisch in Bewegung setze und schließlich Platz nehme. Ich tausche einen Blick mit Hunter und True, die mir folgen. Das Licht wird gedimmt und erst jetzt registriere ich, wie still es ist. Da ich weiß, dass ich beobachtet werde, drückt sich mein Rücken wie von selbst durch und ich hebe mein Kinn, während ich meine gespreizten Finger auf der Lehne ablege. In dieser Sekunde erscheint es mir, als würde ich erneut auf einem Knochenthron sitzen. Und wenn mich Hades auch bloß eine Sache gelehrt hat, ist es wohl die, nach außen hin unbeugsam zu wirken.

Kapitel 14
DIE NEUN MUSEN

FLAME

Ich halte den Atem an, als der Vorhang sich wie von Zauberhand beiseite bewegt und die Bühne freigibt, die wie auf Wolken schwebt. Wind kommt auf und unsere Sessel werden näher herangeschoben. Gleichzeitig legt sich die Dunkelheit noch schwerer über uns, doch als ich nach oben blicke, sehe ich plötzlich den freien Himmel, den Mond und Abertausende Sterne, welche ihr Licht auf den Ort des Geschehens werfen. Kurz schaue ich zu Selene, da ich annehme, dass es ihr Werk ist. Jedes einzelne Härchen an meinem Körper stellt sich auf, als die Linien aus Frost erneut beginnen, über meine Arme zu kriechen, und ich keuche, als sie über mein Schlüsselbein meinen Hals hinauf und an meinen Schultern meinen Rücken abwärts in Richtung meiner Taille fließen, meine Hüften umschlingen und irgendwann meine gesamte Haut bedecken, sodass es sich anfühlt, als würde ich unter dem Hauch von Nichts ein gänzlich anderes Gewand tragen. Ich schlucke und grabe meine Fingernägel in die Jacquardmusterung der Lehnen. Leise atme ich aus, als Hunter seine Hand auf meine legt und richte meinen Blick nach vorn. Die Verlockung ist groß, meine Hitze zu beschwören, um das Eis zu vertreiben. Aber ich vermute, dass es Teil der Vorstellung ist, weshalb ich nicht dagegen aufbegehre.

In dieser Sekunde vibriert ein tiefer und rauer Klang durch den Saal, dessen Intensität stetig zunimmt, bis die ersten beiden Musen auf den Wolken der Bühne erscheinen. Ihre Augen sind dunkel und ausdrucksstark geschminkt, ihre Haare und Gesichter weiß gepudert, während ihre Lippen in Purpur erstrahlen. Gekleidet sind sie in bronzene Gewänder, die wie Spiegel wirken. Ihre Gliedmaßen sind lang und grazil und ich frage mich, wie sie ihre Balance halten, während sie sich zu den streichenden Klängen der Musik wie Blumen zum Licht der Sonne neigen. Ihnen folgen zu beiden Seiten weitere sechs Musen, zwei von ihnen mit Theatermasken, bis die neunte in der Mitte erscheint und als sie die Hände hebt, beginnen die Sterne über uns zu tanzen, ihre Formation den Schwingungen der Musik anzupassen. Offenbar habe ich mich geirrt, als ich annahm, es sei Selenes Werk. »Das ist Urania, die Himmlische«, raunt True mir zu, verstummt allerdings, als die Musen zu singen anfangen. Es ist ein langsames Lied, das von Trauer spricht. Von Einsamkeit und Leere. Von Sehnsüchten und einem Verlangen, das nie gestillt werden kann. Von einem Leiden, das niemand zu heilen vermag. Sie erzählen uns von Mnemosynes Schicksal, die im Palast der Titanen das Dasein einer Vergessenen fristet. Deren stummes Flehen und Bitten nie von Zeus erhört worden ist. Deren Herz auf ewig gebrochen ist. Einer Frau, die in ihrem Kummer ertrunken – und trotzdem noch unter den Lebenden ist.

Immer wieder singen sie die Zeilen, um zu beweisen, dass Mnemosynes Trauer endlos ist. Die beiden Musen, welche die Masken tragen, die ihre oberen Gesichtshälften verbergen, nähern sich, beugen sich von ihren Wolken zu mir herab, ihre Mienen von Gram gezeichnet, bevor sie sich schwermütig weiter drehen. Schließlich erreicht die Melodie ihren

Höhepunkt, nicht so der Tanz. Stattdessen lassen die Frauen sich auf die Knie sinken, als wollten sie zeigen, dass es keine Freude mehr gibt.

Es erklingt kein Applaus, Stille hallt ohrenbetäubend von den hohen Wänden wider, sobald die Musik verklingt und der Vorhang sich zuzieht. Für einen Moment herrscht absolute Finsternis, weil Mond und Sterne verschwinden. Dann – ganz vorsichtig – durchbricht ein warmer Schein die Schwärze, taucht den Raum erst in rötliches Licht, als würde der Morgen grauen, bis das Gold sich langsam ausbreitet und die Fackeln an den Wänden entzündet werden.

Eine leichte Brise stupst mich von hinten an, ehe ein stärkerer Luftstrom mich dazu zwingt, aufzustehen. Ich fühle, dass Hunter noch immer meine Hand hält und neben mir ist, ein rascher Blick über die Schulter bestätigt mir jedoch, dass True zurückgeblieben ist. Kurz darauf schiebt sich der violette Stoff nur einen Spaltbreit auseinander, damit wir hindurchschlüpfen können. Ich gehe voran, während Hunter mir folgt und spüre, wie der Frost erneut über meinen Körper fließt und das Gewicht auf meinem Haupt sich verstärkt. Es erwarten uns die neun Musen, nicht mehr auf Wolken, sondern auf gewöhnlichem Parkett. Eine von ihnen steht einen Schritt vor den anderen, weshalb ich annehme, dass sie die Wortführerin sein wird. Sie trägt keine Maske und ihre Miene ist nicht länger von Trauer erfüllt, sondern selbstbewusst.

»Hallo, Feuermädchen«, begrüßt sie mich, für Hunter hat sie lediglich ein knappes Nicken übrig. »Ich bin Kalliope und das sind meine Schwestern Polyhymnia, Urania, Erato, Euterpe, Thalia, Terpsichore, Melpomene und Klio.«

»Es freut mich sehr, euch kennenzulernen.« Ich neige den Kopf in ihre Richtung. »Noch nie habe ich einen derartigen

Tanz gesehen und so klangvolle Stimmen gehört. Euer Stück hat mich zutiefst berührt. Es tut mir sehr leid, was eurer Mutter widerfahren ist.«

Kalliope betrachtet mich nachdenklich. »In der Welt der Götter ist es nicht immer leicht, zwischen einer Intrige und der Ehrlichkeit zu unterscheiden. Aber dir glaube ich.« Sie streckt ihre feingliedrigen Finger aus und streicht über meine Wange. »Du besitzt ein Gewissen und eine Seele.« Erst jetzt bemerke ich das getrocknete Salz meiner Tränen. »Du willst Mnemosyne dein Gesuch vortragen.«

»Ich würde mich gern mit ihr persönlich unterhalten«, bestätige ich.

Als Kalliopes Blick an mir vorbei zum Spalt im Vorhang schweift, hinter welchem man die reichlich gefüllten Logen erkennen kann, runzele ich die Stirn. »Unsere Mutter und ihr Wohl ist uns das Heiligste. Ich hoffe, du verstehst daher, dass du dich dennoch beweisen musst, ehe wir dich zu ihr lassen. Und auch wenn du den Test bestehst, ist es letztendlich Mnemosynes Entscheidung, ob sie sich dir zeigt.«

Meine rechte Braue hebt sich. »Von was für einer Art Test ist hier die Rede?«

»Jede von uns wird euch eine Aufgabe stellen, die ihr zu unserer Zufriedenheit erfüllen müsst.« Eine Glut regt sich in mir und ich muss mich zügeln, damit sie keine Flammen entfacht. Nun verstehe ich, dass sie tatsächlich zu den Logen geschaut hat. *Weil sie sich unsterblich langweilen*, hallt Apollos Satz in meinen Gedanken wider. Ganz abgesehen davon, dass uns bloß acht Tage verbleiben, bis wir in Delphi sein müssen, ist ihre Sensationslust pure Dreistigkeit.

Ich löse meine Hand von Hunter, trete näher an die Muse heran. »Nein.« Meine Stimme ist fest – lauter als beabsichtigt und ihre Schwestern schnappen nach Luft. »Ich habe diese Reise nicht auf mich genommen, um der Belustigung vergessener Helden und Götter zu dienen.« Ich reiße den Vorhang noch mehr auseinander. Sie wollen eine weitere Vorstellung? Die können sie bekommen. »Ich habe alles von mir für die Rettung dieser Welt gegeben. Meine Liebe, mein Leben, selbst meine Seele, von der du sprichst.« Automatisch ballen sich meine Hände zu Fäusten, um das aufkeimende Feuer zu ersticken. »Ich habe ausreichend demonstriert, dass ich würdig bin. Aber wie oft habt ihr euch schon bewiesen?« Schnaubend deute ich auf Kalliope und ihre Schwestern, wende mich dann dem Publikum zu, welches sich über die Geländer seiner Logen beugt. »Und was ist mit euch? Wo wart ihr *Helden*, als die Erde brannte, Tiere, Pflanzen und Menschen starben und die Überlebenden quälenden Hunger litten? Wo. Seid. Ihr. Helden. *Jetzt*?« Da sie durch True über die Situation mit Ziva informiert sind, muss ich nicht vorgeben, dass sich alle Gefahren seit Erfüllung der Prophezeiung in Luft aufgelöst hätten. »Das Schicksal hat mich schon oft genug herumgeschubst, aber ich bin *nicht* eure Schachfigur.« Langsam drehe ich mich wieder zu Kalliope. »Das hier ... ist kein Schauspiel für mich. Meine Zukunft ist kein Theaterstück.«

Die Augen der Muse sind weit aufgerissen, als hätte mein Ausbruch sie schockiert. Meine Lippen pressen sich zu einer schmalen Linie zusammen, als ich Hunters Finger an meiner Schulter spüre. »Wie wäre es, wenn ihr euch auf vier Aufgaben einigt und wir diese erfüllen?«, schlägt er in einem versöhnlichen Tonfall vor.

Bei seinen Worten verschluckt sich eine der Schwestern und errötet, ehe sie den Blick von Hunter abwendet. Jene hingegen, die als Melpomene vorgestellt wurde, verschränkt die

Arme vor der Brust und schüttelt den Kopf. »Zumindest die Hälfte von uns sollte eine Forderung stellen.«

»Neun ist eine ungerade Zahl«, weise ich sie auf das Offensichtliche hin.

»Nun gut, wir kommen euch entgegen«, mischt sich Kalliope ein, die sich von dem Schreck erholt zu haben scheint. »Fünf Aufgaben statt neun ist ein faires Angebot.«

»Wir sind einverstanden«, stimmt Hunter zu. Ich will etwas erwidern, doch der Drakon drückt erneut meine Schulter und die Kälte des Frostes vibriert durch meinen Körper, während ein eisiger Lufthauch mich umschmeichelt und das lodernde Feuer in mir besänftigt.

»Die Winde hast du bereits für dich gewonnen«, stellt Kalliope fest. »Wir werden herausfinden, ob du auch uns und Mutter überzeugen wirst. Wir treffen uns morgen zur Mittagsstunde auf der nördlichen Treppe, die zur Terrasse führt, welche die kleine Lagune überblickt. Dort wird euch die erste Aufgabe gestellt.«

»Wir werden da sein«, verspricht Hunter. »Habt Dank für eure Großzügigkeit.« Anschließend umfasst er meinen linken und rechten Ellenbogen und schiebt mich an den Musen vorbei in Richtung von einem der Bogenpfeiler.

»Warum kriechst du ihnen so in den –«

»Schhh«, unterbricht er mich und ich schweige, bis wir ins Freie auf eine Loggia treten. Der Himmel präsentiert sich in einem dunklen Blau, wird jedoch wie am Morgen von zartrosa Schlieren durchzogen. In den Pavillons, die ich in der Ferne auf der Lagune erkenne, scheint Kerzenlicht. Die Schönheit der Aussicht wirkt beruhigend auf mich und ich atme tief durch. Als Hunter sich räuspert, wende ich mich ihm zu und bin überrascht, dass ein Grinsen an seinen Mundwinkeln zupft. »Die Frage ist eher, aus welchem Grund du unsere Gastgeber gemaßregelt hast. Haben wir etwa unsere Taktik geändert?«

»Nein«, grummele ich. »Wir sind höflich und dankbar.«

Hunters Stimme klingt erstickt, weil er nun offensichtlich ein Lachen unterdrückt. »Interessante Art, das zu zeigen.«

Verärgert puste ich eine meiner Locken fort, die mir ins Gesicht gefallen ist. »Es war die Wahrheit. Ich meine, was tun die hier? Schmeißen eine Party, während die Welt untergeht. Leben zwischen all diesem Gold und dem Prunk. Stecken mich in diesen Fetzen von Kleid«, fauche ich und deute auf die dünnen Streifen, die kaum etwas verbergen. »Überziehen meine Haut mit Eis.« An dieser Stelle berührt mich kalter Wind und ich verschränke die Arme vor der Brust. »Und wollen, dass ich sie unterhalte.« Schnaubend lasse ich meinen Blick über das Wasser schweifen. »Ab morgen haben wir nur noch sieben Tage, bis wir in Delphi sein müssen. In dieser Zeit hätten wir niemals neun Aufgaben geschafft. Selbst fünf ... Wir haben doch keine Ahnung, was uns erwartet.«

Hunter stößt ein lang gezogenes Seufzen aus. »Ich verstehe, dass diese Situation ungute Erinnerungen an das Turnier der Götter weckt.«

»Die neuen Götter hatten wenigstens einen nachvollziehbaren Grund«, fühle ich mich verpflichtet, einzuwerfen. »Wegen der Prophezeiung und weil sie die Erde retten wollten. Aber die Titanen und Götter hier ... Es stimmt, was Apollo gesagt hat. Ihnen ist langweilig.«

»Die Musen fordern die Erfüllung ihrer Aufgaben möglicherweise nicht nur aus ehrhaften Motiven, aber wir tun all das hier für den richtigen Zweck.«

»Du hast recht«, sage ich nach kurzem Schweigen. »Es

zählt allein das Ziel. Dass wir alles in unserer Macht Stehende unternehmen, um Ziva zu Fall zu bringen, die Gegenstände zu zerstören und jene zu befreien, die unter ihrer Kontrolle stehen.« Ich stütze mich auf dem Geländer ab und schaue in die Ferne. »Drakonjunge?«

»Mhm.«

»Wir haben für die genannten Dinge einen Plan. Aber ... wer wird es letztendlich tun? Wer wird Ziva töten? Vor allem wie? Und was wird mit Chaos geschehen? Was machen wir, wenn er sich vor sie stellt?«

»Das weiß ich nicht, Schmetterling. Doch ich bin mir sicher, dass wir eine Lösung finden werden.«

Nachdenklich ziehe ich meine Unterlippe zwischen die Zähne. »Okay«, murmele ich. Es gibt derart viele Lücken und Ungewissheiten, doch ich schätze, dass ich damit klarkommen muss. Ich löse eine Hand vom Geländer und drehe mich zu Hunter. »Vielleicht sollten wir das hier einfach ein wenig genießen. Ich meine, hey, wir sind im Palast der Titanen ...« Es ist absurd, weil ich mich in dieser Sekunde daran erinnere, wie ich vor einem knappen Jahr auf dem Marktplatz stand, um unsere Waren anzubieten, mit löchriger Kleidung am Leib und Schmutz im Gesicht, geplagt von Hunger und Durst. Und nun bin ich in diesem Schloss voller Annehmlichkeiten.

»Genau«, bestärkt Hunter mich. »Wir sollten diesen verstaubten Göttern zeigen, wie man das Tanzbein schwingt.« Er reicht mir seinen Arm und ich hake mich unter, bevor wir den Saal betreten. Die Sitzgelegenheiten sind tatsächlich einer Tanzfläche gewichen, auf denen sich bereits Paare drehen. Auf der Bühne spielen Instrumente wie durch Zauberhand liebliche Klänge und an der westlichen Wand ist ein riesiges

Buffet mit wohlduftenden Speisen und Getränken aufgebaut. Sofort gibt mein Magen ein Knurren von sich.

True kommt mit zwei Gläsern auf uns zugeeilt, die mit einer perlenden Flüssigkeit gefüllt sind, und drückt sie in unsere Hände, sobald er uns erreicht. Am Rand der Menge entdecke ich Helios, dessen ultramarinblaue Iriden sich in meine bohren. Für einen Moment überlege ich, ob er mich rausschmeißen wird, immerhin habe ich eines seiner Schlafgemächer abgefackelt, seine Lagune erhitzt und die Bewohner dieses Palastes beschimpft. Dennoch bereue ich es nicht. Ja, die Forderungen der Musen haben mich in die Zeit des Turniers zurückversetzt, aber ich bin nicht mehr das Mädchen von damals. Seitdem habe ich gelernt, dass es nicht erstrebenswert ist, sich mit jedem gut zu stellen. Es ist kein Kompliment, von allen gemocht zu werden, wenn man dafür etwas akzeptieren, sich einer Sache beugen muss, die sich falsch anfühlt. Es ist richtig, Ecken und Kanten zu haben. Es ist wichtig, zu sich selbst zu stehen.

Der Sonnengott überrascht mich, indem er sein Glas hebt und mir zuprostet, ehe er daraus trinkt. Ich nicke und konzentriere mich wieder auf True. »Ein wirklich kluger Schachzug, sie zu beleidigen«, raunt er zu meiner Verblüffung. True ist für gewöhnlich sehr höflich, verfügt über tadellose Manieren, weshalb sein Lob mich umso mehr wundert. »Das hat sie noch neugieriger gemacht. Und vielleicht lenkt es sie bezüglich meines Anliegens in die richtige Spur.« Für einige Sekunden lässt er seine Augen über die Menge schweifen. »So, wie sie Hunter anstarren, könnt ihr wohl froh sein, wenn man euch am Ende nicht hierbehält. Es macht den Eindruck, als hätte er beim weiblichen Publikum schon für Gesprächsstoff gesorgt.« Ich mustere den Drakon neben mir, der die anderen

Anwesenden überragt und in seiner Ledermontur tatsächlich die Aufmerksamkeit vieler Frauen auf sich zieht.

»Was habt ihr draußen auf der Loggia überhaupt so lange getrieben?«, flüstert True mir zu, aber ich bin mir sicher, dass Hunter ihn trotzdem deutlich hören kann. Irritiert runzele ich die Stirn. »Keine Sorge«, fügt der Gott der Wahrheit hinzu, »ich werde Dark nichts erzählen.«

»Was nicht erzählen?«

»Na, was ihr so treibt.« Verschwörerisch zwinkert er mir zu und mir klappt fast die Kinnlade herunter.

»Dark ist dein Freund«, weise ich ihn zurecht und beiße mir anschließend auf die Zunge, um mich nicht zu rechtfertigen. Er würde es sowieso nicht verstehen.

True zuckt arglos mit den Schultern. »Wie auch immer. Ich werde hier jedenfalls meinen Spaß haben.« Mit diesen Worten dreht er sich um und steuert zielstrebig auf einen der Krieger zu, verwickelt ihn in ein Gespräch, wobei nicht zu übersehen ist, dass er schamlos flirtet.

»Das ... ergibt keinen Sinn«, murmele ich. »True ist loyal. Er würde Dark niemals verschweigen ... und Yasar auch nicht betrügen.«

»Genau genommen ist es kein Betrügen, wenn sie getrennt sind«, merkt Hunter an, den ich nach meinem Gespräch am Morgen mit True grob in Kenntnis gesetzt habe.

Kopfschüttelnd hake ich mich erneut bei dem Drakon ein, leere mein Glas, ehe ich es auf einem vorbeischwebenden Tablett abstelle. Als ein neues Lied angestimmt wird, ziehe ich ihn auf die Tanzfläche. Während wir anfangen, uns zur Musik zu bewegen, lasse ich True für keine Sekunde aus den Augen. »Sie sind nicht wirklich getrennt«, zische ich Hunter indessen zu. »Sie lieben sich. Sie sind füreinander bestimmt.«

»Wenn eine Partei die Beziehung beendet, dann ist man wohl getrennt«, hält Hunter dagegen.

»*Grrrr*«, stoße ich frustriert aus und kneife meine Lider misstrauisch zusammen, als der Fremde sich lächelnd näher zu True beugt. »Du bist ein Mann, du verstehst das nicht.«

»Dann erkläre es mir«, fordert er und führt mich in eine Drehung.

»Das zwischen Yasar und True ist für die Ewigkeit. Sie haben ihr Erbe auf Viridi für die Liebe geopfert. Sie haben für ihre Liebe, für ihre gemeinsame Zukunft, das Universum durchquert und hier ein neues Leben begonnen. So eine Reise würden nicht viele durchstehen.« Ich seufze. »Ich wünschte, ich könnte ihn wieder zur Vernunft bringen, mit ihm darüber reden, was Yasar und ihn verbindet. Aber er weiß ja nicht, dass ich mich an all das erinnere.« Naserümpfend blicke ich zu Hunter auf. »Ergibt das Sinn?«

»Ergibt irgendetwas in dieser Welt Sinn?«, fragt er zurück.

»Wohl die wenigsten Dinge ...«

»Dein Freund, True, ist ein erwachsener Mann«, sagt Hunter dann. »Ungeachtet der Tatsache, dass vermutlich sein gebrochenes Herz für sein Verhalten verantwortlich ist, muss er selbst diese Entscheidungen treffen. Du kannst ihn nicht vor sich selbst schützen oder dich einmischen. Und so weit vom richtigen Weg kann er gar nicht abgekommen sein, wenn er trotzdem hier ist, um Verbündete für die neuen Götter zu suchen.«

»Ich denke auch nicht, dass Yasar ihm gleichgültig ist ... aber möglicherweise bereut er gewisse Dinge, sobald er ihn wiedersieht«, murmele ich.

Gerade, als Hunter zu einer Antwort ansetzen will, taucht ein Mann neben ihm auf, der ebenfalls die Lederkluft eines

Kriegers trägt, weshalb ich ihn zu den Helden zähle. Seine Haare sind dunkelbraun und kurz geschoren, seine Augen hingegen von einem hellen Grau. »Darf ich ablösen?«, fragt er den Drakon, während er mir seine Hand reicht, an welcher er einen breiten Siegelring trägt.

Hunter schaut mich prüfend an, ehe er einen Schritt zurückmacht und der Krieger seinen Platz einnimmt. Ich ergreife seine Hand, als die Klänge der Musik schneller werden und passe mich der neuen Schrittfolge an. Ich halte mich nicht für die beste Tänzerin, aber immerhin schaffe ich es, ihm nicht auf die Füße zu treten. »Wofür steht das Schiff?«, will ich mit einem Blick auf die Gravur seines Ringes wissen.

»Die Argo. Meine Freunde und ich tragen diese Ringe als Erinnerung an unsere Reise.«

»Du gehörst du den Argonauten«, stelle ich fest.

Er zieht einen Mundwinkel nach oben. »So sagt man ...«

»Ich habe über euch gelesen ... Über euch und die Suche nach dem Goldenen Vlies.« Der Takt der Melodie, der stetig intensiver wird, sorgt dafür, dass er mich regelrecht über die Tanzfläche wirbelt und unsere Umgebung zu einer einheitlichen Masse verschwimmt. »Kürzlich«, schiebe ich aufgrund meiner angeblich fehlenden Erinnerungen eilig nach. »Wie lautet dein Name?«

»Iason.«

Der Anführer der Argonauten.

»Die Überlieferungen behaupten, du seist tot. Dir wurde das Genick gebrochen, als in Korinth dein Schiff über dir zusammenstürzte.«

»Tragisch, nicht wahr?« Er lacht rau. »Aber wir sind doch alle schon mal gestorben.«

Ich verdrehe die Augen. »Klar, kann den Besten passieren.«

»Und gehörst du dazu?«

»Wer weiß«, erwidere ich. »Ich mag es, ein paar Geheimnisse für mich zu behalten.«

»Na schön. Ich kann noch ein wenig warten.«

Als er mich weiter dreht, lege ich den Kopf in den Nacken und beobachte die Malereien an der Decke, welche dem Mond und den Sternen der Musen gewichen sind, die intensiven Farben, denen das warme Licht einen magischen Glanz verleiht. Als der Tanz endet, lasse ich mich von Iason zu meinem zweiten Glas Wein überreden und er übernimmt es, mich Orpheus, Theseus und Herakles vorzustellen. Bei Letzterem gelingt es mir nur mit Mühe, mich nicht an meinem Getränk zu verschlucken und äußerlich gelassen zu bleiben. Ich meine, was sagt man zum berühmtesten Helden der Antike? *Danke für deinen Tipp mit der Hydra, das hat mir auf Elysion wirklich den Hintern gerettet?*

»Ich bin mir noch unsicher, ob ich dich amüsant oder bloß dreist finde«, sagt Herakles, als ich mir gerade eine Kirsche aus einer gläsernen Schale mit auserlesenen Früchten in den Mund schiebe. Langsam hebe ich den Blick und kaue, während er sich aus einer Karaffe eine bernsteinfarbene Flüssigkeit eingießt und mich dabei überheblich mustert. Und das ist wohl der Grund, weshalb es manchmal besser ist, jemandem, den man bewundert, nicht persönlich zu begegnen. Als er den Kelch zu seinem Mund führen will, lasse ich den darin enthaltenen Alkohol brennen. Rot-orange Flammen verschlingen den Inhalt, bis nur Ruß und Schwärze übrig bleiben.

Ohne Eile beuge ich mich nach vorn und spucke meinen Kern hinein, der süße Geschmack liegt nach wie vor auf meiner Zunge. Lächelnd richte ich mich auf. »Es ist weder amüsant noch dreist, wenn eine Frau Grenzen aufzeigt.« Leicht neige ich den Kopf zur Seite und mustere ihn. Seinen muskulösen Körper, der in diesem Moment angespannt ist, sein kantiges Gesicht und sein blondes Haar, dessen obere Hälfte er zusammengebunden hat. »Ich bedauere, solltest du dich von meinen Worten vorhin angegriffen fühlen.« Seine Miene verfinstert sich und mir wird klar, dass es tatsächlich allein um sein Ego geht. »Doch wir, jene, die unsterblich sind und über besondere Kräfte verfügen«, fahre ich ungerührt fort, »tragen die Verantwortung, die Menschen vor Unheil zu bewahren. Es ist unsere Aufgabe, die Sterblichen und die Erde zu beschützen.« Vielleicht ist es nicht klug, so direkt zu sprechen, weil es meine Aussage, dass ich Mnemosyne nur für meine Zwecke suche, unglaubwürdig macht, aber in dieser Situation schert es mich nicht. Dann wende ich mich Iason und den anderen zu. »Danke für den Tanz. Ich wünsche eine geruhsame Nacht.« Im Gehen nehme ich mir zwei weitere Kirschen und verlasse den Saal.

Es dauert nicht lange, bis Hunters Schritte von den Wänden widerhallen. Ich schaue ihn nicht an, strecke lediglich meinen Arm aus und umschließe sein Handgelenk, ehe ich uns durch den Nebel bringe. Dabei verbiete ich es mir, an True zu denken. Hunter hat recht. Ich kann nicht seine Mutter spielen.

»Hattest du Spaß?«, erkundige ich mich und stoße die Tür zu unseren Gemächern auf.

»Wenn du unter Spaß verstehst, von Titaninnen und Göttinnen betatscht zu werden …«, erwidert er ironisch. »Und du?«

Ich stütze mich an der Wand ab, um aus meinen Sandalen zu schlüpfen. »Wenn du unter Spaß verstehst, vom größten Held der Antike beleidigt zu werden …«

»Von Weitem sah es aus, als hättest du alles im Griff.«

»Stimmt«, bestätige ich und schaue ihn auffordernd an.

Hunter schmunzelt. »Ich werde dich nicht über die Regeln der Höflichkeit belehren.«

»Gut.« Ich laufe in unser Zimmer und lehne die Tür leicht an. »Das Drakonblut in mir scheint das Verlangen zu haben, mit dem Feuer zu spielen.« Ich löse die Schleife in meinem Nacken und beim Ausziehen des Kleides gerät der Boden ins Wanken. »Götter, ich hätte die Finger von dem Wein lassen sollen.« Der im Übrigen ebenfalls sonderbar nach Honig geschmeckt hat.

»Die sind hier alle so verdammt alt, die brauchen härteres Zeug, damit sie überhaupt etwas davon merken«, dringt Hunters Stimme durch den Spalt.

Lachend schlüpfe ich in eines der luftigen Schlafgewänder, die Selene mir gebracht hat, und ziehe die Spangen aus meinem Haar, lege sie auf dem Beistelltisch der Chaiselongue ab. »Verrätst du mir auch noch, weshalb du draußen auf der Loggia gegrinst hast, als ich wegen der Forderung der Musen aufgebracht war?«

»Das hat dich so lange beschäftigt?«, hakt er ungläubig nach.

»Ja. Ich hatte damit gerechnet, dass du mir eine Standpauke hältst.«

Für einen Augenblick herrscht Stille, bevor Hunter wieder das Wort ergreift. »Als du den Vorhang der Bühne beiseitegerissen hast, um zu den Anwesenden zu sprechen, da ... der Ausdruck in deinem Gesicht hat mich an unsere erste Begegnung erinnert. Am Blutsee. Du hast mich genauso angesehen und wolltest Furcht einflößend sein – was dir kein Stück gelungen ist. Aber möglicherweise wusstest du schon damals, dass du eines Tages in diese Schuhe hineinwachsen würdest.«

Bei seiner Erzählung heben sich meine Mundwinkel. »Ich erinnere mich auch noch ganz genau an diesen Tag. Was du getragen und wie du blinzelnd auf mich hinabgeschaut hast. Was mir dabei durch den Kopf gegangen ist ... Komplett verrückt. Auch, dass wir die Unterwelt unser Zuhause nannten und keiner von uns beiden zu diesem Zeitpunkt jemals die Strahlen der Sonne gespürt hatte.« Mit den Fingern entwirre ich einige verknotete Locken und gehe ins angrenzende Bad, wo ich kaltes Wasser über meine erhitzte Haut laufen lasse. Als ich den Blick hebe und mir im Spiegel meine geröteten Wangen auffallen, muss ich zugeben, dass der Alkohol mir buchstäblich zu Kopf gestiegen ist. Rasch trockne ich mich an dem weichen Handtuch ab und kehre zu Hunter in den Flur zurück, wobei ich mich an einem Sessel und an der Kommode stoße. Er erwartet mich mit hochgezogenen Brauen.

»Du bist betrunken«, spricht er das Offensichtliche aus.

»Schuldig.« Ich seufze. »Ich denke ... ich schlafe heute allein.«

Hunter runzelt die Stirn. »Ist alles okay mit uns?«

Meine Schultern sinken hinab und ich taste automatisch nach dem Schmetterlingsmedaillon. »Ja, nur ... Das Aufeinandertreffen mit True hat einfach ... Weißt du, ich glaube, dass ...« Ich kneife mir in den Nasenrücken, um meine Gedanken zu ordnen. »Wir sollten die Nächte nicht in einem Bett verbringen.« Meine Kehle wird so eng, dass ich kaum noch schlucken kann. »Wir sind keine Kinder mehr, Hunt. Und in mir schlägt das Herz von einem anderen Mann.«

Kapitel 15

MEIN GANZ PERSÖNLICHES GLÜCK

CATO

Ich frage mich, ob jemand, der seine Entscheidung nicht bereut, überhaupt eine zweite Chance verdient. Denn wenn ich ehrlich zu mir selbst bin, würde ich, sollte irgendwer zufällig auf die Idee kommen, die Zeit zurückzudrehen, erneut Flame wählen. Es war kein Fehler, mit Ladon das Drakonreich aufzusuchen. Andernfalls hätte dieser Fayna und Adeon nicht wiedergefunden und Flame wäre allein auf dem Altar unter Wasser gelandet. Ein unangenehmer Schauer überläuft mich bei der Vorstellung, wie sie das Portal genutzt hätte und vollkommen orientierungslos in den Tiefen der Höhlenstadt gestrandet wäre. Womöglich wäre es ihr rechtzeitig gelungen, den Nebel zu rufen, andererseits war sie anfangs aufgelöst und hilflos, als ich sie in dem nahezu schwarzen Wasser in die Arme nahm und mit ihr nach oben schwamm.

Vielleicht ähnele ich in dieser Hinsicht der Frau, die das Blut der Drakon und der alten Götter vereint. Wir beide setzen jene, für die unser Herz schlägt, nicht an erste Stelle. Sie hat Dark zurückgelassen und ich habe mit Ava dasselbe getan. Es ist wahr, ich zweifle nicht an dem Pfad, den ich vor Wochen eingeschlagen habe, während der Sandpalast unter mir immer kleiner wurde, je weiter Ladon sich in die Lüfte erhob. Aber war es wirklich notwendig, Ava zu verletzen?

Nein.

Das war einzig meiner eigenen Unsicherheit zu verdanken. Der ungewohnten Wärme in meinem Inneren. Der Angst, wieder nicht zu genügen, wie an dem Tag, als Flame mich mit Kälte im Blick ansah und auf dem Rücken des Wolfes in der Nacht verschwand. Der Preis für mein Verhalten am See, welches der Furcht entsprang, sie zu verlieren. Doch es war meine Schuld, weil ich zu lange gezögert hatte, Flame für mich zu beanspruchen. Ich würde es niemals laut zugeben, aber dieser Moment hat mich gebrochen, mich auf ewig gezeichnet. Flame war für unfassbar lange Zeit mein ganzes Glück. An jedem Morgen bin ich aufgewacht, habe sie angesehen und mich gefragt, wann man es mir nehmen würde. Ich dachte, dass ich sie nicht verdiene, und habe uns so zerstört.

Den Großteil meines Lebens habe ich damit zugebracht, mich mit belangloser körperlicher Nähe zu betäuben, sodass ich etwas wirklich Echtes überhaupt nicht verstehen konnte. Aber mittlerweile lechze ich nach ... Geborgenheit. Danach, mein Zuhause in jemand anderem zu finden. Mich zu zeigen – und nicht dafür zu schämen.

Es ist leicht, jemanden von sich zu stoßen oder auf Abstand zu halten.

Es ist leicht, die Wahrheit hinter einer Maske zu verbergen.

Es ist verdammt leicht, ein Heuchler und ein Feigling zu sein.

Ava tut das Richtige, indem sie mir die kalte Schulter zeigt.

Und doch kann ich nicht anders, als egoistisch zu sein. Auf eine andere Weise als in der Vergangenheit. Ich will mich Ava als ebenbürtig erweisen und glaube daran, gut genug für sie zu sein. Denn ich kann mir nicht vorstellen, sie je wieder gehen zu lassen, wo sie all das in mir auslöst, wonach ich mich eine Ewigkeit im Verborgenen sehnte. Dieses Mal werde ich erlauben, dass sie mein Herz berührt – bin bereit, der Ungewissheit eine Chance zu geben.

»Ich kann nicht schlafen, wenn du so laut atmest.«

Schwer schlucke ich und wische mir den Schweiß von der Stirn, bevor ich Ava, die einen Meter von mir entfernt auf dem Boden liegt, mein Gesicht zuwende. Wir halten uns in einer Art unterirdischen Höhle auf, während Apollo den Ausgang bewacht, damit wir uns ausruhen können, bevor wir unsere Reise fortsetzen. Ich muss wohl nicht erwähnen, dass ich kein Auge zubekomme, weil Avas Gegenwart und ihr betörender Duft mich schlaflos machen. Sie, aber auch die Erinnerung an das, was ich ihr angetan habe. Mein Gewissen tötet mich in jeder Sekunde meines verfluchten wachen Zustandes.

Geh nicht.

Diese beiden Worte sind wie eine Heimsuchung. Mein Kiefer knackt geräuschvoll, als ich die Zähne zusammenbeiße. Ihre Stimme in meinen Gedanken ist unendlich schön und eine Qual.

Diese Welt wandelt sich so schnell. Wenn du zu Ava zurückkehrst, kann längst alles anders sein.

Ladon hatte recht bei unserer Unterhaltung, kurz vor unserem Eintreffen im Drakonreich. Die Erde ist stets in Bewegung und bei einem Wiedersehen findet man nie dieselbe Person, der man beim Abschied in die Augen sah.

Während deiner Abwesenheit hast du einiges verpasst.

Und was genau hat sich verändert?

Dir ist zum Beispiel entgangen, dass mir ein Rückgrat gewachsen ist.

Ich schnelle in eine aufrechte Position und fahre mir mit den Händen durch mein Haar. Es ist, als würde sich meine

Brust dabei zusammenziehen und jeglichen Sauerstoff nach draußen zwingen. Hektisch atme ich ein und balle meine Hände zu Fäusten, weil ich spüre, wie sie zittern. »FUCK«, grolle ich wütend. Was ist, wenn ich längst und unwiderruflich *alles* verloren habe, von dem ich im entscheidenden Moment nicht wusste, wie sehr ich es brauche?

Während ich mein Bestes gebe, mich zusammenzureißen, bekomme ich nur am Rande mit, wie Ava aufsteht und ihre Kleidung abklopft, ehe sie beginnt, ihre Habseligkeiten in ihre Tasche zu stopfen: die Jacke, welche sie stets als Kissen verwendet, einen Wasserschlauch sowie ihre unzähligen Pergamentrollen und Aufzeichnungen, über denen sie so häufig brütet. Ich kann mir gar nicht vorstellen, wie viele Geheimnisse sie tatsächlich bewahrt.

Sobald ich mich wieder halbwegs im Griff habe, komme ich ebenfalls auf die Füße und huste, weil dabei Staub und Sand aufwirbeln. Meine Beine fühlen sich an, als würden sie gleich unter mit nachgeben. Was bei allen Gorgonen stimmt nicht mit mir? Ich bin ein verdammter Halbgott. Ich sollte stärker sein als das, was meine Ängste schürt. Aber kann man gewinnen, wenn Liebe der Gegner ist? Ich für meinen Teil zweifle daran. Andere sprechen in Bezug auf dieses Gefühl von Wärme und Zusammenhalt. Ich hingegen verbinde mit Liebe Einsamkeit. Manchmal sogar Leere. Und den freien Fall. Eine Welt, in der es keinen Boden gibt. Eine sichere Landung existiert für niemanden, der immer auf der Suche ist.

Als ich bemerke, dass Ava sich in Richtung Ausgang bewegt, schultere ich eilig meinen Rucksack und laufe ihr hinterher, bis es mir gelingt, mich vor sie zu schieben. Möglichst lässig hake ich meine Daumen unter meine Rucksackschlaufen, während ihre Schultern sich anspannen und sie langsam das Kinn hebt. Ihre Iriden, die selbst in der Dunkelheit orangefarbenen Mohnblüten gleichen, funkeln herausfordernd – als hätte sie bereits eine bissige Erwiderung parat.

»Nur fünf Minuten deiner Zeit«, raune ich. »Mehr verlange ich gar nicht.«

»Du hast nicht das Recht, irgendetwas von mir zu verlangen.«

»Ich weiß, Liebes.«

»Nenn mich nicht so«, faucht Ava.

Und weil der Bastard in mir sich noch immer zeigt, wenn sie mich herausfordert, hebt sich einer meiner Mundwinkel zu einem spöttischen Grinsen. »Ich weiß, *Schwindlerin*«, korrigiere ich mich. Ich trete ein wenig näher, löse meine Hände von den Schlaufen und streiche mit den Fingern über ihren Hals. Eine Gänsehaut folgt dem Pfad, den ich zeichne und in meinen Ohren beginnt es zu rauschen. »Ist es das, was du willst?«, reize ich sie. »Willst du dort weitermachen, wo wir aufgehört haben?« Blitzschnell beuge ich mich hinab und presse meine Lippen auf die Stelle, wo ihr Puls rast. Nur für eine Sekunde lasse ich meine Zunge hervorgleiten, um von ihr zu kosten, mich meiner Schwäche hinzugeben. »Schwindlerin«, wiederhole ich, als ich mich sanft von ihr löse, aber nicht auf Abstand gehe. »Willst du nach wie vor nur spielen? Hast du …«, mit dem Fingerknöchel streife ich die Unterseite ihrer Brust, »daran Gefallen gefunden?« Ihr entfährt ein Keuchen und ich muss die Lider schließen, um mich zu zügeln. »Ich mag es auch, Liebes«, versichere ich ihr und lasse meine Hände sinken. »Ich. Mag. *Dich.*« Leise atme ich aus und öffne meine Augen. »Aber ich will mehr als spielen.« Ich gehe zur Seite, damit sie mich passieren kann.

»Ich glaube dir nicht. Du hast dich nicht verändert, Heuchler.« Ihre Stimme bebt.

»Du irrst. Und ich werde es dir beweisen, Ava.« Sie zuckt zurück, als hätte ich sie mit Eiswasser überschüttet, weil ich ihren Namen noch nie wie eine Liebkosung ausgesprochen habe. »Ich werde niemals den Tag vergessen«, flüstere ich, »als in Delphi, am Mittelpunkt der Welt, während Frost über die Erde kroch und die Risse des Kolosseums schloss, der Heuchler auf seine Schwindlerin traf.«

Einen Moment lang herrscht absolute Stille, ehe Ava ein aufgebrachtes Schnauben ausstößt und an mir vorbeistürmt. Innerlich zähle ich bis fünf und folge ihr. Ungeachtet der Tatsache, dass sie wütend ist, verziehen meine Mundwinkel sich zu einem Grinsen, das so breit ist, dass es beinahe schmerzt. Seit Beginn unserer Reise hat sie mich mit Schweigen gestraft, weshalb ich das hier als Fortschritt verzeichne. Sie reagiert auf mich, was bedeutet, dass ich ihr nicht gleichgültig bin.

Als ich ins Freie gelange, umschmeichelt mich die Kälte der hereinbrechenden Nacht. Nachdem wir Ziva und ihrem Gefolge entkommen sind – was ein wenig knapp war, jedenfalls für meinen Geschmack –, hat Apollo uns auf Avas Anweisung hin ins Land der Wahrheit und der Wirklichkeit gebracht, wo Lost Votum versteckt haben soll. Sie hat uns außerdem versichert, dass Flame und Hunter es zum Palast der Titanen geschafft haben. Ich kann nur hoffen, dass sie erfolgreicher sind als wir. Schließlich müssen wir in sieben Tagen in Delphi sein und bisher sind wir der Uhr der Wünsche nicht auf die Spur gekommen. Meist schlafen wir von Mittag bis Abend, die restliche Zeit wandern wir zu Fuß hinter Ava her, nur wenige Strecken lässt sie uns von Apollo durch den Nebel tragen. Sie verrät uns nicht, nach welchem Ort genau wir suchen, wonach wir Ausschau halten müssen, aber ich befürchte langsam, dass hier außer Senken, Geröll, Felsen und Wüstensand kaum etwas zu finden ist.

Als ohne Vorwarnung Gestein zerbirst und kleinere Brocken auf uns niederfallen, werfe ich mich schützend auf Ava. Im nächsten Augenblick spüre ich bereits, wie eine Hand meinen Arm packt und wir in einen Strudel gezogen werden.

»Du kannst mich jetzt loslassen, Cato.« Kiesel bohren sich in meine Haut, als ich von Ava abrücke und in eine kniende Position komme, ehe ich auf meine Fersen sinke. Während ich wachsam unsere Umgebung mustere, hilft der Gott der Heilkunde Ava auf die Füße. »Die Natur scheint nicht auf unserer Seite zu sein«, merkt er dabei an.

Rechts von uns erhebt sich eine riesige Düne, links hingegen hat der Wind aus Sandstein Pfeiler, Türme, Gassen und Orgeln gebildet. Staub und Sand, die wiederum aus der Verwitterung entstehen, werden vom selben unermüdlichen Wind getragen und schleifen selbst hartes Gestein in neue Formen. Aufgrund dieser Fähigkeit habe ich begonnen, sie die Künstler der Wüste zu nennen. Sie prägen dieses Landschaftsbild, bestimmen darüber, wie es in Erscheinung tritt.

»Das ist nicht allein das Werk der Natur«, reißt Ava mich aus meinen Überlegungen. Ich stütze mich auf einem Oberschenkel ab und rappele mich hoch. Meine Beine fühlen sich schwer an, weil ich das stundenlange Gehen durch den Widerstand des Sandes nicht gewohnt bin.

»Du meinst, wir haben es mit Magie zu tun?«, hake ich nach.

Ava sieht mich nicht an, nickt aber. Ich täte nichts lieber, als den Abstand zwischen uns zu überbrücken, erneut dieselbe Nähe wie in der Höhle zu erschaffen, doch mir ist auch bewusst, dass sie es in Apollos Gegenwart noch weniger als überhaupt schon will.

»Ja«, sagt sie schlicht. »Lost wird die Uhr nicht ohne jeglichen Schutz versteckt haben. Er hat erlebt, was diese Gegenstände anrichten können. Aber ...«

Apollo reibt sich unbehaglich über seinen Nacken. »Aber was?«

Ava blickt über die Schulter, als würde sie annehmen, beobachtet zu werden. »*Votum* will gefunden werden. Die Uhr der Wünsche wird uns rufen, wenn wir nah genug sind.«

»Das gefällt mir nicht«, murmelt Apollo.

»Wir müssen weiter.« Ava nickt in die Richtung, die wir einschlagen sollen. »Wir sind längst nicht mehr die Einzigen, die nach dem Urgegenstand suchen.«

AVA

Wir stehen auf einer Felsklippe und überblicken einen Canyon, als ich die Stimme zum ersten Mal höre. Sie ist dunkel wie die Nacht, anziehend wie die Sonne und schmeichelnd wie die Blüten des Frühlings. *Schöne Seherin*, wispert sie mir über den Wind hinweg zu. *Ich spüre dein Sehnen, aber ich lechze auch nach dir.* Meine Nackenhaare richten sich auf, als ein Hauch über meinen Körper fährt, und ich muss mich zwingen, mich nicht zu winden. *Wirst du das hier mit mir teilen?* Zivas Gesicht schiebt sich vor mein inneres Auge, ihr Antlitz im Spiegel, das mir eine gebrechliche alte Frau zeigte. *Nur ein kleines Pfand für jeden deiner Wünsche.* Ich schlucke schwer, weil ich Ekel und gleichzeitig ... Verlangen empfinde.

Wie es wohl sein mag, sich in der Urmacht Viridis zu verlieren?

Wir beide könnten Schöpfer dieser neuen Welt sein, lockt die Stimme. *Sei wachsam, Seherin. Du musst stets den Himmel betrachten.*

Ich keuche, als ich eine Hand auf meiner Schulter spüre, herumwirbele und in Catos besorgte Augen schaue. Die Strahlen der Mittagssonne hinterlassen ein Brennen auf meinen Wangen und ich beiße mir auf die Unterlippe, als hätte er mich bei etwas Verbotenem ertappt. Wind kommt auf, weshalb er einen Arm um meine Taille schlingt und mich vom Abgrund fortzieht. »Was war das gerade?«, raunt er. »Hast du wieder etwas gesehen?« Der Wind wird stärker, bis die Luft um uns rotiert.

»Hallo, Staubteufel«, knurre ich und ignoriere Catos Frage. Ich vermute, dass er zu Losts Abwehrmechanismen zählt. Seit wir die Wüste erreicht haben, taucht er immer dann auf, wenn ich das Gefühl habe, auf der richtigen Spur zu sein.

»Wir sollten in einer der Höhlen des Canyons Schutz suchen«, schlägt Apollo vor. »Bevor die Mittagssonne uns Haut und Kleidung versengt.« Diese Erfahrung mussten wir trotz der Kälte am ersten Tag machen, weshalb wir in dieser Zeit und bis zum Abend ruhen. Ich nehme an, dass auch das Losts Werk ist und keine Laune der Natur. *Du musst stets den Himmel betrachten.* Vielleicht ist die Sonne genau aus diesem Grund so unerträglich – um *Votum* zu verbergen.

Als ich Catos Hand an meinem unteren Rücken spüre, folge ich Apollo widerwillig. Die Farben des Gesteins, welches von hellen Linien durchzogen wird, reichen von einem zarten Orange bis ins Rötliche und je tiefer wir vordringen, desto schattiger wird es. Obwohl uns noch viele Stunden von der Nacht trennen, macht es im Inneren des Canyons den Eindruck, als würde schon bald der Abend dämmern. Angenehme Kühle streicht über meinen verschwitzten Nacken und als ich den Kopf nach hinten neige, um die einzigartig geformten Felsen, welche sich rechts und links von uns erheben, zu betrachten, kommt es mir vor, als wären sie lebendig, als würden sie einen bizarren Tanz vollführen. Sie strecken sich derart weit in Richtung Himmel, dass es den Eindruck macht, als wollten sie das Firmament berühren – vielleicht sogar bis zu einem fernen Planeten wachsen, so unwirklich sehen sie aus. Lost hat einen schönen Ort für *Votums* neues Grab gewählt. Denn ich bin mir sicher, dass wir nah sind. Schließlich hat die Uhr zu mir gesprochen – nach mir gerufen. Und ich kann nicht leugnen, dass auch ich mich zu ihr hingezogen fühle.

Apollo führt uns immer tiefer in den Canyon, vorbei an Schluchten und von den Gezeiten erschaffenen Figuren. An einem Punkt, an dem die Sonnenstrahlen noch Einlass finden, glitzern die Felsen, wechseln ihre Farbtöne und gleichen dabei einem Regenbogen. Nach dieser Stelle laufen wir um eine Kurve und durchqueren einen deutlich schmaleren Weg, in welchem die Männer seitlich gehen müssen, bis wir eine Höhle erreichen, mit der Apollo zufrieden zu sein scheint. In einigen Metern Entfernung hat sie eine Öffnung, über welche man einen Teil des Canyons und die Wüste überblicken kann. Apollo jedoch scheucht uns in eine Einbuchtung, die mehr einem Krater ähnelt.

»Das ist ein guter Platz«, stellt er fest und lässt sich seufzend gegen den Felsen sinken. »Er ist abgelegen und sicher genug, dass wir alle schlafen können und niemand Wache schieben muss.«

Routiniert streife ich meinen Rucksack ab, hole meine Pergamentrollen hervor und setze mich ebenfalls. Ich kaue auf meiner Unterlippe, während ich meine Aufzeichnungen zum hundertsten Mal lese, die chaotischen Kritzeleien, die zum Teil kaum Zusammenhänge bilden. An meinen Schläfen pulsiert ein pochender Schmerz, weil ich gleichzeitig die Bilder und Gedanken, die nicht mir gehören, in die hinterste Ecke meines Kopfes verbanne, weil ich es mir nicht leisten kann, abwesend zu sein. Ich muss im Hier und Jetzt bleiben. Fokussiert sein. Trotzdem kriechen schwarze Schlingpflanzen und Figuren aus Feuer und Rauch durch mein Sichtfeld, sodass die Buchstaben vor meinen Augen verschwimmen. Das ist einer der Momente, in denen ich am liebsten aufgeben würde. In denen ich meine Gabe einen Fluch nenne, von dem ich nichts lieber täte, als ihn in der Lethe zu ertränken. Liebliches Vergessen. Von Flame weiß ich, dass es auch süß schmeckt. All das ist unendlich verlockend und ich lasse zu, dass das Papier aus meinen Fingern gleitet, während ich voll besetzte Ränge sehe – eine Menge, die in eine Arena starrt, in der Mächte aufeinandertreffen, die nie zuvor auf der Erde entfesselt waren. Es ist ... so dunkel. Als würde die Zukunft der Welt nur noch aus Schatten bestehen. Und plötzlich befinde ich mich am Ozean. Er ist ganz still, bevor er zornig wird und tobt. Als würde er ein letztes Mal aufbegehren, weil Poseidon schon vor zwei Jahrhunderten seinen letzten Atemzug nahm. Ich will erfahren, was als Nächstes geschieht, aber alles, was ich erkenne, ist ein gleißender Blitz, bevor es erneut finster wird.

Ein Ruck fährt durch meinen Körper und ich stoße mich an dem Felsen, Schmerz durchzuckt meine Wirbelsäule. Heftig blinzele ich, ehe ich mich in Catos sturmumwölkten Iriden verliere, der vor mir in die Hocke gegangen ist, während aus Apollos Richtung leise Schnarcher kommen.

»Bist du okay?«, raunt er mir zu und ich rutsche unkoordiniert zurück, sodass ich erneut gegen das Gestein pralle.

»Ja«, murmele ich und kneife noch einmal die Lider zusammen, ehe ich sie wieder öffne und meine Umgebung sich schärfer stellt. Und dann fällt mir auf, dass Stille herrscht. Dass Cato meine Gabe und die Gedanken, die manchmal zu viel sind, zum Schweigen gebracht hat. Geräuschvoll atme ich aus und meine Schultern sacken hinab.

»Nicht«, weise ich ihn ab, als er seine Hände nach mir ausstreckt, vermutlich, um mir Trost zu spenden. »Ich komme zurecht.«

»Aber ich bin hier. Und du kannst mit mir sprechen.« Ich höre, wie er neben mir Platz nimmt, wende mein Gesicht jedoch in die entgegengesetzte Richtung.

»Du bist so ungefähr der Letzte, vor dem ich gerade Schwäche zeigen will.«

»Ava ...« Ein wohliger Schauer überläuft mich, als mein Name seine Lippen verlässt. Am schlimmsten ist, dass ich ganz genau weiß, wie es ist, sie auf meiner Haut zu spüren. Weshalb habe ich ihm damals erlaubt, mir so ... *nah* zu sein? So nah, wie mir noch nie jemand kam. Ich habe zu viel mit ihm geteilt. Seine geflüsterten Worte, meine Laute und sein Stöhnen. Sein kühler Atem und seine rauen Hände, die meinen Körper erkunden, auf magische Weise vorhersehen, wonach ich mich verzehre – was ich brauche. Und obwohl er mich verletzt hat, sind da noch immer diese Fantasien ... von ihm und mir, die ich einfach nicht abschütteln kann. Ich frage mich, was mit mir nicht stimmt, denn es ist wahr: Ich habe Gefallen daran gefunden. Selbst wenn ich *ihm* das nicht gestehen kann.

»Es tut mir leid«, wispert er mir zu und ich erkenne, dass seine Iriden ernst und dunkel werden. »Es tut mir leid, was ich am Abend unseres Abschiedes zu dir gesagt habe.«

»Du hast mir wehgetan«, erwidere ich. Der Satz dringt derart hastig aus meinem Mund, dass ich ihn nicht aufhalten kann, und ich höre, wie Cato seinen angehaltenen Atem ausstößt.

»Was kann ich tun, um deine Vergebung zu erlangen?«

Ich lache erstickt auf, weil er sich so gewählt ausdrückt. »Nichts. Du kannst nichts tun, Halbgott. Ich werde den Fehler, mich dir anzuvertrauen, nicht noch einmal begehen.«

»Bei allen Höllentoren«, brummt Apollo und rollt sich auf die andere Seite. »Könnt ihr euer Drama woanders klären? Ich habe seit Tagen nicht richtig geschlafen.« Wenngleich ich das Gespräch lieber nicht fortführen will, erhebe ich mich, verlasse den Krater und laufe zu der Öffnung mit Ausblick auf den Canyon. Innerlich wappne ich mich, bevor ich die Arme vor der Brust verschränke und wieder herumwirbele, wo Cato bereits steht.

»Du willst mir keine zweite Chance geben? Nie?«

»Niemals«, fauche ich.

»Ich verdiene deinen Zorn«, sagt er leise und dass er so ruhig bleibt, macht mich nur noch wütender.

»Und ich verdiene mehr als einen Mann, der bereit ist, mich ohne mit der Wimper zu zucken für eine andere Frau zurückzulassen.«

Für einige Sekunden ist er wie erstarrt, als hätte ihn der Blitz getroffen, den ich vorhin erblickt habe. »Was? Geht es hierbei etwa um *Flame*? Um Eifersucht?«

»Es geht *nicht* um Eifersucht«, rufe ich. »Mir ist schon sehr *sehr* oft Ablehnung widerfahren, Cato. Und ich wurde schon viel zu oft zurückgelassen. Von meinem Vater. Von meinem Bruder. Selbst von Apollo. Und … von *dir.*«

»Du hast Apollo vergeben.«

»Apollo ist nicht das für mich, was du für mich warst.« Ich lasse meine Arme sinken, strecke und balle meine Hände immer wieder zu Fäusten, weil ich mich meinen eigenen Emotionen nicht gewachsen fühle. »Du hast mich zurückgelassen«, fahre ich nun gefasster fort, »und dich für Flame entschieden. Das ist ein Fakt. Sie bedeutet dir mehr als ich.«

Catos Miene verhärtet sich und seine Reaktion versetzt mir einen Stich. »Frag mich nicht, ob Liebe mehr als Freundschaft zählt.«

»Du hast monatelang in den Katakomben eines verfallenen Kolosseums in eisiger Kälte genächtigt. Du hast dich nur mit einem Drachen an deiner Seite isoliert und hartnäckiger als alle anderen nach ihr gesucht. Ich bin mir nicht sicher, wie schwer die *Freundschaft* wiegt.«

Seine Stirn legt sich in Falten und er neigt den Kopf zur Seite. »Du denkst, dass ich Flame liebe?« Statt einer Antwort presse ich die Lippen aufeinander und muss mich zusammenreißen, um dem Sturm in seinen Iriden standzuhalten. Er macht einen Schritt auf mich zu und ich zwinge mich, an Ort und Stelle zu verweilen, obwohl er auf diese Weise einschüchternd wirkt. Und anziehend. Vertraut. Mein Verstand wird leiser und alles drängt darauf, nachzugeben. Mich *ihm* wieder hinzugeben.

Er legt eine Hand an meine Hüfte und der Stoff meines Pullovers rutscht nach oben, sodass ich seine Finger durch das dünne Leinenhemd spüren kann, welches ich darunter trage. »Ich kenne Flame seit neun Jahren. Dir bin ich erst vor Wochen begegnet. Du weißt, wie viel sie durchgemacht hat. Sie stand für diese Welt in Flammen. Sie hat den Tod für unser Leben gewählt«, sagt er eindringlich. »Und niemand wäre da gewesen, als sie durch das Portal aus Elysion kam. Ich musste das für sie tun.« Sanft streicht er mit dem Daumen über meinen Bauch und es fühlt sich so gut an, dass ein Wimmern in meiner Kehle aufsteigt. »Ja, ich liebe Flame. Sie ist ein Teil meines Lebens. Aber das mit ihr ist etwas gänzlich anderes als das zwischen uns. Das Urteil darüber, wie ich empfinde, solltest du mir überlassen. Und falls du es deutlich hören musst: Ich habe sie nie geküsst. Ich habe sie nie berührt wie dich.«

»Ich mag Flame«, erwidere ich und es ärgert mich, dass meine Stimme dabei zittert. »Bloß ... Ich wünsche mir bloß ein einziges Mal, dass man *mich* wählt.« Eine Träne rinnt meine Wange hinab und tropft auf Catos Hand. »Doch ich habe aus der Vergangenheit gelernt. Ich bin diejenige, die mich beschützen muss. Ich bin diejenige, die für mich da sein muss. Diese Sehnsüchte sind Schwäche und führen zu nichts.« Ich klammere mich an seine Schultern, aber statt ihn von mir zu schieben, verharre ich in dieser Position. »Ich habe nicht erwartet, dass du überhaupt nicht aufbrichst. Nur, dass du mich mitnimmst.«

Cato löst seine Hand von meiner Hüfte und wischt eine weitere verräterische Träne fort, die sich aus meinem Augenwinkel gelöst hat. »Ich habe eine Menge unnötigen Scheiß gesagt, bevor ich gegangen bin. Aber es war die Wahrheit, dass ich annahm, diese Reise würde gefährlich werden. Die schützenden Mauern des Sandpalastes und die Tatsache, dass in wenigen Stunden Apollo und die restliche Truppe eintreffen würden ... Ich hatte keinen Zweifel daran, dass sie auf dich aufpassen – es schien mir sicherer. Du warst mir zu diesem Zeitpunkt wichtig, auch wenn ich mich wie ein Idiot aufgeführt habe. Ich wollte dich nicht in Gefahr bringen.«

Mein dummes Herz macht einen Hüpfer und ich senke den Blick auf seine muskulöse Brust, über der seine Jacke spannt. Äußerlich ist alles an Cato perfekt. Als hätte Aphrodite ihn mit Schönheit beschenkt. Doch es sind seine Macken und seine Makel, die ihn interessant für mich machen. Sein Verstand, seine manchmal derben Worte und die Tatsache, dass er von Anfang an mit mir gesprochen hat, wie niemand aus meinem Tempel es je gewagt hätte.

»Ich ... ich bin mir nicht sicher ...« Ich schlucke und verfluche mich selbst. Meine Augen weiten sich, als Cato meine Hände in seine nimmt und sich vor mir auf ein Knie fallen lässt. Heilige –

»Ist es das, was du willst, Liebes?«

Heilige Harpyie.

Unwillkürlich muss ich daran denken, wie ich nach seiner Abreise im schwarzen Wasser der Nacht vor dem Sandpalast geschwommen bin. Wie ich mir vorgenommen habe, dass er bei unserer nächsten Begegnung derjenige sein wird, der vor mir auf die Knie geht.

»Cato«, flüstere ich.

Er fängt meinen Blick ein und zwischen uns breitet sich eine Stille aus, die schwer, aber auch angenehm ist, in der ich mich verstanden fühle.

»Verzeih mir«, raunt er schließlich. »Verzeih mir, Ava. Dass ich sturköpfig und dumm war und einen Fehler begangen habe.« Er verschränkt unsere Finger miteinander, während ein entschlossener Ausdruck in seine Miene tritt. »Verzeih mir, Ava. Denn ich habe keine Ahnung, wohin meine Reise ohne dich gehen soll. Ich verfüge nicht über deine Fähigkeiten und trotzdem sehe ich meine Zukunft nur mit dir.« Mein Mund öffnet sich, doch kein Ton dringt hervor. Ich habe mit vielem gerechnet, aber nicht mit diesem Geständnis. Auf wackeligen Beinen mache ich den letzten Schritt auf ihn zu, sinke auf seinen angewinkelten Oberschenkel. Und die Zeit scheint stillzustehen, als ich mich zu ihm beuge und unsere Lippen nur Millimeter voneinander entfernt verharren, ich seinen Duft einatme. Er riecht nach Mondschein, Regen und den Mineralien der See. Wie mein ganz persönliches Glück.

Vielleicht ist es nicht leicht, einen Mann wie Cato zu lieben. Perfektion und Vollkommenheit wird man in ihm nicht finden. Aber danach habe ich auch nie gestrebt. Stattdessen werden meine Sehnsüchte durch seine raue Ehrlichkeit, seine leidenschaftliche Entschlossenheit und von dem Sturm, der stets in seinen Iriden tobt, erfüllt. Cato hat mir gezeigt, dass ich mehr sein kann als die Karten, die meine Bestimmung mir gelegt hat. Meine Lider flattern, als ich meine Arme um seinen Hals schlinge, ihn küsse und meine Ängste in den Hades schicke, wo der Styx sie fortspült.

Kapitel 16

DIE MÄCHTE VON ORIGINEM UND EXITIUM

AVA

Seit ich vor dem Altar auf die Knie ging, um mein Schicksal als Seherin zu besiegeln, erschien es mir, als wäre mein Geist stets zwei Schritte voraus, während meine Seele zurückblieb. Ich hatte Schwierigkeiten, mich selbst zu spüren. Als würde mein Körper einer höheren Macht gehören. Ich wusste nicht mehr, wie es ist, wenn alles zusammengehörte. Konnte mich kaum an Zeiten erinnern, in denen ich nicht zerrissen war.

An dem Tag, an dem ich Cato begegnete, änderte sich das. Denn nichts fühle ich deutlicher als seine Hände und seinen Atem auf meiner Haut. Nichts sorgt dafür, dass ich mehr lebendig und im Hier und Jetzt bin. Und obwohl die Zukunft mich in manchen Momenten noch immer aus der Gegenwart entführt, kenne ich nun einen Ort, an den ich zurückkehren kann. Der mich auffängt und mich erdet.

»Cato«, wispere ich, sobald wir uns voneinander lösen.

»Ava«, raunt er, als würde auch er nach wie vor meinen Namen auf seiner Zunge kosten. Ich vergrabe mein Gesicht an seinem Hals, atme weiter seinen Duft und lausche seinem rasenden Herzschlag. Es macht mich froh, dass ich das in ihm ausgelöst habe. Es beweist mir, dass ich nicht allein in diesem wunderschönen Chaos bin. Mit den Fingern beginnt er, zart über meine Wirbelsäule zu streichen, und ich erschauere. Plötzlich vibriert sein Lachen an meiner Brust und ich ahne, was in ihm vorgeht.

»Wehe du machst auch nur einen einzigen Kommentar über mein Rückgrat«, warne ich ihn, aber auch meine Mundwinkel zucken.

»Ich meine ... du hast deinen Standpunkt auf jeden Fall klargemacht.«

»Nett, dass du das sagst«, nuschele ich, ehe wir beide in Gelächter ausbrechen und ich ein wenig von ihm abrücke, um ihn anzusehen. Ich glaube nicht, dass ich ihn jemals so breit habe grinsen sehen und es bewirkt, dass auch mein Herz einige wilde Hüpfer vollführt. Möglicherweise realisiere ich genau in diesem Augenblick der Albernheit, dass ich ihn tatsächlich liebe. Und dass ich mich nicht dagegen wehren will.

Mit dem Daumen fährt er über meine Lippen, ehe er mich erneut hauchzart küsst. So unendlich sanft, dass es in meinem Bauch zu kribbeln beginnt. Ich schmiege mich wieder enger an ihn, umfasse sein Gesicht, während er meinen Zopf löst und seine Hände in meinem Haar vergräbt. Spielerisch sauge ich an seiner Zunge und ein Grollen dringt aus seinem Mund, was dafür sorgt, dass ich meine Schenkel auf der Suche nach Linderung aneinanderpresse, bis ich aufstehe, um meine Beine um seine Hüften zu schlingen. Seine Hände gleiten hinab zu meiner Taille und er erhebt sich, setzt sich in Bewegung, bis mein Rücken die raue Felswand berührt.

»Mehr«, flehe ich und seufze auf, als er mich fester packt. Blitze zucken durch meinen Unterleib, als ich sein Verlangen an meiner Mitte spüre, wo sich Feuchtigkeit gesammelt hat. Meine Nägel graben sich in seine Schultern und mein Kopf fällt zurück, als er in die empfindlichste Stelle meines Halses beißt. Ich reibe mich nun zügellos an ihm, meine Handinnenflächen fangen an, seinen Oberkörper zu erkunden, bevor ich versuche, seine Jacke abzustreifen, und unsere Lippen noch hungriger aufeinanderprallen, unsere Zähne gegeneinanderschlagen, weil wir *alles* vom jeweils anderen wollen. Ich höre, wie das Kleidungsstück zu Boden fällt, schlinge meine Beine noch fordernder um ihn, bis er sich mit einer Hand am Gestein abstützt und die andere meinen Hintern umfasst. Ich stöhne seinen Namen, sobald er gänzlich die Kontrolle übernimmt, mich rhythmisch gegen die Wand des Canyons stößt und das Ziehen in mir stärker wird.

»Komm für mich, Ava«, flüstert er und seine raue Stimme genügt, um mich über den Abgrund zu bringen. Hitze flutet mich, ehe ich zuckend und in seinen Armen meine Erlösung finde. »Ich habe jedes Wort, das ich vorhin sagte, ernst gemeint. Und ich werde nie wieder einen Weg ohne dich einschlagen. Das verspreche ich dir.«

Flatternd öffne ich die Lider und schaue in seine Iriden. »Ich glaube dir.«

Seine Schultern entspannen sich und er presst seine Lippen gegen meine Schläfe. Kurz schließe ich erneut die Augen, sauge den Moment in mich auf, speichere ihn ab, weil ich niemals vergessen mag, wie ich mich in dieser einen Sekunde gefühlt habe. Als wäre ich ... geheilt. Als hätte ich vorher überhaupt nicht gewusst, wie sehr ich das hier brauche.

Nur langsam beruhigt sich mein rasender Puls und ich taste zögerlich nach Catos Gürtel. Ich will, dass er ebenso Befriedigung erlangt, ungeachtet der Tatsache, dass ich keine Ahnung habe, wie ich das anstellen soll. Meine Wangen werden warm, als er ohne Vorwarnung erstarrt und sein Kopf herumruckt. »Habe ich ... habe ich etwas falsch gemacht?«

Geräuschlos lässt er mich zu Boden gleiten. »Du kannst nichts falsch machen, Liebes.« Mein Herz sackt mir in die Magengrube, als er sich von mir abwendet und zwei Schritte in Richtung der Öffnung macht. Ich bilde mir ein, so etwas wie Flügelschlagen zu vernehmen. »Geh und weck Apollo«, befiehlt Cato mir. »Pack deine Aufzeichnung zusammen und lass nichts davon zurück.« Obwohl mein Verstand noch nicht ganz begreift, setzt mein Körper sich wie ferngesteuert in Bewegung. Kurz darauf knie ich neben dem Gott der Heilung, rüttle an ihm, bis er mich ansieht. Dann haste ich zu meinem Rucksack, stopfe alle Pergamentrollen hinein, ehe ich mir auch Catos Habseligkeiten schnappe.

»Was ist los?«, hakt Apollo nach, aber ich kann nur den Kopf schütteln, während meine Gabe mir das Gesicht des Mannes zeigt, der auf Viridi Zivas Leibwächter war. *Sie* hat ihn geschickt. »Du hast in Flames Heimatdorf absichtlich zugelassen, dass Ziva und die anderen uns finden, oder? Wolltest du, dass sie unsere Spur aufnehmen?«, fragt der Gott der Heilung weiter.

Knapp nicke ich, setze jedoch zu keiner Erklärung an, eile stattdessen zurück zu Cato, Apollo ist mir dicht auf den Fersen. Nebeneinander bleiben wir vor der Öffnung stehen. Rechts unten, am Eingang des Canyons, sind drei Pegaluxe mit ihren Reitern gelandet.

»Sie sind auch auf der Suche nach Votum«, spricht Apollo leise, gleichzeitig ziehen wir uns vorsichtig zurück.

»Nicht nur«, grollt Cato und wendet sich dann mir zu. »Nicht nur die Uhr ist von Bedeutung für Ziva. Sie weiß jetzt von dir, Ava. Und ich bin mir sicher, dass sie alles in ihrer

Macht Stehende tun wird, um eine Seherin – *die* Seherin – in ihre Finger zu bekommen.«

»Es musste so geschehen«, erwidere ich ruhig, blicke ihm fest in die Augen. Mehr kann ich ihm nicht verraten. Ich bin dazu verdammt, Geheimnisse zu haben.

Apollo wischt sich Schweiß von der Stirn. »Aber wie genau waren sie dazu in der Lage, uns zu lokalisieren?«

»Definitiv Chaos«, antworte ich und gebe mein Bestes, dabei nicht schuldig zu klingen. »Entweder er hat etwas in Flames Heimatdorf aufgeschnappt oder Losts Gedanken in der Burg belauscht. Wenn Letzteres der Fall ist, ist es ein gutes Zeichen. Dann sind wir der Uhr wirklich nah.«

»Vielleicht ist sie sogar hier. Irgendwo im Canyon«, mutmaßt Apollo.

Ich denke an die Stimme und beiße mir auf die Unterlippe, ehe ich verneine. »Es fühlt sich noch nicht richtig an. Wir sind nicht am Ziel.« Vor meinem inneren Auge blitzt ein Bild am Himmel auf, doch es verschwindet so rasch, dass ich nicht ausmachen kann, worum es sich dabei handelt.

Cato mustert mich eindringlich und kurz zieht sich mein Unterleib zusammen, in Erinnerung an das, was wir eben noch geteilt haben. »Wohin soll Apollo uns dann bringen?«, will er von mir wissen. Ich blinzele einige Male, muss mich selbst zur Konzentration zwingen.

»Wir werden nicht durch den Nebel gehen«, entscheide ich. Da ich Votum gehört habe, will ich mich nicht zu weit entfernen. »Wir laufen weiter, bis wir auf der anderen Seite wieder herauskommen.« Ich drehe mich um und übernehme die Führung, die Schritte der Männer folgen mir. Dabei entgeht mir nicht das Geräusch, welches entsteht, als Cato seinen Dolch zieht. Wir passieren den schmalen Pfad, ehe wir wieder in den Hauptgang des Canyons gelangen und nach rechts abbiegen. Ich beschleunige leicht und kann nicht verhindern, einen Blick über die Schulter zu werfen.

»Im Prinzip ist es kaum möglich, dass sie uns einholen«, murmelt Apollo, der vermutlich im Kopf die Route bis hierher gedanklich überschlägt.

»Mhm«, gebe ich von mir und spüre Catos Hand an meiner Schulter, weil er bemerkt, dass ich mich gedanklich an einem anderen Ort aufhalte.

Apollo schnaubt. »Bei dir heißt das manchmal ja und manchmal nein. Nicht besonders hilfreich. Vielleicht sollten wir besser rennen.«

»Sie sind nur zu dritt. Was sollen sie schon ausrichten?«, spottet Cato.

»Hochmütig wie eh und je«, brummt der Gott der Heilung.

Meine Augen huschen wild umher und plötzlich erscheint es mir, als würden die bizarren Figuren und Sandsteinformationen enger an uns heranrücken. Ich taumele und Cato packt mich gerade rechtzeitig am Unterarm. »Ava«, knurrt er warnend. Und dann geht alles so schnell, dass meine Sicht zwischen scharf und unscharf wechselt. In großen Sätzen kommen von oben nacheinander drei Tiere zwischen den gewundenen Skulpturen zu uns herab. Es ist mir unerklärlich, wie sie sich an den steilen Wänden halten können – weshalb sie nicht einfach abstürzen. Cato sprintet los und zieht mich mit sich, während hinter uns ein Krächzen ertönt, das bis in meine Knochen vibriert. Als das Innere des Canyons sich zu einem kreisförmigen Bereich öffnet, wirbelt Cato mich herum, sodass wir Rücken an Rücken stehen und drückt mir seinen zweiten Dolch in die Hand. Einen Wimpernschlag später taucht Apollo neben uns auf. »Nicht«, stoppe ich ihn, da er uns berühren will, um den Nebel zu rufen. Als der Gott protestieren will, landet bereits das erste Geschöpf vor uns. Der Leib erinnert an den eines Hundes in Kerberos' Größenordnung, der Kopf hingegen ist der eines Raben. Erneut ertönt der krächzende Laut. Furcht erfasst mich, als mein Blick über die langen Krallen schweift, von denen wohl eine genügt, um einen Hals zu durchschneiden und einen Kopf abzutrennen. »In Deckung«, befiehlt Cato knapp und stößt mich in Richtung eines kleineren Felsens, hinter dem ich mich verstecken soll. Als die zwei weiteren Biester auftauchen, gehorche ich, weiche zurück und lasse zu, dass Cato und Apollo sich wie lebendige Schilde vor mich stellen.

Für einige Sekunden herrscht absolute Stille, ehe sich das vorderste Tier auf Cato stürzt, während das andere die Sandsteinwand erklimmt und ihn von oben attackiert. Ich stoße einen warnenden Schrei aus, aber der Sohn des Okeanos wirbelt bereits herum, schlitzt dem einen die Brust auf, ehe er sich abrollt, um sich dem nächsten Angreifer zu stellen. Gleichzeitig bekämpft Apollo das dritte Biest und ich schnappe nach Luft, weil ich erst jetzt erkenne, dass ihre Pfoten dunkle Abdrücke hinterlassen, als hätten sie den Tod mitgebracht. Die Szenerie vor meinen Augen verändert sich und ich taumele leicht, suche Halt, als ich mich in einem Wald wiederfinde.

Meine neue Umgebung ist finster, als gäbe es an diesem Ort kein Sonnenlicht. Alles ist schwarz und grau. Nebelschwaden dringen zwischen den Bäumen hervor, paaren sich mit einem giftgrünen Unheil bringenden Schimmer. Vorsichtig taste ich mich einige Schritte voran, werde von einem Ast gestreift, was wie die Berührung eines knochigen Fingers erscheint. Ich zucke zusammen und fluche leise, als ich mit dem rechten Fußknöchel umknicke. Der Untergrund ist eine Täuschung. Er ist hart, obwohl er weich aussieht, wie Moos, das mit Ruß bestäubt worden ist. Schaurige Laute dringen an meine Ohren, die Qualen derer, die ich nicht sehen kann. Schemen wabern ziellos umher, als wären es Seelen, die ihren Weg in die Unendlichkeit nicht finden. Ohne Vorwarnung rast ein Schatten auf mich zu und ich hechte zur Seite, pralle dabei mit der Schulter gegen einen Stein, was mir ein Stöhnen entlockt. Kurz versagen meine Arme, ehe es mir gelingt, mich langsam aufzurichten und stolpernd auf die Füße zu kommen. Ich lege den Kopf in den Nacken, drehe mich um die eigene Achse. Ich befinde mich in einem Kreis, hohe Felsen umgeben mich, ragen bedrohlich über mir auf. Dann glimmen zwei Zeichen auf. Zuerst eine Krone, dann ein Schwert. Ich weiß, was das bedeutet. Die Kreaturen stammen aus dem Nigrum Silvam, sind mit der Zeit entstanden aus Originem, der Krone der Schöpfung, und Exitium, dem Schwert der Zerstörung. Auch sie wurden von Ziva mit zur Erde gebracht, um ihre dunkle Essenz zu verbreiten.

»AVA!« Catos Brüllen reißt mich zurück in die Wirklichkeit. Eines der Biester steht nur einen Meter von mir entfernt, die anderen beiden liegen leblos im Sand, während Apollo und mein Halbgott gegen die Männer kämpfen, die aufgetaucht sein müssen, als mein Geist an einen anderen Ort gegangen ist. Ich packe das Messer, das ich immerhin nicht fallen gelassen habe, fester, als sich das Wesen in lauernder Haltung nähert. Leicht neigt es seinen Rabenkopf, beobachtet mich – seine Beute – aus schmalen Augen. Oberhalb des Schnabels sind schmale Nüstern, aus denen schwarzer Rauch zu dringen beginnt. »BENUTZE DEN DOLCH!«, ruft Cato, der einem von Zivas Schergen in dieser Sekunde seine Klinge ins Herz jagt. Erst jetzt realisiere ich, dass das Tier, welches mich als Opfer ausgewählt hat, an seinem Hals schwer verletzt scheint. Offenbar ist es jenes, das Cato schon am Anfang erledigt hatte, nur ist es wiederauferstanden, die Verletzung war nicht schwer genug.

»JETZT!« Wie in Trance schleudere ich den Dolch, höre dabei das Knacken eines Genicks. Ich treffe – mit solcher Wucht – dass der Kopf gespalten wird. Ich kann mir nicht erklären, wie das möglich, aus welchem Material dieses Messer geschaffen ist. Die Kreatur wankt, bricht schließlich doch in sich zusammen. Der finstere Rauch jedoch kommt weiter auf mich zu, schwebt ungehindert durch die Luft und ich bin wie erstarrt, sehe erneut die Zeichen aufblitzen – von Schwert und Krone. Schöpfung und Zerstörung.

Der Atem wird aus meiner Lunge gepresst, als Cato sich gegen mich wirft, wir zu Boden gehen und er meinen Körper mit dem seinen abschirmt. Er streckt seine Klinge aus, als könnte er es mit dem Nebel des Geschöpfes aus dem *Nigrum Silvam* aufnehmen. Im nächsten Moment schlingt sich der Rauch um seinen Unterarm und ich schreie, als er in seine Haut eindringt. Cato beginnt zu zucken und ich rolle ihn mit mehr Kraft, als ich mir selbst zugetraut hätte, von mir, bis ich auf ihm sitze, mit beiden Händen sein Gesicht umfasse, verzweifelt seinen Namen flüstere. Seine Lider sind geöffnet, seine Augen rollen in den Höhlen zurück. Eine nie zuvor erlebte Angst überkommt mich, weil eine tödliche Macht durch ihn rauscht, sich in seine Adern stiehlt – in sein Blut. Und es ist meine Schuld. Weil ich Apollo verbat, uns in Sicherheit zu bringen. Nur am Rande bekomme ich mit, dass der Gott der Heilung gegen Zivas ehemaligen Leibwächter kämpft, bis dieser plötzlich im Nichts verschwindet.

»Du musst bei mir bleiben«, flehe ich immer wieder. »Du

musst bei mir bleiben. Du hast es mir versprochen. Ich weiß doch auch, dass unsere Pfade miteinander verschlungen sind.« Tränen rinnen meine Wange hinab, tropfen auf seine Brust, die unter mir vibriert, als würde in seinem Inneren ein Kampf stattfinden. Apollo geht neben uns auf die Knie und ich beiße mir fest auf die Unterlippe, um ein Schluchzen zurückzuhalten. Immer wieder fahre ich die Konturen von Catos Gesicht nach, seine Stirn, seine Nase, seine Brauen, seinen ausgeprägten Kiefer, an dem ein Muskel zuckt. Ich keuche, als ein Ruck durch seinen Körper geht und er in eine aufrechte Position schnellt, seine Hände meine Taille umfassen. Dann schlägt er die Lider auf. Ich erkenne nach wie vor die stürmische See darin. Apollo seufzt erleichtert, während ich meine Lippen mit solcher Wucht auf Catos presse, dass wir beinahe zusammen umkippen.

Ein Geräusch, bei dem sich meine Zehen einrollen, ertönt, und Cato und ich lösen uns voneinander. »Wollte nur ganz sichergehen«, erklärt Apollo trocken, der dem letzten Wesen erneut seine Waffe ins Herz gerammt hat.

»Unwahrscheinlich, dass es uns ohne Kopf noch einmal angegriffen hätte«, murmele ich, ehe Cato und ich aufstehen und ich seinen linken Unterarm begutachte. Von seinen Fingerspitzen bis zum Ellenbogen ist die Haut schwarz, erinnert mich an die Rinde der Bäume im Todeswald. Beinahe wirkt es wie eine Tätowierung, die ein wenig erhaben ist. Entgegen Catos Protesten berühre ich seinen Arm, aber mir geschieht nichts. Rasch berichte ich ihm und Apollo, woher die Geschöpfe stammen, welche Macht ihnen innewohnte.

»Also war das Bad im Styx tatsächlich zu etwas gut«, stellt Cato fest.

Schwer schlucke ich. »Es scheint, als hätte es dir das Leben gerettet«, bestätige ich. Tief atme ich durch. »Es tut mir leid«, wispere ich und es fühlt sich an, als würde mein Herz vor Schmerz und Reue zerspringen.

Bevor Cato etwas erwidern kann, ergreift Apollo das Wort. »Der dritte Angreifer ist geflohen und ich habe keine Ahnung, ob er mit Verstärkung zurückkehren wird. Wir sollten schleunigst von hier verschwinden.«

Nur mit einiger Überwindung kann ich mich von Cato lösen. »Du hast recht.« Prüfend mustere ich den Weg, der uns hierhergeführt hat, und anschließend die Abzweigungen. »Dort entlang«, entscheide ich nach einigen Sekunden und laufe voran.

»Ich würde es jederzeit wieder tun«, raunt Cato im Gehen in mein Ohr, was erneut ein Brennen in meinen Augen hervorruft. »Ich würde für dich sterben, Ava. Aber viel lieber möchte ich mit dir gemeinsam leben.«

Mehrmals schlägt Apollo vor, uns nun durch den Nebel zu tragen, doch ich lehne jedes Mal ab. Es ist, als hätte man in meiner Brust einen Kompass eingepflanzt. Zwar kann ich in diesem Augenblick nicht weit in die Zukunft schauen, doch mir ist instinktiv bewusst, welchen Schritt ich als Nächstes tun muss. »Werden uns noch mehr von Zivas Leuten in der Wüste begegnen?«, fragt Cato, während er sich wachsam umschaut und dabei sein Messer zwischen den Fingern zwirbelt. Immer wieder muss ich seinen Arm anschauen und trotz seiner Worte nagt Schuld an mir.

Ich denke an den Leibwächter, aber meine Gabe schweigt. »Ich sehe nichts«, murmele ich. »Wie fühlst du dich?«

»Gut«, erwidert Cato knapp. »Genau wie vor der Begegnung mit diesen Wesen.«

»Wenn wir die nächste Rast einlegen, soll Apollo sich dennoch deinen Arm ansehen.«

»Weshalb?«, grunzt Cato missmutig.

Ich seufze schwer. »Weil er der Gott der Heilkunde ist.«

»Der Styx hat mich geheilt.«

Apollo schnaubt belustigt. »Du bist der Erste, der von Heilung spricht, nachdem er einen Teil seiner Seele an den Hades verkauft hat.«

»Er hat seine Seele nicht verkauft«, fahre ich ihn so ungehalten an, dass Cato mir eine Hand auf die Schulter legt. Seine Hand, die schwarz gefärbt ist – meinetwegen. Ich verstehe nicht, warum er deshalb nicht ausflippt.

»Mir geht es ausgezeichnet, Liebes. Aber wenn es dich beruhigt, kann Apollo sich das später ansehen.«

Heftig blinzele ich und nicke, ehe ich mich wieder auf unsere Route konzentriere. Ab und zu flackern Bilder vor mir auf, die nicht hierher gehören. Von der ehemaligen Königin der Unterwelt, die neben einem Mann kniet, dessen Lider geschlossen sind, von Ladon, auf dessen Rücken eine Frau mit karamellfarbenem Haar sitzt, das zu mehreren Zöpfen geflochten ist, von Phia, deren Miene vor Zorn verzerrt ist, und von Lost, um den nur Dunkelheit herrscht.

»Da müssen wir durch«, sage ich und bleibe so abrupt stehen, dass Cato gegen mich läuft und ich beinahe stolpere. Mit zusammengezogenen Brauen geht Apollo in die Knie und begutachtet das Loch ganz unten im Gestein.

»Bin mir unsicher, ob Cato und ich da durchpassen. Was ist auf der anderen Seite?«

»Ich weiß es nicht.«

»Großartig«, kommentiert Apollo sarkastisch.

Ich hocke mich neben ihn und muss gestehen, dass auch

mir ein wenig mulmig zumute ist, bei der Vorstellung, dort hineinzumüssen. »Ich gehe voran.«

»Auf keinen Fall«, sagen Cato und Apollo gleichzeitig.

»Ihr habt vorhin gekämpft und nun mache ich den Anfang. Es ist nur fair.« Mein Tonfall verdeutlicht, dass ich nicht darüber diskutieren werde. Energisch ziehe ich die Rucksackschlaufen fester und krieche in den schmalen Gang. Er ist so tief, dass Cato seine Tasche vermutlich abnehmen und vor sich her schieben muss. Ich konzentriere mich auf meine Atmung und robbe auf dem Bauch vorwärts. Das Gestein fühlt sich kühl an, aber nicht feucht. In der Finsternis spüre ich unter meinen Fingern die Rillen, welche für die sanften Regenbogenfarben des Canyons stehen, was mich beruhigt.

»Alles in Ordnung?«, dringt Catos Stimme gedämpft zu mir.

»Ja«, antworte ich rasch. Da ich nichts erkenne, muss ich mich auf das Ziehen in meiner Brust verlassen. Unermüdlich bewege ich mich fort und gebe mein Bestes, entspannt zu bleiben. Ich habe keine Angst vor engen Räumen, aber allein die Vorstellung, dass wir uns in einem winzigen Gang innerhalb eines Canyons unter meterhohen Felsen befinden, es kein Zurück gibt ... In dieser Sekunde ist es, als wäre nicht genug Luft zum Überleben da.

»Ich bin direkt hinter dir«, versichert Cato mir und der Knoten in meiner Kehle löst sich ein wenig. »Einfach weiter machen«, bestärkt er mich. »Nicht nachdenken. Nicht innehalten.«

»Okay«, flüstere ich und befolge seinen Rat. Und irgendwann, als meine Arme sich bereits taub anfühlen und mein Nacken schmerzt, erblicke ich Licht. Ein Gähnen unterdrückend, weil ich keinen Schlaf bekommen habe, mobilisiere ich meine verbleibenden Kräfte.

Es ist keine gute Überraschung, als ich das Ende des rohrartigen Ganges erreiche und mein Kopf kurz darauf über einer Schlucht hängt, bei der sich mir der Magen umdreht. Mit äußerster Vorsicht robbe ich ein wenig zurück und ziehe mich dann nach rechts, sodass ich auf dem schmalen Vorsprung auf die Beine komme. Sowohl Cato als auch Apollo fluchen, als sie es mir gleichtun und wir schließlich mit unseren Rücken an den Felsen gepresst über dem Abgrund stehen. Wir befinden uns nun auf der anderen Seite des Canyons, blicken in Richtung Westen, wo die Sonne in den Armen der Nacht versinkt.

»Manchmal frage ich mich wirklich, was in deinem orakeligen Gehirn vor sich geht ...«, schimpft Apollo. »Oh ja, heute ist ein ausgezeichneter Tag zum Sterben«, macht er meine Stimme nach, was ihm erschreckend gut gelingt.

»Es war notwendig. Nur auf diese Weise konnten wir zu *Votum* finden.«

Apollo reißt die Hände in die Luft. »Tot werden wir diesen Urgegenstand auch nicht aufspüren. Und ich will wirklich *wirklich* gerne Phoibe wiedersehen, selbst wenn sie dann diejenige sein wird, die mich einen Kopf kürzer macht, weil ich einfach abgehauen bin.«

»Er hat gerade einen Nervenzusammenbruch, oder?«, murmelt Cato mir zu.

»Yep«, erwidere ich gelassen.

Apollo wendet sich mir, sofern es auf unserem schmalen Untergrund möglich ist, aufgebracht zu. »Und wo ist sie nun, unsere Uhr?«

Ich lächele leicht. »Du musst stets den Himmel betrachten.«

Dann deute ich nach oben, die Männer folgen der Richtung, in welche ich zeige. *Schöne Seherin. Ich erwarte dich. Denn deine Wünsche sind meine Wünsche. Dein Begehren ist mein Begehren. Und dein Verlangen ist mein Befehl.* Wie zuvor bereiten mir *Votums* Worte eine Gänsehaut. *Bald, Seherin. Dein Weg ist nicht mehr weit. Ich spüre dein Sehnen, aber ich lechze auch nach dir.*

Der Tag ist beinahe vorüber und trotzdem ist das Sternenbild, welches die Umrisse einer Uhr an einer Kette zeigt, am Himmel auszumachen. Es ist schwarz, deshalb sieht man es nicht in der Dunkelheit. *Votum* zeigt sich offenbar von der Mittagsstunde bis zum Abend, exakt in der Zeit, in welcher wir gezwungen waren, zu ruhen. Aber Losts Abwehrmechanismen waren nicht genug. Ich hatte recht … *Votum* will gefunden werden. Hinter der Schlucht kann ich die rotierende Luft erkennen, die uns ein ums andere Mal in die Irre geleitet hat. »Zu spät, Staubteufel«, flüstere ich.

Kapitel 17

KÖNIGIN DER UNTERWELT

PERSEPHONE

Ich habe eine Ewigkeit im Hades verbracht und manchmal frage ich mich, ob etwas von seiner Essenz in mich eingedrungen ist, mich womöglich mehr mit der Hölle als mit der Oberwelt verbindet. In mir ist derart viel Schmerz und Dunkelheit und zu wenig Platz für Licht. Mittlerweile bin ich diejenige, die Unglück bringt. Schließlich gehorcht mir nicht einmal mehr meine eigene Gabe. Ich wurde als Göttin geboren, die Blumen und Pflanzen Leben einhauchte, sie wachsen und gedeihen ließ. Und nun verkümmert, was ich berühre. Als wäre der Tod ein Teil von mir, den ich an andere weitergebe.

Doch Samuel ist nicht tot, erinnere ich mich, während ich mich von dem Fenster abwende, welches Ausblick auf einen der Innenhöfe gibt, zwischen dessen Säulen die Wächterfiguren stehen. Er ist *nicht* tot, denn seine Brust hebt und senkt sich und wenn ich meine Finger an seine Nase halte, spüre ich sogar die Luft, die er von der Erde nimmt. Trotzdem sind seine Augen nach wie vor geschlossen. Seit Hekate ihn in die Falle lockte. Ihn und so viele andere der Todesfee überließ. Die Macht ihres Fluches, mit dem sie etwa vierhundert Halbgötter belegte, begann zu schwinden, nachdem das Licht der Heliossöhne sie zerstört hatte. Die ersten wachten bereits wenige Stunden nach diesem Vorfall auf. Heute sind dreihundertneunundsechzig wieder bei vollem Bewusstsein. Nur siebenundzwanzig schlafen noch immer. Samuel ist einer von ihnen.

Langsam gehe ich neben seinem Feldbett in die Knie, streiche eine Strähne seines sandblonden Haares zurück, welches ihm in die Stirn gefallen ist. Seine Brauen sind leicht zusammengezogen, als wäre er hoch konzentriert – oder als würde in seinem Inneren ein Kampf stattfinden. Seine langen dunklen Wimpern werfen Schatten auf seine Wangen und in dieser Sekunde wünsche ich mir, in seine rehbraunen Augen zu blicken. Wenn er seine Lider doch nur aufschlagen würde. Nur ein einziges Mal. Damit ich ihm sagen kann, wie leid es mir tut. Und vielleicht auch, weil ich egoistisch bin. Weil ich Samuel will.

Seit er in den Schlaf gezwungen wurde, habe ich mich niemand anderem mehr hingegeben. Ich muss mich nicht länger zwanghaft daran erinnern, frei zu sein. Und ich verlange nicht danach, mich selbst in fremden Körpern zu verlieren. Meine Seele sehnt sich nur nach ihm. Ich kann es nicht genau benennen, doch von Anfang an war da etwas, das ich nur in seinen Armen finden konnte. Eine tiefe Geborgenheit, die meinem geschundenen Herzen Frieden schenkte. Eine Art von Ruhe, die ich nie zuvor empfunden habe und die noch stärker ist als die Lust, die er in mir geweckt hat. Ich fühle mich mit Samuel verbunden.

Samuel.

Samuel.

»Samuel«, wispere ich. Weshalb habe ich nicht erkannt, was direkt vor mir war? Warum bin ich derart blind gewesen? Möglicherweise, weil ich gut darin bin, mich vor mir selbst zu verschließen. Weil ich die Vergangenheit nicht anders hätte ertragen können. Bloß bedeutet das nicht, dass auch meine Zukunft auf diese Weise verlaufen muss.

Zaghaft umfasse ich mit meinen Händen Samus Finger, führe sie an meine Lippen. »Wach auf«, flehe ich leise. Vor einigen Wochen hat er gesagt, dass er will, dass ich zu ihm gehöre. Seine Forderung hat mich abgeschreckt und auch ein wenig wütend gemacht. Zu diesem Zeitpunkt habe ich nicht verstanden, dass er es auf andere Weise meinte als Hades oder Hekate. Er ist nicht besessen wie sie. Er würde mich niemals aussaugen, mich sämtlicher Energien berauben. Ich habe nicht gesehen – oder vielleicht wollte ich es auch einfach nicht – wie sehr mein Verhalten ihn verletzt hat. Weil ich trotz der Verbindung zwischen uns das Bett nicht nur mit ihm geteilt habe. In manchen Augenblicken nagt Schuld an mir, in anderen glaube ich, dass man mir keinen Vorwurf machen kann, weil es etwas war, das ich brauchte, um einen Teil der Narben zu heilen, die für immer und für jeden Betrachter sichtbar sein werden. Ein Räuspern ertönt und holt mich aus meiner Trance.

Samuel im Schlaf ist mir vertrauter als mein eigenes Spiegelbild. Langsam reiße ich mich los und wende leicht meinen Kopf. Dort stehen Hale und Nero, der Anführer der Halbgötter, dessen eisblaue Iriden sich förmlich in mich bohren.

»Nero hat zugestimmt, uns gegen Ziva zu unterstützen. Wir brechen im Morgengrauen in Richtung Delphi auf und lassen bloß um die fünfzehn Wachen für jene zurück, die noch nicht erwacht sind«, klärt Hale mich auf. Kurz schaue ich wieder zu Samu. Die Söhne des Hermes haben uns darüber informiert, was sich am Mittelpunkt der Erde abspielt und Hale hat bereits so lange mit Nero verhandelt, dass ich schon dachte, er würde keine Hilfe schicken. Doch nun ist Hales Vorhaben offenbar geglückt.

»Das sind gute Neuigkeiten«, erwidere ich schließlich und erhebe mich, klopfe dabei den Staub von meinen Knien, bevor ich auf die beiden zuschreite. »Was ist euer Anliegen?«

»Wir wollten erfahren, ob du uns begleiten oder hier die Stellung halten wirst.« Es ist erneut Hale, der das Wort ergreift. Nero ist ein schweigsamer Mann. Bei meiner Ankunft, noch bevor die Todesfee ihn erwischte, redete er bloß, wenn er einen Befehl gab oder eine Versammlung stattfand.

Nur mit Mühe schaffe ich es, nicht erneut Samu anzuschauen. »Gebt mir ein paar Stunden, damit ich in Ruhe darüber nachdenken kann.« Als hätte ich mir in den letzten Tagen nicht bereits genug den Kopf zerbrochen ...

Hale tritt ein wenig näher an mich heran. »Können wir uns noch einmal unter vier Augen unterhalten?«

Ich beobachte, wie zwei der Wachen den Mittelgang zwischen den Feldbetten entlanglaufen, während Phyllis, eine Tochter des Asklepios, jedem der Schlafenden zwei Finger auflegt und einige Sekunde innehält, ehe sie weitergeht. »Sicher«, erwidere ich.

Ich spüre, dass Hales Hand vor meinem unteren Rücken schwebt, allerdings lässt er einige Millimeter Platz, damit er mich nicht direkt berührt. Seit seiner Ankunft sind wir beinahe so etwas wie Freunde geworden und ich hätte wohl nicht gedacht, dass ich einen der neuen Götter jemals als solchen bezeichnen würde. »Wir treffen uns in der Waffenkammer«, sagt er an Nero gerichtet. »Es wird nicht länger als eine halbe Stunde dauern.« Der Anführer der Halbgötter nickt knapp, bevor wir uns alle in Bewegung setzen.

Hale und ich gelangen in einen der Korridore, dessen

Wände mit verblichenen Malereien verziert sind, und umrunden einen Baum, der seine Wurzeln mitten in das Gemäuer geschlagen hat und nun fest damit verwachsen ist. Über eine Treppe erreichen wir die untere Etage mit den unheimlichen Steinfiguren, passieren einige Wohneinheiten, ehe wir einen der Gemeinschaftsräume betreten und Hale die Tür hinter uns schließt. Ich schlendere derweil zum Tisch und stütze mich mit den Handinnenflächen darauf ab, um mich auf die Holzplatte zu setzen.

»Wie kommst du mit Nero zurecht?«, frage ich und schiebe einige Pergamentrollen beiseite, die noch immer Aufzeichnungen und Pläne zum Besiegen der Todesfee beinhalten.

Hale seufzt und nimmt mir gegenüber auf einem der Stühle Platz. »Mit Juna verstehe ich mich besser.«

Ich stoße ein Schnauben aus, als ich mir Neros dunkelhaarige Zwillingsschwester vorstelle, von der man glauben könnte, sie sei eine Tochter der Aphrodite, obwohl sie von Kronos abstammt. »Das kann ich mir vorstellen.«

»Du bist da auf der falschen Fährte«, erwidert der Gott der Hoffnung und lehnt sich seufzend zurück. »Zwischen mir und ihr ist nie etwas gelaufen. Allerdings hat sie mich nach einem Halbgott namens Cato gefragt …«

Bei der Erwähnung des Mannes, der Flame jahrelang beschützt hat, überkommt mich eine Mischung aus Dankbarkeit und Neid. Weil er Zeit mit ihr bekommen hat, die mir verwehrt geblieben ist. »Ist es dir mittlerweile gelungen, mit Yasar Kontakt aufzunehmen?«, frage ich nach einigen Sekunden der Stille.

»Nein.« Äußerlich wirkt Hale gelassen, das einzige Zeichen seiner Besorgnis ist seine Ferse, die rhythmisch auf den Boden tippt. »Kein Wort.« Er rollt die Schultern zurück und verschränkt die Arme vor der Brust. »Wir müssen so schnell wie möglich nach Delphi. Ziva ... ich spüre einfach ...« Mit den Fingern kratzt er über die Stelle, wo sein Herz schlägt, und kurz macht es den Eindruck, als würde er sich winden wollen. Ich weiß nicht, wie genau ich Zivas Macht einordnen soll, doch wenn selbst die neuen Götter sie fürchten, muss ich auf der Hut sein.

Als hätte ich meine Überlegung laut ausgesprochen, beugt Hale sich zu mir und stützt seine Ellenbogen auf den Knien ab. »Du hast erlebt, was Ziva anrichten kann. Sie hat selbst Hekate, die Göttin der Zauberei, umgarnt.«

Bei der Erinnerung daran beginnt es hinter meinen Schläfen zu pochen und ich grabe meine Nägel in die Innenflächen meiner Hände. Sie hat Hekate beeinflusst, mich ihr als Preis vor die Nase gehalten. Und es ist wahr – damit hat sie meinen Zorn geweckt. Es zu einer persönlichen Angelegenheit gemacht. Trotzdem habe ich für mich beschlossen, dass diese Fremde, diese Wahnsinnige, mich nicht zu einer ihrer Marionetten formen wird. Denn die Entscheidung, in das Spiel einzusteigen, obliegt allein mir.

»Es ist verständlich, dass du bei Samuel bleiben willst. Aber wir könnten deine Hilfe gebrauchen.«

Ich überschlage meine Beine und mustere Hale, seine leuchtend grünen Iriden, die nicht von dieser Erde sind, und mit denen er mich vermutlich überzeugen will. Doch ich bin nicht empfänglich für das Schöne – das Makellose. »Deshalb wolltest du allein mit mir reden? Ich bin keine Kämpferin, Hale. Ich bin nur eine nutzlose Göttin, die einst Blumen, Pflanzen und den Frühling liebte.«

Bedächtig erhebt er sich, überbrückt den Abstand zwischen uns und stützt sich links und rechts von mir auf dem Holztisch ab. »Ich habe dich beobachtet, Persephone oder Kore, wie du dich vor einer Ewigkeit nanntest. In dir ist nicht mehr das Licht, dem du in der Vergangenheit deine Jahreszeit gewidmet hast. In dir brodelt nun etwas anderes. Stärkeres. Ich würde mit einem Daimon wetten, dass es die Klauen der Finsternis sind. Und ich bin gespannt, was du mit ihnen anstellen wirst, wenn du sie das erste Mal gebrauchst.«

»Du redest wirr«, zische ich.

»Wie lange, Königin der Unterwelt, hast du deine Kraft schon nicht mehr gewirkt? Du kannst sie nicht für immer unterdrücken.«

Ich spüre, wie Blut über mein Handgelenk läuft, als meine Nägel sich noch tiefer graben. »Diesen Titel habe ich zurückgelassen.«

Er lächelt breit und obwohl kein Feuer in meinen Adern pulsiert, erscheint es mir in diesem Moment, als würde mein Innerstes in Flammen stehen. Niemand wagt es – für gewöhnlich jedenfalls –, diesen Abschnitt meines Daseins zu erwähnen. Weil es dann ist, als müsste ich das Brennen jeder Narbe auf meiner Haut ein weiteres Mal durchleben. Von Hale habe ich erfahren, dass Hades nicht mehr am Leben ist, aber diese Tatsache schenkt mir in Bezug auf den Mann, der mir all das Leid zugefügt hat, keinen Frieden. »Hades selbst hat dich an seiner Seite zur Königin gemacht«, sagt Hale eindringlich. »Egal wie weit du dich von diesem Ort entfernst ... das ist nichts, was du ablegen kannst, was jemals in Vergessenheit geraten wird.«

»Wenn du so weitermachst, hast du eine Feindin, Gott der Hoffnung. Ich stoße ihn vor die Brust, sodass er wieder auf Abstand geht. »Und glaub mir: Du kannst mich nicht provozieren.«

»Verstanden«, erwidert Hale. »Unsere Freundschaft bedeutet mir sehr viel, das will ich nicht riskieren.«

»Übertreib es nicht«, mahne ich ihn. Es ist ein Fehler, mich zu reizen – Geduld zählt nicht zu meinen Tugenden.

»Bei allen Gorgonen«, brummt er, als hätte er nicht auf diese Reaktion abgezielt. »Ich werde mich jetzt auf den Weg zur Waffenkammer machen«, fügt er lauter hinzu. »Der Treffpunkt ist im Morgengrauen zwischen den Gesichtstürmen – solltest du dich dafür entscheiden, uns zu begleiten.«

Meine Augen verengen sich zu Schlitzen. »Da ist aber noch etwas … Ziva ist nicht der einzige Grund, aus dem du es derart eilig hast.« Langsam verziehen sich meine Mundwinkel zu einem Lächeln. »Ein Mädchen. Es geht immer um ein Mädchen.« Seine Miene verfinstert sich und ich weiß, dass ich ins Schwarze getroffen habe.

»Wir sehen uns, Persephone.« Hale nickt mir zu und verlässt den Raum.

»Es gefällt mir nicht, wie du meinen Namen aussprichst«, murmele ich. Kein unterschwelliger Respekt ist herauszuhören, als gäbe es keine Barriere zwischen uns. Als wären wir tatsächlich vertraut. So wie … *Freunde.* Ich bin mir nicht einmal sicher, ob ich wirklich weiß, was das bedeutet.

Abwesend rutsche ich vom Tisch und stapfe ebenfalls nach draußen. Dort rufe ich den Nebel und einen Wimpernschlag später finde ich mich in meinem Zimmer wieder. Putz rieselt von den Wänden, als ich auf die Matratze meines Bettes sinke und mich auf den Rücken fallen lasse. Mit der rechten Hand taste ich nach dem Kissen, lege es auf meinen Oberkörper und umschlinge es mit beiden Armen. Als ich die Nase darin vergrabe, riecht es nicht mehr nach Samuel. Kraftlos schließe ich die Lider. Ich verstehe nicht, weshalb er nicht aufwacht. Ich bin machtlos, weil ich keine heilenden Kräfte besitze, ihm nicht helfen kann. In den Momenten, in denen die Traurigkeit einem bitteren Gefühl weicht, verfluche ich Hekate. Es ist ihre Schuld. Sie behauptete, mich zu lieben, doch in Wahrheit hat sie mir Unglück gewünscht. *Sie* hat ihr Glück über das meine gestellt. Und das ist der Beweis, dass sie mich nie wirklich geliebt hat. Dass sie mich bloß besitzen wollte – genau wie Hades. Aber vielleicht habe ich mich auch ganz allein in den Styx manövriert. Weil ich sie in gewisser Weise ausgenutzt habe. Sie meine beste Chance war, der Unterwelt zu entkommen. Ihre Magie mich aus den Fängen meines Gemahls und von der Folter befreit hat. Automatisch taste ich mit meinen Fingern nach den Narben, die meine Geschichte erzählen. Mittlerweile sind sie ein Teil von mir und ich erkenne mich, wenn ich mich selbst in einer Fensterscheibe oder einem Spiegel sehe. Und trotzdem tut all das, die Last der Unsterblichkeit, in dieser Sekunde weh.

Zittrig hole ich Atem, versuche, das Chaos in meinem Inneren zu sortieren. Ich bin mir unsicher, welchen Weg ich wählen soll. Es erscheint mir, als stünden wir erneut vor einer Schlacht. Im heißen Krieg habe ich mit Poseidon und Okeanos zusammengearbeitet, mich gegen den König der Unterwelt gestellt. Aber was hat mir das gebracht? Weitere Narben. Ich habe schon so viel von mir gegeben. Wann ist es genug? Wann habe ich mir meinen Frieden verdient? Aber ist es richtig, an Samuels Krankenbett zu verharren, während sich die Zukunft in Delphi entscheidet? Und sollte die Prophezeiung, von der Hale bei seiner Ankunft berichtet hat, der Wahrheit entsprechen, Flame am Leben sein … Dann wird sie zum Mittelpunkt der Erde reisen. Sie würde ihren Freunden immer beistehen.

Langsam richte ich mich wieder auf, ziehe meine Beine an und umschlinge sie mit beiden Armen, bevor ich mein Kinn auf meinen Knien ablege. Ich wiege mich vor und zurück, als würde ich so zu einer Lösung kommen. Doch die Wahrheit ist, dass ich nicht in der Lage bin, diese Entscheidung zu treffen. Wäre ich wirklich fähig zu helfen? Hat Hale es ernst gemeint, dass sie ... *mich* ... brauchen? Was kann ich schon ausrichten? Wo ich in der Vergangenheit nicht einmal meine Tochter und mich selbst retten konnte? Unruhe erfasst mich und ich erhebe mich, schiebe die schweren dunkelgrünen Vorhänge zur Seite, sodass ich das westliche Tor und eine der Brücken erblicke. Anders als vor wenigen Wochen ist es nun nicht mehr wie ausgestorben, als hätte man diesem Ort wieder Leben eingehaucht. Trotz des Schattens, welchen die Todesfee über die Halbgottsiedlung geworfen hat, fühle ich mich verbunden mit diesem verwunschenen Ort im Dschungel. Ich drehe an dem morschen Holzknauf und kurz darauf schwingt das Fenster auf, sodass ich die kühle Abendluft einatme. Das Zirpen von Grillen und die Geräusche von anderen Tieren dringen an mein Ohr. Ein Knarzen ertönt und ich beuge mich ein wenig vor, mustere den Steg über mir, der bis zur Gopura verläuft. Selbst auf diese Entfernung und obwohl ich bloß ihr Profil sehen kann, wirken die Gesichtstürme ein wenig unheimlich – beinahe geisterhaft, weil tiefer Nebel über ihnen hängt. Plötzlich ertönt der Gong der Turmglocke, als würde er ein Unheil verkünden. Der Klang dringt in meine Zellen, lässt sie vibrieren, wird ein Teil von ihnen und erinnert mich an die Nächte der Jagd. In dieser Sekunde realisiere ich, dass irgendetwas nicht in Ordnung ist. Meine Nägel schaben über den Fenstersims und ich stolpere zurück, als hätte man mir einen unsichtbaren Dolch ins Herz gerammt. Gleichzeitig spüre ich das Pulsieren einer dunklen Macht. Ich beiße meine Zähne fest zusammen und hindere meinen Körper daran, zu erschauern. Ich taumele noch einige weitere Schritte, bevor ich mein Gleichgewicht wiederfinde und den Nebel rufe. Kaum eine Sekunde später lande ich in einem der Korridore, pralle mit voller Wucht gegen Mikos, einen Sohn des Hephaistos. Keuchend stabilisieren wir einander, ein Blick über die Schulter verrät mir, dass die anderen Halbgötter in unsere Richtung strömen. Ob auch sie das Ziehen in ihrer Brust wahrnehmen?

Mikos setzt sich in Bewegung und ich folge ihm, bis wir anfangen, zu rennen und die Umgebung förmlich an uns vorbeifliegt. In einem der Rundbögen, der auf den Innenhof führt, hinter welchem sich die Waffenkammer befindet, kommen wir schlitternd zum Stehen. An den Rändern meines Sichtfeldes zucken Blitze, als ich die Szenerie in mich aufnehme. In der Mitte steht Hale, neben ihm eine Frau. Sie trägt ein bodenlanges prachtvolles Gewand, auf ihrem Haupt liegt eine mit Edelsteinen geschmückte Krone. Ihr Haar ist von einem Blond, welches beinahe ausgeblichen wirkt und ihre Iriden sind ebenso blass, als hätte man auch ihnen die Farbe entzogen. Als wäre ihre gesamte Erscheinung lediglich ein Trugbild.

Ich habe Ziva bei unserem Aufenthalt in Yasars Palast nie besucht, aber ich weiß trotzdem, dass sie es ist. Erst jetzt fällt mir auf, dass sie einen Spiegel hält und dass ich – selbst, wenn ich wollte – nicht weitergehen könnte. Sie und der Gegenstand werden umgeben von einem grün-goldenen Schimmer, der nicht irdisch ist. Meine Aufmerksamkeit wandert zu Hale, um dessen Handgelenke schwarze Ringe liegen. Seine Augen treffen auf meine. Ich verstehe nicht, weshalb ich darin Zuversicht lese. Warum er so gefasst wirkt, obwohl *sie* ihn gefunden hat. Aus dem Nichts tauchen acht schwarz gekleidete Krieger auf, die sich rechts und links von ihr platzieren, sogar niederknien, als wären sie von ihr dressiert.

Ich entdecke Nero, der sich regungslos zwischen den Säulen des Rundbogens schräg gegenüber von mir aufhält, jedoch ein Knurren ausstößt. Ziva ignoriert ihn, neigt den Kopf stattdessen in meine Richtung, während ein Lächeln ihre Lippen umspielt. Ambrosia rinnt ihren rechten Mundwinkel hinab und tropft auf ihr Dekolleté, wo die rubinroten und saphirblauen Partikel in ihre Haut eindringen. »Persephone«, schnurrt sie und ihre Worte fühlen sich an, als würde Hades mich erneut mit seiner Klinge schneiden. »Wie schön, dir einmal persönlich zu begegnen.« Abwartend mustert sie mich, aber ich erwidere nichts. Als sie realisiert, dass ich nicht antworten werde, richtet sie sich gerade auf und legt ihre freie Hand, jene, die nicht den Spiegel hält, auf Hales Schulter. Erneut sucht er meinen Blick, aber ich verstehe nicht, was er mir sagen will. Möglicherweise ist sein Ziel, mich an unser Gespräch zu erinnern. Dass er daran glaubt, dass mehr als nur Scherben in mir verborgen sind.

»Ich muss den Gott der Hoffnung und des Lichts mitnehmen«, informiert mich Ziva. »Er hat sich ... für ein ganz besonderes Turnier qualifiziert.« Ein Gackern dringt aus ihrer Kehle und Hass wallt in mir auf, rast wie Flammen durch meine Adern. »Ich kann euch kein Geleit anbieten, aber vielleicht werden wir uns in Delphi wiedersehen, um die neue Ära gemeinsam zu beginnen.« Ihre Finger gleiten über Hales Hals, zu seiner Brust, bis sie schließlich seinen Oberarm umfasst und sich ein letztes Mal an mich wendet. »Du wirst sicher verstehen, dass in dieser Welt bloß noch Platz für eine

Königin ist.« In ihren Augen liegen nun Berechnung und ein sadistischer Glanz. »Hekate hat mir all deine Geheimnisse anvertraut. Eine Schande, dass ihre Mission gescheitert ist. Doch durch sie weiß ich, dass deine Schwäche seit jeher Männer waren. Immer wieder folgst du ihnen, obwohl sie dich stets zerstört haben. Dir fehlt es an Kraft und Stolz. Du bist keine Herrscherin.« Dann wird sie von einem giftgrünen Nebel eingehüllt, nimmt Hale und die Krieger mit sich. Kurz blendet der Spiegel mich und mein Sichtfeld verschwimmt, sodass sich ihre Drohung noch lauter in mein Gedächtnis brennt.

Obwohl sie dich stets zerstört haben.

Samuel.

Ich reiße mich von dem eisernen Griff, der mich zuvor an Ort und Stelle hielt, los, und sprinte auf Nero zu, der begreift, und mir ebenfalls entgegenkommt. Sobald ich ihn berühre, trage ich uns durch den Nebel in den Krankensaal. Als ich die Lider öffne, ziehe ich zischend den Atem ein, aber keine Luft dringt in meine Lunge. Ein so schweres Gewicht legt sich auf mich, dass ich beinahe ersticke. Ich gebe ein Gurgeln von mir und es ist, als würde mich Wasser umgeben. Wie durch einen Zeitraffer nehme ich jeden Zentimeter meiner Umgebung in mich auf.

Blut.

Dunkelrot.

Es ziert den Boden und die Wände.

Als hätte jemand – Ziva – ein morbides Kunstwerk erschaffen.

Grauen kriecht in meine Poren, breitet sich in mir aus, bis ich mich winden muss. Aber die Klauen lassen sich nicht abschütteln. Graben sich nur tiefer in meine Haut.

Endlich gelingt mir ein Schrei.

Es ist wie Gefangennahme und Befreiung zugleich.

Ich will einen Fuß nach vorn setzen, doch mein Bein knickt unter mir weg, sodass ich auf allen vieren lande. Als ich mich leicht drehe, erkenne ich Phyllis' leblosen Leib. Hinter meinen Schläfen breitet sich wieder ein dumpfes Pochen aus und ich zwinge mich, weiter in den Raum zu kriechen. Das Blut unter meinen Händen verursacht dabei ein quietschendes Geräusch und Schweiß rinnt meine Stirn hinab. Es ist, als wären Jahrhunderte vergangen, bis ich mich an den geschundenen Körpern und herausragenden Knochen vorbeigekämpft habe. Meine Lippen beben, meine Finger zittern, als ich mich an dem Feldbett hochziehe.

Ich will seinen Namen aussprechen.

Ich schaffe es nicht.

Samuel.

Seine wunderschöne Seele – nicht mehr als eine Erinnerung.

Meine Nägel graben sich in seine Schultern und Übelkeit überkommt mich, beim Anblick des großen Lochs, das in seiner Brust klafft. In diesem Moment stirbt auch mein Herz. Mein Körper bäumt sich derart heftig auf, als würde man einen Anker aus dem Meeresboden ziehen. Ein Schluchzen bricht aus mir hervor, hallt von dem alten Gemäuer wider, als hätte es in meinem Schmerz eine Melodie entdeckt. Ungeachtet der Gewissheit, dass ich es eigentlich nicht ertragen kann, schaue ich in Samus Gesicht. In seine rehbraunen Augen. Er hat sie in der Sekunde geöffnet, als Ziva ihm das Leben nahm.

Kapitel 18

Libellenfischteiche

Lost

Zu Zeiten Viridis dachte ich, nur aus Schwächen zu bestehen. Dass sie der einzige Baustein sind, aus dem ich geformt bin. Doch ich war einer der Erben. Und deshalb musste ich diese Tatsache vor allen verbergen. Eine Maske tragen. Stärke und Unbeugsamkeit ausstrahlen. Es ist nie leicht, zu kaschieren, der Herrscher über die fragilste Einheit zu sein. Trotzdem bin ich jeden Tag vor mein Volk getreten. Habe in hoffnungslose Augen und ausgezehrte Gesichter geblickt. Vorgegeben, meine Energie würde für uns alle reichen. Und obwohl ich ein miserabler Schauspieler bin, haben sie mir geglaubt. Ich nahm an, einzig Hale, Dark, Yasar, True, Dream und Flora wüssten von der Wahrheit – von meinen Zweifeln. Doch es gab noch eine siebte Person, die in mein Innerstes gesehen – uns alle studiert hatte. Ziva kennt jeden unserer Makel.

Meine Augen sind weit aufgerissen, trotzdem umgibt mich Schwärze. Heftig blinzele ich, aber kein Bild ergibt sich. Keine Farben. Bloß Dunkelheit. Für eine Sekunde frage ich mich, ob das Zivas Strafe für mich ist. Sie mich erblinden ließ, weil ich Votum über Jahrhunderte vor ihr verbarg und Phia zur Flucht verholfen habe. Ein Versuch, von dem ich nicht weiß, ob er geglückt oder gescheitert ist. Und sollte auch meiner Freundin etwas zustoßen, so ist es meine Schuld. Mein Kopf schmerzt und ich taste vorsichtig nach einer Wunde, die ich nicht finden kann. Ich bin nicht in der Lage, einzuschätzen, wie lange ich bewusstlos war. Möglicherweise nur wenige Stunden, vielleicht aber auch mehrere Tage. Mein Rachen brennt und ich halte es nicht für unwahrscheinlich, dass Ziva mir etwas verabreicht hat. Ich versuche, mich daran zu erinnern, was geschah, nachdem Phia durch das Loch in der Mauer ins Freie verschwunden ist. Aber ich kann kaum einen klaren Gedanken fassen. Unruhe breitet sich in mir aus und erst jetzt bemerke ich, wie unnatürlich laut meine Atmung klingt. Ich will mir über mein Gesicht reiben, doch als ich den Arm hebe, stoße ich mir heftig den Ellenbogen. Ich fluche, richte mich auf, komme allerdings nicht weit, da ich mit der Stirn gegen etwas Hartes pralle. Erst in diesem Moment dämmert mir, dass ich nicht erblindet, sondern eingesperrt bin. In einem engen Gefängnis aus Finsternis. Panik überrollt mich und ich beginne mich zu winden, rufe gleichzeitig den Nebel, aber es passiert nichts. Frustrierte Laute steigen aus meiner Kehle, hüllen mich ein und nähren meine Hilflosigkeit.

Ein Schnalzen ertönt, das ich nicht zuordnen kann. Ich erstarre, während meine Brust sich noch immer unkontrolliert hebt und senkt, kalter Schweiß den Stoff über meinem Rücken tränkt. Als Nächstes erklingt ein kreischendes Geräusch, als würde jemand mit dem Fingernagel von außen über das Material fahren, welches mich umgibt. Es ist derart unangenehm, dass ich unwillkürlich mit den Zähnen knirsche.

»Lost«, gurrt Ziva. Der schrille Ton wird noch intensiver, sodass es sich anfühlt, als würden sich meine Eingeweide krümmen. »Schhhh«, macht sie besänftigend und ich realisiere, dass ich erneut angefangen habe, mich zu winden. »Schhh«, wiederholt sie und ich ziehe meine Schultern an.

»Was willst du?«, knurre ich.

»Nach dir sehen ... wie du dich hältst.« Ich vernehme Schritte, als würde sie mich umkreisen. »Es wundert mich nicht, dass du dieses Geheimnis hattest. Pars ist bereits aufgebrochen, um mir Votum zu beschaffen. Saphira ist es übrigens nicht gelungen.« Obwohl ich nichts erkennen kann, schließe ich kurz die Lider. Die Uhr der Wünsche in Zivas Hand ... Das wollen nicht einmal die Daimonen der Hölle erleben. »Trotzdem hast du mich mit deinem Verhalten sehr erzürnt. Du und auch die anderen neuen Götter müssen eine Lektion erteilt bekommen, ehe ihr euch meine Vergebung verdient habt.«

»Was ist mit Dark?«, hake ich automatisch nach.

»Dark ... ist anders als ihr«, erwidert sie verträumt. »Er ist mein König und längst ein Teil von mir.« Ich höre, wie sie stehen bleibt, versetzt damit all meine Sinne in Alarmbereitschaft. »Aber darum soll es nicht gehen. Ich bin hier für eine deiner Lektionen.« Sie schnalzt mit der Zunge und lässt ihre Nägel wieder über die Fläche meines Gefängnisses gleiten. »Du wusstest die Macht der Urgegenstände nie zu schätzen. Wolltest alle Hinweise zu ihrem Verbleib zerstören. Beinahe wäre dein Vater umsonst gestorben. Doch ich habe sein Erbe gerettet – im Gegensatz zu dir. Und nun sollst du spüren, wie sich die Gegenstände fühlen, wenn man sie einsperrt.«

Ich balle meine Hände zu Fäusten, wünsche mich an einen anderen Ort.

»Ich war stets unsichtbar für dich, aber du bist ein offenes Buch für mich. Und daher weiß ich, dass du enge Räume und die Finsternis fürchtest. Weil der Abgrund in deinem Inneren, an dem du glaubst dich tagtäglich zu befinden, plötzlich real wird. All das sehe ich. All das verstehe ich.« Sie seufzt und ich vernehme das Rascheln ihres Kleides. »Wir hätten gut füreinander sein können. Wir beide können uns mit dem Einsamen und Häss-

lichen identifizieren. Und trotzdem hast du dich für Flora entschieden ... Eine falsche Wahl, aber nun bist du ihr versprochen.« Meine Stirn legt sich in Falten, ihre Worte und Gedankensprünge sind so wirr, als wäre sie selbst zu Imperiums Opfer geworden. »Doch bevor ihr euch vereint und mir ein Geschenk überreicht, müssen wir dich von deinen Sünden reinigen. Deine Ängste werden dich befreien.«

Meine Arme habe ich hinter meinem Rücken verschränkt und der Balkon, auf dem ich stehe, wird von einem Gitter umgeben. Als hätte man mich in einen Käfig gesteckt. In Wahrheit bin ich in dem Palast, den Ziva in Delphi errichtet hat. An mein Ohr dringt das Klirren der gläsernen Äste und in meine Nase steigt der Geruch der Rosengärten. Es ist betörend. Und der Nachhall bitter. Denn das hier ist nicht echt. Es sind die Urgegenstände, die uns mit ihrem dunklen Zauber umgarnen. Mein Blick wandert weiter, über die gepflasterten Pfade, den ehemaligen Tempel der Seherin bis hin zum Kolosseum, das in den Himmel ragt. Das Grollen einer Bestie wird zu mir herübergetragen und ich muss an Phia denken, überlege gleichzeitig, wer mittlerweile noch alles in den Katakomben sitzt.

Ein Knarzen ertönt, mein Zeichen, dass die Tür geöffnet wird, und mit dem Daumen fahre ich über eines der zwei Edelsteinbänder, die sich um meine beiden Handgelenke winden. Sie sorgen dafür, dass ich weder den Nebel rufen noch meine Kraft anwenden kann, solange Ziva es nicht gestattet. Es ist unumstritten Theias Werk.

Langsam drehe ich mich um und halte die Luft an, als ich Flora entdecke. Ihre elfenhaften Gesichtszüge sind reglos und trotzdem ist es, als würden mich ihre grünen Augen, die an die Libellenfischteiche in *Patriam Somnium* erinnern, durchbohren. Ihr rosafarbenes Haar fällt in großen Wellen über ihren Rücken und sie ist in ein reines, weißes Kleid gehüllt, das beinahe durchscheinend wirkt, sodass man die Rundungen ihres Körpers darunter erkennen kann. Flankiert wird sie von zwei Custodi, die sie in die Mitte des Raumes schieben, bevor sie sich zurückziehen und uns zu meiner Überraschung allein lassen. Als Flora beginnt, ihr Kleid aufzuknöpfen, steigt Übelkeit in mir auf, weil die Erinnerung an Zivas Worte und ihre Drohung nach wie vor auf mir lasten.

»Nun, wo du gereinigt bist, kommt die Zeit, in der du dich mit Flora vereinen sollst. Zwei Jahrhunderte hat sie auf dich gewartet, nachdem du sie verschmäht hast. Sie ist sehr verletzt, aber bereit, dir zu vergeben.« Ziva spricht, als hätte Flora einen eigenen Willen, als wäre sie keine Gefangene des Rings.

»Unsere Bedingung ist, dass du uns den Nachwuchs schenkst, nachdem ich mich so sehr sehne. Eigentlich versprach mir Hekate den Spross des Titanen und der Daimonin, doch ihre Mission scheiterte. Aber vielleicht sollte es so sein. Je länger ich darüber nachdenke, desto besser gefällt mir der Gedanke, die Blutlinie Viridis fortzuführen.« In ihr ist kein Funke Verstand. Am liebsten würde ich brüllen, doch meine Stimme ist von den letzten Tagen derart geschunden, dass mir lediglich ein Krächzen gelingt. »Du wirst ein Kind mit Flora zeugen. Ich gebe dir drei Mondzyklen. Solltest du dich weigern, sorge ich dafür, dass sie sich vom höchsten Turm meines Palastes stürzt. Immer und immer wieder. Und du wirst gezwungen sein, dem Geräusch ihrer splitternden Knochen zu lauschen.«

Flora fährt damit fort, ihr Kleid aufzuknöpfen, und am liebsten würde ich in eine andere Richtung schauen. Bei unserem ersten Aufeinandertreffen in meiner Burg hat sie mich attackiert, meine Wangen mit ihren Nägeln zerkratzt. Sie hatte jedes Recht dazu, aber mir ist bewusst, dass es eigentlich Ziva war. Jetzt hingegen ist sie vollkommen emotionslos. Ich habe keine Ahnung, wie viel von ihrem Inneren noch ihr gehört. Ob sie mich überhaupt erkennt. Ich kann mir nicht vorstellen, wie es ist, wenn der eigene Geist seit zweihundert Jahren gefangen ist. Und ich will mir auch gar nicht ausmalen, was Ziva ihr seitdem angetan hat.

Es ist meine Schuld.

Es wäre meine Aufgabe gewesen, sie zu beschützen.

Ich hätte damals nicht von ihrer Seite weichen dürfen.

In dieser Sekunde denke ich, dass ihr ein schlimmeres Schicksal als Candela zugeteilt wurde. Und trotzdem haben sie etwas gemeinsam. Denn ich habe bei beiden versagt.

Floras Gewand fällt zu Boden und entblößt ihre pfirsichfarbene makellose Haut. Anstatt sich mir zu nähern, läuft sie zum Bett und legt sich auf das Laken. Saure Galle brennt in meiner Kehle und ich schlucke krampfhaft. Ich weiß nicht, was ich tun soll.

Und du wirst gezwungen sein, dem Geräusch ihrer splitternden Knochen zu lauschen.

Ich massiere meine Schläfen, atme tief ein und aus, weil der Raum um mich herum zu wanken scheint. Am meisten treibt mich die Tatsache in den Wahnsinn, dass Flora noch kein einziges Mal mit mir gesprochen hat. Als hätte das personifizierte Grauen, unter dem sie leidet, sie verstummen lassen.

Ich gebe dir drei Mondzyklen.

Obwohl ich nicht unter dem Einfluss des Ringes stehe, bewege ich mich zu Flora, sinke mit dem Rücken zu ihr auf die Matratze.

Solltest du dich weigern, sorge ich dafür, dass sie sich vom höchsten Turm meines Palastes stürzt.

Ich würde lieber gegen jede Bestie im Kolosseum – oder was auch immer Ziva dort bereithält – kämpfen, als das zu tun, was von mir verlangt wird. Ich meine, was ist schlimmer? Ohne Floras Einverständnis mit ihr zu schlafen oder sie in den Tod springen zu lassen, mit dem Wissen, dass sie dabei nicht sterben kann, doch jedes Mal die Schmerzen erdulden muss. Meine Gedanken rasen, bloß eine Lösung fällt mir nicht ein.

Ich zucke zusammen, als sich ohne Vorwarnung feingliedrige Finger um meinen Unterarm schlingen, meine Muskeln sich unter der Berührung anspannen. Langsam wende ich meinen Kopf. Floras Gesicht ist direkt vor meinem. Ein Schauer läuft meine Wirbelsäule hinab, weil diese Art der Nähe mir nicht gefällt. Ihre Hände wandern über meine Oberarme, bis sie gegen meine Schultern drücken und ich nachgebe, mich auf die Matratze lege, während sie sich rittlings auf mich setzt. Sie beugt sich so dicht zu mir herab, dass unsere Nasenspitzen einander streifen. Zum ersten Mal wird mir bewusst, dass in ihren grünen Iriden violette Punkte tanzen.

»Flora«, raune ich. Ihre Finger gleiten zum Bund meiner Hose, aber ich umfasse ihre Handgelenke und ziehe sie zurück zu mir nach oben. Ihr Haar umgibt uns wie ein Vorhang und ich atme ihren Duft nach Kirschblüten und Mandarinenblättern ein. Es wundert mich, dass ihr Geruch unverändert ist, obwohl sie nicht mehr sie selbst ist. »Es tut mir leid.« Ich halte ihren Blick gefangen, wiederhole die drei Worte mehrmals, als könnte ich auf diese Weise zu ihr durchdringen. »Du warst auf Viridi zu gut für mich. Und dasselbe gilt noch heute.« Mit dem Daumen streiche ich über ihre Wange. »Ich werde auf ewig bereuen, dass ich nicht auf dich aufgepasst habe. Dass ich dich nicht beschützt und meine Pflichten dir gegenüber vernachlässigt habe. Ich würde mein Leben geben, wenn ich dafür die Zeit zurückdrehen könnte.« Sanft schiebe ich eine Strähne hinter ihr Ohr und sie verfolgt die Geste, als wäre sie ein Tier, das auf der Lauer liegt. Ich habe keine Ahnung, was auf mich zukommt, was Ziva ihr für heute eingeflüstert hat. »Es tut mir leid, Flora. Ich erwarte nicht, dass du mir jemals verzeihst. Aber ich will trotzdem, dass du es weißt.« *Dieses Mal werde ich dich nicht im Stich lassen,* füge ich im Stillen hinzu. *Irgendwie werden wir es hier rausschaffen.*

Mir ist klar, dass sie mich nicht hören kann. Nicht wirklich jedenfalls. Trotzdem lehnt sie ihre Stirn an meine, unsere Lippen nur wenige Millimeter voneinander entfernt. Ich kann ihr Herz spüren, das gegen meine Brust pocht. Mit einer Hand taste ich nach dem Laken und ziehe es über ihren nackten Körper, auf dem sich eine Gänsehaut gebildet hat, bevor ich meine Arme um sie schlinge und sie halte.

Ich gebe dir drei Mondzyklen.

Es muss mir gelingen, Flora zu retten. Ziva ist der Meinung, dass unsere Ängste uns lähmen. Ich hingegen glaube, dass sie uns stärker machen, wir an ihnen wachsen können. Jeder von uns ist in der Lage, den Schleier der Furcht zu durchbrechen. Ziva kennt unsere Schwächen, vergisst dabei jedoch, dass ihre uns auch nicht fremd sind. In erster Linie denkt sie lediglich an sich selbst und egal, wie sehr ich sie verabscheue, muss ich anerkennen, dass sie eine Überlebende ist. Ganz gleich, welches Unglück ihr widerfährt, man kann sicher sein, dass sie selbst aus dem *Nigrum Silvam* kriecht und den Tod bezwingt. Was sie angreifbar macht, ist allerdings, dass sie wahrhaftige Verbundenheit und Freundschaft nicht nachempfinden kann. Sie versteht nicht, was es bedeutet, sich für einen anderen zu opfern. Dass es derart intensive Emotionen gibt, die dafür sorgen, dass man für eine andere Person sterben würde. Dass man verrückte und unvorhersehbare Dinge aus reiner Liebe tut.

Ihr größter Makel allerdings ist ihre Besessenheit. Sie ist derart darauf fokussiert, uns gefügig zu machen, dass sie das Gesamtbild vergisst. Sie ist so nah an ihrem Ziel. Ich habe die Gier in ihrer Stimme gehört, wenn sie neben dem Grab stand, in dem sie mich für mehrere Tage gefangen hielt.

Sie wird unachtsam sein.

Etwas übersehen.

Ich ziehe Flora noch enger an mich.

Einen Fehler begehen.

Spätestens, sobald sie realisiert, dass sie trotz der Urmacht Viridis, die sie umgibt, für immer unerfüllt und einsam sein wird.

Kapitel 19

VERLANGEN NACH CHAOS

SAPHIRA

Sobald wir diese Welt betreten, lernen wir nicht zu kämpfen, sondern uns zu unterwerfen. Wir beugen uns den äußeren Umständen und klammern uns an trügerische Sicherheiten. Den meisten Menschen sagt ihr Instinkt, stets die eigene Haut zu retten. Wer das Risiko meidet, sich jeden Tag für den gleichen Weg entscheidet und nicht hinterfragt, kommt unbeschadet durchs Leben. Niemals sollte man das Schicksal oder gar die Götter gegen sich aufbringen.

Aber manche von uns haben nie den Zorn der Unsterblichen und der hungrigen, nach Wasser lechzenden Erde gefürchtet. Es gibt jene, deren einziger Albtraum ist, auf ewig auf derselben Stelle auszuharren. Sich nicht fortzubewegen und in der Eintönigkeit festzustecken. Bei denen die Vorstellung, dass es niemals ein anderes Morgen geben wird, Angst auslöst. Und es existieren nicht wenige von uns. Alle Mädchen, die sich damals dazu entschieden haben, am Turnier zur Jahrtausendwende teilzunehmen, haben dieses Sehnen gespürt. Die Hoffnung, dass mehr auf uns wartet. Die Gewissheit, dass man mehr verlangen darf. Wenn ich nun zurückblicke, denke ich häufig darüber nach, wo ich wäre, wenn ich das Rätsel der Sphinx nicht gelöst hätte. Und ungeachtet der Tatsache, dass mir auf diesem Pfad Leid und Qualen begegnet sind, würde ich es wieder tun. Weil der Gewinn den Schmerz überwiegt. Die Erinnerungen, die mir geschenkt worden sind ... machen die Frau aus, zu der ich geworden bin. In meinem Herzen ist unendlich viel Liebe. Ich habe etwas bekommen, von dem ich nicht einmal wusste, wie sehr ich es brauche. Als ich zum ersten Mal die Stufen zum Sandpalast erklomm, ahnte ich nicht, dass ich dort meine Familie finden würde. Ich habe Glück und unbändige Freude auf meiner Zunge geschmeckt. Doch beides wird nun von dem Salz der Tränen verdrängt, die meine Wangen hinablaufen und meine Lippen benetzen. Und obwohl ich verletzt war, weil niemand zu meiner Rettung kam, nachdem Chaos mich geraubt hatte, kann ich keinen Groll hegen.

Ich schaue zu Yasar auf, der über mir in einem der goldenen Käfige steht, die an Ketten von der Decke hängen. Lost und Dream befinden sich ebenfalls in einem solchen Gehege. Außerdem hat Ziva Lavea, Phoibe, die Halbgötter Amanda, Jules und Miriam sowie Atlas und Eros in ihre Klauen bekommen. Die Nächte sind wir gezwungen, im Palast zu verbringen, während der hellen Stunden hingegen halten wir uns – mit Ausnahme von Lost, Phoibe und Lavea – in den Katakomben unter dem Kolosseum auf.

Erneut sehe ich zu Yasar und dieses Mal treffen sich unsere Blicke. Ist es wahr?, würde ich am liebsten zu ihm hinaufbrüllen. Ist es wahr, dass wir uns einfach so ergeben? Doch stattdessen werde ich angerempelt, was dafür sorgt, dass das Tablett, welches ich auf meiner Hand balanciere, beinahe zu Boden fällt. In letzter Sekunde erlange ich das Gleichgewicht zurück und kollidiere fast mit Krios, einem der Titanenbrüder. Nur mit Mühe gelingt es mir, nicht meine Zähne zu blecken, und bei dem Lächeln, mit dem er mich bedenkt, gefriert das Blut in meinen Adern zu Eis.

»Vorsicht, Saphira. Sonst könnte man noch den Eindruck bekommen, du würdest deine Arbeit nicht richtig machen.« Er zwinkert mir zu und ein Schauer läuft mein Rückgrat hinab, ehe er sich umdreht und in Laveas Richtung läuft, die an dem großen Flügel sitzt und eine dunkle Melodie spielt. Mein Körper bebt vor Wut, als Krios seine Hände auf Laveas Schultern legt und ohne hinzuschauen weiß ich, dass in Dreams Käfig ein Tumult losbricht.

Dass Phoibe und Lavea gefasst wurden, habe ich erst nach meiner Ankunft in Delphi erfahren. Offenbar hat Ziva sie den Titanenbrüdern als Geschenk überlassen. Kurz darauf ist Dream eingetroffen, der sich freiwillig ausgeliefert hat, um bei Lavea zu sein. Jedes Mal, wenn Krios oder einer seiner Brüder sie vor seinen Augen berührt, verliert er den Verstand und Ziva ergötzt sich daran.

Ich zwinge mich dazu, weiterzulaufen, leere Kelche aufzufüllen und schmutzige Gläser mitzunehmen. Wie alle Gefangenen trage ich schwarze Steinbänder um meine Handgelenke. Ziva hat unseren Geist nicht zu Sklaven des Rings gemacht, doch sie kann unsere Körper kontrollieren, uns an diesen Ort binden. In dieser Sekunde sitzt sie auf ihrem Thron, der sich auf einem der Balkone befindet, die wie Vogelnester in den Saal ragen. Dark steht einen Schritt hinter ihr und es wundert mich, dass sie ihm keinen Platz direkt an ihrer Seite gegeben hat. Trotzdem habe ich mich an das Bild der beiden noch immer nicht gewöhnt. Es ist ... einfach nicht richtig. All das hier ist falsch. Nach wie vor fühle ich mich, als hätte ich mich in ein Paralleluniversum begeben.

Und in manchen Momenten will ich die Welt schütteln, damit alles wieder an die richtige Stelle rückt.

Ich unterdrücke ein Zischen, als einer von Zivas Untertanen mit den Fingern die Innenseite meines Schenkels streift. Automatisch will ich einen Satz zurück machen, aber meine Beine gehorchen mir nicht. Plötzlich beginnt die Narbe, die quer über meinen Hals verläuft, sich bis zu meinem Schlüsselbein und zwischen meine Brüste zieht, zu jucken, und ich höre Zivas Lachen. Meine Miene ist reglos, mein Innerstes hingegen in Aufruhr. Fast erwarte ich, dass sie neben mir auftaucht, aber ich bleibe verschont, kann wenig später nach hinten taumeln. Dabei verbiete ich mir, in ihre Richtung zu sehen, weil ich ihr mit dieser Reaktion einen Gefallen täte. Doch es beunruhigt mich, dass ich kaum einschätzen kann, wann ich einen Gewaltausbruch von Ziva zu erwarten habe oder sie lediglich spielen will. Sie liebt es, wenn man sich für sie windet und die Angst stetig ihren Atem in deinen Nacken bläst.

Ohne meinen Kopf zu senken, gehe ich weiter, erdulde die Demütigungen und schlucke meinen Stolz herunter. Ich bin mir nicht sicher, was genau Zivas Endziel ist. Klar ist allerdings, dass sie uns im Kolosseum kämpfen lassen will. Ihr eigenes Turnier – ihr ganz persönliches Spektakel. Zwar wollten die neuen Götter mit dem damaligen Wettkampf die Tochter der Hölle finden, aber ein Blick in die Vergangenheit bestätigt, dass auch die Herrscher dieser Welt derartige Turniere ausgerichtet haben. Nun will Ziva beweisen, dass sie stärker als die Gemeinschaft der Götter – und fähig ist, jeden ihrer Gegner in die Knie zu zwingen. Ich glaube nicht, dass sie Dark, Yasar und die anderen töten will, denn sie hängt an ihnen, lässt immer wieder verlauten, wie sehr sie miteinander verbunden sind ... doch meine Chancen, hier lebend rauszukommen, stehen nicht besonders gut.

Zwei Tafeln entfernt entdecke ich Arachne. Die ehemalige Weberin verrichtet dieselbe Arbeit wie ich und ist ebenso in Lumpen gekleidet. Sie bewegt sich zögerlich fort, hat sich noch nicht wieder an ihre zwei Beine gewöhnt und ihre Haut ist derart blass, als hätte sie nie das Sonnenlicht gesehen. Sogar auf die Entfernung erkenne ich, dass sie leicht zittert, aber ich darf nicht zu ihr gehen. Dieses Mal kann ich meine Augen nicht daran hindern, zu Ziva zu wandern, während die unwillkommene Erinnerung des ersten Abends in meine Gedanken dringt.

Meine Kehle brennt wie Feuer und sobald ich versuche, zu schlucken, schmecke ich Blut auf meiner Zunge. Meine Lippen sind spröde und rissig, verlangen nach Wasser, das sie seit Tagen nicht bekommen haben. Ich befinde mich in einem Saal, der mir vollkommen fremd ist. Hohe schwarze Säulen umgeben mich und mir ist derart schwindelig, dass es mir erscheint, als würden sie wanken, jeden Moment auf mich niederstürzen und mich unter sich begraben, als hätten sie Erbarmen. Der Boden ist dunkelrot und Übelkeit überkommt mich, weil er wirkt wie ein Meer aus Blut. Vogelnestern gleichende Balkone ragen in den Raum und fast denke ich, das Krächzen der Raben zu vernehmen, die über dem Burggraben kreisen. Doch ich bin nun an einem anderen Ort. Die Sicht verschwimmt immer wieder vor meinen Augen, trotzdem erkenne ich Zivas Untertanen vor mir. Leicht wende ich den Kopf hin und her, kann die anderen Gefangenen allerdings nicht sehen. Arachnes Spinnengift rauscht nach wie vor durch meinen Körper, aber ich wage es nicht, die Verletzung an meiner Wange zu berühren, eine weitere zukünftige

Narbe, die mich entstellen wird. Orientierungslos blinzele ich, ehe mein Blick an Euryale hängen bleibt. Und innerlich flehe ich sie an, dass sie mich versteinern möge. Ich will das hier nicht länger ertragen.

Heftig zucke ich zusammen, als Zivas Finger durch mein kurzes Haar fahren, durch die ungleichen Strähnen, die ich ihrem Messer zu verdanken habe. »Früher war sie ein Schankmädchen«, lässt sie die Anwesenden wissen. »Ein Niemand.« Sie gräbt ihre Nägel in meinen Nacken und ich spüre, wie etwas Warmes meinen Hals entlangfließt. »Allein ihr hübsches Antlitz hat dafür gesorgt, dass ein Gott sich in sie verliebte.« Sie bringt ihre Lippen dicht an mein Ohr, hält mich fest, damit ich nicht zurückweichen kann. »Aber nun sieh dich an ... Wer bist du schon, wenn niemand dich liebt? Du hättest keine Sekunde mit einem Gesicht wie dem meinen auf Viridi überlebt.« Grob stößt sie mich zu Boden und stellt einen Fuß zwischen meine Schulterblätter, verlagert so viel Gewicht darauf, dass meine Wirbelsäule knackt. Dann wird eine Flüssigkeit über mir ausgegossen, in einer solchen Menge, dass ich mich hustend daran verschlucke. »Du wirst wieder der Tätigkeit nachgehen, für die du geboren wurdest.« Ein erneuter Schwall trifft mich und ich ringe hektisch nach Luft. »Du bist eine Dienerin.« Ziva kniet sich neben mich und zerrt grob meinen Kopf zurück, sodass ich gezwungen bin, sie anzuschauen. »Hale mag dir das Gefühl gegeben haben, dass du dazugehörst. Aber all das ... war eine Lüge. Er war nur geblendet von einer Hülle, die nun abscheulich ist.« Mit dem Daumen fährt sie über die Wunde an meiner Wange, bringt sie erneut zum Bluten. »So unbedeutend. So ... wertlos.«

Das Geräusch von zerspringendem Glas reißt mich aus meiner Trance. Es klirrt derart laut, als wollte es mir sagen, dass auch ich unaufhaltsam brechen werde. Zu meinen Füßen liegt das Tablett und ich bücke mich, schiebe die Scherben zusammen und erhebe mich, ehe ich kehrtmache und aus dem Raum eile. Lavea hat zu keiner Sekunde aufgehört zu spielen und niemand schenkt mir Beachtung.

Unsichtbar.

Unbedeutend.

So ... wertlos.

Die Säulen ziehen an mir vorbei, während ich mich über den blutroten Boden bewege und schließlich die Küche erreiche, wo ich alles abstelle und die Stufen hinab in den Weinkeller renne. Und obwohl Ziva mich in diesem Moment nicht zu ertränken versucht, kann ich nach wie vor ihre Stiefelspitze zwischen meinen Schulterblättern spüren. Tief atme ich ein, aber es ist, als würde kein Sauerstoff in meine Lunge dringen. Als würde ich über der Wasseroberfläche ersticken. Ich stütze eine Hand in meine Seite, laufe zwischen den Regalreihen entlang, ehe ich ruckartig stoppe. Es ist beinahe zu still. Aber dann vernehme ich einen vertrauten Laut. Ein Pfeil, der die Luft durchschneidet. Mit dem einzigen Unterschied, dass er mich nicht durchbohren kann, weil er aus dunklem Rauch besteht.

Er hat mich beobachtet.

Er ist mir gefolgt.

Meine Lider sind weit aufgerissen, schwarze Punkte tanzen vor meinen Augen. Fieberhaft schaue ich mich um, weiche dabei tiefer in die Schatten, suche nach einem Versteck. Furcht sickert in meine Haut und ich streife meine Schuhe ab, gehe barfuß weiter. Im Prinzip ist mir bewusst, dass es kein Entkommen gibt, aber meine Angst ist derart übermächtig, dass ich mich Chaos nicht freiwillig zeigen will. Lautlos bewege ich mich fort, während er sich keine Mühe gibt, das Geräusch seiner Schritte in seiner menschlichen Gestalt zu verbergen. Weshalb sollte er auch? Er ist der Jäger und ich bin die Gejagte. Panik rauscht durch meinen Körper, raubt mir jegliche Vernunft, sodass ich herumwirbele und lossprinte. Im Rennen ziehe ich Flaschen aus den Regalen, übersäe den Untergrund mit Flüssigkeit und Scherben. Mein Herz klopft so heftig, dass ich das Pochen in meinen Ohren hören kann, als würde es dort und nicht in meiner Brust schlagen. Und selbst als das Ende des Kellers näher kommt, drängt alles in mir darauf, weiterzulaufen. Erst in letzter Sekunde bremse ich ab, presse meine Handinnenflächen gegen die Mauer und lehne meine Stirn gegen das Gestein. Ein Schluchzen, das ich nicht zurückdrängen kann, entweicht meiner Kehle, übertönt das Knirschen der Scherben. Zischend hole ich Luft, als Chaos' Brust meinen Rücken streift. Meine Muskeln beben und ich verfluche mich selbst, dass ich auf ihn reagiere. Ja, ich habe Angst. Aber da ist nach wie vor ... Verlangen. Sein herber Duft nach Moschus und Patschuli hüllt mich ein, benebelt meine Sinne. Trotz meiner Furcht atme ich keuchend aus, lasse mich fallen, indem ich mich gegen ihn lehne. Obwohl Chaos der Sturm ist, der mein Innerstes in Aufruhr versetzt, derjenige, der Tod und Verderben wie einen Mantel trägt, erstickt er meine Panik, sobald er direkt bei mir ist. Als würde er nur in der Ferne Beklommenheit in mir auslösen.

»Das ergibt keinen Sinn.« Seine Lippen streifen beim Sprechen meinen Hals und ich erschauere, grabe meine Fingernägel ins Mauerwerk, bis sie brechen und meine Kuppen bluten.

»Ich dachte, du würdest mich nie mehr berühren«, flüstere ich. Kurz schließe ich meine Lider, nehme all meinen Mut zusammen, bevor ich mich umdrehe und das Kinn hebe, um in seine Mitternachtssonnenaugen zu schauen. Schwarzer Rauch umgibt uns, als wären nur er und ich an diesem Ort. In Momenten wie diesem erscheint Chaos mir so grausam schön, dass ich ihn für einen Engel und nicht für den Tod halte. Dabei müsste ich längst gelernt haben, dass er mich nicht beschützen wird. Denn er stand daneben, während Ziva mich misshandelte. Mir weitere Narben zufügte. Nur mit Mühe kann ich mich selbst daran hindern, nach meinem abgeschnittenen Haar zu greifen. Sie hat mich entstellt und es verunsichert mich, wenngleich ich wissen sollte, dass es keine Rolle spielt. Mein Aussehen bedeutet nichts.

»Macht dich das glücklich? Mich so zu sehen? Hast du es dir so vorgestellt, als du mich ihr ausgeliefert hast?« Ich bin derart wütend und verletzt, dass Tränen sich in meinen Augen sammeln, meine Wangen hinabrinnen, ein Brennen auf meiner Haut und meiner Seele hinterlassen.

Chaos mustert mich mit schräg gelegtem Kopf und ich frage mich, ob er überhaupt etwas fühlen kann. Oder ihm nur ein einziges Sehnen vertraut ist, er bloß nach Rache und Zerstörung durstet. »Irgendwann kommt der Zeitpunkt, an dem man bezahlen muss«, raunt er mir zu. Mein Magen krampft sich zusammen und plötzlich ist es, als würde ich erneut den Dolch halten, damit sein Herz durchbohren. Eine Erinnerung, die mich bei Tag und Nacht verfolgt. Ich weiß nicht mehr ... Ich weiß nicht länger, was richtig ist und was falsch. Es ist, als wäre ich in einem Albtraum gefangen, dem ich nicht entkommen kann. Vielleicht, wenn Chaos mir nicht zwei Mal das Leben gerettet hätte ... müsste ich Ziva nun nicht ertragen.

Ich habe den Gedanken kaum beendet, als er den wenigen Abstand zwischen uns überwindet und mich hochhebt. Meine Beine schlingen sich um Chaos' Hüfte und der Kittel, den ich trage, rutscht nach oben. Süßer Schock rast durch meinen Leib, als ich ihn an meiner Mitte spüre. Seine Finger graben sich in meine Taille und unsere Münder kollidieren mit einer Heftigkeit, dass unsere Zähne gegeneinanderstoßen, ich auf seine Unterlippe beiße und sie zum Bluten bringe. Eine Weile lässt er mich und meinen Zorn gewähren, ehe seine Zunge in mich dringt, mich in Besitz nimmt und er sich im selben Rhythmus mit seinem Unterkörper an mich drängt, ein Knie so positioniert, dass ich mich an seinem Oberschenkel reiben kann, bis sich meine Feuchtigkeit darauf verteilt. Der Kuss ... all das ... ist Chaos. Und ungeachtet der Tatsache, dass ich einen Fehler begehe, verliere ich mich darin. Verliere mich in ihm. Während ich vor wenigen Minuten noch nach dem Ende gelechzt habe, erweckt er meine Sinne wieder zum Leben. Vermutlich tut er es, damit er sich noch ein wenig länger an meinem Leid laben kann. Trotzdem ist es, als wollte er mir zeigen, dass der Schmerz es wert ist ... für Augenblicke wie diesem.

Seine Hand, mit der er meine Taille umfasst hielt, wandert nach unten, während er ohne Unterlass meinen Mund attackiert, als befänden wir uns in einem Krieg. Als ich auf seinem Oberschenkel nach vorn gleite, schiebt er seine Finger unter meine Mitte, sodass ich seine Handinnenfläche reite. Die Schwielen und rauen Stellen seiner Haut jagen Blitze durch meinen Unterleib.

Zu viel.

Diese Empfindungen sind zu viel.

Bevor ich Chaos begegnet bin, ahnte ich nicht, dass ich all das fühlen kann. Es ist, als würde ich schweben. Aber ich weiß, dass das unmöglich ist – ich eines Tages fallen werde und er mich nicht vor dem Sturz in die Tiefe bewahren wird. Er erstarrt, meine Überlegungen ein offenes Buch für ihn. Ich lecke über meine geschwollenen Lippen, als er sich von mir löst.

»Nicht aufhören«, wispere ich. »Das Beste an meiner Gefangenschaft bist du.« Diese Tatsache laut auszusprechen, ist beängstigend und befreiend zugleich. Vor ihm kann und will ich mich nicht verstecken. Chaos kennt alles, was kaputt an mir ist.

Mit flatternden Lidern taste ich nach seiner Hose, öffne sie und stöhne leise, während er mich höher positioniert. Als er in mich dringt, hält sein Blick mich fest, seine Mitternachtssonnenaugen unnachgiebig. Obwohl er trotz dessen, was unter der Oberfläche brodelt, stets beherrscht wirkt, werden seine Stöße unkontrollierter. Meine inneren Muskeln krampfen sich um ihn zusammen und meine Nägel graben sich in seinen Rücken. Ich will meinen Kopf abwenden, um meine Lippen gegen meine Schulter zu pressen. Sofort stoppt Chaos in seiner Bewegung und ich wimmere.

»Ich will deine Schreie hören, Phia.« Seine Worte lassen mich erstarren. Es erscheint mir wie ein Wunder, wenn er meinen Namen sagt.

Als hätten wir eine stumme Übereinkunft getroffen, dringt er wieder in mich, noch tiefer dieses Mal, und ich halte mich nicht zurück, gestatte es mir, mich dem Sturm hinzugeben.

Sobald Chaos einen Schritt zurück macht, schlinge ich meine Arme um mich, während Kälte sich in mir ausbreitet. Ich bin froh, dass es keinen Spiegel gibt, ich meinen eigenen erbärmlichen Anblick nicht bezeugen muss. Die Wunden, denen er gerade noch Linderung verschafft hat, reißen mit so ungeahnter Heftigkeit wieder auf, dass ich beinahe in die Knie gehe. Chaos' Hand schnellt vor, umfasst meinen Ellenbogen, als ich wanke. Dann kriecht dunkler Rauch von seinem Körper auf den meinen über, bis ich in einen Strudel der Finsternis gezerrt werde.

Als ich die Augen das nächste Mal öffne, steigt mir der modrige Geruch der Katakomben in die Nase und ich registriere, dass ich mich wieder in meiner Gefängniszelle befinde. Erleichterung überkommt mich, weil ich nicht zu den Feierlichkeiten zurückkehren muss.

Ein überraschter Laut entweicht meiner Kehle, als Chaos mich noch einmal an sich zieht, seine Lippen hart und fordernd auf meine presst. Ich erschauere, als er mit den Daumen ungewöhnlich zärtlich über meinen Brustkorb streicht. Ohne dass ich es verhindern kann, sucht mein Körper seine Nähe. Ich will nicht, dass dieser Moment zu Ende geht. Will nicht daran erinnert werden, wer wir sind. Und auf welchen Seiten wir stehen. Sehnsuchtsvoll seufze ich, als sein Mund sich von meinem löst. Langsam wandern seine Lippen nun über mein Schlüsselbein. Chaos liebkost meine Narbe, meine geschundene Haut. Selbst seine Stimme ist sanft. Seine Worte hingegen durchschneiden mich wie die Klinge des Dolches, den ich auf dem Olymp gegen ihn gerichtet habe.

»Mit besten Grüßen von Ziva.«

Seine Aussage sorgt dafür, dass mein Herzschlag aus dem Takt gerät. Langsam hebt er seinen glühenden Blick. Übelkeit steigt in mir auf, als seine Gliedmaßen den Schatten weichen und er verschwindet. Ich wirbele herum und schaue in Hales Gesicht.

Kapitel 20

GEFÜHLE DER VERGANGENHEIT

HALE

Ich rechne damit, dass Wut in mir hochkocht, stattdessen werde ich von Ruhe durchströmt. Vielleicht wusste ich – wenngleich ich zu diesem Zeitpunkt noch nicht ehrlich zu mir selbst sein wollte – schon an jenem Morgen, als ich zur Halbgottsiedlung aufbrach, dass es zwischen Phia und mir vorbei ist. Oder nach unserer gemeinsamen Nacht in Trues Palast, als ich eine Leere in ihrem Blick gesehen habe, die ich nicht füllen konnte.

Bei unserer Abreise ... ging es ihr gut. Sie wollte Yasar und Theia ins Gefängnis von Zeus und Chaos begleiten.

Das Gespräch mit Prom geistert durch meinen Kopf und ich frage mich, was genau sich während meiner Abwesenheit abgespielt hat. Chaos jedenfalls befindet sich nicht mehr in seinem Verlies. Und die Tatsache, dass er und Ziva eine Verbindung haben, an einem Strang ziehen ... Fuck.

»Hale ... ich ...« Automatisch verkrampft sich mein Magen, als ich höre, wie Phias Stimme bricht. Erst jetzt mustere ich sie genauer, während ich trotz meiner Ruhe verarbeiten muss, was ich eben gesehen habe. Ja, es versetzt mir einen Stich, als sich vor meinem inneren Auge immer wieder der Kuss abspielt. Doch das ist nicht der Grund, aus dem mein Atem stockt. Phias Haare fallen ihr in ungleichen Strähnen ins Gesicht, ihre Züge wirken ausgemergelt und ihre Wange ziert eine Narbe, die zuvor nicht da gewesen ist. Bekleidet ist sie lediglich mit einem grauen Kittel, der kaum ihre Knie bedeckt. Sie hat an Gewicht verloren und ihre Knochen zeichnen sich merklich unter ihrer Haut ab, die von Staub und Schmutz bedeckt wird.

Und ... da ist die Wut, auf die ich gewartet habe. Ich überbrücke den Abstand zwischen uns, bis ich bei ihr bin. In der Sekunde, als ich eine Hand an ihren Oberarm lege, bricht sie zusammen, sodass ich sie auffangen muss. Der klagende Laut, der dabei über ihre Lippen kommt, lässt das Blut in meinen Adern gefrieren. Sachte hebe ich sie hoch und trage sie zu der steinernen Pritsche. Aus der Wand winden sich zwei Ketten und vermutlich kann ich von Glück reden, dass Ziva mich bisher nicht angeleint hat. Behutsam setze ich Phia ab, ehe ich vor ihr in die Hocke gehe. Tränen strömen über ihr Gesicht und ihr Leib wird von so heftigen Schluchzern geschüttelt, dass sie würgen muss.

Ich bin unsterblich, was bedeutet, dass ich unendliches Leid schon mehr als einmal bezeugen musste. Aber nie zuvor habe ich jemanden auf diese Weise weinen sehen. Als gäbe es keinen einzigen Funken Hoffnung. Vielleicht hat Ziva es tatsächlich geschafft. Vielleicht ist es ihr bei Phia gelungen, sie zu brechen. Vermutlich ist es das Ziel, welches sie bei jedem von uns verfolgt.

Aber diese Genugtuung werde ich ihr nicht geben. Beruhigend beginne ich auf Phia einzureden, ignoriere die Tatsache, dass meine Worte eigentlich keinen Sinn ergeben. Doch es scheint zu helfen, denn nach einiger Zeit verstummt sie und ich nehme neben ihr Platz. »Du solltest mich hassen, anstatt zu trösten«, flüstert sie, nachdem wir eine Weile geschwiegen haben. »Das würde es leichter machen.« Sie beugt sich vor und wischt sich mit dem schmutzigen Kittel über ihr Gesicht. Kurz schließe ich die Lider, um mich zu sammeln.

»Was ist das ... mit Chaos?«, frage ich. Ich habe gesehen, wie Phia sich gegen ihn gedrängt hat, aber ... »Ist irgendetwas ... hat er dich gegen deinen Willen ...« Ich packe es nicht, den Satz zu beenden.

Langsam schüttelt Pia den Kopf. »Das ist ja das Schlimme daran.« Obwohl ich spüre, dass es ihr schwerfällt, schaut sie mir in die Augen. »Er ist aus dem Unterwasserverlies ausgebrochen. Er hat mich entführt. Er ist ... ein Monster. Und trotzdem ...« Zitternd atmet sie aus. »Es ist falsch und trotzdem hat es mir gefallen. Ich wollte, dass er ...« Seufzend lehnt sie sich an die Steinwand. »Ich habe mit ihm geschlafen, Hale. Dazu hat er mich nicht gezwungen.«

Ihr Geständnis ist keine Überraschung, nach dem, was ich beobachtet habe. Aber es fühlt sich dennoch an, als würde man mir ein Messer in den Rücken rammen. Ja, wir hatten Schwierigkeiten. Gleichwohl habe ich mir eine Zukunft mit Phia ausgemalt. Es gab Zeiten, in denen ich daran geglaubt habe, dass sie an meiner Seite wieder zu sich selbst finden kann. Sie war meine Vorstellung von Glück, wenn das hier vorbei ist. »Wozu hat er dich dann gezwungen?«, frage ich leise.

Phias Schultern spannen sich an und sie faltet ihre Hände im Schoß. Anschließend wandert ihr Blick zur Decke, durch die ein Grollen zu uns dringt und ich überlege, was oder wer außer uns in den Katakomben ist. Nach einem Moment des Schweigens fängt sie an zu berichten, was sich im Unterwasserverlies zugetragen hat, wie Chaos Yasar mit ihrem Leben erpresst hat und wie er sie auf den Olymp brachte. Sie erzählt von ihrem Fluchtversuch und davon, dass Chaos gegen Flame gekämpft hat, die tatsächlich am Leben ist. Danach beschreibt sie, wie Ziva auftauchte und Chaos auf ihre Seite zog, er Rache an Theia nahm, die offenbar für Ziva gearbeitet hatte und es kein Zufall war, dass er seiner Zelle entkam. Als sie schildert, dass sie versucht hat, Chaos zu töten, klappt mir endgültig die Kinnlade runter.

»Was zur Hölle, Phia?«, murmele ich, aber sie übergeht meinen Einwurf und redet weiter, davon, wie er sie zur Burg ins Land der Vergangenheit und des Vergessens brachte, sie vor Ziva in die Knie zwang. Dort traf sie auf Dark und Lost, der sie über die Urgegenstände Viridis einweihte. Mittlerweile schwirrt mir der Kopf, aber sie lässt unaufhörlich neue Informationen auf mich einprasseln, als wäre ein Damm gebrochen und sie nicht in der Lage, die Flut zu stoppen. Erst als sie ihren gescheiterten Fluchtversuch wiedergibt und von Arachnes Verwandlung und der Folter spricht, gerät sie ins Stocken und beendet ihre Erzählung mit der Ankunft in Delphi.

»Lost wäre vermutlich nicht einverstanden, dass ich dir all das erzähle«, flüstert sie und schaut sich um, als würde uns jemand belauschen.

»Aber Ziva weiß doch spätestens seit dem Fluchtversuch, dass ihr irgendetwas wisst ... irgendetwas geplant hattet.«

»Schon ... Bloß sind wir alle ein wenig paranoid, weil Chaos in der Lage ist, Gedanken zu lesen.«

»Großartig«, erwidere ich ironisch und lehne mich nun ebenfalls zurück. Bevor Phia darauf etwas antworten kann, erscheinen Dream, Yasar und eine junge Frau, die ich nicht kenne, Phias Erzählungen nach jedoch für Arachne halte, in den Zellen links, rechts und gegenüber von uns. Während Arachne uns zaghaft zunickt, legt Yasar sich, ohne uns eines Blickes zu würdigen, auf die Pritsche. Dream hingegen schleudert einen Stuhl gegen die Gefängnisstreben, ehe er seine Faust gegen die Wand rammt und seine Haut aufplatzt, Blut an seinem Unterarm hinabrinnt.

Phia seufzt leise. »Das macht er jedes Mal. Lavea befindet sich im Palast. Gemeinsam mit Phoibe. Sie sind immer mit den Titanenbrüdern Hyperion, Koios und Krios zusammen.«

Meine Brauen schießen in die Höhe. »Das wird Apollo nicht gefallen.«

»Natürlich nicht.«

»Nein, du verstehst nicht. Phoibe und Koios waren vor sehr langer Zeit vermählt.«

»WAS?!«

Ich hebe eine Schulter. »Sie weilt schon seit einer Ewigkeit auf dieser Erde. Selbstverständlich hat sie eine Vergangenheit.« Ein wenig irritiert schaue ich wieder zu den anderen Zellen. Niemand hat auf Phias Ausbruch reagiert.

»Sie können uns nicht hören«, erklärt Phia. »In der Burg im Land der Vergangenheit und des Vergessens konnten Lost und ich miteinander sprechen, aber seit meinem Fluchtversuch und der Ankunft in Delphi sind unsere Zellen isoliert. Es muss ein Zauber sein. Amanda, Jules, Eros, Miriam und Atlas sind auch hier unten, allerdings nicht in Sichtweite.«

»Und wo ist Lost?«

»Im Palast. Wir sehen ihn lediglich am Abend.« Mir dreht sich der Magen um, als sie mir den Tagesablauf schildert. Dass sie und Arachne in den Nächten Bedienstete sind, meine Brüder an der Decke in Käfigen hängen, während Ziva sich auf ihrem Thron in Aufmerksamkeit sonnt. Außerdem berichtet sie von Dark, der als Einziger von uns unter dem Einfluss des Rings steht.

»Als sie mich aus dem Halbgottlager geholt hat, meinte sie, ich hätte mich für ein ganz besonderes Turnier qualifiziert«, werfe ich nach einer Weile ein.

Phia legt ihr Kinn auf ihren angezogenen Knien ab und mustert Dream, der nach wie vor in seinem Verlies wütet. Es scheint ihn nur noch mehr anzustacheln, dass seine Wunden stetig heilen. Ich bin froh, dass ich das Knirschen seiner Knochen nicht vernehmen kann. Arachnes Zelle grenzt direkt an seine, sie hat beide Streben umfasst und redet auf ihn ein, doch es ist zwecklos, weil er sie nicht hören kann.

»Ja, ich nehme an, dass sie uns im Kolosseum kämpfen lassen will. Ich meine, ihr wart die Herrscher dieser Welt und die Ausrichter des letzten Turniers. Vermutlich will sie damit beweisen, dass sie nun an der Macht ist ... und euch besiegt hat.«

»Es ging uns nie darum, zu herrschen. Wir wollten diese Welt bloß retten.«

»Das weiß ich«, besänftigt Phia mich. »Aber Ziva ... sie kann nicht nachempfinden, was es bedeutet, selbstlos zu sein.«

Mit den Daumen massiere ich meine Schläfen. Müdigkeit legt sich wie ein schwerer Mantel um mich. »Wann wird es losgehen?«

»Ich habe keine Ahnung«, gibt Phia zu. »Vermutlich, wenn genug Zuschauer eingetroffen sind. Jene, die hierher reisen, bringt sie in den Bauten vor dem Palast unter. Es sind so viele, Hale.«

»Nun ja«, brumme ich. »Die Menschen haben uns für ihr Elend, den Hunger und die Hitze verantwortlich gemacht, also ... Bestimmt können sie es kaum erwarten, uns in der Arena verrecken zu sehen.«

Phia verdreht die Augen. »Die Sterblichen sind undankbar. Aber was ist mit den Halbgöttern? War deine Mission erfolgreich? Werden sie uns zu Hilfe kommen?«

Bei der Erinnerung, was sich in der Halbgottsiedlung zugetragen hat, entweicht mir ein Stöhnen und ich fasse die Geschehnisse in wenigen Sätzen zusammen. »Wir waren bereit zum Aufbruch und Nero wollte uns unterstützen, allerdings ... Ich bezweifle, dass sie rechtzeitig eintreffen und in Anbetracht der neuesten Entwicklungen ... Es gibt nicht mehr viele Halbgötter und vermutlich hätte ich sie nicht um diesen Gefallen gebeten, hätte ich von den Urgegenständen gewusst.«

»Mir fällt einfach kein Ausweg ein«, murmelt Phia schließlich. »Ihr habt im heißen Krieg Zeus und Chaos besiegt und trotzdem konnte Ziva euch gefangen nehmen. Sie ist wirklich stärker als ihr, oder?«

»Wir müssen versuchen, ihr die Urgegenstände abzunehmen. Wenn wir nah genug an sie herankommen ... Zum Beispiel während des Turniers. Ziva lässt sich leicht provozieren. Möglicherweise plant sie sogar, selbst gegen uns anzutreten.« Plötzlich kommt mir eine weitere Idee. »Du kannst dich im Palast frei bewegen – bei Nacht, nicht wahr? Trägt sie alle Gegenstände zu jeder Tageszeit am Leib?«

Phia verzieht das Gesicht. »Von frei bewegen würde ich nicht unbedingt sprechen ... Und mir behagt nicht, was du da andeutest.« Ihre Hand tastet nach ihrem abgesäbelten Haar, bevor ihre Finger zu der Wunde an ihrer Wange wandern. Geräuschvoll atmet sie aus. »Die Uhr der Wünsche ist nicht in ihrem Besitz und wir können nur hoffen, dass es so bleibt.

Exitium, das Schwert der Zerstörung, habe ich auch noch nie gesehen. Originem, die Krone der Schöpfung, trägt sie seit unserer Ankunft immer auf ihrem Haupt und Imperium, den Ring der Überzeugung, an ihrem Finger oder an einer Kette um ihren Hals. Bei Cogitatio, dem Spiegel der Unverwundbarkeit, und Immortalem, dem Armband der Unsterblichkeit, bin ich mir nicht sicher. Immerhin steht die große Mehrheit unter dem Einfluss von Imperium und ich glaube, dass sie sich innerhalb ihrer eigenen Palastmauern in Sicherheit wiegt.«

»Mit Cogitatio habe ich schon Bekanntschaft gemacht«, knurre ich. Wenngleich ich mich in der Halbgottsiedlung über den grün glimmenden Spiegel gewundert hatte, seine Bedeutung nicht kannte. »Vielleicht könntest du dich in der nächsten Nacht ein wenig ... umschauen«, schlage ich vor.

Phia beißt sich auf die Unterlippe. »Vielleicht.«

»Eigentlich möchte ich dich nicht darum bitten, aber ...«

»Selbst wenn wir nichts tun, sind wir in Gefahr. Ob wir nun auf unsere Hinrichtung warten, oder uns von allein dorthin bewegen, macht vermutlich keinen Unterschied.«

»Niemand von uns wird hingerichtet, Phia.« Ihre tannengrünen Iriden bohren sich in meine und ich schlucke schwer. Sie ist die schönste Frau, der ich jemals begegnet bin. Und bei allen verfluchten Seelen der Unterwelt: Die Vorstellung, dass ich sie nie wieder so berühren werde wie im Land der Wahrheit und der Wirklichkeit, schmerzt. Du kannst mich nicht zwingen, dich zu lieben.

»Hale, alles in Ordnung?« Phia hat ihre Hand auf meinen Unterarm gelegt und ihre Nähe sorgt dafür, dass mir heiß und kalt zugleich wird.

»Alles gut.« Sanft löse ich mich aus ihrem Griff und reibe mir über mein Gesicht.

»Es tut mir leid. Es tut mir wirklich wirklich leid. Auch wenn das nicht reicht.«

»Du musst dich nicht entschuldigen«, antworte ich. »Ja, ich bin verletzt, aber ich kann damit umgehen. Du hast kein Geheimnis daraus gemacht, dass du unglücklich bist. Du hast mich oft abgewiesen, aber manchmal wolltest du auch bei mir sein ... Ich hatte einfach die Hoffnung, dass wir es hinbekommen.«

»Es war nicht richtig, dass ich dir diese verschiedenen Signale gegeben habe. Ich war selbst verwirrt und ... hatte Angst.«

Ruckartig hebe ich meinen Kopf. »Angst wovor?« Ich beobachte, wie Phia sich windet, ehe sie versucht aufzustehen, was ihr nicht gelingt, weil ich sie festhalte und zurück auf die Pritsche ziehe. »Keine Chance«, informiere ich sie. Meine Hand gleitet unbeabsichtigt vom Stoff ihres Kittels auf ihren Oberschenkel. »Du bist eiskalt«, stelle ich fest. Ohne zu zögern, ziehe ich meinen Pullover aus und lege ihn über ihre Beine.

»Danke«, murmelt Phia und trotz der Dunkelheit, die nur vom Licht der an der Wand hängenden Fackeln durchbrochen wird, erkenne ich, dass ihre Wangen sich verfärben.

»Weshalb wirst du rot?«

Phia umschlingt sich mit beiden Armen und schaut stur geradeaus. »Ich schäme mich«, platzt es nach einigen Sekunde aus ihr heraus und ihre Reaktion entlockt mir zu meiner eigenen Überraschung ein leises Lachen. »Du bist ein guter Kerl.«

»Das ist tatsächlich schön zu hören. Ich meine, auf Viridi haben die Damen bei mir Schlange gestanden, damit ich sie –«

»Eklig, Hale! Verschone mich mit den Details.« Phia boxt mir in die Seite.

»– haben die Damen bei mir Schlange gestanden, um von meinen besonderen Talenten Gebrauch zu machen«, fahre ich ungerührt fort. »Aber auf der Erde scheine ich kein Glück zu haben.«

»Ich bin mir sicher, dass viele Frauen an deinen besonderen Talenten interessiert sind«, schnaubt Phia belustigt. »Das wird jetzt ein wenig seltsam, oder?«

»Kommt darauf an, wie lange du meiner Frage noch ausweichen willst. Also, wovor hattest du Angst?«

Phias Schultern sacken hinab, während sie eine unsichtbare Haarsträhne hinter ihr Ohr streicht. Zorn knistert in meinen Adern, bei dem Gedanken daran, was Ziva ihr angetan hat. Was Ziva uns allen angetan hat. »Du warst der Grund, warum ich ein Teil von euch geworden bin«, wispert sie nach einem Moment des Schweigens. »Flame gehört zu Dark, Lavea zu Dream und Candela ... Candela war ... Sie und Lost waren füreinander bestimmt.« Ich bin wie erstarrt, kann Phia nur verblüfft anblinzeln. »Und als du und ich getrennt waren, ich von Chaos geraubt wurde ... Niemand hat nach mir gesucht. Das hat mir das Gefühl gegeben – mich darin bestätigt –, dass ich diejenige bin, die am unwichtigsten ist. Dass ich am wenigsten ... geliebt werde.«

Als sie geräuschvoll schnieft, sackt mein Herz mir in die Magengrube. Ich rücke näher an sie heran und schlinge beide Arme um sie, lasse zu, dass sie ihr Gesicht an meinen Hals bettet, und spüre, wie ihre Tränen über meine Haut rinnen. »Bitte sag mir, dass du das nicht wirklich glaubst.« Beruhigend streiche ich über ihren Rücken. »Wir sind zu einer Familie geworden, weil das, was wir erlebt haben, uns mehr zusammengeschweißt hat, als Blut es je könnte. Wir haben gemeinsam diese verfluchte Erde gerettet. Und ob du und ich ein Paar sind, nimmt darauf keinerlei Einfluss. Dieser Platz gehört dir. Du als eigenständige Person bist ein elementarer Baustein unserer Gruppe. Selbstverständlich lieben wir dich.«

Ein zaghaftes Glucksen verlässt Phias Lippen und vibriert an meiner Kehle. »Ein elementarer Baustein?«

Ich seufze, mein Kinn sinkt auf ihren Kopf. »Ich gebe hier gerade wirklich mein Bestes, Phia. Aber Yasar oder Phoibe würden ein derartiges Gespräch vermutlich geschickter führen.«

Phia kuschelt sich ein wenig enger an mich, während mein Verstand meinem Körper einzutrichtern versucht, dass diese Geste freundschaftlich ist.

Freund-schaft-lich.

Fuck.

Das ist verdammt schwer.

»Das war eine gute Rede, Hale«, murmelt sie und klingt mittlerweile schläfrig. »Und ich bezweifle, dass Yasar aktuell ein offenes Ohr für mich hätte, selbst wenn es die Möglichkeit gäbe, sich zu unterhalten. Er verhält sich komisch.« Sie gähnt und zieht ihre Beine an, um gänzlich unter meinen Pullover zu passen. »Für gewöhnlich hat er doch immer einen brillanten Plan. Aber seit Flame die Prophezeiung erfüllt hat, kommt es mir beinahe vor, als hätte er uns ... aufgehalten.«

Stirnrunzelnd sehe ich zum Gott der Zukunft und des Lebens hinüber, der seitlich auf seiner Pritsche ruht. »Ich kann mir nicht vorstellen, dass er absichtlich Fehler machen und uns schaden würde. Mir ist klar, dass Yasar über eine Ausstrahlung verfügt, die bewirkt, dass sich alle auf ihn verlassen. Dass er stets den Eindruck vermittelt, als könnte ihn nichts aus der Fassung bringen. Als könnte er für jedes Hindernis, jedes Problem, eine geschickte Lösung finden. Aber

Zivas Ausbruch ... Die Vergangenheit hat uns alle eingeholt. Und möglicherweise lähmen ihn die Schrecken von damals.« Was auf Viridi geschehen ist, hat uns allen schwer zugesetzt. Trotzdem habe ich das Gefühl, dass Yasar und True am meisten gelitten haben. Ihre Familien haben ihnen ihr Erbe genommen. Yasar, der geborene Herrscher, hat von einem auf den anderen Tag alles verloren. Ziva ist es schon einmal gelungen, uns zu schlagen. Und es scheint, als wäre sie auf gutem Wege, dass sie erneut ihr Ziel erreicht. Ich frage mich, was sie im Palast mit Lost, Dark, Phoibe und Lavea anstellt. Andererseits möchte ich meiner Fantasie in dieser Richtung keinen freien Lauf lassen, denn in Wahrheit will ich mir nicht ausmalen, wozu Ziva noch in der Lage ist.

»Prom ... Apate und ihr Kind«, nuschelt Phia plötzlich. »Sind sie in Sicherheit?«

Die beiden sind fünf Tage nach der Geburt ihrer Tochter spurlos verschwunden. Prom hat mir nicht Bescheid gegeben, was ihm nicht ähnlichsieht, allerdings haben sie ihre Sachen mitgenommen, also müssen sie geplant aufgebrochen sein und waren nicht in Eile. »Sie sind in Sicherheit«, bestätige ich deshalb und in Anbetracht der Tatsache, dass Chaos Gedanken lesen kann, verrate ich nicht mehr. Falls Prom sich dafür entschieden hat, mit Apate unterzutauchen, um ihre gemeinsame Tochter vor weiteren Angriffen zu schützen, kann ich das verstehen.

Phia gibt noch etwas von sich, das ich allerdings nicht verstehen kann. »Schlaf«, flüstere ich und sinke mit ihr gemeinsam auf die Pritsche. Dabei erinnere ich mich daran, dass ich der Gott der Hoffnung bin und dass wir nicht aufgeben werden. Wir haben den heißen Krieg gewonnen, die Erde von der Hitze befreit und wir werden sie auch vor Ziva retten.

Obwohl ich wach bleiben wollte, werden meine Lider immer schwerer und fallen schließlich zu. Vor meinem inneren Auge spielt sich die Szene im Halbgottlager noch einmal ab. Der Blickaustausch mit Persephone hat sich in mein Gedächtnis gebrannt. Ich kann nur beten, dass sie verstanden hat, was ich ihr mit Worten nicht sagen konnte. Ganz gleich, was Ziva in ihrem Wahn von sich gegeben hat. Persephone ist die letzte Königin. In ihr schlummert eine besondere Macht. In den Legenden dieser Welt ist sie bekannt als das zarte Mädchen des Frühlings, das sich nicht gegen Hades zur Wehr setzen konnte, weshalb so viele sie unterschätzen. Und auch wenn ihre Blumen und Pflanzen verkümmert sind und Narben ihr einst schönes Antlitz zieren, so ist sie innerlich gewachsen. Ich glaube daran, dass sie eine entscheidende Rolle gegen Ziva einnehmen kann.

Kapitel 21

SANFT UND TÖDLICH

SAPHIRA

Vertraute Schritte dringen an mein Ohr und als ich die Lider aufschlage, mein Sichtfeld sich schärft, erkenne ich Chaos vor den Gitterstäben meiner Zelle. Dunkler Nebel umgibt seine Gestalt und seine Mitternachtssonnenaugen glühen in dem abgedunkelten Verlies. »Das ist also der Mann, an den du gedacht hast, als du dich mir zum ersten Mal hingegeben hast.« Spöttisch verzieht er die Mundwinkel. »Doch sein Name ist recht schnell in Vergessenheit geraten.«

Meine Wangen werden heiß und Hale spannt sich hinter mir an, ein sicheres Zeichen dafür, dass er wach ist. »Er kann hören, was in deinem Kopf vor sich geht«, erinnere ich ihn warnend, ehe ich mich aufrichte und meine schmerzenden Schultern zurückrolle. Kurz huscht mein Blick über die anderen Zellen. Dream, Arachne und Yasar beobachten uns. Der Gott der Träume steht sogar dicht an seinen Streben, stellt mir stumme Fragen, die ich ihm nicht beantworten kann. Meine Beine fühlen sich wackelig an, als ich mich erhebe und auf Chaos zusteuere. »Bleib zurück«, sage ich zu Hale, als ich höre, dass er mir folgt.

Ich schlucke, als Chaos' Duft an meine Nase dringt und seine Aura mich aus der Fassung bringt. Ich will deine Schreie hören, Phia. Die Bilder der vergangenen Nacht prasseln derart heftig auf mich ein, dass ich stolpere. Ehe ich auf dem Boden aufschlage, schlingt sich ein Arm um meine Taille. Hale. Nun sind auch Arachne und Yasar an ihre Gitterstreben getreten, aber aufgrund der Magie können sie uns nicht verstehen.

»Bleib zurück«, wiederhole ich an Hale gewandt. »Bitte.« Sein Kiefer mahlt und sein Griff um mich verstärkt sich.

Chaos taxiert uns mit leicht geneigtem Kopf, Wut strahlt wellenartig von ihm aus. »Wählst du immer denjenigen, der dir gerade Zuflucht bietet? Schläfst in seinen Armen, obwohl ich noch an dir bin, kleine Mörderin?«

»Nun, in den Armen eines Psychopathen wird sie kaum zur Ruhe kommen«, erwidert Hale kalt.

Ich weiß es zu schätzen, dass Hale mich verteidigt, aber das ist es nicht wert. Er sollte doch wissen, wozu Chaos fähig ist. Übelkeit zerrt an meinem Magen, als ich daran denke, wie er Theia das Herz herausgerissen und zwischen seinen Fingern zerdrückt hat, sodass Blut wie Regen auf den Olymp tropfte. Bitte nicht, teile ich Chaos mit. Bitte tu ihm nicht weh.

»Nein ... zu ruhen gehörte definitiv nicht zu den Aktivitäten, denen wir gemeinsam nachgegangen sind.« Ich schreie, als ein Pfeil aus Rauch Hale von mir reißt und gegen die Wand prallen lässt. Bevor ich zu ihm eilen kann, werde ich selbst von einem dunklen Strudel verschlungen.

Als die Welt aufhört, sich zu drehen, stehe ich neben einem ausladenden Bett, das sich – abgesehen von einer großen Truhe aus Kirschbaumholz und einer Zeichnung, welche die stürmische See zeigt – in einem überwiegend kahlen Raum befindet. Zischend atme ich ein, als eine Hand sich auf meinen Brustkorb legt und Chaos mit seinem Daumen über die wulstige Narbe an meinem Schlüsselbein streicht. Weshalb muss er sie jedes Mal berühren?

»Warum hast du das gemacht?«, wispere ich.

»Er ist unsterblich. Es hat ihm nicht geschadet.«

Meine Augen brennen und ich starre stur geradeaus, mustere das Gemälde, den Strand, an dem die Umrisse eines Mannes zu erkennen sind, der das Meer beobachtet. Die Darstellung wirkt düster, einsam und aufgrund der hohen Wellen dennoch lebendig. Beinahe kann ich das Rauschen des Ozeans hören. Ich vermisse den Sandpalast. In dieser Sekunde frage ich mich, ob ich jemals wieder die Luft der See einatmen und dem Ruf der Wasservögel lauschen werde.

Wie gestern drehe ich mich zu Chaos um, suche an seinen Schultern Halt, ehe ich auf die Zehenspitzen gehe und meine Lippen auf seine presse. Als wäre er dazu fähig, all meine Sehnsüchte zu stillen. Ich rechne damit, dass er sich versteifen oder mich von sich stoßen wird, aber ich habe mich geirrt, denn er zieht mich mit einem Ruck an sich, um meinen Mund so hungrig wie immer in Besitz zu nehmen.

Als er sich von mir löst, ist mir seltsam schwindelig, während er einen vollkommen ungerührten Eindruck macht. Mit zitternden Fingern streiche ich meinen Kittel glatt und Chaos verfolgt meine Bewegungen. Ich kann seinen Gesichtsausdruck nicht deuten, bin unsicher, ob daraus Zorn oder Ekel spricht. Langsam lasse ich die Hände sinken und starre auf meine schmutzigen, nackten Füße.

Ich will zusehen, wie sie leidet.

Seine Forderung an Ziva, als er mich bei unserer Ankunft in Losts Reich vor ihr auf den Boden stieß. Ich kann nicht einordnen, was für ein Ziel er seit letzter Nacht verfolgt. Sein Verhalten ergibt für mich einfach keinen Sinn, aber vermutlich hat er verstanden, dass er mich mehr mit seiner Nähe als mit Abstand brechen kann.

Ich erschauere, als Chaos' Finger über meine Schenkel fahren und er mir den Kittel abstreift. »Nimm ein Bad«, befiehlt er mir. Ich verzichte darauf, meine Arme vor der Brust zu verschränken und meine Nacktheit vor ihm zu verbergen, sondern drehe mich um und laufe in die Richtung, in welche er gedeutet hat. Durch einen schmalen Gang neben dem Fenster gelange ich in ein Zimmer, in dessen Mitte eine Wanne eingelassen ist. Sie ist bereits mit Wasser gefüllt und der Geruch von Thymian und Rosmarin steigt mir in die Nase. Ohne zu zögern, steige ich die Stufen hinab und lasse mich in die wohlige Wärme gleiten. Es ist überraschend tief, sodass ich einige Schwimmzüge zu einer Bank am gegenüberliegenden Rand mache, damit ich auf ihr sitzen kann. Von einem Beistelltisch nehme ich eine Bürste und beäuge die Glasflasche, in der sich eine marineblaue Flüssigkeit befindet, sowie einen verschlossenen Tiegel, misstrauisch. Zwei Mal tauche ich unter, ehe ich beginne, meinen Körper mit der Bürste abzuschrubben. Beinahe entweicht mir ein Stöhnen, weil es sich so gut anfühlt. In der Burg konnten wir uns nur notdürftig über einem Eimer säubern, im Verlies im Kolosseum hingegen gibt es einen Waschraum, in den Arachne und ich meist alle paar Tage von einer der Gorgonen gebracht werden.

»Die Tinktur und die Salbe sind für deine Wange.« Erschrocken blicke ich auf. Ich war so vertieft, dass mir Chaos' Schritte entgangen sind, der nun am Eingang zum Bad aufgetaucht ist.

Zögerlich lege ich die Bürste weg und greife nach der Glasflasche. Unschlüssig drehe ich sie hin und her, ehe ich den Bügelverschluss öffne und daran schnuppere. Es riecht nach nichts, allerdings ist der Kräuterduft des Wassers so intensiv, dass ich kaum etwas anderes wahrnehme. Skeptisch schaue ich wieder zu Chaos. Erneut frage ich mich, was er hiermit bezwecken will. Weshalb sollte er mir helfen? Mit besten Grüßen von Ziva. Womöglich ist es ein weiterer Trick. Mich erst zu umschmeicheln, um mir dann … »Einen Dolch mitten ins Herz zu jagen?«, schlägt er vor und schlendert langsam näher.

»Dieser Gedanke war nicht für dich bestimmt.«

»Ich kann nichts an meinen Kräften ändern«, antwortet Chaos. Mein Mund wird trocken, als er seine Hose sowie sein Oberteil auszieht. Meine Augen wandern über seinen Körper und über die Muskeln, die deutlicher hervortreten als bei unserer ersten Begegnung, nachdem er zwei Jahrhunderte in einem Verlies am Meeresgrund verbracht hatte. Sogar seine Haut hat ein wenig Farbe bekommen, ist nicht mehr so blass wie zuvor.

In einer Sekunde befindet er sich noch bei den Stufen, in der nächsten wird er zu Nebel und Rauch, das Wasser des Beckens bäumt sich auf und dann ist er direkt vor mir. Anstatt Abstand zwischen uns zu bringen, lehne ich mich ihm entgegen. Mein Verstand, der weiß, dass Chaos Gefahr bedeutet, kann sich nicht gegen mein Verlangen wehren.

»Die Tinktur ist nicht von Ziva oder vergiftet.«

»Von wem dann?«, hake ich nach und lasse zu, dass Chaos mir die Flasche abnimmt. Mit Daumen und Zeigefinger umfasst er mein Kinn, neigt meinen Kopf leicht zurück. Kurz darauf spüre ich, wie die Flüssigkeit über meine Wange rinnt. Zuerst brennt die Wunde, ehe sie so eiskalt wird, dass ich aufkeuche. Trotzdem halte ich still, beobachte, wie Chaos als Nächstes den Tiegel aufschraubt, eine durchsichtige Masse auf den Finger nimmt und über der Verletzung verteilt.

»Artemis«, erwidert er etwas verspätet.

»Nicht viel besser«, murmele ich, während ich mich an Apollos und Miriams Erzählung über die Beschaffung des bronzenen Pfeils zur Öffnung des Olymps erinnere. »Habt ihr euch angefreundet oder so etwas in der Art?« Ich kann es mir beim besten Willen nicht vorstellen. Nicht ohne Grund hat Artemis den Ruf, Männern mit Ablehnung zu begegnen.

»Nein. Es ist eher so, dass ich mich ungefragt an ihrem Vorratsschrank bedient habe.«

»Oh.« Allerdings hätte Artemis ihm sein Anliegen vermutlich auch nicht verweigern können. Niemand in diesem Palast kann es mit Chaos aufnehmen. Abgesehen von Ziva und ihren – Stopp! Innerlich rufe ich mich zur Ordnung, wenngleich es für Chaos kein Geheimnis ist, und suche verzweifelt nach einem anderen Gedanken, an dem ich mich festklammern kann. Bevor Chaos in mein Leben kam, war mir nicht klar, in wie vielen Momenten ich das, was in meinem Kopf vor sich geht, überhaupt nicht kontrollieren kann.

Meinen inneren Kampf ignorierend, hebt Chaos mich hoch, als wäre ich seine Braut und trägt mich über die seitlichen Stufen aus dem Becken. »Meine Braut?«, wiederholt er und mustert mich verblüfft.

»Ich wollte dich bloß verschrecken, damit du endlich weghörst«, informiere ich ihn, sobald er mich abgesetzt hat und ich mich mit einem Handtuch, das an der Kante eines Spiegels hing, abreibe. Als ich fertig bin, nimmt Chaos es entgegen, um sich ebenfalls damit zu trocknen. Die Geste wirkt so vertraut und selbstverständlich und ... irgendwie viel zu intim.

»Auf dem Bett liegt neue Kleidung für dich«, sagt er und ich bin so überrascht, dass ich nach nebenan laufe, wo tatsächlich eine Hose sowie ein T-Shirt auf mich warten. Zugegeben, eine weiße Schürze ist auch dabei, aber es ist allemal besser als der Kittel, den ich zuvor tragen musste. Ich kann nicht verhindern, dass meine Lippen beben, als ich alles – bis auf die Schürze – überziehe und anschließend auf die Matratze sinke. Dabei muss ich an die anderen Gefangenen denken, die sich nach wie vor in dem dunklen Verlies aufhalten und sich auch nach einem heißen Bad sehnen. Ich ziehe eines der Kissen zu mir heran und rolle mich auf dem seidigen Laken zusammen, gleichzeitig lasse ich das Gespräch mit Hale noch einmal Revue passieren. Obwohl es furchtbar ist, dass er hier ist, Ziva ihn in ihre Fänge bekommen hat, fühle ich mich unendlich viel leichter, seit wir geredet haben. So ehrlich war ich ihm gegenüber schon lange nicht mehr – vielleicht sogar noch nie. Es tat gut, zuzugeben, dass ich mich in gewisser Weise in die Rolle an seiner Seite gezwungen gefühlt habe. Weil auch Flame, Lavea und Candela sich während des Turniers verliebt haben.

Noch immer habe ich ein schlechtes Gewissen, aber nicht so nagend wie zuvor. Die Art und Weise, wie er es aufgenommen hat, beruhigt mich. Selbst wenn ich Chaos nicht begegnet wäre, hätte es zwischen Hale und mir nicht funktioniert. Er ist großartig – nur eben nicht für mich. Und ich bin froh, dass er verstanden hat, obwohl es für uns beide einfacher gewesen wäre, wenn ich schon vorher Klarheit erlangt hätte.

Er ist aus dem Unterwasserverlies ausgebrochen. Er hat mich entführt. Er ist ... ein Monster. Es ist falsch und trotzdem hat es mir gefallen. Ich wollte, dass er ... Bei der Erinnerung an mein Geständnis macht mein Herz einen verräterischen Satz. Wie kann es nur sein, dass ein Monster dafür sorgt, dass ich zurück zu mir finde? Dass mein Körper meinen Verstand – der für gewöhnlich nie Ruhe gibt – besiegt, ich mich bei Chaos geborgen fühle. Vielleicht, weil ich vor ihm keine Maske tragen – ich ihm aufgrund seiner Fähigkeiten nichts vormachen konnte. Jedes Mal beschwöre ich mich, dass Angst die natürliche Reaktion auf ihn ist, und dennoch lasse ich mich in seiner Gegenwart fallen. Es ist die Zerstörung selbst, die mich zusammenhält. Und ich spüre, dass ich mehr davon will – mehr von all diesen Empfindungen brauche, zu denen auch Schmerz gehört. Denn ich weiß, dass das zwischen Chaos und mir nicht echt ist. Er hat während des heißen Krieges gemeinsam mit Zeus gekämpft. Die Sterblichen waren ihm egal. Er hat ein wehrloses Reh ausgeweidet und Theia brutal getötet, ohne dabei eine Emotion zu zeigen. Und er hat Zivas Seite gewählt, obwohl ich ihm auf dem Olymp in Gedanken mitgeteilt habe, was sie mir angetan hat. Er hat tatenlos mit angesehen, wie sie mich erniedrigt hat.

Möglicherweise hat Ziva Chaos angewiesen, sich mir wieder zu nähern, damit mein Aufprall später noch schlimmer wird. Schließlich hatte er nur eine Bedingung: mich leiden zu sehen. Meine Augen brennen, aber ich verbiete es mir, zu weinen. In der vergangenen Zeit habe ich bereits zu viele Tränen vergossen.

»Deine Gedanken strengen selbst mich an.« Ich zucke nicht zusammen, als ich Chaos' Stimme vernehme, denn ich habe gespürt, wie die Matratze sich hinabgesenkt hat. Ich rolle mich herum und falte meine Hände unter meinem Gesicht. Seine Wimpern werfen Schatten unter seine Augen und die halb zugezogenen Vorhänge sorgen dafür, dass seine Iriden in dem schummrigen Licht leuchten. Er hat sich nicht die Mühe gemacht, seine Kleidung wieder anzuziehen, und ich beobachte, wie die vergessenen Wasserperlen über seinen Körper laufen. Ich beuge mich vor und folge einem der Pfade mit meiner Zunge, bis ich seine linke Brustwarze erreiche, sie umkreise und sanft hineinbeiße. Ich schaue zu ihm auf und sein Blick verdunkelt sich. Vorsichtig komme ich auf die Knie und rutsche an ihm hinab, bis ich mich zwischen seinen Beinen befinde. Erneut schnellt meine Zunge hervor und ich koste von seiner Lust. Mit einer Hand umfasse ich seinen Schaft, während mein Mund seine Härte aufnimmt und seine Finger sich in meinem Haar vergraben. Mein eigenes Stöhnen lässt ihn vibrieren, sorgt dafür, dass ich erneut Zeugin davon werde, wie er gänzlich die Beherrschung verliert. Blitze zucken durch meinen Unterleib, obwohl ich es bin, die ihn berührt.

Als Chaos mich raubte, war ich der Überzeugung, er stünde über dieser Welt und sei eine höhere Macht. Dass sein ungestümer Hunger mich erbarmungslos verschlingen würde, weil er mehr von mir nahm, von meinem Inneren, als jeder andere, dem ich zuvor begegnet war. Doch in dieser Sekunde glaube ich, dass auch ich einen Teil von ihm bekommen habe, den er für gewöhnlich wie ein Geheimnis aufbewahrt.

Als er mich vor den Wölfen rettete.

Als er mich davor bewahrte, vom Olymp zu stürzen.

Als er mir mein Leben ließ, obwohl ich versucht hatte, das seine zu nehmen.

Als er im Schutz der Dunkelheit mit mir gemeinsam in den Abgrund kletterte und mir zeigte, dass er die Finsternis ebenso fühlt wie ich. Mir bewies, dass nichts verkehrt mit mir ist.

Ich umschließe ihn noch fester und als seine Hitze meine Kehle benetzt, bin ich mir sicher, dass es in diesem Spiel keine Sieger gibt.

Meine Sinne sind so geschärft, dass es mir erscheint, als wäre ich aus einer Trance erwacht. Es könnte an der Aussprache mit Hale liegen, die nicht in einem Streit geendet hat, oder daran, dass die Wunde an meiner Wange, die durch das Spinnengift wie Höllenfeuer brannte, nun geheilt ist. Im Spiegel habe ich gesehen, dass nicht einmal eine Narbe, sondern nur eine kaum sichtbare blassrosa Linie zurückgeblieben ist.

Möglicherweise ist aber auch Chaos der Grund, weil er mich seit Wochen wieder berührt hat. Ich hoffe nicht, dass er der Auslöser ist. Ich sollte nicht nach seiner Nähe lechzen. Vielleicht ist er meine Schwäche, der verbotene Schatz, nach dem man nicht graben sollte, da er sich am Ende als verflucht entpuppt. Doch obwohl ich ihn mehr als einmal als höhere Macht bezeichnet habe, ist es mir gelungen, einen Makel an ihm zu erkennen. Mich. Trotz seiner Grausamkeit konnte ich mir gegenüber in seltenen Momenten ein Aufblitzen von Mitgefühl, von ... Menschlichkeit entdecken.

Vermutlich ist es mir nur deshalb gelungen, ihn erneut zu täuschen. Wie damals, bevor ich ihm meinen Dolch ins Herz gerammt habe. Chaos hatte recht: Meine Gedanken waren mehr als anstrengend. Weil die Vereinbarung mit Hale nicht in meinen Kopf gelangen durfte. Mein Versprechen, nach den Gegenständen zu suchen, die Ziva unter Umständen nicht am Leib trägt. Zugleich verdränge ich die Erinnerung daran, was passiert ist, nachdem ich eingewilligt hatte, für Lost aus der Burg zu fliehen, um die anderen zu warnen und Votum zu finden.

Ich streiche die Schürze glatt, die bis zur Mitte meiner Oberschenkel reicht, ehe ich das Tablett vom Stehtisch nehme und mir einen Weg zwischen den Paaren und Gruppen hindurch bahne. Es ist unheimlich, weil Zivas Untertanen tagsüber schweigen, als hätte man ihnen die Zunge herausgeschnitten. Bloß bei Nacht, wenn sie ihre Feierlichkeiten ausrichtet, herrscht ein derartiges Stimmengewirr, das jedes Mal zu einem Summen im Ohr wird und den Eindruck vermittelt, als wäre ich in einem Bienenstock gefangen.

Ziva sitzt an diesem Abend nicht auf ihrem Thron, sondern dreht sich mit Dark auf der Tanzfläche. Und obwohl er unter der Gewalt des Ringes steht, wirken ihre gemeinsamen Bewegungen nicht harmonisch, geben ein Bild ab, das einfach nicht zusammenpasst. Selbst auf die Entfernung kann ich erkennen, wie Ziva ihre Finger in seine Schultern krallt, als würde sie noch immer fürchten, dass er sie verlassen könnte.

Im Vorbeigehen sammele ich Gläser ein, deren Ränder von Zucker und Lippenfarbe bedeckt sind. Die Kronleuchter brechen das Licht, verleihen den Anwesenden einen goldenen Teint. Und wüsste ich nicht, was hier tatsächlich passiert, könnte man von außen betrachtet denken, wir befänden uns in einem prächtigen Schloss, an einem Königshof. Im Vorbeilaufen streift Arachne mich, verschüttet dabei ein wenig von ihrem Wein. Aber mir ist klar, dass es kein Zufall war. Gleichzeitig gehen wir in die Knie und nehmen Servietten von unserem Tablett, um den blutroten Boden zu wischen.

»Bist du in Ordnung?«, flüstert Arachne, ihre Stimme ebenso zart wie die Spinnweben in ihrem langen schwarzen Haar.

»Ja«, raune ich. »Ich komme nicht ins Verlies zurück.«

»Gut für dich.« Kurz schaut sie sich um. »Hoffentlich.«

Ich nicke.

»Chaos mag dich hassen, aber er begehrt dich auch.« Hastig erhebt sie sich. »Überlebe.« Dann verschwindet sie in der Menge, während ich die vollgesogenen Stofftücher aufhebe und mich langsam aufrichte. Überlebe. Für einen Moment sehe ich Arachne nach. Ich hatte ihr noch mehr mitteilen wollen. Doch auch sie hat Zivas Folter mit Angst geprägt.

»Wie wird es jetzt weitergehen?« Ich lehne am Fensterrahmen und beobachte die ehemaligen Bewohner Viridis, die in feiner Kleidung durch die Gärten spazieren. In weiterer Entfernung strömen Menschenmassen durch das Tor in der Mitte der Mauer.

»Du wirst fortan in meinen Gemächern bleiben und bei Tag nicht mehr in die Katakomben zurückkehren.«

Seine Aussage versetzt mein Innerstes in Aufruhr. »Was hält Ziva davon? Ich kann mir nicht vorstellen, dass es ihr gefällt, nachdem du mich an sie übergeben hattest.«

»Du dienst ihr nach wie vor in den Nächten. Und sie ist nicht diejenige, die Bedingungen an mich stellt.«

Ich schnaube. »Nun, du solltest dich nicht zu sicher fühlen. Sonst wirst du enden wie Dark.« Vermutlich hört Chaos sogar die stummen Befehle, die Ziva ihren Marionetten gibt. Vielleicht ist sie aber fähig, einige Gedanken durch ihre dunkle Magie vor ihm zu verbergen. So oder so wundert es mich, dass er offenbar nicht glaubt, sie könne auch ihn durch eine List unterwerfen.

»Um mich brauchst du dir keine Sorgen zu machen, kleine Mörderin«, versichert er spöttisch, während er neben mich ans Fenster tritt.

Meine Stirn legt sich in Falten, als ich sehe, wie Ziva in einer Kutsche sitzend, welche von drei Pegaluxen gezogen wird, der jubelnden Menge im Vorbeifahren zuwinkt. Ihr berechnendes Lächeln sorgt dafür, dass mir übel wird, und ich schlucke, ignoriere meine juckende Narbe. In dieser Sekunde ist es, als würde ich erneut rückwärts vom Felsen stürzen und hart auf dem Kies vor dem Fluss aufprallen.

»Kannst du bestätigen, dass Ziva im Kolosseum eine Art Turnier veranstalten will?«, platzt es aus mir heraus.

»Ja«, antwortet er beinahe gelangweilt. »Aber es ist für die neuen Götter bestimmt. Du wirst nicht daran teilnehmen.«

»Warum nicht?«

Er wendet sich mir zu, legt eine Hand an meine Wange, streicht mit dem Daumen über die Stelle, die Ziva mit ihren Nägeln aufgerissen und mit Spinnengift getränkt hat. »Mir scheint, als würde sie ihre Kraft bei dir ein wenig unterschätzen. Du bist unsterblich, aber im Herzen ein Mensch. Ich will nicht, dass sie dich zerstört, bevor ich dich ausgekostet habe.«

Seine Worte klingen sanft. Sanft und tödlich. Und trotzdem kann ich nicht begreifen, weshalb er Zivas Seite wählt.

»Was wäre die Alternative?«, fragt er. »Jene zu unterstützen, die mich zweihundert Jahre lang am Grund des Ozeans gefangen hielten? Einer Frau zu helfen, die mich betört, sich mir hingibt wie ein Geschenk, um mir dann mein Leben zu stehlen?« Er lässt meine Wange los, gleitet mit seinen Fingern stattdessen zu meinem Puls, der unter seiner Berührung rast. »Du denkst oft daran, dass du dich allein fühlst. Verloren. Leer. Doch in Wahrheit kannst du nicht nachvollziehen, was Einsamkeit bedeutet – und was sie mit einem macht. Zwanzig Jahrzehnte habe ich in vollkommener Schwärze verbracht. Das Erste, was mir fremd wurde, waren meine Gedanken. Später das, was ich spürte, und schließlich mein eigener Körper. Ich war nur noch eine Hülle, die ohne Sinn und Verstand das ewige Nichts einatmete. Eine langsame Qual.« Er überbrückt den Abstand zwischen uns, bringt seinen Mund dicht an mein Ohr. »Du glaubst, ich sei im heißen Krieg grausam gewesen. Aber ich kann dir versichern, dass meine vergangenen Taten im Vergleich zu dem, was euch erwartet, wie ein unschuldiger Frühlingsmorgen im Angesicht der Apokalypse erzittert. In mir hat sich ausreichend Dunkelheit gesammelt, um die Welt darin zu ersticken.«

Behutsam fährt er über meine Wirbelsäule, sodass ich

meinen Rücken durchstrecke und meine Brustwarzen über den rauen Stoff meines Shirts und seinen Oberarm reiben. Ich schaue in seine glühenden Augen, in denen wie immer Hunger liegt. »Wäre es anders verlaufen? Wenn ich auf dem Olymp nicht versucht hätte, dich zu töten?«

Chaos neigt leicht den Kopf zur Seite und führt meine Hand zu seinem Mund, presst seine Lippen auf meine Fingerspitzen. Statt mir zu antworten, löst er sich auf, in Nebel und Rauch.

Ich werde zurück in die Gegenwart befördert, als ich spüre, wie etwas Nasses meinen Arm hinabrinnt. Die vollgesogenen Tücher habe ich in einer Faust zusammengeballt, weshalb der Wein meine Haut rot färbt. Für einen Moment fühlt es sich an, als würde die Zeit stillstehen, jedenfalls für mich, denn die Menge um mich herum bewegt sich, während ich nach wie vor erstarrt bin. »Reiß dich zusammen, Phia«, murmele ich und gebe mir einen Ruck. Unauffällig blicke ich mich um. Misstrauen füllt jede meiner Zellen. Du dienst ihr nach wie vor in den Nächten. Es macht mich unruhig, weil Ziva mich in den letzten Tagen in Frieden gelassen hat. Ausgenommen die Sache mit Chaos und Hale ... Über die Musik hinweg höre ich ihr Lachen und sehe, wie sie vom Nektar der Götter trinkt. Ich sollte mich wohl nicht beschweren, wenn sie sich derart amüsiert, dass sie mich vergisst.

Von der Hauptfläche des Saals trete ich zwischen den Säulen in einen Nebengang, durch den weitere Bedienstete huschen. Das Tablett stelle ich auf einen Tisch und wische meine Hände an der Schürze ab, die ich anschließend ausziehe. Danach laufe ich zielstrebig weiter, starre Gesichter rauschen an mir vorbei und beinahe ist es, als würden Untote mich umgeben. Als ich mein Ziel erreiche, lege ich meine Handinnenflächen an einen Pfeiler, bis meine Augen den Käfig finden, in welchem Hale verharrt. Er hat auf mich gewartet. Und ich nicke, weil ich mich endgültig entschieden habe. Ich werde nicht tatenlos untergehen. Ich werde nicht darauf warten, dass Chaos meiner überdrüssig wird oder Ziva mich von einer Klippe stößt – dieses Mal erfolgreich darin, mich zu vernichten. Ja, ich werde versuchen, zu überleben. Aber nicht auf die Weise, die Arachne angedeutet hat.

Kurz beobachte ich, wie Hales Finger die Streben des Käfigs umfassen. Ich weiß, dass sich seine Magie, seine Gabe, in dieser Sekunde um die Anwesenden webt, obwohl ich sie nicht spüren kann. Ich lasse den Pfeiler los und eile weiter. Keine Ahnung, ob es eine gute Idee ist, zum zweiten Mal gegen Ziva vorzugehen, wenn es eigentlich keinen Plan gibt. Aber es wird hoffentlich nicht in dieselbe Katastrophe münden, wie an jenem Tag, als Lost mich durch den schmalen Steinspalt im Verlies in die Tiefe springen ließ.

Ich höre, dass hinter mir Tumult ausbricht, weil Hale die Gefühle von Zivas Marionetten beeinflusst. Ein Lächeln zupft an meinen Mundwinkeln, weil ein Teil in mir Zweifel hatte, ob es trotz des Rings funktionieren wird. »RUHE«, höre ich Ziva kreischen, was eine derart befriedigende Empfindung in mir auslöst, dass ich am liebsten einen Luftsprung machen würde.

Da ich es nicht riskieren will, noch einmal im Saal gesehen zu werden, biege ich nach rechts ab und klettere in den Speisenaufzug. »Urgs«, gebe ich leise von mir, als ich versehentlich in Tomatensuppe trete und diese an meinen Beinen hochspritzt. »Typisch«, schimpfe ich, bevor ich beginne an den seitlichen Seilen zu ziehen. Während der ersten Züge verspüre ich die Nachwehen der Euphorie, etwa zweieinhalb Meter später komme ich mir allerdings nicht länger vor wie eine

Siegerin. Meine Arme sind bleischwer und es ist, als würde jeder einzelne Muskel in meinem Oberkörper in Flammen stehen. Es rächt sich, dass ich die letzten Wochen in Gefangenschaft verbracht habe.

Als ich den dritten Stock erreiche, sind meine Atemzüge keuchend, meine Schulterblätter brennen und Schweiß läuft meinen Hals hinab. Mit letzter Kraft hake ich die Seile ein, ehe ich den samtgrünen Vorhang lüfte und in den Korridor spähe. Die Luft ist rein, weshalb ich eilig aus dem Aufzug rutsche und eine Tasse festhalte, um ein klapperndes Geräusch zu verhindern. Zögerlich setze ich einen Fuß vor den anderen, rechne fast damit, dass ein Alarm losgeht. Prüfend begutachte ich die Edelsteinringe an meinen Handgelenken, aber sie verhindern nicht, dass ich mich fortbewege. Kurz erscheint mir der Gedanke, mich einfach auf einen der Pegaluxe zu schwingen, mehr als verlockend, allerdings würde der Zauber vermutlich spätestens an der Grenze von Zivas erschaffenem Reich aktiviert werden und mich aufhalten. Oder Chaos würde mich vorher finden …

Ich weiß, wo Zivas Gemach ist, weil ich sie an einem Abend, als sie keine Feierlichkeiten veranstaltete, auf ihrem Zimmer bedienen musste. Der Flur auf dieser Ebene ist sehr prachtvoll, das muss ich zugeben. Die Wände werden geziert von Blumenranken, Ästen und Vögeln, die so echt aussehen, dass es scheint, als würde man durch einen Wald spazieren. Ich nehme die Gerüche und Geräusche der Natur in mich auf und es verwundert mich, dass Ziva in der Lage ist, etwas so Friedvolles zu erschaffen.

Ich erreiche ihre Räumlichkeiten und als die Tür sich ohne Schwierigkeiten öffnen lässt, frage ich mich, ob es zu leicht funktioniert und irgendwo eine Falle wartet. Andererseits fühlt Ziva sich in ihrem eigenen Palast sicher. Sie glaubt, die Kontrolle zu haben. Aufgrund von Imperium kann sie zu jeder Zeit bestimmen, wo ihre Untertanen sich aufhalten. Daher erachtet sie es offenbar nicht für notwendig, Wachen bei sich zu postieren.

Leise drücke ich die Tür hinter mir zu. Zivas Gemächer sind riesig, von dem Empfangsbereich gehen neun weitere Räume ab. Vorsichtig schleiche ich einige Schritte vorwärts, ehe ich innehalte und lausche. Es herrscht Stille. Wenn da nicht dieses Rascheln wäre ... Meine Stirn legt sich in Falten und ich folge dem Ton. Es ist das dritte Zimmer auf der linken Seite. Während ich mich nähere, halte ich den Atem an. Wer ist hier, wo doch alle unten versammelt sind? Trotz der Kraftanstrengung, die es mich gekostet hat, bin ich mir sicher, dass es nur Minuten waren, die ich mit dem Speiseaufzug gebraucht habe. Als ich mein Ziel erreiche, bemerke ich, dass das Schloss nicht eingerastet ist. Vermutlich wäre es in diesem Moment besser, einfach umzudrehen und zu beten, dass mein Besuch unentdeckt bleibt. Aber ich bezweifle, dass Hale das, was er eben vollbracht hat, noch einmal tun kann. Genau wie damals mit Lost gibt es womöglich nur diese eine Chance.

Sachte stoße ich mit zwei Fingern gegen das Holz, rede mir selbst ein, dass man es auch für eine Berührung des Windes halten könnte. Als sich der Spalt vergrößert, fällt mein Blick auf eine Frau, die am Boden kniet. Sie trägt ein langes schwarzes Cape, doch die einzelnen Haarsträhnen, die herausgerutscht sind, würde ich überall erkennen. Etwas lauter als beabsichtigt schließe ich die Tür, sodass sie erschrocken den Kopf nach oben reißt. »Lavea«, zische ich, »jeder könnte hereinkommen und dich entdecken.« Trotzdem eile ich auf sie zu, gehe vor ihr auf die Knie und ziehe sie in eine derart feste Umarmung, dass sie aufkeucht.

»Hey«, krächzt sie, weil ich ihr vermutlich die Luft abdrücke. Ich lasse sie los und umklammere ihre Schultern, während sie die Kapuze ihres Capes zurückschiebt. Es ist unbestreitbar, dass sie die Gefangenschaft äußerlich unbeschadeter weggesteckt hat als ich. Ihre Wangen wirken ein wenig voller und rosiger, nicht so ausgemergelt wie nach der Begegnung mit dem Dschinn, der in Trues Palast von ihr Besitz ergriffen hatte. Aber dann erinnere ich mich daran, wie vor allem Krios und Hyperion sie an den Tanzabenden anfassten und mir wird schlecht.

Ernst schaue ich ihr in die Augen. »Wie geht es dir?«

»Oh, Phia!«, stößt sie im selben Moment aus und tastet meine kurzen Haare ab. Ihre Augen füllen sich mit Tränen. »Es tut mir leid, dass sie dir so wehgetan hat.«

»Mir hätte Schlimmeres passieren können«, erwidere ich, während ich daran denke, wie Arachne gefoltert wurde. »Es ist alles in Ordnung«, versichere ich ihr. »Aber was ist mit dir?«

»Ich komme zurecht.«

Es überrascht mich, wie kraftvoll ihre Worte klingen. Kein schüchternes Flüstern, das für gewöhnlich ihren Mund verlässt. »Dream ist sehr … aufgewühlt«, sage ich vorsichtig.

»Ja. Ich sehe es in jeder Nacht.« Lavea beißt sich auf ihre Unterlippe. »Wir haben oft gestritten, bevor … du weißt schon.« Sie seufzt. »Bevor Ziva mich und Phoibe holen ließ und er sich freiwillig ausgeliefert hat. Ich glaube, er fürchtet, dass … es nicht gut für uns ausgeht. Und wir vorher keine Möglichkeit bekommen, uns auszusprechen.«

»Liebst du ihn noch?«

Auf Laveas Gesicht breitet sich ein Lächeln aus, das ihre Augen strahlen lässt. »So direkt wie eh und je.« Leicht knufft sie mich in die Seite. »Natürlich liebe ich Dream. Meine Ewigkeit gehört ihm. Er muss bloß verstehen, dass er mich nicht vor allem beschützen kann. Und dass auch ich stark bin.«

»Ich hätte nicht gedacht, dass du es sein wirst, die in einer Situation wie dieser aufblüht.« Zugegeben, ich bin ein wenig geschockt. Aber andererseits war sie eine Teilnehmerin des Turniers. Und sie hat es bis zur letzten Aufgabe geschafft, sie sogar bestanden. Damals war sie diejenige, die uns von der Prophezeiung berichtete und von ihr stammte die Idee, Flame in Dreams Arbeitszimmer einbrechen zu lassen, während sie, Candela und ich für Ablenkung sorgten.

»Nun, manchmal bin auch ich für eine Überraschung gut«, sagt sie und zwinkert mir zu.

Ich pruste los und erschrecke mich gleichzeitig vor dem Geräusch. Plötzlich wird mir klar, dass ich schon seit einer Ewigkeit nicht mehr gelacht habe. Doch dann erinnere ich mich, wo wir gerade sind und noch viel wichtiger an das, was auf dem Spiel steht, und schlage mir die Hand vor den Mund. »Verflucht«, wispere ich und schaue zur Tür, lausche angestrengt darauf, ob Schritte zu hören sind. »Wir dürfen keine Zeit vergeuden«, rede ich eilig weiter, als ich mir sicher bin, dass wir allein sind. »Was machst du hier?« Eigentlich würde ich gern erfahren, wie sie sich von den Titanenbrüdern fortstehlen konnte und weshalb sie heute Abend nicht gespielt hat, aber das muss warten.

Lavea hebt etwas zwischen uns hoch und ich blinzele einige Male, ehe ich erkenne, dass es sich um ein Buch handelt. Es wirkt, als hätte die Finsternis sich seiner bemächtigt, da es große schwarze Flecke aufweist, die aus den hungrigen Flammen von Feuer geboren wurden. Mein Blick wandert weiter hinab und erst jetzt entdecke ich das Loch im Boden und die herausgehobene Diele, die daneben liegt. Ich beuge mich hinab, zähle weitere fünf Bücher und mehrere lose Pergamentrollen. Das Gespräch, das ich mit Lost geführt habe, geistert durch meinen Kopf und ich rutsche zurück.

»Sind das die Tagebücher von Losts Vater?« Ein Schauer rinnt über mein Rückgrat, allein bei der Ahnung über das dunkle Wissen, welches sich darin befindet.

Lavea mustert mich überrascht. »Und Zivas persönliche Aufzeichnungen, die sie auf Viridi gemacht hat. Ich nehme an, du weißt auch von den Gegenständen?«

Ich presse meine Finger gegen meine Schläfen und nicke knapp. »In Ordnung, hör zu. Ich bin hier, weil ich ihre Gemächer durchsuchen will.«

»Sie bewahrt sie nicht in ihren Räumlichkeiten auf. Sie trägt sie immer am Leib, wenngleich man nicht jeden Gegenstand offen sehen kann.« Lavea seufzt, als sie meinen skeptischen Blick bemerkt. »Ich habe überall nachgeschaut, ehrlich.«

Enttäuscht lasse ich die Schultern sinken. Das bedeutet, dass Hale umsonst dieses Spektakel veranstaltet hat und möglicherweise für nichts und wieder nichts bestraft wird. Meine Kehle wird eng und es gelingt mir nicht, zu schlucken. »Wie kann ich sicher sein, dass du nicht unter dem Einfluss des Rings stehst?« Bei der Vorstellung fühlt es sich an, als würde eine Faust aus Frost nach meinem Herzen greifen.

Lavea hält mir ihre Handgelenke hin, an denen sich wie an meinen die Edelsteinbänder befinden. »Eine einhundertprozentige Sicherheit kann ich dir nicht geben. Aber sollten wir anfangen, unsere Gedanken in diese Richtung zu lenken …«

Sie schüttelt den Kopf. Und ich verstehe, was sie meint. Im Prinzip könnte jeder von uns in Wahrheit Zivas Marionette sein. Uns bleibt nur zu glauben, dass wir – die Gefangenen – noch ein eigenes Bewusstsein haben.

»Was unternehmen wir jetzt?« Ich hebe die Diele hoch. »Du solltest es zurückräumen. Bevor uns jemand entdeckt.«

Lavea kommt meiner Aufforderung nach und ich verschließe das Versteck. Wir erheben uns gleichzeitig und sie schaut mich ernst an. »Auf eine Lösung bin ich bisher nicht gestoßen. Einzig aus der Legende zur Entstehung von Viridi geht hervor, dass Exitium, das Schwert der Zerstörung, eine Gefahr für die anderen Urgegenstände darstellt. Bis zu dem Zeitpunkt, zu dem ihre Aufzeichnungen gehen, ist Ziva nicht im Besitz des Schwertes und auch nicht von Votum, der Uhr der Wünsche.« Erneut nagt Lavea an ihrer Unterlippe. »Es ist zwar eine Bedrohung für ihre eigene Macht, aber vielleicht hat sie es später trotzdem geholt. Immerhin könnte sie es auf der Erde als Druckmittel einsetzen. Als eine Art Notfallplan.«

»Also willst du im Palast nach Exitium suchen?«

»Ich bin mir unsicher, ob ihr das Risiko zu groß wäre, es direkt hier aufzubewahren, aber ja – das ist mein Ziel.«

»Dann helfe ich dir«, stelle ich sofort klar. »Chaos hat veranlasst, dass ich fortan im Palast bleibe und nicht ins Verlies zurückkehre.«

Lavea drückt meine Hand. »Wir können das schaffen.«

»Ja«, bestätige ich, versuche, mich an dieser Hoffnung festzuklammern. Plötzlich fällt mir etwas anderes ein. »Chaos ist in einem der Evakuierungslager Flame begegnet.«

Laveas Augen weiten sich, ehe sich Tränen darin sammeln. »Das sind großartige Neuigkeiten, Phia!«

»Nicht wahr? Es ist gut, dass nicht alle von uns hier sind.

Flame, Cato, Ava und Apollo sind frei – und ganz bestimmt nicht untätig.«

»Wir sind mehr als Ziva«, bestätigt Lavea entschlossen. »Ihre Anhängerschaft existiert in Wahrheit nicht. Durch Imperium sind sie lediglich zu Versionen von ihr geworden. Ihre Macht – ihre Armee – ist nicht echt.«

»Wir sind mehr als sie«, wiederhole ich. Es ist ein Gedanke, der mir Mut macht.

LAVEA

Vor Zivas Gemächern umarme ich Phia ein letztes Mal, ehe wir in unterschiedliche Richtungen eilen. Mein Herz schlägt nach wie vor viel zu schnell, weil sie mich derart überrascht hat. Für eine Sekunde dachte ich tatsächlich, ich wäre erwischt worden. Ich musste heute nicht spielen, weil ich vorgegeben habe, krank zu sein. Frauenleiden. Krios hat es mir durchgehen lassen und angewidert dreingeschaut, als ich ihm einen in Blut getränkten Slip präsentierte. Der Schnitt, welchen ich mir dafür am Unterschenkel zufügen musste, schmerzt noch immer, weil ich einen stumpfen Brieföffner verwendet habe. Es ist nicht leicht, sich stets neue Ausreden zu überlegen und sich in Zivas Räumlichkeiten zu schleichen. Ich spiele mit dem Feuer und irgendwann werde ich mich an den Flammen, die bereits an meinem Nacken züngeln, verbrennen.

Sobald ich auf der zweiten Etage ankomme, wo Phoibe und ich mit den Titanenbrüdern untergebracht sind, bleibe ich an einer Ecke stehen und atme einige Male tief ein und aus. Das schlechte Gewissen nagt an mir, weil ich nicht komplett ehrlich zu Phia war. Es stimmt, dass ich nach Exitium suche, weil ich es für möglich halte, dass Ziva sich zu einem späteren Zeitpunkt auch diesen Gegenstand angeeignet hat. Sie ist eine Süchtige und Macht ihre Droge. Sie sehnt sich nach Schmerz und Finsternis. Sie fühlt sich lebendig, wenn sie Teile von sich verliert. Weil sie der Meinung ist, das Schlechte und das Schwache dabei abzustreifen. Ich glaube, dass sie dem Schwert vielleicht nicht widerstehen konnte. All ihre geschriebenen Worte geistern unaufhörlich durch meinen Kopf, bereiten mir Übelkeit.

Aus den Tagebüchern habe ich eine Menge erfahren. Auf Exitium, Imperium, Immortalem, Cogitatio, Originem und Votum liegt ein Fluch. Ziva trägt diesen Fluch in sich, weil sie zumindest den Großteil der Gegenstände aus dem Nigrum Silvam beschafft hat, einen dunklen Handel mit ihm eingegangen ist. Ich nehme nicht an, dass diese finstere Magie ausgelöst wird, wenn man die Urgegenstände berührt. Doch sobald man sie benutzt ... Und das ist ein Problem, vor dem ich stehe. Denn bin ich wirklich bereit, Exitium zu benutzen, sollte ich es finden? Die Antwort auf diese Frage kenne ich noch nicht.

Aber Phia hat recht. Nicht alle von uns sind in Gefangenschaft. Ich wusste von der zweiten Prophezeiung, aufgrund derer Cato und Ladon zum Reich der Drakon aufgebrochen sind. Nur von dem Ausgang hatte ich nicht erfahren – bis jetzt. Es macht mich unfassbar glücklich. Zum einen, weil unsere Freundschaft mir die Welt bedeutet und zum anderen, weil ich weiß, wozu Flame fähig ist. Und ich baue darauf, dass auch die Seherin helfen wird.

Exitium aufzutreiben – sollte es tatsächlich an diesem Ort sein – ist nun meine Priorität. Nutzen werden wir es allerdings nur, wenn es keinen anderen Ausweg gibt.

Kapitel 22

VOTUM

AVA

Die Hitze ist unerträglich. Sobald ich Atem hole, brennt meine Lunge noch heftiger als in den vergangenen Tagen und meine Haut juckt, als hätten mich tausend Insekten gestochen. Ich unterdrücke ein Wimmern, als ich mir den Schweiß von meiner Stirn wische, der sich wie kochend heißes Wasser anfühlt. Niemand von uns sagt ein Wort, als wir direkt unter Votums schwarzem Sternenbild stehen bleiben.

»Wir sind am Ziel.« Ich bin die Erste, die nach einigen Minuten das Schweigen bricht, meine Stimme nicht mehr als ein raues Kratzen. Ich frage mich, ob die anderen ebenso die unerträgliche Schwere in ihren Gliedern spüren. Als würden die Beine jeden Moment unter einem nachgeben. Als läge es außerhalb der eigenen Macht, aufrecht zu bleiben, und nicht auf die Knie zu fallen. Die Reise hierher war die beschwerlichste, die ich jemals unternommen habe. Noch kräftezehrender als mein Weg durch die Eislandschaft vom Evakuierungslager nach Delphi. Die Wüste und Losts Zauber sind unermüdliche Feinde, die man kaum aushalten kann. Aber Votums Worte haben sich beharrlich festgesetzt. Der klarste Gedanke, den ich in dieser Umgebung noch fassen kann.

Schöne Seherin.

Deine Wünsche sind meine Wünsche.

Dein Begehren ist mein Begehren.

Dein Verlangen ist mein Befehl.

Schöne Seherin.

Ich spüre dein Sehnen, aber ich lechze auch nach dir.

»Was jetzt?« Cato mustert ebenfalls skeptisch das Sternenbild der Uhr. Er hat seinen kleinen Finger mit dem meinen verschränkt, weil es für jede andere Berührung zu warm ist. Mein Blick wandert zu der Schwärze, die sich über seinen linken Arm zieht, und ich beuge mich hinab, presse meine Lippen in einer entschuldigenden Geste darauf. Apollo hat die Stelle mittlerweile untersucht. Er sagt, dass er nicht weiß, ob es dafür ein Gegenmittel gibt, denn die Magie Viridis ist ihm fremd. Deshalb habe ich die Hoffnung, dass unter Zivas Gefolgschaft möglicherweise ein Heiler ist, der Cato helfen kann. Allerdings müssen Flame und Hunter dafür bei ihrer Mission erfolgreich sein, damit wir die Gefangenen von Imperium befreien können.

»Es stört mich nicht«, raunt Cato mir leise zu. »Es hat sich seit dem Kampf nicht verändert und es beeinträchtigt mich auch nicht. Ich werde damit leben.«

Ich seufze. Ich bin mir nicht sicher, weshalb es mich so sehr stört. Die Verfärbung zu betrachten, löst Unbehagen in mir aus, weil sie mich daran erinnert, dass ich es war, die Cato in diese Gefahr gebracht hat.

»Vielleicht –«, setzt Apollo an, vermutlich, um auf Catos ursprüngliche Frage zu antworten, doch er wird von einem tiefen Grollen unterbrochen. Dann ist es, als würde die Erde sich unter uns bewegen.

»Verdammt«, bringe ich hervor, taumele, aber plötzlich ist Apollo bei uns, bringt uns in einem Wimpernschlag durch den Nebel. Ich will bereits protestieren, doch als ich die Lider öffne, erkenne ich, dass wir nur wenige Meter zwischen uns und unseren vorherigen Aufenthaltsort gebracht haben. Doch wo wir standen, erhebt sich nun eine Mauer. Ich kneife die Augen zusammen. Nein, keine Mauer. Ein Irrgarten, geformt aus Wüstensand.

»Fuck«, murmelt Cato.

»Mhm«, bestätige ich.

Apollo kratzt sich am Hinterkopf. »Ist das eine Fata Morgana oder echt?«

Ich laufe los, allerdings überholt Cato mich mühelos und berührt den Sand, woraufhin sich ein Strudel bildet und anschließend ein eingeritztes Zeichen – einen Schlüssel – offenbart.

»Das ist Losts Symbol«, erklärt Apollo. »Jeder der neuen Götter hat eines.«

Ich nicke zustimmend und berühre Candelas Armband, das aus den Zeiten des Turniers stammt. »Wir müssen den Irrgarten durchqueren.«

»Da wäre ich nicht drauf gekommen«, murmelt Apollo. Er vermisst Phoibe so sehr, dass er mittlerweile fließend Sarkastisch spricht.

»Wenn wir dort drin die Orientierung verlieren, werden wir es niemals rechtzeitig nach Delphi schaffen«, wirft Cato ein. »In knapp vier Tagen müssen wir dort sein, um Flame und Hunter zu treffen.«

»Dann sollten wir schleunigst reingehen«, erwidere ich.

Cato verschränkt die Arme vor der Brust. »Lost wird die Uhr verdammt gut geschützt haben. Ich bezweifle, dass dieser Irrgarten so ausgelegt ist, dass man es jemals wieder rausschafft. Zusätzlich ist da noch immer einer von Zivas Männern, der uns in die Quere kommen könnte.«

»Vielleicht ist er in der Wüste verreckt«, merkt Apollo schadenfroh an.

Tief atme ich durch. In manchen Momenten kommt es mir vor, als würde ich zwei kleine Jungs beaufsichtigen. »Wir sind nicht umsonst derart weit gekommen. Und es ist unabdingbar, dass wir Votum beschaffen. Die Zeit muss dafür reichen.«

»Eine Waffe, die wir nicht mal benutzen können«, grummelt Cato an Apollo gerichtet und sie wechseln einen einvernehmlichen Blick.

»Entscheidend ist, dass Ziva die Uhr nicht in die Finger bekommt. Sie könnte sich damit alles wünschen. Wir wären endgültig verloren.« Bei der Vorstellung krampft sich mein Magen zusammen. »Warum habe ich in letzter Zeit das Gefühl, dass ihr meine Fähigkeiten nicht mehr ernst nehmt?«

»Liebes, wir wissen, dass du die Seherin bist«, setzt Cato an. »Aber dieser Trip durch die Wüste war irgendwie ein bisschen ...«

»Konfus?«, schlägt Apollo wenig hilfreich vor. Ich kann nicht fassen, dass die beiden sich gegen mich verbünden.

»Genau! Als würde man einem kaputten Kompass folgen.«

»Ernsthaft?«, knurre ich empört. »Ich gebe hier mein Bestes. Wie wäre es, wenn ich meine Gabe mal für einen Tag an dich abgebe? Ich würde zu gern sehen, wie du mit all den Bildern und Stimmen zurechtkommst und dabei versuchst, dich an dem einen Strang festzuklammern, der den Pfad zu deinem Ziel weist.« Ich stoße einen frustrierten Schrei aus, doch meine Wut entweicht dabei nicht.

Beschwichtigend streicht Cato über meine Wange und ich beiße nach seinen Fingern. Ein schelmisches Grinsen breitet sich in seinem Gesicht aus, was bedeutet, dass er etwas Anzügliches sagen will. Ich mache einen drohenden Schritt auf ihn zu, aber er ist wieder einmal schneller, schlingt einen Arm um mich und hält meine Handgelenke mit seinen Fingern auf meinem Rücken über Kreuz, während er seine freie Hand in meinen Nacken legt und mich küsst. Ich habe keine Ahnung, wie er es stets schafft, dass mein Herz aufgrund seiner Berührungen ungeschickt stolpert und mein Unterleib sich anfühlt, als würden Schmetterlinge darin flattern. Seine talentierte Zunge raubt mir das letzte bisschen Verstand, das noch nicht von der Hitze verbrannt wurde, und ich stöhne in seinen Mund. Vollkommen willenlos. Ich versinke in seiner Nähe, als wäre sie das Einzige, was ich in dieser Welt tatsächlich brauche.

Als Cato sich von mir löst, prickeln meine Lippen und ich kann ihn auf meiner Zunge schmecken. »Ich mag es, wenn du zornig bist«, raunt er und ich winde mich, als er über mein Ohrläppchen leckt und in meine Ohrmuschel beißt, bevor er die empfindsame Stelle dahinter küsst. »Heb es dir für ein anderes Mal auf, dann machen wir dort weiter, wo wir jetzt aufhören müssen.«

»Ekelhaft«, beschwert Apollo sich. »Und unhöflich. Es ist unhöflich, in aller Öffentlichkeit rumzumachen.«

Ein glucksendes Lachen dringt aus Catos Kehle. »In aller Öffentlichkeit? Wir befinden uns mitten in der Wüste. Ich weiß, du bist alt und deine Sehkraft lässt nach, aber hier sind nur Ava und ich. Und du.«

»Meine Sehkraft funktioniert ganz ausgezeichnet. Mein Gehör übrigens auch. Das ist ja das Problem. Ihr seid wirklich eine unerträgliche Reisebegleitung. Mir war es viel lieber, als Cato auf ein ›Ich kann nicht schlafen, wenn du so laut atmest‹ mit einem ›Ich mag dich‹ reagiert hat. Ohne das

Gesabber. Ein wohlerzogenes ›Ich mag dich‹. Da kann man nichts falsch machen.«

Ich kichere, als Cato bei Apollos Worten errötet. »Das hast du mitbekommen?«

Apollo wirft die Hände in die Luft. »Ich habe alles mitbekommen. Innerlich singe ich deshalb die ganze Zeit dieses verfluchte Drakon-Kinderlied, von dem du mir erzählt hast, und jetzt habe ich einen Ohrwurm, den ich nicht mehr loswerde und der mich bis an mein unsterbliches Ende verfolgen wird.« Er hat sich derart in Rage geredet, dass er schnauft. »Es ist beleidigend, dass ihr euch aufführt, als wärt ihr mit einem blinden und tauben Greis unterwegs!« Energisch strafft er die Schultern. »Ich gehe jetzt in diesen Scheiß-Irrgarten und hoffe, dass wir dort voneinander getrennt werden. Vielleicht will Lost mir damit ein verdammtes Geschenk machen.«

»Apollo, ich halte das nicht für –« Ich will nach dem Saum seines Shirts greifen, aber er ruft den Nebel, materialisiert sich kurz darauf direkt an der Schwelle zum Irrgarten und verschwindet darin.

»Oh, beim Styx.«

»Er hat ganz klar geschummelt«, merkt Cato an. »Wir hatten keine Chance, ihn aufzuhalten.«

»Das ist nicht gut. Wirklich gar nicht gut.« Aufgebracht presse ich meine Handballen an meine Schläfen. »Wir haben uns keine gemeinsame Strategie überlegt.«

»Es wird auch so funktionieren«, beruhigt er mich.

»Okay«, gebe ich mich nach einer Weile geschlagen. Etwas anderes bleibt uns auch nicht übrig. Ich verschlinge meine Finger mit den seinen und ziehe Cato voran, bis wir rennen. Und das ist gut so, denn ich muss gestehen, dass ich Angst habe. Ich kann nicht einschätzen, ob meine seherischen Fähigkeiten mir dort drin helfen werden. Als wir aufgebrochen sind, war mir klar, dass es nicht leicht werden würde. An manchen Tagen war ich mir sicher, dass wir es nicht schaffen können – dass ich versagen werde. Doch nun sind wir hier. So nah am Ziel.

»Rechts lang«, sage ich und lege gleichzeitig die Hand auf dieser Seite an das Sandgestein. Irgendwo habe ich gelesen, dass es eine Orientierungsmöglichkeit ist, wenn man zu keiner Sekunde loslässt, allerdings müssen alle Wände des Irrgartens zusammenhängen, damit dieser Trick funktioniert. Ein beklemmendes Gefühl breitet sich in mir aus und ich werfe einen Blick über die Schulter. »Kommt es dir auch so vor, als würde der Gang schmaler werden?«

Cato schüttelt den Kopf. »Nein.« Seine Augen sind stur geradeaus gerichtet und ich spüre, dass er im Kampfmodus ist. Ich kann noch immer nicht glauben, dass er zu mir gehört. Und ich zu ihm. »Ich merke, dass du mich anstarrst, aber wir müssen uns konzentrieren, Liebes.«

Ich blinzele. »Ja. Natürlich.« Es wird zunehmend dunkler, je weiter wir uns fortbewegen und ich bin der festen Überzeugung, dass ich mir das nicht einbilde. Trotzdem schweige ich, während ich spüre, dass meine Haut aufschabt, weil ich meine rechte Hand noch fester gegen den Sandstein presse, aus Angst, den Kontakt zu verlieren. Gleichzeitig versuche ich, nach der Zukunft zu greifen, nach Bildern, die mir verraten, wie es weitergeht. Frustriert schnaube ich, denn es wartet nur Finsternis auf mich. Ich frage mich, ob es an ... an ... Ich runzele die Stirn, begreife die plötzliche Leere in meinem Kopf nicht. Ruckartig halte ich inne und höre, wie Cato neben mir das Gleiche tut. Langsam wende ich mich ihm zu, er schaut auf mich herab.

»Warum ...« Er zieht seinen Dolch und packt meine Hand ein wenig fester. »Warum ... befinden wir uns in einem Irrgarten?«

»I-ich ... i-ich«, stottere ich, während meine Kehle eng wird. Catos Pupillen sind erweitert, huschen wild umher.

»Streng dich an, Ava. Weshalb sind wir hier? Benutz deine Gabe oder sonst was.«

»Sei nicht so harsch«, erwidere ich verletzt.

»Ich werde harsch sein, wenn es um unser Überleben geht.« Er setzt sich in Bewegung und ich bin gezwungen, ihm zu folgen. »Vor allem, wenn es um deines geht«, fügt er hinzu.

»Ich bin nicht wichtiger als du«, widerspreche ich ihm. Obwohl er so große Schritte macht, dass ich rennen muss, schließe ich die Augen und taste erneut nach meiner Gabe. Beinahe ist es, als würde ich daran zerren. Das Problem ist, dass ich nicht einmal ahne, wonach ich Ausschau halte. Entmutigt öffne ich die Lider. »Nichts«, informiere ich Cato.

Leise flucht er und ich realisiere, dass wir in eine Sackgasse gelangt sind. Wir drehen um und nehmen eine Abzweigung nach links.

»Vielleicht sollten wir stehen bleiben und in Ruhe überlegen –«

»Nein«, unterbricht Cato mich sofort.

»Aber wir werden uns verirren!«

»Liebes, das haben wir längst.« Bei seinen Worten sackt mir mein Herz in die Magengrube. »In Gefahrensituationen sollte man immer in Bewegung bleiben. Vielleicht sind wir nicht allein und ich will nicht riskieren, von wem auch immer gefunden zu werden.«

Mittlerweile rennt Cato, was bedeutet, dass ich beinahe

sprinten muss. »Was ist das Letzte, an das du dich erinnern kannst?«, keuche ich.

»Ich kann mich an alles erinnern. Denke ich. Flame, Hunter und ich sind aus dem Drakonreich zurückgekehrt. Wir sind in den Styx gesprungen und in der Unterwelt haben wir dich und Apollo getroffen. Später haben wir uns aufgeteilt und sind in Trues Reich gereist. Du hast mir vergeben …« An seiner Tonlage höre ich, dass er grinst. »Aber warum zur Hölle wir überhaupt in die Wüste aufgebrochen sind und was wir in einem Irrgarten zu suchen haben … kann ich dir auch nicht beantworten.«

»Apollo«, murmele ich. Heilige Harpyie. »Apollo«, rufe ich, lauter dieses Mal. Keine Sekunde später werde ich mit dem Rücken gegen den Sandstein gepresst, der sich entgegen meiner Erwartung eiskalt anfühlt.

Catos Hand liegt über meinem Mund und er mustert mich warnend. »Das halte ich für keine gute Idee.«

Ich umfasse sein Handgelenk und drücke leicht, bis er mich freigibt. »Bestimmt ist Apollo mit uns im Irrgarten. Möglicherweise ist er verletzt.« Meine Augen werden groß, als sich ein Bild von seinem Blut überströmten Körper in meine Gedanken schiebt. Der ursprüngliche Grund, aus dem ich ihn aus dem Sandpalast mitgenommen habe. Ich habe ihm Ziva und ihre Armee gezeigt. Wir wollen sie besiegen. Hunter und Flame sind im Palast der Titanen. Doch was ist unsere Aufgabe?

»Apollo ist erfahren und in der Lage, sich selbst zu verteidigen«, argumentiert Cato. »Ich bin mir sicher, dass wir ihn am Ende des Irrgartens treffen, sollte er anwesend sein. Vielleicht haben wir uns davor aber auch getrennt. So oder so – alles wird gut, Ava.« Er streicht eine Strähne meines Haars zurück, das sich aus meinem geflochtenen Zopf gelöst hat, und gibt mir einen Kuss. Sofort lehne ich mich an ihn, lecke über seine Lippen, bin süchtig nach seinem Geschmack und all dem, was er mit mir macht.

Er ist der Erste, der sich löst, pflichtbewusst, im Gegensatz zu mir. Er hebt seinen Unterarm an, den ich nach wie vor umklammere, und gibt ebenso einen Kuss auf mein Handgelenk.

»Es muss ein Abwehrmechanismus oder ein Zauber sein. Anders kann ich mir nicht erklären, dass wir vergessen ...« Für einen Moment versinke ich in Catos Augen, die in der dunklen Umgebung fast schwarz wirken. Dann wandert mein Blick wieder zu unseren Händen. Zu dem Armband, das ich trage und das einst Candela gehörte. Das Symbol des Schlüssels springt mir förmlich entgegen. »Lost«, knurre ich. »Unsere Mission muss irgendetwas mit ihm zu tun haben. Er ist der Einzige, der vergessen lassen kann.«

»Er ist auf unserer Seite. Weswegen sollte er uns aufhalten?«

Nachdenklich beiße ich auf die Innenseite meiner Wange. Bevor ich dazu noch etwas sagen kann, wird meine Aufmerksamkeit von etwas anderem angezogen. »Was, bei allen Gorgonen«, wispere ich und laufe einige Schritte, ehe ich in die Knie gehe. Auf dem Boden befindet sich eine Art Hülle. Sie ist durchscheinend und es wirkt, als hätte sie früher eine Farbe gehabt. Cato legt eine Hand auf meine Schulter, als er bemerkt, dass ich dazu geneigt bin, sie anzufassen. Zögerlich erhebe ich mich und in schweigendem Einvernehmen laufen wir weiter. Nach einer Weile gelangen wir an eine Kreuzung, bei der ähnliche Überreste auftauchen. Wir entscheiden uns für den mittleren Weg, wo wir unzählige meterlange Hüllen entdecken, die wie Geister unseren Pfad säumen.

Cato schiebt eine von ihnen mit dem Fuß beiseite. »Als hätte sich etwas gehäutet.«

»Ich kenne kein Wesen in dieser Größenordnung, abgesehen von Ladon«, flüstere ich. »Und es sieht nicht aus wie ein –« Ich unterbreche mich selbst, weil sich zu dem Geräusch von Catos und meinen Schritten noch etwas anderes gesellt. Ein Rasseln und Klappern. Der Ton lässt meine Knochen vibrieren und ich kann spüren, wie sich jedes einzelne Haar an meinem Körper aufstellt.

»Was ist das?«, hauche ich, kann mit Mühe verhindern, dass meine Zähne im selben Takt klappern. Wir wirbeln gleichzeitig herum, als ein Schleifen hinzukommt. Und dann erscheint ein Schlangenkopf vor uns. Er ist derart riesig, dass er kaum durch den Gang passt. Ein Zischeln erklingt, als das Reptil den Mund aufreißt und seine riesigen Zähne zeigt. Außerdem weist die Schlange, abgesehen von ihrer Halsunterseite, nicht die üblichen Schuppen auf, sondern hat dunkelblaue und grüne Federn. Das Ende ihres Schwanzes kann ich nicht erkennen, dafür aber zwei Flügel, obwohl ich mir nicht vorstellen kann, wie sie damit ihren massigen Leib in die Lüfte erhebt.

»Lauf!« Catos Befehl reißt mich aus meiner Starre und wir sprinten los, schlittern um die nächste Abzweigung.

Während unsere Stiefelsohlen auf den erhärteten Sand donnern, setzt das Rasseln wieder ein. »Fuck!«, flucht Cato. »Eine verdammte Riesenklapperschlange.«

»Riesenflugklapperschlange«, korrigiere ich.

»Schlechter Zeitpunkt für eine Lehrstunde«, gibt Cato schnaubend zurück und erinnert mich damit an die Stunden in der Bibliothek im Sandpalast und unsere Recherchen.

»Wir brauchen eine Waffe«, spreche ich das Offensichtliche aus. »Die Dolche werden uns nicht weiterbringen.«

»Ich sage, wir hängen sie einfach ab. Man sollte seine Kämpfe mit Bedacht wählen.«

»Es ist bloß fraglich, ob sie uns eine Wahl lässt.«

Ich kreische auf, als die Mauer rechts von uns in sich zusammenfällt. Sandmassen attackieren uns, sodass wir zu Boden gehen. Geistesgegenwärtig klappe ich den Mund zu, als ich darunter begraben werde. Kurz darauf weiß ich nicht mehr, wo oben und wo unten ist. Orientierungslos winde ich mich, strecke meine Arme aus, bewege meine Finger und werde panisch, weil ich auch mit meinen Füßen keinen Halt finde. Ausgerechnet in diesem Moment kommt mir Laveas Erzählung über Trues Wüstennymphen in den Sinn, die den Dschinn zum Opfer gefallen waren und deren Leichen ein Bild des Schreckens zeichnete, weil Sand aus ihren Augen und Mündern quoll.

Trotz meiner eigenen Angst will ich nicht auf diese grausame Weise enden. Mir ist schwindelig, da ich nicht atmen kann und hinter meiner Stirn baut sich ein unangenehmer Druck auf. Dennoch versuche ich, mich zu sammeln, und beschwöre Catos Gesicht vor meinem inneren Auge. Der Gedanke an seine Unerschütterlichkeit löst Ruhe in mir aus und die Enge in meiner Brust weicht. Ja, wir alle müssen tapfer für uns selbst sein. Eine Ewigkeit glaubte ich, meine größte Sicherheit sei ich. Aber durch Cato habe ich gelernt, dass man seine eigene Stärke auch in oder durch einen anderen finden kann. Es erfordert Vertrauen und Mut. Und ich bin unendlich froh, dass ich beides aufbringen konnte, um die Verbindung mit Cato einzugehen. Ich werde niemals den Tag vergessen, als in Delphi, am Mittelpunkt der Welt, während Frost über die Erde kroch und die Risse des Kolosseums schloss, der Heuchler auf seine Schwindlerin traf.

Catos Worte beleben meine Seele, schenken mir neue Kraft. In dieser Sekunde weiß ich, dass ich es zurück nach oben schaffe. Adrenalin rauscht durch meine Adern und ich probiere es mit Schwimmbewegungen, stelle mir vor, ich befände mich im Meer unter den Stufen des Sandpalastes, wo Cato mich mehr als einmal gehalten hat. Meine Kehle brennt, als ich mich daran erinnere, wie er mir seine Arme entgegenstreckte und mir ein süffisantes Grinsen schenkte, weil er meinen erbärmlichen Verführungsversuch durchschaut hatte. Und tatsächlich habe ich das Gefühl, nicht länger auf einem Fleck zu verharren. Energisch mache ich weiter, Sandkörner reiben erbarmungslos über meine Haut, doch ich gebe nicht auf. Am liebsten würde ich schluchzen, als Luft die Finger meiner linken Hand umschmeichelt. Kurz darauf werde ich gepackt und gänzlich herausgezogen. Bevor ich mich orientieren kann, werde ich über eine Schulter geworfen. Ich stöhne, weil sich dabei ein Knochen in meinen Magen gräbt. Unter mir rennt Cato schneller, als ich es könnte. Ich blinzele, meine Lider jucken, trotzdem wird meine Umgebung schärfer. Hinter uns schüttelt die Riesenschlange ihren Kopf, donnert ihn gegen die intakte Mauer. Ein Dolch ragt aus ihrer Stirn, der andere weiter vorn aus ihrer Schnauze.

»Wie hast du das geschafft?«, bringe ich mühsam hervor, während seine Schritte mich durchrütteln. Am liebsten würde ich ihn bitten, mich abzusetzen, andererseits will ich uns nicht aufhalten.

»Ich habe von oben ihren Gaumen durchbohrt. Schätze, das ist nicht besonders angenehm.«

Ich drücke eine Faust gegen meinen schmerzenden Magen,

als wir an der nächsten Einbuchtung stoppen und Cato mich herunterlässt. Er stützt mich, als ich mich übergebe und es mir nicht einmal gelingt, vorher Abstand zwischen uns zu bringen.

»Tut mir leid«, würge ich hervor, während er mein Haar zurückhält. Als nichts mehr hochkommt, wische ich mir mit dem Handrücken über meinen Mund. Meine Kehle kratzt und der säuerliche Geschmack brennt auf meiner Zunge.

»Wenn wir draußen sind, kannst du dich ausruhen.« Er drückt seine Lippen auf meine, aber ich schiebe ihn entschieden von mir.

»Igitt. Das ist wirklich nicht der richtige Moment.«

»Jeder Moment ist richtig, um dich zu küssen«, erwidert Cato ernst.

»Wir müssen weiter«, sage ich in der Sekunde, als die Schlange wieder auftaucht. Nach wie vor schlägt sie wild mit ihrem Kopf umher, doch das hindert sie nicht daran, sich uns zu nähern.

»Deine Dolche haben sie nicht lange aufgehalten«, gebe ich zu bedenken und greife nach seiner Hand. Gemeinsam drehen wir uns um und rennen los. »Sie könnte uns bis in die Unendlichkeit durch diesen Irrgarten jagen.« Wir schlittern um die nächste Ecke und Cato wählt die Richtung, welche wir an der folgenden Abzweigung nehmen. »Wir müssen uns dringend einen Plan überlegen.«

»Versuche noch einmal, in die Zukunft zu sehen. Spiele deine Gedanken genau durch, bis zu dem Punkt, als du vergessen hast. Vielleicht kannst du die Blockade so durchbrechen.«

»Es wäre leichter, wenn ich dabei nicht sprinten müsste«, japse ich. »Ich könnte mich auf deine Schultern stellen. Möglicherweise bin ich so in der Lage, den Weg nach draußen zu erkennen.«

»Liebes, ich bin kein Riese. Selbst wenn du auf Zehenspitzen auf meinen Schultern stehst, könntest du nichts sehen.«

»Schön«, murmele ich und atme tief durch, wobei es ist, als würde meine Brust dabei zerreißen. Erneut lässt mein Körper mich spüren, wie beschwerlich meine Reise war, seit ich dem Sandpalast den Rücken kehrte. Und dieser Sprint scheint von meinen letzten Kraftreserven zu zehren. Trotzdem konzentriere ich mich, folge Catos Rat und blende die Gegenwart aus.

Wieder erkenne ich mich selbst, wie ich Candelas Armband an mich nehme. Außerdem halte ich den Pullover eines Mannes. Mit beidem rolle ich mich auf der Matratze eines Himmelbetts zusammen. Als ich ins Land der Träume gleite, strömen fremde Bilder von einem fernen Planeten namens Viridi auf mich ein. Sie zeigen mir einen jungen Lost, seine Zweifel und sein Erbe. Seinen Vater, der versucht, sein Reich zu retten. Und dann ist da Ziva. Sie sitzt auf dem Boden vor einem hohen Fenster, beobachtet die Schwärze der Nacht und die Sterne. In ihrem Schoß befindet sich eine Porzellanpuppe und vor ihr ein aufgeschlagenes Buch. Es beinhaltet die Legenden Viridis. Mein Geist wirbelt umher, bis ich in einem abgedunkelten Arbeitszimmer bin. Ziva steht nun vor Losts Vater, ihre Finger berühren sein Gesicht, besiegeln einen unumkehrbaren Handel. Dann herrscht wieder Finsternis. Es dauert eine Weile, bis ich realisiere, dass es ein Wald ist, der mich umgibt. Der Boden unter mir ist weich. Lädt mich zum Fallen ein. Vor mir entdecke ich den Gott des Vergessens, der dem Herrscher von Patriam Praeter folgt. Ich blinzele, als ich in der nächsten Sekunde in einem Steinkreis kauere. Bedrohlich ragt der Felsen über mir auf und ich keuche, als giftgrüne Linien darauf erscheinen. Sie zeichnen eine Uhr. Eine Taschenuhr.

Schöne Seherin.

So nah.

Ich spüre dein Sehnen, aber ich lechze auch nach dir.

Ich stoße ein Röcheln aus, es fühlt sich an, als würde ein Sog meinen Kopf erfassen. Ich reiße die Augen auf und erschrecke, weil meine Beine sich unter mir bewegen, Cato und ich in halsbrecherischem Tempo durch den Irrgarten jagen. »Votum«, bringe ich hervor. »Wir sind hier wegen Votum.«

Kaum habe ich die Worte gesprochen, spüre ich, wie ein Sturm aufzieht, Cato und mich in die Knie zwingt. Er schlingt einen Arm um mich und ich halte mich an seinem Hemd fest. Ein grünes Glimmen erfasst den Gang, breitet sich rasend schnell aus. Sand fegt über uns hinweg, doch anders als zuvor werde ich nicht unter ihm begraben. Fasziniert beobachte ich, wie die Wände bröckeln und der Irrgarten nach und nach gänzlich verschwindet, bis die Landschaft der Wüste sich um uns erstreckt.

Doch etwas hat sich verändert: Ein gigantischer Turm erhebt sich direkt vor uns und wirkt, als könnte er jede Sekunde zusammenbrechen, weil die Steine nicht aufeinanderliegen, sondern versetzt sind, nach außen und innen stehen.

Schöne Seherin, lockt mich erneut die schmeichelnde Stimme. Stolpernd komme ich auf die Füße. »Die Uhr ist dort drin«, hauche ich Cato zu, der sich ebenfalls aufrichtet. Aber dann entdecke ich eine weitere Gestalt. Pars sprintet rechts von uns auf den Turm zu.

»Du gehst rein, ich kümmere mich um ihn«, knurrt Cato.

Ohne zu antworten, presche ich los, Cato überholt mich und prallt wenige Meter darauf mit Zivas Leibwächter zusammen, reißt ihn zu Boden. Als er mit der Faust ausholt, fokussiere ich mich wieder auf den Turm, versuche, mir keine Sorgen darüber zu machen, dass Cato nicht mehr im Besitz einer Waffe ist.

Niemand – auch kein Zauber – hält mich auf, als ich die hölzerne Tür aufstoße. Ich trete ein und mit einem Knarzen fällt sie wieder ins Schloss. Es liegt ein Geruch in der Luft, der von Jahrhunderten und einer langen Reise spricht. Er ist alt und schwer. Erinnert mich an schwarzen Pfeffer und die Rinde von Bäumen, die aufgrund von Feuchtigkeit modert. Ich neige den Kopf zurück, meine Augen gewöhnen sich langsam an das dämmrige Licht und ich erkenne, dass ich mich vor einer Treppe befinde, die sich nach oben windet. Während die Uhr weiter nach mir ruft, erklimme ich die Stufen. Mit meiner freien Hand schiebe ich Spinnweben beiseite und atme flacher, weil bei jedem Schritt derart viel Staub aufwirbelt, dass ich husten muss.

Als ich realisiere, dass ich dem Ende nahe bin, fange ich an zu rennen. Meine Beine sind so müde, dass ich abrutsche und mich gerade noch rechtzeitig abfangen kann. Den Schnitt in meiner Hand, den ich mir dabei zuziehe, ignoriere ich, richte mich auf und bewege mich weiter in Richtung Ziel. Es ist, als würde eine fremde Macht meinen Körper steuern. Ich kann nicht stehen bleiben und auch nicht umdrehen. Es ist meine Bestimmung, den sechsten Urgegenstand Viridis zu finden. Als ich oben ankomme, riskiere ich einen Blick nach unten. Kurz wird mir schwindelig, weil es mir erscheint, als würde ich einem Abgrund in die Augen schauen. Ich weiche zurück, wende mich ab und trete über die Schwelle in den Raum des Turms.

Das Zimmer ist bestückt mit einem Schrank, einer Kommode, einem Schreibtisch, auf dem eine Art Planetenmodell steht, sowie einem in der Mitte aufgebauten Bett, das von hellrotem Samt überzogen ist. Ich spüre, wie ich darauf zugehe, registriere, dass der Boden von schwarzer Erde bedeckt wird und es ist, als würde die Essenz des Nigrum Silvam in jede meiner Poren dringen. Und obwohl ich mich dabei am liebsten winden würde, ist meine gesamte Aufmerksamkeit auf das gerichtet, was ausgebreitet auf dem Kissen liegt. Sachte sinke ich auf die Matratze. Die Uhr der Wünsche hat ein bronzenes Ziffernblatt, smaragdgrüne Zeiger und hängt an einer Kette, deren Material dunkel angelaufen ist. »Votum«, wispere ich.

Schöne Seherin, schmeichelt die Uhr. *Ich habe dich erwartet. Ich spürte dein Sehnen, doch ich lechzte auch nach dir. Denn deine Wünsche sind meine Wünsche. Dein Begehren ist mein Begehren. Und dein Verlangen ist mein Befehl.* Ich beuge mich Votum entgegen. *Schöne Seherin. Ich spürte dein Sehnen, doch ich lechzte auch nach dir.*

»Ich habe das Sehnen auch gespürt«, flüstere ich. Meine goldenen Haare fallen wie ein Vorhang um die Uhr.

Du kannst mich berühren und nichts geschieht. Doch legst du mich um und sprichst deinen Wunsch, gehöre ich dir.

Meine Hand zittert, trotzdem streiche ich mit den Fingerspitzen über das äußere Gehäuse. Begierde wallt in mir auf. Begierde und Macht. Votum weiß, wonach ich verlange.

Gib acht: Es ist ein Handel, der für beide Seiten gilt. Auch mir gebührt ein Stück deines Lebens.

Ich fahre Votums Umrisse weiter nach, glaube nicht, dass ich jemals etwas Kostbareres angefasst habe. Der Schlüssel zu allem …

Denn deine Wünsche sind meine Wünsche.

Dein Begehren ist mein Begehren.

Und dein Verlangen ist mein Befehl.

Langsam, als könnte ich sie zerbrechen, hebe ich die Uhr hoch, öffne den Verschluss und setze mich aufrecht hin.

»Ava!«

In der Bewegung in Richtung meines Halses halte ich inne. Catos Gesicht schiebt sich in mein Blickfeld, als er vor mir auf die Knie geht.

»Ich habe Votum gefunden.« Ich bin so froh, dass Tränen in meine Augen treten.

»Das sehe ich, Liebes«, sagt er sanft. Er hält mir seine Handinnenfläche hin, an der Blut klebt. »Gib sie mir. Ich passe für dich auf sie auf.«

»Nein«, erwidere ich kalt.

»Ava.«

»Was?«, fauche ich, presse Votum mit beiden Händen an meine Brust.

»Wie lange spricht die Uhr schon mit dir?«

»W-was?«, frage ich, nun verunsichert.

»Wie lange spricht die Uhr schon zu dir? Ich habe mitbekommen, wie du ihr geantwortet hast.« Mit den Fingern greift er nach meiner Taille und zieht mich an die Kante des Bettes. »Du bist besessen von der Uhr, Liebes.«

Schöne Seherin. Wir sind so nah. So nah an unserem Ziel.

Catos Iriden, in denen ich die stürmische See erkenne, nehmen mich gefangen. »Was die Uhr dir verspricht, existiert nicht. Du und ich hingegen – wir sind echt. Wir haben die Kraft, unsere Wünsche selbst zu erfüllen.« Zögerlich lasse ich meine Hände sinken. »Außerdem haben wir unser Glück bereits gefunden. Dein Herz ist damit erfüllt. Das ist etwas, das Votum dir niemals verschaffen könnte.«

Cato mustert mich intensiv, während er seine Finger von

mir löst und nach der Uhr greift. Apollo, den ich zuvor nicht bemerkt hatte, und dessen Schläfe eine Platzwunde ziert, taucht neben ihm auf und schlägt Votum in ein Stofftuch, ehe er sie in seinen Rucksack gleiten lässt und den Reißverschluss mit einem endgültigen Geräusch zuzieht.

Kluge Seherin. Du hast durch den schönen Schein geblickt. Denn die Wahrheit ist, dass ich mehr als nur ein Stück von dir genommen hätte.

Kapitel 23

BEGLEITER DER BLITZE

FLAME

»Ich will, dass ihr mir eine Blume aus Eis schenkt, die niemals schmilzt«, verkündet Kalliope selbstbewusst, in ihren Augen liegt ein siegessicheres Funkeln. Ein Raunen geht durch den Saal, begleitet von einigen Ahs und Ohs, ehe die Anwesenden in Applaus ausbrechen. Hunter, die Muse und ich stehen unter einem der Bogenpfeiler, von dem aus man die innere Lagune, in der gerade die Sonne versinkt, überblicken kann. Trotz des Abstandes, der zwischen uns und unserem unerwünschten Publikum liegt, können sie jedes Wort hören, das gesprochen wird.

»Aber wie sollen sie das bewerkstelligen?«, ruft Klio aufgeregt.

Kalliope lächelt, nach wie vor sichtlich zufrieden mit sich. »Das ist ihnen überlassen.« Sie wendet sich direkt an den Drakon und mich. »Ich gebe euch Zeit bis Sonnenaufgang. Der Treffpunkt ist hier.« Sie zwinkert Hunter zu. »Viel Glück.« Anschließend wirft sie ihr Haar zurück und stolziert davon. Ihre Schwestern folgen ihr nacheinander.

Ich schaue ihnen nicht nach, sondern trete nach draußen auf die Loggia und stütze mich auf dem Geländer ab. »Mir scheint, als wäre sie sauer, dass wir die vorherigen Aufträge problemlos bewältigt haben.«

»Möglich. Oder sie wollte uns von Beginn an scheitern sehen«, erwidert Hunter, der seine Hände in den Hosentaschen vergraben hat.

Drei der fünf Aufgaben haben wir bisher hinter uns gebracht. Die erste wurde von Erato gestellt, die verlangte, dass wir ihr von einer Liebe erzählen, die sie zum Weinen bringt. Ich habe ihr Darks und meine Geschichte geschildert, ungeachtet der Tatsache, dass wir dabei gleichermaßen in Tränen ausgebrochen sind. Die zweite stammte von Polyhymnia, der Muse des Gesangs, die wollte, dass wir ihr ein Lied vorsingen, dem sie noch nie gelauscht hatte. Hunter trug ihr ein Lied der Drakon vor, welches sie tatsächlich überzeugte. Die dritte Aufgabe dachte sich Terpsichore aus: Hunter und ich mussten vierundzwanzig Stunden lang ohne Unterbrechung zu ihrer Musik tanzen, weshalb wir erst jetzt am Abend wieder auf den Beinen sind. Meine Füße, die am Ende blutig waren, sind zwar verheilt, allerdings schmerzt noch immer jeder Schritt.

»Ich will mich hinlegen«, brummt Hunter, als hätte ich meinen Gedanken laut ausgesprochen. »Fühlst du dich auch, als wärst du nie wieder dazu in der Lage, eine längere Strecke zu laufen?«

»Yep, aber der Unterschied zwischen uns beiden ist, dass du wenigstens fliegen kannst.«

Hunter grinst träge. »Ich bezweifle, dass ich gerade die Kraft aufbringen könnte, mich zu wandeln. Ich hätte niemals vermutet, dass Tanzen eine Art der Folter ist.«

»Bei den Musen offenbar schon. Bestimmt haben sie gehofft, dass wir bei dieser Aufgabe versagen.«

»Und dennoch sind wir hier.« Ich kichere, weil Hunter sich auf die Brust klopft, eine Art Schlachtruf ausstößt und ich aus der Ferne Klios verschrecktes Kieksen vernehme.

»Du machst ihnen Angst«, merke ich an.

»Gut so«, brummt Hunter. »Kleine Teufel, allesamt.« Er streckt sich und lässt dabei seinen Rücken knacken. »Also ... Übermorgen müssen wir abreisen – vorzugsweise mit Mnemosyne im Gepäck –, um rechtzeitig in Delphi am Treffpunkt zu sein.«

»Und zwei Aufgaben gilt es noch zu bewältigen«, ergänze ich.

Hunter nickt. »Das ist machbar.«

»Wenn wir uns keinen Fehler erlauben ...«

»Irgendeine Idee, wie wir das mit dieser Blume hinbekommen?«

»Keinen blassen Schimmer«, gestehe ich.

»Ich auch nicht.«

Müde massiere ich meine Schläfen. Auf den Stufen zur Lagune entdecke ich Kerberos, der sich an Herakles' Fersen geheftet hat. Er fühlt sich im Palast der Titanen überraschend wohl und hat ausgerechnet einen Narren an dem Helden gefressen, dem unsere Anwesenheit ein Dorn im Auge ist. Herakles streift sein Shirt ab und watet ins Wasser, der Höllenhund springt in großen Sätzen neben ihm her und taucht abwechselnd seine drei Köpfe ein. Als er einen Satz nach links macht, weil er nach einer der nachtblauen Libellen schnappen will, wirft er Herakles um. Hunter und ich brechen in schallendes Gelächter aus. Sobald der Held wieder auftaucht und mich mit einem säuerlichen Blick bedenkt, winke ich ihm unbekümmert zu. Schließlich habe ich nicht vergessen, wie er gestern schadenfroh am Rand der Tanzfläche stand, während meine Füße geblutet haben.

»Wir sollten in unsere Räumlichkeiten gehen, wo wir Ruhe haben«, schlage ich vor und halte Hunter meine Hand hin. Er ergreift sie und ich bringe uns durch den Nebel in unseren Wohnbereich. Leise zische ich, als ich meine Schuhe abstreife und über den cremeweißen Teppich laufe. Als ich mich auf das ausladende Sofa fallen lasse und ein Kissen unter meinen Nacken schiebe, dringt ein erleichtertes Stöhnen aus meiner Kehle. Hunter gibt ein ähnliches Geräusch von sich, als er sich einen der beiden Sessel heranzieht und darauf Platz nimmt, seine Beine ebenfalls auf die Couch legt.

»Wir sind wehleidig«, stelle ich fest.

»Mhm«, murmelt Hunter, die Lider bereits halb geschlossen.

»Hey«, ich strecke meinen Arm aus und rüttele an seiner Schulter. »Nicht einschlafen!« Hunter zuckt zusammen und setzt sich aufrechter hin, reibt sich dabei über die Augen. »Also …«, überlege ich.

»Also«, wiederholt Hunter nicht besonders vielversprechend.

»Bei allen Göttern.« Ich rolle mich auf den Bauch und schlage meinen Kopf gegen das Kissen.

»Glaube nicht, dass uns das weiterbringen wird«, kommentiert Hunter.

»Eine Blume aus Eis, die niemals schmilzt …« Ich seufze. »Wie soll das funktionieren? Wäre es hier so kühl wie andernorts auf der Erde, hätten wir eher eine Chance. Doch die Temperaturen in Othrys sind angenehm.«

»Vielleicht gibt es in ihrer Formulierung ein Schlupfloch, welches wir nutzen können«, schlägt Hunter vor.

Meine Augen werden groß. »Wie wäre es mit Glas? Das sieht aus wie Eis.«

Der Drakon verschränkt die Arme vor seiner Brust und wirkt skeptisch. »Aber wie sollen wir es schaffen, bis zum

Sonnenaufgang Glas herzustellen – noch dazu in Form einer Blume? Außerdem wäre es nicht kalt. Und Kalliope sagte in ihrer Forderung explizit, dass die Blume aus Eis sein muss.«

Als ich das nächste Mal einen Blick nach draußen werfe, herrscht Finsternis. Es erscheint mir, als hätten Hunter und ich jede Möglichkeit, Kalliopes Aufgabe zu erfüllen, beleuchtet. Zu einer Lösung sind wir dennoch nicht gekommen. »Die Zeit läuft uns davon.« Beunruhigt beginne ich, im Raum umherzutigern.

»Wir sollten noch einmal rausgehen, uns ein wenig die Beine vertreten.«

Ich bleibe stehen und schaue zu ihm. »Du hast recht. Wir drehen uns im Kreis. An der frischen Luft kommt uns vielleicht die zündende Idee.« Von der Sofalehne nehme ich mir die Stola und drapiere sie um meine Schultern. »Wo ist überhaupt True? Wir können jede Hilfe gebrauchen.«

»Habe ihn seit gestern nicht mehr gesehen«, erwidert Hunter, während er sich seine Stiefel anzieht. Ich schlüpfe ebenfalls in meine Schuhe und rolle das Pergament ein, auf welchem wir unsere Gedanken festgehalten haben.

»Ich kann True suchen, wenn du magst«, schlägt Hunter vor.

Meine Lippen kräuseln sich. »Vermutlich ist er bereits im Bett ... in Gesellschaft.«

Hunter hebt die Brauen. »Deshalb biete ich es dir ja an.«

»Das ist ...« Tief atme ich durch. »Danke.«

»Dann treffen wir uns gleich«, bestätigt Hunter, kommt zu mir und drückt einen Kuss auf mein Haar.

»Ich warte beim Hauptpavillon auf euch«, lasse ich ihn wissen. Gemeinsam treten wir aus dem Wohnzimmer in den

Eingangsbereich unserer Räumlichkeiten. Ich beuge mich zu Kerberos hinab, der zusammengerollt schläft, dabei mit seinem schlangenartigen Schweif zuckt und leise schnarcht. Sanft streiche ich über seinen Rücken, ehe ich mich wieder aufrichte und wir uns in den Flur schleichen. »Bis gleich«, flüstere ich Hunter zu, bevor Nebelschwaden mich verschlucken.

Als ich die Lider aufschlage, stehe ich zwischen zwei der mächtigen Säulen und blicke auf die Lagune. Die Tatsache, dass wir erst seit sechs Tagen hier sind, ist verrückt, weil es mir viel länger erscheint. Dennoch fühle ich mich nach wie vor klein zwischen den gigantischen Bauten, die in den sternenklaren Himmel ragen. Es ist ein schöner Zauber, der den Palast der Titanen umgibt. Ich trete näher an die Kante, raffe den Saum des Kleides, welches ich trage, zusammen und springe auf die untere schmale Mauer, die den Pavillon umgibt. Ich nehme darauf Platz, streife meine Stiefel ab und lasse meine Beine ins Wasser gleiten. Wie bei unserer Ankunft schweben Leuchtkäfer über der Oberfläche und erhellen die Nacht. Meine Augen brennen, weil dieser Moment mich so sehr an meine erste Begegnung mit Dark erinnert. Es ist schön. Unendlich schön und schmerzhaft. Seit meinem Traum habe ich ihn noch öfter gesehen. Kleine Bildfetzen, sobald ich meine Lider schließe. Und alles in mir sehnt sich danach, endlich aufzubrechen. Ich habe lang genug gewartet. Aber wird Mnemosyne tatsächlich dazu in der Lage sein, uns unsere Zukunft zurückzugeben? Ich habe Angst, dass Dark mir nie verzeihen wird, dass ich ihn zwei Mal zurückgelassen habe. Dass ich mich zwei Mal gegen uns entschieden habe. Haben wir – ich – eine dritte Chance verdient?

In einiger Entfernung beobachte ich, wie die Wasseroberfläche sich bewegt, ziehe rasch die Füße an und springe auf. Ich glaube nicht, dass es auf Othrys Ungeheuer gibt, doch ich bin auch nicht so töricht, es auf eine Begegnung ankommen zu lassen. Die Finsternis birgt stets Geheimnisse und nicht alle davon meinen es gut mit einem. Innerhalb eines Wimpernschlags bringe ich mich zurück in den Pavillon und suche mit meinen Augen die Lagune ab. Das Wasser liegt wieder ruhig da, doch ich traue dem Frieden nicht.

Da von Hunter und True noch jede Spur fehlt, beschließe ich, einen Spaziergang durch die Kolonnaden zu unternehmen. Anders als bei unserem Eintreffen wähle ich den linken Gang. Auch dieser wird von kunstvollen Malereien und intensiven Farben geschmückt. Die Fackeln entzünden sich nacheinander, tauchen meine Umgebung in ein mystisches Licht, während ich mich zwinge, weiterzugehen. Kurz darauf umschweben mich die Blätter des Herbstes, bei jedem Schritt raschelt Laub unter meinen Sohlen, bis es durch Sand ersetzt wird und ein warmer Sommerregen meine Haut berührt. Dann weht die vertraute Frühlingsbrise, bauscht den Stoff meines Kleides. Blumenranken kriechen über die Malereien, winden sich um die Säulen, springen auf meine Arme über, ergänzen mein Gewand. Die Knospen der Blüten öffnen sich, entfalten ihre Pracht. Braungrüne Augen erscheinen in meinem Sichtfeld und ich lächele leicht. Ich versuche, nicht zu blinzeln, doch anders als zuvor verschwinden sie nicht. Ich halte die Luft an, als sich stattdessen ein Körper vor mir materialisiert. Zuerst ist es nur eine durchscheinende Silhouette, die wie ein Geist und nicht real wirkt, doch kurz darauf steht ein Mann vor mir. Er ist groß gewachsen, trägt eine beige Hose und eine dunkelblaue Weste aus Samt. Sein karamellfarbenes Haar fällt ihm ins Gesicht und als ich meine Finger nach ihm ausstrecke, um zu testen, ob er wirklich kein Trugbild ist, ergreift er sie und presst seine Lippen auf meinen Handrücken.

Einer der Winde wird euch holen.

Meine Söhne genießen ihre kleinen Streiche.

Die Winde hast du bereits für dich gewonnen.

Eos' und Kalliopes Worte wirbeln durch meinen Kopf, während ich den Fremden vor mir nur sprachlos anstarren kann. Aber auch er sagt kein Wort, als er sich aufrichtet und meine Hand in seiner verbleibt. Ich folge ihm, als er mich sanft vorwärtszieht, betrachte sein seitliches Profil. Obwohl ich ihn nur einen Moment von vorne mustern konnte, weiß ich, dass seine Gesichtszüge absolut symmetrisch sind. Seine Kieferpartie ist markant, seine Nase gerade, seine Wimpern lang und dunkel. Allerdings ist es seine Haltung, die Art, wie er sich bewegt, die ihm etwas Altes verleiht – als stammte er tatsächlich aus einer vergessenen Zeit. Als hätte man ihn der Vergangenheit entrissen.

»Wie lautet dein Name?«, frage ich schließlich, als er mich zwischen den Säulen hindurch auf einen schmalen Pfad und fort von den Kolonnaden führt. Mit dem Daumen zeichnet er Kreise auf meinen Handrücken, die Blumenranken erwachen erneut zum Leben, schlängeln sich unermüdlich über meine Arme und schließlich um meine Schultern, meinen Oberkörper und bis hinab zu meiner Taille, bescheren mir eine Gänsehaut.

»Ich bin Zephyros, Gott der Westwinde und des Frühlings.« Ich halte den Atem an. Seine Stimme ist tief und klingt, als würde ich sie aus der Ferne, wie durch einen Sturm hören. »Meine Brüder und ich sind die Söhne von Eos, des Morgens, und Astraios, der Abenddämmerung. Zusammen werden wir als die vier Winde bezeichnet.«

»Es ... freut mich, dass wir einander endlich begegnen.« Und ich nun erfahren habe, wer andauernd in meine Privatsphäre eindringt. Aber das spreche ich nicht aus.

»Oh, es ist nicht das erste Mal, dass wir uns treffen.« Ruckartig bleibe ich stehen und erschauere, weil der Boden zu meinen Füßen plötzlich eiskalt ist und ich meine Schuhe an der Lagune gelassen habe. »Wir haben das Geräusch der Pfoten des Höllenhundes bereits aus weiter Entfernung zum Gott der Finsternis getragen, damit er dich rechtzeitig finden kann ...«

Mein Mund öffnet sich, doch kein Ton dringt hervor. Zephyros beugt sich hinab, bis seine braungrünen Augen auf einer Höhe mit den meinen sind. »Nicht alle von uns haben sich hinter Othrys' Mauern versteckt«, raunt er mir zu. Ein leichter Wind zupft an mir und ich füge mich der Richtung, in die er mich lenkt. Ich gehe voran und als ich einen Blick zurückwerfe, ist Zephyros verschwunden. Schneeflocken beginnen vom Himmel zu fallen und es ist, als würde man einen Schleier heben, sodass ich einen Garten entdecke. Er erinnert mich an Persephone und Hades. Das Tor knarzt leise, als ich es aufstoße und eintrete. Die Bäume, Sträucher und Pflanzen sind von Eis überzogen und ich fahre mit den Fingerspitzen über die glatte Oberfläche. Allerdings ist es ein weiterer Mann, der meine Aufmerksamkeit auf sich lenkt. Er hat mir den Rücken zugewandt, steht vor einem Brunnen, dessen Fontäne mitten in der Bewegung erstarrt ist. Frost kriecht über die Skulpturen, die ihn umringen. Kurz bevor ich ihn erreiche, wendet er sich mir zu. Er hat silbernes Haar und nachtblaue Augen. Auch sie sind mir vertraut. Aber anders als sein Bruder küsst er nicht meine Hand, stattdessen spüre ich, wie die Ranken und Blumen an meinem Körper zu Eis erstarren und sich Linien aus Frost über meiner Haut ausbreiten.

»Wenn Zephyros der Gott des Frühlings ist, bist du –«

»Boreas. Der Gott des Winters und der Nordwinde«, beendet er meinen Satz.

Ich presse meine Lippen fest aufeinander und beobachte, wie seine Mundwinkel zucken. Es scheint, als hätte er seine Vorstellung an dem Abend, als die Musen ihr Stück aufführten, genossen. Ich konzentriere mich auf meine Atmung, rufe mir die Techniken, die Hunter mir gezeigt hat, in Erinnerung. Sobald ich mir sicher bin, dass ich diesen Garten nicht in Brand stecken werde, schaue ich ihn wieder an. Er hält mir seine Hand entgegen und ich ergreife sie, lasse mich über die Wege tiefer in die Anlage leiten. Dabei neige ich den Kopf zurück und entdecke erst jetzt, dass die Leuchtkäfer wie eine Decke über uns hängen, doch sie strahlen in einem kühlen Blau und nicht in einem warmen Gold. Vor einem Beet halten wir inne und Boreas lässt meine Hand los, geht davor in die Knie. Er pflückt eine Blume aus der Mitte und ich sinke neben ihm auf die Knie. Er dreht sich zu mir, seine Finger bewegen sich über die Pflanze, bis sie zu Eis gefriert. Einzig die Blüten verbleiben in einem intensiven Blau. Und obwohl auch sie erstarrt sind, kommt es mir vor, als würden sie sich rühren und eine klirrende Melodie von sich geben. Einen Wimpernschlag später erwächst aus dem Nichts ein Käfig aus Frost, den der zweite Wind mir reicht.

»Die Blume aus Eis, die niemals schmilzt.«

Meine Finger schließen sich um den Käfig. »Danke«, hauche ich, runzele gleichzeitig die Stirn. »Bloß ... warum? Weshalb helft ihr mir?«

Die Leuchtkäfer schweben langsam zu uns hinab, lassen sich in meinem Haar und auf den eisigen Ranken der Blumen nieder. Und einer von ihnen genau dort, wo mein Herz schlägt. »Vor langer Zeit, als du noch nicht auf dieser Erde weiltest, standen wir im Dienste des Zeus. Wir waren gezwungen, ihn und seine Blitze zu begleiten. Doch dann kam der heiße Krieg und wir begegneten einem dunklen Gott, der uns befreite.« Ich versuche zu schlucken, doch es ist, als würde Frost meine Kehle hinabkriechen. Frost und Hitze und diese ganz besondere Finsternis, nach der sich meine Seele sehnt. »Er wacht über dich«, flüstert der Wind mir zu, denn nun knie ich allein auf dem Pfad mit meiner Blume aus Eis in der Hand.

HUNTER

Ich passiere eine Vase, die eine siebenköpfige Schlange zeigt, und bleibe ruckartig stehen. Unschlüssig reibe ich mir über den Nacken. Ich wollte es nicht zugeben, aber nachdem ich zum fünften Mal an diesem verfluchten Gefäß vorbeigekommen bin, muss ich der Wahrheit ins Auge blicken: Yep, ich habe mich verlaufen. Rauch steigt aus meinen Nasenlöchern und ich wedele mit der Hand davor herum, weil ich Helios' Einrichtung nicht in Brand stecken will. Unter normalen Umständen würde ich mich in die Lüfte erheben, um meine Orientierung zurückzufinden, und in dieser Sekunde wird mir klar, dass ich das Reich der Drakon in manchen Momenten vermisse. Ich habe nicht das Verlangen, zurückzukehren, aber seit ich die Unterwelt verlassen habe, bin ich es gewohnt, immer unter freiem Himmel zu sein. Wobei Freiheit im Reich der Drakon auch eine Illusion gewesen ist. Wir waren eingesperrt, obwohl die Mauern unsichtbar waren.

Ich stütze meine Hände in die Hüften und drehe mich im Kreis. Meine Pupillen verändern sich, trotzdem erscheint alles gleich. Fluchend setze ich mich erneut in Bewegung, laufe den Flur entlang, doch ich finde den Gang nicht, der zur Haupttreppe führt. Die Türen, die vom Korridor abgehen, münden alle in unbewohnten Zimmern, deren Möbel mit Laken bedeckt sind.

Verdammter True.

Ich war bisher einmal im Bereich der Helden und da ich für gewöhnlich über eine gute Orientierung verfüge, hatte ich angenommen, dass ich ihn problemlos aufspüren könnte. Selbst wenn ich nicht in meiner Drakongestalt bin, habe ich einen ausgezeichneten Geruchssinn. True hat eine zuckerartige Beerennote vermischt mit etwas Dunklerem, das nicht so richtig dazu zu passen scheint. Möglicherweise ein neuer Teil von ihm, den die Trennung von Yasar geschaffen hat. Allerdings kann ich seinen Duft hier nicht ausmachen. Frustriert stoße ich meinen angehaltenen Atem aus und werfe einen Blick nach draußen. Ich weiß nicht, wie viel uns von dieser Nacht noch bleibt und mir ist nach wie vor keine Lösung für Kalliopes Aufgabe eingefallen. Ich schließe meine Augen und reibe mit den Handballen über meine müden Lider. Blinzelnd lasse ich meine Arme sinken, als ich erkenne, wie etwas Weißes um die Ecke verschwindet.

»Hey«, rufe ich. Kurz überlege ich, ob ich es mir nur eingebildet habe, aber mein Körper trifft bereits die Entscheidung, im Laufschritt die Verfolgung aufzunehmen. »Warte«, fordere ich. Als ich abbiege, bestätigt sich, dass meine Sinne mir keinen Streich gespielt haben. Vor mir steht eine

Frau. Ein weißes bodenlanges Gewand hüllt sie ein, dessen Schleier den Boden um sie herum bedeckt. Sie hat angehalten, als hätte sie auf mich gewartet, weshalb ich ebenfalls stoppe. Ihr Gesicht kann ich nicht erkennen, weil sie sich nicht zu mir umdreht, und irgendetwas hält mich davon ab, neben sie zu treten. Ihre Haare fallen in kastanienbraunen Locken bis zu ihrer Hüfte hinab, die oberen Strähnen sind locker um goldene Ringe geflochten. Auf ihrem Haupt liegt eine Lorbeerkrone.

»Hey«, wiederhole ich, meine Stimme klingt rau und unbeholfen. »Bitte entschuldige, falls ich in deinen Bereich eingedrungen bin.« Ich bemühe mich, vertrauensvoll zu klingen, weil es auf die Entfernung wirkt, als würden ihre Schultern beben.

Einige Sekunden, die sich anfühlen wie die Ewigkeit, herrscht absolute Stille. Staub wirbelt durch die Luft, umgibt sie, als wäre sie ein Geist. »Hallo«, wispert sie schließlich und es ist, als würde eine Feder über mein Rückgrat streichen. »Verlorener.«

Meine Stirn legt sich in Falten, weil ich mir nicht sicher bin, was genau sie damit meint. Möglicherweise weiß sie, dass ich mich verlaufen habe oder sie denkt, dass ich von hier bin, und es ist eine Grußformel für die vergessenen Titanen, Götter und Helden, die auf Othrys leben. Ehrlich gesagt macht es mich nervös, dass sie sich noch immer nicht zu mir umgedreht hat. Vielleicht stimmt mit ihrem Gesicht etwas nicht? Oder sie ist überhaupt keine Frau? Schließlich sprach Selene auch von magischen Wesen. Unbehaglich räuspere ich mich. »Könntest du mir den Weg zur Haupttreppe weisen, über die ich ins große Foyer komme?«, bitte ich, denn von dort aus finde ich mich definitiv wieder zurecht.

»Der Rausch war Täuschung und bringt dich nicht ans Ziel. Die Suche endet, wo du bereits gewesen bist.«

In dieser Sekunde wird mir klar, dass mit ihr tatsächlich etwas nicht stimmt. Es ist, als hätte sie meine Frage überhaupt nicht gehört. Andererseits muss ich dabei irgendwie an Ava denken. »Bist du eine Seherin?«, hake ich nach. Doch statt mir zu antworten, setzt sie sich in Bewegung. Weder ihre Schritte noch ihr Schleier geben ein Geräusch von sich und ich schaue ihr nach, bis sie verschwunden ist. »Verrückt«, murmele ich und gehe in die entgegengesetzte Richtung davon. Ich habe die Nase voll, weshalb ich durch einen der Bogenpfeiler trete. Die Enge in meiner Brust löst sich, als meine Lunge sich mit frischer Luft füllt. Bis jetzt hatte ich nicht realisiert, wie stickig es in dem Korridor gewesen ist. Es ist absurd, wie gefangen ich mich gefühlt habe, als würde ich auf ewig im Kreis irren müssen.

Der Himmel ist nun deutlich heller, ein sicheres Zeichen dafür, dass der Morgen graut. Ich kann nicht fassen, dass ich derart viel Zeit vergeudet habe. Womöglich ein Hinterhalt der Musen, damit wir scheitern. Mein Magen verknotet sich bei der Vorstellung, dass wir die vorletzte Aufgabe tatsächlich nicht lösen können. Obwohl mir bewusst ist, dass es kaum Hoffnung gibt, setze ich einen Fuß auf das Geländer, überlege, wie ich mich am besten im Sprung wandeln kann, ohne mit meinen Krallen oder Schwingen die Fassade des Palastes zu beschädigen.

»Hunter.«

Irritiert wende ich meinen Kopf von rechts nach links.

»Hunter«, erklingt das Zischen erneut. »Hier unten!«

Mein Blick wandert hinab, bleibt an einem Bogenpfeiler auf der dritten Etage hängen.

»Schmetterling.« Erleichtert atme ich auf. »Was machst du da?«

»Dich suchen, natürlich.« Einen Wimpernschlag später steht Flame direkt neben mir. »Die Frage ist eher, was du vorhattest …«

»Wow«, stoße ich erschrocken aus und stolpere einen Schritt zurück. Ihre Arme, ihr Hals sowie ihr gesamter Oberkörper werden von Ranken und Blüten aus Eis bedeckt. Über den Rock ihres opalblauen Kleides ziehen sich Linien aus Frost und in ihren Händen trägt sie einen Käfig. Ich beuge mich hinab und mustere die Blume aus Eis.

»Du hast es geschafft«, flüstere ich, verspüre eine Mischung aus Erleichterung, Stolz und Faszination.

»Ich hatte Hilfe. Es ist nicht wirklich mein Verdienst«, erwidert sie. »Und jetzt hak dich bei mir unter. Die Sonne erhebt sich und ich kann es kaum erwarten, Kalliopes Gesichtsausdruck zu sehen.«

Kapitel 24

DER RAUSCH IST TÄUSCHUNG

FLAME

Seichte Wellen brechen in regelmäßigen Abständen am Fuße der Steininsel, auf welchem der kleine Pavillon steht, in dem Hunter und ich auf die finale Aufgabe warten, die uns Thalia stellen wird. Der einzige Hinweis, den wir erhalten haben, lautete, dass wir uns in Abendgarderobe einfinden sollen. Der Himmel zeigt sich in der Farbe der Nacht, während das Wasser der Lagune sich in einem dunklen Violett präsentiert. Auch die Pavillons um uns herum sind besetzt, Stimmen werden über den Wind zu uns getragen. Zwischen Daumen und Zeigefinger drehe ich den Stiel meines Kelches hin und her und nehme schließlich einen Schluck von dem ungenießbaren Honigwasser. Es kommt mir vor, als würde die aufdringliche Süße meine Zunge sowie Gaumen und Rachen verkleben. Mit Mühe unterdrücke ich ein Schaudern und stelle mein Getränk wieder ab. Hunter, der das Ganze beobachtet hat, lacht leise. Den Großteil des Tages haben wir verschlafen, obwohl wir eigentlich einen Plan schmieden wollten, wie es weitergeht, sobald wir die Möglichkeit haben, mit Mnemosyne zu sprechen und wie unsere Reise nach Delphi aussehen wird. Bezüglich True haben wir uns auch noch nichts überlegt. Ich habe ihn heute lediglich kurz getroffen und er sagte mir, dass die

Titanen zu seinem Anliegen nach wie vor keine Entscheidung getroffen haben.

»Es ist ein wenig verrückt, dass wir morgen bereits aufbrechen müssen, oder?«

Ich nicke, schiebe den Kelch von mir und lehne mich auf der runden Bank, die im Inneren des Pavillons aufgebaut ist, zurück. »Der Palast der Titanen ist eine komplett andere Welt.«

»Du wirst Dark bald wiedersehen.«

Ich sauge meine Unterlippe zwischen meine Zähne. »Ja.« Ich frage mich, ob Hunter meine Gedanken lesen kann, weil mein Unterbewusstsein nur mit dieser einen Tatsache beschäftigt ist.

Ich bin meinem Sehnen so nah.

Ich bin so nah an meinem Ziel.

Eine Ewigkeit habe ich darauf gewartet. Doch seit unserer Begegnung auf der Lichtung in meinem Heimatdorf ... Es ist, als würde das größte Glück mit meinen schlimmsten Ängsten verschmelzen und zu einem Gefühl werden.

Ein Zischen ertönt und als wir aufblicken, erhellen bunte Lichter den Nachthimmel, die in einem Funkenregen in die Lagune fallen, bis das Wasser in schneller Abfolge die Farben wechselt. Hunter reicht mir seine Hand und gemeinsam treten wir an die Balustrade, lassen das Schauspiel schweigend auf uns wirken. »Ich bin ... traurig«, wispere ich nach einer Weile. »Dass unser Abenteuer fast zu Ende ist.« Ich schlucke und zerquetsche förmlich seine Finger. »Es macht mich unruhig, nicht zu wissen, was die Zukunft bringt.« Vielleicht ist es absurd, aber ich will nicht, dass Hunter mit nach Delphi – und in Zivas Nähe kommt.

»Das hier ist nicht das Ende«, antwortet Hunter schlicht.

»Auch wenn es dir in dieser Sekunde so erscheinen mag. Es wird ein Danach geben.«

Es ist, als wäre es gestern gewesen, dass Hale mir zu Beginn des Turniers im Sandpalast von der Vergangenheit der neuen Götter erzählte – und von Ziva. Ich spreche die Tatsache, dass es für Viridi kein Danach gab, nicht aus. Yasars Schwester hat ihren Planeten lieber zerstört, als die neuen Götter siegen zu lassen. Mich sorgt, dass mit der Erde dasselbe passieren könnte. Und ich verstehe Ava umso mehr, die verlangt hat, dass wir behutsam vorgehen müssen, um Ziva nicht aufzuschrecken.

»Ich hoffe, du behältst recht.« Ich bete zu jedem Stern am Nachthimmel, dass unsere Zukunft keine der Versionen ist, in welchen die Seherin uns scheitern sah. Meine Augen wandern wieder zu Hunter, als dieser sich räuspert. »Tut mir leid«, murmele ich verlegen, denn ich drücke seine Finger nach wie vor ein wenig zu fest.

Hunter grinst und legt einen Arm um mich, sodass ich meinen Hinterkopf an seine Schulter lehne, während wir uns wieder dem Funkenregen zuwenden. »Du hast mir nicht wehgetan. Deine Berührung ist für mich nicht stärker als die Bewegung eines Schmetterlingsflügels.«

Ich schnaube belustigt. »Unsinn.«

»Stimmt«, gibt Hunter zu. »Aber vor langer Zeit war es so.«

Ich schaue zu ihm auf und zum ersten Mal bemerke ich, dass seine Iriden bei Nacht dunkelgrün sind. Fesselnd. Verwirrend schön. Und aus einem Grund, den ich mir selbst nicht erklären kann, werde ich von Dankbarkeit durchströmt. Vielleicht, weil ich meine Antwort gefunden habe. »Mein Herz wird auch nie wieder jemanden so sehr lieben wie dich – auf diese ganz spezielle Weise«, wispere ich. Sanft lege ich meine

Hand an seine Brust und er zieht mich an sich, bis unsere Nasenspitzen sich berühren. Ich schließe die Lider, atme seinen herben Duft ein. In dieser Sekunde begreife ich, dass tatsächlich nichts falsch daran war, mein Herz an drei Männer zu vergeben. Hunter, Cato und Dark haben mich und mein Dasein geformt, mit mir die größten Hürden und Herausforderungen genommen. Durch sie habe ich erfahren, wie es ist zu lieben und geliebt zu werden. Sie alle haben mir das Kostbarste dieser Welt gezeigt. Und Cato hatte recht. Ich habe diese Reise gebraucht, um mir über einiges klar zu werden. Doch anders als er angedeutet hatte, muss ich das, was zwischen Hunter und mir ist, nicht weiter erforschen. Dark und ich haben schon viel durchgestanden, aber ich weiß nicht, ob wir uns davon erholen könnten, wenn ich mit Hunter zu weit gehen würde. Es ist etwas, das ich nicht riskieren will. Wir sind unsterblich, was bedeutet, dass unzählige Optionen existieren. Aber Dark ist mein Partner für dieses ewige Leben. Weil er derjenige ist, für den mein Herz in Flammen steht, der meine Seele schweben und meinen Körper brennen lässt. Daran ändert auch die Zeit nichts, die wir getrennt voneinander gewesen sind. Und es ist mir gleich, welche Karten das Schicksal uns für die Zukunft legt – denn ich habe ihn für mich ausgewählt.

Mit dem Handrücken wische ich meine Tränen fort, die ich nicht unterdrücken konnte, und gebe Hunter einen Kuss auf die Wange, bevor ich einen Schritt zurück mache, meine Finger um die Balustrade schlinge. »Danke ... für ... alles«, flüstere ich. »Danke, dass du in der Unterwelt mein Freund gewesen bist.« Meine freie Hand lege ich an das Schmetterlingsmedaillon. »Danke, dass du mir das hier geschenkt hast und ich deshalb stets ein Stück zu Hause bei mir trug. Danke, dass du für mich in den Hades zurückgekehrt bist.« Zitternd atme ich aus. »Danke, dass du Cato geholfen hast, als er mit Ladon ins Reich der Drakon kam. Danke, dass du mich nicht aufgegeben hast.«

Hunter schluckt schwer und seine Stimme klingt belegt. »Es wird niemals ein größeres Glück für mich existieren, als die Tatsache, dass Persephone an jenem Tag die Unwahrheit gesagt hat – und du noch hier bist. Ich war im Hades dein Freund und ich werde es auch in der Oberwelt sein. An jedem Ort dieser Erde. Daran ändert sich nichts.«

»Das macht mich unendlich froh«, gestehe ich und es stimmt. Ich bin erleichtert, dass sich an seiner Meinung nichts geändert hat. »Ich würde dich kein zweites Mal verlieren wollen.« Mit dem Fingernagel zeichne ich die Ornamente des Geländers nach. »Und ich weiß, dass du dein Herz irgendwann an eine Frau vergeben wirst ... auf eine ganz andere und besondere Weise.«

»Weshalb bist du dir da so sicher?«, hakt er amüsiert nach.

»Weil dir Freundschaft bei ihr nicht genügen wird.«

Hunter hebt eine Braue. »Wann bist du so weise geworden, Schmetterling?«

Ich blinzele ihm zu. »Ich weiß nicht, Drakonjunge.«

Thalia steht erwartungsvoll neben uns, während Hunter und ich auf der Bank des Pavillons sitzen und misstrauisch die braune Flüssigkeit beäugen, die sie in unsere Kelche gegossen hat. Unsere Aufgabe besteht darin, sie zu trinken. Laut der Muse wird sich eine Wirkung – auf die sie nicht näher eingehen wollte – entfalten, welche die gesamte Nacht anhält. In dieser Zeit wird sich Mnemosyne uns zeigen – oder auch nicht. Es liegt bei der Göttin der Erinnerung, ob sie sich dazu entscheidet, mit uns zu sprechen.

»Das ergibt keinen Sinn«, murmele ich Hunter zu.

»Ich glaube nicht, dass es Sinn ergeben muss«, raunt er zurück. »Es sind ihre Regeln und wir sind nur an dem Ergebnis interessiert.«

Ich seufze. Vermutlich ist das wahr. Wir müssen morgen aufbrechen, um rechtzeitig am vereinbarten Treffpunkt zu sein, und haben deshalb keine Zeit, die Aufgabenstellung der Musen zu hinterfragen.

»Wenn wir diese Flüssigkeit getrunken haben, müssen wir nichts weiter machen, außer darauf zu warten, dass eure Mutter sich uns zeigt«, fasse ich noch einmal zusammen. Klio, die Thalia begleitet, nickt eifrig. »Schön«, murmele ich und Hunter und ich nehmen gleichzeitig den Kelch in die Hand. Ohne zu zögern, kippe ich das Gebräu meine Kehle hinab. Ich schüttele mich, als könnte ich so den bitteren Geschmack loswerden.

Hunter runzelt seine Stirn, als Klio begeistert in die Hände klatscht. »Das wird ein Spaß.«

»Mhm«, bestätige ich und trinke Honigwasser nach, was die Sache nicht besser macht, weil meine Zunge taub wird.

»Was ist das für ein Todestrank?«, fragt Hunter, doch er erhält keine Antwort, weil die beiden Musen den Pavillon bereits verlassen haben und von der kleinen Steininsel aus auf eines der Ruderboote steigen.

»Vielleicht haben sie uns vergiftet«, überlege ich. Etwas zu heftig schlage ich mir gegen meine Stirn, ehe ich zu Hunter herumfahre. »Wir hätten jemanden vorkosten lassen sollen!«

Hunter, der ebenfalls mit Honigwasser nachgetrunken hat, knallt seinen Kelch neben sich auf die Bank. »Es ist noch schlimmer als sonst, als hätte ich Baumharz geschluckt!«

Probehalber strecke ich meine Zunge raus und kneife mit den Nägeln hinein. Sie kribbelt. Also ist sie nicht taub? Schwankend komme ich auf die Füße. Meine Kehle juckt und meine Augen brennen. Ich schreie, als ich falle und mich mit Händen und Knien abfangen muss, meine Zähne dabei aufeinanderprallen.

»Schmetterling?« Plötzlich ist Hunter direkt neben mir.

»Wir befinden uns über Kopf!«, verrate ich ihm. »Der Pavillon ist umgekippt.«

»Nein.« Hunter umfasst meine Oberarme und stellt mich wieder auf die Füße. Sogleich winde ich mich aus seinem Griff und schnappe mir einen der Kelche. »Was wird das?«

»Es juckt so sehr«, stöhne ich und kratze meinen Hals. Dann eile ich die Treppe hinunter, zwei Mal versuche ich den Nebel zu rufen, allerdings gehorcht er mir nicht.

»Ich denke nicht, dass du –«, setzt Hunter an, doch in der Sekunde habe ich mein Glas bereits eingetaucht und das Wasser der Lagune an meine Lippen geführt. Gierig stürze ich es hinab, bis der Drakon es mir aus meiner Hand reißt. Ich ziehe eine Grimasse, ehe ich an ihm vorbei in das kühle Nass renne. Allerdings ist es direkt so tief, dass ich untergehe. Ich reiße meine Augen auf, werde von schillernden Farben umringt und will in ihnen versinken. Fasziniert strecke ich meine Finger aus, möchte sie berühren. Doch irgendetwas packt mich am Mieder meines Kleides, zerrt mich zurück an die Oberfläche. Prustend lande ich auf einem Boot und streiche mein Haar zurück, das mir in die Stirn gefallen ist.

»Du!«, zische ich anklagend, als ich Herakles erblicke.

»Behalte ihren Begleiter im Auge«, weist er Iason an, der sich auf einem zweiten Boot befindet.

»Ich behalte meinen Begleiter selbst im Auge, vielen

Dank!«, fauche ich. »Hunter«, rufe ich dann meinem Freund zu, der gerade den ersten Schwimmzug nimmt. »Der Ozean ist gefährlich!«

»Flame, wir sind nicht im Meer, sondern in der Scheiß-Lagune.«

Kichernd halte ich eine Hand vor den Mund. »Du siehst so albern aus, wenn du schwimmst. Drakon sollten nicht schwimmen.« Ich stoße einen empörten Laut aus, als ich vom Bug weggezogen werde und unsanft auf dem Hintern lande. »Was wird das?«, zische ich Herakles an, als das Boot anfängt, viel zu schnell über das Wasser zu gleiten und das Holz kurz darauf gegen die steinerne Treppe stößt, die zu der weitläufigen Terrasse führt. Ich will mich aufrichten, doch meine Beine sind derart wackelig, dass ich sofort wieder zurücksinke. Ohne Vorwarnung hebt Herakles mich hoch und es ist das erste Mal seit sehr langer Zeit, dass mir beim Durch-den-Nebel-Gehen schwindelig wird.

Als ich die Lider aufschlage, befinde ich mich in einem fremden Raum. Der Untergrund, auf dem ich sitze, ist weich und ein seliges Lächeln umspielt meine Lippen. Allerdings dreht sich meine Umgebung und die Verzierungen und Ornamente, die ich erblicke, scheinen unablässig in Bewegung zu sein. Gleichzeitig beginne ich mit den Zähnen zu knirschen, ich weiß selbst nicht, wieso.

Kalt.

Vielleicht ist mir kalt.

»Ich sollte ein Feuer machen.« Ich drehe meine Handflächen nach oben und beschwöre meine Flammen.

»Oh, nein! Meine Gemächer steckst du nicht in Brand.« Mein Kopf ruckt nach oben und ich entdecke Herakles.

»Wo ist Hunter? Ich will zu ihm.« Ich versuche, mich zu

konzentrieren, doch meine Gedanken zerrinnen wie Sandkörner zwischen meinen Fingern.

»Lösch die Flammen«, fordert Herakles und ich verdrehe die Augen, ersticke mein Feuer und lasse stattdessen die Hitze in meinem Inneren aufsteigen, bis meine Haut und Kleidung getrocknet sind.

»Was nun?«, fordere ich und verschränke meine Arme vor der Brust. Ich verstehe einfach nicht, weshalb der Raum nicht stillstehen will. Noch dazu sind die Farben derart grell, dass ich immer wieder blinzeln muss, um sie ertragen zu können. Für einen winzigen Moment war da diese unbeschreibliche Euphorie, doch jetzt werde ich von einer unsichtbaren Schwere niedergedrückt. Ich kann dem Helden, der offenbar einen Groll gegen mich hegt, nicht entkommen.

»Nun werde ich deine Lügen aufdecken«, erwidert Herakles.

Danach prasseln Fragen auf mich ein und mein Mund bewegt sich, gibt Antworten, obwohl ich es überhaupt nicht will. Die Worte gehorchen mir nicht, fließen wie ein unaufhaltsamer Strom aus mir heraus, bis Schwärze das Bunte und das Laute ersetzt.

»Ich schätze, die Dosis ist zu hoch für sie gewesen«, höre ich eine verwaschene Stimme wie aus weiter Ferne. Ich stöhne leise, weil mein Körper hin und her schaukelt, als würde ich noch immer in der Lagune treiben.

Jemand rüttelt an meiner Schulter und ein würgendes Geräusch dringt aus meiner Kehle, da ich nach wie vor das bittere Aroma der braunen Flüssigkeit auf meiner Zunge schmecke.

»Flame.« Erneut werde ich geschüttelt, dieses Mal heftiger. Mein Hinterkopf schlägt dabei gegen etwas Hartes, was dafür sorgt, dass ich die Augen aufreiße. Trues Gesicht ist direkt vor meinem und ich erschrecke so sehr, dass er eine Hand auf meine Lippen pressen muss, um meinen Schrei zu unterdrücken. »Psssst!«, zischt er mich an. Reflexartig winde ich mich und rutsche auf der Chaiselongue zurück, kralle meine Nägel in die trügerisch weichen Polster. Mein Blick huscht wild umher, während ich mein Bestes gebe, das Chaos in meinem Inneren zu besänftigen.

»Was ist passiert?« Hinter meinen Schläfen pocht es so heftig, als würde ein Zyklop mit einer Axt auf mich einschlagen. Ich spüre, wie saure Galle in meinem Hals aufsteigt und schlucke mehrmals, weil mich zu übergeben ungefähr das Letzte ist, was ich in dieser Sekunde will.

»Wir müssen uns beeilen. Ich erkläre dir alles auf dem Weg«, drängt True. Er zieht das Laken zurück, das mich bedeckt hat. Ich trage nach wie vor mein Abendkleid und als ich mich erheben will, verheddere ich mich im Saum und stolpere in Trues Arme. Er stabilisiert mich und legt dann eine Hand an meinen Rücken, scheucht mich durch den fremden Empfangsbereich nach draußen in den Flur.

»Rede«, bringe ich hervor, während ich noch immer mit der Übelkeit und den Kopfschmerzen ringe.

True schaut nach links und rechts, ehe er mich weiterzerrt. »Thalia hat Hunter und dir ein Rauschgift verabreicht, das deine Zunge gelockert hat.«

Mein Herz sackt mir in die Magengrube. »Was habe ich erzählt?«

Er sieht mich verletzt an. »Dass du Mnemosyne nicht für dich willst, sondern für die Unterstützung der neuen Götter gegen Ziva. Auch wenn ich nicht begreife, inwiefern genau euch diese Titanin helfen soll.«

Ich atme flach durch die Nase ein und aus, Erleichterung wallt in mir auf. Bedeutet das, dass ich nichts über die Urgegenstände verraten habe? Und macht das jetzt überhaupt noch einen Unterschied? »Wo ist Herakles? Und was ist mit Hunter?«

»Herakles führt eine Unterredung mit Helios, Selene und Eos«, erwidert True. »Hunter habe ich zuletzt an der Lagune gesehen, wo er seinen Rausch ausschläft.«

»Ich muss zu ihm«, fordere ich.

True umfasst meinen Arm noch fester. »Nein. Ich bringe dich sofort hier raus. Das ist womöglich deine einzige Chance.« Ich runzele die Stirn. Obwohl ich mich nicht in der besten Lage befinde, dramatisiert er die Situation in meinen Augen. Schließlich hatte ich nicht vor, irgendeinem Bewohner Othrys' zu schaden.

Wir eilen an einer Reihe von Gemälden vorbei, die mir fremde Götter zeigen. »Kerberos darf ich auch nicht zurücklassen«, zähle ich einen weiteren Grund auf, aus dem ich nicht derart überstürzt aufbrechen kann. »Und wir haben Mnemosyne nicht gefunden.«

»Ich kümmere mich um Hunter und Kerberos. Wir werden schnellstmöglich nachkommen. Was Mnemosyne betrifft, kann ich allerdings nichts versprechen. Wer weiß, ob sie wirklich noch am Leben ist, oder es lediglich eine Lüge der Titanen war, damit ihr bleibt und sie ein wenig Unterhaltung haben.« True lotst mich in eine Nische, wo sich zu meiner Überraschung eine versteckte Tür offenbart. »Wenn du den Palast der Titanen über das Wasser verlässt, wird Helios davon erfahren. Dieser Weg bringt uns zu einem geheimen Ausgang, der magisch nicht überwacht wird. Das ist deine Chance.«

True geht voran, weil die Treppe, die wir hinablaufen, derart schmal ist. In der Luft liegt ein modriger Geruch und an den Wänden wächst Moos. In dieser Sekunde fühlt es sich an, als hätte ich eine andere Welt betreten, weil die neue Umgebung das komplette Gegenteil des Prunkes ist. Schließlich gelangen wir in ein Kellergewölbe, das von Fackeln erleuchtet wird. Der Gott der Wahrheit dreht sich zu mir und ich bleibe stehen. Er streckt einen Arm nach mir aus. »Verabschiede dich von mir, kleines Flämmchen.«

Ich mache einen Schritt auf ihn zu, erkenne das Aufblitzen von Metall, kurz bevor wir einander berühren. Ich spüre, wie die Klinge mich streift, doch einen Wimpernschlag später bin ich hinter ihm, stoße ihn zu Boden und verdrehe seine Arme hinter seinem Rücken, sodass der Dolch klappernd aus seiner Hand fällt. Mit der Fußspitze kicke ich ihn weg, halte True weiterhin fest. »Hallo, Ziva«, zische ich. »Oder sollte ich besser sagen: Kiana? Wolltest du alte Erinnerungen wieder aufleben lassen?«

True windet sich unter mir, aber ich ramme mein Knie mit voller Wucht zwischen seine Schulterblätter, sodass er stöhnt. »Sie ist nicht hier«, bringt er schadenfroh hervor.

»Sie ist in deinem Kopf.«

»Was hat mich verraten?«, knurrt er.

»Sie hat dich auf dem Neuen Olymp gekriegt, oder? Yasar hat dich zu deinem Schutz dorthin geschickt, doch sie hat dich gefunden. Imperium an dir benutzt.« Nebel steigt auf und ich presse meine erhitzte Handinnenfläche gegen ihn. »Ich bin schneller als du. Ich würde dir dein Herz herausbrennen, bevor du dich auflöst.«

»Ich bin dein Freund.« Sein Körper bebt, als er zu weinen beginnt.

»Nein«, sage ich kalt. »Du bist nicht True. Nicht wirklich. Denn True würde Yasar niemals betrügen. True ist loyal. Er hätte nicht versprochen, Dark gegenüber zu schweigen, sollte ich mich mit Hunter vergnügen. True ist nicht egoistisch und schon gar nicht gehässig.« Aber da waren noch andere Dinge, die einfach nicht aufgegangen sind – genau wie damals bei Kiana. Er wollte, dass ich nach Delphi reise, um Dark und die anderen zu unterstützen, dann drängte er mich, etwas mit Hunter anzufangen. Denn einerseits will Ziva einen Keil zwischen den Gott der Finsternis und mich treiben, aber noch viel mehr will sie, dass ich zum Mittelpunkt der Erde komme, damit sie mit mir spielen kann. Weshalb sie allerdings versucht hat, mir einen Dolch in den Bauch zu rammen ... dafür habe ich keine Erklärung. Möglicherweise hat sie nach dem Verhör mit Herakles – das sie ganz offensichtlich belauscht hat – Angst bekommen, dass ich mit Mnemosyne einen größeren Plan verfolge und wollte mich aus dem Weg schaffen. Oder sie konnte ihr Geheimnis nicht mehr ertragen – genau wie Kiana. Ziva war so lange unsichtbar, dass in ihr das unbändige Verlangen existiert, sich zu zeigen. Vermutlich hat sie gehofft, denselben Schock und dieselbe Furcht wie in der Vergangenheit an der Klippe bei der sechsten Aufgabe des Turniers in meinem Blick zu entdecken.

»Du hattest nicht vor, die Titanen, Götter und Helden für uns zu gewinnen. Du wolltest sie überzeugen, Ziva zu folgen.«

True lacht, doch es ist nicht vertraut, sondern ein irres Gackern. »Ich bin überall. Und ihr seid zu spät. Ihr könnt mich nicht mehr aufhalten.«

Ich ramme das stumpfe Ende der Fackel, die ich aus der Halterung an der Wand genommen habe, mit voller Wucht gegen Trues Hinterkopf. Sofort erstirbt das Lachen. »Das werden wir ja noch sehen«, flüstere ich. Ich drehe ihn um, schiebe meine Arme unter seine Achselhöhlen und rufe den Nebel. Leider schaffe ich es lediglich bis vor die Tür, die in den Keller führt. Meine Kräfte scheinen von Thalias Trank nach wie vor beeinträchtigt zu werden.

»Nicht magisch überwachter Ausgang«, murmele ich, während ich ihn über den Flur schleife. Das ist die schlechteste Ausrede, die ich jemals gehört habe. Fast glaube ich, dass Ziva sich ihrer Überlegenheit ein wenig zu sicher ist.

»Flame!« Ich lasse True los und wirbele herum. Hunter, Iason und Herakles kommen mir vom Ende des Korridors entgegen. Kerberos ist ihnen dicht auf den Fersen. Okay, offenbar muss Hunter keinen Rausch ausschlafen.

Seine Iriden wandern von True zu mir, als er direkt vor mir stoppt. Ich aber schaue zu Herakles. »Feinde oder keine Feinde?«, erkundige ich mich misstrauisch.

Der Held verdreht die Augen. »Keine Feinde.«

»Freut mich, dass das Verhör zu deiner Zufriedenheit verlaufen ist.«

Er streicht eine Strähne seines blonden Haars zurück. »Sei keine Mimose.«

Ich schnaube. »Sei du froh, dass ich meine Flammen nicht auf dich loslasse.«

»Jetzt beruhigen wir uns erst einmal«, geht Iason dazwischen. »Was ist hier passiert?«

»Du warst ein wenig länger außer Gefecht gesetzt als ich«, antwortet Hunter auf meinen fragenden Gesichtsausdruck.

»Es ist eher so, dass er die Treppe außer Gefecht gesetzt hat«, brummt Iason.

»Was?«

Hunter seufzt. »Sie wissen, dass ich ein Drakon bin. Ich habe mich gewandelt und dabei ... nun ja. Den Palast ein wenig beschädigt.« Er wendet sich an die beiden Argonauten. »Das passiert, wenn man mir eine Substanz verabreicht, die meinen Sinnen Streiche spielt.«

Ein Lächeln zupft an meinen Mundwinkeln, als ich sehe, dass die Helden einen Sicherheitsabstand zu ihm einhalten. Wut strahlt von Hunter ab und seine verformten Pupillen verdeutlichen, dass er nach wie vor um Beherrschung ringt. »Bist du in Ordnung?«, raunt er mir zu. Ich nicke knapp und seine Aufmerksamkeit richtet sich erneut auf den Gott der Wahrheit, der nach wie vor ohnmächtig ist. »Du hast ziemlich viel geredet unter Einfluss dessen, was Thalia uns verabreicht hat. Wir kommen gerade von einem Gespräch mit Helios. Es hätte keinen Sinn gemacht ...«

»Weiter zu lügen?«, beende ich seinen Satz. »Ich verstehe schon.«

»True sollte auf dich aufpassen, während wir weg waren«, erklärt Iason. Er mustert mich entschuldigend. »Es tut mir aufrichtig leid, dass wir zu dieser Methode greifen mussten, aber es ist unsere Aufgabe, für Othrys' Sicherheit zu sorgen.«

Ich bin verärgert, weniger wegen dem, was sie getan haben, sondern vielmehr, weil ich so unaufmerksam war. Ich habe diese Flüssigkeit zu mir genommen, ohne daran zu denken, dass etwas Derartiges das Ergebnis sein könnte. Wir waren nicht aufrichtig, warum also sollten sie es sein?

»Nun«, sage ich gedehnt, »da ihr gänzlich in die Situation eingeweiht seid ... True steht unter Imperiums Kontrolle.«

»WAS?«, ruft Hunter und schiebt mich sofort hinter sich, als würde der Gott der Wahrheit jeden Moment aufspringen und mich angreifen. Am Rande bekomme ich mit, wie Herakles und Iason einige gemurmelte Worte wechseln.

»Sie ist überall«, wiederhole ich Zivas – oder Trues – Aussage.

Hunter schüttelt fassungslos den Kopf. »Bei allen Höllentoren.«

»Das einzig Positive ist, dass sie keine Ahnung hat, dass wir Mnemosyne brauchen, um Imperiums Macht zu brechen und jene zu schützen, deren Geist er gefangen hat.« Etwas Nasses berührt meinen Unterarm. »Urgs«, lache ich und streichele Kerberos' linken Kopf.

»Ich bringe True zu Helios«, informiert uns Herakles. »In seinen Gemächern gibt es einen Raum, aus dem er nicht entkommen kann, sobald er aufwacht.«

Mein Blick fällt auf das sommersprossige Gesicht und die geschlossenen Lider. Scham überkommt mich, bei der Erinnerung, dass ich gedroht habe, ihm sein Herz herauszubrennen. Schließlich ist das nach wie vor ... True. »Tut ihm nicht weh«, bitte ich deshalb. »Auch wenn sie aus ihm spricht. Sie hat ein Talent dafür, einem unter die Haut zu kriechen. Auf die schlechte Art und Weise.«

»Verstanden«, bestätigt Herakles, bevor er mit dem Gott der Wahrheit verschwindet.

»In eure Gemächer?«, fragt Iason und ehe ich antworten kann, hat er Hunter und mir bereits eine Hand auf die Schulter gelegt. Einen Wimpernschlag später befinden wir uns in unseren Räumlichkeiten. »Ich warte draußen«, sagt er und entfernt sich.

Hunter nimmt meine Hand, zieht mich in Richtung Badezimmer und schiebt mich hinein. Er selbst bleibt vor der Schwelle stehen und lehnt die Tür an. »Du machst dich frisch und ich packe ein paar Sachen für dich zusammen.«

»Wieso –«

»Du musst abreisen, Schmetterling. Sonst erreichst du nicht rechtzeitig den Treffpunkt.«

Ich bin wie erstarrt. »Warum klingt es so, als würde ich ohne dich aufbrechen, Drakonjunge? Außerdem haben wir Mnemosyne nicht gefunden.« Verflucht. Das ist ... ganz großer Zyklopenmist. Wir haben es nicht geschafft. Übelkeit steigt in mir auf, bei der Vorstellung, dass Dark und ... und all die anderen ... dass wir sie nicht von Imperium befreien können.

»Flame.« Hunters Stimme hat einen warnenden Unterton angenommen, der mir klarmacht, dass ich jetzt nicht die Nerven verlieren darf und der dafür sorgt, dass ich mich wie ferngesteuert in Bewegung setze, mein Kleid abstreife und in die Wanne steige. Ich drehe das Wasser auf und beginne, mich mit einem Stück Seife und einer Bürste abzuschrubben. Die Borsten hinterlassen rote wütende Male auf meiner Haut.

»Kerberos wird dich begleiten.« Hunter klingt nun gedämpft und ich höre seine Schritte, weil er vermutlich gerade dabei ist, meine Sachen zusammenzusuchen.

»Aber ich kann nicht mit ihm durch den Nebel gehen«, halte ich dagegen.

»Du bist noch geschwächt«, erwidert Hunter. »Du kannst anfangs auf ihm reiten und sobald du wieder ausreichend bei Kräften bist, den Großteil der Strecke durch den Nebel gehen. Wir haben ja die Erfahrung gemacht, dass Kerberos dich in der Unterwelt und auf der Erde aufspüren kann. Er wird dir folgen. Und auch ich werde nachkommen.«

Langsam lasse ich die Seife sinken. »Was verschweigst du mir?«

Während ich aus der Wanne klettere und meinen Körper in ein Handtuch hülle, herrscht Schweigen. Obwohl ich noch immer tropfe, laufe ich ins Schlafgemach und setze mich aufs Bett, starre Hunter abwartend an, der mir einen Kleiderhaufen zuschiebt und sich abwendet.

»Der Rausch war Täuschung und bringt dich nicht ans Ziel. Die Suche endet, wo du bereits gewesen bist.«

Mühselig zwänge ich mich in die Hose, doch das Leder klebt widerspenstig an meiner nassen Haut. »Von wem sind diese Zeilen?«

»In der Nacht, als wir die Blume aus Eis beschaffen wollten und ich mich verirrt habe, bin ich einer Frau begegnet ...«

In meiner Bewegung halte ich inne. »Das hast du nicht erwähnt.«

»Es war ein ziemlich seltsames Treffen, das ich lieber vergessen wollte. Aber jetzt ergibt es Sinn. Ich glaube, dass es Mnemosyne war. Sie hat in der Gegenwart mit mir gesprochen, als wären ihre Worte eine Erinnerung. Die Vergangenheit.«

Ich streife mir zuerst das Shirt und dann das schwarze Cape über. »Dann komme ich mit dir. Es ist genügend Zeit, um –«

Hunter dreht sich zu mir und reicht mir ein Paar Stiefel. »Nein, ist es nicht. Und das wissen wir beide. Außerdem gibt es womöglich einen Grund, weshalb sie sich bloß mir gezeigt hat.«

Ich schlüpfe in die Schuhe und schnüre sie zu. »Das gefällt mir nicht. Was ist, wenn die Titanen dich aufhalten?« Es wundert mich auch deshalb, weil ich annahm, Mnemosyne sei Männern gegenüber scheu.

»Ich habe mit Helios, Iason und Herakles gesprochen. Sie sind auf unserer Seite. Sie waren schockiert von Zivas Machenschaften. Vertrau mir, sie haben kein Interesse daran, von einem Ring unterworfen zu werden. Und sie wollen auch nicht, dass Ziva die Herrschaft an sich reißt und Zerstörungen wie auf Viridi herbeiführt.«

»Ich vertraue dir, aber nicht ihnen«, erwidere ich stur und erhebe mich.

»Und trotzdem musst du gehen«, hält Hunter dagegen.

»Vielleicht wirst du den Weg nach Delphi nicht finden.«

Hunter lächelt, streckt seinen Arm aus und streicht mit dem Daumen über meine Wange. »Iason und Herakles haben bereits zugestimmt, mich zu begleiten.«

Ich schmiege meine Wange an die Innenfläche seiner Hand. »Warum?«

»Angeblich, weil sie Helden sind. Aber die Wahrheit ist, dass sie schon immer mal auf einem Drakon fliegen wollten.« Ich erkenne genau, dass er Unsinn redet, belasse es jedoch dabei. Scheinbar haben sich zu viele Dinge ereignet, während ich von dieser verdammten Substanz berauscht war.

»Wie lautet die Regel?«, fragt Hunter.

Instinktiv wandern meine Finger zu dem Schmetterlingsmedaillon. »Wer sich umdreht, wird gefangen. Ich bin schneller, wenn ich nicht zurückblicke.«

Kapitel 25

BIS WIR NUR NOCH GEISTER SIND

FLAME

Ich verziehe das Gesicht, als ich in dem Wald vor Delphi lande und ein Ast unter meinen Stiefelsohlen knackt. »Anfängerfehler«, sagt eine Stimme rechts von mir und ich zucke heftig zusammen. Zwei Arme schlingen sich von hinten um mich. »Hab dich!«, lässt eine weitere Stimme verlauten.

»Jungs«, stöhnt eine dritte.

Mein Herz, das für einige Sekunden stehen geblieben ist, stolpert unbeholfen weiter und ich atme erleichtert auf, als mein Sichtfeld sich schärft.

»Hi«, wispere ich in die Runde und befreie mich aus Catos Griff.

»So langsam solltest du die Sache mit dem Durch-den-Nebel-Gehen aber drauf haben«, zieht Apollo mich weiter auf.

»Ich habe es drauf«, zische ich. »Schließlich bin ich direkt neben euch gelandet.«

»Da hat sie recht«, mischt Cato sich ein.

»Hi, Ava«, grüße ich die Seherin, die mir lächelnd zuwinkt.

Kurz nehme ich unsere Umgebung in mich auf. In unserem Rücken erheben sich mächtige Bäume, die beinahe bis in den Himmel reichen, vor uns befinden sich mit Frost überzogene Büsche, dahinter setzt sich der Wald fort. Cato steht mittlerweile neben mir, Apollo lehnt an einem Stamm und Ava hockt vor dem Gebüsch und scheint etwas durch ein Fernrohr zu beobachten.

»Wo sind Hunter und die Göttin der Erinnerung – Mnemosowieso?«, fragt Cato und die Seherin wirbelt zu uns herum, als würde sie erst jetzt bemerken, dass ich allein bin.

Ich schlucke und meine Schultern sacken hinab, während ich für meine Freunde zusammenfasse, was sich im Palast der Titanen zugetragen hat. Im Gegensatz zu mir waren sie erfolgreich. Sie haben Votum aufgespürt und Cato hat sogar einen gewissen Pars – Zivas Leibwächter – getötet, was laut Ava eine gute Sache ist.

Cato reibt sich über seine Brust und grinst mich verschmitzt an. »Weißt du, es ist wirklich ein richtig gutes Gefühl, seinen Auftrag zu erfüllen, seinen Beitrag zu leisten ...«

»Wir sind ein Team«, weist Ava ihn zurecht. »Entweder gewinnen wir gemeinsam – oder verlieren alle.«

Apollo brummt zustimmend. »Noch ist die Hoffnung nicht verloren.« Er zwickt sich in seinen Nasenrücken. »Ich kann nicht fassen, dass True diesem verfluchten Ring zum Opfer gefallen ist ...«

Bedrückt nicke ich, kann einfach nicht abschütteln, dass ich gegen ihn gekämpft habe, als wäre er mein Feind. Ohne Vorwarnung ertönt ein noch lauteres Knacken als bei meiner Ankunft und Kerberos taucht zu meiner Linken auf. Ich lache leise, als die anderen heftig erschrecken, ehe ich den Höllenhund lobe und einen Kuss auf seine mittlere Stirn gebe.

»Warum lobst du ihn, wenn er den Lärm von zehn Zyklopen veranstaltet?«, beschwert Apollo sich.

»Er ist mir gefolgt, wie wir es besprochen haben«, erkläre ich.

»Du triffst Absprachen mit einem Hund, klar«, murmelt

Apollo und erhebt sich. »Ich muss mir kurz die Beine vertreten«, lässt er uns wissen und stapft davon.

»Er vermisst Phoibe«, sagt Ava entschuldigend und kramt aus ihrem Rucksack Pergamentrollen, eine Feder sowie ein Tintenfass und eine Decke hervor. Cato und ich tauschen einen Blick und er deutet mit einer Bewegung seines Kinns an, dass wir ebenfalls ein paar Schritte gehen. Trotzdem lässt er Ava dabei keine Sekunde lang aus den Augen.

»Gibt es hier keine Patrouille?«, hake ich nach.

»Nein. Wir sind seit gestern hier. Ziva scheint sich ihrer Position ziemlich sicher zu sein.«

Mit schräg gelegtem Kopf mustere ich seine Hand und seinen Unterarm, schnipse gegen die schwarz gefärbte Haut, die aussieht wie verbrannte Rinde. Er hat mir erklärt, wie es zustande gekommen ist und wirkt beinahe ... sorglos. Mich hingegen überkommt dabei ein mulmiges Gefühl.

»Mir geht es gut«, versichert Cato. »Wen stört schon das kleine bisschen Totenwald?«

»Na schön«, stoße ich aus und beobachte, wie Ava die Schultern hochzieht, weil Kerberos' Sabber in ihren Nacken tropft. »Wie gehen wir jetzt vor?«

»War dieser Stoff schon immer so kratzig?«, frage ich und winde mich unter den krausen Fasern des Hemdes, welches ich trage.

»Die Zeit mit den Göttern hat dich zu sehr verwöhnt«, erwidert Cato, der ebenfalls in Menschenkleidung gehüllt ist. Laut Ava eröffnet Ziva heute die Kämpfe im Kolosseum und Cato und ich sollen uns einschleichen, die aktuelle Lage auskundschaften. Außerdem hoffen wir auf Hunters baldige Ankunft und ich bete zu den Sternen, dass er das letzte Stück nicht in Drakongestalt zurücklegt. Schließlich ist es unmöglich, ein derart riesiges Geschöpf mit Schuppen in der Farbe von Feuerachat zu übersehen.

»Zieh den Hut noch ein wenig tiefer ins Gesicht, dann erkennt man deine Augen nicht«, empfiehlt Cato mir und ich folge seiner Anweisung. Meine Haare werden ebenfalls komplett von der Kopfbedeckung verborgen.

Apollo, der sich wieder zu uns gesellt hat, versucht sein Lachen mit einem Husten zu kaschieren. »Ja, ich weiß, dass ich wie ein kleiner Junge aussehe, vielen Dank auch.«

»Ihr müsst los«, lenkt Ava meine Aufmerksamkeit auf sich. Ihr Blick huscht unstet umher und es ist deutlich, dass sie zwar neben uns steht, aber nicht ganz bei uns ist. Rasch drücke ich Apollo an mich und tätschele über Kerberos' Nüstern. Zu meiner Überraschung zieht Cato die Seherin an sich und presst seine Lippen auf ihre.

»Oh, okay.« Ich wende mich an Apollo und wackele vielsagend mit den Brauen, eine Geste, mit der Prom auf mich abgefärbt hat. »Was habe ich verpasst?«

Der Gott der Heilung seufzt schwer. »Glaub mir, das ist noch gar nichts.«

Nach einer sehr ... äh ... intensiven Verabschiedung, die gemäß Apollo gar nichts ist und dafür sorgt, dass Cato und Ava sich im Nachhinein mehrere Minuten Händchen haltend und mit verklärtem Gesichtsausdruck gegenüberstehen, tippe ich dem Halbgott auf die Schulter. Äußerst widerwillig wendet er sich mir zu. Ich werfe Ava einen entschuldigenden Blick zu, ehe ich Cato und mich durch den Nebel bringe. Wir landen am Rand des Waldes, dieses Mal geräuschlos.

»Du musst nicht mitkommen. Noch kannst du umdrehen«,

biete ich ihm an. »Ich kann verstehen, dass du nicht von Ava getrennt sein willst.«

»Red' keinen Unsinn.«

Seufzend rücke ich meinen Hut zurecht. Im Prinzip gibt es keinen triftigen Grund für ihn, mitzukommen, aber Ava war der Meinung, dass ein Paar weniger auffällt. Hinter vorgehaltener Hand hat sie mir außerdem verraten, dass sie Apollo nicht schicken kann, weil Phoibe ebenfalls in Zivas Fängen ist und dieser die Nerven verlieren würde, sobald er sie sieht.

»Los«, raunt Cato in dieser Sekunde. Gleichzeitig treten wir zwischen den Bäumen hervor, verschmelzen mit den Menschen, die als Nachzügler Delphi erreichen, um das von Ziva angekündigte Spektakel mitzuerleben. Ihr Stimmengewirr klingt aufgeregt – elektrisiert –, als könnten sie es kaum erwarten. Ich verstehe es, schließlich haben Ziva und ihre Untertanen ihnen weisgemacht, dass die neuen Götter schlecht sind, ein Dasein in Saus und Braus führten, während die einfache Bevölkerung hungerte und den Auswirkungen der Hitze zum Opfer fiel. Ich selbst habe es jahrelang geglaubt. Denn die Menschen sind nichts weiter als Bauern in Zivas Spiel. Und trotzdem empfinde ich in dieser Sekunde Wut. Denn Dark, Hale, Yasar, True, Lost und Dream ... sie haben unfassbar viel geopfert. Wir alle haben alles von uns gegeben, um die Erde zu retten. Tun es nach wie vor. Und kaum jemand sieht es.

Noch einmal rücke ich meinen Hut zurecht, ehe wir der Masse durch ein Tor folgen, das von einer Mauer eingefasst wird, welche den Mittelpunkt der Erde umschließt.

»Auf ein letztes Abenteuer, Rabenmädchen?«, raunt Cato mir zu und nimmt meine Hand.

Ich neige leicht den Kopf, um ihn anzuschauen. Denke an die Nächte, die wir vor unserer Höhle verbracht haben, und an die Momente, in denen er auf seine Art die Zeit für mich angehalten hat. Ich schenke ihm ein Lächeln voller Zuversicht, auch wenn mein Herz sich dabei schwer anfühlt. »Bis wir nur noch Geister sind.«

CATO

Es ist unbestreitbar, dass Delphi sich verändert hat. Es besteht nicht länger aus halb zerfallenen Steinen, sondern erhebt sich majestätisch, als würde es seine Wiedergeburt feiern. Die gesamte Umgebung wird von einem überirdisch goldenen – verheißungsvollen – Schimmer überzogen und trotzdem liegt der Geschmack von etwas Dunklem auf meiner Zunge. Ein dumpfes Pochen breitet sich hinter meinen Schläfen aus, weil es am Rande meines Sichtfeldes flackert. Als würde mein Unterbewusstsein spüren, dass dieser Ort nur Täuschung ist. Als würde die Gier, welche dieser Beschwörung zugrunde lag, sich auch an mir und meinen Sinnen laben. Denn obwohl exotische Pflanzen den Wegesrand säumen, dringt kein Geruch in meine Nase und als ich mit meiner gesunden Hand über eines der Blätter streiche, werden meine Fingerspitzen taub.

»Das war einfacher als gedacht«, flüstert Flame mir kaum hörbar zu. Und sie hat recht. Lediglich hinter dem Tor standen zu beiden Seiten Wachen, die uns zwar gemustert, sich jedoch ansonsten kaum um uns geschert haben. Aber den Geräuschen nach zu urteilen, die von den Rängen des Kolosseums zu uns dringen, sind die Menschen in den vergangenen Wochen und Tagen derart zahlreich eingeströmt, dass sie von der Ankunft der Nachzügler unbeeindruckt sind.

Eine Frau in einem langen Gewand führt unsere Gruppe

eine Allee entlang, vorbei an Bäumen, die gläserne Äste tragen. In der Ferne kann ich den Palast erkennen, dessen Türme und Balkone mit grünen Edelsteinen besetzt sind. Südlich davon befindet sich Avas Tempel und im Westen erinnern verschiedene Bauten an eine Stadt. Doch am höchsten ragt die Arena auf. Ich kann das, was ich vor mir sehe, kaum mit der Erinnerung vereinen, die ich von Ladon und dem Omphalos hatte. Das Kolosseum war zu dieser Zeit nichts weiter als ein Skelett, man konnte bis in die Katakomben schauen. Was mich außerdem irritiert sind die Tiere – Rehe, Hirsche, Pferde und Hasen, die auf den parkähnlichen Anlagen grasen und irgendwie fremd an diesem Ort erscheinen. Doch Ava hat berichtet, dass Artemis, die Göttin der Jagd, zu Zivas Gefolgschaft zählt.

Unser Marsch dauert eine halbe Ewigkeit, bis wir den Fuß des Kolosseums erreichen. Zivas Untertanen, die sich äußerlich tatsächlich von den Erdbewohnern unterscheiden, schillernde Haarfarben und funkelnde Iriden haben, die den Eindruck machen, als wären sie der Farbpalette eines Künstlers entsprungen, lotsen uns durch die Rundbögen. Ich umfasse Flames Hand noch ein wenig fester und mache mich an den Aufstieg der Treppe, die zu dem uns zugewiesenen Aufgang führt. Ungeachtet der Kälte läuft Schweiß meinen Hals hinab und als ich bereits glaube, überhaupt nicht mehr anzukommen, biegen wir nach rechts ab. Auf der linken Seite kann man durch die Öffnungen nach unten blicken – und ja, es ist verdammt hoch –, auf der rechten Seite hingegen sieht man die Rückseite der Ränge wie Gipsabdrücke. Wir nehmen eine weitere Abzweigung, durchqueren einen schmalen Gang und dann – endlich – breitet sich das Innere des Kolosseums vor uns aus. Flame zieht mich vorwärts zu zwei freien

Plätzen in der ersten Reihe. Bloß ein schmales goldenes Geländer trennt uns von dem Abgrund, was mir nicht behagt. Von außen wirkte es bereits riesig, aber mittendrin zu sein ... Ich zweifle nicht daran, dass Zehntausende Zuschauer hier reinpassen. Wir sitzen im dritten Rang, nach unserem kommen noch vier weitere.

»Es ist absurd«, murmele ich Flame zu.

»Ich verstehe Zivas Sicherheitssystem nicht«, gibt sie zurück. »Denkst du, dass sie bereits weiß, dass wir ...«, sie schaut suchend über die Schulter, »da sind?«

Leicht schüttele ich den Kopf. »Das bezweifele ich. Aber durch den Ring hat sie ihre Augen und Ohren überall. Vermutlich ist sie der Meinung, dass ihr auf lange Sicht nichts und niemand entgehen kann. Die Gegenstände sowie ihr Gefolge sorgen dafür, dass sie quasi unantastbar ist.«

Flame saugt ihre Unterlippe zwischen die Zähne und ich lege eine Hand auf ihr Knie, als sie anfängt, mit ihrer Stiefelspitze auf den Boden zu tappen. »Alles wird gut«, sage ich zu ihrer – und auch zu meiner – Beruhigung. Dabei versuche ich die Tatsache zu verdrängen, dass Mnemo-ich-kann-ihren-Namen-weder-aussprechen-noch-denken nicht da ist, ebenso wenig wie derjenige, der laut Ava von Yasar beauftragt wurde, die Waffe zu beschaffen, mit der die Gegenstände zerstört werden können.

Ich lasse meinen Blick über die Tribüne wandern und entdecke gegenüber von uns, jedoch im höchsten Rang, eine separate Loge, unter welcher sechs verschiedene Wappen hängen, die mir fremd sind. In der Mitte steht ein Thron, um ihn herum sind gewöhnliche Sitzplätze angeordnet. Bisher ist jeder von ihnen leer und ich frage mich, wann das Spektakel anfangen wird.

Ich fahre hoch, als sich ein spitzer Ellenbogen in meine Rippen bohrt. »Autsch!«

»Unfassbar, dass du eingeschlafen bist!« Flames Fingernägel krallen sich durch den kratzigen Stoff meines Hemdes so fest in meine Haut, dass es mich all meine Selbstbeherrschung kostet, nicht zusammenzuzucken.

»Sie hat uns Stunden warten lassen.«

Flame schnaubt leise. »Nun, sie hält sich für eine Königin. Und sie hat ihren Thron eingenommen.«

Sofort schnellt mein Blick zu der Loge, die nicht mehr leer ist. Mir ist auch klar, dass Flame nicht wegen Ziva derart heftig reagiert. Sondern aufgrund des dunklen Gotts, der hinter der selbst ernannten Königin steht und seine Hände auf der vergoldeten Lehne des Throns abgelegt hat. Die Entfernung ist zu groß, weshalb ich seinen Gesichtsausdruck nicht erkennen kann, doch seine Haltung ist starr.

»Ich begreife nicht, warum sie die Menschen, die nach Delphi kommen, nicht ebenfalls unter die Kontrolle von Imperium bringt«, wispert Flame in mein Ohr.

Mit der Faust reibe ich mir über mein Kinn. »Vielleicht wäre es zu viel.« Noch einmal mustere ich die gesamte Tribüne. »Möglicherweise entzieht sich das sogar ihrer Macht. Noch dazu – wie du vorhin schon sagtest – hat sie ihr Spinnennetz bereits vor einer Ewigkeit gewebt, diesen Moment seit ihrer Ankunft auf der Erde vorbereitet. Sie ist in den Köpfen der Menschen – auch ohne die Hilfe des Rings.«

Flame gibt einen zustimmenden Laut von sich, ehe sie sich kerzengerade aufrichtet. »Ist das Phia? Phia direkt neben Chaos?!«

»Ich meine, wir wissen ja, dass sie hier ist ...« Ich betrachte die gesamte Loge – nicht nur Dark und Ziva. Da ist tatsächlich Chaos und die Frau neben ihm könnte Phia sein. Außerdem erkenne ich drei Männer, die ich nicht zuordnen kann, sowie zwei Frauen, deren Haare die Farbe des Mondes haben.

»Lavea und Phoibe«, bestätigt Flame leise. »Artemis und die Gorgonenschwestern – wenn ich richtigliege«, zählt sie die anderen Anwesenden auf. »Die anderen drei Götter sind mir fremd.«

Ich nicke kaum merklich, während ich in meinem Kopf unterschiedliche Szenarien durchspiele. Ava hat uns aufgetragen, innerhalb der Mauern – insbesondere im Kolosseum – alles auszukundschaften, damit wir festlegen können, wie unser zukünftiger Plan aussieht. Und sie hat uns gewarnt, dass wir nur eine Chance haben, Ziva und die Gegenstände zu erledigen. Ich frage mich, ob die Arena der passende Ort für einen Angriff ist. Ich habe keine Vorstellung davon, wie die Kraft der Titanin der Erinnerung funktioniert, doch ich nehme an, dass es von Vorteil ist, dass alle versammelt sind, sobald sie ihre Gabe wirken lässt.

Ich bemerke erst, wie laut es um uns herum gewesen ist, als das Stimmengewirr erstirbt. Ziva erhebt sich, in ihrer Hand trägt sie ein Zepter. Auf ihrem Haupt liegt eine Krone und sie ist gehüllt in ein silbernes Gewand. Ein seltsamer Schimmer umgibt sie, der nicht da war, als ich sie zuletzt gesehen habe. Langsam schreitet sie zur Balustrade ihrer Loge, Dark folgt ihr wie ein Schatten und auch Chaos schließt sich den beiden an.

Dramatisch breitet Ziva ihre Arme aus und ihre Worte vibrieren durch das Kolosseum. »Willkommen.« Sie legt ihren Kopf in den Nacken. »Willkommen, Reisende. Willkommen, Heimgekehrte. Willkommen, Verbündete. Mein Reich soll euch ein Ort der Zuflucht sein.« Sie lehnt sich über das

Geländer und es macht den Eindruck, als würde sie jeden Einzelnen mustern. »Wir alle, die hier versammelt sind, werden die Zukunft der Erde sein. Doch um diese einzuleiten, müssen wir das Ende unter die Vergangenheit schreiben.« Sie macht eine bedeutungsschwere Pause, ehe sie fortfährt. »Es ist kein Geheimnis, dass die neuen Götter Unglück über diese Welt gebracht – das Leben, unsere Essenz, aus ihr gesaugt haben. Mehr genommen, als gegeben haben. Euch sind viele Ungerechtigkeiten widerfahren.« Ziva ballt eine Hand zur Faust und die Menge jubelt. »Doch nun bin ich hier, um euch euer Leben zurückzugeben!« Tumult bricht auf der Tribüne aus, die Zuschauer beginnen mit den Füßen zu stampfen. Wellen der Begeisterung fegen über die Ränge und ich werfe einen Blick zu Flame, die ihre Lippen zu einer schmalen Linie zusammenpresst.

»Ihr fragt euch, wie werden wir dieses Ende schreiben?«, zieht Ziva meine Aufmerksamkeit wieder auf sich. »Ich werde euch zeigen, dass die Stufe, auf die man die Götter erhebt, bis in den Himmel, auf den Olymp, nichts weiter ... als eine Lüge ist.« Ziva fängt an, in ihrer Loge auf und ab zu gehen. Ihr Kleid weht dabei hinter ihr her wie ein Schleier. »Denn wie definiert man einen Gott? Als die höchste Macht des Universums? Als jemanden, der unantastbar, unbesiegbar und unfehlbar ist? Als jemanden, den nichts zu Fall bringen kann und der über uns allen steht? Als jemanden, der keine Furcht in sich trägt?« In der Arena ist es mittlerweile wieder totenstill. »Und trotzdem befinden sich die neuen Götter in dieser Sekunde unter uns. In den Katakomben, in ihren Kerkern und Käfigen. Denn ich habe sie in die Knie gezwungen. Ich habe euch von ihnen und ihrer Habgier befreit.« Sie macht eine ausladende Handbewegung. »Seht euch nur um – ich teile mit euch. Lasse euch in mein Reich. Ihr alle sollt von seiner Schönheit kosten.« Die Menschen klatschen und pfeifen und mir dreht sich der Magen um. Ich kann mir nicht vorstellen, wie Flame sich fühlt, während Dark Ziva den Rücken stärkt. Als der Lärm um uns herum seinen Höhepunkt erreicht, legt Yasars Schwester einen Finger an ihre Lippen und die Masse verstummt.

»Ich bin von einem fernen Planeten gekommen, um euch die Wahrheit zu offenbaren: Die Erde braucht keine Götter. Und ich sehe es als meine Aufgabe, meine Pflicht, euch ihre Schwächen zu zeigen. Sie sind nicht besser oder mächtiger als ihr. Und deshalb haben sie kein Recht darauf, zu herrschen.« Ziva hält inne und stützt sich mit beiden Händen auf die Balustrade. »Ich werde das Geschlecht der Götter auflösen und eine neue glorreiche Zeit einläuten. Ich werde eure treue Königin sein, euch unter meinen schützenden Mantel nehmen. Ich werde mit Gerechtigkeit regieren.« Ein grünes Licht breitet sich von den Edelsteinen ihrer Krone aus, webt sich wie ein Schleier um uns. »Ich bringe nur Gutes, den Frieden, nicht den Tod. Deshalb sollen die neuen Götter nicht sterben. Aber ich werde sie ihrer Kraft, die nicht mehr ist als eine Illusion, berauben, den Lügen ein Ende bereiten. Wir müssen ihnen eine Lektion erteilen. Wir müssen sie bestrafen, wie sie euch gestraft haben. Und wir werden beweisen, dass sie keine Götter sind – weil ihre Furcht sie besiegen kann, sie nicht vollkommen und keine Gewalt des Universums sind.« Ich blinzele, als wir ohne Vorwarnung von hellen Strahlen getroffen werden. »In Erinnerung an Viridi und die Macht der siebzehnten Sonne, erkläre ich das Turnier der Ängste für eröffnet.«

Kapitel 26

TURNIER DER ÄNGSTE

HALE

Das Rollgitter erhebt sich vollkommen lautlos – Unheil bringend. Für eine Sekunde überlege ich, einfach stehen zu bleiben. Doch was sollte diese Handlung bezwecken? Auf irgendeine Weise würde Ziva mich nach draußen zwingen. Ich habe keine Ahnung, ob ich der Einzige bin, der die Arena betritt oder ob ich auf meine Brüder treffen werde. Langsam, so schwerfällig, als würde ich unter Wasser gehen, setze ich einen Fuß vor den anderen, bis ich die innere Anspannung nicht mehr ertrage. Obwohl mich allein das die größte Anstrengung kostet, renne ich die Steigung zum Rundbogen hinauf. Die Haut an meinem Rücken spannt und ich verziehe das Gesicht, als sie an einigen Stellen reißt. Ich habe für das Chaos, das ich an jenem Abend verursacht habe, bezahlt. Habe auf dem Boden gekniet, während Ziva mich auspeitschte, mich verhöhnte und daran erinnerte, dass sie mir einen Gefallen täte, weil die Peitsche meine bevorzugte Waffe sei. Ich weiß nicht, womit sie getränkt gewesen ist, doch die Heilung der Wunden ist langsamer, als sie sein sollte.

Als ich das Innere des Kolosseums erreiche, bin ich gezwungen, die Lider zu schließen. Etwas derart Helles blendet mich, dass es mir für einige Sekunden erscheint, als würde ich erblinden. Schmerz durchzuckt meinen Kopf und ich verwende meine Hände als zusätzlichen Schutz. Sobald der Druck hinter meinen Schläfen abebbt, lasse ich meine Arme wieder sinken und öffne zögerlich die Augen. Ich hatte das Grölen einer aufgeheizten Menge erwartet, stattdessen herrscht Stille.

Totenstille.

Sie ist so ohrenbetäubend, dass es sich anfühlt, als würde man jegliche Luft aus meiner Lunge pressen – als wäre die Erde selbst gestorben und ich als letzte Erinnerung an ihre Existenz hinterblieben.

Meine Schwäche, meine größte Angst, ist die Einsamkeit. Ich kann nicht mit mir allein sein.

Diese Furcht ist der Grund, aus dem ich auf Viridi exzessiv Zerstreuung suchte. Ich brauche den Lärm, die Geräusche des Lebens.

Diese Furcht ist der Grund, weshalb ich Dark nicht zurücklassen konnte, als wir in eine neue Welt aufbrachen. Ich konnte es ihm nicht gestatten, weil es mir selbst so unerträglich erschien.

Diese Furcht ist der Grund, wegen dem sich in meinem Palast die größte Fläche bietet, er über mehr Zimmer verfügt, als ich jemals füllen könnte, und sich zu unserem Haupttreffpunkt entwickelt hat.

Das einzige Mal, dass ich mich den Daimonen, die verborgen in mir lauern, stellen wollte, war der Tag, an welchem ich Phia und das Land der Wahrheit verließ. Ich wollte mich der Folter der Stille aussetzen. Und trotzdem war ich insgeheim froh, als ich Ava und Cato im Sandpalast fand. Gesellschaft war schon immer in der Lage, die Schwere von meinen Schultern zu heben, für die ich selbst keine Erklärung habe.

Meine Augen tränen, gewöhnen sich dennoch an die Helligkeit und mein Sichtfeld schärft sich. Ich drehe mich im

Kreis, suche meine Umgebung ab. Es dauert eine Weile, bis ich realisiere, dass ich mich in einer Landschaft aus Schnee und Eis befinde. So weit ich sehen kann, ist alles weiß. Und ungeachtet der Tatsache, dass es endlos erscheint, ist es schlimmer, als in einem engen Verlies gefangen zu sein.

Allein.

Allein in der Unendlichkeit.

Als Kind habe ich meine Mutter gefragt, ob es ein Fluch ist, unsterblich zu sein. Vater und sie haben gelacht, als hätte ich einen Scherz gemacht. Doch diese Weite – und diese Einsamkeit – gleichen meiner lebendig gewordenen Furcht. Und plötzlich überkommt mich Schuld, weil ich Phia das hier angetan habe. Ich habe sie mehr für mich gerettet als für sich selbst. Habe so getan, als würde ich ihre Ängste nicht verstehen. Habe vorgegeben, das ewige Dasein sei ein Geschenk, das sie nutzen müsse. Wo ich in Momenten der absoluten Stille selbst nichts damit anfangen kann. Mich die Frage verfolgt, ob es nie zu Ende geht.

Seit Jahrhunderten sehne ich mich nach jemandem, der es für mich erträglich macht. Der dafür sorgt, dass ich meine Suche aufgeben und endlich Frieden in der Lautlosigkeit entdecken kann. Jemand, vor dem ich meine Daimonen nicht verbergen – keine Maske der Heiterkeit tragen muss. Jemand, der mich sieht. Jemand, vor dem ich mich nicht für meine Schwächen schäme.

Ein Knacken ertönt und ich springe zur Seite, als sich ein Riss im Eis unter mir bildet. Gleichzeitig neige ich meinen Kopf zurück, überlege, ob man mich in dieser Sekunde beobachten kann. Ich jedenfalls entdecke über mir bloß einen Himmel, der ebenfalls weiß gefärbt ist. Gleichzeitig lässt mich meine Angst erstarren, macht meine Reflexe träge. In dem

Moment, als ein weiteres Knacken ertönt und sich zusätzliche Linien durch den Boden fressen, wird mir klar, dass ich mich zusammenreißen muss. Irgendwie bringe ich meine Beine dazu, sich zu bewegen, bis ich schließlich in einen Sprint verfalle. Die Geräusche, die meine Stiefel verursachen, werden verschluckt, sodass ich nur das viel zu laute Keuchen meines eigenen Atems vernehme. Das trügerische Weiß fliegt an mir vorbei, aber es ist, als würde ich kaum vorankommen. Vielleicht, weil es kein Ziel für mich gibt. Genau wie bei der Unsterblichkeit ist kein Ende in Sicht.

Aus dem Nichts attackieren mich Pfeile aus Eis und zwingen mich, die Richtung zu ändern. Bald wird mir klar, dass sie meinen Weg bestimmen. Kälte durchströmt mich schockartig, als mich zwei von ihnen treffen. Einer der Pfeile hat sich in die offene Wunde an meinem Rücken gebohrt und ich hechte nach vorn. Dabei schlage ich so hart auf dem Boden auf, dass Blut mein Kinn hinabläuft. Als das Rot sich mit dem Schnee vermischt, bin ich beinahe froh, weil es sich anfühlt, als könnte ich dem Weiß auf diese Art entkommen.

Wenngleich mir klar ist, dass ich damit einen Fehler begehe, winkele ich meinen Arm an, taste nach dem Schaft und ziehe den Pfeil mit einem Ruck heraus. Ein Stöhnen rollt über meine Lippen und ich schleudere ihn von mir. Als Nächstes packe ich die Spitze, die aus meiner Hüfte ragt, befreie mich davon und komme stolpernd wieder auf die Füße. Eine Hand auf die zweite Verletzung pressend, taumele ich weiter, meine Umgebung dreht sich. In dieser Sekunde frage ich mich, warum ich überhaupt wieder aufgestanden bin. Wo doch nur ich übrig bin. Es ist nicht unwahrscheinlich, dass Ziva mich in der ewigen Eiswüste verenden lässt. Aber sollte ich es schaffen … einen Ausweg finden … warten meine Brüder auf mich.

»Nicht aufgeben«, keuche ich. »Nicht aufgeben.« Schwerfällig laufe ich weiter. Beschwöre die Gesichter meiner Familie vor meinem inneren Auge.

Vielleicht werde ich sterben.

Doch sollte ich leben ... dann gibt es ein Danach für mich.

In diesem Augenblick meiner Schwäche glaube ich zum ersten Mal, dass ich womöglich längst gefunden habe, wonach ich eine Ewigkeit suchte. Ich bloß nicht in der Lage war, es anzunehmen.

YASAR

Ich sitze am Rand des Beckens, in dem sich tiefblaue Wellen bewegen und an dessen Grund die Sterne funkeln. Warme Dämpfe steigen aus marmornen Quellen auf und in der Luft liegt ein salziger Geruch, den ich sogar auf meiner Zunge schmecken kann. Ich beobachte Ziva, die – ganz im Gegensatz zu mir – furchtlos durch das Wasser gleitet, als wäre es ihr Element. Ich hingegen kann weder dem Meer noch diesem Becken etwas abgewinnen. Für gewöhnlich unternehmen wir nicht besonders häufig etwas zusammen, doch es ist ihr Geburtstag und sie hat sich gewünscht, ihn mit mir zu verbringen.

Ziva taucht unter und nimmt drei große Züge, ehe sie direkt vor mir auftaucht. Sie öffnet ihren Mund, aus dem eine Sekunde später eine Fontäne spritzt und mich mitten ins Gesicht trifft. »Wirst du nicht mit mir schwimmen?«

Ich schüttele mich und streiche mein Haar zurück, von dem Mutter verlangt, dass ich es kürze, ehe ich unbehaglich über meinen Nacken reibe. »Du weißt, dass ich das Wasser nicht mag.«

Ziva umschlingt mit beiden Armen meinen rechten Unterschenkel und legt ihre Wange auf meinem Knie ab, bevor sie leise seufzt. »Weil du es nicht kontrollieren kannst.«

Ich antworte nicht, nicke nur, obwohl sie es nicht sehen kann. Meine Schwester ist eine ausgezeichnete Beobachterin, schlauer und zu mehr fähig, als meine Eltern ihr zutrauen. Aber seit einigen Jahren ... Sie war schon immer ein wenig sonderbar, anders. Oft zeigt sie Emotionen, die nicht in die jeweilige Situation passen, als würde sie raten, was sie fühlen muss. Selbst in diesem Moment klammert sie sich an mich, ignoriert, dass wir uns eigentlich überhaupt nicht nahestehen. Hinzu kommt, dass sie unter derart heftigen Stimmungsschwankungen leidet, dass ich im Voraus nie benennen kann, wem ich begegne, wenn die Sonne aufgeht und meine Familie im kleinen Salon das Frühstück serviert bekommt.

»Yasar?«

Leicht fahre ich zusammen, weil meine Gedanken mich fortgetragen haben. Ziva schaut aus ihren blassblauen Augen zu mir auf. »Ja?«

Sie lächelt schüchtern. »Ich würde auf dich aufpassen, wenn du neben mir schwimmst. Du müsstest dich nicht fürchten. Ich kann dir zeigen, wie du deine Ängste überwindest.«

»Das ist ... sehr ...« Nervös kratze ich mich am Hinterkopf, während ich gegen die Enge in meiner Brust ankämpfe. Mit jeglicher Art von Nass verbinde ich keine gute Geschichte. In meiner Jugend haben mir Darks Cousins bei einem Ausflug zu den Seen hinter den Wildwasserfällen einen Streich gespielt, beim Baden ihre Dunkelheit auf mich gehetzt und mich mit einem Fuß an einen der Felsen am Grund gekettet. Ich bin unsterblich, also bin ich nicht erstickt, aber es dauerte zwei Tage und drei Nächte, bis man mich fand. Zu diesem Zeitpunkt hatte ich bereits das Bewusstsein verloren, ein Geschenk meines Geistes, der mich erlöste, doch das Ereignis hat sich auf ewig in mein Gedächtnis gebrannt.

Seither ist dieses Element eine Folter für mich. Übelkeit und Ekel überkommen mich bei der Erinnerung an das sanfte Schmeicheln, das mich bis heute schweißüberströmt aus dem Schlaf schrecken lässt. Und wenn ich die Augen wieder schließe, sehe ich nach wie vor die hellen Blitze, die damals in meinem Sichtfeld zuckten. Ich werde nie fähig sein, zu verdrängen, wie die Taubheit sich in meinen Gliedern ausgebreitet hat und wie fremd mir meine eigene Haut erschien. Wie eine Hülle, die ich abgestreift – unfreiwillig zurückgelassen habe. Aber manchmal macht es mich auch wütend, dass es seitdem noch immer Momente gibt, in denen ich mich ... nicht richtig fühle. Dass es mich die größte Überwindung kostet, bloß meine Beine in dieses verfluchte Becken zu tauchen.

Das Lächeln auf Zivas Lippen erlischt und sie stößt sich vom Rand ab. »Ist schon gut.« Dann taucht sie erneut unter und dreht weiter ihre Bahnen. Ich schaue ihr zu, während ich Wasser auf meine Oberschenkel schöpfe, meine Selbstbeherrschung auf die Probe stelle. Aber hineingehen werde ich trotzdem nicht. Bei dem letzten Versuch, meine Angst zu besiegen, habe ich eine Panikattacke bekommen und Hale musste mich an die Oberfläche zerren, weil ich nicht mehr einschätzen konnte, wo oben und unten war. Als würde sich mein Kopf ausschalten, sobald er meiner Furcht gegenübersteht. Danach habe ich es endgültig aufgegeben.

Ich hebe meinen Blick, als sich Schritte nähern und entdecke Pars, Zivas Leibwächter, der zu uns kommt. Auf der anderen Seite des Beckens geht er in die Hocke und Ziva schwimmt zu ihm, stützt einen Ellenbogen auf dem Marmor neben den eingemeißelten Meereswesen ab, während sie dem lauscht, was Pars ihr zuraunt. Ihre Schultern spannen sich an und ich stehe ächzend auf, bewege mich auf die beiden zu. Pars streckt seine Hand aus und Ziva lässt sich von ihm hochziehen.

»Alles in Ordnung?«, frage ich und folge ihr zu den Waschkabinen, wo sie sich einen Bademantel überstreift.

Sie wendet sich mir zu, ihre Haut wirkt noch blasser als sonst. »Ja, natürlich. Pars hat mich nur an einen Termin erinnert, den ich beinahe vergessen hätte.«

Ich lupfe eine Braue. »An deinem Geburtstag?«

Ziva verdreht die Augen. »Du weißt doch, wie Vater ist.« Sie knotet das Band vor ihrem Bauch fest. »Also, die Pflicht ruft.« Sie entfernt sich einige Schritte, dreht sich jedoch noch einmal um. »Außer du überlegst es dir noch anders mit dem Schwimmen. Ich würde wirklich auf dich achtgeben. Das machen Geschwister so.«

Ich runzele die Stirn. »Mir ist klar, dass dein Geburtstag ist. Aber warum suchst du dir nicht eine Alternative für das Schwimmen aus? Wir könnten –«

»Vergiss es«, faucht sie unvermittelt, wirbelt herum und rennt davon. Perplex blinzele ich. Immer diese Launen, klingt die Stimme unserer Mutter in meinen Ohren. Wir können nur auf ein Wunder der siebzehnten Sonne hoffen, sonst wird niemand sie zur Gemahlin nehmen.

Seufzend nicke ich Pars zu, der mir mit einer Geste bedeutet, dass er sich um sie kümmern wird. Wenigstens zu ihrem Leibwächter scheint sie einen recht guten Draht zu haben. Ich greife mir eines der Handtücher und trockne meine Beine ab. Ich würde Ziva und ihre Handlungen gern verstehen, doch obwohl sie meine Schwester ist, erscheint sie mir vollkommen fremd. Als wäre zwischen uns eine Kluft, so groß wie die Entfernung zwischen Rubrum und Flavo.

Sobald ich fertig bin, lege ich mir das Tuch um den Hals und entscheide, mich frisch zu machen, um anschließend nach True zu sehen. Es warten sowieso keine weiteren Aufgaben auf mich, da ich mir den Tag freigehalten hatte. Bei dem Gedanken an ihn, sein verschmitztes Lächeln, seine Sommersprossen, von denen ich jede einzelne küssen will, und das Gefühl seiner Hände, die meinen Körper erforschen, steigen Hitze und ein wohliges Kribbeln in mir auf. Ich laufe los, habe es plötzlich so eilig, dass ich beinahe ausrutsche, als ich nach links in den Korridor abbiege. Gerade rechtzeitig rufe ich den Nebel, aber anstatt einen Wimpernschlag später in meinen Gemächern aufzutauchen, ist es, als würde der Boden unter mir wegbrechen. Mein Magen sackt mir in die Kniekehlen und tausend Überlegungen stürmen auf mich ein. Aber am meisten sticht die Frage hervor, was bei allen Gorgonen ich auf Viridi mache. Irgendetwas stimmt hier nicht. Denn ich bin der Gott der Zukunft, warum sollte ich also die Vergangenheit sehen? Ich presse meine Handballen gegen die Schläfen, als könnte ich auf diese Weise das Chaos sortieren. Womöglich bin ich in meiner Zelle eingenickt?

Ein Schrei verlässt meine Lippen, als ich ruckartig zurückgeschleudert werde und Zivas Stimme in meinen Ohren dröhnt. »Du hättest meine Hilfe und meine Hand, die ich dir damals dargeboten habe, annehmen sollen. Du hättest dich niemals fürchten müssen. Aber keine Sorge, nun gebe ich auf dich acht.« Stille kehrt ein und es ist, als würde ich wieder fallen.

Eine harte Kante drückt gegen meine Wange und kühle Flüssigkeit schwappt über mein Gesicht, als ich zu mir komme.

Mein Kopf pocht, als hätte ich zu viel Wein genossen und ich öffne träge die Lider. Doch bei dem Anblick, der sich mir bietet, bin ich von einer auf die andere Sekunde hellwach. Ich treibe auf einem Floß, mitten im Ozean. Land ist nicht in Sicht. Das Meer liegt ruhig da, was meine Panik nicht lindert. Ich drehe meinen Oberkörper hektisch hin und her, suche alle Himmelsrichtungen ab, sodass der Untergrund, auf dem ich knie, kippt und ich mich im nächsten Moment im tiefen Blau befinde. Mein Mund öffnet sich zu einem Schrei, Wasser dringt in meine Kehle. Ich reiße meine Augen auf, strampele hektisch mit meinen Armen und Beinen. Verzweiflung frisst sich bis in meine Knochen, versucht, mich zu lähmen, doch ich wehre mich. Kann die Vorstellung nicht ertragen, dass der Ozean mich verschlingt, obwohl ich weiß, dass ich dieser Furcht unterlegen bin.

DREAM

Es gibt nichts in diesem Universum, das komplexer als Träume ist. Wahre Gedanken, reizvolle Wünsche, stürmische Fantasien, trügerische Sehnsüchte, gefährliche Ängste. Es gibt keinen Ort, an welchem man einer roheren Ehrlichkeit begegnet. Weil derjenige, der schläft, nicht lügen kann. In den Träumen anderer findet man viele Antworten. Auch solche, die man womöglich nie erfahren wollte. Es existiert kein Geheimnis, das dort sicher ist. Und während andere friedlich schlummern, bin ich dazu verdammt, zu wandern – nie zur Ruhe zu kommen.

Ich bin der Gott der Träume und ich fürchte mich vor dem Schlaf.

Vor dem Mond, vor den Sternen und vor dem Dunkel der Nacht.

Davor, dass ich meine eigene Gabe nicht kontrollieren kann.

Wohin man geht, wohin der Geist dich trägt, sobald du fortdämmerst, ist für die meisten ein Mysterium. Es ist abstrakt, nicht greifbar. Doch ich bin jedes Mal hellwach, wenn ich auf weichen Laken liege, gleichwohl meine Augen geschlossen sind. Kaum jemand ahnt, dass die größten Gefahren in unseren Köpfen lauern. Und dass man sich nur allzu leicht darin verirren kann, der Weg zurück erst verblasst und dann verschwindet, es niemanden gibt, der dir folgt oder dich gar findet.

Lavea regt sich neben mir, murmelt etwas und seufzt leise, ehe sie sich enger an mich schmiegt. Ich wende den Kopf nach rechts und presse meine Lippen auf ihr seidiges Haar, das nach einem warmen Sommerabend riecht. In den Momenten, in denen Stille herrscht und es nur uns beide gibt, kann ich mein Glück kaum fassen. Weil das mit ihr so … echt ist. Nicht nur eine der Fantasien, die zu jeder Stunde der Finsternis von meinen Kräften zehren.

Bevor ich dem Mädchen mit dem Mondscheinhaar begegnet bin, ahnte ich nicht, dass ich all das fühlen kann. Und als ich sie damals beim Lagerfeuer vor Beginn des Turniers traf, dachte ich, dass ich sie niemals haben darf. Dass sie mich in diesem Leben auf Abstand halten würde. Es schmerzte, dass ich offenbar nicht ihrem Wunsch entsprach. Doch ich konnte sie nicht aufgeben – es war das erste Mal, dass ich beharrlich war. Dass ich wirklich etwas wollte – sie wollte. Für die Unendlichkeit, obwohl ich sie damals noch für eine Sterbliche hielt.

Ich drehe mich auf die Seite und lege schützend ein Bein über ihre Hüfte, unsere Körper nun so dicht aneinander, dass kein Lufthauch zwischen uns passt. Mit den Fingern zeichne ich sanfte Kreise auf ihren nackten Rücken, lausche ihren gleichmäßigen Atemzügen, die auch mich müde machen, auf eine angenehme, wohlig schwere Art. Trotzdem will ich nicht in den Schlaf gleiten, blinzele und werde von einem hellen Licht geblendet – fast so, als hätte die siebzehnte Sonne sich erhoben. Mein Sichtfeld verschwimmt und ich versuche irritiert, meine Umgebung einzuordnen. Unter mir ist eine weiche Matratze, eingegrenzt von einem Bettgestell, aber es ist nicht der Sandpalast oder ein anderer, mir vertrauter Ort. Reflexartig will ich mich aufrichten, aber eine unsichtbare Macht drückt mich mit aller Gewalt ins Kissen. Hektisch taste ich das Laken ab, doch hier bin nur ich. Laveas warmer Körper ist überhaupt nicht neben mir.

Und dann prasselt die Wahrheit auf mich ein: Delphi. Ziva. Die Katakomben. Der modrig-kalte Kerker. Die Titanenbrüder. Lavea.

Zorn und Verzweiflung rauschen durch meine Adern, ich fange an, mich hin und her zu werfen, um mich aus der unsichtbaren Umklammerung zu befreien. Stattdessen werden meine Lider erneut schwer und obwohl ich mit all meinen Sinnen dagegen ankämpfe, werde ich in den Schlaf gezerrt.

Ich stehe im Festsaal von Zivas Palast, bin inmitten des regen Treibens und nicht in einem der Käfige, die an Ketten von der gewölbten Decke hängen. Ich weiß sofort, dass ich mich nicht in meinem Land der Träume aufhalte, das Reich, welches bloß ich in meinen Gedanken erreichen kann. Das ich erschaffen habe, um meine Ängste zu bezwingen. Oder ihnen auszuweichen, wenn man es zynisch betrachten will.

Mir ist auch deshalb klar, dass ich mich in einer fremden Fantasie befinde, weil die Farben nicht kräftig, sondern milchig und ausgeblichen wirken. Auch aus diesem Grund ertrage ich andere Träume nicht, weil es ist, wie nur halb am Leben zu sein. Verblasst. Vergessen. Verloren.

Übelkeit steigt in mir auf, als ich Krios, einen der Titanenbrüder, entdecke, der auf Lavea zusteuert. Ihre mondblonden Strähnen sind zu einer kunstvollen Frisur geflochten, betonen ihren schlanken Hals und ihre schmalen Schultern. Sie sitzt an dem schwarzen Klavier und ihre Finger fliegen über die Tasten, füllen den Raum mit einer zarten und gleichzeitig düsteren Melodie. Sie ist anders als jene, die sie im Sandpalast immer für mich gespielt hat. Ich schlucke und begebe mich ebenfalls zu ihr, doch er erreicht sie vor mir. Als sie ihn bemerkt, spielt sie die letzte Note, ehe sie ihm ihre Hand reicht und sich erhebt. Tausend Messerstiche graben sich in meine Brust, als ich seinen hungrigen Blick erkenne. Über uns bricht Tumult los und ohne hinzusehen ist offensichtlich, dass ich das bin. Die Version von mir, die der Träumende erschaffen hat.

Meine Kehle brennt, als Krios einen Arm um Laveas Taille schlingt und sie kurz darauf zwischen den Säulen verschwinden. Meine Finger ballen und strecken sich abwechselnd, meine Nasenflügel beben und meine Schläfen pochen. Mein erster Instinkt ist, mein Reich aufzusuchen, denn anders als Lost bin ich kein Freund davon, mich selbst zu quälen. Ich schließe meine Augen, taste nach meiner Macht und den verschlungenen Pfaden, die keinem irdischen Gesetz gehorchen. Aber statt der Vertrautheit meiner Zuflucht zu begegnen, ist es, als würde ich ziellos durch die Dunkelheit irren. Als hätte man mich an diese Fantasie gefesselt. Ich schlucke, versuche, die brodelnde Panik zu besänftigen, diese eine Angst, die ich für gewöhnlich im Keim ersticke.

Erneut probiere ich es, aber als ich die Augen öffne, stehe ich in einem Korridor. Ein Stöhnen, das normalerweise dafür sorgt, dass meine Muskeln sich anspannen und meine Lenden zucken, löst in dieser Sekunde Grauen in mir aus. Krios hat Lavea am Ende des Ganges gegen die Wand gedrängt. Ein Bein hat er zwischen ihre Schenkel geschoben und sie windet sich lustvoll in seinen Armen, während der Stoff ihres Kleides von ihren Schultern gleitet und ihren Oberkörper entblößt. Ich mache einen Schritt auf sie zu, stolpere und kann mich gerade so an einer Kommode abstützen. Ich will nicht, dass wahr ist, was ich dort sehe. Will nicht glauben, dass Lavea sich Krios freiwillig hingibt. Weshalb wehrt sie sich nicht?

Warum soll ich eine Medizin nehmen, wenn auch du mich erschöpfen kannst?

Ihre Worte aus meiner Erinnerung sind wie ein Faustschlag. Als würde mein Magen einmal umgestülpt werden. Bilder der Vergangenheit prasseln auf mich ein. Von unserem Streit. Wie sie mir vorwarf, dass Phoibe und ich sie einengen. Wie sie einen Schritt auf mich zumachte, mich bat zu bleiben, und die Nebelschwaden mich trotzdem einhüllten.

Fehler.

Ich habe Fehler begangen.

Ich erkenne sie gestochen scharf und nicht in milchigen Farben.

Wut auf mich selbst kocht in meinem Bauch und ich zerre an meinem Hemd, als könnte ich so meiner Haut entkommen. Dabei sollte ich es aushalten. Kriege womöglich genau das, was ich verdiene.

Wenngleich ich es nicht will, richtet meine Aufmerksamkeit sich wieder auf Lavea, ihre und Krios' Lippen sind nun verschmolzen. Ich zwinge mich, weiter hinzusehen. Und dabei ist es, als würde ein Teil meiner Seele verkümmern, bis sie allein aus Schwärze besteht.

»Lavea«, wispere ich. Sie vergräbt ihre Hände in Krios' Haar und hört mich nicht. Ihre Beine schlingen sich gleichzeitig um seine Hüfte, sodass der Stoff sich um ihre Mitte bauscht und ihre Schenkel preisgibt. Ich weiß ganz genau, wie weich sie sind und wie sie auf meiner Zunge schmecken. Ich täte nichts lieber, als mich auf den Titanen zu stürzen, doch aus Erfahrung ist mir klar, dass es nichts ändern würde.

Mit dem Rücken rutsche ich an der Wand hinab, bette mein Gesicht in beide Hände. Ein weiteres Mal sammele ich meine Kräfte, wehre mich gegen die Ketten, die mich an diesen Ort fesseln. Hier kann ich weder etwas für Lavea noch für mich tun. Ich muss Zivas Fantasie und meinem ganz persönlichen Albtraum entkommen. Denn in der Realität werde ich nicht tatenlos sein. Ich werde nicht aufgeben. Ich werde immer für Lavea und mich kämpfen. Ich muss sie um Verzeihung bitten. Es gibt so vieles, das ich ihr mitteilen muss.

Plötzlich ist es, als würde der Boden unter mir brechen, in tausend Stücke zerfallen und mich mit sich reißen. Als ich die Augen wieder öffne, bin ich nicht länger in dem Korridor, sitze stattdessen vor einer Mahagonitür. Aus dem Zimmer, welches dahinter liegt, dringen eindeutige Geräusche. In meinen Ohren dröhnt es und ich fühle mich, als hätte ich die Essenz des Pyriphlegethon verschluckt, die mein Innerstes, meine Organe, Sehnen, Muskeln und Knochen niederbrennt. Oder sie mit einem stumpfen Messer durchtrennt. In meinem Sichtfeld tauchen ein Paar Stiefel auf, aber ich bringe es nicht fertig, aufzuschauen.

Ich muss hier raus.

Aus dieser Farce und dem Käfig, in dem meine Brüder und ich gehalten werden.

Ich muss mit Lavea sprechen.

Ich halte es nicht länger aus.

Ein überraschtes Röcheln dringt aus meiner Kehle, die rau von meinen stummen Schreien ist, als Zivas Gesicht erschreckend nah vor meinem auftaucht. »Du wirst nie wieder erwachen, niemals die Möglichkeit haben, ihr das zu sagen.« Ihre Lippen umspielt ein sadistisches Lächeln. »Auf ewig gefangen in einem anderen Kopf, der sich nimmt, wonach du dich verzehrst.«

Lost

Rasselnd hole ich Luft und beginne zu husten, als ich Erde und Staub einatme. Ich weiß nicht, weshalb, aber alles schmerzt. Ich liege flach auf dem Boden, mein Kopf ist zur Seite gedreht und kleine Steine bohren sich in meine Wange. Trotzdem dauert es einen Moment, bis es mir gelingt, meine Lider zu öffnen. Es ist nicht besonders aufschlussreich, weil ich einen grauen Felsen anstarre. Ich runzele meine Stirn, an der Schweiß hinabrinnt, wodurch meine Augen brennen. Stück für Stück gehe ich die vergangenen Ereignisse durch. Meine Tage eingesperrt in den Gemächern und die Besuche von Flora, die mich an meine Grenzen bringen. Die Nächte in den Käfigen über dem Tanzsaal, wo wir wie Tiere zur Schau gestellt werden, während Ziva auf einem Thron mit den Wappen Viridis sitzt. Dann blitzt meine letzte Erinnerung auf. Ich stand vor einem langen ansteigenden Gang, der ins Innere des Kolosseums führte. Doch als ich den ersten Fuß hineinsetzte – nichts.

Es vergehen einige Sekunden, bis dieser Gedanke – und seine Bedeutung – tatsächlich zu mir durchsickern: Ich muss mich in der Arena befinden. Ein Ruck fährt durch meinen Körper und ich stütze mich auf Händen und Knien ab, komme taumelnd in eine aufrechte Position. Ich habe nicht den blassesten Schimmer, weshalb ich mich fühle, als hätte mir ein Zyklop seine Axt auf den Schädel gedonnert. Seltsamerweise bin ich dennoch ruhig. Ich ziehe mein verdrecktes Shirt hoch, reibe mir damit über mein Gesicht und realisiere erst jetzt, dass es mit Blut statt Schweiß bedeckt ist. Ich blicke an mir hinab und mache eine Bestandsaufnahme. Meine Hose ist zerrissen, meine Füße sind nackt, sodass die Kiesel sich nun in meine Sohlen graben, und meine Haut wird von mehreren Wunden und Schnitten übersät. Ich rolle meine Schultern zurück, was ein Knacken entlang meiner Wirbelsäule verursacht, und sehe nach oben. Bei meinem Erwachen hatte ich angenommen, dass ich lediglich neben einem Gesteinsbrocken liege, stattdessen werde ich von steilen Felswänden eingekesselt, die sich wie Riesen gen Himmel strecken.

Und hier bin ich.

In meinem täglichen Abgrund.

Ich stoße ein bellendes Lachen aus. Ich kann mir vorstellen, dass Ziva sich das ausgedacht und mithilfe von Originem, der Krone der Schöpfung, verwirklicht hat. Und obwohl es mir erscheint, als wäre ich gänzlich abgeschottet, zweifle ich nicht daran, Zuschauer zu haben. Ich bin mir sogar sicher, dass die Ränge des Kolosseums mit ihren Marionetten gefüllt sind. Die Frage ist lediglich, was von mir erwartet wird. Und was es mit all dem Blut und den Schnittwunden auf sich hat.

Möglicherweise hat sie mich nur für den dramatischen Effekt so zugerichtet. Ich muss zugeben, dass es mir in diesem Moment vorkommt, als hätte ich trotz der Situation die Kontrolle. Allerdings muss man bei Ziva immer mit bösen Überraschungen rechnen.

Ich war so sehr damit beschäftigt, die Felsen und den Ausgang der Schlucht zu mustern, dass ich mir erst jetzt die Zeit nehme, den Boden zu betrachten. Mit der Hand schirme ich meine Augen vor den einfallenden Sonnenstrahlen ab und schaue hinter mich. Ich kann nichts Ungewöhnliches erkennen, weshalb ich mich abwende und in Bewegung setze. Tatenlos herumzustehen, wird mir nichts bringen. Doch kaum habe ich einige Schritte gemacht, bleibe ich ruckartig stehen. Zwischen zwei Gesteinsbrocken ragt etwas hervor, das ... definitiv ein Bein ist. Für einige Sekunden bin ich erstarrt. Aber dann ertönt ein Grollen – ich weiß nicht, was es bedeutet, aber es sorgt dafür, dass ich zu rennen beginne. Staub wirbelt auf und die Geräusche, die meine Stiefel verursachen, hallen von den Wänden wider.

Es gibt nichts, das mich auf das Grauen hätte vorbereiten können, das mich überrollt, als ich schließlich entdecke, was die Gesteinsbrocken verborgen hatten. Langsam lasse ich mich auf ein Knie sinken. Dabei beiße ich mir derart heftig auf die Wange, dass ich Blut schmecke. Zitternd strecke ich meine Hand aus, aber ich kann mich nicht dazu durchringen, sie zu berühren. Der Geruch von Sommerflieder und Jasmin dringt in meine Nase, in alles, was ich bin. Ihre roten Haare fallen in weichen Wellen ihren Rücken hinab. Gekleidet ist sie in ein reines weißes Kleid, dessen Ärmel und Säume mit zartrosafarbenen Blumenstickereien bedeckt sind. Obwohl Blut ihre Schläfe hinabrinnt, wirkt sie ... friedlich.

Und ich wünschte, sie würde die Augen öffnen. Weil ich erfahren will, ob sie heute grau oder blau sind. Sie sieht noch genauso aus wie an jenem Tag, als ich sie verloren habe. Ohne den Ruß der Feuer auf ihrer Haut und ohne die Verletzungen des Pfeils. Mein Körper bebt, weil ich den Abschied in diesem Moment noch einmal durchlebe. Mit aller Macht schlucke ich die Laute herunter, die sich ihren Weg aus meiner Kehle bahnen wollen. Es schmerzt. Es schmerzt so sehr. Doch ich kann nicht verdrängen, dass es Ziva ist, die mit meinem Verstand spielt. Denn ich bin der Gott des Vergessens und meine größte Furcht ist es, andere mit in meinen Abgrund zu ziehen. Und ich ahne, was diese Szene hier symbolisiert.

Ich weiß nicht, was ich tue, und trotzdem hebe ich Candela hoch, drücke sie an meine Brust, die sich plötzlich seltsam leer anfühlt. Weil ich daran erinnert werde, dass sie bei unserem Abschied einen Teil von mir – das wenige, das überhaupt noch übrig war – mit in den Hades genommen hat. Und als sich die Türen zu Hypnos' Reich geschlossen haben, war es, als würde jemand meine Seele in Fetzen reißen, die Überreste zu den verfluchten Toten werfen, die ihr ruheloses Dasein im Styx und in anderen schwarzen Gewässern fristen.

Ungeachtet der Tatsache, dass ich in dieser Sekunde zum zweiten Mal sterbe, gehe ich stoisch weiter, mustere die Felsen um uns herum ganz genau, halte nach einer Stelle Ausschau, die womöglich dazu geeignet ist, hinaufzuklettern. Ich habe bereits probiert, nach dem Nebel zu tasten, allerdings ist es mir nicht geglückt. Es wundert mich nicht, weil ich nach wie vor die schwarzen Ringe um meine Handgelenke trage. Erneut ertönt das Unheil verkündende Grollen und ich beschleunige meine Schritte. Aber da ist ein weiteres Geräusch, eines, das dafür sorgt, dass sich meine Nackenhaare aufstellen. Die Schlucht nimmt eine Biegung und innerlich wappne ich mich.

Es ist Flora, die auf dem Boden kniet. Mit beiden Armen umschlingt sie ihren Oberkörper, wiegt sich dabei vor und zurück. Ihr Gesicht ist verzerrt, weil sie so sehr schluchzt. Und es ist meine Schuld. Ich habe sie in diesen Abgrund gezogen. Wenn sie nicht mit mir verbunden gewesen wäre, hätte Ziva niemals eine Besessenheit für sie entwickelt.

Flora verstummt, als ich einen Meter von ihr entfernt stehen bleibe, und hebt ihren Kopf. In ihren türkisgrünen Augen schwimmen Tränen, die durch die Lichtstrahlen wie Meereswellen in der Sonne glitzern. Ihr Haar wirkt verfilzt und eine verwelkte Pfingstrose steckt darin. Ihre Lippen beben und ich erkenne, wie sie schluckt, bevor sie versucht, sich zu erheben. Zischend atme ich ein, als sie sogleich wieder zurücksackt und ich die tiefe Wunde an ihrem Oberschenkel entdecke. Im selben Moment erklingt das bisher lauteste Grollen.

Du musst dich entscheiden – die eine oder die andere wählen. Beide kannst du nicht haben. Ich vernehme Zivas körperlose Stimme und winde mich. Solltest du Candela mit dir nehmen, wird sie erwachen, leben und atmen, sobald ihr die Schlucht hinter euch lasst.

Steine fallen herab, verfehlen uns nur knapp und ich realisiere, dass die beiden Felswände zusammenrücken, diese Schlucht unser aller Grab sein wird.

Du musst dich entscheiden – die eine oder die andere wählen. Beide kannst du nicht haben.

»Lost.« Das Wort ist nicht mehr als ein Wispern, das vom leisesten Windhauch davongetragen werden würde, aber es löst mich trotzdem aus meiner Reglosigkeit. Über Floras Gesicht strömen wieder Tränen und ich frage mich, ob es ist, weil sie von Ziva gesteuert wird, der Ring es von ihr verlangt, oder sie tatsächlich traurig ist.

Langsam hocke ich mich hin, lege Candela vorsichtig ab. Sachte streiche ich ihr Haar zurück, beuge mich vor und küsse ihre Stirn. Meine Kehle ist wie zugeschnürt, als hätte ich einen der Steine verschluckt und wüsste, dass ich ersticken muss.

Sie wird erwachen, leben und atmen, sobald ihr die Schlucht hinter euch lasst. Zivas Stimme klingt nun wütend, aber ich blende sie aus, streiche ein letztes Mal über Candelas Wange.

Versprich mir, nie wieder zu zögern, wenn dein Herz sich nach jemandem sehnt. Es war ihr Wunsch, bevor sie mich verließ. Und ich weiß nicht, ob mein Herz für Flora schlägt. Aber es ist die richtige Entscheidung, sie zu wählen. Vielleicht sind beide Frauen, die ich in dieser Sekunde sehe, von Originem erschaffen. Oder beide sind tatsächlich hier. Doch egal, was davon die Wahrheit ist – Candela ist tot. Niemand kann sie zurückbringen. Schon gar nicht eine Krone, die verflucht ist.

Alles in mir sträubt sich, als ich von Candela zurückweiche. Doch ich unterdrücke den Schmerz des Verlustes, strecke meine Hände nach Flora aus und hebe sie hoch. »Kannst du deine Arme um meinen Hals und deine Beine um meine Hüfte schlingen?« Ich bin mir sicher, dass die Verletzung wehtut, aber eine bessere Alternative gibt es nicht.

Sie erwidert nichts, folgt jedoch meiner Anweisung. Bevor ich es mir anders überlege, wähle ich die Felswand mit den meisten Unebenheiten – sie werden mit Halt geben. Ich platziere Flora noch einmal ein wenig höher, ehe ich mich an den Anstieg mache. Immer mehr Steine stürzen hinab und die sich bewegenden Felsen erscheinen mir wie das Ticken einer Uhr. Ich habe keine Ahnung, ob wir es schaffen werden, doch ich höre nicht auf zu klettern.

Kapitel 27

WALD, SCHNEE UND KIEFERNNADELN

FLAME

Krampfhaft presse ich meine Lippen aufeinander und mein Körper rebelliert, weil ich die Schluchzer unterdrücke. Die daraus resultierende Übelkeit löst ein heftiges Schwindelgefühl aus. Trotzdem gehe ich aufrecht vor Cato, dessen Hand ich an meinem Rücken spüre, während wir die Tribüne verlassen. Obwohl vor mir Treppenstufen sind, sehe ich nach wie vor, was sich in der Arena zugetragen hat.

Mithilfe der Krone, des Urgegenstandes, der laut Ava einst zu Patriam Lux gehörte, hat Ziva das Kolosseum wie ein Kreuz geteilt, sodass vier voneinander abgetrennte Bereiche entstanden sind. Für Hale schuf sie eine Eislandschaft, für Yasar das Meer, für Dream ein Schlafgemach und Lost setzte sie am Grund einer Schlucht aus. Der Gott der Vergangenheit hat von allen am meisten die Fassung bewahrt und ich weiß nicht, wie es ihm gelungen ist, denn mir sitzt von Candelas Anblick noch immer der Schock tief in meinen Knochen. Ich frage mich, wer die Frau ist, die Lost aus der Schlucht getragen hat und die ich bereits im Wald vor unserer Reise nach Othrys gesehen habe.

Bei den anderen hat mich weniger das Geschehen in der Arena mitgenommen, sondern vielmehr die flackernden Projektionen an bewegten Bildern, welche über ihren Abteilen schwebten. Ich bin mir nicht ganz sicher, aber ich nehme an, dass es Ausschnitte von Zivas Erinnerungen an die neuen Götter waren. Ich werde niemals in der Lage sein, zu vergessen, wie Dream sich auf der Matratze des Bettes hin und her geworfen hat, als würden die Toten der Unterwelt nach ihm greifen. Seine ... Schreie. Sie haben sich unwiderruflich in mich gebrannt. Was ich erwartet – womit ich gerechnet habe, waren Kämpfe. Doch was ich erlebt habe, waren Seelenqualen. Ich habe nun eine Vorstellung davon, was die Ängste der neuen Götter sind – aber für Schwächen halte ich sie nicht. Anders als Ziva denke ich nicht, dass es erstrebenswert ist, keine Fehler zu haben. Es ist ein Geschenk, ein wenig menschlich zu sein. Ein kleines Stück davon in seinem Herzen zu bewahren. Denn wie sollten die neuen Götter das Volk beschützen, wenn sie ... Emotionen nicht nachempfinden können? Der springende Punkt ist: Wir alle fühlen. Das ist es, was uns verbindet. Und das ist es, was Ziva nicht versteht. Kein magischer Gegenstand in dieser oder in einer anderen Welt kann das erzwingen. Und trotzdem kann ich nicht leugnen, dass sie in dieser Sekunde die Oberhand gewinnt.

Mit gesenktem Kopf hake ich mich bei Cato unter. Gemeinsam treten wir durch einen der Rundbögen ins Freie. Die Masse derer, die nach Delphi gepilgert ist, umgibt uns, dennoch es ist, als wären wir allein. Als wären auch wir in einem abgeschotteten Bereich. Wenn es nach Ziva geht, ist das hier erst der Anfang: Sie hat angekündigt, dass das Turnier der Ängste einhundert Tage andauern wird. So lange brauche es, die Götter ausreichend büßen zu lassen. Scheinbar spielt es für die Zuschauer dabei keine Rolle, dass es bloß vier der eigentlichen sechs Herrscher sind. Den Grund für Trues Abwesenheit kenne ich. Allerdings habe ich, während ich auf meinem Platz saß, mehrfach überlegt, warum sie Dark verschont. Weil er unter dem Einfluss von Imperium steht und es deshalb keinen Reiz auf sie ausübt? Oder weil er an ihrer Seite ist und sie nicht will, dass er wie die anderen erniedrigt wird? Möglicherweise ... gibt es auch nichts, wovor Dark sich fürchtet, weil er der Gott der Angst und der Finsternis ist. Mir dreht sich der Magen um, bei der Vorstellung, dass er Ziva vielleicht dabei geholfen – ihr Informationen geliefert hat, die sie brauchte, um Lost, Hale, Dream und Yasar ... leiden zu lassen. Ich glaube nicht, dass ich es ein weiteres Mal ertragen würde. Rückblickend kann ich mir nicht erklären, wie Dark es beim Turnier damals ausgehalten hat. Zuschauen ... zuschauen ist viel schlimmer, als mittendrin zu sein. Und ich habe realisiert, dass es Ziva längst gelungen ist, die neuen Götter zu brechen. Ich habe verstanden, dass es nicht aufgehört hat, seit sie Viridi entkommen sind. Ziva quält sie seit Jahrhunderten. Wie ein Schatten, der die ganze Zeit über ihnen schwebte. Sie hat sie gejagt und sie gefunden.

»Du hast irgendetwas vor – ich spüre es – und es gefällt mir nicht«, raunt Cato mir zu. Die meisten laufen in Richtung Südwesten, wo Hütten, Häuser und andere Bauten errichtet worden sind. Doch einige bewegen sich auch wieder in Richtung der Mauer, weil sie ihr Lager davor aufgeschlagen haben und nach dem Spektakel offenbar weiterziehen oder in ihre Heimat zurückkehren wollen.

Aufmerksam mustere ich unsere Umgebung, ehe ich Cato hinter mir her vom vorgeschriebenen Pfad ziehe, hinein in einen der Gärten, wo wir zwischen den Hecken Schutz finden. »Ich werde dich nicht zu Ava und Apollo begleiten.«

»Flame.« Cato schiebt leicht meinen Hut zurück, damit er mir in die Augen schauen kann. In seinem Gesicht liegt ein besorgter Ausdruck. »Ich verstehe, dass du aufgewühlt bist, aber wir müssen trotzdem die Nerven bewahren.«

Ich balle meine Hände zu Fäusten, nehme meine Atemzüge genau so, wie Hunter es mir beigebracht hat, um nicht an Ort und Stelle in Flammen aufzugehen. »Sie sind meine Freunde«, sage ich dann mit einer Ruhe, die ich nicht empfinde. »Meine Familie. Und ich will nicht ...« Meine Stimme bricht und ich strecke meine Finger durch, spüre das vertraute Kribbeln, welches das Feuer in mir verursacht, doch ich halte mich an mir selbst fest und gestatte mir nicht, loszulassen. »Ich will nicht, dass auch nur einer von ihnen vor Ziva kriecht.«

Cato kneift seine Lider zusammen. »Und deshalb willst du vor dieser Verrückten ihren Platz einnehmen?«

Ich verschränke meine Arme vor der Brust. »Wenn es sein muss.« In dieser Sekunde muss ich daran denken, wie sie alles für mich gegeben haben. Wie sie Welten in Bewegung gesetzt haben, um den Olymp zu öffnen und mir Ambrosia zu beschaffen, damit ich eine Chance habe, die Erfüllung der Prophezeiung zu überleben und meine göttliche Seite zu wecken.

Cato legt eine Hand auf meine Schulter, als könnte er mich auf diese Weise zur Vernunft bringen. »Du hast bereits genug gegeben.«

Ich sehe ihn fest entschlossen an. »Ich würde immer wieder für sie brennen.«

»Wir halten uns an die Vereinbarung. Wir gehen zu Ava und Apollo, warten auf jenen, der die Waffe zur Zerstörung der Gegenstände beschafft hat und auf Hunter, der Mnemosyne mitbringt. Er hat dir selbst versichert, dass er weiß, wo sie ist.«

Meine Mundwinkel zucken. »Du hast ihren Namen gesagt. Ich bin beeindruckt.«

»Weil ich so aufgebracht bin. Außerdem hat Ava sie oft genug erwähnt. Also, bleibst du bei dem ursprünglichen Plan?«

Ich schüttele den Kopf und er stößt einen frustrierten Laut aus. Sanft nehme ich seine Hand von meiner Schulter und drücke sie leicht. »Ich werde mich fangen lassen. Ich habe es im Palast der Titanen gesehen.« Traurig lächele ich ihn an. »Es ist ja kein Geheimnis, dass ich seit dem Turnier einen Teil von Yasars Gabe übernommen habe und ... Es muss so kommen ...« Jetzt verstehe ich auch, weshalb ich in der Vision allein war. Hunter wollte mir noch einreden, dass er und die anderen möglicherweise in der Nähe, bloß nicht in meinem Sichtfeld sein würden, aber offenbar hatte er unrecht. Und das ist okay. In diese Falle zu gehen ist nicht beängstigender, als den Omphalos zu öffnen und durch den See aus Lava zu waten. »Du wirst zu Ava und Apollo zurückkehren. Ihr werdet gemeinsam auf die Nachzügler warten.«

»Ich –«

»Nein«, unterbreche ich ihn entschieden. »Du wirst nicht bei mir bleiben. Ava wartet auf dich. Ihr beide habt euch doch gerade erst gefunden.«

»Aber –«, setzt er erneut an.

»Manchmal träume ich davon ... wie es wäre ... hätte ich mich in der Vergangenheit jedes Mal für Dark entschieden, anstatt den Ketten meines Schicksals zu folgen. Manchmal frage ich mich, weshalb ich freiwillig all diesen Schmerz gewählt habe.« Ich schlucke schwer. »Das Richtige zu tun, ehrenhaft zu handeln ... fühlt sich nicht immer gut an.« Meine Nase kitzelt, weil ich wieder daran denken muss, dass Dark mir vielleicht nicht vergeben wird, selbst wenn wir ihn von Imperium befreien. »Und womöglich werde ich den Preis dafür auf ewig bezahlen.«

»Fuck«, murmelt Cato.

»Es ist in Ordnung«, flüstere ich eindringlich. »Auch du hast bereits genug getan.«

»Was ist …« Er atmet geräuschvoll aus. »Was ist, wenn alles den Styx runtergeht?«

»Dann klaust du einen Pegalux, schnappst dir Ava und fliegst mit ihr in Richtung Sonnenuntergang … von einem anderen Planeten, versteht sich.«

»Du lässt es richtig attraktiv klingen, seine Freunde hängen zu lassen und ein Feigling zu sein.«

Ich ziehe meinen Hut wieder tiefer in die Stirn, ignoriere den Umstand, dass meine Tarnung bald überflüssig sein wird. »Es ist nie feige, sich für die Liebe zu entscheiden.«

Einige Sekunden herrscht Schweigen, ehe Cato erneut das Wort ergreift. »Bist du dir sicher, dass dein Auftauchen sie von den neuen Göttern ablenken wird? Dass du für Ziva wichtiger bist als sie?«

Ich nicke. »Vertrau mir. Ich habe ihr etwas weggenommen, von dem sie glaubte, dass es ihr gehört, und etwas, wonach sie sich sehnt. Dark. Und die Zuneigung der anderen Götter. Sie wird mit mir spielen – mich quälen wollen.« Ich erinnere mich an das Aufblitzen von Eifersucht in Kianas Verhalten. Die stichelnden, manchmal boshaften Bemerkungen, die ich damals nicht einordnen konnte. Es sind Züge, die ebenso ein Teil von Ziva sind und auf die ich bauen kann. Während des Turniers habe ich Monate mit Kiana verbracht und wenngleich sie bloß eine Rolle gespielt hat, bedeutet es trotzdem, dass auch Ziva mir nicht fremd ist.

»Ich kenne dich gut genug, um zu wissen, dass du deinen Willen so oder so durchsetzen wirst – und dass ich deine Meinung letztendlich nicht ändern kann«, murmelt Cato und zieht mich in seine Arme, drückt mich ganz fest an sich.

Obwohl es mir schwerfällt, ich nicht voraussagen kann, ob das hier ein endgültiger Abschied ist, löse ich mich von ihm. »Geh jetzt. Die Nacht steht bereits vor den Toren.«

»Die Verstärkung wird kommen.« Er sagt es beinahe so, als müsste er uns beide davon überzeugen.

»Ich werde so lange durchhalten.«

»Was ...« Dieses Mal unterbricht er sich selbst. »Ich will gar nicht wissen, was du jetzt vorhast. Aber sei wachsam und denk daran, dass Chaos Gedanken lesen kann.«

»Ich passe auf mich auf.«

Er mustert mich zweifelnd, dann strafft er die Schultern, wendet sich ab und setzt sich in Bewegung. Nach drei Schritten bleibt er stehen, ringt mit sich. Doch bevor er es sich anders überlegen kann, nehme ich ihm die Entscheidung ab und verschwinde lautlos zwischen den Hecken. Die Dornen der Rosenbüsche bohren sich durch den Stoff meiner Hose in meine Unterschenkel und schneiden in meine Haut. Ich ignoriere es, ebenso meine Gefühle, die mein Innerstes in Aufruhr versetzen. Es ist vermutlich einfach nur verrückt, aber ich kann es kaum erwarten, Dark nah zu sein. Und dabei ist es mir egal, dass er gerade nicht er selbst ist. Trotzdem versuche ich, mein Vorhaben sachlich zu betrachten, überlege, wie ich am besten vorgehe. In meiner Vision war ich in den Katakomben des Kolosseums – vermute es zumindest. Und ich denke, dass ich sie durch den Nebel erreichen kann. Schließlich habe ich ein Bild davon vor Augen, denn damals – kurz vor Erfüllung der Prophezeiung – war ich bereits in der Arena. Zwar hat sie sich verändert, doch das Grundgerüst ist geblieben.

Ich frage mich, ob es sinnvoll ist, zu warten, bis die Menschen in ihren Unterkünften und Zivas Gefolgsleute im Palast angekommen sind, allerdings muss ich Aufmerksamkeit erregen, um entdeckt zu werden. Andererseits ist die Wahrheit, dass ich nur von ihm gefunden werden will, weshalb ich kurzerhand auf einer der Bänke Platz nehme, die von zwei steinernen Skulpturen eingerahmt werden. Es sind ein Mann und eine Frau, sie tragen keine kostbare Kleidung, sondern Lumpen und beide sind so täuschend echt ausgearbeitet, dass ich bei ihrem Anblick an die Gorgonenschwestern auf Zivas Tribüne denken muss. Ein Schauer rinnt mein Rückgrat hinab und ich fahre mit meinem Zeigefinger über die Hand der Frau, nur um ganz sicherzugehen, aber es handelt sich eindeutig um Stein. Trotzdem rechne ich beinahe damit, dass sie plötzlich lebendig wird, wie die Geparden im Tempel von Delos. Ich warte einige Sekunden mit angehaltenem Atem und als nichts passiert, stoße ich erleichtert die Luft aus. Vermutlich habe ich meine Lektion, dass ich an Orten, an denen ich nicht sicher bin, besser nichts anfassen sollte, noch immer nicht gelernt.

Als die Nacht gänzlich ihren Mantel über den Tag gebreitet hat, streife ich meinen Hut ab und lege ihn neben mich auf die Bank. Mit den Fingern entwirre ich meine verknoteten Locken und kremple die Ärmel meiner Tunika hoch, sodass sie mir lediglich bis zu den Ellenbogen reichen. Ich strecke mich, wobei meine Schulter knackt, ehe ich erst das eine und dann das andere Knie anwinkele, um meine Stiefel nachzuschnüren. Halbwegs gewappnet, erhebe ich mich und zucke heftig zusammen, als ich um die Ecke laufe und einem Reh in die Augen blicke, das sich in dem verwinkelten Garten verirrt haben muss. Einen Fluch kann ich gerade so unterdrücken und presse meine Lippen zu einer schmalen Linie zusammen. Was hat es bloß mit dieser Horde von Tieren auf sich? Und warum verhalten sie sich so seltsam – überhaupt nicht schreckhaft? »Wenn du wenigstens blinzeln würdest«, knurre ich dem Reh zu, bevor ich die Anspannung abschüttele und zulasse, dass der Nebel mich einhüllt. Kurz darauf befinde ich mich im Zentrum der Arena. Direkt neben dem Omphalos. Fast bin ich ein wenig überrascht, dass er nach wie vor da ist, gleichwohl ist er vermutlich derart mit der Erde verankert, dass kein Zauber ihn verändern, verbergen oder gar entfernen kann. Mir ist bewusst, dass ich nicht seinetwegen hier bin, dennoch bereitet mir seine Gegenwart eine Gänsehaut. Langsam mache ich einen Schritt zurück und mustere meine Umgebung. Vom Boden aus betrachtet wirkt das Kolosseum riesig und Zivas Loge, die sich weit über mir befindet, kann ich kaum erkennen. Es herrscht Stille und es ist sonderbar, die Ränge so ausgestorben zu sehen. Ich frage mich, wie es Hale, Yasar, Lost und Dream geht, aber es wird vermutlich nicht lange dauern, bis ich zu ihnen gebracht werde und es erfahre.

Ich entferne mich noch weiter vom Omphalos, drehe mich einmal um die eigene Achse. Auch wenn ich dem Schicksal abgeschworen habe, hat es etwas Symbolisches an sich, dass meine Reise mit einem Turnier begann – und womöglich auch mit einem enden wird. Während ich auf der Bank saß, habe ich überlegt, wie ich Dark signalisieren will, dass ich hier bin. Bis ich mich daran erinnerte, was Cato mir nach meiner Rückkehr von Elysion erzählte: dass nach Erfüllung der Prophezeiung eine riesige Flammensäule aus der Mitte des Kolosseums in den Himmel schoss. Und ich hoffe, dass sie Dark nicht verborgen geblieben war.

Ich rolle meine Schultern zurück und platziere meine Stiefel in einem hüftbreiten Stand. In dieser Sekunde verstehe ich ... dass genau das hier der Moment ist. Der Moment, in dem ich ihn wiedersehe. Der Moment, in dem ich ihm ganz nah sein werde. Die Begegnung im Wald zählt nicht, weil wir nicht einmal miteinander gesprochen haben. Ich ihn nicht einmal ... berührt habe. Tränen brennen in meinen Augen. Ich habe Monate gewartet. Wir sind so lang getrennt voneinander gewesen und trotzdem kann ich seine Hände und Lippen nach wie vor auf mir spüren. Wie sie Blitze über meine Haut jagen, die dafür sorgen, dass mein Puls rast und mein Herz in einem Takt schlägt, der einzig ihn und mich verbindet. Als existierte ein eigenes Universum für unsere Liebe. Noch immer ist er der Grund, aus dem ich durchgehalten habe. Seinetwegen habe ich es bis hierher geschafft. Weil ich ihn und uns niemals – in keiner Welt und in keinem Leben – aufgeben könnte. Seit ich ihm begegnet, auf den Rücken des schwarzen Wolfes geklettert bin, und mich für dieses Abenteuer entschieden habe, hat sich alles für mich verändert. Ich habe mich verändert. Bloß das zwischen uns ist gleich geblieben, sogar gewachsen, während wir entfernt voneinander waren. Und ich glaube daran, dass wir stark genug sind, um auch Imperium und die Macht der Urgegenstände zu besiegen.

»Ich habe dich vermisst«, flüstere ich, neige den Kopf zurück, hebe meine Arme und beschwöre die Hitze in mir. Aus einem kleinen Funken bilden sich Flammen, die in meinem Inneren lodern, ehe sie aus mir hervorbrechen. Die orangerote Säule schießt in Richtung Firmament, breitet sich am Himmel wie ein Netz aus Lichtern aus und explodiert am höchsten Punkt in tausend goldene Sternschnuppen. Kurz erlaube ich es mir, zuzuschauen, ehe ich mich abwende und in Richtung eines der Rolltore renne, das geöffnet und unbewacht ist. Dunkler Staub wirbelt zu meinen Füßen auf und ich mache mir nicht die Mühe, die Geräusche meiner Schritte zu dämpfen. Die Strecke ist weiter, als ich sie eingeschätzt hatte, weshalb es mir wie eine halbe Ewigkeit erscheint, bis ich das Tor erreiche. Der Weg, den ich dann betrete, neigt sich nach unten, führt mich direkt in die Tiefe. Als ich an eine Abzweigung gelange, wähle ich den linken Pfad und frage mich, weshalb ich überhaupt flüchte – bloß, weil ich es in meiner Vision so gesehen habe? Oder weil ich will, dass es wie jener Abend ist, als ich ihn zum ersten Mal in seiner menschlichen Gestalt erblickt habe? Weil ich noch einmal fühlen will, wie es ist, von ihm gejagt zu werden? Denselben Reiz zu empfinden wie damals, als er mir durch den gesamten Palast und bis in mein Turmzimmer folgte, Adrenalin statt Blut in meinen Adern pulsierte? Womöglich lasse ich mich genau deshalb darauf ein, sporne meinen Körper zu Höchstleistungen an, und stelle all meine Instinkte auf die der Gejagten ein. Dabei biege ich so oft ab und wechsele derart häufig die Richtung, dass ich nicht mehr sagen kann, welcher Weg nach oben führt. Doch es spielt keine Rolle. Weil Dark mich tatsächlich in dieser Dunkelheit finden wird.

Irgendwann gelange ich an eine Tür, deren Holz Risse aufweist, fast so, als stammte es ebenso wie der Omphalos noch aus der vergangenen Zeit. Ich bin mir sicher, dass ich nun so weit unter der Erde bin, dass ich die Katakomben und Kerker erreicht habe. Ich stoße gegen die Tür, die keinen Widerstand leistet und mit einem bereitwilligen Knarzen aufschwingt. Eine Ratte huscht vor mir über den Boden und ich setze einen Stiefel über die Schwelle. Sogleich umfängt mich eine andere Atmosphäre und es kommt mir vor, als könnte ich die Qualen, die an diesem Ort erduldet wurden, wie Teer auf meiner Zunge schmecken. Die Luft hier unten ist abgestanden und hat eine beißende Note, die schon bald dafür sorgt, dass meine Lunge brennt, als hätte sie gemeinsam mit der Flammensäule Feuer gefangen. Trotzdem verlangsame ich meine Schritte nicht und als ich eine erneute Abzweigung nehme, erreiche ich einen Tunnel, der mit smaragdgrünen und goldenen Steinen gepflastert ist. Obwohl meine Vision mich darauf vorbereitet hat, erschrecke ich, als Wesen auftauchen, die aus Nebel und Rauch bestehen, auf mich zurasen, nur um einen Wimpernschlag später direkt vor meinen Augen zu verschwinden. Und dann geschieht das, worauf ich am meisten gewartet habe: Schritte, die nicht ich verursache, hallen von den Wänden wider, dröhnen Unheil verkündend in meinen Ohren. Vielleicht ist das der Grund für meine innere Anspannung, die sich immer weiter gesteigert hat, sodass es mir in dieser Sekunde erscheint, als würde mein Herz erzittern. Die Angst, die mich ohne Vorwarnung überkommt, windet sich wie eine giftige Pflanze über mein Rückgrat. Ich könnte schneller rennen, stattdessen arbeite ich gegen meine Instinkte, zügele meinen Willen, halte mich zurück. In der Ferne glaube ich ein Lachen zu hören, und meine Nackenhaare stellen sich auf. Ich halte den Atem an und der Tunnel wird in Düsternis getaucht. Beinahe erscheint es mir, als würde jemand der gesamten Welt das Licht rauben – es erbarmungslos verschlingen. Schlitternd bremse ich ab, taste orientierungslos nach dem Gestein. Meine Lider sind weit aufgerissen, aber umgeben werde ich allein von Dunkelheit. Furcht schnürt meine Kehle zu und plötzlich erscheint mir meine Zuversicht, trotz des Rings zu Dark durchzudringen, töricht. Mein Verstand wurde von meinen Sehnsüchten in die

Irre geleitet, von ihnen übermannt. Denn ich wusste einst, wie es sich anfühlt, vom Gott der Angst und der Finsternis geliebt zu werden. Wie es war, von ihm berührt und begehrt zu werden. Wie es war, von ihm gehalten und beschützt zu werden. Wie es war, von seiner Leidenschaft beflügelt zu werden. All das liegt in der Vergangenheit. Die Gegenwart hingegen ist jetzt. Und sie ist gefährlich. Ich darf weder meinem Herzen noch meinem verräterischen Körper trauen.

Ich keuche, als eine raue Hand meinen Hals umschließt, um mir den Sauerstoff zu nehmen. Trotz der Bedrohung werde ich von Schockwellen der Lust und der verfluchten Sehnsucht erfasst und ich stöhne, als kühler Atem wie eine Melodie, die nur ihm und mir vertraut ist, über meine Haut streicht. In meiner Nase liegt der Geruch von Wald und Schnee und Kiefernnadeln. Er ist da – und so unendlich viel mehr als eine Erinnerung. Tränen rinnen meine Wangen hinab, als ich mich an ihn lehne, obwohl ich die Wahrheit kenne. Es entspricht seiner Natur, mit mir zu spielen, weil die Macht von Imperium seinen Verstand infiziert hat und er ein Raubtier ist.

»Ich ... erinnere ... mich.« Ich beiße mir so heftig auf meine Unterlippe, dass Blut auf mein Kinn tropft. Seine Stimme hat sich nicht verändert. Sie ist tief und betörend. Als würde er mich in eine Schlucht aus Samt und Seide locken. »An unser Versprechen ...« Dark löst seine Hand von meinem Hals, legt seine Finger auf meine Brust, unter der mein Herz schlägt. Ein Teil seines Herzens. »... einander immer zu finden.« Sein Mund fährt über die Linie meines Kiefers und ich presse mich enger an ihn, verhalte mich wie die Verlorene, die ich wegen ihm bin. »Du hättest es brechen sollen.« Dann lässt er seine Finsternis in mich dringen.

Kapitel 28

TRIEBE

FLAME

Ich befinde mich in einem sonderbaren Zustand, als ich mein Bewusstsein zurückerlange. Ich bin mir sicher, dass ich nicht mehr schlafe, doch ich kann mich weder bewegen noch meine Lider öffnen. Da ist bloß die Dunkelheit, welche nach wie vor in meinen Zellen vibriert, sie mit ... Leben füllt. Ich liege auf einem harten Untergrund und etwas Spitzes sticht gegen meine Rippen. Am liebsten würde ich meine Position verändern, aber es gelingt mir nicht. Außerdem pochen meine Handgelenke, aber ich kann mich nicht daran erinnern, sie verletzt zu haben.

»Sie ist tatsächlich gekommen.« Meine Muskeln spannen sich an, als ich Zivas Stimme höre, die einen zufriedenen und gleichzeitig wütenden Klang aufweist. »Weil sie ihre Freunde retten will ... oder dich?«

Mein Bauch fühlt sich an, als würden zarte Flügel darin schlagen – Dark ist noch anwesend. Doch er antwortet nicht und Ziva spricht weiter. »Genau wie Saphira scheint sie unverschämtes Glück zu haben – leicht zu töten ist sie nicht. Aber ich will mich nicht beschweren, auf diese Weise bleibt umso mehr Spaß für mich.« Sie kichert höhnisch und ein Schwappen ertönt, als würde sich eine Flüssigkeit auf dem Boden verteilen. »Wie tragisch, dass Flame bisher gar nicht erfahren hat, dass du sie lediglich benutzt hast, damit sie eurem Willen folgt, sich in euch alle verliebt und die Prophezeiung erfüllt. Wie sehr es sie schmerzen wird, sobald sie herausfindet, dass du freiwillig zu mir gekommen bist ...«

Innerlich verdrehe ich die Augen über Zivas Irrsinn. Ja, ich kann mir durchaus vorstellen, dass Dark sie freiwillig aufgesucht hat. Da ich fort war und er nichts mehr zu verlieren hatte. Und weil Hale mir schon damals – zu Beginn des Turniers – anvertraute, wie sehr es Dark mitgenommen hat, von Viridi zu flüchten und das Volk im Stich zu lassen, für das er sich verantwortlich fühlte. Vermutlich wollte er verhindern, dass es sich in dieser Welt wiederholt. Er wird ihr eine Geschichte aufgetischt haben, die ihr schmeichelt, die sie glauben will, und die dafür sorgt, dass sie ihm wieder vertraut. Und es ist zu einem Teil geglückt, denn sie hat ihn erneut an sich herangelassen. Aber offenbar war sie auch argwöhnisch, hatte Bedenken, dass Dark sie noch einmal verrät. Und deshalb steht er nun unter der Kontrolle des Rings. Ziva will nicht riskieren, ihn ein weiteres Mal zu verlieren. Unvermittelt rollt eine Welle der Übelkeit über mich hinweg. Bis zu diesem Zeitpunkt habe ich die Tatsache verdrängt, dass sie auch mir Imperium auf den Hals hetzen könnte. Allerdings hat sie sich aus einem ganz bestimmten Grund als Kiana gezeigt, den Schleier gehoben: Sie möchte, dass wir sie sehen. Ihre Errungenschaften. Es würde ihr bloß halb so viel Freude machen, wenn ich eine kopflose Marionette wäre.

»... will, dass du herausbekommst, was ihre Pläne sind.« Ich hatte das Gespräch ausgeblendet, aber nun richten sich all meine Sinne wieder auf Ziva.

»Wie weit soll ich dafür gehen?« Leicht zucke ich zusammen, als Dark spricht. Ihn zu hören ... erscheint mir nicht real.

»So weit wie nötig, damit sie redet. Schone sie nicht.«

Da ich daraufhin keine Antwort vernehme, gehe ich davon aus, dass er nickt. Überrascht registriere ich, dass die klackernden Absätze sich wenig später entfernen. Die schweren Stiefel hingegen bewegen sich in meine Richtung. Es verwundert mich, dass Ziva Dark mit mir allein lässt, andererseits hat sie wohl nichts zu befürchten, solange sie ihn kontrolliert. Und vermutlich braucht sie Ruhe, um sich in allen Einzelheiten zu überlegen, auf welche Arten sie mich zukünftig erniedrigen kann. So weit wie nötig, damit sie redet. Ich kann mir kaum vorstellen, dass Dark mich verletzen wird. Es wäre einfach ... verkehrt.

Finger schlingen sich direkt über meinem Knie um meinen Oberschenkel und ein Schauder rinnt meinen Körper hinab, der sich in einem Funkenregen in meinem Unterleib vereint. »Schon zwei Mal hast du ein Feuerwerk für mich veranstaltet und beide Male gab es keinen Grund für mich zu feiern.« Darks Finger wandern weiter, streicheln mich wie zärtliche Federn und der Stoff, den ich vorher als unangenehm empfunden habe, intensiviert die Berührungen.

Meine Lider fliegen flatternd auf. Wenngleich ich es besser wissen sollte, wünsche ich mir, in flüssigem Silber zu ertrinken. Stattdessen blickt mir harter Stahl entgegen.

Kalt.

Berechnend.

Darauf ausgerichtet, mich zu brechen.

In diesem Moment werde ich daran erinnert, dass Hoffnung nichts weiter ist als eine törichte Fantasie. Und ich ahne, dass Dark mich nicht mit Schmerzen foltern wird. Warum sollte er? Wo ihm doch die Waffe der Sanftheit zur Verfügung steht ...

Ich keuche, als er ohne Vorwarnung den Saum meiner Tunika nach oben schiebt und sich über mich und die Pritsche beugt, auf der ich liege. Seine Hände umschließen meine Taille und mein Atem stockt, als seine Zunge träge Kreise um meinen Bauchnabel zieht. Meine Mitte zuckt und ich will mich aus seiner Berührung winden, doch er hält mich fest, sodass ich mich keinen Zentimeter bewegen kann. Und es ist zu viel. Als würde der Pfad, den er zeichnet, millionenfach neue Nervenbahnen in meinem Körper erschaffen. Als seine Finger weiterwandern, seine Daumen über den Ansatz meiner Brüste streichen, wimmere ich. Meine Brustwarzen richten sich auf, reiben über den rauen Stoff, sodass ich noch stärker bebe. Meine Hände heben sich wie von selbst, meine Nägel krallen sich in seine muskulösen Schultern. Ein frustrierter Laut dringt aus meinem Mund, weil ich weiß, dass ich ihn von mir stoßen sollte, aber es nicht kann. Ich verstehe nicht, weshalb. Nach allem, was ich durchgemacht habe, sollte ich doch stärker sein. Aber es ist unmöglich, auch nur einen klaren Gedanken zu fassen, als er mir die Tunika blitzschnell abstreift, mich hochhebt und sich selbst auf das Feldbett setzt, mich auf seinem Schoß platziert, allerdings so, dass ich mich mit dem Rücken zu ihm befinde. Ich stöhne, als er meine Brüste nun gänzlich umfasst. Mein Hintern drängt sich gegen ihn, während er gleichzeitig meine Nippel zwischen seinen Fingern dreht. Unsere Umgebung wankt, trotzdem merke ich, wie Dunkelheit und Schatten aus den Ecken und Wänden hervorkriechen, sich langsam ausdehnen, bis der gesamte Raum in Schwärze getaucht ist. Ich kann nichts mehr sehen, bloß noch spüren. Mein Verstand ist ein entferntes Wispern, das mich kaum erreicht, weil ich in den Armen der Finsternis verloren bin. Eine Gänsehaut breitet sich von meinem Nacken bis zu meinen Füßen aus, während seine Lippen sich von der empfindlichen Stelle unterhalb meines Ohrläppchens einen Weg zu meiner Halsbeuge bahnen, dabei mit den Zähnen, welche die des Wolfes sind, über den zarten Muskelstrang fahren. Es brennt so gut, dass mein gesamter Leib bebt und zuckt. Und er wiederholt es, bis ich die Spannung in mir nicht mehr ertrage. Meine Finger gleiten unter den Bund meiner Hose und über meine Lust, während Darks Hände meine Hüfte packen und mich in einem unerbittlichen Rhythmus auf seinem Schoß bewegen, der mir verspricht, dass es kein Zurück mehr gibt. Sterne blenden die Dunkelheit, als ich von heißen und eiskalten Wellen erfasst werde und ein Schrei aus meiner Kehle dringt. Die reinste Form der Energie explodiert in meinem Inneren und meine Seele wird von der Flut mitgerissen, während ich bei ihm verharre. Als wäre er nach wie vor mein Anker, der Ort, an dem ich zu Hause bin, egal wo auf der Welt wir gerade sind.

Ich knie auf dem Boden, als die Finsternis weicht, das dämmrige Licht bleibt. Ich kann mich nicht erinnern, wie ich hier gelandet bin, als hätte mein Höhepunkt mir meinen Verstand geraubt. Fast denke ich, dass meine Gliedmaßen mir nicht gehorchen werden, aber dann gelingt es mir, mich trotz des Nachbebens aufzurichten. Langsam drehe ich mich um, doch die Pritsche ist leer. Stirnrunzelnd mustere ich das Verlies, das mir zugeteilt wurde. Die Zellen um mich herum sind leer – scheinbar wurde ich von den anderen abgeschottet. Schließlich entdecke ich Dark, der bereits am Ausgang steht. Er ist mir nur halb zugewandt, einige Haarsträhnen fallen ihm ins Gesicht, aber ich erkenne auch so seine silbrige Narbe, die seine Schläfe mit einem wunderschönen Makel ziert. Meine Beine machen wie von selbst einen Schritt auf ihn zu. Und noch einen. »Dark«, flüstere ich. Zum ersten Mal vereinen sich Horror und Sehnsucht bei seinem Anblick. Sehnsucht, weil ich mehr von dem will, was er mir eben gegeben hat, und Horror, weil ich es überhaupt zugelassen habe, während er durch Imperium an Ziva gebunden ist. Ich meine, was bedeutet das überhaupt? Hat sie das, was hier gerade passiert ist, mitbekommen? Hat sie es ihm gedanklich womöglich sogar angeordnet? Vielleicht glaubt sie, dass sie mich mit ihm vernichten kann. Indem sie mir erst ein Stück von ihm gibt und dann ... ja – was dann?

Dark ist noch immer wie erstarrt und ich rechne schon damit, dass er sich vollkommen ausgeklinkt hat, als er langsam den Kopf hebt. Es macht mich wütend, dass ich keine einzige verdammte Regung in seinen Augen erkenne. Als hätte er gerade kein Feuer in meinen Adern entfacht. Mit aller Willenskraft, die ich aufbringen kann, rufe ich den Nebel, will mich in ihm einhüllen, mich schützen, obwohl mir klar ist, dass ich bleiben und Ziva ablenken muss. Doch es geschieht ... nichts. Ein wenig fühlt es sich an, als würde ich gegen eine Mauer laufen. Meine Fingernägel graben sich in meine Haut und als meine Aufmerksamkeit sich auf meine Handgelenke richtet, sehe ich zwei schwarze Ringe, die sich wie ein Geschenk um sie schmiegen.

»Wie passend«, knurre ich. »Es erinnert mich an den Rubin, den du mir einst gegeben hast.«

Dark mustert mich schweigend.

Ich verschränke meine Arme vor meinen Brüsten, weil ich jetzt erst bemerke, wie kalt es hier unten ist. Dennoch will ich ihm in dieser Sekunde nicht die Genugtuung geben, zu meiner Tunika zu greifen und sie überzustreifen. »Du hast den Auftrag, herauszufinden, was meine Pläne sind«, bringe ich ärgerlich hervor. »Weshalb stellst du mir keine Fragen?«

Einer seiner Mundwinkel hebt sich zu einem arroganten freudlosen Lächeln. »Ich habe längst erfahren, was ich wissen muss.«

»Tatsächlich?«, erwidere ich spöttisch.

Nun ist er es, der auf mich zukommt, Daumen und Zeigefinger unter mein Kinn schiebt und es anhebt, sodass ich gezwungen bin, in seine Iriden aus Stahl zu schauen. »Du bist hier, weil du den Schwächen deiner Gefühle unterliegst.«

Ich ziehe eine Braue hoch, lasse mir nicht anmerken, dass seine Worte sich wie tödliche Klauen in mein Herz graben. »Du willst mir wirklich weismachen, dass dir die Nähe zwischen uns eben nichts bedeutet hat – dass du nicht mehr wolltest und es dir genommen hast?«

Mit der Zunge leckt er über die Schramme, die seine Reißzähne mir zugefügt haben. »Lust ist ein Trieb und kein Gefühl.« Wenige Sekunden später knallt die Zellentür hinter ihm zu.

SAPHIRA

Lavea und ich kauern neben der Tür und versuchen herauszufinden, was zur Hölle dort draußen vor sich geht. Der Wind, der von dem geöffneten Fenster hereinweht, sorgt dafür, dass mein Nachthemd sich bauscht. Genervt streiche ich es glatt und presse mein Ohr gegen das Holz. Noch vor einer halben Stunde war ich kurz davor, ins Land der Träume zu dämmern. Es war Chaos, der andere Pläne hatte und mich in Laveas Gemach brachte. Allerdings hat er nicht abgesperrt, weshalb meine Finger nun zu der Klinke wandern.

»Phia, nicht!«, warnt Lavea, aber da drücke ich sie bereits herunter.

»Sie sind in eurem Salon, nicht im Flur, reg dich ab«, murmele ich und ziehe die Tür einen winzigen Spaltbreit auf. Allerdings verstumme ich sofort, als sich ein Paar Stiefel an meinem Sichtfeld vorbei bewegen, die zu der Gorgone Stheno gehören.

»Was soll dieser Aufruhr?«, fragt sie, als sie den Salon betritt und die Tür ärgerlicherweise hinter sich schließt. Ich vernehme noch das Zischeln ihrer Schlangen, aber nicht die Antwort der Anwesenden. Meines Wissens halten sich Chaos, die drei Titanenbrüder, Stheno, ihre Schwestern Euryale und Medusa sowie Artemis darin auf.

»Verdammt«, fluche ich leise und wende mich an Lavea. »Wo ist eigentlich Phoibe?«

»Koios' Zimmer«, wispert sie mit weit aufgerissenen Augen zurück, beinahe so, als würde sie damit rechnen, dass jede Sekunde eine Harpyie ihren Kopf durch die Öffnung stecken könnte. Wobei sich darüber streiten lässt, ob man sich vor einer Harpyie aus der Unterwelt fürchten muss, wenn drei Gorgonen anwesend sind, die dich in eine Statue verwandeln können.

Obwohl jetzt auch ein guter Moment wäre, mich mit Lavea auszutauschen, ob sie bezüglich Exitium etwas in Erfahrung bringen konnte, sagt mir meine innere Stimme, dass das hier gerade von größerer Bedeutung ist. Ehe ich es mir anders überlegen kann, stoße ich die Tür auf, ignoriere Laveas schockierten Laut und husche nach draußen. Ich bin barfuß und verursache keinerlei Geräusche auf dem schlangengrünen Teppich. Vor dem Salon stoppe ich, nehme einige flache Atemzüge, in dem Versuch, meinen rasenden Puls zu beruhigen.

»Wer ist eingetroffen?«, fragt Stheno in diesem Moment.

»Das Feuermädchen«, antwortet eine ihrer Schwestern.

Meine Gedanken rasen. Flame. Flame ist tatsächlich gekommen. Bedeutet das … Hoffnung?

»Persephones Tochter.« Das kam, glaube ich, von Hyperion. »Hat eine verfluchte Flammensäule im Kolosseum hochgeschickt.« Ich kann nicht eindeutig benennen, ob er darüber aufgebracht ist oder nicht. Vermutlich eher Ersteres, da auch sein Kopf Imperium – und somit Ziva – gehört. Chaos ist der Einzige in dieser Runde, der nicht von ihr besessen ist.

»Wo ist sie jetzt?«, hakt Artemis nach.

Von der Erwiderung werde ich abgelenkt, da Lavea mir etwas zuzischt und ich geistesgegenwärtig zu einem der Vorhänge husche, mich darin einwickele und in die Zimmerecke dränge. Aufgrund des Rauschens in meinen Ohren realisiere ich verzögert, dass sich von draußen Schritte nähern. Natürlich kann ich es mir nicht verkneifen, trotz der Gefahr, die meine Finger zittern lässt, durch eine kleine Lücke im Stoff zu linsen. Ziva schreitet über den Flur, einen gläsernen Kelch in der Hand, aus dem der Nektar der Götter schwappt. Sie ist in ein blutrotes Kleid gehüllt, wie immer trägt sie Originem auf ihrem Haupt. Die Tür zum Salon öffnet sich für sie, ohne dass sie diese berühren muss. Innerlich mache ich Luftsprünge, weil sie nicht darauf achtet, sie wieder zu schließen.

Die Anwesenden verstummen, während Zivas Absätze über den polierten Boden klackern. »Du hast die Neuigkeiten bereits überbracht, Hyperion?«

»Das habe ich«, bestätigt der Titan und Ziva gibt ein zufriedenes Geräusch von sich, vermutlich, weil er sich dabei vor ihr verneigt. Es ist unheimlich, dass niemand in ihrer Gegenwart etwas sagt, niemand eine Frage stellt, solange Ziva nicht dazu auffordert. Abgesehen von Chaos. Am liebsten würde ich mich wieder zum Salon schleichen, aber mir ist auch bewusst, dass ich unverschämtes Glück hatte, beim ersten Mal nicht erwischt worden zu sein. Deshalb bleibt es meiner Vorstellung überlassen, mir Ziva auszumalen, wie sie gierig über ihre Lippen leckt, an denen rubinrote und saphirblaue Partikel glänzen.

»Aufgrund unseres eingetroffenen Gastes habe ich meine Pläne bezüglich der neuen Götter geändert. Morgen Nachmittag wird deshalb ein anderer Kampf stattfinden.«

»Heißt?«, hakt Chaos nach.

Ein Kreischen ertönt und all meine Nackenhaare stellen sich auf, als ein Fingernagel über eine Oberfläche schleift. Bevor Ziva weitersprechen kann, erklingen erneut Schritte und es ist Dark, der den Empfangsbereich durchquert. Seine Miene ist eine ausdruckslose Maske, seine Haltung unerbittlich und seine Haut so bleich, als wäre sie von Schneeflocken bedeckt. Was mir allerdings ins Auge sticht, sind seine Fingerknöchel, an denen Blut klebt, und noch während er geht, beobachte ich, wie die Wunde sich schließt. Übelkeit und Sorge steigen in mir auf, bei der Vorstellung, dass er Flame wehgetan haben könnte. Wie es wohl für sie war, ihn nach einer derart langen Zeit wiederzusehen? Vielleicht könnte ich Chaos dazu überreden, mich zu ihr zu bringen ... Allerdings wird er mir diesen Gefallen vermutlich nicht tun.

»Und?«, fragt Ziva ungeduldig, als Dark sie erreicht und aus meinem Sichtfeld verschwindet.

»Sie ist allein wegen mir gekommen.«

Ziva schnaubt. »Natürlich. Aber sie ist zu spät.« Sie lacht und es klingt so ... siegessicher, dass mein Magen sich zusammenkrampft. In diesem Moment wünsche ich mir nichts mehr, als sie zum Schweigen zu bringen. Und wenn ich nicht wüsste, dass es rein gar nichts nützt, würde ich zu der Kommode gegenüber laufen, mir den Kerzenständer schnappen und ihn ihr über den Kopf ziehen. Was für eine friedliche Stille das wäre ...

»Welcher Kampf wird morgen Nacht ausgetragen?«, lenkt Chaos zurück zum eigentlichen Thema und ich überlege, weshalb er auf die Antwort drängt, wo er ihre Gedanken lesen kann. Plötzlich erstarre ich, weil er womöglich mich auf diese kurze Entfernung hören kann ...

»Nun, es erscheint mir beinahe schicksalhaft, dass alle finalen Teilnehmerinnen des Turniers hier sind. Saphira, Lavea und Flame. Abgesehen von Candela – bei ihr hat die natürliche Auslese mir die Arbeit abgenommen.« Ihr die Arbeit abgenommen ... Das bestätigt alle Vermutungen, die ich hatte. Vorhin bei ihrer Ansprache hat sie verkündet, dass sie die neuen Götter nicht umbringen will. Das wäre irgendwie auch dumm, nachdem sie Jahrhunderte investiert hat, um wieder mit ihnen vereint zu sein. Sie waren der Antrieb für nahezu all ihre Handlungen. Bei Flame, Lavea und mir hingegen ... schaut die Sache ganz anders aus.

»Wir vier haben also noch eine offene Rechnung zu begleichen.« Ich höre, wie sie einen weiteren Schluck trinkt. »Ich werde eine letzte Aufgabe für uns festlegen. Es klingt, als würde sie sich erheben. »Zeigen, dass ich die Gewinnerin des Turniers gewesen wäre.« Huh. Es kratzt nach wie vor an ihrem Ego, dass Flame damals die erste Sonne aus der Schale genommen hat. »Ich werde der Welt demonstrieren, dass ich die mächtigste Frau bin, die ihr für den Wettstreit zur Jahrtausendwende ausgewählt habt. Ich werde beweisen, dass ich die wahre Königin bin. Deine Königin.« Ich muss ein Würgen unterdrücken, da ich mir sicher bin, dass sie ihre Klauen in dieser Sekunde über Darks Schultern fahren lässt. »Und du wirst vor den Bewohnern dieser Erde Mein sein, wenn ich als Siegerin aus diesem Kampf hervorgehe und dich zu meinem Gemahl nehme. So lauteten doch eure Versprechungen, nicht wahr?« Sie lacht wieder und etwas fällt zu Boden, Glas splittert und bricht.

Ziva ist ... wahnsinnig. Vollkommen, ganz und gar. Ich frage mich, ob sie selbst nicht ahnt, dass es niemals genug sein wird. Egal, wie viel sie sich nimmt. Sie ist auf der Suche nach etwas, das selten und kostbar ist und nicht erzwungen werden kann. Und trotzdem weiß ich, dass sie es nicht einmal erkennen würde, wenn es direkt vor ihr stünde.

»Saphira wird nicht im Kolosseum kämpfen.« Mein Atem stockt, als Chaos meinen Namen ausspricht. Ich glaube nicht, dass es etwas ist, an das ich mich gewöhnen kann. »Ich habe dir bereits erklärt, dass ich nichts davon halte, ihr ein schnelles Ende zu bereiten. Du bist nicht sorgsam mit ihr umgegangen.«

»Sorgsam mit ihr umzugehen, war nicht Teil des Deals. Du wolltest sie leiden sehen.«

»Dinge ändern sich.«

»DIE VEREINBARUNG KANN NICHT GEÄNDERT WERDEN!«, keift Ziva so unvermittelt, dass ich zurückschrecke.

Ein Unheil verkündendes Grollen bewegt sich durch die Gemächer, als würde das Fundament unter uns beben und den Palast aus seinen Grundpfeilern heben. Automatisch presse ich mich mit meinem Rücken und den Handinnenflächen gegen die Wand, als würde mich das schützen.

»Bring mich in unsere Räumlichkeiten. Ich muss mich auf morgen vorbereiten.«

»Natürlich«, erwidert Dark mit seiner samtweichen Stimme, die jedem einen Schauer über die Wirbelsäule jagt und schon während des Turniers bewirkte, dass Candela und ich lieber den Kopf einzogen, weil Sanftheit bei ihm Täuschung ist.

»Sorgt dafür, dass meine Gegnerinnen morgen bei Sonnenuntergang im Kolosseum sind. Und bereitet ein Fest vor. Ich kann es kaum erwarten, meinen Sieg zu feiern.«

Dann ertönt das leise Säuseln, welches verrät, dass jemand durch den Nebel geht. Anschließend herrscht mehrere Minuten Schweigen und ich löse meine schweißnassen Hände vorsichtig von der Wand, wische sie an meinen Oberschenkeln ab. Ich linse erneut zwischen den Vorhängen hindurch und überlege, wie ich am besten zurück in Laveas Zimmer gelange, weil die Tür zum Salon offen ist und sie mich ganz bestimmt erwischen würden. Ich will es trotzdem riskieren, zucke jedoch zurück, als die Gorgonenschwestern heraustreten und die Gemächer der Titanenbrüder verlassen. Als Chaos ihnen folgt, jedoch zielstrebig in meine Richtung kommt, ist mir endgültig klar, dass ich geliefert bin. Direkt vor mir stoppt er, reißt den Vorhang derart heftig zur Seite, dass er zu Boden fällt. Seine Mitternachtssonnenaugen lodern auf und ich bin mir ziemlich sicher, dass er mich erst ein Mal auf diese Weise angesehen hat: nachdem ich ihm meinen Dolch ins Herz gerammt hatte. Es könnte sein, dass er wütend ist, da der Tod viel friedlicher ist als das, was er für mich geplant hatte. Plötzlich fühlen meine Knie sich weich an und ich fasse instinktiv nach Chaos' Unterarmen, suche bei einem Monster halt, weil ich erst jetzt das gesamte Ausmaß begreife.

Ich werde gegen Ziva antreten.

Gegen Ziva und die Urgegenstände.

Womöglich ist Flame hier, weil sie einen Plan hat, eventuell aber auch nicht. Vielleicht ist sie wirklich allein für Dark gekommen, wegen ihrer Liebe und weil sie ihn retten will. Oder ... eine noch viel grausamere Überlegung, die ich überhaupt nicht zulassen will: weil sie mit ihm gemeinsam sterben will. Aber wenn es keine Hoffnung mehr gibt, kann ich ihr das nicht verdenken. Allerdings bedeutet es im Umkehrschluss, dass ich in nicht einmal vierundzwanzig Stunden tot sein werde.

Kapitel 29

DIE SIEBTE AUFGABE

FLAME

Ich sitze auf der Pritsche, meine Ellenbogen auf den Knien abgestützt, mein Blick fixiert die Zellentür, während ich auf den Moment warte, der über unsere Zukunft entscheiden wird. Ich habe nicht versucht, zu entkommen, denn ich weiß, dass das hier meine Zeit und auch mein Platz ist, den ich einnehmen muss. Immer wieder spielt sich die Vergangenheit vor meinem inneren Auge ab. Denn ich werde nie vergessen, wie ich über den mit magischen Fackeln beleuchteten Markt lief, um mich für das Turnier der Götter zu qualifizieren. Wie Apollo aus der Dunkelheit trat und ich ihm durch den Gang folgte, nichts ahnend, was mich dahinter erwarten würde. Es war ungewiss ... berauschend ... beängstigend ... und die beste Entscheidung, die ich jemals getroffen habe. Ich würde immer wieder diesen Schmerz und dieses unendliche Glück wählen. Selbst wenn es kein gutes Ende nimmt, habe ich ... alles gehabt. So viel mehr, als ich jemals zu träumen gewagt hätte. Ich sehe die Gesichter von Dark, Cato, Hunter, Ladon, Phia, Hale, Lost, Candela, Yasar, True, Dream, Lavea, Phoibe, Apollo, Prom und Apate vor mir. Bevor ich ihnen begegnet bin, wusste ich nicht, dass ich mein Herz tatsächlich spüren kann. Dass es sich schwer und leicht anfühlen kann. Dass es vor Trauer brennen kann. Dass es sich nach etwas sehnen kann – so sehr – und in der Lage ist, unbändige Freude zu empfinden.

Dark hat einmal zu mir gesagt, ich wäre versessen darauf, herauszufinden, wer ich wirklich bin. Ich denke, dass ich mittlerweile eine Antwort auf meine Frage gefunden habe. Denn letztendlich hat meine bisherige Reise mich gelehrt, dass jede Persönlichkeit bunt ist und besonders und derart vielschichtig, dass ein ganzes Leben vielleicht nicht ausreichen mag, um sie vollständig zu ergründen. Dass man stets etwas Neues entdecken wird, wegen Dingen, die vorher verborgen waren, aber auch, weil man sich mit jedem Tag, der verstreicht, weiterentwickelt. Cato hatte recht – es gibt keinen Stillstand. Und nun verstehe ich, dass wir alle für diesen einen Reiz existieren. Für die Überraschungen – die guten und die schlechten. Jeder Sonnenaufgang beinhaltet ein Rätsel und jede Dämmerung ein Geheimnis. Deshalb kann man im Voraus nie benennen, was die Nacht und der Morgen bringen. Und aus irgendeinem Grund finde ich meinen Frieden in dieser rauen Wahrheit anstatt in einer schmeichelhaften Lüge.

Obwohl ich kein Auge zugetan habe, empfinde ich keine Müdigkeit, meine Sinne sind geschärft. Ziva glaubt vermutlich, dass Darks Gegenwart mich unaufmerksam macht, mich womöglich sogar in die Knie zwingt. Aber sie irrt. Ich bin stärker als das, worin sie meine Schwäche sieht. Und ja, genau wie die neuen Götter habe ich Ängste. Trotzdem gebe ich nicht auf. Niemals. Auch wenn ich wie Lost in einen Abgrund gefallen bin. Es gibt immer einen Weg zurück. Und ich werde immer wieder aufstehen – ihn immer finden – bis mein Herz nicht mehr schlägt – und vielleicht sogar darüber hinaus.

Ich erhebe mich, als ich Artemis entdecke, die das Verlies betritt, und zu meiner Zelle kommt. Sie ist allein, nicht in

Begleitung ihrer Tiere oder Nymphen. Zum ersten Mal fällt mir auf, dass ihre Arme mit Tätowierungen überzogen sind. Sie hebt ihre Hand, die Tür schwingt auf und ich gehe hinaus. Nie zuvor war ich der Göttin der Jagd so nah. Ihre Iriden sind unverkennbar Apollos. Ohne ein Wort dreht sie sich um, und ich nehme es als Zeichen, ihr zu folgen. Nach einer Weile gelangen wir an eine weitere Tür, die sie aufschiebt.

»Du hast fünf Minuten zum Umziehen«, informiert sie mich. Ich beiße mir auf die Zunge, damit ich nicht nachfrage, was die Konsequenz wäre, sollte ich es nicht in der vorgegebenen Zeit schaffen. Denn egal wie es klingen mag: Ich könnte Artemis innerhalb eines Wimpernschlags auslöschen. Sie hätte keine Chance gegen mich. Aber mir ist auch klar, dass sie nicht meine Gegnerin ist.

Ich mache eine kurze Bestandsaufnahme des Raumes, in dem es lediglich ein Waschbecken sowie eine Bank gibt, auf der eine Lederkluft liegt. Ich streife meine alte Kleidung ab und ziehe die neue an, ehe ich mir meine Hände und mein Gesicht wasche. Anschließend klopfe ich mit dem Knöchel meines Zeigefingers gegen das Holz und Artemis lässt mich raus. Sofort läuft sie wieder los, ihre Bewegungen sind abgehackt, als würde sie stur einem einzigen Befehl folgen. »Es war dein Bruder, der mich damals zur Sphinx geführt hat«, erzähle ich ihr, in der Hoffnung, ihr so eine Reaktion zu entlocken. Allerdings geht sie unbeirrt weiter und ich mustere unsere Umgebung. Keiner der Korridore ist mir von gestern bekannt. Nach einer Weile gelangen wir an ein Rolltor, das dem zur Arena ähnelt, bloß wesentlich kleiner ist. Ich überlege bereits, weshalb Artemis nicht einfach mit mir durch den Nebel geht, als ich durch das Rolltor trete und mir klar wird, weshalb. Wir sind nun in einem anderen Zellentrakt und ich passiere Amanda, Jules, Miriam, Eros und Atlas, von denen ich nicht einmal wusste, dass sie hier sind. Ein weiterer Schachzug von Ziva, um mich aus der Fassung zu bringen. Als wollte sie mir das Gefühl vermitteln, dass ich mich auf einer Art Henkersmarsch befinde. Amanda hat einen der Gitterstäbe umfasst und ihre wilden Zöpfe umrahmen ihr Gesicht. Für einen Moment ist es, als wären wir wieder in dem Fluss unseres Heimatdorfes, der bloß mit Schmutz und braunem Wasser gefüllt war, während sie mir von einem Turnier der Götter zur Jahrtausendwende erzählte.

»Was passierte mit den elf Frauen, die nicht gewonnen haben?«, frage ich mit einem unguten Gefühl in der Magengegend.

»Sie starben«, erwidert Amanda schlicht. »Die wenigsten kehrten lebend nach Hause zurück. Die Turniere waren damals wohl sehr blutrünstig.«

»Das heißt, sie gaben alles auf – sogar ihr Leben –, nur weil die Möglichkeit bestand, mit den Göttern zu leben?«

»Sie ließen ihr altes Leben zurück für die Chance auf mehr. Sie alle waren auf der Suche, und eine von ihnen hat es bekommen.«

Unsere Blicke verhaken sich ineinander und in ihren dunklen Iriden schimmern Tränen.

»Vielleicht bist du sogar von Anfang an nur eine Durchreisende gewesen.«

»Du hast recht«, flüstere ich. »Und trotzdem habe ich Angst.«

»Ich weiß, dass das Turnier überraschend für dich kommt. Aber die Möglichkeiten in dieser Welt sind begrenzt. Es ist ein großer Zufall, dass diese Chance sich dir genau jetzt bietet, wo du dich nach Veränderungen sehnst.«

Ich lächele Amanda an, zeige ihr, dass es in Ordnung ist. Dass ich ihr … dankbar bin. »Ich glaube nicht an Zufall.«

Dann richte ich meine Aufmerksamkeit erneut auf das, was vor mir liegt. Artemis und ich nehmen eine Abzweigung, landen so in einem neuen Korridor mit weiteren Zellen. Mein letzter Gang ist offenbar noch nicht vorbei. Als Erstes entdecke ich eine Frau, die mir fremd ist. Sie kauert in einer Ecke, hat langes schwarzes Haar, das von zart-weißen Spinnweben durchzogen wird und sie wie ein Vorhang umgibt. Nach ihr sehe ich die neuen Götter, die genau wie zuvor Amanda an die Gitterstäbe treten. Hales Geruch nach Sonnenschein, Salz und Meer steigt mir in die Nase.

Einer der neuen Götter löst sich aus dem Schatten. Seine Augen leuchten hellgrün auf, als er meinen Arm packt und die Welt um uns herum sich auflöst. Mein Sichtfeld ist verschwommen, ein Wirbel aus Nebel und Farben. Ich habe das Gefühl zu fallen. Viel zu schnell zu fallen. Mit einem Mal durchfährt ein kräftiger Ruck meinen Körper. Fast geben meine Beine unter mir nach, doch zwei starke Hände stützen mich, bis ich mein Gleichgewicht wiedergefunden habe. Ich sehe erneut die leuchtend grünen Augen und weiche zurück. Doch dann spüre ich eine weiche Schnauze im Nacken.

Keuchend fahre ich herum, noch immer leicht benommen von dem, was gerade passiert ist, und finde mich Angesicht zu Angesicht mit dem großen Wolf wieder, vor dem die Menschen panisch fliehen. Ohne zu zögern, werfe ich mich ihm entgegen und versuche seinen Hals zu umschließen, obwohl meine Arme nicht einmal annähernd herumkommen.

»Du schuldest mir was, Mann«, ertönt die Stimme des Unbekannten hinter uns. Gerade will ich ihn fragen, was er meint und wie bei allen Göttern er uns innerhalb einer Sekunde hierherbringen konnte, als ich Amanda auf uns zueilen sehe.

Es gibt so viel, was ich Hale am liebsten sagen würde. Während des Turniers war er mein Mentor und rückblickend kann ich mir nicht vorstellen, dass ich ohne ihn so weit gekommen wäre.

Ich habe mich verbessert, trotzdem lasse ich keine einzige zusätzliche Einheit mit Hale aus. Er ist so sicher, dass ich gewinnen kann, und seine Überzeugung spornt mich an. Es tut gut, jemanden zu haben, der an mich glaubt, auch wenn ich selbst es nicht tue. Im Gehen streife ich mit meinen Fingerknöcheln über seine und hoffe, dass er versteht.

Als Nächstes passiere ich Dream, der mir zunickt. Ich erwidere seine Geste, nach wie vor klingen seine Schreie in meinen Ohren, die ich nicht vergessen kann. Es ist seltsam, dass Lavea nicht neben ihm ist, weil sie für mich so sehr zusammengehören. Und ich kann den Schmerz in seinem Blick nachempfinden, weil sie nicht bei ihm ist.

Lost ist nicht anwesend, trotzdem erinnere ich mich unwillkürlich an die Worte, die er mir zum Abschied zugerufen hat. Mach keine Dummheiten. Das hat für uns beide ja richtig gut funktioniert.

Zum Schluss komme ich am Gott der Zukunft vorbei, der mich so durchdringend mustert, als könnte er auf diese Weise in meinen Kopf schauen, genau wie damals, direkt nachdem ich seine Aufgabe erfüllt hatte.

Yasar stellt sich uns in den Weg. »Eine letzte Frage an Flame«, sagt er und sucht meinen Blick. »Willst du bei uns bleiben oder uns verlassen?«

Ich habe mich dafür entschieden, zu bleiben. Ich habe mich für Dark, diese Welt und für die neuen Götter entschieden.

Und heute bin ich aus denselben Gründen hier. An meiner Wahl hat sich nichts geändert.

Ich richte meine Augen erneut nach vorn, folge Artemis und lasse meine Familie hinter mir. Bisher hat mir niemand gesagt, was mich erwartet, aber ich bin mir sicher, dass ich den Platz der neuen Götter in der Arena für einen Kampf einnehme. Und irgendwie erscheint es mir, als wollte Ziva die Vergangenheit rekonstruieren.

Sie schickt mir Artemis.

Sie denkt, dass sich das Turnier wiederholt.

Aber sie irrt.

Weil sie mich noch aus Zeiten kennt, zu denen weder meine göttliche Seite noch mein Drakonblut erweckt worden waren. Sie unterschätzt mich. Mich und mein Feuer. Und was ich damit anrichten kann. Mag sein, dass der Spiegel der Unverwundbarkeit sie schützt, aber sie kann nicht ihre gesamte Umgebung abschirmen. Und sie ahnt auch nicht, dass ich ein Bad im Styx genommen habe. Trotzdem weiß ich bis heute nicht, wie genau diese Macht sich auswirkt. Sie hat mich vor dem schlangengrünen Pulver und Cato vor den Geschöpfen der Dunkelheit bewahrt, jedoch nicht vor dem Trank, den die Muse Thalia mir verabreicht hat. Womöglich, weil ich diesen freiwillig zu mir genommen habe?

Anhand der Steigung merke ich, dass wir uns nach oben bewegen und als wir durch einen schmaleren Gang laufen, bei dem Artemis sich sogar ducken muss, kommen wir schließlich in einem Raum mit gewölbter Decke raus. Meine Augen weiten sich, als ich Phia entdecke, die vor Chaos steht, sowie Lavea, neben der sich ein Gott befindet, der mir fremd ist. In einer weniger verkorksten Welt würde ich komplett ausflippen, auf sie zurennen, damit wir uns in die Arme nehmen können. Stattdessen sind all meine Sinne zum Zerreißen gespannt. Rasch überprüfe ich den Rest des Zimmers, das bis auf einen Tisch, auf dem Waffen liegen, leer ist. Erst dann wende ich mich wieder meinen Freundinnen zu. Sie tragen eine ähnliche Ledermontur wie ich, Lavea sieht kein bisschen verändert aus. Phias Haare hingegen sind kurz geschoren, auf ihrer Wange zeichnet sich ein Striemen ab, der dabei ist, zu verblassen und in ihren Augen liegt ein gehetzter Ausdruck. Ich mache einen Schritt auf sie zu, nehme Chaos ins Visier und spüre, wie die Hitze von innen an meinen Fingerspitzen leckt, mich darum bittet, aus mir hervorzubrechen.

»Jede von euch darf sich eine Waffe aussuchen, bevor ihr in die Arena müsst«, durchschneidet Artemis' Stimme die Luft, hält mich davon ab, Chaos dieses Mal tatsächlich in Staub und Asche zu verwandeln. Ich werfe ihm einen letzten tödlichen Blick zu. Einerseits bin ich zornig, andererseits ... irritiert. Weil ich so sehr darauf eingestellt war, gegen ihn zu kämpfen, wenn ich ihm das nächste Mal begegne. Ich meine, er ist der Grund, aus dem Cato, Hunter und – stopp! Gerade rechtzeitig erinnere ich mich daran, dass er Gedanken lesen kann, und beginne in meinem Kopf Elysion zu beschreiben. Jedes quälende Detail.

Phia, Lavea und ich laufen gleichzeitig los, treffen bei dem Tisch aufeinander. Auch sie versuchen nicht, mich zu umarmen, als hätten wir uns stumm darauf geeinigt, keine Zuneigung zu zeigen, die als Schwäche gedeutet werden könnte. Bloß Lavea umfasst mein Handgelenk, als müsste sie sich vergewissern, dass ich kein Trugbild bin. Doch seit meiner Rückkehr habe ich mich bereits an diese Reaktion gewöhnt. »Du bist wirklich hier«, wispert sie und mein Herz zieht sich zusammen, als ihre Stimme bricht.

»Ihr habt doch wohl nicht geglaubt, dass ich euch hängen lasse«, erwidere ich und lächele leicht. »Obwohl ich eher damit gerechnet habe, dass Ziva mich allein ins Kolosseum schickt.« Ich schaue über die Schulter, aber Artemis, der Fremde und Chaos haben sich halb von uns abgewandt und scheinen mit sich beschäftigt zu sein. Ich runzele die Stirn. Beinahe wirkt es, als wollten sie uns einladen, sie anzugreifen oder einen Fluchtversuch zu starten. In dieser Sekunde hebt Chaos ruckartig den Kopf, woraufhin ich ihm ein kaltes Grinsen schenke und mich wieder zu Phia drehe.

»Wir haben gestern ein Gespräch belauscht«, murmelt Phia so eilig, dass ich Mühe habe, ihre Worte zu verstehen. »Ziva sagte, dass es ihr schicksalhaft erscheint, dass Lavea, du und ich hier sind. Die letzten Kandidatinnen des Turniers der Götter. Wir hätten noch eine offene Rechnung zu begleichen.«

Lavea nickt bestätigend und entscheidet sich für die Wurfsterne, welche sie nach und nach in ihrem Lederbeutel verstaut. »Ziva will, dass wir ein letztes Mal gegeneinander antreten, um zu beweisen, dass sie die Gewinnerin des Turniers gewesen wäre.«

»Außerdem hat sie … sie hat …« Phia bricht ab und schaut sich unschlüssig um, allerdings sind unsere Aufseher nach wie vor in ein Gespräch vertieft.

»Hat sie was?«, hake ich nach.

Phia seufzt. »Nach ihrem Sieg will sie Dark zu ihrem Gemahl nehmen.«

Meine Fingernägel graben sich in meine Handinnenflächen, jedoch spüre ich keinen Schmerz. Jedenfalls keinen, der ausreichen würde, meine Wut zu betäuben. Trotzdem muss ich bei klarem Verstand bleiben. Die wichtigsten Fakten erfragen. »Welche Informationen habt ihr noch?«

»Wir haben keine Ahnung, was uns in der Arena erwartet«, erwidert Lavea.

»Aber wir kennen den Ursprung von Zivas Macht«, wirft Phia ein. »Wir –« Sie stockt, als ich ihr signalisiere, auf keinen Fall weiterzusprechen. Oder zu denken. »Er weiß es längst«, erklärt Phia. »Bloß woher –«

Es schockiert mich ein wenig, dass die beiden darüber in Kenntnis sind. »Ist egal«, wiegele ich dennoch ab. »Pfeil und Bogen sind deine Stärke«, erinnere ich Phia, die sich scheinbar nicht für eine Waffe entscheiden kann. Ich befestige meine Dolche, die ich gewählt habe, an den dafür vorgesehenen Schlaufen meiner Montur. »Greift Ziva unter keinen Umständen an. Was auch immer sie vorhat ... versucht einfach, zu überleben.« Meine Freundinnen können kämpfen, daran zweifle ich nicht. Wäre es anders, hätten sie es beim Turnier der Götter nicht so weit geschafft. Aber Ziva ... sind sie unterlegen.

»Was ist das mit Chaos und dir?«, flüstere ich Phia zu und es ist mir gleich, ob er es mitbekommt, weil ich sowieso bemerke, dass er uns aus den Augenwinkeln beobachtet. Für einen Moment schweigt Phia, reibt sich unbewusst über ihre Narbe am Schlüsselbein, wo ihre Knochen scharf hervortreten. Es schmerzt mich, sie so zu sehen. Als wir uns kennenlernten, hat sie stets unerschütterlich gewirkt, aber jetzt ... ist sie müde – genau wie die neuen Götter. Und wie ich. Doch ich weiß, dass ich für uns alle durchhalten kann.

Nur noch ein bisschen länger.

Nur noch ein wenig weiter.

»Bevor ich ihm begegnet bin, dachte ich immer, dass Chaos farblos ist«, wispert sie schließlich. »Dass man es weder erkennen noch berühren kann. Dass es bloß eine leichte Regung ist, in Augenblicken, in denen man aufgewühlt ist.« Ihre Finger zittern und ich helfe ihr, den Köcher mit ihren Pfeilen an ihrem Rücken zu befestigen. »Aber jetzt ist Chaos ... überall an mir. Überall in mir. Er ist die Luft, die ich atme, der Sturm, den ich bei jedem Schritt spüre, es sind die verworrenen Gedanken in meinem Kopf und mein Herz, das nicht mehr im richtigen Rhythmus schlägt, wenn ich ... von ihm umgeben bin.«

Ich reiche ihr den Bogen und sie blickt mich an, Schuld steht ihr ins Gesicht geschrieben. Lavea ist bei Phias Geständnis einer ihrer Wurfsterne aus den Händen geglitten. Mit einem Scheppern fällt er zu Boden, was uns die volle Aufmerksamkeit unserer drei Wächter beschert.

»Wir können uns nicht aussuchen, wen wir lieben.«

Phia reißt geschockt die Lider auf – ich bin mir nicht sicher, weshalb. Weil sie es sich selbst trotz ihrer Worte noch nicht eingestanden hat oder weil ich ihr keinen Vorwurf mache?

»Ich habe keine Ahnung, was genau passiert ist«, sage ich ruhig. »Aber es ist in Ordnung, Phia.« Eine Träne rollt über ihre Wange und dann steht Chaos direkt hinter ihr. Ich hoffe für dich, dass du nicht derjenige bist, der für den Striemen an ihrer Wange verantwortlich ist, denke ich. Phia ist keine Frau, die ihr Herz leichtfertig vergibt, und solltest du auch nur ansatzweise etwas besitzen, das einer Seele ähnelt, musst du sie vor Ziva beschützen.

Kurz darauf ist Chaos nichts weiter als schwarzer Rauch, der Phia umhüllt, ehe er an mir vorbeischießt und es mich mit seinem Sog beinahe von den Füßen reißt. Als Nächstes verschwindet Lavea mit dem fremden Gott, sodass Artemis und ich allein zurückbleiben. Sie umfasst meinen Oberarm und ruft den Nebel dieser Welt.

Als ich meine Augen wieder öffne, befinden wir uns vor dem Rolltor, das in die Arena führt. Es ist heruntergelassen, weshalb mir die Tribüne und was mich im Inneren erwartet, verborgen bleiben. Ich drehe mich um, rechne damit, Artemis zu sehen, stattdessen steht dort Dark. Seine Miene ist eine ausdruckslose Maske. Er nähert sich mir mit der raubtierhaften Eleganz, die typisch für ihn ist. In seinen stählernen Iriden kann ich keinen Funken Leben erkennen, dennoch wehre ich mich nicht, als er mich gegen das Tor drängt. Seine Lippen treffen auf meine wie Feuer auf Dunkelheit. Und es gleicht mehr einem Kampf als einem Kuss, weil unsere Zähne immer wieder aufeinanderprallen. Ich kann nicht einschätzen, wie viel Zeit vergangen ist, als wir uns nur Millimeter voneinander lösen. Unsere leicht geöffneten Münder sind ganz dicht beieinander, während seine Finsternis zum zweiten Mal in mich dringt.

SAPHIRA

Das Salz meiner getrockneten Tränen spannt auf meiner Haut. Meine Lider fühlen sich geschwollen an, als hätte ich einen ganzen Tag und nicht nur wenige Minuten geweint. Ich neige meinen Kopf zurück, rechne damit, mich an Chaos zu lehnen, an ihm Halt zu suchen, obwohl er mein Gegner und verantwortlich für einen Teil meiner Qualen ist. Ich bin gut darin geworden, die Tatsache zu ignorieren, dass es verkehrt ist, sich bei ihm in Sicherheit zu fühlen. Doch anders als erwartet, durchzuckt mich Schmerz, weil ich gegen harten Stein schlage und kurz darauf etwas Warmes über meinen Nacken rinnt.

Willkommen. Ich winde mich, als Zivas Stimme in meinen Gedanken erklingt. Als hätte sie es geschafft, einen Weg in mein Innerstes zu finden. Willkommen zum lang ersehnten Finale. Ich ziehe meine Schultern an, versuche, um mich zu treten, aber irgendetwas zwingt mich, an Ort und Stelle zu bleiben. Noch dazu realisiere ich erst jetzt, dass ich nicht sehen kann, es allein Schwärze ist, die mich umgibt. Ihr befindet euch im Nigrum Silvam und eure letzte Aufgabe besteht darin, ihn innerhalb einer Stunde zu durchqueren. Diejenige, die den Wald als Erste lebend verlässt, gewinnt das Turnier. Die Kandidatinnen, die es nicht schaffen, werden den Gründern, den ursprünglichen Deum Viventem, die von Jugend und Schönheit zehren, als Zeichen unserer Verehrung geopfert. Die siebzehnte Sonne soll hierfür unsere Richterin und Zeugin sein.

In dem Moment, in welchem die fremde Macht, die tausend Spinnenbeinen gleicht, sich zurückzieht, verbleibt ein Rauschen in meinen Ohren, weshalb ich vermute, dass ich unter Wasser bin. Dagegen spricht, dass Sauerstoff in meine Lunge strömt, allerdings ist die Luft schwer, beinahe stickig. Ich atme ganz tief ein, aber es ist, als würde ein schweres Gewicht mich erdrücken. Panik frisst sich durch meine Adern, ein frustrierter Laut entweicht meiner Kehle und ich werfe mich erneut hin und her, weil unsichtbare Stränge mich in verschiedene Richtungen zerren.

»Phia.« Wie aus weiter Ferne vernehme ich eine andere, angenehmere Stimme. Sie ist sanft und warm und ich will ihr folgen.

Kapitel 30

TRÄNEN AUS AMBROSIA

FLAME

Zivas Worte verklingen und gleichzeitig spüre ich überdeutlich, wie die Finsternis sich zurückzieht, als würde ein Vorhang aus Seide über meine Haut gleiten. Doch ich lasse mich davon nicht ablenken, nehme den Ort in mich auf, an den wir gebracht worden sind. Oder besser gesagt: Den Ziva mithilfe von Originem erschaffen hat, nach dem Vorbild Viridis, wo für sie alles begonnen hat.

Sie war verbittert, so lange im Schatten ihres Bruders gestanden zu haben. Die neu erlangte Macht war ihr nicht genug. Ziva wollte die Herrscherin über alle Reiche werden. Zu diesem Zweck suchte sie den Nigrum Silvam auf, einen Wald, in dem eigentlich die Toten weilen.

Das Gespräch mit Hale schwirrt durch meinen Kopf, während ich die Ketten registriere, die mich an einen Felsen fesseln. Ich befinde mich in einem Steinkreis, in der Mitte davon ist etwas errichtet, das Ähnlichkeit mit einem Altar aufweist. Das, was sich hinter dem Steinkreis verbirgt, kann ich nicht erkennen, weil Schatten und Schemen um ihn wabern, wie hungrige Seelen, die auf ihr Abendmahl warten. Auf uns warten.

Lavea ist an den Stein neben meinem gekettet und ihre Lider flattern, als sie langsam zu sich kommt. Phia ist direkt gegenüber von uns und zerrt wie besessen an ihren Fesseln, allerdings sind ihre Augen geschlossen, als hätte sie bloß einen schlimmen Traum. Schließlich ist es der entsetzte Laut, den Lavea ausstößt, der meine Aufmerksamkeit zum vierten Stein lenkt. Es erwartet mich ein sommersprossiges Gesicht mit orangeroten Haaren, zu einem Dutt aufgesteckt. Ich muss nicht einmal in die haselnussbraunen Iriden schauen, um zu wissen, dass es Kiana ist, die dort angebunden ist. Jedoch nicht mehr lange, weil sie in dieser Sekunde ihre Ketten löst und auf die Steinplatte unter uns springt. Sie schenkt mir ein sadistisches Lächeln, ehe sie losrennt und aus dem Kreis verschwindet. In dieser Sekunde frage ich mich, ob es überhaupt möglich ist, den Wald in einer Stunde zu durchqueren. Aber irgendetwas sagt mir, dass Ziva so oder so vorhat, uns zu opfern, ganz gleich, ob wir es rechtzeitig nach draußen schaffen. Was bedeutet, dass ich sie erledigen muss, bevor sie den Nigrum Silvam verlässt. Entweder es gelingt mir oder ich sterbe bei dem Versuch. Etwas anderes bleibt mir kaum übrig, denn in dieser Sekunde habe ich keine Hoffnung, dass Hunter mit Mnemosyne und Yasars Verstärkung in der wenigen Zeit, die Lavea, Phia und mir bleibt, eintreffen wird. Angst macht mir vor allem die Vorstellung, was mit jenen passiert, die über den Ring mit Ziva verbunden sind. Was mit Dark geschieht. Ich kann seine Finsternis nach wie vor auf meiner Zunge schmecken, obwohl ich mir dieses Mal nicht gestattet habe, darin zu versinken. Ergibt es überhaupt einen Sinn, Ziva zu töten, wenn ich ihn womöglich dafür verliere? Das Bild, wie sie durch meine Flammen läuft, schiebt sich vor meine Augen und mir wird klar, dass mein größtes Problem, um überhaupt an sie heranzukommen, Cogitatio ist. Ich sammele meine gesamte Kraft, reiße an den Ketten, die einfach nicht nachgeben wollen. »Wie hat sie das so schnell fertiggebracht?«, knurrt Lavea, während die Schatten und Schemen näher rücken, als verströmte unsere Schwäche einen ganz besonderen Duft.

»Es ist keine besondere Kunst, sich zu befreien, wenn man sich selbst gefesselt hat und weiß, wie der Trick funktioniert«, ächze ich, erreiche dabei nicht einmal meine Dolche, weil ich an Hand- und Fußgelenken angekettet bin. Meine Haut reißt bereits auf und es ist nicht hilfreich, sich weiter zu winden.

»Phia«, rufe ich, weil ihre Lider nach wie vor geschlossen sind und sie trotz ihrer fahrigen Bewegungen irgendwie weggetreten wirkt.

Tief atme ich durch, die Luft, die schwer und anders ist, drückt wie die Pranken eines Riesen auf meinen Brustkorb. Bevor ich noch mehr Zeit vergeude, treffe ich die einzige Entscheidung, die in dieser Sekunde Sinn ergibt, taste nach meinem Feuer, das bereits dicht unter der Oberfläche brodelt. Innerhalb weniger Sekunden glüht das Eisen, brennt sich schmerzhaft in meine Haut. Offenbar schützt der Zauber des Styx tatsächlich nicht vor Verletzungen, die man sich selbst zufügt.

Der Geruch von angesengtem Fleisch steigt mir in die Nase und ich höre, wie Lavea würgt. Als bereits schwarze Punkte vor meinen Augen tanzen, stoße ich einen Schrei aus und entlade meine Macht. Einen Wimpernschlag später sprenge ich meine Ketten und falle. Ich warte, bis der Boden ganz nah ist und rolle mich über die Schulter ab. Meine Hände und Füße fühlen sich an, als hätte ich sie in den Blutsee getaucht, doch meine Haut beginnt bereits zu heilen. Erneut brülle ich Phias Namen, stürze jedoch zu Lavea, die es irgendwie geschafft hat, einen Arm zu befreien.

»Mach bei mir dasselbe wie bei dir«, verlangt sie.

»Auf keinen Fall«, erwidere ich.

»Flame, ich bin eine Halbgöttin. Auch ich heile in Minuten.«

»Lavea –«

Ruckartig hebt sie das Kinn. »Ich bin nicht zerbrechlich.« In ihre blauen Iriden schleicht sich dabei ein derart dunkler Glanz, dass mir klar wird, dass es ein wunder Punkt für sie ist und sie nichts, was ich sage, besänftigen wird. Deshalb beschwöre ich erneut meine Flammen, bis das Glühen auf ihre Ketten überspringt. Lavea presst ihren Mund gegen ihre Schulter, um ihre Schreie zu unterdrücken, und ich muss mich selbst zwingen, das Feuer nicht zurückzuziehen. Vor Erleichterung seufze ich auf, als ihre Fesseln bersten. Ich schlinge einen Arm um sie, als sie neben mir landet. Gemeinsam eilen wir zu Phia – die Schatten und Schemen bewegen sich inzwischen bedrohlich in den Kreis hinein. Ich schicke einige meiner Flammenfunken in ihre Richtung, sodass sie sich aufbäumen und vor uns zurückweichen. Ein hohes durchdringendes Kreischen ist die Antwort und am liebsten würde ich mir die Ohren zuhalten, weil dieser falsche Ton bis in mein Rückgrat fährt. Stattdessen zücke ich meine beiden Dolche und werfe einen davon Lavea zu. Anstelle der Fesseln lasse ich die Klingen glühen, denn Phia verfügt nicht über dieselben Selbstheilungskräfte wie wir.

Erleichterung flutet mein Innerstes, als sie rasselnd Atem holt und endlich zu sich kommt. Im selben Moment klickt das erste Schloss und ihr linker Fuß ist frei. Ich klettere auf eine Erhöhung und widme mich ihrem Arm, während es Lavea gelingt, ihre rechte Fußkette zu lösen. »Bist du okay?«, frage ich sicherheitshalber und mustere Phias Gesicht, achte gleichzeitig darauf, mit dem heißen Dolch nicht ihre Haut zu berühren. Sie nickt, die dunklen Ränder unter ihren Augen erzählen jedoch eine andere Geschichte. Die Gefangenschaft hat Spuren hinterlassen. »Es wird alles gut«, verspreche ich ihr, verdränge, dass es womöglich eine Lüge ist. »Alles wird gut und dann kannst du dich von dem erholen, was du durchmachen musstest.« Und ich wünsche es mir wirklich. So sehr. Ich will nicht, dass auch nur einer meiner Freunde leidet. Aber ich habe auch nicht den Blick vergessen, mit dem Chaos Phia bedacht hat. Ich konnte ein dunkles Verlangen darin lesen ... Doch wenn er sie bis zu diesem Punkt nicht gerettet hat, weshalb sollte er es jetzt noch tun? Die letzten Fesseln geben mit einem endgültigen Klicken nach, Lavea und ich springen gleichzeitig zu Boden, versuchen, Phias Aufprall abzufedern, obwohl sie größer ist als wir. Sie macht einige wackelige Schritte, bis ein Ruck durch ihren Körper geht und sie die Schultern strafft. Ich greife nach ihrer Hand und Lavea macht auf der anderen Seite dasselbe. Wir stehen nun an der Grenze des Steinkreises, die Schatten und Schemen warten auf uns.

»Wir halten dich auf. Du bist schneller als wir«, merkt Phia an. »Du solltest vorgehen.«

Obwohl der Kampf mit den Ketten mir vorkam wie eine Ewigkeit, kann Ziva lediglich einen Vorsprung von einigen Minuten haben.

»Du kannst sie einholen«, bestätigt auch Lavea. »Du kannst sie aufhalten – wir nicht.«

Ich weiß nicht weshalb, aber in dieser Sekunde muss ich an Candela denken. Wie ich ihr in die Grotte der Sirenen gefolgt bin. Es war damals keine Option, sie zurückzulassen. Und dasselbe gilt in dieser Situation für Lavea und Phia.

»Nein«, erwidere ich schlicht. »Wir gehen gemeinsam.« Erneut beschwöre ich Flammenfunken, befehle ihnen, uns wie Leuchtkäfer zu umschweben, ehe wir zwischen den Steinen hindurchtreten. Sofort stürzen sich die Schatten auf uns, aber es gelingt ihnen nicht, den Schutz, den ich um uns gewebt habe, zu brechen.

»Wir müssen laufen«, sagt Phia. Sie löst sich von uns, nimmt ihren Bogen und zieht einen Pfeil aus ihrem Köcher. Laveas Wurfsterne erscheinen in ihren Händen und an meinen Fingerspitzen tanzen weiterhin Flammen. Dann setzen wir uns in Bewegung. Die Schemen stürzen sich auf uns und ich attackiere sie mit Feuer und Licht, bis wir einen Weg vor uns erkennen, uns bloß zu hoffen bleibt, dass es der richtige Pfad ist. Erst in der Sekunde, in der die Finsternis ein wenig weicht, erkenne ich die hohen Bäume um uns herum. Auch sie wirken mehr tot als lebendig. Wie ein Netz aus verkohlten Knochen graben sich ihre Wurzeln durch den Boden. Ihre Rinde ist schwarz und erinnert mich an Catos Haut. Während wir rennen, neigen ihre Äste sich in unsere Richtung, als wollten sie uns in ihre Arme nehmen. Manchmal glaube ich sogar, Gesichter im Holz zu erkennen, aber vielleicht spielen meine Sinne mir auch einen Streich. Als ein Schatten frontal auf uns zurast, schleudere ich ihm drei Flammenbälle entgegen, sodass er zurückgeworfen wird. Es beunruhigt mich, dass sie aus mehr als bloß Rauch bestehen. Und ich will mir nicht vorstellen, was geschehen würde, sobald sie in uns dringen. Erinnerungen an Delos werden bei diesem Anblick geweckt, die ich lieber vergessen oder in einem der Gewässer des Hades ertränken würde. Sämtliche Haare an meinem Körper haben sich aufgestellt und all meine Instinkte sind auf Flucht ausgerichtet. Ich weiß nicht, wie ich das Abbild des

Nigrum Silvam beschreiben soll, doch ich kann ... es fühlen. Es ist, als hätte man alles Grauen des Universums in ein Gefäß gefüllt, eine Essenz daraus gepresst, von der dieser Wald und die Wurzeln der Bäume sich nähren, die es an die Luft weitergeben, welche wir atmen.

Ein Schrei ertönt und ich wirbele herum, sehe Lavea am Boden liegen. Phia flucht. Das Insekt, das die Halbgöttin ins schwarze Moos drückt, ähnelt einer Libelle, mit dem einzigen Unterschied, dass dieses Exemplar mindestens anderthalb Meter groß ist. Ihr Kopf ist riesig, und die kugelförmigen Augen machen den Eindruck, als könnte sie damit ihr gesamtes Umfeld kontrollieren. Ihre Brust besteht lediglich aus Sehnen und Muskelsträngen, das großflächige Flügelpaar hat sie bedrohlich über Lavea ausgebreitet. Ihr Hinterleib, der aus einzelnen Segmenten besteht, bewegt sich klickend. Reihen aus spitzen Dornen besetzen ihre sechs gebogenen Beine. Die Libelle stößt eine Art Summen aus, das den Wald vibrieren, meine Zähne aufeinanderschlagen und die hungrigen Schatten enger an uns heranrücken lässt.

»Oh, bitte«, knurre ich. Dann setze ich ihre Flügel mit einem einzigen Gedanken in Brand. Wieder stellt sich heraus, dass mein Aufenthalt auf Elysion wenigstens für eine Sache gut war: um mein Feuer zu trainieren. »Pfeil«, sage ich zu Phia, die mich von der Seite mit offenem Mund anstarrt, auf meine Anweisung jedoch reagiert. Sobald der Pfeil durch die Luft surrt, sorge ich dafür, dass die Spitze brennt und sich direkt zwischen das monströse Augenpaar gräbt. Dann sprinte ich zu Lavea, zerre sie unter dem Insekt hervor und schleife sie zurück, ehe es zusammenbricht. Phia hilft mir, unsere Freundin aufzurichten, die orientierungslos blinzelt und aus einer Wunde an ihrer Schläfe blutet. Mit meinem Ärmel wische ich darüber und bin erleichtert, als sich die Haut verschließt. Zumindest scheint kein Gift im Spiel zu sein.

»Bei allen Höllentoren«, murmelt Phia, was mich dazu veranlasst, ihrem Blick zu folgen. »Das Biest ist nicht allein gekommen.«

Und sie hat recht. Ein ganzer Schwarm erwartet uns, fünfzehn, falls ich mich auf die Schnelle nicht verzählt habe. »Lauft.« Lavea und Phia sind wie festgefroren, weshalb ich sie ein weiteres Mal anbrülle: »LAUFT!« Das Wort, mit solch einer vehementen Dringlichkeit ausgesprochen, dass man meinen könnte, ihm würde ein Zauber innewohnen, befreit sie aus ihrer Trance. Endlich machen sie auf dem Absatz kehrt, während ich eine Flammenwand hinter mir in die Höhe ziehe, als die Insekten die Verfolgung aufnehmen wollen. Das Summen, welches sie nun von sich geben, vibriert in jeder meiner Zellen, in meinen Knochen, in meinen Ohren, sodass es ist, als würde mein Kopf bersten. Dennoch konzentriere ich mich auf meine Mitte, auf die lodernden Flammen, die meine Essenz sind. Bälle aus Feuer, die Funken spucken, umschwirren mich einen Wimpernschlag später und ich schleudere sie den Libellen entgegen, die sich nacheinander auf mich stürzen. Trotzdem ist mir klar, dass es nicht genügt, weshalb ich auf die Knie sinke, meine Handinnenflächen in den Boden grabe. Dabei kann ich die Feuersbrunst in meinen Adern knistern hören.

Ich.

Bin.

Das.

Feuer.

Ein kehliges Grollen entweicht meinem Mund. Dann setze ich den Totenwald in Brand. Jedenfalls den Bereich, aus dem wir gekommen sind. Meine Umgebung bebt und das Summen der sterbenden Libellen wird für einige Sekunden unerträglich, bis ihre Kadaver vom Himmel fallen, dabei gegen die Bäume prallen und schließlich auf dem Moos aufschlagen. Stille kehrt ein und als ich aufblicke, realisiere ich, dass ich einen Teil von Originems Macht gebrochen habe, weil ich die Tribüne und die Zuschauer erkenne. Stolpernd, da meine Beine sich von der Verausgabung wackelig anfühlen, komme ich auf die Füße, lasse die Flammenwand hinter mir erlöschen. Genau in dem Moment, in welchem ich mich umdrehen will, werde ich nach vorn geworfen, wodurch ich erneut auf den Knien lande. Etwas Spitzes bohrt sich in meinen Rücken und ich muss mein Gesicht bloß leicht zur Seite wenden, um herauszufinden, dass eine der Libellen mir entwischt ist. Übelkeit steigt in mir auf, weil sich noch mehr Dornen in mein Fleisch graben, ehe ich die Stacheln in meinem Nacken fühle, als wollte das Insekt mir meinen Kopf abtrennen. Es ist riesig. Und es ist stark. Aber ich bin die Tochter einer Göttin und eines Drakons. Ein Fauchen verlässt zusammen mit Feuerfunken meine Lippen und ich greife wieder nach dem, was meine Existenz ausmacht. Den Schrei, der ebenfalls auf meiner Zunge liegt, unterdrücke ich. Flammen brechen aus mir hervor, züngeln und tanzen über meine Haut, als wären sie lebendig und im Besitz einer Seele. Einer Seele, die alles verschlingt. Und einem Willen, der unbeugsam ist.

Die Libelle lässt so weit von mir ab, dass es mir gelingt, nach vorn zu hechten. Schwankend komme ich auf die Füße, zücke meine Dolche und wirbele zu dem Insekt herum, das wieder ein Unheil verkündendes Summen ausstößt. Nur für eine Sekunde frage ich mich, ob es eine Art Schlachtruf ist, ehe es sich auch schon auf mich stürzt. Die Segmente des Hinterleibs fegen in meine Richtung, aber ich rolle mich rechtzeitig ab und komme wieder auf die Füße, spiele rasch meine Optionen durch, ehe ich in die Hocke gehe und abspringe, mit den Händen einen Ast zu fassen kriege. Die Libelle verlagert ihr Gewicht auf ein Beinpaar, weshalb ihre Dornen meinen Schenkeln gefährlich nahe kommen. Meine Arme zittern durch die Anstrengung, während ein gutturaler Laut meine Kehle verlässt, der sich in ein Knurren verwandelt, als das Insekt mich erwischt.

»Nein«, zische ich. Ungeachtet der Tatsache, dass es sich anfühlt, als würden meine Knochen brechen und meine Muskeln reißen, schaffe ich es, ein Bein über den Ast zu schwingen und mich schließlich gänzlich hinaufzuziehen. Für einen Augenblick gestatte ich es mir, liegen zu bleiben, umklammere mit einer Hand das Holz, während ich mit der anderen meine Wirbelsäule streife, an der ich keine Wunde entdecken kann. Auch mein Schenkel wirkt trotz des Schmerzes unversehrt. Der Styx hat seine Arbeit getan. Eine Schande, dass er mich nicht vor der Erschöpfung bewahrt.

Als das Ungeheuer sich in die Lüfte erhebt, Rauchwolken uns umgeben und es Asche regnet, richte ich mich vorsichtig auf, balanciere auf dem Ast nach vorn. Der Baum hat mittlerweile ebenfalls Feuer gefangen, es ist, als würde eine rot-orange Flut auf mich und die Libelle zurasen. Und als sie schließlich bloß noch einen halben Meter entfernt von mir ist, ihr aggressives Summen durch meinen Körper fährt, stoße ich mich ab, lande auf ihrem Rücken, direkt zwischen ihren Flügeln. Ich merke, wie sie sich aufbäumen will, allerdings ertönt zur selben Zeit ein Knacken und der Stamm beginnt, in unsere Richtung zu kippen. Kurz werde ich zurückgerissen, ehe mich eine unsichtbare Macht wieder in Richtung des Kopfes der Libelle drückt und ich mich in die Ansätze ihrer Flügel kralle, während sie unter einem weiteren fallenden Baum hindurchtaucht und mit halsbrecherischer Geschwindigkeit in den Bereich prescht, in dem mein Feuer noch nicht gewütet hat. Die Schatten und Schemen verschonen mich, weil ich auf dem Rücken des Insektes sitze. Der Boden rast unter mir vorbei und ich ducke mich, als mir einige Zweige beinahe ins Gesicht peitschen. Nur einmal schaue ich über die Schulter, um das Werk meiner Flammen zu betrachten, die den hinteren Teil des Waldes in ein Skelett verwandelt haben.

Als wir schließlich von Dunkelheit und Stille umgeben werden und ich fast denke, dass die Libelle meine Anwesenheit vergessen hat, fängt sie wieder an, Unheil verkündend zu summen, ehe sie sich ohne Vorwarnung in Richtung Erde stürzt. Es geht so schnell, dass mir nichts anderes übrig bleibt – ich springen muss. Der Aufprall ist derart heftig, dass mir kurz schwarz vor Augen wird. Sobald die dunklen Punkte aus meinem Sichtfeld verschwinden, entweicht meiner Kehle dieses Mal ein richtiger Schrei, weil der monströse Kopf der Libelle direkt vor mir ist. Bisher habe ich nie Probleme mit Insekten gehabt, aber das hier ... das hier ist einfach zu viel. Ekel dringt in jede meiner Zellen und meine Nackenhaare stellen sich auf. Meine Reaktion ist zu langsam und so gelingt es ihr, mich erneut mit ihrem stachelbesetzten Vorderbein zu treffen. Aufgrund der Anstrengung, die mich der vorherige Kampf bereits gekostet hat, schmecke ich Blut, Asche und Feuer auf meiner Zunge. Ich rufe nach meinen Flammen, doch an meinen Fingerspitzen zeigt sich lediglich ein müdes Flackern. Ich krieche nach hinten, aber sie verfolgt mich, holt immer wieder mit ihren Dornen aus, scheint stetig wütender zu werden, weil ich nach wie vor unter den Lebenden in einem Wald der Toten weile. Und ich frage mich, wie oft die Macht des Styx mich tatsächlich retten kann.

Ich würge, als sie ihr linkes Vorderbein auf meine Brust stellt, die Stacheln des rechten gegen meinen Hals drücken, um mir die Luft zu nehmen. Mit einer Hand taste ich nach meinem Dolch, aber die Libelle erwischt mich mit einem ihrer mittleren Beine. Der Boden unter mir bebt, weil ich so sehr nach meiner Kraft greife. Und meine Kehle brennt, als würde mein Feuer vergeblich versuchen, daraus hervorzukriechen. Mit allem, was mir bleibt, zerre ich an meinen Flammen, aber in dieser Sekunde ist mein eigenes Ich mir fremd. Ich zucke, ein kläglicher Versuch zu entkommen, als ich plötzlich das Surren eines Pfeils vernehme. Irgendwie gelingt es mir, meine Arme zu heben und den Leib der Kreatur abzufangen, als die Spitze sich durch den Nacken gräbt. Ein letztes Summen geht durch den Körper der Libelle, überträgt sich auf den meinen, bevor sie gänzlich erschlafft. Ich stoße sie von mir und robbe zur Seite, komme dabei umständlich auf die Füße.

Es ist Pia, die einige Meter entfernt von mir steht, langsam ihren Pfeil und Bogen senkt. »Danke«, sage ich und bringe sogar ein Grinsen zustande. »Das war wirklich knapp.«

Ein raues Lachen kommt über ihre Lippen. Es klingt ein wenig ungeübt, als hätte sie es schon eine Weile nicht mehr getan. »Gern geschehen«, erwidert sie – genau wie damals, während der dritten Aufgabe, als sie mich vor Hestias Attacke bewahrte.

»Wo ist Lav –« Ich breche mitten im Satz ab, als Kianas Gestalt hinter ihr auftaucht, ein Messer gezückt. »VORSICHT!«, rufe ich, stürze in Phias Richtung, exakt in dem Moment, als Ziva den Dolch wirft und die Klinge aufblitzt. Ich beobachte, wie das Messer fliegt und weiß instinktiv, dass ich es nicht schaffen werde. Ehe ich einen weiteren Gedanken fassen kann, ist es, als würde das Raum- und Zeitgefüge durcheinandergeraten. Mitten in meiner Bewegung friere ich ein, sehe, dass ebenso der Dolch erstarrt. Dunkler Rauch zischt an mir vorbei und zieht Phia in einen Strudel.

Die Zeit fließt weiter, die Klinge verfehlt ihr Ziel und es überrascht mich nicht, als Chaos mit Phia im Arm neben mir auftaucht. Meine Freundin mustert ihn mit leicht geöffnetem Mund, als könnte sie selbst nicht glauben, was gerade passiert ist. Und Chaos schaut auf sie hinab, seine Augen, die eine undefinierbare Farbe haben, glühen, werfen Licht und Schatten über ihre Gesichter. Er mustert sie, als wäre sie ein Wunder. Sein Wunder. Bedächtig, fast so, als würde er den letzten Schritt über einen Abgrund wagen, beugt er sich zu ihr und presst seine Lippen auf ihre Stirn. Die Geste spricht von Zärtlichkeit und von einer Entscheidung. Ich blinzele heftig und kräusele meine Nase, weil mich Phias Glück durchströmt, als würde die Sonne selbst dem Blut in meinen Adern Wärme schenken. In diesem Moment verstehe ich, weshalb Ava sagte, dass wir uns nicht auf Chaos konzentrieren müssen.

»Du ... du wagst es –« Chaos reißt den Kopf hoch, setzt Phia sanft ab und schiebt sie hinter sich, als Ziva auf uns zustakst. »Sie. Gehört. Mir.« Yasars Schwester deutet mit vor Wut zitterndem Finger auf ihn. »Sie. Alle. Gehören. Mir.«

Ziva tastet nach Originem, die nach wie vor auf ihrem Haupt liegt und ein schwaches Strahlen aussendet. Erst jetzt erkenne ich, dass etwas Goldenes aus ihrem Mundwinkel läuft und auf ihr Kinn tropft. Mir ist sofort klar, dass es der Nektar der Götter ist, und ich verstehe auch, dass ich nicht die Einzige bin, die am Ende ihrer Kräfte ist. Ein Grollen fährt durch den Wald, während Chaos seine Hände zu Fäusten ballt. Mein Blick wandert nach oben und nun erscheint es mir, als würde die gesamte Arena taumeln. Beinahe wirkt es, als würden sich zarte Risse durch den Himmel fressen.

»Wir werden dich dafür bezahlen lassen«, flüstert Ziva und holt sich meine Aufmerksamkeit damit zurück. Sie hebt beide Arme, vermutlich, um die Macht der Urgegenstände zu nutzen. Ich trete ihr einen Schritt entgegen, zücke meine Dolche.

»Oh, Flame. Du hast keine Chance gegen mich«, säuselt Ziva, was lediglich dafür sorgt, dass ich meine Zähne blecke und weiter auf sie zugehe. Ohne Vorwarnung verschwindet der Wald um uns herum und ich nehme an, dass die siebte Aufgabe, das Beenden des Turniers der Götter zur Jahrtausendwende, für sie in den Hintergrund gerückt ist.

»Kämpft mit mir«, befiehlt Ziva leise und Tumult bricht unter den Zuschauern los. Ihre Untertanen aus Viridi beginnen, die Ränge hinabzuklettern. Und es sind viele. Sehr viele. Dunkelheit legt sich über das Kolosseum, doch sie ist anders als jene, die vor Sekunden geherrscht hat. Wo zuvor der grüne Schimmer war, ist nun Grau. Rhythmische Klänge dringen an mein Ohr, aber Chaos scheint sie nicht zu bemerken, ist nach wie vor hoch konzentriert und unsere Umgebung bebt, als würde er eine unsichtbare Barriere zerstören. Ich kneife die Lider zusammen und erkenne schließlich, dass es schwarze Schlingpflanzen sind, die sich einen Weg über die Tribüne bahnen, die Kletternden beiseitestoßen und den Grund erreichen, auf dem wir stehen. Der Geschmack der Unterwelt liegt auf meiner Zunge. Ziva lacht siegesgewiss. Doch es erstirbt, als die Pflanzen uns erreichen, an uns vorbei – und auf sie zukriechen.

»Das ist nicht deine Macht«, raune ich, als eine der Pflanzen zart meinen Handrücken streift. »Hallo, Mutter«, sage ich lauter und einen Wimpernschlag später erscheint Persephone neben mir.

Sie schenkt mir ein kaltes Lächeln. »Hallo, Tochter.« Dann wenden wir uns beide Ziva zu, in deren Gesicht Unglaube geschrieben steht. Aus ihrem Waffengürtel zieht sie einen kleinen Handspiegel, während die Schlingpflanzen sich um ihre Beine winden. Ihr frustriertes Kreischen hallt durch die Arena, als der Spiegel nicht seine übliche Wirkung bringt. Hoffnung entfacht sich in Form von Flammen in meinem Inneren. Ich schaffe es, die Klinge meines Dolches zu erhitzen und schleudere ihn auf Zivas Brust.

Ich treffe und ihr Oberkörper krümmt sich, während sie ächzt und würgt. Tränen aus Ambrosia rinnen ihre Wangen hinab. Sie tränken den Sandboden der Arena, der bald darauf in saphirblauen und rubinroten Partikeln glänzt. Trotzdem atmet sie weiter, zieht das Messer wieder heraus, weil sie Immortalem, das Armband der Unsterblichkeit, trägt. Wenn ich nur wüsste, weshalb der Spiegel nicht mehr funktioniert ...

Plötzlich ist es, als würden die Hintergrundgeräusche, die für einen Moment lang verstummt waren, wieder lauter werden. Zivas Untertanen erreichen uns, stürzen sich auf uns wie eine Flut. Die drei Gorgonenschwestern tauchen neben Persephone und mir auf. Eine von ihnen wirft mir ein Kurzschwert zu und ich bin so überrumpelt, dass ich es auffange, wobei ich darauf achte, ihr nicht in die Augen zu schauen.

»Wir sind nicht der Feind«, sagt eine von ihnen, bevor die drei sich Zivas Armee entgegenstellen. Persephones Schlingpflanzen gelingt es, viele von ihnen aufzuhalten, sie zurückzudrängen oder stolpern zu lassen. Aber eben nicht alle. »Was zur –«, knurre ich, als Chaos mich packt und zu Phia hinter sich schiebt. Ich versuche, mich wieder an ihm vorbeizudrängen, doch eine unsichtbare Macht schiebt mich zurück.

»Du hast genug gekämpft, Flammenmädchen«, sagt er lediglich, ehe er sich in schwarzen Rauch verwandelt und wie ein Pfeil durch unsere Gegner schießt.

Ich wirbele zu Phia herum. »Wo ist Lavea?«, rufe ich ihr über den Lärm hinweg zu.

Meine Freundin deutet in Richtung Osten, wo ich Lavea und Phoibe entdecke, an deren Seite zwei der fremden Götter sind. »Wer ist da bei ihnen?« Einige Meter dahinter befindet sich Lost, der die Frau mit dem rosafarbenen Haar an sich presst. Sie schlägt wild um sich, beißt und tritt, aber er lässt sie nicht los.

»Krios und Koios. Der dritte Titanenbruder ist Hyperion, der gerade mit Artemis durch die Rolltore kommt.« Phias Augen weiten sich. »Heilige Harpyie.« Ich folge ihrem Blick, sehe, wie sie eine gesamte Truppe anführen, die sich ebenfalls ins Getümmel stürzt. Ich habe nicht den blassesten Schimmer, wer sie sind, aber sie scheinen über magische Kräfte zu verfügen, weil einer von ihnen mit einer simplen Handbewegung drei von Zivas Kriegern erledigt.

»Vorsicht«, warnt Phia mich in derselben Sekunde und ich ducke mich gerade rechtzeitig, als eine Klinge an mir vorbeirauscht. Sieben Männer haben es irgendwie fertiggebracht, sich uns von hinten zu nähern. Mir ist klar, dass es nicht fair ist, sie zu töten, weil sie unter Zivas Einfluss stehen, weshalb meine Hiebe eher halbherzig sind. Als es einem von ihnen gelingt, mich zu Boden zu werfen, und mein Schwert mir klappernd aus der Hand fällt, er mich grob an meinen Fußgelenken packt und zu sich zerrt, bleibt mir nichts weiter übrig, als ganz tief Luft zu holen und Feuerfunken in sein Gesicht zu atmen. Er schreit vor Schmerz und lässt von mir ab, wird jedoch im nächsten Moment mit einer Wucht fortgeschleudert, für die nicht ich verantwortlich bin. Ein Keuchen dringt aus meiner Kehle, als Cato direkt vor mir erscheint, in zwei Schritten bei mir ist und mich hochhebt.

»Hat dir mein Vorschlag mit dem Pegalux nicht gefallen?«, ist das Erste, was mir in den Sinn kommt.

Cato schaut mich an, als würde mit mir etwas nicht stimmen, zeigt aber zum Himmel. »Es geht los.«

Ich schaue hinauf, während ich nach wie vor nicht ganz verarbeitet habe, was hier vor sich geht. Die drei Titanenbrüder umringen nun Ziva, sodass ihre Untertanen sie nicht erreichen können. Gleichzeitig erklingt das Geräusch des dritten Rolltores. Scharf ziehe ich die Luft ein, als ich erkenne, dass es Amanda, Miriam, Eros, Jules, Atlas, Hale, die Frau mit dem Spinnwebenhaar, Dream und Yasar angeführt von ... Dark sind, die zu uns – zur Mitte der Arena rennen. Nun weiß ich überhaupt nicht mehr, was ich denken soll. Doch es ist ein vertrautes Flügelschlagen, das mich dazu zwingt, erneut den Himmel ins Visier zu nehmen. Ein Drache mit smaragdgrünen Schuppen zieht über uns seine Kreise, ehe er mit dem Sinkflug beginnt. Und auf ihm sitzt ... Prometheus. Er hält einen Bogen mit einem gespannten Pfeil in der Hand und beides ist von einem so gleißend hellem Schimmer umgeben, dass man meinen könnte, es wäre aus purem Licht gefertigt.

»Prom ist ...«, flüstere ich, beende den Satz jedoch nicht.

»Derjenige, der von Yasar beauftragt wurde, eine Waffe zur Zerstörung der Urgegenstände zu beschaffen.«

»Heilige Harpyie«, wiederhole ich Phias Worte, die jetzt in wenigen Metern Entfernung bei Chaos ist, der seinen dunklen Rauch mit Persephones schwarzen Schlingpflanzen vereint, wodurch wir gänzlich von Zivas Untertanen abgeschirmt werden. Im inneren Kreis befinden sich außer uns noch Lavea, Phoibe, die Gorgonenschwestern und die Titanenbrüder. Dann ist Ladon direkt über uns und Prom schießt den ersten Pfeil – er trifft die Krone, die zu grünem Staub zerfällt. Ein Beben erfasst das Kolosseum und ich ... ich spüre einfach, dass es sich verändert, wenngleich ich aufgrund des dichten Rauches nicht erkennen kann, was außerhalb passiert. Ziva stößt einen gellenden Schrei aus und ich zucke zusammen, weil es ... schmerzvoll klingt.

Als ich schon glaube, dass Ladons Flügel uns jeden Moment berühren, springt Prom von seinem Rücken und federt seine Landung geschmeidig ab. Er zwinkert mir zu, als er sich aufrichtet und einen weiteren Pfeil auf Ziva richtet, jedoch auf etwas zu warten scheint. Und schließlich entdecke ich den zweiten Drakon am Himmel, mit Schuppen wie Feuerachat. Auf seinem Rücken reiten True und eine Frau, die in ein weißes Gewand gehüllt ist, das wie ein Schleier hinter ihnen weht. Sie bewegt ihre Hände und in meinen Ohren ertönt eine zarte Melodie, während es den Eindruck macht, als würde sie ein Netz aus goldenen Fäden spinnen, das sich wie ein Sternenbild über der Erde ausbreitet.

Ich kralle meine Fingernägel in Catos Unterarm, als Prom den zweiten Pfeil abschießt und die Spitze sich in Imperium bohrt, den Ziva an einer Kette um ihren Hals trägt. Für eine Sekunde ist es, als würde jegliche Luft aus meiner Lunge gepresst werden und sogar Cato wankt, sodass er mich endlich auf den Boden stellt. Die Schlingpflanzen halten Ziva nach wie vor fest, doch ihre Schreie sind nun derart qualvoll, dass es sich anhört, als würde sie sich ihre Haut von den Knochen schälen wollen, bloß, um sich selbst zu entkommen. »Das war dafür, dass du mir meine Tochter nehmen wolltest«, knurrt Prom. Es ist das erste Mal, dass ich ihn voller Zorn erlebe.

Eine der Pflanzen wickelt sich um Zivas Arm und der Titan schießt den dritten Pfeil ab, um Immortalem zu zerstören. Aber anders als bei den Malen zuvor prallt die Spitze an dem Urgegenstand ab. Chaos und ich setzen uns gleichzeitig in Bewegung und ich nehme den Pfeil an mich, bevor Ziva sich danach bücken kann. Sie schaut mich aus blutunterlaufenen Augen an, aus denen noch mehr Tränen aus Ambrosia rinnen. Es erscheint mir so verkehrt, dass jemand wie sie weinen kann, und ich verstehe nicht, warum, doch meine Kehle ist plötzlich wie zugeschnürt.

Unsicher schiebe ich eine Kartoffel auf meinem Teller umher. Das Spektakel ist mir unangenehm. Mir ist nicht klar gewesen, dass es hier noch um etwas anderes als das Turnier gehen könnte. Offenbar reizt viele der Mädchen die Möglichkeit, die Gemahlin eines Gottes zu werden. Und mit ihrem Verhalten versuchen sie, sich einen Vorteil zu verschaffen.

»Erbärmlich, nicht wahr?«, spricht mich meine Sitznachbarin von links an. Sie rümpft angewidert die Nase, und ich strecke ihr spontan die Hand entgegen. »Ich bin Flame.«

»Freut mich. Mein Name ist Kiana.«

Ich weiß nicht, was mit mir nicht stimmt, aber trotz allem, was sie Viridi, dieser Welt, Dark, mir und meiner Familie angetan hat ... habe ich Mitleid mit ihr. Es ist, als könnte ich ihren Schmerz und ihr Grauen spüren. Und ihre ... Angst.

Langsam entferne ich mich von Ziva, umklammere den Pfeil dabei fester. »Es muss an Immortalem liegen. Es ist das Armband der Unsterblichkeit«, spreche ich an Prom und Chaos gewandt. Die anderen halten sich im Hintergrund.

»Sie muss es ablegen, damit man sie töten kann«, erwidert

Chaos genau in dem Moment, als sich ein Gang öffnet und die neuen Götter den inneren Kreis betreten. Yasar geht mittlerweile an der Spitze und stoppt neben Ziva. Zwischen Chaos und ihm findet ein stummer Blickaustausch statt.

YASAR

Mein Puls rast, dennoch bin ich vollkommen ruhig, als ich durch den Gang aus Rauch und toten Pflanzen trete, ins Innere des Kreises, der sich um Ziva gebildet hat. Neben ihr bleibe ich stehen, sehe zu Chaos und weiß, dass er jeden meiner Gedanken gehört hat. Es war Darks Idee, ihn zu befreien, und es ist richtig, dass wir auf ihn angewiesen sind, er seine Macht mit den Urgegenständen messen kann. Doch ich brauchte Chaos, nachdem ich Darks Plan zugestimmt hatte, auch aus einem anderen Grund. Ich habe kommen sehen, dass es so enden wird.

»Tu es jetzt«, fordere ich. Ich weiß, dass du es kannst, denke ich. Zwei Seelen unwiderruflich miteinander zu tauschen.

Chaos neigt leicht seinen Kopf, macht einen Schritt auf mich und meine Schwester zu. »Danach gibt es kein Zurück.«

Es ist der einzige Weg, erwidere ich. Meine Sicht verschwimmt, aber ich bemerke dennoch, wie Tumult losbricht. Dark versucht, mich zu erreichen, und das Letzte, was ich in seinem Gesicht lese, sind Schock und Entsetzen, bevor meine Schwester und ich mit Chaos, Prom, Flame, Cato und Persephone allein sind, die eine weitere Mauer um uns gezogen hat.

Ich strecke eine Hand aus und verschränke meine Finger mit Zivas, während Persephones Schlingpflanzen nun auch mich fesseln. Meine Schwester hebt leicht den Blick, ich schaue in ihre blassblauen Iriden. »Es tut mir leid«, wispere ich. Bei meinen Worten scheint sie neue Kraft zu schöpfen und sie beginnt sich zu winden, will sich gegen das Unausweichliche wehren. Ich umklammere ihre Hand noch ein wenig fester. Es ist das erste Mal, dass ich sie halte. Weil ich meinen Pflichten als großer Bruder nicht nachgekommen bin. Meine Eltern und ich haben Ziva auf Abstand gehalten, weil wir gespürt haben, dass sie anders ist. Schon als Kind hat sie uns in manchen Momenten Unbehagen bereitet.

Ich habe sie nicht beschützt. Und ich habe ihr nie offen meine Hilfe angeboten, obwohl mir insgeheim klar war, dass sie mich brauchte. Und auch wenn Dark gern die Schuld für etwas auf sich nimmt, was bereits vor ihm geschah, die Last meiner Fehler viel zu lange für mich getragen hat, ist jetzt meine Zeit gekommen. Es hat mit meiner Schwester und mir auf Viridi begonnen, da ich in ihren Augen alles hatte und sie es mir nehmen wollte. Dark und die anderen wurden hineingezogen ... wegen mir. Doch heute ist der Tag gekommen, an dem es zu Ende geht. An dem ich meiner Schwester meine Hand reiche, obwohl es längst zu spät ist.

»Tu es jetzt«, wiederhole ich und dieses Mal befolgt Chaos meinen Wunsch. Dann wird meine Seele, das, was ich bin, aus meinem Körper gerissen. Das letzte Bild in meinem Kopf ist True, der mir alles gab, was mir jemals etwas bedeutet hat. Der mir gezeigt hat, wie man liebt. Der mein Herz mit etwas gefüllt hat, das Glück am nächsten kommt. Du, Yasar. Du bist mein ganzes Leben. Die Zeit mit dir ist das Einzige, was wirklich für mich zählt. Uns wurde mit der Geburt die Unsterblichkeit geschenkt, doch auch sie kann enden. Niemand ist unbezwingbar. Ich bin nicht so hochmütig zu denken, dass uns tatsächlich die Ewigkeit zu Füßen liegt. Und wenn ich eines Tages die Lider für immer schließe, dann will ich nichts bereuen – nichts vermissen. Ich will jede Sekunde bis dahin mit dir verbringen.

Ich habe nahezu jede Sekunde mit True verbracht. Und trotzdem war es nicht genug. Trotzdem werde ich ihn vermissen. Aber ich kann nicht so egoistisch sein, ihn mit mir zu nehmen. Er hat schon zu viel für mich und unsere Liebe gegeben. So viel mehr als ich.

FLAME

Eine helle, durchscheinende Essenz, die den Quallen in Thanatos' Reich des friedlichen Todes ähnelt, schwebt jeweils über Yasar und Ziva, deren Augen geschlossen sind. Die Geschwister halten sich an den Händen, während die Schlingpflanzen sich um ihre Beine und Arme winden. Sie sehen nicht real aus, ähneln umgeben von dem schwarzen Rauch eher einem grotesken Gemälde, das ein Künstler in einer düsteren Stimmung gezeichnet hat.

Auf Chaos' Stirn glitzern Schweißperlen und die Essenz, die nun wirkt wie flüssiges Glas, fängt an, sich zu bewegen und in die Brust des jeweils anderen zu dringen. Kurz darauf nimmt Ziva einen röchelnden Atemzug, lässt Yasar los und tastet unkoordiniert nach ihrem Handgelenk.

»Bei allen Höllentoren«, murmelt Cato, der vermutlich im selben Moment wie ich begreift, was hier gerade passiert. Genau in der Sekunde, in welcher sich der Verschluss des Armbandes mit einem Klicken löst, schießt Prom den vierten Pfeil, der Immortalem in den Boden bohrt, wo es beim Aufprall von der Spitze zerstört wird. Ein gleißender Lichtstrahl vermischt sich mit der Dunkelheit des Urgegenstandes, bis er mit einem schwachen Glimmen erlischt. Zivas Schrei dringt aus Yasars Mund und Cato hält mich fest, als ich zu ihm stürmen will. Danach gibt es kein Zurück, hallen Chaos' Worte durch meinen Kopf.

»Nein«, flüstere ich, während Cato mich noch enger an sich zieht und Prom langsam den Pfeil sinken lässt.

»Bring es zu Ende.« Es ist Zivas Mund, der sich bewegt, aber Yasars Stimme, die ich höre. Chaos hebt eine Hand und ich bin überrascht, dass er zögert. Nach einigen Sekunden ist es Persephone, die seinen Platz einnimmt. Zwei der Schlingpflanzen klettern weiter an den Geschwistern hinauf, wickeln sich um ihre Oberkörper, ehe sie sich zurückziehen und genau in die Stellen eindringen, wo sich ihre pochenden Herzen befinden. Schwarze Adern fressen sich durch ihre Haut, nehmen ihre Lebensfunken in sich auf. Wie aus weiter Ferne höre ich ein Wimmern und bemerke erst, dass ich diejenige bin, die weint, als Cato über meine Wange streicht. Durch den Tränenschleier erkenne ich, dass sich noch einmal ein schmaler Gang auftut und eine Frau mit schwarzbraunem Haar und eisblauen Augen zu uns tritt.

»Öffne die Erde für uns, Juna«, fordert Persephone und die Fremde lässt sich auf die Knie sinken.

»Was geschieht jetzt?«, wispere ich und greife nach Proms Hand, der zu uns gekommen ist.

»Ich weiß es nicht«, erwidert Cato. »Aber sie ist eine Halbgöttin und Enkelin der Gaia.«

Die Halbgöttin presst ihre Handinnenflächen auf die Erde, so, wie ich im Wald, als ich mein Feuer beschwor. Risse bilden sich im Boden um das Geschwisterpaar und dann ist es, als würde eine unsichtbare Macht die beiden in die Tiefe ziehen – als würde Gaia selbst sie verschlucken. Danach dauert es bloß wenige Sekunden, bis die Erde sich über ihnen verschließt. Das Einzige, was von ihnen übrig bleibt, sind ihre Umrisse, geformt von den Schlingpflanzen, die besetzt sind mit Dornen und schwarzen Blättern. Und obwohl es nur ihre Silhouetten sind, kann man erkennen, dass ihre Finger miteinander verschlungen – sie im Tod schlussendlich verbunden sind.

Kapitel 31
SONNENTOD

DARK

Vergangenheit

Ich schreite durch den gläsernen Tunnel, das Geräusch meiner Stiefel hallt von den Wänden wider. Durch die Scheiben erkenne ich die Geschöpfe der Tiefsee sowie die breiten eisernen Streben, welche die Anker dieses Gefängnisses sind und es an den Meeresgrund binden. Beinahe erscheint es mir absurd, dass dieses Verlies in der Lage ist, die Last des Ozeans zu tragen und mit jeder Welle, die gegen die Wände schwappt, kommt es mir vor, als würde das Glas erzittern. Doch es bricht nicht. Genauso wenig wie ich.

Meine Brüder feiern ihren Sieg im Licht der Sonne dieser Erde, während ich mich bloß nach der Finsternis sehne. Ich fühle mich nicht, als könnten wir überhaupt gewinnen, nachdem wir unendlich viel verloren haben. Wir können niemals vergessen. Und wenngleich Ziva uns nicht in diese Welt gefolgt ist, ein ganzes Universum zwischen uns liegt, so hat sich ihr Geist, der Nachhall ihrer Boshaftigkeit, an unsere Fersen geheftet. Als hätte sie sich zu unserem Schatten ernannt, der verschwindet, sobald wir einen Blick über die Schulter werfen und uns an unserem Verstand zweifeln lässt.

Ich passiere die beiden magischen Schranken, woraufhin

der Gang noch schmaler wird und ich mich in nahezu vollkommener Dunkelheit wiederfinde. Schwarzer Diamant umgibt mich nun, ein Material, das unbezwingbar ist. Ich folge einer Treppe in die Tiefe und komme am Verlies des Zeus vorbei. Er liegt auf einer Pritsche und regt sich nicht, trotzdem sehe ich die aufflackernden Blitze, die zwischen seinen Fingern zucken. Doch auch sie werden ihn nicht vor der Zeit retten, die für ihn abgelaufen ist. Ich bleibe nicht stehen, denn er ist nicht der Grund für meinen Besuch. Stattdessen folge ich dem Korridor, gelange zu einer zweiten Treppe, die sich noch tiefer windet. Nach einer weiteren Abzweigung begrüßt mich das vertraute Leuchten, das hellblaue Licht des Aquamarins, das einen Vorhang bildet. Daneben rutsche ich zu Boden, stütze meine Ellenbogen auf die Knie, während ich warte. Und es dauert nicht lange, bis ich die Umrisse einer Gestalt auf der anderen Seite der Barriere wahrnehme.

»Man könnte meinen, du würdest gern mit mir tauschen.« Chaos lehnt sich mit der Schulter gegen die Wand.

Mein Hinterkopf sinkt an den schwarzen Diamant. Es stimmt, dass ich mich unter der Oberfläche wohler fühle. Die Stille und die Finsternis verschaffen mir Linderung.

»Nie zuvor bin ich jemandem begegnet, dessen Macht der meinen so ähnlich ist«, fährt Chaos fort. »Als wärst du mein Spiegelbild.«

Ich lache rau, bei seinem absurden Versuch, mir zu schmeicheln. Er hat schon alle möglichen Tricks probiert, vorgeschlagen, unsere Kräfte miteinander zu verbünden. Ihm ist die Kluft zwischen mir und meinen Brüdern nicht entgangen. Aber trotz seiner Worte bin ich nicht derart größenwahnsinnig zu glauben, dass ich ihm wirklich ebenbürtig bin. Ja, ich habe ihn besiegt. Aber es war auch Glück im Spiel und er bereits erschöpft von einem langen Kampf. Chaos ist die Seele dieser Welt und zu vielen Dingen in der Lage, zu denen ich nicht fähig bin. »Ich werde dich nicht freilassen«, sage ich schließlich und frage mich, weshalb ich ihn immer wieder aufsuche. Vielleicht, weil wir uns auf gewisse Weise tatsächlich ähnlich sind und ich mich selbst wie ein Gefangener fühle. Oder vielleicht auch, um mich daran zu erinnern, wie ich nicht enden will. Dass es richtig ist, von meinen Brüdern ab und an ins Licht gezerrt zu werden, um mich nicht vollständig in der Finsternis zu verlieren. Denn wenn sie nicht wären, hätte ich mich längst der Zerstörung hingegeben, nach der ich mich in zu vielen Momenten sehne.

Ein Grollen dringt aus Chaos' Kehle, als er seine nonchalante Haltung aufgibt. »Und für wie viele Jahrhunderte soll ich in dieser Zelle verrotten?«

»Vermutlich, bis du deine Strafe abgesessen hast.«

»Die Dunkelheit ist keine Strafe.«

»Irgendwann wird sie es sein.« Ich erhebe mich und wende mich zum Gehen.

»Halt«, fordert Chaos und flucht, als er gegen die Barriere stößt. »›Vermutlich‹ impliziert, dass es noch andere Optionen gibt.«

Ich verschränke meine Arme hinter dem Rücken und drehe mich zu ihm, denke dabei an meine Brüder, deren Plan in Wahrheit ist, ihn auf alle Ewigkeit, bis das Universum bloß noch aus Staub und keinen Planeten mehr besteht, unter Wasser gefangen zu halten. Aber in mir ist eine Stimme, die ihm eine zweite Chance verschaffen will. Auch ich habe sie bekommen, trotz des Unheils, das ich auf Viridi angerichtet habe. Ich hätte in einer Zelle verrotten sollen, stattdessen bin ich frei. Dream, Hale, Yasar, True und Lost glauben, wir hätten durch die Rettung der Erde Wiedergutmachung geleistet, doch mir erscheint es nicht, als würde diese Tat genügen.

Hinzu kommt, dass Chaos nicht die treibende Kraft gewesen ist, sondern Zeus. Nach all den Gesprächen, die wir hatten, denke ich nicht mehr, dass er die Menschheit wirklich ausrotten wollte, wie es das Ziel des Göttervaters gewesen ist. Sein Antrieb ist der generelle Drang nach Zerstörung. Er ist sein einziges Ventil, das, was seinem Dasein einen Sinn verleiht.

»Ich werde dafür sorgen, dass du freikommst, wenn es dort draußen etwas oder jemanden gibt, der dich zähmt. Für den du bereit bist zu retten, anstatt zu zerstören.«

Ich reiße eine der Fackeln von der Wand und öffne die obersten Knöpfe meines Hemdes. Trotzdem ist es, als würde ich nicht ausreichend Luft bekommen. Zum ersten Mal lösen das Unterwasserverlies und die Schwärze der Tiefsee ein beklemmendes Gefühl in mir aus. Während ich die Schranken und die beiden Treppen passiere, blitzen immer wieder Bilder der vergangenen Wochen auf. Flame, die lacht, mich aus funkelnden Augen anschaut, ihre Arme um mich schlingt und ihr Gesicht in meiner Halsbeuge vergräbt, wie sie sich an meiner Hand in ihrem raschelnden Ballkleid dreht und alles, was uns umgibt, in den Hintergrund rückt. Wie sie durch die Flure des Sandpalastes streift und sich von mir küssen lässt. Die leisen Laute, die sie ausstößt, wenn ich sie berühre. Ihr verwunderter Blick, der sich in Glück verwandelt, als sie versteht, dass wir miteinander verbunden sind.

Doch wir haben beide viel zu kurz von diesem Glück gekostet, weil Hades sie mir gestohlen hat. Ich weigere mich, zu glauben, dass sie freiwillig mit ihm ging. Und nun muss ich einen Weg finden, die Unterwelt zu betreten, um sie zurückzuholen. »Fuck«, stoße ich aufgebracht aus, während ich spüre, wie meine Finsternis die Kontrolle gewinnt.

Ich erreiche den Vorhang aus Aquamarin, versuche mir selbst zu erklären, weshalb ich zum ersten Mal seit so langer Zeit wieder hier bin. Vielleicht um mich daran zu erinnern, dass Zerstörung mich in dieser Sekunde nicht weiterbringt, ungeachtet des Verlangens, das mich anstachelt, die Welt aus den Angeln zu heben.

Es dauert eine Ewigkeit, bis Chaos die andere Seite der Barriere erreicht. Er stolpert, als wäre er in einer Trance und nicht wirklich wach. Er stützt sich an der Wand ab, seine Kleidung hängt in Fetzen von seiner Haut, der einzige Beweis von Vergänglichkeit. »Und? Bist du endlich gekommen, um meinen Platz einzunehmen?« Seine Stimme ist rau, formt die einzelnen Buchstaben langsam und unbeholfen. Als wären sie ein Fremdkörper auf seiner Zunge.

»Nein«, erwidere ich. »Die absolute Finsternis hat ihren Reiz für mich verloren.«

Mehrere Minuten herrscht Schweigen und ich nehme fast an, dass Chaos das Bewusstsein verloren hat, als er wieder spricht. »Und gibt es dort draußen etwas oder jemanden, der mich zähmen kann?« In seinen Worten schwingen Spott und Hohn … und vielleicht auch ein Hauch Sehnsucht mit.

Ich seufze, meine Gedanken nach wie vor bei Flame. »Nein.«

»Aber für dich schon?«

Langsam nicke ich.

Chaos nähert sich dem Vorhang, ungeachtet des Schmerzes, der ihn erwartet, sobald er ihn berührt. »Wie fühlt sich das an?«

»Wie ein Rausch. Als wäre man bereit, die Sonne zu töten und die Sterne vom Himmel zu holen.«

Chaos gibt einen undefinierbaren Laut von sich. »Das klingt für mich nach Zerstörung.«

»Manchmal muss man zerstören, um zu retten.«

Chaos fällt auf die Knie, als würde er in dieser Sekunde tatsächlich gegen einen tiefen Schlaf ankämpfen. »Das ergibt keinen Sinn.«

Ich schnaube, empfinde zum ersten Mal seit Flames Entführung nicht bloß Zorn oder Trostlosigkeit. »Ich bezweifle, dass für Liebe eine logische Erklärung existiert.«

Er schaut zu mir auf, seine Iriden, die bei unserer ersten Begegnung geglüht haben, senden nur noch ein schwaches Glimmen aus. »Finde so jemanden für mich.« Meine Augen weiten sich, weil ich mir sicher bin, dass Chaos noch nie um etwas gebeten hat. »Ich fühle mich wie ein Tier, das so lange eingesperrt war, dass es keine Qualen und keinen Schmerz mehr spürt.« Seine Fingernägel schaben über die Wand aus schwarzem Diamant, während er versucht, sich daran emporzuziehen. »Ich fühle mich wie der Tod, dessen Herz noch schlägt.« Seine Zähne knirschen, als er sie fletscht. »Ich fühle mich wie ein Gefangener der Nacht, obwohl die Dunkelheit mich ausmacht.« Er sinkt zurück auf seine Fersen, realisiert, dass er keine Kraft mehr hat. »Ich verzehre mich … nach Leben. Nach etwas anderem als dieser Leere.«

Saphira steht vor einem der vereisten Fenster, über dessen Glas der Frost kriecht. Sie schaut auf den Springbrunnen, dessen Wasserfontäne mitten in der Bewegung erstarrt ist und verschlungene Muster in den grauen Himmel zeichnet. Die

Anlage um Yasars Palast erinnert nicht länger an die Gärten Viridis und das Zwitschern der Vögel wurde ersetzt durch das Knirschen von Schnee, wenn wir die Spuren unserer Stiefel darin hinterlassen.

»Wie geht es dir?«, frage ich.

Mit etwas Verspätung, fast so, als würde sie glauben, sie hätte sich verhört, wirbelt Phia zu mir herum, starrt mich mit einer Mischung aus Überraschung und Entsetzen an. Ich kann es ihr nicht verübeln, schließlich habe ich seit Erfüllung der Prophezeiung und Flames ... Seit ihrem ... Fuck. Ich kann es nicht einmal denken. Seitdem habe ich mit niemandem außer Yasar gesprochen. Nicht ein einziges Wort. Obwohl Apollo es jeden Tag versucht, weshalb ich wiederum jeden Tag großen Aufwand betreibe, ihn zu meiden. Mir entgeht dabei die Ironie nicht, dass ich den Prozess des Verlustes bereits zwei Mal durchmachen musste. Mit dem Unterschied, dass es beim ersten Mal Hoffnung gab, ich sie zurückholen konnte, aus der Unterwelt. Ich habe sie gespürt. Aber jetzt ... ist da nichts. Ihr Feuer auf ewig erloschen.

»G-gut«, bringt Phia schließlich hervor, während ich meine Hände in den Hosentaschen vergrabe. »Und ...« Sie bricht ab und ich bin froh, dass sie uns beiden die Frage nach meinem Befinden erspart.

»Wie läuft es mit dir und Hale?«, hake ich nach, trete ebenfalls dicht ans Fenster. Unsere Spiegelbilder blicken uns durchbrochen von den Adern aus Frost entgegen.

Phia richtet die Kapuze ihres Pullovers, ehe sie ihre Finger miteinander verknotet. »Ich ...« Sie stößt ein leises Seufzen aus und ihr Atem beschlägt die Scheibe. »Er hat sehr viel für mich getan«, murmelt sie vage.

Ich ziehe eine Braue nach oben, sehe sie aber nicht an. »Du

bist also aus Dankbarkeit mit ihm zusammen?«, schlussfolgere ich.

»Wir sind nicht zusammen«, erwidert sie entschieden.

»Weiß er das auch?«

Phia umklammert den Rand der Kommode, welche unter dem Fenster steht, derart fest, dass ihre Fingerknöchel weiß hervortreten. »Ich glaube, er spürt, dass es anders ist. Dass ich seit meinem Erwachen anders bin. Nichts ist, wie es vorher war. Es kommt mir vor, als wäre die Zeit während meiner Abwesenheit gerast – als wäre ich nach wie vor im Schlaf gefangen.« Sie schluckt schwer und auch ich verhalte mich still, warte darauf, dass sie weiterspricht.

»Manchmal fühle ich gar nichts mehr«, flüstert sie irgendwann. »Nur noch Leere. Als herrschte die Nacht in jeder Stunde, selbst wenn die Sonne scheint. Und Hale ... er ist Licht – zu gut und zu rein. Ich sehne mich nach einem Abbild meiner Dunkelheit.«

Wüstensand weht mir ins Gesicht, während ich Trues Reich überblicke. In der Ferne kann man sogar das Glitzern des Meeres erahnen. Schritte erklingen hinter mir. Yasar ist eingetroffen.

»Du brichst auf.« Es ist eine Feststellung, keine Frage.

Ich nicke und drehe mich zu ihm. »Es gibt keinen Grund, noch länger zu warten. Wir haben alle Informationen gesammelt, die wir bis zu diesem Punkt einholen konnten. Wir wissen, wo sie sich befindet, wen sie um sich geschart hat. Aber nun muss ich zu ihr ... Ich muss das Geheimnis ihrer Macht aufdecken.«

Yasar verschränkt die Arme vor der Brust. »Kannst du diese Rolle noch einmal spielen?«

Allein bei der Vorstellung, ihr bald wieder ganz nah zu sein, ihren Lavendelduft einzuatmen und in ihre blassblauen Augen zu schauen, breitet sich Widerwillen in mir aus. »Ja«, presse ich dennoch hervor. Einen anderen Weg gibt es nicht. Ich weiß, dass sie mich an sich heranlassen wird, weil ich bin, was sie am meisten begehrt.

»Bist du dir ganz sicher?« Yasar wirkt besorgt. »Es ist in Ordnung, wenn du noch nicht so weit bist.«

Ich straffe die Schultern, ermahne mich selbst, mich zusammenzureißen. »Ich bin so bereit, wie ich es nur sein kann.« Entschlossen blicke ich den Gott der Zukunft an. »Ich werde dich über den Chalcedon kontaktieren, sobald ich etwas in Erfahrung gebracht habe.« Automatisch gleiten meine Finger über den kühlen Stein um meinen Hals. Wenn ich im Land der Vergangenheit ankomme, muss ich ein gutes Versteck für ihn finden.

»Es gefällt mir nicht, untätig herumzusitzen, während du dein Leben riskierst«, murmelt Yasar und mir ist klar, dass er glaubt, es wäre seine Schuld. Obwohl er es nie laut ausgesprochen hat, denkt er, dass er in der Lage gewesen wäre zu verhindern, was mit Ziva passiert ist, bloß weil sie blutsverwandt sind.

»Du weißt, dass ihr euch ruhig verhalten müsst. Sobald die Beute sich bewegt, beißt die Schlange zu. Und auf Viridi ... Wir hatten kaum unseren ersten Zug gemacht, als sie bereits anfing, alles zu zerstören. Und ich werde nicht zulassen, dass es sich auf der Erde wiederholt.« Bis heute kann ich die Bilder der Trümmer, der toten und verdrehten Leiber Unschuldiger nicht aus meinem Kopf verdrängen. Sie werden auf ewig ein Teil von mir sein. »Hast du über meinen Vorschlag nachgedacht?«, frage ich, nachdem wir einen

Moment lang in unseren düsteren Überlegungen gefangen waren.

Yasar räuspert sich. »Du meinst diese wahnwitzige Idee, Chaos zu befreien und Phia als Köder zu benutzen? Ich hatte gehofft, es wäre ein Scherz.«

»Chaos ist das mächtigste Wesen, das auf dieser Erde wandelt«, erinnere ich ihn. »Macht ist Zivas Schwäche. Sie wird versuchen, eine Armee um sich zu scharen. Sie wird ihm nicht widerstehen können.«

Yasar runzelt die Stirn. »Warum nicht Zeus?«

»Das ... halte ich für sehr unwahrscheinlich. Er ist der ehemalige Herrscher dieser Welt. Ziva wird das Risiko nicht eingehen wollen, dass er sich seinen Platz zurückerobert.«

»Chaos könnte denselben Hunger verspüren.«

»Nein«, antworte ich schlicht. Es ist wahr, was Chaos einst sagte: Wir sind uns sehr ähnlich. Und keiner von uns hegt Ambitionen, einen Thron zu besteigen.

Nach einer Weile seufzt Yasar. »Ich werde es in Erwägung ziehen ... als letzten Ausweg.«

»Du solltest nicht zu lange überlegen. Unabhängig davon, was ich über Zivas Kräfte und Pläne herausfinde, können wir ihn als Verstärkung gebrauchen.«

»Du denkst wirklich, er würde unsere Seite wählen, nachdem wir ihn zwei Jahrhunderte lang gefangen hielten?«

Ich zucke mit den Schultern. »Er würde Saphiras Seite wählen.«

Yasar gibt ein Geräusch von sich, das puren Unglauben ausdrückt. »Er könnte sie umbringen.«

»Er könnte sich in sie verlieben.«

Wir liefern uns ein Blickduell und es ist Yasar, der als Erster aufgibt und sich kopfschüttelnd gegen die Balustrade lehnt. »Hätte mir damals auf Viridi jemand gesagt, dass du auf Liebe setzen würdest, hätte ich ihn für verrückt erklärt.«

»Ich habe seitdem viel gelernt. Und es ist die einzige Waffe, die Ziva nicht versteht, die sie nicht bedienen kann. Sie glaubt es zwar, aber in Wahrheit ist sie bloß vertraut mit Zwang.« Ich schaue wieder in die Ferne, wo der Wüstenhimmel sich rot färbt. »Du solltest selbst am besten wissen, dass Liebe der Grund dafür ist, dass wir die unvorhersehbarsten Dinge tun. Schließlich hast du für True dein Erbe aufgegeben. Niemand von uns war so pflichtbewusst wie du, bevor du ihm dein Herz geschenkt hast. Du hast deine Familie und deine Heimat zurückgelassen. Du hast das Universum durchquert, damit ihr euch eine gemeinsame Zukunft aufbauen könnt ...«

Yasar lacht leise. »Du hast deinen Standpunkt klargemacht.«

YASAR

Hinter meinen Schläfen pocht es und meine Augen brennen, weil ich in den vergangenen Nächten kein Auge zugetan habe. Diesem Irrsinn mit der Beschwörung des Dschinns habe ich nur deshalb zugestimmt, um für Ablenkung zu sorgen. Dark hat mich in letzter Zeit kaum kontaktiert, mir lediglich übermittelt, dass Lost Ares getötet hat und nun im Verlies seiner eigenen Burg eingesperrt ist. Die Anweisung des Gotts der Finsternis lautet nach wie vor, uns ruhig und unauffällig zu verhalten – Zivas Aufmerksamkeit nicht auf uns zu lenken, bis er mehr in Erfahrung bringen konnte. Trotzdem habe ich das Gefühl, dass er irgendetwas vor mir verheimlicht. Und gleichzeitig nagt es an mir, True und die anderen zu belügen. Ihnen keine Erklärung zu liefern, weshalb wir rein gar nichts unternehmen. Aber ich bezweifle, dass sie sich noch viel länger damit zufriedengeben, untätig zu sein. Die Suche nach Flame beschäftigt sie, doch irgendwann werden sie aufgeben und sich an die Gefahr erinnern, die von Ziva ausgeht. Natürlich würde ich mir nichts mehr wünschen, als dass Flame wie durch ein Wunder wieder auftaucht. Andererseits glaube ich Dark. Er würde Himmel und Hölle in Bewegung setzen, wenn er der Überzeugung wäre, dass sie noch lebt.

Das Einzige, was ich derzeit zur Stärkung unserer Position gegen Ziva unternehme, ist die Suche von Verbündeten bei den Halbgöttern, wobei ich diesen Entschluss bereits zu dem Zeitpunkt gefasst hatte, als meine Schwester noch unsere Gefangene war. Ich bin mir sicher, dass die Halbgötter uns mehr unterstützen können als die alten Götter, allerdings haben sich Hekate und Persephone, die zu Verhandlungen in den Dschungel aufgebrochen sind, schon eine Weile nicht mehr gemeldet, was mich langsam unruhig werden lässt. Und als hätte ich nicht schon genug Probleme am Hals, muss ich mich nun auch noch mit Geistern herumschlagen.

Innerlich zucke ich zusammen, als ohne Vorwarnung die Tür zu meinem Arbeitszimmer aufgestoßen wird. Eilig schnappe ich mir die Pergamentrollen, die meine Gedanken zu Darks verrücktem Plan beinhalten, Chaos wieder auf diese Welt loszulassen sowie eine Art Stufenplan, mit welchem ich die anderen vertrösten will, sobald sie sich an die Gefahr erinnern, die von Ziva ausgeht. Als ich erkenne, dass es Phia und Prom sind, die eintreten, überkommt mich sofort ein schlechtes Gewissen. Seit ich es überhaupt in Erwägung ziehe, sie als Köder zu benutzen, kann ich der ehemaligen Turnierteilnehmerin kaum in die Augen sehen.

Die Tür knallt mit einem lauten Krachen gegen die verzierten Wandfliesen und Prom baut sich vor mir auf. Aus seinem Gesichtsausdruck spricht Zorn und ich mache mich auf einen Wutausbruch gefasst. Seit Apate allein in den Hades aufgebrochen ist und er durch einen Brief von ihrer Schwangerschaft erfahren hat, balanciert er an einem Abgrund. Und ich bekomme die volle Ladung ab, weil ich, obwohl ich nie offiziell zu irgendetwas ernannt wurde, immer für alles die Verantwortung trage.

»Unten beim Pentagramm ist etwas geschehen«, legt Prom los, während er sich auf meinem Schreibtisch abstützt und sich mir entgegenlehnt. »Diese Geister-Körper-Schmarotzer haben uns herausgefordert, mit ihnen zu spielen. Außerdem haben sich aus dem zerlaufenen Wachs auf wundersame Weise fünf Kerzen gebildet, von denen vier brennen. Ach ja, und Phoibe ist verschwunden!«

Lautlos zähle ich bis fünf, ehe ich Trues Lederbuch, das noch vor mir lag, zuschlage und beiseiteschiebe. Ich verstehe Proms Sorge und Ungeduld, weil er schnellstmöglich zu Apate will. Trotzdem sind mir in dieser Situation die Hände gebunden, weil ich bisher keinerlei Erfahrung mit Geistern habe. Aus diesem Grund sind wir auf Hilfe von außen angewiesen. »Ich hatte mit Apollo Kontakt«, informiere ich ihn wahrheitsgemäß. »Er ist jetzt auf direktem Weg hierher. Solange warten wir.«

Prom holt schwerfällig Atem und mir ist klar, dass er jeden Moment ausflippen wird. Einen Augenblick später fegt er den schwarzen Lederband und weitere Unterlagen von meinem Schreibtisch, ehe er sich wieder mit beiden Händen auf die Holzplatte stützt. »Ich kann das nicht mehr hören. Warten. Geduldig sein. Warten. Ausruhen. Kraft tanken. Und schon wieder warten.« Er hebt beide Arme in die Luft. »Was ist nur aus uns geworden? Ein Haufen Loser. Unsere Freundin hat sich für diese Welt geopfert und was machen wir nun damit? NICHTS. Apate hat das Richtige getan. Sie ist losgezogen und hat gehandelt. Sogar Lost und Dark und Cato machen vermutlich Sinnvolleres als wir.« Er schlägt mit der Hand auf einen der Teeuntersetzer, der sofort durch die Luft katapultiert wird. »Scheiß auf Warten. Scheiß auf das alles hier.«

Noch einmal zähle ich lautlos bis fünf, bevor ich meinen Stuhl zurückschiebe und mich erhebe. »Wieso beruhigst du dich nicht erst einmal?«, frage ich so besänftigend wie möglich.

»ICH. WILL. VERDAMMT. NOCH MAL. ZU. MEINER. FRAU.« Ich werfe einen Blick zu Phia, weshalb genau, kann ich selbst nicht sagen, doch sie verengt ihre Lider bloß zu Schlitzen und schüttelt den Kopf. Offenbar haben sie und Prom sich gegen mich verbündet.

»Deine Macht ist dir schon halb entglitten«, fährt Prom gepresst fort. Macht, um die ich nie gebeten habe, würde ich am liebsten antworten, doch ich verkneife es mir. Der Titan ist derart zornig, dass in diesem Moment alles, was ich sagen würde, falsch wäre. »Du weißt doch nicht einmal, was die alten Götter treiben. Möglicherweise sind sie längst auf Ares' und Athenes Seite. Von Ziva will ich gar nicht erst anfangen. Wir wirken schwach – sie wird denken, dass sie uns überlegen ist.« Prom deutet auf den am Boden liegenden Lederband. »Und nicht jede Lösung findest du in einem deiner staubigen Bücher. Verdammt noch mal. Wach endlich auf.« Nach diesen Worten dreht er sich um und stürmt nach draußen. Ich bin wach, denke ich. Leider. Wobei ich in Wahrheit viel lieber glauben würde, es handle sich um einen bösen Traum.

Müde reibe ich mir über mein Gesicht. »Ihr versteht ni–« Ich unterbreche mich, schüttele den Kopf, bevor ich mich erneut auf die Dschinn-Thematik konzentriere und die anderen Probleme für ein paar Sekunden verdränge. »Ich habe nicht gelogen. Apollo wird wirklich jeden Moment hier sein«, versichere ich Phia. »Und er bringt Hekate mit.« Immerhin konnte er die Göttin erreichen. »Sie wird einen Kältezauber sprechen. Dschinns sind aus Feuer geschaffene Rauchwesen. Sie hassen nichts mehr als Kälte.«

Phia seufzt schwer. »Dann sollten wir vielleicht einfach wieder in deinen Palast umziehen. Nirgends ist es eisiger als dort.«

»So einfach ist das nicht und das weißt du auch«, erwidere ich und merke dabei selbst, dass ich belehrend und ein wenig genervt klinge.

»Und ich bin nicht mehr deine Schülerin«, erwidert Phia, der es nicht entgangen ist.

Langsam beginne ich, die Sachen wieder einzusammeln, die zu Boden gefallen sind. »Das weiß ich doch.«

»Dann hör auf, mich so zu behandeln.« Energisch macht sie auf dem Absatz kehrt und folgt Prom. Ich starre ihr stumm nach, überlege, ob ich tatsächlich dazu fähig wäre, sie an Chaos auszuliefern.

Er könnte sie umbringen.

Er könnte sich in sie verlieben.

Ich stehe auf der untersten Stufe, die zum Sandpalast führt, beobachte den Mond und die Sterne. Die Luft ist angenehm kühl und es ist eine klare, friedliche Nacht. In meinem Kopf hingegen herrscht – im wahrsten Sinne des Wortes – Chaos. Vor einigen Tagen hat Dark mich kontaktiert, weil er Tagebücher und Aufzeichnungen gefunden hat, die uns verraten, was hinter Zivas raschem Aufstieg und Machtgewinn zu Zeiten Viridis steckte – und was sie hier auf der Erde so gefährlich für uns macht. Ich war aufgebracht, als er mir berichtet hat, dass ihm lange vor seiner Entdeckung ein Armband und ein Spiegel aufgefallen sind. Im Nachhinein ist man zwar immer schlauer, doch ich bin mir ziemlich sicher, dass ich in diesem Fall schon eher erkannt hätte, womit wir es zu tun haben. In ihrer Kindheit war Ziva besessen von den Legenden zur Entstehung Viridis. Bis zum heutigen Tage weiß ich die Worte auswendig.

Viridi wurde durch sechs Lichtblitze der siebzehnten Sonne im Universum erschaffen und von einem Sturm aus Feuer und Eis geformt. Aus den Flammen entstanden Erde, Wälder, Sand und Gestein, aus dem Frost bildeten sich Seen, Flüsse und heilige Quellen. Nachdem er sein Kunstwerk vollbracht hatte, legte der Sturm sich zur Ruhe. Stattdessen fegte nun ein sanfter Wind über das Land. Dieser schenkte dem Planeten seinen ersten Atemzug, hauchte ihm das Leben ein und als er sich zurückzog, zeigte er ihm auch, wie man starb. Kurz darauf erwachten die sechs Deum Viventem, die Herrscher dieser Welt. Man erzählt sich, der fruchtbare Boden selbst habe sie aus seinen Wurzeln geboren. Bei ihrer Auferstehung waren ihre Hände friedlich über der Brust gefaltet, die sechs Urgegenstände hatten sie dicht an ihr Herz gebettet. Als der erste Deum Viventem die Augen öffnete, erschuf er mithilfe von Originem, der Krone der Schöpfung, die sechs Reiche Patriam Lux, Patriam Anxiet, Patriam Oculus, Patriam Praeter, Patriam Veritas und Patriam Somnium sowie die Völker Viridis. Der zweite Deum Viventem öffnete die Augen und machte die Herrscher, das Volk und den Planeten durch die Kraft Immortalems, dem Armband der Unsterblichkeit, für den Tod unerreichbar. Der dritte Deum Viventem öffnete die Augen und erklärte mit Imperium, dem Ring der Überzeugung, den Willen der Herrscher zum Gesetz. Der vierte Deum Viventem öffnete die Augen und verlieh Viridi durch Cogitatio, den Spiegel der Unverwundbarkeit, unzerstörbaren Schutz. Der fünfte Deum Viventem öffnete die Augen und schenkte dem Planeten und allen Lebewesen durch Votum, die Uhr der Wünsche, unendliche Perfektion und Schönheit. Als der letzte Deum Viventem die Augen öffnete, wurde er von den anderen Machthabern überwältigt, denn er besaß Exitium, das Schwert des Vergessens und der Zerstörung.

Jedes Mal, wenn ihre Zofe nicht anwesend war, musste ich ihr die Geschichte vorlesen. Sie hat erst aufgehört, mich darum zu bitten, als sie selbst lesen konnte. Und ich frage mich, wie ich nur so blind sein konnte. Vielleicht, weil ich nicht daran geglaubt habe. Ich hielt es einfach nicht für möglich, dass es mehr als eine Erzählung ist – es diese Gegenstände wirklich gibt. Und dass Ziva sie beschafft hat. Dark konnte nicht genau sagen, wie viele sie tatsächlich besitzt, ganz sicher ist er sich lediglich bei Cogitatio, Immortalem und Imperium. Aber das ist bereits schlimm genug und sobald ich mir das gesamte Ausmaß eingestehe, überkommt mich unbändiges Grauen. Vermutlich habe ich deshalb Darks Plan, Chaos zu befreien, zugestimmt. Dafür müssen wir mit Theia zusammenarbeiten und ich hoffe, dass dieser Wahnsinn funktionieren wird.

Aber warum sollte Chaos Zivas Tod wollen – selbst wenn er sich in Phia verliebt?, hatte ich Dark gefragt.

Weil Ziva beinahe für ihren Tod verantwortlich gewesen wäre, lautete seine Erklärung. Und hätte es die goldenen Äpfel aus dem Garten der Hesperiden nicht gegeben, wäre sie überhaupt nicht mehr aufgewacht. Ziva hat ihr Narben zugefügt, die sie ihr Leben lang zeichnen werden. Solange Ziva auf der Erde weilt, stellt sie eine Bedrohung für Phia da, weil deine Schwester niemand ist, der die Dinge unvollendet lässt.

Dark hat mir außerdem von einigen Notizen in den Tagebüchern berichtet – die im Übrigen von Losts Vater stammen – und offenbar nachträglich eingefügt wurden. Dass Evaris auf gewisse Weise in diese ganze Sache verwickelt war, habe ich bisher bestmöglich ignoriert, weil mein Kopf sich ohnehin schon so anfühlt, als würde er jeden Moment platzen. Diese Notizen geben jedoch preis, dass die Urgegenstände die Verkörperung von Anfang und Ende, von Dunkelheit und Tod sowie die Essenz Viridis sind. Hier schließt sich der Kreis – jedenfalls für Dark –, weil Chaos die Seele dieser Welt ist und daher der Macht der Urgegenstände am nächsten kommt. Was ihnen schadet, ist – laut Evaris – die reinste Form von Licht. Und Dark hat bereits einen Plan, wie wir eine Waffe aus reinster Lichtkraft beschaffen können. Auch zur Absicherung, weil wir uns nicht allein auf Chaos' Hilfe verlassen können. Allerdings hege ich ehrliche Zweifel daran, ob Prometheus – gemäß Darks Vorschlag – tatsächlich geeignet ist, diese Waffe zu beschaffen. Der Gott der Angst und der Finsternis ist der Meinung, dass Apate und der Titan die perfekte Tarnung seien, weil er durch mich erfahren hat, dass die Daimonin in anderen Umständen ist. Seiner Meinung nach würde Ziva niemals damit rechnen, dass ich sie mit einer derartigen Mission betraue … trotzdem bereitet es mir Sorge, unser aller Leben in Proms Hände zu legen. Ich erinnere bloß daran: Für die Geisterbeschwörung hat er Sand mit Salz gemischt, weshalb die Dschinn überhaupt aus dem Kreis ausbrechen konnten, und erst zugegeben, dass er Blödsinn angestellt hat, als es bereits zu spät gewesen ist.

PROMETHEUS

Puh, mir brummt der Kopf. Für gewöhnlich will nie irgendwer etwas von mir. Jedenfalls nichts Wichtiges. Und dann – genau in dem Moment, in dem Apate und ich uns darauf vorbereiten, unser Daimonenbaby zu empfangen, biegt Yasar um die Ecke und sagt: ›Komm nachts, wenn alle anderen schlafen in mein Arbeitszimmer und wir machen eine kleine Märchenstunde, aber, ach nein, Überraschung – in Wahrheit ist es eine Schauergeschichte, die leider der Wahrheit entspricht!‹ Nun gut, der Wortlaut war ein wenig anders, aber ihr wisst, was ich meine.

Verzweifelt raufe ich mir meine Haare, während ich wie getrieben am Strand auf und ab laufe. Ich kann meine Beine nicht daran hindern, sie bewegen sich wie von selbst und dabei kreisen meine Gedanken unaufhörlich. Ich meine ... so wirklich. Ich bin weltbewegend durcheinander. Normalerweise denke ich nicht so viel nach, denn Grübeln verschwendet Lebenszeit, weshalb mich diese Situation echt an meine Grenzen bringt. Was vor allem daran liegt, dass ich keinen blassen Schimmer habe, wie ich es Apate beibringen soll. Momentan sind wir in einem kleinen Haus direkt an der Küste, um das letzte Mal unsere Zweisamkeit in vollen Zügen zu genießen. Wobei sie tatsächlich im Haus und vermutlich längst im Land der Träume ist, während ich wie ein Verrückter am Strand entlangrenne. Zwar gelingt es mir den Großteil des Tages, das, was ich erfahren habe, erfolgreich zu verdrängen, doch in manchen Augenblicken holt es mich mit voller Wucht wieder ein. Verdammter Zyklopenkot.

Am vernünftigsten ist es vermutlich, Apate nach der Geburt einzuweihen. So ungefähr in dem Moment, in dem wir dann auch schon aufbrechen müssen. Klar, ich werde unser Baby über den zeitlichen Ablauf der angesetzten Mission informieren und verlangen, dass es auch bloß rechtzeitig herauskommt. Kein Problem, hatte ich Yasar geantwortet, woraufhin der Gott der Zukunft nicht einmal lachte, sondern nickte. Als wäre die Aussage ernst gemeint gewesen und er würde genau das von mir erwarten. Vielleicht sollte ich doch ... Aber nein. Nein, ich kann Apate auf keinen Fall über all das vorab informieren, weil sie wegen der Geburt ohnehin schon aufgeregt genug ist. Apate ist sonst nie aufgeregt. Und deshalb ist es meine Aufgabe, den souveränen Part zu übernehmen. »Du bist der Mann«, murmele ich. »Ihr Fels in der Brandung. Du darfst jetzt nicht die Nerven verlieren.« Langsam bewege ich mich wieder in Richtung des Hauses, weil ich Apate nicht länger allein lassen will. Und weil ich ihren Duft, ihre Wärme und das Gefühl ihres gerundeten Bauches unter meiner Hand bereits vermisse. »Ich kann das hinbekommen. Wir können all das hinbekommen. Ein Daimonenbaby zur Welt bringen. Besagte Welt retten, damit wir auf der Erde unsere Ewigkeit verbringen können ... Überhaupt keine große Sache.« Ich schnaufe, als ich mit der Stiefelspitze über einen Stein stolpere, der farblich getarnt aus dem Sand geragt hat. »Kleiner Scheißer«, fluche ich, während ich es gerade so schaffe, nicht hinzufallen. »Und du führst Selbstgespräche. Das ist gut, wirklich klasse. Alle erfolgreichen Helden machen das.«

Kapitel 32

ERWACHEN

YASAR

Vergangenheit

Ich sitze auf dem Bett in unseren Räumlichkeiten im Sandpalast und beobachte, wie True seine Sachen packt. Sein Gesicht ist vor Wut gerötet. Es gibt eine Menge Dinge, die er mir in dieser Sekunde an den Kopf werfen will, gleichzeitig versucht er, sich zu beherrschen. Ich schicke ihn mit der lächerlichen Ausrede fort, dass er ein Auge auf die alten Götter haben soll, doch in Wahrheit denke ich nicht, dass sie für Ziva besonders relevant sind, und will ihn einfach nur aus der Schusslinie wissen. Unendliche Schwere lastet auf meiner Brust und mit je mehr Informationen Dark mich versorgt, desto unruhiger werde ich. Mir ist nun klar, dass sie uns holen kommt. Und ich könnte nicht dabei zusehen, wie sie True wehtut. Deshalb darf sie ihn nicht in ihre Klauen bekommen.

Ich hatte genug Zeit, um noch einmal die wenigen Bücher, die ich aus Viridi mitgebracht habe, zu lesen – insbesondere die Ausgabe über die Entstehungsgeschichte unseres Heimatplaneten. Und es hat mir nicht unbedingt Hoffnung gemacht. Zwar kann ich Darks Pläne nachvollziehen, aber es gibt einen Punkt, der mir Sorge bereitet. Selbst wenn es uns gelingt, den Spiegel und den Ring zu zerstören, ist da nach wie vor das

Armband, das Ziva unsterblich macht. Von dem, was Dark mir aus den Tagebüchern berichtet hat und was ich selbst aus den Legenden erfahren habe, ist Immortalem so gut wie unzerstörbar, weil sein dunkler Zauber Zivas Leben beschützt. Solange sie das Armband trägt, sie mit diesem Gegenstand verbunden ist, kann sie nicht sterben. Immortalem kann erst dann vernichtet werden, wenn sie es abnimmt – vorher ist es auch nicht möglich, sie zu töten. Da weder Dark noch ich glauben, dass Ziva ihren größten Trumpf neben Imperium jemals freiwillig ablegen würde, ist Exitium die zweite Option. Denn das Schwert ist dazu in der Lage, jeden der Gegenstände zu schlagen. Allerdings ist er sich nicht vollkommen sicher, ob Ziva es wirklich in ihren Besitz gebracht hat, und die Benutzung fordert einen hohen Preis. Sobald mithilfe der Waffe, die Prom beschaffen soll, Ring, Krone und Spiegel unschädlich gemacht worden sind, hat Dark daher vorgeschlagen, dass Dream Ziva ins Land der Träume ziehen und im Schlaf so beeinflussen soll, dass sie Immortalem abstreift.

Ich habe ihm nicht gesagt, dass ich das niemals zulassen könnte. Ziva ist nicht zu unterschätzen und ich will nicht, dass Dream an einem Ort gegen sie antritt, an dem keiner von uns ihm beistehen kann. Überhaupt könnte ich nicht mehr in den Spiegel sehen, sollte einer meiner Freunde noch einmal meinen Kampf für mich austragen. Denn Ziva ist meine Schwester – meine Verantwortung. Nur durch mich und meine enge Verbundenheit zu Hale, Dark, Lost, Dream und True wurde ihre Aufmerksamkeit auf sie gelenkt. Ich habe derart viel Leid verursacht, dass ich mich selbst kaum ertrage. Es ist an der Zeit, Verantwortung zu übernehmen. Ich bin bereits einmal davongelaufen, habe das Universum durchquert und mir somit Jahrhunderte erkauft. Wenngleich

ich es nicht bereue, weil es mir Momente des größten Glücks geschenkt hat, kann ich es kein zweites Mal tun. Selbst die Unendlichkeit geht eines Tages zu Ende.

Dark will Chaos auf unserer Seite, weil er glaubt, dass er es mit den Gegenständen aufnehmen kann. Aber ich habe auch Kenntnis über seine anderen Fähigkeiten, weil ich Wissen über jedes Wesen dieser Erde gesammelt habe. Chaos besitzt die Macht, zwei Seelen unwiderruflich miteinander zu tauschen. Sobald ich in Zivas Körper wäre, könnte ich das Armband abnehmen. Mir ist auch klar, dass ich dann in ihrer Hülle sterben muss. Und dass Dark niemals zustimmen würde. Aus diesem Grund muss es bis zur letzten Sekunde mein Geheimnis bleiben.

Doch zuerst werde ich dafür sorgen, dass True fortgeht. Tief atme ich durch und erhebe mich. Ich will auf keinen Fall, dass er mit ansehen muss ... dass er mit ansehen muss, was auch immer mit mir geschieht, sobald ich diesen Weg einschlage. Ich setze mich in Bewegung und schlucke schwer, als ich ihn erreiche und mir klar wird, dass das hier womöglich unser Abschied für immer ist. Nach all den Jahrhunderten ... Einfach so. Meine Augen brennen und ich blinzele heftig, ermahne mich, meinen Tränen nicht nachzugeben.

»Kann ich dir bei irgendetwas helfen?«

True erstarrt, rührt sich mehrere Sekunden nicht, ehe er den Reißverschluss seiner Tasche mit einem Ruck zuzieht und sich aufrichtet. Er mustert mich aus seinen blauen Augen, die mir vertrauter sind als meine eigenen. Dann macht er einen Schritt auf mich zu. Ich sollte zurückweichen, stattdessen bleibe ich genau da, wo ich bin. Wenn er mir derart nah ist, ziehe ich jedes Mal in Erwägung, einfach ehrlich zu ihm zu sein. Aber dann würde er niemals gehen.

True legt seine Hand an meine Wange, fährt zart mit dem Daumen über meine Haut. Dann streicht er mit dem Mund über meinen Kiefer, bevor er an meiner Unterlippe nippt und mich schließlich richtig küsst. Ich sollte mich von ihm lösen, aber mein Körper ist so sehr auf ihn eingespielt, dass meine Hände wie von selbst seine Hüfte packen und ihn enger an mich ziehen. Wäre ich dazu in der Lage, würde ich diesen Moment einfrieren. Genau das hier ... hierfür habe ich gelebt. Für True. Für uns. Mein Sinn bestand darin, mein Dasein mit ihm zu teilen. Und allein der Gedanke, nicht mehr jeden Morgen neben ihm aufzuwachen, mit ihm reden, ihn küssen und berühren zu können ... Die Vorstellung, all das zu verlieren bringt mich um. Meine Lippen beben und es gelingt mir, ihn von mir zu schieben. Ich lasse ihn los, meine Arme fallen kraftlos an meine Seite.

True mustert mich ernst. »Ich verstehe, dass du besorgt bist wegen Ziva und Flame.« Bei seinen Worten überkommt mich ein schlechtes Gewissen, weil ich die neue Prophezeiung der Seherin sowie Catos Aufbruch und die Tatsache, dass es offenbar ein verborgenes Drakonreich gibt, von dem niemand von uns etwas ahnte, ganz nach hinten geschoben habe. Vor allem aber habe ich es Dark in unseren Gesprächen verschwiegen. Möglicherweise ist es falsch, doch ich will nicht, dass er den Fokus verliert, einen Fehler begeht und auffliegt. Noch dazu gibt es trotz der Prophezeiung keine Garantie, dass Flame wirklich am Leben ist und unbeschadet zurückkehrt. Ich halte es für grausam, ihm nach einem Verlust, der ihn so hart getroffen hat, Hoffnungen zu machen, nur damit sie wieder zerstört werden.

»Ich bin es«, flüstert True eindringlich, macht jedoch keinen weiteren Versuch, mich noch einmal zu berühren. »Ich kenne dich. Du musst keinen deiner Gedanken vor mir verbergen. Wir sind stärker, wenn wir zusammen sind, das hat die Vergangenheit bewiesen. Und ich finde, es ist eine furchtbare Idee von dir, mich in dieser Situation zum Neuen Olymp zu schicken. Wir sollten nicht getrennt voneinander sein. Ich will nicht getrennt von dir sein.«

Ich nehme einen tiefen Atemzug, zwinge mich dazu, nicht von meinem Vorhaben abzuweichen. »Es geht aber nicht immer bloß um uns, True«, erwidere ich. »Glaubst du nicht, dass wir lange genug egoistisch gewesen sind?« Ich wende mich ab und gehe einige Schritte, bis ich in der Mitte des Raumes verharre, weil ich es einfach nicht packe, ihn anzuschauen. »Ich schäme mich dafür, was wir getan haben. Ich schäme mich für uns. Wir sind der Grund, weshalb Ziva auf Viridi überhaupt an die Macht gekommen ist. Weil uns beiden unser Erbe aberkannt wurde, konnte sie unsere Plätze einnehmen. Und wenn du damals nicht den ersten Schritt auf mich zugemacht hättest, wären wir uns wohl niemals nahegekommen, denn ich hätte mein Verlangen unterdrückt – ihm nicht nachgegeben.« Ich wäre ohne True nicht mutig genug gewesen.

Am Rande meines Sichtfeldes erkenne ich, dass er vor meinen Worten zurückzuckt, als hätte ich ihn geschlagen. Und ich weiß, dass ich ihm und mir noch mehr wehtun muss. »Es ist meine Pflicht, mich Ziva zu stellen, einen Weg zu finden, dass sie die Erde nicht auch noch zerstört. Du bist eine Ablenkung, die ich nicht gebrauchen kann. Ich kann mich jetzt nicht auch noch um dich kümmern.« Ich zwinge mich dazu, mich ihm ein letztes Mal zuzuwenden, ihn fest anzuschauen, damit er es mir abkauft. Meine Seele krümmt sich und mein Herz zerbricht in tausend Teile, als ich die Tränen sehe, die in Strömen über seine Wangen fließen.

»Eine Trennung ist im Augenblick das einzig Richtige für uns.« Meine Stimme klingt fest und zum ersten Mal kommt mir in den Sinn, dass ich ein ausgezeichneter Lügner bin.

Trues Finger zittern, als er seine Tasche hebt und in Richtung der Tür läuft, beinahe vor mir flieht. Sein Körper bebt, als würde er sich wehren, versuchen, ihn zum Bleiben zu überreden, als er seine Hand an die Klinke legt. »Ich werde die letzte Nacht vor meiner Abreise nicht in unserem Bett verbringen. Ich ertrage es nicht, nach allem, was du ...« Er unterbricht sich, wischt seine nassen Wangen mit dem Ärmel seines Hemdes trocken. »Ich warte morgen bei Sonnenaufgang für eine Stunde am Seerosenteich auf dich, falls du dich verabschieden willst.« Dann tritt er hinaus in den Korridor, die Tür fällt mit einem endgültigen Knall ins Schloss.

Am nächsten Morgen verabschiedete ich mich nicht von ihm.

DARK

Ziva sitzt auf dem Thron im größten Saal von Losts Burg. Mit schräg geneigtem Kopf mustert sie Theia, während sie mit ihren Fingernägeln über die steinernen Armstützen fährt und dabei Geräusche verursacht, die unerträglich sind. »Du willst also eine Zukunft an meiner Seite – und dich gegen die neuen Götter stellen«, gurrt sie und aus den Falten ihres Rockes blitzt etwas hervor. Cogitatio, der Spiegel der Unverwundbarkeit. Das Grauen hat nun einen Namen.

»So ist es«, erwidert Theia ausdruckslos.

Ziva erhebt sich, geht auf die Titanin zu und umrundet sie, ehe sie in ihr Ohr zischt. »Beweis es mir.« Dann schlendert sie langsam zurück zum Thron, lässt sich darauf nieder und greift nach einem Kelch, der mit dunkelrotem Wein gefüllt ist. Sie trinkt einen Schluck und leckt sich anschließend über ihre spröden Lippen.

»Was schwebt dir vor?«, hakt Theia nach.

Ziva hält mir ihren Kelch hin und ich nehme ihn ihr ab, ohne dabei eine Miene zu verziehen. »Mir ist bekannt, dass du mithilfe deiner Kraft das Verlies für Zeus und Chaos im Auftrag der neuen Götter errichtet hast.« Theia nickt bestätigend und Ziva fährt fort. »Also wärst du auch in der Lage, Chaos entkommen zu lassen?«

»Das wäre ich«, erwidert Theia ruhig und Ziva denkt, es wäre tatsächlich ihre Idee. Als hätten wir sie nicht zu diesem Punkt gelenkt.

Zivas Mundwinkel verziehen sich zu einem Lächeln. »Dann ist das genau der Beweis, der mir vorschwebt.«

»Wir müssen etwas unternehmen«, fordert Stheno. Wir befinden uns auf dem Dachboden von Losts Burg und die Gorgone redet seit einer halben Stunde mit aufgebrachten Zischlauten auf mich ein, während ich mich nach wie vor frage, wie ich in diese Situation geraten konnte. Ob es mir gefällt, allein mit einer Frau zu sein, die mich mit einem Blick zu Stein erstarren lassen könnte? Definitiv nicht, nein. Vor allem seit ich Flame ... gespürt habe, mich dieses Gefühl mitten in der Nacht aus dem Schlaf gerissen und in mir das zaghafte Glimmen der Hoffnung entfacht hat, liegt mir äußerst viel daran, in nächster Zeit nicht zu sterben – oder als eine Statue zu enden, was beides irgendwie auf dasselbe hinausläuft. Es ist, als hätte ich dadurch neue Energie geschöpft und ich komme mir nicht mehr nur vor, als wäre ich ein Geist, der durch die grauen Mauern der Burg wandelt und versucht, das Unausweichliche zu verhindern. Plötzlich habe ich wieder einen Grund. Ich will Ziva nicht mehr bloß besiegen, damit sie die Erde nicht zerstören kann. Ich will Ziva besiegen, um eine Zukunft mit Flame zu haben. Es gibt wieder die Möglichkeit auf ein Danach für mich – und es kommt mir mit jedem Atemzug, den ich nehme, vor wie ein verfluchtes Wunder. Als hätten meine Sinne mir lediglich einen Streich gespielt. Ich presse meine Handinnenfläche gegen mein Herz, während ich mir absolut sicher bin, dass irgendwo dort draußen die andere Hälfte, mein verloren geglaubter Teil, genau im selben Takt pulsiert.

Wenngleich ich also hoch motiviert bin, Ziva und die Urgegenstände zur Strecke zu bringen, habe ich meine Rechnung ohne die Gorgone Stheno gemacht. Sie ist mir auf die Schliche gekommen, als ich noch einmal die Aufzeichnungen und Tagebücher aus Zivas Versteck geholt habe, weil ich zu Imperium etwas nachlesen wollte. Ich dachte, dass die Bewohner der Burg schlafen und ich allein sei. Zu dumm, dass die Fähigkeiten der Gorgonen nicht allein darin bestehen, Leute in Stein zu verwandeln. Nein, sie beherrschen auch eine Art Unsichtbarkeitszauber, was wiederum bedeutet, dass Stheno mir gefolgt ist – und ich es nicht bemerkt habe. Jetzt weiß sie Bescheid. Über alles. Nun gut, nicht über meine konkreten Pläne, denn diese habe ich ihr nicht mitgeteilt. Der richtige Schritt wäre vermutlich, kein Risiko einzugehen und sie zu töten. Ich kenne sie nicht und ich darf niemandem vertrauen, dessen Motive mir ein Rätsel sind. Andererseits erscheint es mir in dieser Sekunde, als müsste ich die Last, die mich in den vergangenen Wochen förmlich erdrückt hat, nicht allein tragen. Als könnte ich endlich wieder atmen.

Stheno kneift mich in den Arm. »Hörst du mir überhaupt zu? Ich bin gestern im Saal geblieben, als sie alle hinausgeschickt hat, um mit ihren Untertanen – oder sollte ich eher ›ihrer Armee‹ sagen? –«, an dieser Stelle schnaubt sie aufgebracht, »allein zu sein.« Zugegeben, auch für mich war es ein Schock, als in der letzten Woche ohne Vorwarnung Hunderte Pegaluxe aufgetaucht sind und die Bewohner Viridis auf ihrem Rücken trugen.

»Ziva hat von jedem Einzelnen den Blutschwur erneuert. Und das, was ich in den Büchern über diesen Imperium-Ring gelesen habe, verheißt nichts Gutes. Nie zuvor habe ich von einer derartigen Macht gehört.« Stheno mustert mich eindringlich. »Also, was unternehmen wir dagegen?«

»Wir unternehmen gar nichts«, knurre ich. Ich verstehe nicht, weshalb sie so vertraut mit mir umgeht. Für gewöhnlich haben Fremde bei mir Berührungsängste, aber in Anbetracht der Tatsache, dass die Gorgone in der Lage wäre, mich in Stein zu verwandeln, gilt das offenbar nicht für sie. Ob ihre Gabe auch dann noch funktioniert, wenn ich sie mit meiner Dunkelheit erblinden lasse?

Genervt seufze ich, als sie dieses Mal mit ihren Fingern vor meinem Gesicht schnippt, um meine Aufmerksamkeit erneut auf sich zu ziehen. »Wir müssen sie aufhalten.« Stheno spricht jedes einzelne Wort überdeutlich und langsam aus, als wäre ich schwer von Begriff. »Schon mit jenen, die ihr bereits wie willenlose Marionetten folgen, könnte sie einen Krieg anzetteln.« Als ich schweige, verdreht sie genervt ihre dunkelgrauen Augen und ihre Schlangen zischeln. »Ich weiß, dass du einen Plan hast, Gott der Finsternis.«

»Was weißt du noch über mich?«, hake ich nach.

Stheno grinst und eine ihrer Schlangen nähert sich meinem

Gesicht, trotzdem weiche ich nicht zurück. »Dass du im heißen Krieg Chaos besiegt hast. Dass du dich in das Mädchen verliebt hast, das die Erde von der unerträglichen Hitze befreit hat. Dass dein Herz genau wie diese Welt zu Eis erstarrte, als du sie verloren hast. Und dass du nun hier bist, um Ziva aufzuhalten, damit ihr Opfer nicht umsonst gewesen ist.« Nachdenklich verschränkt sie die Arme vor der Brust und schaut in die Ferne. »Vielleicht gibt es auch noch einen anderen Grund ... ganz sicher bin ich mir nicht. Aber irgendetwas ist da, zwischen Ziva und dir. Sie behandelt dich, als würdest du ihr gehören.«

Für einen Moment bin ich wie erstarrt, überlege, woher sie all diese Informationen hat. Allerdings ist es kein Geheimnis, dass der Buschfunk der Götter ausgezeichnet funktioniert. Alles hat Augen und Ohren.

»Weshalb glaubst du nicht, dass ich hier bin, weil ich hinter Ziva stehe?«

Stheno kichert belustigt. »Sie mag das denken, aber ich ... nein, mich überzeugst du damit nicht.« Eine ihrer Schlangen lässt ihre gespaltene Zunge über meinen Kiefermuskel fahren, der daraufhin zuckt.

Die Gorgone mustert mich noch einmal, ehe sie einen Schritt zurück macht. »Nicht so leicht zu verschrecken«, kommentiert sie. Trotz ihrer Vehemenz, gegen Ziva vorzugehen, klingt sie, als wäre das hier für sie ein Spiel.

»Warum sind du und deine Schwestern in die Burg gekommen?«, frage ich. »Ihr gehört zu denjenigen, die Ares rekrutiert hat, was nicht unbedingt für euch spricht.«

»Oh, bitte.« Stheno sinkt auf den klapprigen Holzstuhl vor dem Schreibtisch, auf dem meine Karte ausgerollt ist, und tippt mit der Fingerspitze gegen eine der Stecknadeln. »Ich bezweifle, dass Ares echte Freunde oder Verbündete hat, nach all dem Ärger, den er zu Lebzeiten angerichtet hat.«

Als ich sie mit gehobenen Brauen anschaue, fährt sie fort. »Im Übrigen kaufe ich Ziva die Geschichte nicht ab, dass er noch zurückkehren wird. Er ist tot, nicht wahr?« Ich antworte nicht, aber sie hebt nur eine Schulter, als wäre es ihrer Meinung nach kein großer Verlust. »Jedenfalls sind meine Schwestern und ich angereist, weil uns zugetragen wurde, dass Athene sich hier aufhält.« Auf ihrem Gesicht breitet sich nun ein grausames Lächeln aus, das spitze Eckzähne offenbart. »Sie ist für mein Antlitz und auch für das meiner Schwestern verantwortlich. Genau wie die Spinne Arachne wurden wir von ihr verflucht. Ursprünglich sind wir gekommen, um unsere Rache einzufordern.«

Ich brauche einige Sekunden, um diese Information sacken zu lassen, weil ich davon tatsächlich keine Ahnung hatte.

»Auch die Titanenbrüder Hyperion, Koios und Krios sind für ihre Vergeltung angereist, ebenso Artemis.« Sie zwinkert mir zu, genießt es scheinbar, über dieses Wissen zu verfügen.

»Wofür wollen sie sich rächen?«, presse ich hervor, weil ich spüre, dass sie darauf wartet.

»Nun, zwischen den Titanenbrüdern und Ares gibt es irgendeine jahrhundertealte Fehde und Artemis will ihn bestrafen, weil sie herausgefunden hat, dass er zwei ihrer Nymphen missbraucht hat.« Stheno seufzt theatralisch. »Wegen ihrer Mutter Leto, die damals von Tityos vergewaltigt wurde, ist das ein besonders rotes Tuch für sie. Und die Ursache für ihren Rückzug in die Wälder sowie die Abkehr vom männlichen Geschlecht.«

Nach und nach fügen die Puzzleteile sich zusammen. Ziva glaubt, dass jene, die von Ares rekrutiert wurden, ihre

Verbündeten sind. Dabei hat sie Feinde um sich geschart. Und sie erkennt es nicht, weil sie zwar eine ausgezeichnete Beobachterin ist und mich und meine Brüder genau studiert hat, die Dynamik der Wesen und Götter, die bereits seit Jahrtausenden auf der Erde weilen, ihr jedoch fremd ist.

»Wir sollten ein geheimes Treffen einberufen«, sagt Stheno und reißt mich aus meinen Gedanken. »Damit wir beraten können, wie am besten mit der Situation umzugehen ist. Und du kannst uns in deinen Plan einweihen, den du mit Sicherheit hast.«

Langsam schüttele ich den Kopf. »Wieso sollte ich euch vertrauen?«

Die Gorgone zieht eine der Stecknadeln heraus und setzt sie an einen anderen Punkt, den ich von meiner Position aus nicht erkennen kann. »Es wird einen Auslöser gegeben haben, der dafür verantwortlich ist, dass ihr damals euren Heimatplaneten verlassen habt. Und mein Instinkt sagt mir, dass diese Ziva ihren Anteil daran hatte.« Ihre Schlangen zischeln leise, als würden sie ihr zustimmen. »Keiner der von uns Anwesenden hat im heißen Krieg auf Zeus' Seite gekämpft. Die Erde ist mir wichtig. Uns allen ist die Erde wichtig. Wir wollen weiterhin auf ihr leben. Niemand von uns wird zulassen, dass diese Verrückte uns ihrem Willen unterwirft.« Durch das Fenster ertönt das Krächzen der Raben, die über dem Burggraben kreisen.

Stheno erhebt sich. »Doch du solltest sehr vorsichtig sein, dunkler Gott. Ich habe im Gefühl, dass Ziva dich nicht so einfach gehen lassen wird. Jeder sieht, dass sie von dir besessen ist, was bedeutet, dass du am wenigsten sicher vor der Macht Imperiums bist.«

CHAOS

Ich bin Dunkelheit, Schatten und Rauch. Mein Körper existiert nicht mehr, ist ein abstraktes Konstrukt, das ich nicht länger bedienen kann. Einzelne Gedankenfetzen fliegen umher, doch am deutlichsten sticht ein einziger hervor.

Ich bin Dunkelheit, Schatten und Rauch.

Ich bin Dunkelheit, Schatten und Rauch.

Ich bin Dunkelheit, Schatten und Rauch.

Und irgendwann werde ich gänzlich verschwinden, mit der Dunkelheit verschmelzen, in den Schatten verschwinden und mich in Rauch auflösen. Genau wie diese schwachsinnigen Gedanken, die mich an meinem Verstand zweifeln lassen. In manchen Momenten ist es, als würde ich in der Schwärze ersticken, während es mir in anderen erscheint, als könnte ich schweben. Als würde ich davongetragen werden. Was für ein Geschenk das wäre. Ich glaube nicht, dass ich dieses Gefängnis jemals verlassen darf.

Der Gott der Finsternis hat sein Wort mir gegenüber nicht gehalten.

Finde so jemanden für mich.

Es wäre verlockend – besser als bloß Dunkelheit, Schatten und Rauch zu sein.

Dennoch rutsche ich wieder in die Falle der Düsternis, schweife davon, bis ein seltsames Leuchten mich blendet. Ich verstehe nicht weshalb, weil ich überhaupt nicht sehen kann. Trotzdem geschieht etwas Sonderbares mit mir, es ist, als könnte ich meine Brust, meinen Oberkörper, spüren. Ein Ziehen breitet sich darin aus und ich werde von einer angenehmen Wärme durchströmt, die sich in mir ausbreitet, als wollte sie mich auf sanfte Weise wecken. Meine Hände zucken und ich fühle hartes Gestein unter mir. Dann schlage ich die Augen auf. Nach wie vor liege ich in der Dunkelheit, aber ich fühle mich nicht mehr wie ein Gefangener der Nacht.

Als würde ich bloß langsam in meinen Körper zurückfinden, beginne ich, mich aufzurichten, bis ich in meiner Zelle stehe. In meiner Brust ist nach wie vor dieses seltsame Ziehen und schließlich verraten mir meine Sinne, die ebenfalls erwachen, dass ich nicht allein bin. Ich vernehme Schritte, die federleicht sind. Ein betörender Duft nach Magnolie, Zedernholz ... und Angst steigt mir in die Nase und es ist, als würde mein Herz schneller schlagen, während ich tief Luft hole, so viel wie möglich davon aufnehme. Dann erkenne ich das Leuchten einer Fackel, das immer stärker wird, sich dem Vorraum meiner Zelle nähert.

Es ist eine Frau.

Am auffälligsten ist ihr zinnoberrotes Haar, doch ungeachtet ihrer anmutigen Haltung geht ihre Atmung hektisch, weil sie etwas Verbotenes tut. Und während ich hier im Verborgenen stehe, verraten mir ihre Gedanken beinahe all ihre Geheimnisse, offenbaren mir ihre Seele, ihr Verlangen und ihren Schmerz. Erzählen mir von ihrem Leben ...

Sie ist das Leben.

Sie ist, worum ich zum ersten Mal in meiner Ewigkeit gebettelt habe.

Unschlüssig schaut sie sich um, wischt eine Hand an ihrer Hose ab, ehe sie die Fackel wieder fester umklammert. Ich verzehre mich danach, das Rasen ihres Pulses unter meinen Lippen zu spüren. Kurz zögert sie, ihre innere Stimme flüstert ihr eine Warnung zu, aber dann siegt ihre Neugierde und sie nähert sich meinem Bereich, der für sie im Dunkeln liegt. Nach einigen Schritten hat sie die Streben meiner Zelle beinahe erreicht und stoppt, dreht sich einmal im Kreis und nimmt die Umgebung und die kristallartig funkelnde Decke in sich auf. Mir ist bereits vor ihr klar, dass sie an der feinen Unebenheit im Boden hängen bleiben wird. Mit einem kaum hörbaren Keuchen knickt sie um und stolpert. Meine Hand schnellt hervor und schließt sich um ihren Arm. Ihre Haut ist warm. Warm und weich und zart. Für eine Sekunde bin ich wie erstarrt. Fast erscheint es mir, als wenn ich sie nicht berühren darf.

Erneut erkenne ich vor ihr, dass ihre Furcht überkochen wird, und es überrascht mich nicht, als sie zu schreien beginnt. Was mich hingegen überrascht ist die Tatsache, dass der Laut aus ihrer Kehle, die elegant geschwungen ist, als hätte ein Maler ihren Umriss mit einem einzigen gekonnten Pinselstrich gezeichnet, mich in einen Rausch versetzt. Das Blut in meinen Adern pumpt im selben Rhythmus wie mein Herzschlag durch meinen tot geglaubten Körper, während meine Sinne sich auf eine Weise schärfen, dass ich es beinahe nicht ertragen kann – und trotzdem mehr davon will. Vielleicht würde ich die Sonne töten und die Sterne vom Himmel holen, um diesen Schrei noch einmal zu hören.

Hektisch wirbelt die Frau zu mir herum, streicht sich ihr Haar zurück und streckt die Fackel in meine Richtung aus, als wollte sie diese als Waffe benutzen. Meine Mundwinkel zucken, aber dann verliere ich mich in ihren tannengrünen Iriden. Sie erschauert, während unsere Blicke sich ineinander verhaken. Der Drang, sie erneut zu berühren, ist beinahe übermächtig.

»Wusstest du, dass Neugierde eine Sünde ist?«, raune ich ihr zu, da ich bezweifle, dass sie wirklich versteht, in was sie gerade hineingeraten ist. Ich erkenne, dass sie auf die Innenseite ihrer Wange beißt, um sich selbst daran zu hindern, wieder zu schreien. Meine Augen glühen verärgert auf, weil sie mir verweigert, wonach ich mich so sehr sehne. Sie taumelt, während sie jeden Zentimeter meines Körpers in sich aufnimmt, mich erkundet. Ich will dasselbe mit ihr tun. Meine Hände umfassen die Streben und sie keucht, als sie sich daran erinnert, wie nah wir uns gewesen sind – wie nah wir uns noch immer sind. Ich gebe ihr einige Sekunden, doch ich bin mir fast sicher, dass sie sich nicht beruhigen wird. Und ich habe bereits zu lange darauf gewartet, ihr zu begegnen, weshalb ich einen Fuß zwischen den Gittern hindurchschiebe.

»Nicht bewegen«, fordert sie. Ihre Stimme klingt rau und belegt, dennoch fest. Es wundert mich, dass sie versucht, mir die Stirn zu bieten, wo jeder andere in meiner Gegenwart erzittert. Meine Mundwinkel zucken erneut und ich schenke ihr ein spöttisches Lächeln. Ihre Lippen sind leicht geöffnet und sofort frage ich mich, ob sie auch nach Magnolien schmecken.

Als wäre sie in der Lage, zu verstehen, was in meinem Kopf vor sich geht, macht sie einen weiteren Schritt zurück und stößt ein Wimmern aus. »Nein«, fleht sie, aber ich achte kaum darauf, weil meine Gliedmaßen gleichzeitig Schatten weichen, ich durch die Streben dringe und mich direkt vor ihr materialisiere. Das ist der Moment, in dem ihr Fluchtinstinkt mit Verspätung einsetzt. Ich ducke mich weg, als sie die Fackel auf mich schleudert, auf dem Absatz kehrtmacht und flieht. Sie rennt schnell, aber ich liebe die Jagd.

Erneut verwandele ich mich in Schatten und Rauch, hefte mich an ihre Fersen. Ein Schluchzen dringt aus ihrer Kehle, als wäre ihr bewusst, dass ich sie nicht laufen lasse. Dennoch gewähre ich ihr diesen winzigen Hoffnungsschimmer, gebe ihr einen kleinen Vorsprung, aber als sie in Richtung der Lichtschranke des Aquamarins hechtet, wechsele ich meine Form und stürze mich auf sie. Mit den Fingern umschließe ich ihren Fußknöchel und ziehe sie mit einem Ruck zu mir. Ich knie mich über sie, beuge mich zu ihrem Haar, atme ihren Duft ein, nehme ihre Gedanken und Gefühle, die so ... lebendig sind ... in mich auf. All das verstärkt meinen Rausch und ich greife in ihr Haar, ziehe ihren Kopf an meine Wange und fahre mit den Zähnen über ihre Ohrmuschel, während ich gleichzeitig die samtweiche Haut ihrer Taille erforsche. »Schrei noch einmal für mich«, flüstere ich ihr zu. Ihr gesamter Leib beginnt zu beben, mein eigener Hunger, mein eigenes Verlangen, wirken im Angesicht ihrer Reaktion unstillbar auf mich.

Phias Gefühle lösen Furcht und Sorge in ihr aus, weshalb ich vorgebe zu schlafen, während sie mich mustert. Die zaghaften Erkundungen ihrer Finger verursachen Empfindungen in mir, die ich nicht in Worte fassen kann. Was möglicherweise daraus resultiert, dass ich vor meiner Gefangenschaft jahrtausendelang die Gedanken und Emotionen anderer in mich aufgenommen und meine eigenen im Gegenzug unterdrückt habe, weil es einfach ... zu viel gewesen wäre. Aber jetzt gibt es für mich kein Entkommen. Es ist, als würde Phia Luft und Leben in meine Lunge zwingen. Bereits nach so kurzer Zeit kenne ich sie, weil ihr Kopf wie ein Buch ist, das ich lese.

Als würde sie sich besinnen, dass ich in ihren Augen der Feind bin, springt sie fluchtartig aus dem Bett, das nach uns beiden riecht, und taumelt vor mir zurück. Mit halb geöffneten Lidern beobachte ich, wie sie sich in eines der Laken wickelt, die Enden vor ihrer Brust verknotet. Nachdem sie es noch einmal zurechtgezupft hat, verschwindet sie durch die Tür nach draußen. Es amüsiert mich, dass sie dabei versucht, so leise wie möglich zu sein, obwohl ich die ganze Zeit wach gewesen bin.

»Tse, tse, tse.«

Ich fahre hoch, als ich die fremde Stimme vernehme. Normalerweise gelingt es bei mir niemandem, sich anzuschleichen, allerdings hat Phia das Talent, mich abzulenken. Sogar so weit, dass ich mein Verlangen nach Zerstörung fast gänzlich zügeln kann.

Aber nur fast.

Gestern musste ich diesem Bedürfnis nachgeben. Ich war zu lange eingesperrt, in mir hat sich so viel Energie angestaut, dass Phia als mein Ventil nicht genügt hat.

»Was Hale wohl dazu sagen würde, wenn er wüsste, dass du dich derart schamlos mit Chaos vergnügst?«, fragt die fremde Stimme schnarrend.

Phias Überlegungen und ihr feindseliges »Was willst du?«, verraten mir, was ich wissen muss. Durch ihre Gedanken hatte ich eine Vorstellung, wer Ziva ist. Allerdings habe ich diesen Namen bereits einmal in einem anderen Kopf mit noch größerer Abscheu vernommen. Dark hatte innerlich eine Menge über sie zu sagen, insbesondere bei seinen Besuchen, kurz nachdem er mich besiegt hatte.

Sofort bin ich auf den Beinen, jederzeit bereit, Phia in Sicherheit zu bringen. Als sie Ziva daran hindern will, sich an dem mit Ambrosia gefüllten Brunnen zu bedienen, halte ich sie auf. Was sich in Zivas Gedanken abspielt, gefällt mir nicht und ich will nicht, dass Phia derart dicht bei ihr ist.

»Oh, hallo«, sagt Ziva und schenkt mir einen Augenaufschlag, von dem sie wohl glaubt, er sei verführerisch. »Chaos, nicht wahr?« Sie taucht den Kelch in die glitzernde Flüssigkeit. »Du hast doch sicher nichts dagegen?«

Ziva ist böse, schreit Phia mir zu. Lass mich los, bitte. Lass mich los oder halte du sie auf. Sie hat schlechte Absichten. Sie wird alles zerstören. Bitte.

Im nächsten Moment wird sie ganz still. Sie vermutet, dass ich Zivas Vorhaben gutheiße. Und vielleicht wäre es mir tatsächlich gleichgültig, wenn in mir nicht diese Wut wäre – wegen dem, was sie Phia angetan hat. »Nur zu«, murmele ich dennoch, während meine Hand automatisch über Phias Schulter wandert, ehe ich mit dem Daumen über ihr Schlüsselbein streiche – über die Narbe, die sie ihr zugefügt hat. Meine andere Hand platziere ich auf ihrem Bauch, ziehe Phia mit einem Ruck an mich.

Ein mir bis zu diesem Zeitpunkt unbekanntes Grauen erfasst Phia, als Ziva den Kelch an ihre Lippen führt und von dem Nektar der Götter trinkt. Ihre Farblosigkeit weicht einem frischen Teint und es ist, als würde ihr gesamtes Erscheinungsbild in neuem Glanz erstrahlen. Kein einziges Mal wendet sie dabei ihren Blick von mir ab, zeigt mir in Gedanken, dass sie vorhat, ihr eigenes Reich zu erschaffen. Dass sie eine Macht hat, von der sie glaubt, niemand könne sie ihr streitig machen. Dass sie die neuen Götter betrafen und mich als ihren Verbündeten will. Dass sie die Herrscherin dieser Welt sein wird.

»Gefällt dir mein Plan?« Sie leckt sich über ihre mit Ambrosia benetzten Lippen. »Ich erkenne immer, wonach sich andere verzehren. Und was du willst – Rache und Chaos –, sind genau mein Element.« Innerlich schnaube ich. Ist sie tatsächlich derart hochmütig zu glauben, dass sie mich durchschaut, wo in Wahrheit ich derjenige bin, der die Gabe des

Gedankenlesens besitzt? In dieser Sekunde verstehe ich, dass sie immer danach giert, was andere haben. Und dass es purer giftiger Neid ist, den sie gegenüber Phia empfindet. Weil sie so mutig, stark und schön wie sie sein will.

Beruhigend streiche ich weiter über Phias Schlüsselbein, achte kaum auf die Versprechungen, die Ziva mir macht, weil jemand anderes meine Aufmerksamkeit erregt. Es ist die Titanin, die Ziva neben Artemis begleitet. Ich weiß, wer sie ist, weil sie das Gefängnis errichtet hat, in welchem ich zwei Jahrhunderte verbrachte. Sie behauptet, dass Dark sie geschickt habe. Wobei ich an dieser Stelle bezweifle, dass er von ihr verlangt hat, sich als Opfer darzubieten. Sie berichtet außerdem, dass es kein Zufall war, dass ich ihrem Verlies entkommen bin. Und dass Ziva sie in der Absicht mitgebracht hat, dass ich sie töten darf. Sie mir als Kostprobe für die Rache darbietet, die mich erwartet, sobald ich mich ihr anschließe. Ihr letzter Rat lautet, zu tun, was Ziva von mir erwartet, wenn ich Dark helfen und Phia retten will.

»Ich werde dir erlauben, ein wenig mit den neuen Göttern zu spielen. Wie gut das tun wird, nach allem, was sie dir angetan haben.«

Töte mich. Ich versteife mich, nicht wegen Zivas Worten, sondern wegen Theias stummer Forderung. Es passiert nicht oft, dass jemand so dringend sterben will. Und für gewöhnlich hätte ich auch nicht das geringste Problem damit, ihrem Wunsch nachzukommen. Wäre da nicht Phia. Ich weiß nicht weshalb, aber in ihrer Gegenwart will ich kein Monster sein. Ich will nicht, dass sie mich ansieht wie an jenem Abend am Lagerfeuer, als ich das Blut des Rehs getrunken habe – dass sie das Grauen, das Ziva in diesem Augenblick in ihr heraufbeschwört, auf mich bezieht.

»Und ich habe dir jetzt schon ein kleines Geschenk mitgebracht«, frohlockt sie.

Im ersten Moment ist die Versuchung groß, mich einfach auf Ziva zu stürzen. Doch die Gedanken der Titanin sind derart laut, dass ich meine Entscheidung im Bruchteil einer Sekunde treffe und ihrer Bitte Folge leiste. Gemeinsam krachen wir gegen die Säule, ehe ich mich über sie beuge und ihr Herz herausreiße. Es ist ein schneller Tod und mehr Gnade, als mir der schwarze Diamant, den sie geformt hat, in den letzten zweihundert Jahren in dem Unterwasserverlies erwiesen hat.

DARK

Neben mir erklingt ein Räuspern und ich sehe Stheno an. Ihre Iriden bohren sich in meine und für einen Moment ziehe ich in Erwägung, ob eine Versteinerung nicht der leichtere Ausweg wäre. Trotzdem straffe ich die Schultern und drehe mich um, stelle mich dem Unausweichlichen. Ziva hat den Saal betreten, wenige Schritte hinter ihr geht Artemis. Ein ungutes Gefühl überkommt mich, weil Theia nicht bei ihnen ist. Ein seltsames Leuchten umgibt Ziva, das ich nie zuvor an ihr gesehen habe. Ihre geschwächten Lebensgeister sind in reine Energie getränkt. Die Anwesenden neigen die Köpfe und sie kommt zielstrebig auf mich zu. Blaue Vergissmeinnicht sind in ihr blondes Haar eingeflochten wie damals auf Viridi. Direkt vor mir bleibt sie stehen und ich ersticke beinahe an ihrem Geruch nach Lavendel. Begierig schaut sie mich an, wohl in der Erwartung, dass ich ihr ein Kompliment mache. Ich nehme ihre leicht gehobene Hand, um einen Kuss auf ihre Haut zu hauchen.

In der Sekunde, in der ich sie berühre, ist es, als würde ich mich an einem scharfkantigen Pergament schneiden, das ein kaum spürbares Brennen hinterlässt.

»Oh«, flüstert Ziva überrascht, zieht sich jedoch nicht zurück. Stattdessen sehen wir beide zu, wie ein dunkelroter Tropfen auf ihren schwarzen Ring fällt und auf der glatt geschliffenen Oberfläche des Edelsteins in tausend Tränen zerspringt. Dabei bleibt ihr verborgen, dass es Tierblut ist, das in Imperium sickert und ich meine Hand rechtzeitig in meine Hosentasche gleiten lasse, bevor mein eigenes Blut verflucht werden kann.

Kapitel 33
WER DIE MASKE AM BESTEN TRÄGT

CHAOS

Vergangenheit

Nun, Dark hat sein Versprechen letztendlich doch gehalten. Seit Phia in mein Verlies gekommen ist, verspüre ich definitiv etwas anderes als die Leere, die mich zuvor ausgefüllt hat. Beispielsweise fühle ich mich wie ein Narr. Zu Beginn wollte ich mich tatsächlich bloß amüsieren. Mich dem Hunger und meinen urtümlichen Instinkten hingeben. Mein Verlangen stillen. Aber die verfluchten Worte des Gotts der Angst und der Finsternis haben sich in meinem Kopf eingenistet. Ich werde dafür sorgen, dass du freikommst, wenn es dort draußen etwas oder jemanden gibt, der dich zähmt. Für den du bereit bist zu retten, anstatt zu zerstören. Ich frage mich, ob für ihn ermorden mit zähmen gleichzusetzen ist. Ich meine, ich habe sie davor gerettet, von Wölfen zerfleischt zu werden und ihre Reaktion darauf ... ich wusste, dass sie mir nicht traut. Einiges an meinem Verhalten und mein Racheschwur gegenüber den neuen Göttern hat sicherlich nicht dazu beigetragen, das zu ändern. Trotzdem habe ich nicht damit gerechnet, dass sie mir einen Dolch in die Brust jagt. Und dass ich ihr nach einer solchen Tat ein zweites Mal das Leben retten würde ...

Nach wie vor kann ich das Bild, wie sie mit ausgebreiteten Armen über dem Abgrund stand, nicht aus meinem Kopf bekommen. Zum ersten Mal habe ich mein eigenes Grauen empfunden. Ungeachtet der Tatsache, dass ich wenige Minuten zuvor noch rasend vor Zorn gewesen bin, hat der Vorfall wie ein Schwall Eiswasser auf mich gewirkt. Und jetzt sitze ich am Bett, mustere sie, dankbar, dass ihre Brust sich hebt und senkt – und bin kaum noch wütend. Phia liegt auf der Seite, ihre Hände hat sie unter ihrer Wange gefaltet, ihre Haut wirkt im Vergleich zu ihren zinnoberroten Haarsträhnen, die sich wie ein Fächer über dem Kissen ausbreiten, wie Porzellan. Zerbrechlich, obwohl sie eigentlich stark ist. Ich strecke meine Finger nach ihr aus, lasse sie jedoch wieder sinken, kurz bevor ich sie berühre.

Ich frage mich, was, bei Kronos' Knochen, mit mir los ist. Früher war Vergebung in meinen Augen Schwäche. Und eigentlich habe ich jedes Recht darauf, wütend zu sein.

Zweihundert.

Verdammte.

Jahre.

Schließlich kam ich durch denjenigen frei, der mich überhaupt erst in dieses Verlies gebracht hat, und dann besitzt er auch noch die Dreistigkeit, davon auszugehen, dass ich seinen Zwecken diene. Und um mich an der kurzen Leine zu halten, schickt er mir eine kleine Mörderin. Dark hat vollkommen den Verstand verloren.

Als würde irgendein übermächtiger Zauber spüren, dass ich mich auflehnen will, steigt mir der Duft nach Magnolien und Zedernholz in die Nase und mein Blick wandert erneut zu der schlafenden Frau. Ich kann nicht begreifen, weshalb sie diese Empfindungen in mir auslöst. Weshalb ich sie nach wie vor beschützen will. Weshalb es derart schmerzt, dass sie mich töten wollte.

Ich bezweifle, dass für Liebe eine logische Erklärung existiert.

Ich stoße ein leises Grollen aus. Liebe. Ist das der Grund, weshalb ich Dinge sage, die ich in der Vergangenheit gesagt hätte, handle, wie ich in der Vergangenheit gehandelt hätte und mir beides schlussendlich derart falsch erscheint, dass ich gänzlich von meinen früheren Prinzipien abweiche?

Liebe.

Das ist etwas, womit ich nichts anzufangen weiß. Trotz all der Gefühle, die ich gesammelt habe, ist dies etwas vollkommen Abstraktes für mich.

Liebe.

Ich bezweifle, dass sie sich nach einer so kurzen Zeit entwickeln kann. Möglicherweise bin ich bloß fehlgeleitet, weil ich viel zu lange einsam war. Es kann die seltsamsten Sachen mit deinem Geist anstellen, das habe ich selbst bemerkt. Und trotzdem ... egal, wie sehr ich es versuche, bin ich nicht fähig, Zivas und Theias Gedanken zu vergessen. Und wenn ich mich zurücklehne, nichts unternehme, wird Ziva womöglich ungestraft bleiben, für das, was sie Phia angetan hat. Doch sollte ich ihr folgen, vorgeben, ihre Seite zu wählen, wird Phia ebenfalls verletzt. Ich werde sie an Ziva ausliefern müssen – und ihre Angst mir gegenüber muss echt sein.

Manchmal muss man zerstören, um zu retten.

Nach wie vor bin ich der Meinung, dass Darks Aussagen widersprüchlich sind ... Aber auf verdrehte Weise ergeben sie Sinn.

Erneut treffe ich meine Entscheidung im Bruchteil einer Sekunde, weil es mir vorkommt, als würden meine

Überlegungen sich im Kreis drehen. Deshalb stehe ich auf und kleide mich an, bevor ich Phia hochhebe und an mich presse. Ich trete hinaus in den Thronsaal, durchquere ihn, bis ich mich in Rauch und Dunkelheit verwandle, sobald ich die Plattform erreiche.

Unser Ziel kenne ich durch den Blick in Zivas Kopf und ich gehe leicht in die Knie, um meine Landung abzufedern, als ich mich wieder in meiner menschlichen Form materialisiere. Direkt vor uns ragt eine graue Burg auf, dahinter erstreckt sich ein Wald, aus dem Lichter zu uns herüberscheinen. Phia ist mittlerweile aufgewacht, wenngleich sie noch verschlafen blinzelt. Zögerlich richtet sie sich in meinen Armen auf.

»Hast du nicht«, antworte ich auf ihre Gedanken. »Den ganzen Tag verschlafen.« Obwohl ich mit ihr spreche, kann ich mich nicht dazu durchringen, in ihre tannengrünen Iriden zu schauen, weil ich dann vermutlich einfach umdrehen würde. Sie sollte nicht an diesem Ort sein. Sie sollte nicht in der Nähe der Frau sein, die ihr diese Narbe zugefügt hat und diese Art von Furcht in ihr auslöst. Ich gebe ein Geräusch von mir, das halb Knurren und halb Fluchen ist, und zwinge mich dazu, Phia abzusetzen. Als hätte sie eine böse Vorahnung und würde bei mir Schutz suchen wollen, klammert sie sich an meine Schultern. Für einen kurzen Moment gestatte ich es mir, ihren betörenden Geruch einzuatmen. In dieser Sekunde wünsche ich mich zurück auf den Olymp, wo ich in den weichen Laken jeden Zentimeter ihres Körpers erkunde, ihr zeige, dass es für diese Augenblicke wert ist, lebendig zu sein. Es kostet mich die größte Selbstbeherrschung, diesem Verlangen nicht nachzugeben. Grober als nötig, beinahe so, als wäre es ihre Schuld und nicht meine eigene, lege ich meine Hand in ihren Nacken und schiebe sie unsanft vorwärts. Ich lenke Phia in Richtung des Tors, das sich kurz darauf rasselnd in Bewegung setzt, und spüre, wie sie sich versteift. Auf ihrem Körper bildet sich eine Gänsehaut, die niemand außer mir sehen sollte.

»Was hast du vor?« Sie windet sich in meinem Griff, aber ich lasse nicht los, ignoriere die Tatsache, dass jede meiner Zellen sich gegen mein Vorhaben wehrt. »Tu das nicht«, fleht sie mich an und ich beiße meine Zähne derart fest zusammen, dass mein Kiefer knirscht. »Tu. Das. Nicht.« Ihre Gedanken rasen und ich kann es beinahe nicht ertragen, dafür verantwortlich zu sein. Wie absurd es ist, dass Dark sie zu mir schickt, in der Absicht, dass sie mich fühlen lässt, wenn ihm gleichzeitig klar sein muss, dass sie mich verabscheuen wird, wenn das hier vorüber ist.

Das Tor rastet ein und gibt die Sicht auf Ziva frei. Doch sie ist nicht der Grund, aus dem Phia ein Keuchen von sich gibt. »Du«, stößt sie anklagend aus, als sie Dark erkennt, der neben Ziva steht. Mich hingegen überrascht seine Anwesenheit nicht. Er ignoriert Phia, richtet seinen Blick mit ausdrucksloser Miene auf mich. Er brennt darauf, zu erfahren, ob ich ihm tatsächlich helfen werde. Uns ist beiden klar, dass er ein großes Risiko eingeht, indem er mich in seinen Plan einbindet – denn ich bin unberechenbar. Der Gott der Finsternis soll eine Weile zappeln. Schließlich hat er mich am Grund des Meeres verrotten lassen, mich hingehalten mit Versprechungen, auf deren Erfüllung ich eine Ewigkeit warten musste.

»Ich sehe, du bist meiner Einladung gefolgt«, gurrt Ziva zufrieden. »Und hast mir sogar dein Pfand mitgebracht.« Am liebsten würde ich ihr den Kopf abreißen, als sie Phia ins Visier nimmt und ihre Narbe zu jucken beginnt. In Phias Kopf lese ich, dass sie sich an mich lehnen will, aber ich habe bereits verstanden, dass Ziva sich am meisten in Sicherheit wiegt, sobald man so handelt, wie sie es erwartet. Und da ich auch ihre Gedanken höre, habe ich leichtes Spiel – ungeachtet der Tatsache, dass die Umsetzung Widerwillen in mir auslöst. Bevor ich es mir anders überlegen kann, trete ich mit der Stiefelspitze in Phias Kniekehle, sodass sie vor Ziva zu Boden fällt. Es ist das erste Mal in meinem gesamten Dasein, dass ich mich selbst verabscheue. Für gewöhnlich habe ich kein Gewissen. Nicht einmal die Menschen taten mir leid, als ich im heißen Krieg gemeinsam mit Zeus kämpfte.

»Ich bin fertig mit ihr«, sage ich gelangweilt. »Ich kann mir nicht erklären, was du mit beschädigter Ware willst, aber sie gehört dir.«

Auf Zivas Gesicht breitet sich ein verzerrtes Lächeln aus, sie frisst aus meiner Hand, bemerkt nicht, dass ich bluffe. Die gesamte Situation erscheint mir grotesk und ich schlucke heftig, als sie sich vor Phia hockt, eine Strähne ihres roten Haares um zwei ihrer Finger wickelt und unbeherrscht daran reißt. »Saphira und ihr hübsches Porzellangesicht«, zischt sie, ehe ihr die Haarsträhnen entgleiten und sie mit dem Nagel ihres Daumens über Phias Wange fährt, dabei ein Mal hinterlässt. Meine Nasenflügel blähen sich und mich überkommt erneut das Verlangen, ihr das Genick zu brechen.

»Wie lauten deine Bedingungen?«, hakt sie nach, als sie sich wieder aufrichtet.

»Ein wenig Spaß ... ein wenig Chaos ... Ich will zusehen, wie sie leidet«, erwidere ich, obwohl ich mich in Wahrheit frage, warum zur Hölle Ziva nach wie vor atmet. Ja, angeblich ist sie unantastbar und ich spüre eine dunkle Macht in ihr, doch das bedeutet nicht, dass ich nicht versuchen kann, sie umzubringen.

Wir haben einen Plan und wenn wir uns nicht an ihn halten, wird all das hier nach hinten losgehen, schnappe ich Darks Gedanken auf, der ganz eindeutig an mich gerichtet ist. Spöttisch ziehe ich eine Braue hoch, einfach nur, um ihn zu verunsichern. Er soll sich ruhig seinen Kopf darüber zerbrechen, ob es nicht exakt das ist, was ich will. Ob ich mich nicht tatsächlich Ziva anschließen oder meine ganz eigenen Ziele verfolgen werde.

»Das lässt sich einrichten«, verspricht Ziva und ich blende ihre unerträglichen Überlegungen für einige Sekunden aus. Ich kann nicht genau beschreiben, wie es ist, ihre Gedanken zu lesen. Ihre Ideen, Vorstellungen und Sehnsüchte erscheinen selbst mir absonderlich. Außerdem ist es, als würden mehrere Stimmen zu ihr gehören, sie permanent in verschiedene Richtungen zerren. Ihr Hunger nach Macht und ihr Geltungsbedürfnis werden genährt von etwas Dunklerem – als würde ich mich durch Morast kämpfen, sobald ich versuche, es zu ergründen. »Pars«, fordert sie nun. »Bring Saphira in den Kerker.«

Ein Mann packt Phias Arm, gräbt seine Finger in ihre Haut und reißt sie unsanft hoch. Dabei greife ich einige Fetzen von ihm auf und was sie mir mitteilen, sorgt dafür, dass mein Blut gefriert.

»Ich übernehme das«, informiere ich ihn und meine Stimme trieft vor Eiseskälte, während ich ihn von ihr schiebe. »Ich will sichergehen, dass sie es nicht zu gemütlich hat«, füge ich hinzu, bevor ich mich an Dark wende. »Zeig du mir den Weg.« Sein Blick wandert zu Ziva und bloß mühsam kann ich mir ein humorloses Lachen verkneifen, weil er sie mit dieser Geste um Erlaubnis fragt. Und noch amüsanter finde ich, dass sie glaubt, dass der Gott der Angst und der Finsternis unter ihrer Kontrolle steht. Mit einer kaum erkennbaren Bewegung ihres Kinns gibt sie ihm ihr Einverständnis. Ich umfasse Phias Ellenbogen und ziehe sie mit mir.

Während wir das Innere der Burg betreten, lausche ich dem, was Phia beschäftigt, insbesondere ihrer Verwirrung über Darks Verhalten, anstatt mich auf die neue Umgebung zu konzentrieren. Außerdem friert sie und ich muss meinen Instinkt unterdrücken, ihr meinen Arm umzulegen. Aber als ich sie erwische, wie sie sich selbst ermahnt, dass ich zuhören kann und sie in meiner Gegenwart Vorsicht walten lassen muss, erinnert mich ihr Misstrauen an ihren Versuch, mich zu töten. Die Wahrheit ist, dass ich mich nach wie vor von ihr verraten fühle. Und das ist unangenehmer – schmerzlicher als Wut. Als könnte ich die Empfindung, die lästig in meinen Adern brennt, auf diese Weise loswerden, schubse ich sie in den nächsten Gang, der uns von den Schaulustigen, die uns im Eingangsbereich erwartet hatten, abschirmt. Phia flucht und der Laut verschafft mir Befriedigung.

»Vorsicht«, warne ich sie mit reichlich Verspätung, als sie auf einer der Stufen, die auf eine untere Etage führen, umknickt. Sie knurrt wütend und das Geräusch sendet einen Blitz durch meine Leistengegend, weshalb ich ihren Ellenbogen nun noch fester umschließe und mich selbst zwingen muss, uns nicht auf direktem Wege wieder auf den Olymp zu bringen. Oder an irgendeinen anderen götterverfluchten Ort, an dem wir ungestört sind.

Anhand des modrigen Geruchs erkenne ich, dass wir uns einem Kerker nähern, was bestätigt wird, als Dark eine schwere Eisentür aufstößt, deren Scharniere einen kreischenden Ton von sich geben. Er lässt uns den Vortritt und ich bugsiere Phia in das Verlies. Die Lichtverhältnisse sind dämmrig und sie blinzelt einige Male, bis ihre Augen sich angepasst haben. Mir fällt der Typ, der hinter den Streben steht, noch vor Phia auf, doch ihre Reaktion auf ihn bringt mein Blut zum Brodeln. »Lost«, flüstert sie, klingt beinahe sehnsüchtig.

»Phia?« Dem Gefangenen, den ich als Gott der Vergangenheit und des Vergessens identifiziere, ist seine Überraschung anzumerken.

»Verdammter Zyklopenkot«, brummt er und ich höre deutlich heraus, dass er mich zurück an den Meeresgrund wünscht. Ebenso wie Dark. Was sehr interessant ist. So viele Verstrickungen und Lügen ... So viel, das schiefgehen kann. Immer mehr von Darks Plan fügt sich zusammen und ich muss zugeben, dass er gerissen – aber auch leichtsinnig ist.

»Man könnte meinen, dass wir die Hölle auf Erden haben, nicht wahr?« Bei Phias Versuch, tough und überlegen zu wirken, kräusele ich meine Lippen, um sie am Lächeln zu hindern. »Und der Gestank, den sie mitgebracht haben ... kaum zu ertragen.« Am liebsten würde ich sagen, dass weder mein Geruch noch mein Geschmack ein Problem für sie waren, als sie mit ihrer Zunge meinen Körper erkundet hat ... Aber ich verkneife es mir. Es geht Lost auch rein gar nichts an und er wird niemals erfahren, wie sich Phias Mund anfühlt. Das nehme ich jedenfalls an, bis Dark seine – und nicht die leer stehende Zelle für Phia auswählt.

»Weshalb bekommt sie kein eigenes Verlies?«, frage ich angespannt und spüre, wie mein Kiefermuskel zuckt.

Dark dreht währenddessen vollkommen ungerührt den Schlüssel. »Die beiden kennen einander. Sie müssen also mit einer gemeinsamen Zelle vorliebnehmen, da wir noch weitere Gäste erwarten.«

Er glaubt, auf diese Art eine Reaktion aus mir herauszukitzeln, um meine Absichten einzuschätzen. Und es kostet mich die größte Selbstbeherrschung, ihm nicht zu zeigen, dass es funktioniert – dass da wieder dieses Brennen in meinen Adern ist, das mich beinahe dazu bewegt, Phia daran zu hindern, das Gefängnis zu betreten. Ich will nicht, dass sie allein mit ihm ist. Dass sie überhaupt hier ist.

Nachdem ich allerdings für eine Weile Losts Gedanken durchforstet habe, in welchen ein riesiger smaragdgrüner Drache mit seinen Klauen zu einer grässlichen Melodie auf den Boden tappt und dabei mit dem Schwanz wackelt, komme ich zu dem Ergebnis, dass der Gott der Vergangenheit wohl ein wenig schwachsinnig ist und ich vermutlich nichts zu befürchten habe. Ohne mich von Phia zu verabschieden – was irgendwie auch seltsam wäre – verlasse ich das Verlies. Dark folgt mir und die schwere Tür fällt hinter uns zu.

Abwartend mustert er mich, versucht, in mir zu lesen, und ich schenke ihm ein unterkühltes Lächeln. »Mir hat die kleine Aufmerksamkeit, die du mir geschickt hast, recht gut gefallen – bis sie versucht hat, mich umzubringen.«

Darks Blick verdüstert sich und erneut finde ich Zufriedenheit darin, seine Zweifel zu nähren. Es macht ihn wahnsinnig, nicht zu wissen, welche Seite ich wähle.

DARK

Als ich auf dem weichen Waldboden in der Nähe der Lichtung lande, auf der ich mich Flame damals in meiner Wolfsgestalt gezeigt habe, weiß ich nicht, was mich erwartet. Ziva hat unseren Aufbruch kurzfristig angeordnet und der sadistische Glanz, der sich dabei in ihre Augen geschlichen hat, verheißt nichts Gutes. Die anderen haben das Gebirge angesteuert, in welchem sich die Höhle befindet, doch mich hat es an diesen Ort gezogen. Es ist leichtsinnig und ich kann bloß hoffen, dass Ziva in diese Handlung nichts hineininterpretiert.

Plötzlich vernehme ich ein Knistern und im nächsten Moment steht meine Umgebung in Flammen. Es ist unmöglich und trotzdem kann es kein Trugbild sein, dass Schnee und Eis brennen. In meinen Ohren höre ich meinen eigenen rasenden Puls und mit der Handinnenfläche reibe ich über meine Brust, wo mein Herz unbeholfen stolpert. Es ist, als würde mein gesamter Körper beben, als ich den Nebel rufe und mich direkt an den Rand der Lichtung bringe. Jegliche Luft wird aus meiner Lunge gepresst, als ich die Lider aufschlage … und Flame entdecke. Sie trägt eine dunkle Lederkluft, die sich wie eine zweite Haut um ihren Leib schmiegt. Ihre rabenschwarzen Locken sind länger als in der Nacht, in der wir zum letzten Mal zusammen waren. Sie hat ihre Arme gehoben und es scheint, als würde sie das Feuer dirigieren, ehe es erlischt und sich ein Funkenregen über ihr ergießt, rotgoldene Punkte sich in der Dunkelheit ihrer Haare niederlassen. Es ist, als wäre sie nicht real. Ich blinzele, bin ansonsten wie erstarrt, kann nicht fassen, dass sie wirklich da ist. Ja, ich habe sie gefühlt. Trotzdem existierten die Zweifel, dass es nur ein unbändiger Wunsch meinerseits war und meine Sinne mir einen Streich gespielt haben.

Doch nun steht vor mir der Beweis. Ich habe mich geirrt, als ich nach Erfüllung der Prophezeiung auf ihrem Tod beharrte. Vielleicht, weil ich ein Feigling war und mir keine Hoffnung gestatten wollte. Weil ich zu große Angst vor der Enttäuschung hatte und nicht fähig gewesen wäre, den zusätzlichen Schmerz zu ertragen. Ich versuche zu schlucken, aber der Kloß in meinem Hals ist zu groß. Wo auch immer sie gewesen ist … Ich war nicht da, um sie zu holen. Um ihr zu helfen. Um sie zu beschützen.

Schuld überrollt mich, gleichzeitig kommt mir auch der grausame Gedanke, dass sie vielleicht überhaupt nicht mehr mit mir zusammen sein will. Denn sie hat sich nicht von mir verabschiedet. Stattdessen war Cato derjenige, der sie zum Omphalos begleitete. Sie hat nicht mich gewählt. Flame wäre von dieser Welt gegangen, ohne Auf Wiedersehen zu sagen. Die Qual, die das in mir auslöst, sorgt dafür, dass meine Kehle ebenso wie zuvor die Blätter brennt.

Als würde Flame meine Anwesenheit spüren, dreht sie sich langsam um. Die Schreie, die aus der Ferne zu uns dringen, sind bloß ein Nebengeräusch. Sie ist viel zu weit entfernt und dennoch kann ich die Farbe ihrer Iriden erkennen. Tag und Nacht. Sonne und Dunkelheit. Ihre Lippen formen lautlos meinen Namen und es fühlt sich an, als müsste ich sterben. Ihr Blick sucht jeden Zentimeter meines Körpers ab, während ich mich nach wie vor nicht rühren kann. Erneut bildet ihr Mund meinen Namen, verjagt die Zweifel, die ich hatte. Und ich würde ihrem stummen Ruf folgen, müsste ich keine Maske tragen.

Flame zuckt zusammen, als Ziva Beifall klatschend zwischen den Bäumen hervortritt, als wäre sie Zeugin eines erheiternden Theaterstücks geworden. »Chaos hat also nicht gelogen, als er von einem Mädchen mit der Kraft des Feuers sprach, das eines der Evakuierungslager verteidigt hat.« Ich knirsche mit meinen Zähnen. Mir gegenüber hat er das nicht erwähnt. Mehr als einmal habe ich mich bereits gefragt, ob es womöglich ein Fehler war, ihn freizulassen. Andererseits konnte er nicht vor mir verbergen, dass Phia ihm alles andere als gleichgültig ist. Selbst wenn keine tiefen Gefühle zwischen ihnen existieren, so empfindet er zumindest Eifersucht. Und auch damit kann ich arbeiten. Außerdem halte ich es für ein ermutigendes Zeichen, dass er mich bis heute nicht verraten hat, ungeachtet der Tatsache, dass er genug Gelegenheiten hatte. Allerdings könnte es auch sein, dass er seine Entscheidung noch nicht getroffen hat.

Ich zwinge mich dazu, Zivas Berührung zuzulassen, als sie in der Absicht, Flame zu quälen, mit den Nägeln über meine Schulter fährt und sich besitzergreifend an mich schmiegt. »So begegnen wir uns erneut, Flame.« Ich schaue Ziva nicht an, nur stur geradeaus, wie die Marionette, die ich sein sollte, aber ich ahne trotzdem, dass sie Flame in dieser Sekunde mit Blicken erdolcht.

»Mir gefällt, dass ich dir nun zeigen kann, dass wieder mir gehört, womit du dich eine Weile vergnügen durftest«, bestätigt sie meine Vermutung. Ihre Finger wandern nun meinen Hals entlang, umfassen meinen Nacken, bevor sie sich auf die Zehenspitzen stellt, um mich zu küssen. Wie immer ist es falsch, wie zwei Planeten, die in unterschiedlichen Sonnensystemen kreisen. Trotzdem lege ich meine Hand an ihren Rücken, ziehe sie näher an mich, anstatt sie von mir zu stoßen. Dabei frage ich mich, ob Flame diesen Anblick jemals vergessen wird – ob sie mir jemals vergeben kann. Es sind Höllenqualen, weil ich sie wiedersehe, sie aber nicht berühren, nicht mit ihr sprechen kann. Mehr als alles andere auf der Welt wünschte ich mir, es wäre sie, die ich in dieser verfluchten Sekunde halte.

Nach einer Weile, die mir erscheint wie eine Ewigkeit, löst Ziva sich von mir und schlendert in Flames Richtung. »Keinen

Schritt weiter«, faucht Flame und es erfüllt mich mit Stolz, dass sie im Gegensatz zu mir nicht erstarrt ist – und dass sie sich verteidigen kann. Das Problem ist bloß, dass Ziva Cogitatio gezückt hat, weshalb die Feuerwand kein Hindernis ist.

»So lange warte ich bereits darauf, dich in meine Sammlung aufzunehmen«, gurrt Ziva. »Nur muss ich dich vorher lehren, dass du mich nicht verärgern darfst.« Sie lacht gackernd, ein Laut des Wahnsinns, an den ich mich bereits gewöhnt habe. »Flora musste es am eigenen Leib erfahren. Doch es ist mir gelungen, sie zu etwas zu formen, das mir gefallen kann.« Losts frühere Verlobte betritt ebenfalls die Lichtung, dicht hinter ihr ist Pars. Bereits zu Zeiten Viridis war mir das Verhalten von Zivas Leibwächter ab dem Zeitpunkt suspekt, als ich um ihre Hand anhielt, aber seit ich sie hier zusammen erlebe, bin ich mir sicher, dass etwas an ihrer Beziehung nicht stimmt. Es macht den Eindruck, als würde Ziva ihn hassen, dennoch existiert zwischen den beiden eine widersprüchliche Abhängigkeit.

Ich bin so sehr in meine Überlegungen vertieft, dass ich erst im letzten Moment erkenne, dass Ziva ein schlangengrünes Pulver, das der Betäubung eines Gegners dient, in Flames Gesicht bläst. Meine Gedanken rasen, zum ersten Mal realisiere ich, dass sie womöglich gefangen genommen wird, ebenso wie Phia. Wenngleich Flame nicht besorgt wirkt, Ziva sogar ein überlegenes Grinsen schenkt, als befürchte sie nichts. Überraschung durchzuckt mich, als Nebel sie einhüllt, plötzlich ein riesiger Drache an uns vorbeifegt und seine Krallen um ihren Körper schließt. Seine Schuppen glänzen in der Farbe von Feuerachat, weshalb es unmöglich Ladon sein kann. Ihr Blick verhakt sich mit dem meinen, ehe sie mit einem heftigen Ruck in die Luft gezogen wird. Dabei mustert sie mich flehentlich, als würde sie stumm darum beten, dass wir nicht auf ewig verloren sind.

CHAOS

Als wir ins Land der Vergangenheit zurückkehren und die anderen Ziva durch das Rolltor ins Innere folgen, bleibe ich draußen in der Senke, setze mich in Bewegung, weil ich meine Gedanken besser sortieren kann, wenn ich einen Fuß vor den anderen setze. Wir waren in Darks Reich, offenbar, weil Ziva die Spur des Feuermädchens aufgenommen hat und sie gefangen nehmen wollte. Zwei Dinge habe ich bei diesem Ausflug erfahren: Erstens ist das Feuermädchen die Frau, für die der dunkle Gott die Sonne töten und die Sterne vom Himmel holen würde. Zweitens ist Dark nicht der Einzige, der Ziva ausschalten will. Ich hatte eine sehr interessante Begegnung mit der Seherin von Delphi, die mir eine Menge mitzuteilen hatte, während ihre Begleiter – wie sollte es auch anders sein – versuchten, mich zu töten. Es machte den Eindruck, als würde die Seherin bloß die Hälfte ihres Wissens mit den beiden teilen. Und scheinbar haben ihre Visionen ihr meine wahren Absichten verraten. Zumindest in einer der zahlreichen Versionen, von denen mir nach wie vor der Schädel brummt. Götter, ich habe nicht darum gebeten, all das aufgehalst zu bekommen. Gedanklich gab es ihrerseits jedenfalls keinerlei Berührungsängste, weshalb sie mich mit Anweisungen überschüttete. Was hat sich an meinem Auftreten nur so verändert, dass plötzlich alle glauben, ich würde ihren verdammten Zwecken dienen und sie könnten mich herumkommandieren?

Dennoch finde ich es faszinierend, wie sich die Bruchstücke des Gesamtbildes immer mehr zusammenschieben. So viele einzelne Pläne, die in Wahrheit zueinandergehören, ungeachtet der Tatsache, dass einige aus dem Team der neuen Götter überhaupt nicht wissen, dass sie nicht allein sind und gemeinsam an einem Strang ziehen. Und ich habe noch nicht entschieden, ob sie Idioten mit mehr Glück als Verstand – oder tatsächlich verdammte Genies sind. Denn zu ihren Plänen gibt es zahlreiche Alternativen und mindestens doppelt so viele Dinge, die schiefgehen können.

Es ist Wahnsinn.

Chaos.

Genau das, wonach ich strebe, wonach ich mich sehne.

Ich bin derart vertieft, dass ich innerlich sogar zusammenzucke, als Hyperion nach mir ruft. Es dauert einen Moment, bis ich realisiere, dass ich die Burg bereits halb umrundet habe und seine beiden Brüder, er und Ziva über mir an dem Abhang stehen, hinter dem der Wald beginnt. Ich ziehe eine Braue nach oben, weil es mir nicht passt, herangepfiffen zu werden wie ein Hund. Dennoch verwandele ich mich in Rauch und materialisiere mich direkt vor ihnen.

»Was ist?«, frage ich träge, verärgert darüber, dass sie mich in meinen Überlegungen gestört haben. Es ist wichtig, dass ich zeitnah meine endgültige Wahl treffe.

»Die Gefangene, die du ausgeliefert hast, ist aus dem Verlies geflohen«, klärt Koios mich auf. Bei seinen Worten fängt meine Halsschlagader an zu pochen, während meine Miene ausdruckslos bleibt.

»Sie kann nicht weit gekommen sein«, wirft Krios ein.

»Findet sie«, zischt Ziva, aber diese Aufforderung brauche ich überhaupt nicht. Kurz frage ich mich, ob ich mir wünschen sollte, dass Phia die Flucht gelingt. Aber wenn ich ehrlich zu mir selbst bin, will ich sie in meiner Nähe wissen. Die Erinnerung, wie sie am Abgrund steht, während die hungrigen Wölfe sich für den Angriff bereit machen, ist sofort wieder allgegenwärtig. Ja, es ist nicht gut, dass sie bei einer größenwahnsinnigen Verrückten ist, die denkt, sie könnte die Erde regieren. Doch die Vorstellung, dass ihr dort draußen etwas zustößt, sie vollkommen auf sich gestellt ist ... Verflucht. Weshalb ist mir das derart wichtig? Als hätte ich längst beschlossen, dass ich ihr vergebe.

Die Titanenbrüder und ich schwärmen in unterschiedliche Richtungen aus und es dauert nicht lange, bis ich die Fährte von Phias Gedanken aufschnappe. Ruhe durchströmt mich, weil mir klar wird, dass ihre innere Stimme mir so vertraut ist, dass ich sie immer und überall finden kann. Erneut verwandle ich mich in Schatten und Rauch und schnelle durch die Nacht.

Ich entdecke sie bei einem der Pegaluxe – das Bild der beiden nebeneinander wirkt unter dem klaren Sternenhimmel und zwischen den hohen Bäumen beinahe märchenhaft. Phias Haar wellt sich ungezähmt ihren Rücken hinab, während sie mit einer Hand über die Mähne des Tieres streicht. Sie ist unwirklich schön, obwohl sie keine Göttin ist, sondern die Unsterblichkeit von goldenen Äpfeln gestohlen hat. Vielleicht ist es tatsächlich Schicksal, dass ein Monster wie ich sich zu einer Diebin und Mörderin hingezogen fühlt.

»Wirst du mich auf dir reiten lassen?«, wispert Phia und verrät mir mit ihren Gedanken, wohin ihre Flucht gehen soll. In Losts Auftrag will sie zwei der anderen neuen Götter über Votum informieren, mit ihnen die Uhr der Wünsche suchen.

Und aus irgendeinem Grund keimt Wut in mir auf, weil ich nicht will, dass Phia mit einer derart dunklen Macht in Berührung kommt, sich auf die Suche nach ihr begibt, wo ich aus erster Reihe sehen und hören kann, was es mit Ziva angestellt hat.

Phia klettert auf einen Baumstumpf, um den Rücken des geflügelten Pferdes zu erklimmen. Ein Schluchzen dringt aus ihrer Kehle, das von Erleichterung spricht. Und es versetzt mir einen Stich, dass sie mich, ohne zu zögern, ohne einen Gedanken an mich zu verschwenden, verlassen würde. Aber weshalb sollte es auch anders sein? Schließlich habe ich sie in die Hölle gebracht. »Meinen Respekt, kleine Mörderin«, sage ich, kann die Bitterkeit auf meiner eigenen Zunge schmecken. »Ich hätte nicht gedacht, dass du es bis hierher schaffst.«

Mein Kiefer knackt, während ich Phia im Hauptsaal knien sehe. Ich komme nicht damit zurecht, dass Tränen über ihre Wangen strömen. Trotzdem trage ich eine Maske, die vortäuscht, dass ihr Leid mir Zufriedenheit verschafft. Tausend Gedanken rasen durch ihren Kopf, ringen sie nieder, obwohl sie bereits am Boden ist. Ihre größte Angst ist, dass ich Ziva von Votum erzähle. Tatsächlich habe ich bereits durch die Seherin von der Uhr erfahren. Und ich hatte nicht vor, Ziva davon zu berichten. Doch nach Phias Fluchtversuch wird sie Fragen stellen. Und ich werde ihr eine Antwort geben müssen, die nicht ihr Misstrauen weckt. Es wäre meine Chance, sie zu überzeugen, dass wir auf derselben Seite stehen. Und ich weiß, dass die Seherin einen Vorsprung hat und – zumindest einer ihrer Begleiter – ein sehr fähiger Kämpfer ist.

Meine Augen folgen Ziva, die vor uns auf und ab läuft und deren Stiefelabsätze über den steinernen Boden klacken. Phia beobachtet sie ebenso, ihre Hände sind hinter ihrem Rücken gefesselt, während sie nichts weiter trägt als einen verschmutzten Kittel, in den man sie nach ihrer Ankunft gesteckt hat. Sie fühlt sich nackt und ausgeliefert und ich will nicht, dass irgendwer sie in diesem Zustand sieht. Ich mache einen Schritt nach vorn, stelle mich direkt neben Ziva, als könnte ich Phia auf diese Weise vor Unheil bewahren.

Trotzdem unternehme ich nichts, als Ziva zu einem Schlag ausholt. Und ich zwinge mich, nicht wegzuschauen, als sie Phias Wange trifft. Heißer Zorn brodelt in mir und in dieser Sekunde male ich mir eintausend Arten aus, auf die Ziva qualvoll sterben soll. Phias Nacken knirscht, als sie uns ihr Gesicht wieder zuwendet, während sich Ziva nun der Spinne Arachne widmet, sie bestrafen will, weil sie die Flucht nicht verhindert hat. Sie lässt die Peitsche knallen und die Spinne gibt ein wütendes Klicken von sich.

Insgesamt elf Mal zischt die Peitsche durch die Luft, sodass Arachne bald darauf in ihren eigenen Sekreten liegt und sich kaum noch rührt. Phias Drang, ihr zu helfen, ist nahezu übermächtig und innerlich beschwöre ich sie, dem nicht nachzugeben. Ich bin so sehr mit der Spinne beschäftigt, dass ich zu spät registriere, was Ziva als Nächstes vorhat. Das Seil der Peitsche trifft Phias unversehrte Wange, ihr Fleisch reißt auf, hinterlässt einen Striemen. Phias Schrei kratzt wie frisch gewetzte Krallen direkt über meine Knochen.

»Ich frage mich, ob du sieben Leben besitzt, du törichtes Ding.« Ziva gräbt den Daumen ihres Fingernagels in Phias Wunde. »Ich würde dich für deine Dreistigkeit, für deinen Ungehorsam töten, wenn ich nicht wüsste, dass eine viel größere Buße auf dich wartet. Du sollst noch ein wenig länger leben, damit du an einem anderen Tag so viel schöner sterben kannst.«

Die Einzige, die sterben wird, bist du, denke ich, während ich realisiere, dass sie in diesem Zustand die Folter nicht stoppen wird, weil es sie zu sehr beflügelt. Die Qual anderer sorgt dafür, dass sie sich lebendig fühlt. Jeder Muskel in meinem Körper zuckt, als Ziva einen weiteren Nagel in Phias Wange gräbt, bevor sie beide gewaltsam herauszieht und die Haut noch weiter aufplatzt.

Unwillkürlich mache ich einen zweiten Schritt nach vorn, als Ziva im Nebel verschwindet und einen Wimpernschlag später direkt hinter Phia auftaucht, ihren Zopf packt und so heftig daran reißt, dass man vernehmen kann, wie einige der Strähnen nachgeben. Als ich erkenne, dass sie ein Messer zieht, kriecht bereits Rauch unter meinen Stiefelsohlen hervor, doch ich bremse mich, da ich ihre Absicht aus ihren Gedanken lese. Ich lasse geschehen, dass sie Phias langes Haar absäbelt.

»Gebrochen wirkst du viel anziehender auf mich«, flüstert Ziva ihr zu und es ist einer von vielen Punkten, in denen sie irrt. Sie fühlt sich von Phias Schönheit bedroht und versteht dabei nicht, dass es nicht ihr Äußeres ist, das ebendiese Schönheit ausmacht. Und dass es nichts an ihrem hellen Strahlen ändern wird, wenn sie ihr Narben zufügt oder ihr Haar kürzt.

Als ich sehe, dass Phia trotz ihrer Schmerzen das Kinn hervorreckt und sich selbst verspricht, sich nicht von Ziva brechen zu lassen, werde ich von Ruhe durchströmt.

»Verwandle sie!«, lautet Zivas Forderung an Athene. Die Göttin nähert sich Arachne daraufhin mit starrem Blick. Im Gegensatz zu Dark, den Titanenbrüdern und Gorgonenschwestern steht sie tatsächlich unter dem Einfluss des Rings. Jemand war offenbar unbeliebt.

Athene vollführt mit ihren Händen einige fließende Bewegungen, was bewirkt, dass fädenartige Schlieren in Richtung Phia und Arachne kriechen und sich schließlich um die Spinne wickeln, sie in einem silbernen Netz gefangen nehmen. Bald ist sie nicht mehr dahinter auszumachen. Einzelne schimmernde Partikel fliegen durch den Raum, ehe der Kokon in die Luft gerissen wird. Laute, die selbst mir Unbehagen bereiten, dringen in den Saal, hallen von den Wänden wider, wie eine grausame Melodie, als hätte Ziva darum gebeten, dass man sie für sie komponiert.

Für einen kurzen Moment herrscht Stille, ehe uns eine Druckwelle überrollt und die weißen Schlieren verschwinden. Was bleibt, ist der Körper einer Frau, die in der Luft schwebt und als Opfer der Schwerkraft enden wird. Ich würde gern behaupten, dass meine eigenen noblen Gedanken der Grund sind, warum ich in ihre Richtung laufe, doch es liegt an Phias lautlosem Flehen.

Arachne fällt in meine Arme und für einige Sekunden erscheint es mir absurd, dass dieses zierliche Mädchen bis vor wenigen Minuten eine Spinne war. Ihre Haut ist noch blasser als meine eigene nach zweihundert Jahren in einem Unterwasserverlies und ihr Haar so schwarz wie die Erde des Hades. Sie trägt keinen Fetzen Kleidung an ihrem Leib und ich drehe sie leicht zu mir, um ihre Vorderseite vor den Blicken der Anwesenden abzuschirmen. Ich empfinde so etwas wie ... Sympathie für Arachne, weil sie Phia geholfen hat, selbst wenn ich nicht wollte, dass sie entkommt. Ein Wunsch, den ich nach der Folter, die Phia erdulden musste und in die ich nicht eingegriffen habe, infrage stelle.

»Ich bringe sie zurück in ihre Zelle«, sage ich in einem gelangweilten Tonfall zu Ziva. »Ehe du sie zerstörst und der eigentliche Spaß noch nicht einmal angefangen hat.« Sie seufzt schwer und schiebt ihre Unterlippe vor. Keine Ahnung, was sie mir damit vermitteln will, aber ich teile Phias Ekel.

»Eigentlich war ich noch lange nicht fertig. Alle meine weiblichen Puppen werden auch von Pars geformt«, gurrt sie und deutet auf den Mann, der Phia bei ihrer Ankunft in ihre Zelle begleiten sollte. Hinter meinen Schläfen breitet sich ein Pochen aus und meine Finger zucken, als ich die konkrete Bedeutung in Zivas Gedanken lese. In diesem Moment lerne ich noch etwas anderes über sie: Jedes Elend, jedes Leid, das ihr widerfahren ist, wünscht sie auch ihrem Gegenüber an den Hals. Sie möchte nicht allein in ihrem Wahnsinn sein. Sie ist von Kopf bis Fuß, von innen und von außen, schlecht. Da ist kein einziger Funke in ihr, der etwas Gutes will.

»Aber du möchtest doch, dass sie alles mitbekommen und dabei nicht weggetreten sind«, bringe ich mit einer Ruhe hervor, die ich nicht empfinde. Trotzdem weiß ich, dass es ihren Geschmack treffen wird.

Ziva zögert, doch dann nähert sie sich mir und Arachne, fährt mit den Fingern über die schweißnasse Stirn des Mädchens. »Nun können wir doch gleich viel besser miteinander spielen«, wispert sie, ehe sie mit einer Hand wedelt. »Na schön, bringt sie fort.«

Ich bin erleichtert, dass es Dark ist, der sich Phias annimmt und ihre Fesseln durchtrennt, um sie aus dem Raum zu geleiten. Ich gehe vor ihnen, spüre überdeutlich, dass Phia mich dabei anstarrt.

»Du hast also versucht, ihn umzubringen«, raunt Dark ihr zu, als wir in den Gang abbiegen, der ins Verlies führt.

»Das war sehr dumm von dir.« Meine Brauen schnellen in die Höhe. »Man sollte niemals gegen einen Mann wie Chaos rebellieren.« Ehrlich gesagt ist es gerade ihre rebellische Art, ihre Stärke und ihre Unverfrorenheit, die mich reizen. Und nach allem, was sich gerade ereignet hat, ist die Tatsache, dass sie auf dem Olymp versucht hat, mich zu töten, in den Hintergrund getreten. Was habe ich auch erwartet, nachdem ich sie in die Ecke gedrängt habe wie ein Tier? Irgendwie musste sie reagieren. Obwohl ich nicht viel von Zusammenhalt verstehe, ist es ein edler Zug, so sehr für seine Freunde einzustehen.

Dark muss sich keine Sorgen machen, dass ich ihn verrate. Phias Folter und wie mein Körper darauf geantwortet hat, haben mir endgültig den Weg gezeigt, den ich einschlagen muss. Haben mich daran erinnert, was ich fühlte, als Ziva auf dem Olymp auftauchte, um von dem Nektar der Götter zu trinken. An das Grauen, das ihr bloßer Anblick in Phia ausgelöst hat. Wie ihre Narbe, die sich von ihrem Hals bis zu ihrer Brust zieht, auf quälende Weise gekribbelt hat. Wie ich sie berührt habe, um den Schrecken der Vergangenheit zu lindern, der nun wieder ihre Gegenwart ist.

Ich werde dem Gott der Finsternis helfen, Ziva zu besiegen. Und wenn ich ehrlich zu mir selbst bin, habe ich diese Entscheidung schon viel früher getroffen. Womöglich war es mein Stolz, der mich daran hinderte, es mir eher einzugestehen. Und meine Sturheit, weil es mir nach wie vor missfällt, eine Figur in Darks Plan zu sein, die er nach seinem Ermessen umherschieben kann.

»Du nennst mich dumm?«, faucht Phia. »Flame wird dir niemals vergeben.« Tief holt sie Luft. »Sollte sie je zurückkehren.«

»Spar dir die Scheinheiligkeit«, gibt Dark gelassen zurück,

dessen Maske niemals verrutscht. »Ich habe sie schon gesehen. Sie ist entwischt, aber keine Sorge ... Ihr werdet nicht mehr lange getrennt voneinander sein. Ich werde Ziva damit ein unvergessliches Geschenk bereiten.« Er spielt seine Rolle derart überzeugend, dass selbst ich ihm glauben würde, wenn ich seine Gedanken nicht lesen könnte.

Wir betreten den Kerker und ich lege Arachne auf der Pritsche in einer der Zellen ab. Rasch untersuche ich sie nach Wunden, doch scheinbar wurden sie geheilt, als sie ihre menschliche Form angenommen hat. Vom Fußende greife ich ein mit dunklen Flecken übersätes Laken und bedecke sie bis zu ihren Schultern. Anschließend richte ich mich auf und sehe Phia in der angrenzenden Zelle, die Dark gerade verriegelt, ehe er verschwindet. Ich vollziehe bei Arachnes Verlies dieselbe Prozedur und bleibe schließlich an Phias Streben stehen, die sich mittlerweile panisch umschaut.

»Wo ist er?«, krächzt sie. »Wo ist Lost?« Abwartend mustere ich sie. Kann nicht behaupten, dass ich es vermisse, sie mit dem Gott der Vergangenheit in einer gemeinsamen Kammer zu sehen. »Du begehst einen Fehler. Einen unverzeihlichen Fehler«, beschwört sie mich, doch es ist etwas anderes, das meine Aufmerksamkeit erregt. Von der Tür zum Kerker weht ein beißender Lavendelduft zu mir und ich realisiere, dass wir nicht allein sind.

»Zügle, was in deinem hübschen Kopf vor sich geht«, mahne ich Phia. »Obwohl er mittlerweile schon recht verunstaltet ist.« Ich klopfe mein Hemd ab, tue so, als würde mich all das hier nichts scheren. »Nun muss ich aber wieder nach oben. Es gibt da diese eine Information, die ich weitergeben will.« Ich werde dafür sorgen, dass Ziva mir aus der Hand frisst – mir vertraut.

Phias Lippen beginnen zu zittern, als sie versteht, dass ich von Votum rede. Äußerlich behalte ich die kühle Fassade aufrecht. Ich setze mich in Bewegung, bringe den nötigen Abstand zwischen uns, weil ich in dieser Sekunde den unbändigen Drang verspüre, sie zu küssen – und zu beschützen.

»Ganz genau«, bestätige ich ihre Ängste, als ich vor der Tür innehalte und höre, wie leise Schritte sich entfernen. Aber ich bin mir sicher, dass Ziva uns nach wie vor hören kann. »Und Phia«, raune ich deshalb, »bevor du dich das nächste Mal aufs Betteln verlegst, solltest du Folgendes bedenken: Ich vergebe nicht. Niemals.«

Kapitel 34

DEINE GEDANKEN SIND MEINE GEDANKEN

DARK

Vergangenheit

Als die Krone der Schöpfung ihr Werk vollendet hat, ist Delphi nicht, was es vorher einmal war. Rechts von mir ertönt ein Knacken, aber ich wende nicht den Kopf, weiß auch so, dass die Tiere Ziva gefolgt sind, die an unserer statt mit ihrem Blut den Platz in den Reihen Imperiums eingenommen haben. Hinter mir stehen die Gorgonen, die Titanenbrüder und einige Mitglieder der Custodi, der ehemaligen Garde von Trues Familie.

Langsam lässt Ziva ihre Arme sinken, wendet sich uns zu. Ihr Gesicht ist blass, ihre Haut wirkt fahl. Zuerst richtet sich ihr Blick auf mich, ehe er zu ihren Eltern – Anatolius und Nova – weiterwandert. Obwohl ich keine seherischen Fähigkeiten besitze, kann ich bereits voraussagen, dass sie nicht mehr lange atmen werden. Ziva schlendert zu ihrer Mutter, zwickt ihr in die Wange, erhält jedoch keine Reaktion. Ungeachtet der Tatsache, dass Yasars Schwester sich überlegen gibt, spüre ich, dass eine Wut unter der Oberfläche brodelt, die sie nicht kontrollieren kann.

»Lächele«, fordert Ziva, fängt an, ihre Mutter zu umrunden, als wäre sie ihre Beute. »Wer soll dich je wollen, wenn du nur so griesgrämig dreinschauen kannst?« Gespielt tadelnd schnalzt sie mit ihrer Zunge und greift in Novas Rocksaum. »Und dieser graue Stoff. Wie sollen die Männer auf dich aufmerksam werden, wo du dich immer gegen die prachtvollen Kleider wehrst?« Ziva hält inne und zeichnet mit ihrem Zeigefinger die Kontur von Novas Lippen nach. »Vielleicht könnte man etwas aus dir machen, wenn du nicht so farblos wärst.« Zum ersten Mal verstehe ich, dass Ziva ihre Mutter hasst. »Und nun sieh nur, wie weit deine Enttäuschung – deine Schmach – es geschafft hat. Selbst ohne den Mann, den du mir an jedem Tag anhängen wolltest.« Die letzten Worte spuckt sie förmlich, sodass Speicheltropfen Novas Gesicht treffen, ehe Ziva in Richtung ihres Vaters nickt. »Möglicherweise hätte aus dir etwas werden können – wenn du nicht dein gesamtes Dasein in seinem Schatten verschwendet hättest.« Grob packt sie ihre Mutter am Kragen des Kleides, das dem einer Dienstmagd ähnelt und zerrt sie dicht zu sich heran. »Du hast als Mutter versagt«, zischt sie, bevor sie ihr die Klinge eines Dolches mitten ins Herz rammt. Ich zucke nicht mit der Wimper und auch Nova gibt keinen Ton von sich, als sie in sich zusammensackt.

Für einen Moment herrscht Stille, dann dreht Ziva sich zu ihrem Vater. »Ich habe dich nur bis hierher mitgenommen, damit du mit eigenen Augen siehst, wozu ich imstande bin.« Leicht neigt sie ihren Kopf zur Seite, mustert ihn schadenfroh. »Weshalb kannst du nicht wie die anderen Mädchen sein?«, bricht es ohne Vorwarnung aus ihr heraus, während sie gleichzeitig ihre Stimme verstellt. »Du passt nirgendwo hinein.« Sie greift in Anatolius' Haar, zwingt ihn auf ihre Augenhöhe. »Auf Viridi hast du mich nie gewollt – hast mich selbst dann insgeheim verachtet, als ich dein einziger Ausweg war.« Röte kriecht über ihren Hals und die Hand, mit der sie ihn gepackt hat, bebt. »Und nun sieh uns beide an, alter Mann.« Sie beginnt so hysterisch zu lachen, dass ihr Leib sich krümmt. »Heute wird nicht dein – sondern mein Haupt von einer Krone geschmückt.«

Abrupt verstummt sie und richtet einen Befehl an mich. »Töte ihn.« Ich gehorche, bereite Anatolius mit meinem Messer ein schnelles Ende. Er war sowieso seit über zweihundert Jahren bloß eine willenlose Puppe. Und ich habe damit gerechnet, dass sie es von mir verlangt, weil sie dieses Erlebnis mit mir teilen wollte.

In einer Geste, die sie vermutlich für ehrwürdig hält, streicht Ziva ihr Gewand glatt und wendet sich an die anderen Anwesenden, die hinter uns gewartet haben. Huldvoll nickt sie ihnen zu und spricht einige Anweisungen aus. Sie hat vor, die Gefangenen nach Delphi verlegen zu lassen, zu denen mittlerweile auch Yasar zählt. Ich hatte nur einmal die Möglichkeit, eine Unterredung mit ihm zu führen. So habe ich erfahren, dass er meinen Rat beherzigt und Prom beauftragt hat, die Waffe zur Zerstörung der Urgegenstände zu beschaffen. Und bis der Titan eintrifft, müssen wir durchhalten.

Zivas Aufmerksamkeit fällt auf die Tiere, die sich ihr genähert haben. »Husch«, ruft sie gereizt, was dafür sorgt, dass sie sich zurückziehen. Schon häufig habe ich mich gefragt, weshalb sie nicht hinter unseren Trick kommt. Vermutlich liegt es daran, dass es zu viele sind, die sie kontrolliert. Dass sie sich selbst in ihrer Gier und den Fäden, die sie zieht, verliert. Nicht fähig ist, jeden Einzelnen exakt zuzuordnen. Und dann ist da noch die Sache mit dem goldenen Nektar ...

Sie gibt den verbleibenden Custodi einen Befehl, die daraufhin ihre Pegaluxe besteigen. Als sie in den Himmel reiten, bewege ich mich zu Ziva, halte ihr den Kelch entgegen, den ich für sie mitgenommen habe. Als hätte sie seit Tagen nichts getrunken, entreißt sie ihn meiner Hand und kippt die heilige Flüssigkeit ihre Kehle hinab.

Nach unserer Ankunft auf der Erde und unserem Sieg über Zeus und Chaos im heißen Krieg, wurde im Neuen Olymp exzessiv gefeiert, auch wenn ich mich nicht daran beteiligt habe. Dionysos war im Besitz von zwei Fässern Ambrosia, allerdings hat Hale den Großteil davon getrunken. Auf diese Weise haben wir die Erfahrung gemacht – die vor allem für Hale unangenehm war –, dass wir den Nektar der Götter nicht vertragen. Wir wissen nicht, ob die Ursache darin liegt, dass wir von einem anderen Planeten stammen, doch die Einnahme von Ambrosia löst bei uns bereits nach kurzer Zeit Suchtsymptome, Bewusstseinsstörungen und Halluzinationen aus. Es hat nach der Party einen ganzen Monat gedauert, bis Hale wieder vollständig er selbst war.

Ich werde zurück in die Gegenwart gezogen, als Ziva den leeren Kelch auf die Leichname ihrer Eltern fallen lässt. Goldene Rinnsale laufen aus ihren Mundwinkeln, tropfen auf ihr Kinn. Mit ihren Fingern streicht sie über meine Brust und meinen Hals, bis hinauf zu meiner Schläfe. »Ich hoffe, du verzeihst mir, Liebster, aber ich konnte dir nach allem, was zwischen uns geschehen ist, nicht gänzlich vertrauen und schon gar nicht riskieren, dich noch einmal zu verlieren, wo du doch meine kostbarste Schachfigur bist.« Mit Mühe kann ich ein Schnauben unterdrücken. Für sie stehe ich unter dem Einfluss von Imperium und trotzdem scheint sie nicht akzeptieren zu können, dass ich in diesem Zustand überhaupt kein eigenes Ich mehr habe.

Erwartungsvoll blickt sie mich an. Obwohl eine Ewigkeit vergangen ist, kenne ich sie, das Mädchen, das immer in der vierten Reihe oder noch weiter hinten stand. Es war ihr Geltungsbedürfnis, das sie in die Arme des Nigrum Silvam trieb. Und deshalb weiß ich sehr genau, was sie von mir hören will. Sie durchbohrt mich förmlich mit ihren Blicken, als ich vor ihr auf die Knie sinke und ihren Handrücken an meine Stirn presse. »Meine Königin.«

Langsam schaue ich zu ihr auf, ihre Miene ist nun weicher, dennoch liegt nach wie vor Hunger darin.

»Küss mich«, flüstert sie, schließt flatternd ihre Lider.

Ich gehorche.

»Berühr mich.«

Ich gehorche, meine Hände wandern über ihre Taille.

»Schau mich an, als gäbe es nur dich und mich auf diesem Planeten.«

Und ich gehorche.

Gebe ihr das, was sie aus mir gemacht hat. Spiele die Rolle, die sie mir zugeteilt hat. Und ich glaube, dass sie erst in dieser Sekunde realisiert, dass ich mich in ihrer Schachpartie nicht auf dem Platz des Königs befinde – weil ich auch bloß eine Marionette bin. Ein Bauer wie all die anderen, die Imperium sich einverleibt hat.

Ziva könnte alles und jeden auf dieser Welt besitzen und wäre trotzdem nicht zufrieden. Es wäre nie genug. Sie wird sich selbst niemals ertragen können. Auch nicht, wenn ich sie küsse. Auch nicht dann, wenn ich sie berühre.

Mit einem Schrei stößt sie mich von sich, weicht vor mir zurück, als wäre ich einer der Schatten, der nahende Tod, der seit ihrem Besuch im Nigrum Silvam mit ihr verschmolzen ist.

PROMETHEUS

Apate hat sich neben mir zusammengerollt, ihr Kopf liegt in meinem Schoß und meine Jacke über ihren Schultern. Unsere Tochter wiege ich sanft im Arm. Wir haben sie Phoenix genannt, und sie ist das schönste Geschöpf, das ich jemals gesehen habe. Wenn ich sie anschaue, fühlt es sich an, als würde mein Herz jede Sekunde platzen und ja, ich blinzele heftig, weil ich mir selbst nicht erklären kann, wie ich so verdammt viel Glück verdient habe. Im Nachhinein ist es, als hätte ich mein gesamtes Dasein darauf gewartet, Apate zu begegnen. Oder vielleicht war sie es auch, die mich überhaupt erst zum Leben erweckt hat, als sie mich in ihr Zimmer lockte und in ihrem Blick eintausend und noch mehr Versprechungen waren, die sie weit übertroffen hat.

Phoenix stößt ein leises Glucksen aus, will mich vermutlich daran erinnern, dass meine Gedanken in eine unangemessene Richtung wandern. Ihre Augen sind geöffnet, weil sie die Nacht bevorzugt. Vielleicht ist es das Daimonenblut, das in ihren Adern fließt. Die hellen Schlieren in ihren dunklen Iriden funkeln im Licht des Mondes und der Sterne, holen den Moment zurück, als ich mich im Atlasgebirge in ihre Mutter verliebt habe. Mittlerweile erinnert mich das membranartige Muster um ihre Pupillen nicht mehr an die Todesfee, bloß noch an Flügel und ich stelle mir vor, dass es bedeutet, dass ihrer Zukunft keine Grenzen gesteckt sind.

Doch um das zu ermöglichen, müssen wir Ziva besiegen. Nach wie vor erscheint es mir unwirklich, dass es ihr gelungen ist, Hekate auf ihre Seite zu ziehen, damit sie unsere Tochter raubt. Ich presse Phoenix ein wenig enger an mich, nur um mich zu vergewissern, dass sie tatsächlich bei uns ist, ehe ich mich hinabbeuge und ihre Stirn küsse. An ihrer Schläfe befindet sich das griechische Todessymbol, allerdings haben Apate und ich noch nicht entschieden, was genau oder ob wir überhaupt etwas dagegen unternehmen wollen. Es sieht nicht schlimm aus, die Linien beinahe filigran, doch wenn ich es sehe, erinnert es mich daran, dass ich versagt habe. Ein zweites Mal wird mir das nicht passieren. Ich werde alles tun, um dafür zu sorgen, dass meine Tochter in einer Welt aufwächst, die sicher ist. Und genau aus diesem Grund muss ich Yasars Auftrag ausführen. Zwar hätte ich es bevorzugt, wenn Apate noch mehr Zeit gehabt hätte, sich auszuruhen, aber nach dem, was sich im Halbgottlager zugetragen hat, waren wir beide nicht besonders scharf darauf, länger als nötig zu bleiben. Zu meiner Überraschung – und unendlichen Erleichterung – hat Apate mir nicht den Kopf abgerissen, als ich ihr alles gebeichtet habe. Stattdessen war sie sofort wild entschlossen und ich habe die starke Vermutung, dass sie Ziva mit bloßen Händen umbringen würde – wenn sie könnte. Allerdings werde ich weder Phoenix noch sie jemals in ihre Nähe lassen.

Die Erfüllung unserer Mission führt uns zum Ätna, der auf einer Vulkaninsel liegt. Dies ist unsere letzte Rast, bevor wir durch den Nebel gehen. Die Vulkaninsel ist die Heimat von Hephaistos, der eine Waffe aus Licht zur Zerstörung der Urgegenstände erschaffen soll. Er ist auch derjenige, der gemeinsam mit den Zyklopen der Unterwelt Zeus' Donnerkeil, Poseidons Dreizack und Hades' Langzepter geschmiedet hat, welche den Kindern des Kronos im Kampf gegen die Titanen damals den Vorteil brachten. Ich hatte in der Vergangenheit einen guten Draht zu Hephaistos, bis wir uns über die Jahre hinweg ein wenig aus den Augen verloren haben. Aber ich nehme an, dass das zum Teil der Grund ist, weshalb ich für diese Aufgabe ausgesucht wurde.

Apate und ich sind nicht allein unterwegs. William, der Sohn des Helios, sucht sich genau den Moment aus, in dem meine Tochter flatternd die Lider schließt, um ein lautes Schnarchen auszustoßen. Uuuuund – sofort ist sie wieder hellwach, beginnt sich in meinen Armen zu winden.

»Lass die Handschuhe an, Pixy«, wispere ich ihr zu und hebe sie ein wenig höher. »Du willst Mama und Papa doch nicht umbringen, oder?«

Sie gibt einen undefinierbaren Laut von sich und faltet ihre Hände vor der Brust, während es mir beinahe vorkommt, als würde sie mir zublinzeln. Seit dem Kuss der Todesfee hat sich nichts geändert. Ihre Fingerspitzen sind weiterhin kohlrabenschwarz und eine Berührung tödlich. Und ja, wir haben es nach Hekates Ableben ein zweites Mal ausprobiert – an einem Raben, wofür wir möglicherweise in die Hölle kommen, aber das ist nichts, wovor Apate sich fürchtet. Wegen dieses Umstands trägt unsere Tochter hauchdünne Handschuhe, die Persephone ihr kurz nach ihrer Geburt aus dem Material aus einem von Hekates alten Mänteln gefertigt hat – wenigstens zu etwas ist die Göttin der Zauberei noch gut gewesen.

Ich summe eine leise Melodie, die in meinen Ohren schrecklich schief klingt, doch Phoenix scheint sie zufriedenzustellen und ich fixiere Will mit meinem Blick, als könnte ich auf diese Weise verhindern, dass er ein weiteres Schnarchen von sich gibt. Er begleitet uns – selbstverständlich ganz freiwillig und nicht, weil Apate ihn mit einer ihrer Illusionen bedroht hat –, da er über die Magie des Sonnenlichts verfügt, die wir benötigen, damit diese spezielle Waffe geschmiedet werden kann. Innerlich seufze ich. So lautet jedenfalls die Theorie, ob es in der Umsetzung funktionieren wird, wissen nur die Sterne, die in dieser Nacht über uns wachen.

CHAOS

In mir ist schon wieder dieses nervtötend brennende Gefühl, als ich zwischen den hohen Säulen stehend beobachte, wie Krios etwas in Phias Ohr flüstert und ihr zuzwinkert. Was bei allen Höllentoren glaubt dieser Typ, wer er ist? Bevor ich einen Plan fassen kann, auf wie viele Arten ich ihn beseitigen könnte, vergräbt er seine Hände in den Hosentaschen und schlendert weiter zu dem blonden Halbgottmädchen, das Phias Freundin ist. Nur wenige Sekunden später rastet der Gott der Träume – der ähnlich wie ich ein Wutproblem zu haben scheint – aus. Allerdings läuft zwischen dem Titan und Phias Freundin rein gar nichts. Krios gibt es in der Öffentlichkeit bloß vor, weil er Zivas Anordnung folgt – so tut, als würde er gehorchen. Was mich wieder zu der Frage bringt, ob er in Wahrheit Interesse an Phia hat. Ich werde ihm bei nächster Gelegenheit klarmachen müssen, dass sie außerhalb seiner Reichweite ist.

Mein Blick wandert Phia hinterher und ich bewege mich parallel zu ihr, auch wenn sie mich nicht bemerkt. Sie ist stark und ich nahm an, sie sei allem gewachsen, schließlich ist sie nicht einmal davor zurückgeschreckt, mir einen Dolch in die Brust zu rammen, um sich und ihre Freunde zu verteidigen. Allerdings haben ihre Gedanken in den letzten Tagen Besorgnis in mir ausgelöst, weil sie derart düster und hoffnungslos sind. In ihr ist der unbändige Drang, auszubrechen, weil es ihr in manchen Momenten erscheint, als würde sie es in dem von Originem erschaffenen Reich keine Sekunde länger aushalten.

Ruckartig bleibe ich stehen und dieses Mal kriecht eisige Kälte durch meine Adern. Einer der Custodi, die an der langen mittleren Tafel sitzen, streift mit den Fingern die Innenseite von Phias Schenkel. Für eine Sekunde wirkt es, als könnte sie sich nicht bewegen, aber dann taumelt sie zurück und hastet mit ihrem voll beladenen Tablett weiter. Meine Finger ballen sich zu Fäusten und ich präge mir das Gesicht des Mannes ein. Sehr genau ein. Und lasse ihn mit seiner Handlung davonkommen. Vorerst.

Phias Gedanken befinden sich in einer Abwärtsspirale, sie achtet nicht länger auf ihre Umgebung, sodass ihr das Tablett entgleitet und die Kelche und Gläser am Boden zerschellen. Ungeschickt bückt sie sich, schiebt eilig die Scherben zusammen, bevor sie die Flucht ergreift und in die entgegengesetzte Richtung rennt. Ich kenne bereits ihr Ziel, verwandle mich in Schatten und Rauch und folge ihr durch die Küche hinab in den Keller.

Ihre Atmung geht hektisch und ihre Gedanken klingen wie ein hilfloser niemals endender Schrei, der an meiner Seele reißt. Mittlerweile ist mir klar, dass ich etwas unternehmen muss. Dass ich in ihrem Kopf für Stille sorgen muss, bevor ihr dieser Ort den Verstand raubt. Ich will sie daran erinnern, wie es sich anfühlt, lebendig zu sein. Und ich werde mich daran erinnern, dass ich für ein Danach kämpfe. Dass wir beide entkommen können und Ziva nie wieder eine Bedrohung für sie darstellen wird, sie bloß noch ein wenig länger durchhalten muss, bevor ihre Narbe nie wieder juckt.

Phia erstarrt, als sie meine Anwesenheit bemerkt und aus irgendeinem Grund gefällt es mir, dass sie mich in dieser Form spüren kann. Trotzdem wandle ich mich, sodass sie meine Schritte nun eindeutig zuordnen kann. Fieberhaft beginnt sie nach einem Versteck zu suchen, und es bereitet mir keine Freude, ihre Furcht zu schmecken. Aber da ist noch ein Funke von etwas anderem.

Aufregung.

Leben.

Sie will, dass ich sie jage.

Sie will, dass ich sie fange.

Phia ist nicht unbedingt gut darin, ehrlich zu sich selbst zu sein. Und trotzdem kann ich es ihr nicht übel nehmen, dass sie sich für das schämt, was sie für mich empfindet. Sie sich die Wahrheit nicht eingestehen will, weil es nach den Maßstäben, die sie bisher gewohnt war, falsch ist. Weil ich das Böse bin. Das Böse, das für sie die Sonne töten würde.

Als sie herumwirbelt und lossprintet, gewähre ich ihr einen Vorsprung. Scheppern und Klirren durchschneiden die Luft, während sie im Rennen Flaschen aus den Regalen zerrt, den Boden damit übersät, obwohl ihr klar ist, dass mich das nicht aufhalten wird. Doch noch lauter als das brechende Glas ist ihr Herzschlag. Er rast – wegen mir. Er wirkt wie ein Locken. Und ich bremse mich nicht länger, werde wieder zu Schatten und Rauch, hefte mich an ihre Fersen. Wir wussten beide von Anfang an, dass es kein fairer Kampf sein würde.

Ich bereite mich schon darauf vor, einen Arm um sie zu schlingen, als sie der Mauer immer näher kommt und ihre Schritte nicht verlangsamt, bis sie im letzten Moment abbremst. Ich materialisiere mich in meiner menschlichen Form, was dafür sorgt, dass die Scherben unter mir knirschen, sich mit dem Schluchzen, das aus Phias Kehle dringt, vermischen. In meinem Inneren breitet sich ein Kribbeln aus, als ich mit der Brust ihren Rücken streife. Wir atmen beide scharf ein und ich realisiere, wie sehr ich es vermisst habe. Wie sehr ich sie vermisst habe, obwohl uns nie besonders viel Raum getrennt hat. Und dass ich den Rest meiner Ewigkeit ... Verflucht. Ich kann nicht glauben, was in meinen eigenen Gedanken vor sich geht. Aber bevor ich deshalb durchdrehen kann, konzentriere ich mich auf ihr Verlangen, das in jede meiner Zellen dringt und das ich an ihr riechen kann. Eine dunkle Note, die sich mit ihrem Duft nach Magnolien und Zedernholz vereint. Ihr Widerstand gibt nach und sie lehnt sich an mich, ihre Muskeln beben in Erwartung der Lust.

»Das ergibt keinen Sinn«, antworte ich auf ihre Überlegungen, die darin bestehen, dass ich in der Ferne Furcht in ihr auslöse, sie jedoch von Ruhe durchströmt wird, sobald ich direkt bei ihr bin. Meine Lippen streifen mit jedem Wort ihren Hals und sie erschauert, bereitet mir damit eine Gänsehaut.

»Ich dachte, du würdest mich nie mehr berühren«, flüstert sie und dreht sich zu mir um, schaut mir direkt in die Augen.

Tannengrün.

So verdammt schön. Und ja, es macht mir Angst, dass ich sie bis in alle Ewigkeit anschauen will.

Du kannst mir kaum Dinge vorhalten, die ich gesagt habe, nachdem du mich abgestochen hast. Nachdem ich dir vertraut, die Lider in deiner Gegenwart geschlossen und mich fallen gelassen hatte. Das ist nichts, was ich in der Vergangenheit je getan habe, wenn ich mit einer Frau das Bett teilte, erwidere ich stumm, weil sie es nicht hören darf. Noch nicht. Nicht, während ich um unser Leben spiele. Ich habe ihr viel zu viel von mir gegeben – mehr als ich wollte –, selbst wenn sie davon nichts weiß.

Schwer schlucke ich, als Phia sich an alles erinnert, was ich ihr bereits angetan habe, seit wir hier sind. Welche Schmerzen ich ihr zugefügt habe. Sie glaubt, dass Ziva sie entstellt hat. Dabei sind die Narben nur Symbole ihrer Stärke. Obwohl ich mir wünschte, sie hätte diese Qualen niemals erdulden müssen. »Macht dich das glücklich? Mich so zu sehen? Hast du es dir so vorgestellt, als du mich ihr ausgeliefert hast?« Tränen sammeln sich in ihren Augen, ihre Gefühle ein Sturm, der droht mich in die Knie zu zwingen.

Leicht neige ich meinen Kopf zur Seite, bemüht, die Fassung zu bewahren. »Irgendwann kommt der Zeitpunkt, an dem man bezahlen muss«, raune ich ihr zu, wobei ich innerlich verspreche, Ziva büßen zu lassen.

Meine Finger graben sich in Phias Taille, als sie unabsichtlich ihre nächsten Überlegungen teilt. Meine Fähigkeit gleicht einer Folter in Momenten wie diesem. Ich will nie wieder, dass sie es bereut, von mir gerettet worden zu sein. Und ich will nie wieder Zeuge davon werden, wie sie an einem Abgrund steht. Weil ich egoistisch bin und mir nicht vorstellen kann, sie zu verlieren. Und weil ich will, dass sie noch einmal denkt, dass ich sie zum Leben erweckt habe – es nicht die unsterblich machenden Früchte waren.

Ich hebe sie hoch und pralle mit ihr in meinen Armen gegen die Mauer. Ihre Beine gehorchen meiner stummen Forderung, schlingen sich um meine Hüfte, und der Kittel, in den ihr Leib gehüllt ist, rutscht nach oben. Meine Härte presst sich gegen ihre Mitte und ich muss mich beherrschen, um nicht jetzt schon vollkommen die Kontrolle zu verlieren, weil Hitze und Feuchtigkeit mich wie das verfluchte Paradies erwarten. Zwei Mal atme ich ein und aus, halte sie in dieser Position. Meine Finger packen ihre Taille fester, ehe ich ihre Lippen für mich beanspruche. Doch sie erwidert meinen Kuss mit einer derartigen Heftigkeit, als wollte sie die Führung übernehmen. Und ich gestatte es ihr, bis meine Zunge unseren Kampf gewinnt, ich rhythmisch in ihren Mund stoße und ein Knie vorschiebe, damit sie sich im selben Takt daran reiben kann. Und ungeachtet der Tatsache, dass ich einen Fehler begehe, verliere ich mich darin. Während ich vor wenigen Minuten noch nach dem Ende lechzte, erweckt er meine Sinne wieder zum Leben. Vermutlich tut er es, damit er sich noch ein wenig länger an meinem Leid laben kann, trotzdem ist es, als wollte er mir zeigen, dass der Schmerz es wert ist ... für Augenblicke wie diesen.

Ihre Gedanken sind alles, was ich an Zustimmung brauche, sodass meine Hand zwischen ihre Schenkel gleitet – sie meine Finger statt meines Oberschenkels reitet. Phias Laute der Lust verschlucke ich dabei mit meinen Lippen, während sie unter mir zuckt.

Diese Empfindungen sind zu viel. Bevor ich Chaos begegnet bin, ahnte ich nicht, dass ich all das fühlen kann. Es ist, als würde ich schweben. Aber ich weiß, dass das unmöglich ist – ich eines Tages fallen werde und er mich nicht vor dem Sturz in die Tiefe bewahren wird.

Ich erstarre, wünschte, ich hätte nicht weiter gelauscht. Ich will nicht, dass diese Überlegungen sie verfolgen oder dazu beitragen, dass Phia innerlich zerrissen ist.

»Nicht aufhören«, wispert sie. »Das Beste an meiner Gefangenschaft bist du.«

Mein Herz setzt für einen Schlag aus.

Zwei.

Drei.

Ich hole Luft und es gerät in einen ungleichmäßigen Takt, trotzdem fühlt sich alles daran so verdammt richtig an. Und das ist beängstigend und befreiend zugleich.

Es ist das erste Mal, dass ich mich in den Gedanken eines anderen erkenne. Das Fremde zu etwas Eigenem wird. Meine

Finger zittern, aber ich nehme nicht an, dass sie es bemerkt. Mit flatternden Lidern öffnet sie meine Hose, gleichzeitig positioniere ich sie höher, nehme jedes Detail von ihr in mich auf. Ihren schlanken Hals, den ich mit geschlossenen Augen zeichnen könnte, die Konturen ihrer Wangenknochen, die mir vertrauter als meine eigenen Züge sind, ihre Lippen, die von unserem Kuss geschwollen sind. Es gibt keinen Ort, den ich mein Zuhause nenne und dennoch erscheint es mir wie Heimkommen, als ich in sie dringe. Tausend Empfindungen rauschen durch meinen Körper, die uns beiden gehören und gleichzeitig miteinander verwoben sind. Blitze knistern durch meine Adern, Feuer brennt unter meiner Haut, während ich den letzten Fetzen Selbstbeherrschung verliere, den Winkel verändere, um ihr noch mehr Lust zu bereiten. Ihre inneren Muskeln krampfen sich um mich zusammen, ihre Nägel graben sich in meinen Nacken und es gefällt mir, dass sie Spuren auf mir hinterlassen. Sie will ihr Gesicht abwenden, die Laute, die mich daran erinnern, dass wir echt sind, ich nicht in einem Fiebertraum viertausend Meter unter der Wasseroberfläche am Grund des Ozeans gefangen bin, unterdrücken.

»Ich will deine Schreie hören, Phia«, knurre ich. Ihre Antwort ist ein Wimmern, da ich in meiner Bewegung eingefroren bin. Schweiß rinnt meine Schläfen hinab, weil es mich die größte Anstrengung kostet, ich mich selbst damit bestrafe. Ich greife eine ihrer Überlegungen auf – sie ist verwundert, dass ich ihren Namen gesagt habe, obwohl es für mich vertraut ist. Stumm spreche ich ihn jeden Tag aus. Unsere Blicke verhaken sich ineinander und es gelingt mir nicht länger, mich zurückzuhalten, uns beiden zu verwehren, wonach wir uns verzehren. Leben flutet meine Zellen, als wir uns noch heftiger vereinen und sie endlich für mich schreit.

Kapitel 35

VERSCHÖNERUNG DER ROSENGÄRTEN

DARK

Vergangenheit

»Du hast mich zu einem verfluchten Narren gemacht.«

Ich kann nichts dagegen unternehmen, meine Mundwinkel verziehen sich zu einem breiten Grinsen, als ich mich zu Chaos umdrehe. »Jetzt reden wir also«, begrüße ich ihn, während er durch den breiten Gang auf mich zuschreitet. »Ich hatte mich schon gewundert, weshalb du mir in die Katakomben folgst.« Wir befinden uns in einem Bereich, der vorher nicht da war und den Ziva mithilfe von Originem neu angelegt hat. Und ich will erfahren, wieso. Was sie zu verbergen hat.

»Sie ist nicht im Besitz von Exitium. Sie hat das Schwert nie geholt. Sie hat darüber nachgedacht, aber das Risiko war ihr zu groß«, leiert Chaos gelangweilt herunter und beantwortet damit die Frage, die mich seit meiner Entdeckung beschäftigt hat. »Sie verfügt lediglich über den Spiegel, das Armband, den Ring und die Krone.«

Ich runzele die Stirn. »Und das weißt du schon wie lange ...«

Er zuckt mit den Schultern. »Keine Ahnung. Die Gedanken anderer fliegen wie Staub an mir vorbei, ich schnappe permanent irgendetwas auf und ich bin kein verdammter Sekretär, dass ich mir Datum und Uhrzeit dazu notiere.«

»Beruhige dich«, sage ich augenverdrehend und lehne mich mit der Schulter gegen die Wand. »Ich nehme an, dein kleiner Ausbruch bedeutet, dass du meinen Plan unterstützt?« Zugegeben, die vergangenen Tage haben mich bereits optimistisch gestimmt – so wie er um Phia herumgeschlichen ist. Und ganz ehrlich: Wenn er mich verraten wollte, hätte er bereits tausend Möglichkeiten dafür gehabt.

»Ja«, knurrt er, während er sich umschaut, als würde er etwas suchen, auf das er einschlagen kann.

»Wieso hast du dich erst jetzt dazu entschieden?«, hake ich nach, aber ich bezweifle, dass es ihn ausreichend ablenken wird, um seine Wut zu mildern.

Er beginnt, rastlos umherzutigern und ich hoffe inständig, dass er die Katakomben nicht einstürzen lässt, während wir hier unten sind, da es sich anhört, als würde der Boden unter uns ein Grollen ausstoßen. »Ich habe meine Wahl bereits in jener Nacht getroffen, als Phia versuchte zu fliehen.« Er ließ mich also zappeln, weil er es konnte. »Ganz genau«, erwidert er auf meine Überlegung und lächelt grimmig, allerdings ist es mehr ein Fletschen seiner Zähne.

»Und du bist dermaßen aufgebracht, weil …?« Offenbar neige ich heute dazu, in unvollendeten Sätzen zu sprechen. Chaos bleibt abrupt stehen, wendet sich mir zu. Seine Augen glühen. Erneut fährt ein Grollen durch die Katakomben und meine Lider verengen sich zu Schlitzen, als ich sein Hemd mustere. »Weshalb ist Blut an deinem Ärmel?«

Chaos' unheimliches Grinsen wird ein bisschen breiter. »Ich habe einen von Zivas Custodi getötet, weil er es im Saal gewagt hat, Phia an einer Stelle anzufassen, die niemand außer mir berühren darf.«

»Verstehe.« Es überrascht mich nicht, dass Chaos ein besitzergreifender Bastard ist. Außerdem kann ich nicht behaupten, dass ich anders gehandelt hätte, wenn es um Flame gegangen wäre. »Nun würde ich gern den Grund erfahren, aus dem du so aufgebracht bist. Ich vermute, es liegt nicht allein an dem Custodi.«

Chaos' Nasenflügel blähen sich und er verschränkt die Arme vor der Brust. »Ich habe Phia in Hales Zelle gebracht, bevor ich mich um den Scheißkerl gekümmert habe.«

Ich runzele meine Stirn. Der Gott der Hoffnung ist erst seit wenigen Stunden hier. »Das hatte Ziva nicht angeordnet«, stelle ich fest. »Weshalb hast du es gemacht?«

»Ich nahm an ... es würde sie womöglich ... glücklich machen.« Es klingt, als würde er an den Worten ersticken, und meine Brauen schießen in die Höhe. »Ihre Gedanken waren derart düster in der letzten Zeit und als wir uns kennenlernten –«

Meine Brust beginnt vor unterdrückten Lachsalven zu beben. Er meint wohl eher, als er sie entführt hat.

»Als ich sie aufgefangen habe, nachdem du und der Gott der Zukunft sie mir zugeworfen hattet wie einen Köder«, zischt Chaos.

Ich schlucke heftig in dem Versuch, die Kontrolle über meine Mundwinkel zurückzugewinnen. »Ja, genau. Mach weiter, ich wollte dich nicht unterbrechen.«

Chaos schaut mich an, als würde er mir gern das Genick brechen, aber dann nimmt er seine Hände hinter seinen Rücken, als würde er sich auf diese Weise selbst aufhalten können. »Als wir das erste Mal zusammen waren –«

Aha. »Tut mir leid«, schiebe ich eilig hinterher und presse meine Lippen fest aufeinander. Was mich aber nicht vom Denken abhält, unglücklicherweise.

Chaos seufzt. »Sein Name war in ihrem Kopf.«

»Und das nagt an dir«, schlussfolgere ich. Und an deinem Ego. Chaos gibt ein weiteres Knurren von sich, aber ich ignoriere es. »Phia hatte genug Gelegenheiten, um mit Hale zusammen zu sein.« In dieser Sekunde erinnere ich mich an das Gespräch, das ich mit ihr in Yasars Reich geführt habe, und weiß, dass auch Chaos es hören kann.

»Sie sagte mir, dass sie sich nach einem Abbild ihrer Dunkelheit sehnt«, sage ich nach einigen Minuten des Schweigens. Wer sollte das sein – wenn nicht du?«

Chaos schnaubt. »Es gibt eine Menge Männer, mit denen sie besser dran wäre als mit mir.«

»Spielt keine Rolle, sollte sie dich wählen.« Ich löse mich von der Wand. »Lass uns ein Stück gehen, vielleicht finden wir noch einen Custodi für dich, bei dem du Dampf ablassen kannst«, schlage ich vor. »Kleiner Scherz.«

»Natürlich«, brummt Chaos, passt sich aber meinen Schritten an. Es ist fast komisch, weil er in manchen Situationen unbeholfen wirkt, was vermutlich an der langen Gefangenschaft liegt. Er ist es nicht gewohnt, sich frei zu bewegen.

»Ich kann es hören. Alles.«

»Wirklich Pech für dich.« Geräuschvoll atme ich aus. »Wir sollten über den Plan sprechen.«

»Du meinst die Pläne«, korrigiert er mich.

Ich stoppe und mustere ihn abwartend. Nun ist er derjenige, auf dessen Gesicht sich ein zufriedener Ausdruck breitmacht. »Spuck's aus.« Und schließlich berichtet er, was er in Flames Heimatdorf bei seiner Begegnung mit der Seherin von

Delphi aufgeschnappt hat. Dass Flame und der Drakon, der seine Klauen um sie geschlossen hat, Mnemosyne, die Göttin der Erinnerung, aufspüren wollen, um sicherzustellen, dass jene, die mit Ziva über Imperium verbunden sind, keinen Schaden nehmen, wenn der Ring zerstört wird. Ein mulmiges Gefühl breitet sich in meinem Inneren aus, wobei mir eigentlich hätte klar sein sollen, dass Flame nicht einfach die Füße stillhalten wird. Mir behagt die Vorstellung nicht, dass sie es vielleicht vor allem für mich tut. Weil sie mich vor Ziva retten will, obwohl ich gar nicht betroffen bin. Gleichzeitig komme ich mir auch dumm vor, da ich selbst nicht auf diese Idee gekommen bin, bloß an die Beseitigung der Gegenstände und nicht an die Konsequenzen gedacht habe.

»Es mischen eindeutig zu viele Leute mit«, sagt Chaos, nachdem er weitere Informationen geteilt hat.

Ich antworte ihm nicht, aber stimme ihm insgeheim zu. Es gibt eine Vielzahl an Variablen, die das Ergebnis beeinflussen können – die über unseren Sieg oder unsere Niederlage entscheiden. Gleichzeitig fühlt es sich aber auch an, als würde jemand eine schwere Last von meinen Schultern heben. Genau wie nach dem ersten Gespräch im Land des Vergessens mit der Gorgone Stheno. Es tut gut, das Gewicht nicht allein zu tragen.

»Also warten wir auf das Eintreffen von Prom mit der geschmiedeten Waffe und auf Mnemosyne.« Flames Namen will ich nicht hinzufügen, weil ich nach wie vor hoffe, dass sie nicht nach Delphi kommt. Ich will sie nicht in Zivas Nähe wissen. Und dadurch, dass wir auf die Titanin der Erinnerung angewiesen zu sein scheinen, können Chaos und ich auch nicht selbst versuchen, die Gegenstände zu zerstören. So oder so ist es gut, dass er da ist – und auf unserer Seite – weil er definitiv fähig ist, ihre Macht im Zaum zu halten.

»Jetzt machst du mir schon Komplimente. Ich glaube, das ist mehr, als ich ertragen kann.«

»Du könntest weghören ...«

»Du läufst direkt neben mir«, sagt Chaos in einem Tonfall, der suggeriert, dass er meinen Vorschlag für absurd hält. »Jedenfalls habe ich auch Zivas Gedanken gründlich durchforstet«, nimmt er nach einer Weile wieder den Faden auf, »wodurch ich erfahren habe, dass sie mithilfe von Originem und Cogitatio eine Art Schutzwall rund um Delphi erschaffen hat. Man ist gezwungen, das Tor zu benutzen, über alle anderen Wege muss es von ihr abgesegnet sein, sonst kann man das Gelände weder betreten noch verlassen.«

»Heißt?«, hake ich nach.

»Ich habe ein wenig experimentiert – gänzlich ausreizen konnte ich es selbstverständlich nicht, das wäre ihr wohl aufgefallen – und ich bin mir sicher, dass ich den Schildzauber brechen kann, sobald es nötig ist.«

Ich nicke. »Gut.«

Aus dem Augenwinkel bemerke ich, dass Rauch anfängt, Chaos' Gestalt zu umwabern. »Ich muss los.«

»Sicher«, gebe ich amüsiert zurück. Wir wissen beide, dass er es nicht länger erträgt, Phia mit Hale allein zu lassen, und die beiden aus einer dunklen Ecke heraus belauschen wird. Aber der Versuch seiner edlen Tat zählt.

»Und, Chaos?«, sage ich, als er sich beinahe vollständig aufgelöst hat. »Ich habe dich nicht zu einem Narren gemacht. Ich habe dich und sie gerettet.«

»Was zur Hölle«, murmele ich, als ich dem schleifenden Geräusch folge. Ich befinde mich wieder in den Katakomben, weil ich ein geeignetes Versteck für Cogitatio suche. Ziva ist durch die Einnahme des goldenen Nektars zunehmend verwirrt, weshalb es mir gelungen ist, den Urgegenstand gegen einen gewöhnlichen Spiegel zu tauschen. Nun gut, eigentlich hat sie ihn selbst vertauscht. Bei Cogitatio hatte ich leichtes Spiel, weil es der Einzige der Urgegenstände ist, den sie – außer, wenn sie ihn benutzt – nicht unmittelbar am Körper trägt, sondern in den Innentaschen ihrer Röcke aufbewahrt. Und während sie ein Bad genommen und ihre Kleidung auf dem Bett liegen gelassen hat, anstatt sie mit hineinzunehmen, wie sie es für gewöhnlich tut, habe ich ihre Gewänder gewechselt. Jetzt gilt es lediglich zu hoffen, dass sie ihn nicht benutzen will, bevor wir unseren Plan umsetzen und die Verstärkung eintrifft. Allerdings würde sie es, wenn der Gegenstand ihr nicht gehorcht, vielleicht auch darauf schieben, dass ihr die Kontrolle entgleitet. Vorgestern habe ich beobachtet, wie sie bei Nacht vor einer der Skulpturen aus Glas stand, ihr Gesicht betastete, das dem einer alten Frau glich, während Ambrosia aus ihrem Mund lief.

Nicht bloß Ziva hat sich über die Jahrhunderte hinweg in Geduld geübt. Auch ich kann noch ein wenig länger warten, ehe wir zum finalen Schlag ausholen.

Das Schleifen wird nun immer lauter und als ich um die Ecke biege, finde ich die drei Gorgonenschwestern, die dabei sind, eine Statue durch den Gang zu zerren. Gleichzeitig wirbeln sie zu mir herum. Es ist kein behagliches Bild, wie die Schlangen einheitlich zischend ihre Köpfe umschweben.

»Was beim Styx treibt ihr da?«, frage ich, nachdem wir uns für einige Sekunden angestarrt haben.

Stheno tritt vor, Euryale und Medusa postieren sich direkt neben der Statue. Ich nähere mich einige Schritte und erkenne, dass es Athene ist. Ich seufze schwer. Stheno verschränkt mit unschuldiger Miene ihre Arme. »Gar nichts. Wir wollten bloß einen der Rosengärten verschönern.«

»Ihr macht eher den Eindruck, als würdet ihr eine Leiche verschwinden lassen«, kommentiere ich.

»Aber nein«, erwidert Euryale und tätschelt Athenes Oberarm. »Der Stein ist noch ganz warm.«

»Großartig«, murmele ich. Wenn Chaos einen der Custodi beseitigt, ist das eine Sache. Es gibt Hunderte von ihnen. Aber lediglich eine Athene. Das könnte auffallen ...

»Ziva wird nichts merken«, sagt Stheno mit einer wegwerfenden Handbewegung und gibt ihre Scharade auf. »Der Nektar der Götter hat ihre Gehirnzellen förmlich weggeätzt.«

»Er beeinflusst sie zu unserem Vorteil«, gebe ich zu. »Aber sie verfügt nach wie vor über eine nicht zu unterschätzende Macht – die sie einsetzen kann und wird, ganz gleich, in was für einem geistigen Zustand sie ist.«

Stheno gibt einen undefinierbaren Laut von sich. »Wir werden dafür sorgen, dass die Statue unentdeckt bleibt. Und jetzt hör auf, derart vorwurfsvoll zu schauen. Die Rache an Athene war der Grund für unser Kommen, wir haben nur genommen, was uns zustand.«

Ich zucke mit den Schultern. »Von mir aus.«

Plötzlich erklingt ein Keuchen. Es ist sehr leise, aber ich höre es trotzdem, ebenso die Gorgonen. Ich drehe mich um und laufe los, die Dunkelheit dringt bereits aus mir hervor. Allerdings ist es Lavea, die ich hinter der nächsten Abzweigung finde. Ich rufe den Nebel und lande direkt vor ihr, versperre ihr den Weg. Ihre Pupillen sind geweitet und ich rieche ihre Angst, weil sie glaubt, dass ich unter dem Einfluss des Rings stehe und sie eine Strafe erwartet. Ich habe keine Ahnung, was sie hier unten treibt, allerdings erinnere ich mich daran, dass wir im Nachhinein herausgefunden haben, dass sie es war, die während des Turniers als Erste von der Existenz der Prophezeiung erfahren hat. Sie war der Grund, weshalb Flame überhaupt Dreams Arbeitszimmer durchsucht hat. Lavea ist eine kleine Schnüfflerin und steckt ihre Nase in Dinge, von denen sie sich besser fernhalten sollte.

»Oh, eine weitere Verschönerung für den Rosengarten?«, fragt Euryale interessiert, als sie und Stheno zu mir aufschließen.

Laveas Unterlippe bebt und sie weicht vor uns zurück.

»Irgendetwas müssen wir unternehmen«, stimmt Stheno ihrer Schwester zu. »Manchmal gelingt es uns sogar, eine Versteinerung rückgängig zu machen.«

»Sie könnte den Plan sabotieren«, fügt Euryale weiter hinzu.

Geräuschvoll atme ich aus. »Geh«, fordere ich Lavea auf. Sie blinzelt, ist für einige Sekunden wie erstarrt, als hätten die Gorgonen ihr Werk bereits vollbracht. »Geh«, wiederhole ich. »Und kein Wort.« Dieses Mal scheine ich zu ihr durchzudringen. Sie drängt sich an uns vorbei und sprintet los, als hätte sich ein Schwarm Harpyien an ihre Fersen geheftet.

»Das war ein Fehler«, sagt Stheno säuerlich. »Erinnere dich daran, wenn du in den Feuergruben der Hölle schmorst.«

Ich verdrehe die Augen. In den Feuergruben zu baden erscheint mir verlockender als Dreams Zorn, hätte ich zugelassen, dass die Gorgonen Lavea in Stein verwandeln. Aber auch unabhängig davon fühlt sich meine Entscheidung richtig an. Hätte ich sie an Ziva ausgeliefert, wäre sie bestraft worden. Und der Anblick der Misshandlungen von Arachne, Phia und Hale hat mir schon gereicht.

»Lust ist ein Trieb und kein Gefühl.« Ich ziehe die Zellentür mit einem Ruck hinter mir zu und bringe mich durch den Nebel zwei Gänge weiter in einen verlassenen Trakt. Mit beiden Händen stütze ich mich an der Wand ab, meine Brust hebt und senkt sich derart heftig, als hätte ich zu Fuß ein ganzes Reich durchquert.

Fuck.

Ich balle meine rechte Hand zur Faust, donnere sie gegen den Stein, sodass Blut fließt und meine Haut aufplatzt. Das eben ... mit Flame ... hatte ich so nicht geplant. Unser Wiedersehen auf der Lichtung war einfach nur verkorkst und ich wollte, dass alles perfekt ist, wenn wir das erste Mal richtig zusammen sind. Stattdessen bin ich über sie hergefallen, während sie glaubt, dass Imperium meine Gedanken beherrscht.

Schwer atmend stoße ich mich von der Wand ab und lasse meine Arme sinken. Auf meiner Zunge liegt der Geschmack von Vanille und Orangenöl. Ihre Hitze kann ich nach wie vor an meinen Fingern spüren und ihre Laute höre ich so deutlich, als würde ich sie noch immer halten.

Fuck.

Diese Seite von mir ... ich wollte nicht, dass sie mich so erlebt. Und ich hätte es auch allein deshalb nicht geschehen lassen dürfen, weil wir so nah am Ziel sind. Meine Fassade darf nicht bröckeln, nicht, bevor Ziva nicht besiegt ist.

Ziva.

Irgendwann kommt der Tag, an dem ich ihren Namen begraben werde.

Doch jetzt erwartet sie mich.

Ihre Forderung, dass ich mit Flame spreche, um den Grund für ihr Kommen zu erfahren, ist lächerlich, wo ihr doch Chaos mit seiner Gabe zur Verfügung steht. Vermutlich war es bloß wieder ein verdrehter Test von ihr und ich bin nicht sicher, ob ich ihn bestanden habe.

Kurz schließe ich meine Augen und als ich mir sicher bin, mich wieder halbwegs in der Gewalt zu haben, rufe ich den Nebel. Einen Wimpernschlag später lande ich vor der Tür zu den Räumlichkeiten, die den Titanenbrüdern gehören. Ich stoße sie auf und durchquere in großen Schritten den Flur, dabei bemerke ich, dass die Tür zu Laveas und Krios Gemach minimal geöffnet ist und einer der Vorhänge, die ich passiere, eine seltsame Form hat. Kommentarlos laufe ich daran vorbei und spüre gleichzeitig, wie sich die aufgeplatzte Haut an meinen Knöcheln verschließt.

»Und?«, fragt Ziva ungeduldig, als ich in den Salon trete.

»Sie ist allein wegen mir gekommen.« Meine kühle Maske der Gleichgültigkeit sitzt an ihrem Platz.

»Natürlich. Aber sie ist zu spät.« Sie lacht gehässig und Falten bilden sich um ihre Mundwinkel.

»Welcher Kampf wird morgen Nacht ausgetragen?«, fragt Chaos und sieht mich dabei eindringlich an.

»Nun, es erscheint mir beinahe schicksalhaft, dass alle finalen Teilnehmerinnen des Turniers hier sind. Saphira, Lavea und Flame. Abgesehen von Candela – bei ihr hat die natürliche Auslese mir die Arbeit abgenommen.« Mein Innerstes gefriert zu Eis und nun ergibt Chaos' Blick Sinn. Dennoch überrascht mich dieses Geständnis nicht. »Wir vier haben also noch eine offene Rechnung zu begleichen«, bestätigt sie meine erste Vermutung. Es nagt an Ziva, dass es ihr damals bei der sechsten Aufgabe des Turniers nicht gelungen ist, Flame endgültig auszuschalten und auch Phia überlebt hat.

Ziva nimmt einen Kelch vom Beistelltisch und trinkt einen Schluck Ambrosia. Umgehend verschwinden die Falten, denn der Nektar der Götter schenkt ihr Energie und zerstört sie zur gleichen Zeit. »Ich werde eine letzte Aufgabe für uns festlegen. Zeigen, dass ich die Gewinnerin des Turniers gewesen wäre. Ich werde der Welt demonstrieren, dass ich die mächtigste Frau bin, die ihr für den Wettstreit zur Jahrtausendwende ausgewählt habt. Ich werde beweisen, dass ich die wahre Königin bin.« Ihre blassblauen Augen richten sich auf mich. »Deine Königin.« Sie leckt sich über ihre Lippen. »Und du wirst vor den Bewohnern dieser Erde Mein sein, wenn ich als Siegerin aus dem Kampf hervorgehe und dich zu meinem Gemahl nehme. So lauteten doch eure Versprechungen, nicht wahr?« Sie lacht wieder und der Kelch rutscht aus ihrer Hand, zerspringt am Boden, wo die Reste der goldenen Flüssigkeit sich verteilen.

»Saphira wird nicht im Kolosseum kämpfen«, spricht Chaos und zum ersten Mal wünschte ich, dass ich seine Gabe hätte, weil ich seine Dummheit dann hätte voraussehen – und verhindern können. »Ich habe dir bereits erklärt, dass ich nichts davon halte, ihr ein schnelles Ende zu bereiten. Du bist nicht sorgsam mit ihr umgegangen.«

»Sorgsam mit ihr umzugehen, war nicht Teil des Deals«, zischt Ziva leise. »Du wolltest sie leiden sehen.«

Stumm gebe ich ihm zu verstehen, dass er nicht weiterreden soll, weil es Phia bloß noch mehr schadet, wenn Ziva glaubt, ihm würde ernsthaft etwas an ihr liegen. Doch er bleibt stur, ignoriert mich. »Dinge ändern sich.«

»DIE VEREINBARUNG KANN NICHT GEÄNDERT WERDEN!«, keift Ziva, saphirblaue und rubinrote Speicheltropfen landen auf ihrem Kinn. Ein Unheil verkündendes Grollen bewegt sich durch die Gemächer, als würde das Fundament unter uns beben und den Palast aus seinen Grundpfeilern heben. Ich spüre, dass Chaos schon jetzt mit dem Gedanken spielt, Originems Werk zu zerstören.

»Bring mich in unsere Räumlichkeiten«, fordert Ziva unvermittelt, nun wieder in einem ruhigen Ton, ein weiterer Beweis, dass ihre Stimmungsschwankungen zunehmend heftiger werden. »Ich muss mich auf morgen vorbereiten.«

»Natürlich«, erwidere ich sanft und teile Chaos stumm mit, dass wir uns danach in den Katakomben treffen.

»Du willst sie tatsächlich kämpfen lassen«, stellt Chaos ungläubig fest. »Das Mädchen, für das du die Sonne töten und die Sterne vom Himmel holen würdest.«

Ich mustere den grauen Stein, der den Abdruck meiner Faust trägt und den mein getrocknetes Blut ziert. »Flame ist längst nicht mehr das Mädchen von damals. Wenngleich mein Instinkt, sie zu schützen, wohl niemals schwinden wird, ist sie mittlerweile selbst dazu fähig, die Sonne zu töten und die Sterne vom Himmel zu holen.« Das hat sie mehr als einmal bewiesen.

»Ich bin aus ihren Gedanken nicht schlau geworden«, gesteht Chaos und reibt sich über sein Kinn. »Ich weiß nicht, ob es ihr gelungen ist, die Titanin der Erinnerung zu finden.«

»Vielleicht ist Mnemosyne mit dem Drachen unterwegs«, mutmaße ich. »Und Flame bloß die Vorhut.« Mit der Hand fahre ich über meine Brust, wo ich meinen Herzschlag spüre, der zu mir und zu ihr gehört.

»Dir ist klar, dass Ziva plant, Phia, Lavea und Flame zu töten?«, hakt Chaos nach.

»Ja.« Und es ist die Wahrheit. Sie haben nicht dieselbe Bedeutung für sie, wie meine Brüder und ich. »Wir müssen es morgen zu Ende bringen. Doch es ist gut für uns, wenn Ziva vorher kämpft. Flame ist stark und dazu in der Lage, sie zu erschöpfen –«

»Bis wir übernehmen«, ergänzt Chaos. In Momenten wie diesem erscheint es mir albern, dass ich ihm meine Antworten überhaupt laut gebe, wo er sowieso in meinem Kopf lesen kann.

»Sollte jedes Detail unserer Pläne perfekt zusammenspielen, wird die Hilfe womöglich sogar eintreffen, während Ziva in der Arena ist.«

»Und wenn nicht?«, fragt Chaos und ich bin froh, dass er nicht skeptisch klingt, als wäre dieser Hoffnungsfetzen mehr als eine Illusion.

»Wir greifen ein, sollte etwas schieflaufen.« Kurz überlege ich. »Yasar hat Prometheus den Auftrag zur Beschaffung der Waffe bereits vor einer Weile gegeben. Ich weiß nicht, warum das so lange dauert …«, murmele ich mehr zu mir selbst, bevor ich meine Stimme wieder hebe. »Also, wir gehen davon aus, dass es Flame gelingt, Ziva zu entkräften. Durch das Ambrosia ist sie sowieso angeschlagen und ich habe ihr den Spiegel abgenommen, was sie angreifbar macht. Wir zögern es so weit wie möglich hinaus, aber einer von uns sollte das Geschehen im Kolosseum permanent beobachten und einschreiten, wenn etwas passiert. Ich werde die Titanenbrüder, die Gorgonenschwestern und Artemis beauftragen, sich in jeder Himmelsrichtung vom Kolosseum und am Eingang der Mauer zu postieren, damit wir bei Eintreffen der Verstärkung sofort informiert werden.«

»Sobald sie die Tore von Delphi erreichen, durchbreche ich Zivas Schutzwall, damit sie hineingelangen«, führt Chaos meinen Gedanken fort. »Aber was ist mit den Gefangenen in den Katakomben? Wenn die Krone der Schöpfung zerstört wird und sie noch in den Zellen sind ... Ich habe keine Ahnung, ob das Auswirkungen hat.« Er mustert mich. »Du solltest derjenige sein, der sie befreit. Ich kann auf Lavea, Flame und Phia aufpassen.«

Widerwillen keimt in mir auf und Chaos zieht eine Braue hoch. »Dir werden sie nach draußen folgen, trotz der Geschichte mit dem Ring. Sie kennen dich und werden eher dir als mir vertrauen. Tauche hingegen ich vor ihrem Verlies auf, werden sie versuchen, mich umzubringen.«

»Auch wahr«, gebe ich zu, obwohl es mir nicht gefällt, Flame im Kolosseum aus den Augen zu lassen.

»Sollten Prom und die Titanin der Erinnerung nicht rechtzeitig nach Delphi kommen –« Mir ist klar, dass wir uns auf einem schmalen Grat bewegen.

»Werden wir Ziva trotzdem überwältigen, da sie nicht mehr im Besitz des Spiegels ist«, beendet Chaos schon wieder meinen Satz und ich seufze genervt.

»Ich bin ungeduldig, weil ich zurück zu Phia will«, knurrt er.

»Du kannst den Rest deiner Unsterblichkeit mit ihr verbringen, nachdem wir die Erde gerettet haben.« Die Arme muss schon ganz verwirrt sein, weil er einerseits permanent bei ihr sein will, andererseits die Scharade für Ziva aufrechterhält und Phia ihm gegenüber deshalb Angst empfinden soll. »Aber ich bin sowieso fast fertig.« Ich stoße einen angespannten Atemzug aus. »Zu Zivas Untertanen und den Menschen auf der Tribüne: Es sind ziemlich viele, doch sollte die Situation eskalieren, kann ich sie erblinden lassen und mit meiner Dunkelheit lähmen, sobald ich Yasar, Hale, Dream und die anderen aus dem Verlies geholt habe.«

»Bin mir sicher, dass die Gorgonen dich dabei gerne unterstützen.«

»Ja«, erwidere ich gedehnt. »Das würde ich lieber vermeiden. Jedenfalls kann uns das zusätzliche Zeit sichern, um auf die Waffe und Mnemosyne zu warten.«

Als Chaos sich in Rauch verwandelt und ich mich auf den Weg mache, um mit den anderen zu sprechen, halte ich es nicht für unwahrscheinlich, dass wir mit diesem Plan tatsächlich in den Feuergruben baden gehen. Yasar hat mein Vorhaben von Anfang an für verrückt erklärt und vielleicht hat Chaos recht, dass zu viele Leute an unterschiedlichen Rädchen in einem riesigen Uhrwerk drehen.

CHAOS

»Tu es jetzt«, fordert der Gott der Zukunft zum zweiten Mal. Ich verstehe seine Gedanken, habe es bereits getan, bevor er den inneren Kreis betrat. Auch ich erkenne, dass es keinen anderen Ausweg gibt. Doch selbst wenn – es ist Yasars Wunsch. Er will dieses Opfer erbringen. Er will gemeinsam mit seiner Schwester sterben. Ich schließe meine Lider, sende die Kraft aus, die in mir wohnt, womöglich die mächtigste von allen ist. Ein Sog erfasst mein gesamtes Sein und greift in das Innere der beiden Geschwister, wo er auf ewig das verändern wird, was sie sind. Meine Finger zittern und Schweiß rinnt über meine Stirn, als ich das Licht, ihre Essenz, aus ihren Körpern zwinge. Es ist ein Prozess, der für keinen von uns schmerzfrei ist.

Ich spüre, dass es gelungen ist. Meine Arme heben sich, beben dabei und ein zartes Leuchten blendet mich. Als ich die

Lider öffne, überrascht es mich, dass auch Zivas Seele weiß ist. Nicht schwarz, wie ich es beinahe erwartet habe. Jeder Muskel in meinem Körper brennt, sobald ich die Essenz bewege, sie in den Körper des jeweils anderen lenke und ihre Wesen miteinander tausche.

»Bei allen Höllentoren«, dringt wie aus weiter Ferne eine Stimme an mein Ohr. Ziva nimmt einen röchelnden Atemzug, doch ich weiß, dass es Yasar in ihr ist, der nach ihrem Handgelenk tastet und Immortalem löst. Der Titan Prometheus schießt genau in dem Moment den Pfeil ab, als es zu Boden segelt – und trifft. Der gleißende Strahl der von Hephaistos gefertigten Waffe vereint sich mit dem Urgegenstand.

Ziva schreit durch Yasars Mund, der wiederum in ihrem Körper seine letzte Bitte an mich richtet. »Bring es zu Ende.«

Ich strecke meine Hand aus und begreife, weshalb er will, dass ich es bin. Er glaubt, dass ich keine Skrupel habe, es mich nicht belasten wird, mein Dasein mit dieser Schuld fortzuführen.

In dieser Sekunde vernehme ich Phias Stimme in meinem Kopf, ihre Gedanken, die ihr keine Ruhe ließen, als ich sie im Weinkeller zum Höhepunkt brachte. Oder ihm nur ein einziges Sehnen vertraut ist, er bloß nach Rache und Zerstörung durstet.

An jedem Tag, den Phia durch Ziva leiden musste, habe ich es bereut, sie vom Olymp zur Burg gebracht zu haben. Was ihr widerfuhr, ist meine Schuld. Und ich konnte nur durchhalten, weil ich ein Endziel vor Augen hatte: Ziva zu foltern und zu töten. Nun bin ich hier – und kann es nicht tun. Denn es ist ihr Körper, aber Yasars Seele, die in ihr ist. Ich glaube nicht, dass Phia mir diese eine Tat vergeben würde, selbst wenn die Unendlichkeit vor uns liegt. Und eine Chance mit ihr bedeutet mir mehr als die Rache an Ziva.

Mein Arm sinkt nach unten und die Königin der Unterwelt tritt vor mich, als hätte sie mein Zögern bemerkt. Im letzten Krieg kämpften wir auf unterschiedlichen Seiten, während wir heute gemeinsam für die Erde einstehen. Sehr viel hat sich seitdem verändert. Ich habe mich verändert.

FLAME

Gegenwart

Tränen verschleiern meine Sicht, als Chaos' Rauch und Persephones Schlingpflanzen sich zurückziehen. Stille kehrt ein, während die anderen das Abbild von Ziva und Yasar betrachten, versuchen, zusammenzufügen, was sich zugetragen hat.

»NEIN!« Es ist Trues Schrei, der dafür sorgt, dass aus meinem Mund ein unaufhaltsames Schluchzen dringt. »NEIN!« Der Laut zerreißt mein Herz und lässt meine Knochen klirren, gräbt seine Klauen in mein Innerstes und zerrüttet mich.

Vor Yasars Silhouette, der Erinnerung an das, was war, fällt True auf die Knie, sein gesamter Körper bebt und er krümmt sich, als hätte man auch ihm seine Seele geraubt. Aus dem Augenwinkel erkenne ich, wie Cato über sein Gesicht wischt und mich fester an sich drückt. Ich weiß nicht, weshalb ich mich dem Gott der Wahrheit nicht nähere. Wahrscheinlich, weil es sich anfühlt, als wären es die letzten Sekunden, die ihm bleiben, in denen noch etwas von Yasar auf dieser Welt übrig ist. Als könnte er davon Abschied nehmen. Als wäre da mehr als Schatten und Rauch und der Geruch nach Vergänglichem in der Unsterblichkeit.

True gräbt seine zitternden Hände in die Pflanzen, während seine verzweifelten Laute alle Ränge der Arena füllen. Er rüttelt so heftig an den Ranken, als wäre er zu einem Zauber imstande, der all das rückgängig – der Yasar wieder lebendig macht. »Du kannst nicht ... nicht ohne mich gehen«, wispert er und seine Stimme wird immer leiser, ehe sie bricht. Mit den Fingerspitzen streicht er über eines der schwarzen Blätter, bevor er es in seine Handinnenfläche nimmt und zärtlich küsst. Seine Lippen streifen es immer wieder, als könnte er Yasar auf diese Weise noch einmal berühren.

Ich mache den ersten Schritt und höre, wie auch die anderen sich in Bewegung setzen. Wir erreichen True und sinken neben ihm auf die Knie, jeder versucht, ihn zu umschlingen, ihm Trost zu spenden, bis wir uns gegenseitig halten, seinen Schmerz auf unseren Schultern tragen.

Kapitel 36

DIESER EINE TANZ

FLAME

Mit dem Ärmel meiner rußbeschmierten Kampfmontur reibe ich über meine Wangen, auf denen das Salz meiner vergossenen Tränen brennt. Ich stehe in der Mitte der Arena, beobachte, wie Lavea eine Decke um Trues Schultern legt und ihn gemeinsam mit Dream aus dem Kolosseum bringt. Vom Himmel regnet es Flocken aus Asche, die sich mit den goldenen Fäden von Mnemosynes Gabe vermischen. Und auch ich sehe die Bilder vor mir, die sie wie ein zartes Netz webt. Ausrufe des Erstaunens werden laut, während sie mit ihrem Werk fortfährt. Die Titanin erinnert die Menschen an die guten Taten der neuen Götter – daran, wie sie im heißen Krieg für sie kämpften und Zeus besiegten, der ihr Geschlecht auslöschen wollte. Dabei zeigt sie den Anwesenden, dass Dark, Hale, Dream, Lost, True und Yasar alles gaben, um die Erde von der Hitze zu befreien und vor Ziva zu bewahren.

Auch die ehemaligen Bewohner Viridis wirken wie Schlafwandler, die an einem fremden Ort erwachen. Und zu meiner Überraschung erkenne ich, dass nicht nur die Halbgötter gekommen sind, um zu helfen. Auch die anderen Titanen und Helden sind von Othrys angereist, als wollten sie nicht länger vergessen sein. Ein Lächeln zupft an meinen Mundwinkeln, als ich Iason und Herakles erkenne, die gemeinsam die Tribüne erklimmen. Außerdem sprintet die Seherin durch eines der Rolltore. Apollo ist ihr dicht auf den Fersen und ruft Phoibes Namen. Cato läuft Ava entgegen und fängt sie auf, als sie in seine Arme springt. Und Apollo gibt ein ersticktes Geräusch von sich, als er Phoibe hochhebt und einmal im Kreis wirbelt.

Hale und Persephone sprechen leise miteinander, Atlas, Amanda und Jules haben sich vor das Mädchen mit dem langen schwarzen Haar gehockt, das von Spinnweben durchzogen ist, und reden beruhigend auf sie ein. Miriam ist ganz in ihrer Nähe, hat ihren Kopf an Eros' Schulter gelehnt und ihre Augen geschlossen. Lost ist nach wie vor bei der Frau mit dem rosafarbenen Haar, die Ziva Flora genannt hat. Etwa ein Meter Abstand ist zwischen ihnen und sie starren sich an, ohne ein Wort zu sagen. Dann sind da noch Chaos und Phia. Er mustert sie abwartend, dann macht er einen Schritt auf sie zu. Die Geste erscheint zögerlich, seine Haltung strahlt die Erwartung aus, dass sie vor ihm zurückweichen wird. Stattdessen kommt Phia ihm das letzte Stück entgegen. Etwas wie Verwirrung liegt in ihrem Blick, die von Entschlossenheit abgelöst wird, bevor sie ihre Finger ausstreckt und mit den seinen verschränkt. Chaos' Brust hebt sich und es wirkt, als würde er zum ersten Mal von der Luft der Erde kosten.

Meine Augen wandern weiter, bis Iriden aus flüssigem Silber mich gefangen nehmen. Um uns herum ist so viel Bewegung, bloß wir sind wie versteinert, als würde für uns die Zeit stillstehen. Ich schlucke schwer und meine Kehle brennt, als ich einen Fuß nach vorn setze. Ich könnte den Nebel rufen, aber ich weiß, dass ich diesen Moment brauche. Ich muss jeden Zentimeter von ihm in mich aufnehmen. Seine Haut ist blass und ähnelt dem Schnee, der anfing zu fallen, nachdem

Originems Macht gebannt wurde, als hätte er vor den Toren Delphis gewartet. Seine Narbe, die sich von seiner Stirn hinab zu seiner Schläfe zieht, ist nach wie vor sein einziger schöner Makel. Die längeren Strähnen seines Haares in der Farbe der Nacht hat er zurückgestrichen, wodurch sein Kiefer, der so kantig ist, als hätte man Diamanten daran geschliffen, betont wird. Einer seiner Muskeln zuckt und trotzdem lässt er mich das Tempo bestimmen. Seine Haltung ist genau wie an dem Tag, als ich ihn zum ersten Mal in seiner menschlichen Form sah. Er ist ... Dark. Stark und dunkel und unerschrocken. Der Wind trägt seinen Duft des Waldes zu mir, was dafür sorgt, dass ich schneller laufe. Mein Puls rast in meinen Ohren, ist in einem Wettstreit mit dem Feuer, das in meinen Adern knistert. Als ich Dark erreiche, stoppe ich abrupt. Nur wenige Zentimeter trennen uns voneinander. Mein Arm hebt sich wie von selbst und ich lege meine Finger an seine Brust. Das vertraute Pochen klopft stetig gegen meine Haut. Es ist derselbe Rhythmus, exakt derselbe Takt, der auch in mir erklingt. Er erinnert mich an uns und daran, dass wir lebendig sind. Dieser Augenblick fühlt sich größer an als wir. Als diese Welt. Als jeder Planet, der sich im Universum bewegt.

»Sag mir ... sag mir, dass ... du ... du bist«, flehe ich, muss wissen, dass Imperiums Fluch nicht in seinen Venen ist.

»Ich bin es«, erwidert er. Sein Fingerknöchel streift meinen Bauch, sodass ich keuche. »Ich bin es, der dich berührt.« Er nimmt mein Gesicht in beide Hände, beugt sich zu mir hinab. »Ich bin es, der dich küsst.« Unsere Lippen treffen sich und ich atme jedes Wort ein, das er spricht. »Ich bin es, dessen Herz dir gehört.« Mit den Daumen streicht er über meine Wangen und eine Gänsehaut breitet sich von meinem Hals bis zu meinen Zehenspitzen aus. »Ich bin es, der dich auf ewig lieben wird.« Und dann – endlich – vertieft er unseren Kuss, dringt mit der Zunge in mich ein, erforscht meinen Mund mit so viel Verlangen, als hätten wir es nie zuvor getan. Ich presse mich enger an ihn, lasse mich förmlich gegen ihn fallen und er umschließt uns mit seiner Dunkelheit, die meine Hitze kühlt und mich gleichzeitig hauchzart streichelt, bis Schauer über meine Wirbelsäule rinnen und ich vergesse, wo wir sind.

»Ich will nie mehr getrennt von dir sein«, wispere ich, als wir uns nur wenige Millimeter voneinander lösen. Plötzlich schnürt mir die Angst vor einem erneuten Verlust die Kehle zu. Ich weiß nicht, weshalb ich daran denke, wo wir uns doch gerade erst gefunden haben.

»Ich werde von diesem Tag an und an jedem kommenden Tag bei dir sein.« Dark klingt so entschlossen, dass seine Worte meine aufwallende Panik besänftigen.

Noch einmal streifen sich unsere Lippen. »Ich werde von diesem Tag an und an jedem kommenden Tag bei dir sein«, wiederhole ich seinen Satz. Darks Lider flattern, ehe er sie gänzlich aufschlägt. Das Silber seiner Iriden umfließt nun schneller seine Pupillen. So wie immer, wenn er ... glücklich ist. »Ich verspreche es«, flüstere ich. »Ich verspreche, dass ich dich nie mehr zurücklassen werde.«

Ich sehe, wie Dark heftig schluckt, ehe er mich hochhebt und sein Gesicht an meiner Halsbeuge vergräbt, meinen Geruch tief einatmet, mich so sehr hält, als wäre ich alles für ihn auf dieser Welt. Sanft streiche ich über sein Haar und lasse zu, dass einige meiner Tränen, die noch nicht vergossen waren, seine Schulter tränken.

Das ist der Moment, den ich auf Elysion und an all den anderen Orten, an denen ich ohne ihn war, herbeigesehnt habe.

Das ist der Moment, für den ich all das durchgestanden habe.

Das ist der Moment, aus dem ich meine Stärke geschöpft habe, um hier und heute anzukommen.

Wir haben es geschafft ... und nun erwartet uns so viel mehr als bloß ein einziger, viel zu kurzer Augenblick – so unendlich viel mehr als dieser eine Tanz, um den er mich ursprünglich gebeten hat.

Dark lässt mich nicht los, selbst dann nicht, als seine Dunkelheit schwindet. Chaos, Prom und Cato kommen auf uns zu, ihnen folgen Phia und Ava. »Brecht ihr zwei auf«, sagt Cato, als sie bei uns stehen bleiben. Ich schaue hinter ihn, wo ich Ladon und Hunter entdecke, die ihre menschliche Gestalt angenommen haben. Hunter ist in eine Unterhaltung mit Helios und Selene vertieft und am Himmel registriere ich einen dritten Drakon mit nachtblauen Schuppen, auf dem drei Reiter sitzen. »Du kannst Ladon und die anderen später begrüßen. Und Hunter geht nirgendwohin.« Bei der Erwähnung von Hunter mustert Dark mich von der Seite, stellt aber keine Fragen.

»Okay«, flüstere ich.

»Seid ihr sicher –«, setzt Dark an, wird jedoch von Chaos unterbrochen.

»Ich bringe sie zum Versteck von Cogitatio. Wir erledigen den Spiegel und Votum.«

Cato nickt bestätigend. »Wir haben alles im Griff. Wir kümmern uns um Delphi, die Menschen und jene, die Ziva von Viridi mitgebracht hat.« Er deutet in Richtung der Ränge, die sich langsam leeren. »Schließlich haben wir ausreichend Hilfe von den Halbgöttern und den Bewohnern Othrys'.«

»Kerberos?«, hake ich nach.

»Er wartet im angrenzenden Wald«, wirft Ava ein. »Wir nehmen ihn mit, sobald wir nachkommen.«

»Geht jetzt«, sagt auch Prom, während er einen der goldenen Pfeile zwischen seinen Fingern dreht. »Ihr habt es euch verdient.«

»Wo treffen wir uns?«, fragt Dark.

»Sandpalast, schätze ich.« Prom lächelt uns schief an. »Können bloß hoffen, dass Hale den Schutzzauber aufheben kann, der ihn unsichtbar gemacht hat.«

Ich zucke zusammen und denke fast, es ist wieder irgendetwas Schlimmes passiert, als der Gott der Hoffnung und des Lichts, als hätte er bemerkt, dass wir über ihn sprechen, einen krächzenden Laut ausstößt. Dann stürmt er los, als wären alle Geschöpfe der Hölle hinter ihm her, während ein anderer Mann von der untersten Tribüne springt und ihm entgegenläuft.

»Fergus«, brüllt Hale, während er auf ihn zusprintet und ich kann mir selbst nicht erklären, wieso, aber es sammeln sich schon wieder Tränen in meinen Augen, als die beiden sich in der Mitte treffen und Hale ihn in eine heftige Umarmung zieht, dabei wie besessen auf seinen Rücken klopft. Ich bin mir nicht sicher, ob ich mich verhört habe, aber ich glaube, dass er ihn ›seine kleine Kröte‹ nennt.

»Hast du nicht«, antwortet Chaos auf meine Gedanken und ich mustere ihn ein wenig irritiert, weil ich immer noch ein wenig überrumpelt bin, dass er uns geholfen hat. »Das wird Dark dir erklären.«

»Ich mag es nicht, wenn man meinen Kopf belauscht«, informiere ich ihn und Dark lacht leise, ehe sein Nebel uns einhüllt und ich meine Beine noch enger um seine Hüfte schlinge.

Kurze Zeit später umschmeichelt mich kühle Luft und als ich mich umschaue, erkenne ich, dass Dark sich mit mir in seinen Armen auf einem Steg befindet. Vor uns liegt ein See, dessen Oberfläche die Umgebung und die untergehende Sonne spiegelt. Mit Schnee bedeckte Berge erheben sich um das Wasser, ihre Spitzen glitzern wie Kristalle.

»Willkommen zu Hause«, murmelt Dark an meinem Ohr und dreht sich, sodass ich erkennen kann, wohin der Steg führt. Es ist ein Haus, gefertigt aus rotbraunem Holz, hinter dessen hohen Fenstern ein warmes Licht schimmert.

»Ist das ... dein Reich?«

»Ich bin mir nicht sicher, ob man es als solches bezeichnen kann«, erwidert er und ich höre deutlich die Belustigung aus seiner Stimme heraus. »Ich hoffe, es ist keine Enttäuschung, dass ich keinen Palast besitze.«

Ich presse meine Nasenspitze gegen seine Wange, ehe ich einen Kuss auf seinen Mundwinkel hauche. »Es könnte nicht perfekter sein.«

Als wir die Terrasse erreichen, die unter dem Vordach liegt, schwingt die Tür von allein auf und Dark tritt über die Schwelle. Sein Duft ist im Inneren des Hauses noch intensiver und es riecht nach Wald, Schnee und Kiefernnadeln. Doch viel wichtiger ist, dass es sich tatsächlich so anfühlt, als würde ich nach Hause kommen. Dark durchquert mit mir den Flur und ich mustere den offen gestalteten Wohnbereich, der einladend und gemütlich aussieht. »Ich gebe dir morgen eine Hausführung«, versichert mir Dark und ich kichere.

»Bedeutet das etwa, dass du für heute andere Pläne hast?«

Er stößt ein Grollen aus, das durch meinen gesamten Körper vibriert, während er die Treppenstufen erklimmt. »Darauf kannst du wetten.«

Wir passieren einige Gemälde, welche ebenfalls Landschaften zeigen, bevor wir auf die zweite Etage gelangen, von wo Dark eine weitere Treppe zur dritten Ebene des Hauses nimmt. Sachte setzt er mich ab und ich schaue mich staunend um. Das alles scheint der Schlafbereich zu sein. Ein riesiges Bett steht in der Mitte, direkt an der verglasten Fensterfront, und man hat den schönsten Blick auf die Berge und den See.

»Die Aussicht ist magisch«, wispere ich und streife meine Stiefel ab, laufe über den Teppich, der selbst wirkt wie frisch gefallener Schnee. An den Wänden hinter uns sind Bücherregale angebracht und in den Ecken gibt es gepolsterte Nischen.

»Es macht mich sehr froh, dass es dir gefällt.« Ich schmiege mich mit dem Rücken an seine Brust und Glück flutet mich, weil die vertraute Geste und hier zu sein mir wie das Natürlichste der Welt erscheinen. Dark fängt an, meinen Hals zu küssen, und ich seufze, als er den seitlichen Reißverschluss meiner Ledermontur aufzieht und mir hilft, sie abzustreifen.

»Nach wie vor keine Befürworterin von Unterwäsche, wie ich sehe«, raunt er und ich werde von Schauern erfasst, als seine Fingerknöchel über jeden Zentimeter meiner Haut streichen, bis ich mich umdrehe, er mich hochhebt und zum Bett trägt. Sanft setzt er mich auf der Matratze ab, ehe er sich selbst entkleidet. Währenddessen schlüpfe ich unter die weiche Decke und ich mag, dass es nicht bloß dünne Laken sind. Kurz darauf hebe ich sie für Dark an und seufze leise, als ich seinen nackten Leib an meinem spüre, es nichts mehr gibt, was uns voneinander trennt. Dieses Mal bin ich diejenige, die sein Gesicht mit beiden Händen umfängt und den Rhythmus unserer Lippen dem Takt unserer Herzen anpasst. Gleichzeitig gebe ich ihm zu verstehen, dass ich ihn auf mir will. Und ich fühle mich geborgen, geliebt und beschützt, als er schließlich in mich dringt, mich langsam nimmt, weil wir beide wissen, dass die Zeiger der Uhren sich nun zu unseren Gunsten bewegen. Wir haben keine Eile. Auf uns wartet die Ewigkeit.

Als wir uns viel später zusammen in einer frei stehenden Wanne befinden, warmes Wasser uns umschmeichelt und wir die Sterne und die weißen Spitzen der Berge betrachten, beginne ich Dark zu erzählen, was ich erlebt habe. Ich berichte von Elysion, davon, wie ich zurück zur Erde kam, wie Cato und Hunter im Reich der Drakon auf mich gewartet haben und erkläre ihm, wer Hunter ist und auch, welche Zweifel das Wiedersehen mit ihm in mir geweckt hat. Dark überrascht mich, indem er sagt, dass es ihn glücklich macht, dass ich mich an meine Vergangenheit erinnere und dass ich einen Teil davon in Hunter entdeckt habe. Dass er versteht, warum es eine Menge Dinge gab, die ich zu verarbeiten hatte, nachdem ich mit meinen Erinnerungen konfrontiert wurde. Vielleicht kann er es deshalb so gut verstehen, weil er weiß, wie viel das Schmetterlingsmedaillon mir bedeutet. Schließlich war er es, der es zu mir zurückbrachte, als ich es im Wald während Losts Aufgabe im Kampf gegen Hestia verloren hatte. Er ist schon immer sehr aufmerksam gewesen.

Als ich ihm von unserem Bad im Styx berichte, scheint er sogar angetan davon zu sein, dass ich mich in das Wasser des Grauens getraut habe, weil ihm die Vorstellung gefällt, dass mir niemand etwas anhaben kann. Zuletzt bitte ich ihn um Vergebung, dafür, dass ich ihm den Abschied verwehrt habe, als ich aufbrach, um die Prophezeiung zu erfüllen.

»Auf mir lastete so viel Druck und ... allein daran wäre ich fast zerbrochen. Mich von dir zu verabschieden ... das hätte ich nicht geschafft. Dann wäre für mich real geworden, dass wir einander niemals wiedersehen. Mir diese Möglichkeit einzugestehen ... hätte mich zerstört, ehe ich überhaupt in der Lage gewesen wäre, die Aufgabe, die das Schicksal mir auferlegt hatte, zu erfüllen.« Ich schlucke schwer und Dark küsst eine Träne fort. »Ich habe dein Gesicht vor mir gesehen, bevor ich in der Höhle aus Lava brannte«, gestehe ich ihm und er zieht mich enger an sich, weil es uns beide quält. Und trotzdem ist uns auch klar, wie wichtig es ist, dass wir über all das reden. »Dein Herz ist die ganze Zeit bei mir gewesen«, flüstere ich. »In jeder Sekunde, die wir getrennt voneinander verbracht haben. Du bist mein Licht, Dark. Mein Licht und meine Dunkelheit. Mein Mond und meine Sonne. Die finsterste Nacht und der strahlendste Tag. Alle Sterne dieses Universums. Du bist alles, worin ich mich selbst gefunden habe. Alles, worin ich mich für immer finden mag.«

Für einen Moment herrscht Stille und ich lausche unseren Atemzügen. »Es hat mich ... verletzt«, sagt Dark, »als ich ohne dich aufgewacht bin. Die Laken schon wieder kalt und leer.« Obwohl es eine ernste Situation ist, bin ich so unfassbar stolz auf ihn, weil er niemals auf diese Weise über seine Gefühle gesprochen hätte, als wir uns kennengelernt haben.

»Ich verstehe«, wispere ich. »Es hätte mich auch verletzt, wenn ich ohne dich aufgewacht wäre. Es hat mich so sehr verletzt, obwohl ich diejenige war, die aufgebrochen ist.«

»Ich konnte nicht begreifen, weshalb du nicht mich gewählt hast. Weshalb du wolltest, dass Cato dich begleitet. Es kam mir vor wie ein Vertrauensbruch, weil du dich schon einmal bei Nacht davongestohlen hast.« Ich drehe mich in der

Wanne und hebe ein Bein, um auf Darks Schoß zu gleiten. Ich schmiege mich an ihn, verschlinge unsere Finger und sehe zu ihm auf, ermutige ihn, weiterzusprechen. »Aber je mehr Zeit vergangen ist, desto mehr habe ich verstanden. Ich hätte dich niemals die Höhle aus Lava betreten lassen. Ich hätte dich aufgehalten und dann würden wir nach wie vor auf einer dem Tode geweihten Erde leben.« Träge streicht er über mein Haar und über meine Wirbelsäule, wodurch ich mich strecke. Die Reibung zwischen uns lässt mich erneut erschauern. »Das Einzige, was ich heute bedaure, ist, dass du all das – Elysion, die Ängste und Ungewissheiten – allein durchstehen musstest.« Er greift meine Taille und platziert mich höher, sodass unsere Lippen einander wieder berühren. Es ist ein langsamer, intensiver Kuss, von dem wir jede Sekunde auskosten. »Ich bin so stolz auf dich«, murmelt Dark und tausend Emotionen schwingen in seinen Worten mit. »So unfassbar stolz auf deine Stärke und dass du zu mir zurückgekehrt bist.«

Meine Hände gleiten über seine Brust zu seinen Schultern. »Ich habe dir doch versprochen, dass ich dich immer finden werde.«

»Das hast du.«

»Und es war auch nur fair, dass ich dieses Mal zu dir gekommen bin. Schließlich hattest du mich davor aus der Unterwelt befreit.«

Er grinst. »Unseren kleinen Kampf auf dem Übungsplatz werde ich nie vergessen.«

»Klein?«, frage ich empört, worüber wir im Anschluss beide lachen müssen. Es tut gut, dass wir nach allem, was passiert ist, auch albern sein können.

»Das Wasser wird kalt«, stellt Dark fest und berührt meine Gänsehaut.

»Ich will dich aber nicht loslassen«, wispere ich.

Darks Augen glänzen. »Ich kann dich auch oben im Bett halten.«

»Für immer?«

Er küsst mich noch einmal. »Für immer.«

Seine Antwort bringt mein Herz ins Stolpern und flutet meine Adern mit Glück. Ich klettere aus der Wanne und er folgt mir, wickelt mich in eines der Handtücher. Ich schließe meine Augen, lasse zu, dass er mich abtrocknet und umsorgt. Danach nimmt er meine Hand und wir laufen über die Treppenstufen zurück nach oben, wo er sich ans Bettende lehnt und ich mich zwischen seine Beine setze, er beide Arme um mich schlingt.

»Wie geht es dir wegen Yasar?«, frage ich vorsichtig. Ich spüre, wie Dark sich hinter mir anspannt, ehe er angestrengt die Luft ausstößt.

»Ich weiß nicht, was ich fühlen soll«, gibt er zu. »Er war einfach ... Hale, Dream, Lost, True, Yasar und ich waren seit unserer Geburt zusammen. Es kommt mir nicht echt vor. Wir haben seit Viridi so viel durchgestanden ...«

»Es tut mir leid.« Wie von selbst legt sich meine Hand auf die Stelle, unter der sein Herz schlägt. »Glaubst du, dass True –«

»Nein. True wird sich davon nicht erholen.«

Meine Kehle brennt, obwohl ich in dieser Sekunde keine Tränen mehr zu geben habe. »Ich bin so glücklich«, murmele ich. »Und gleichzeitig tut es so weh.«

Dark nimmt meine Hand in seine, zeichnet sanfte Muster darauf. »Was würde Freude schon bedeuten ohne ein wenig Schmerz?« Und dann beginnt er, mir seine Geschichte zu erzählen.

SAPHIRA

Ich strecke meinen Rücken durch, was meine Wirbel knacken lässt. Seit drei Tagen habe ich nicht geschlafen und kann mich kaum noch auf den Beinen halten. Wir stehen vor dem Tempel in Delphi und alles sieht aus, wie es vorher war. Als hätten Originem und die restlichen Urgegenstände überhaupt nicht existiert. Als wäre Ziva nichts weiter gewesen als ein Schrecken in einem Traum, den wir miteinander geteilt haben. Einzig die Silhouette aus Dornen und toten Pflanzen in der Mitte des Kolosseums erinnern an sie und an das Opfer, das Yasar gebracht hat.

Die Menschen sind gestern in Begleitung der Helden abgereist, die sie zurück in ihre Heimat bringen. Einige der Bewohner Viridis haben sich ihnen angeschlossen, doch die meisten von ihnen haben Helios' Angebot, im Palast der Titanen zu leben, angenommen. Wir haben außerdem erfahren, dass Ziva die Familien der Deum Viventem hingerichtet hat und sie die Erde nie betraten. Bloß ihre Eltern hatte sie mitgebracht, allerdings nicht in der Absicht, sie leben zu lassen.

»Bereit zum Aufbruch?«, fragt Prom und stupst mich von der Seite an. Apate ist direkt neben ihm und hält ihre gemeinsame Tochter im Arm. Ladon hat sich bereits gewandelt und seine Gefährtin Fayna klettert auf seinen Rücken. Prom hat uns erzählt, dass Apate und er den Drakon auf ihrem Weg nach Delphi getroffen haben, als sie gerade ein Gebirge durchquerten. Ladon und seine Begleiter hatten seit zwei Wochen nach dem Sandpalast gesucht, welcher durch die Schutzzauber verborgen war, und schließlich Wind davon bekommen, dass Menschenmassen in Richtung Delphi pilgern. Mittlerweile habe ich auch seinen Sohn und dessen Gefährtin Porcia kennengelernt, ebenso wie Hunter, der in dieser Sekunde seine Drakongestalt annimmt und einen Flügel ausstreckt. Arachne, die auf ihm reiten soll, beäugt ihn skeptisch, ehe sie vorsichtig einen Fuß aufsetzt und auf seinen Rücken tippelt.

Lavea, Dream, Hale, Lost, Flora und True sind bereits im Reich der Hoffnung und erwarten uns, während Apollo, Phoibe, Amanda, Miriam, Jules und Eros zunächst in Delphi bleiben, um den Tempel für die Priesterinnen wieder herzurichten. Auch die Halbgötter wollen vorerst ihre Zelte am Mittelpunkt der Erde aufschlagen.

Ava und Cato hingegen haben sich entschieden, mit zum Sandpalast zu kommen. Sie und Cato werden auf Kerberos reisen und man sieht dem Halbgott deutlich an, dass er skeptisch ist. Auch Persephone schließt sich uns an, während es die Titanenbrüder und Gorgonenschwestern an einen anderen Ort zieht.

Ich atme einmal tief ein und wieder aus, ehe ich Prom zunicke. Dann wende ich mich an Chaos, der einige Schritte entfernt steht und zu mir kommt, als er meinen Blick bemerkt. In den vergangenen Tagen waren wir derart beschäftigt, dass wir kaum zum Reden gekommen sind, weshalb ich mir kurz unsicher bin, wie ich mich verhalten soll. Chaos hebt eine Braue und statt einer Antwort wird er zu Rauch, hüllt mich darin ein und trägt mich in einer Geschwindigkeit, die der Naturgewalt gleicht, die er ist, fort.

Er stützt mich an beiden Ellenbogen, als ich schwankend auf den Füßen lande. Wir sind am Strand, direkt vor uns liegt der Sandpalast. Der Ozean leckt nicht länger direkt an den Stufen, hat sich wieder zurückgezogen. Obwohl ich nicht weiß, was unsere Zukunft bringt, drehe ich mich zu ihm und umfasse seine Hände. Über uns singen und rufen die Meeresvögel, als wollten sie uns begrüßen, während die Sonne im tiefblauen Wasser versinkt.

»Du ... bleibst?«, frage ich, meine Stimme klingt zaghaft.

Mit einem Ruck zieht er mich an sich und es fühlt sich ... so richtig an, als unsere Körper sich endlich berühren. »Wo sollte ich sonst sein?«

Ich schlucke. »Du bist nicht länger gefangen, an keinen Platz gebunden.« Zweihundert Jahre in einem Verlies zu verbringen, gleicht einer Ewigkeit. Ich könnte verstehen, wenn in ihm die Sehnsucht nach Aufbruch erwächst.

Chaos lässt meine Hände los, schlingt stattdessen einen Arm um meine Taille, hebt mit Daumen und Knöchel seines Zeigefingers der rechten Hand mein Kinn an und ich weiß, dass er dabei meinen Gedanken lauscht.

»Das Beste an meiner Freiheit bist du«, murmelt er, während er sich zu mir beugt, um mich zu küssen.

TRUE

Sanft löse ich meine Finger aus Laveas Griff, die neben mir im Bett schläft. Lautlos bewege ich mich zur Kommode, nehme die Briefe, die ich geschrieben habe, aus der obersten Schublade und lege sie auf den Nachttisch, tausche sie mit dem Buch, das ich mitnehmen werde. Ich strecke meine Hand aus, streiche sanft über Laveas Haar, das die Farbe des Mondes hat. Danach trete ich hinaus in den Flur und streife ein letztes Mal durch die Korridore des Sandpalastes, verabschiede mich im Stillen von meinen Freunden, vergewissere mich, dass sie in Ordnung sind – und dass ich wirklich gehen kann, ehe ich den Nebel rufe und mich in Yasars Reich, in seine vereiste Bibliothek, bringe. Ich setze mich auf die Fensterbank, die sein liebster Platz gewesen ist, und erinnere mich an Viridi, an die Zeiten, in denen alles mit uns angefangen hat. In denen ich mich in Yasar verliebt habe.

Ich bin in der Bibliothek, lehne mich über eines der aufgeschlagenen Bücher. Ich habe ein extra dickes ausgewählt, mit derart winzigen Buchstaben, dass ich Kopfschmerzen bekomme, ungeachtet der Tatsache, dass ich bloß vorgebe zu lesen. In Abständen, die mir angemessen erscheinen, blättere ich eine Seite um und mache mir ab und an eine Notiz auf dem vergilbten Pergament. Die Worte, die ich niederschreibe, sind zusammenhangslos und ergeben keinen Sinn. Ich gähne ungeniert, richte mich jedoch kerzengerade auf, als Schritte erklingen. Bemüht, beschäftigt zu wirken, drehe ich mich nicht um, aber mein Herz schlägt schneller, als sie direkt neben mir verstummen. Langsam hebe ich den Blick.

»True«, grüßt mich Yasar und schaut skeptisch auf meine Notizen, die ich so rasch umdrehe, dass das Tintenfass überschwappt und die Feder in mein Gesicht katapultiert wird. Unglücklich wische ich mir mit meinem Ärmel über Wange und Nase, während Yasar das Buch rettet und sein Hemd abstreift, um die ausgelaufene Tinte damit aufzusaugen. Mein Mund wird staubtrocken, während ich nicht mehr weiß, wo ich hinsehen soll.

»Hey, alles in Ordnung?« Ich zucke zusammen, als er eine Hand auf meine Schulter legt, sich vor mich kniet und besorgt mustert. »Du wirkst ein wenig abwesend.«

»Ja«, krächze ich. Mehr bringe ich nicht zustande. Was verflucht noch mal ist nur los mit mir? Für gewöhnlich verbringen Yasar und ich bloß Zeit zusammen, wenn wir in der

Gruppe oder zumindest mit Dream unterwegs sind. Dabei will ich mit ihm allein sein. So sehr. Um das zu verstehen, was er in mir auslöst. Mein ganzer Körper kribbelt unter der Berührung seiner Hand und ich ziehe scharf die Luft ein.

»Soll ich einen Heiler holen?«, hakt Yasar nach und tastet tatsächlich nach meinem Puls, der selbstverständlich rast.

Vehement schüttele ich den Kopf und springe so hastig auf, dass Yasar beinahe umfällt. In letzter Sekunde fängt er sich ab und richtet sich auf. Verdammt. Das … das läuft nicht gut. Überhaupt nicht gut. Innerlich schlage ich mir mit einem der dicken Wälzer gegen die Stirn, als könnte ich mich auf diese Weise zur Vernunft bringen. Ich will nicht, dass Yasar mich für einen tollpatschigen Trottel hält.

Er klopft seine Hose ab und mustert mich mit schräg geneigtem Kopf. »Vielleicht wollen wir ein wenig in die Gärten gehen?«

Ich schaffe es nur zu nicken, als er mich sanft am Arm fasst und den Nebel ruft. Yasar leitet mich durch die Hecken, bis wir an einen schattigen Platz gelangen, wo wir auf einer Bank Platz nehmen.

Er sitzt so dicht neben mir, dass unsere Oberschenkel sich berühren und ich seine Körperwärme spüre. Blitze zucken durch meine Magengegend und ich rutsche unruhig auf dem Stein hin und her, weiche aber nicht vor ihm zurück. Seine Hand liegt mit der Innenfläche nach oben auf seinem Bein und ich male mir aus, wie es wäre, sie zu halten.

»Mir war nicht klar, dass du dich fürs Lesen interessierst«, sagt Yasar nach einer Weile, während ich damit beschäftigt bin, herauszufinden, wie viele Farbschattierungen seine blonden Haarsträhnen haben, die im letzten Jahr gewachsen sind und ihm etwas Verwegenes verleihen.

Ich nehme all meinen Mut zusammen. »Tue ich auch nicht«, gestehe ich und er wendet sich mir zu. Die Sonne sucht sich exakt diesen Moment aus, um durch die Hecke zu fallen und seine schieferblauen Augen überirdisch strahlen zu lassen. »Du bist es, an dem ich interessiert bin.«

Ich nehme das Buch, das ich an jenem Tag vorgegeben habe zu lesen, und lege es in meinen Schoß. Es war das Erste, das Yasar gerettet hat, als sein Palast mit Eis und Frost überzogen wurde. Ich schlage es auf und streiche mit dem Daumen über die nach wie vor erkennbaren Tintenflecke. Wenngleich ich als Deum Viventem geboren wurde, habe ich nicht daran geglaubt, dass ich für immer leben werde. Und trotzdem war ich mir stets sicher, dass die Liebe zwischen Yasar und mir unsterblich wäre.

Meine Finger schließen sich um die Klinge, die ich zwischen den Seiten versteckt hatte. Eine Träne rinnt meine Wange hinab und ich stelle mir vor, dass er in dieser Sekunde bei mir ist. Es gibt nichts, das ich mir sehnlicher gewünscht habe, als jeden Augenblick meiner Ewigkeit mit Yasar zu verbringen. Stattdessen werde ich einsam und mit Leere im Herzen zurückgelassen. Und ich verstehe, dass dieses Gefühl, die Vergänglichkeit, mich menschlich macht. »Ich liebe dich«, wispere ich. »Mögen unsere Seelen sich im Universum oder in der Unterwelt finden.«

Kapitel 37

DER HELD DIESER GESCHICHTE

FLAME

»Wollen wir?«, frage ich Dark, als ich die Treppe hinabkomme und den Wohnbereich betrete. Er wendet sich von der Fensterfront ab und mir zu, sein Blick wandert an meinem Körper auf und ab, verdunkelt sich, als er mein Kleid betrachtet. Die Farbe gleicht der seiner einzigartigen Iriden. Es ist eng anliegend, schulterfrei geschnitten und der Stoff so fließend, dass es sich anfühlt, als würde ich in Quecksilber tauchen, sobald ich es berühre. Der hohe seitliche Schlitz reicht bis zu meiner Hüfte, offenbart meine Narben, die ein Teil meiner – unserer – Geschichte, unserer ersten Begegnung, sind, als er mich aus dem Feuer der Höhle rettete.

Ich kraule Kerberos' linken Kopf, der mit geschlossenen Lidern auf einem der weichen Teppiche schlummert. Als Dark mir mit hinter seinem Rücken verschränkten Armen entgegenkommt, erhebe ich mich. Seine Lippen verziehen sich zu einem raubtierhaften Lächeln. »Es gibt tatsächlich eine Menge Dinge, die ich will«, raunt er, als er vor mir stehen bleibt. »Dich hochzuheben und wieder nach oben zu tragen, beispielsweise.« Er beugt sich vor, fährt mit seiner Zunge über meine pulsierende Halsschlagader. »Jeden Millimeter deiner Haut zu erkunden.« Seine Finger graben sich in meine Taille und er zieht mich an sich. »Von deiner Lust zu kosten, jeden einzelnen Tropfen davon aufzunehmen.« Ich kralle meine Nägel in seinen Unterarm, weil es sich anfühlt, als würden meine Beine allein wegen seiner Worte unter mir nachgeben. Dann atme ich tief durch. In den letzten Wochen habe ich gemerkt, dass ich die Vernünftige von uns beiden sein muss.

»Es ist Ladons und Faynas großer Tag«, erinnere ich ihn.

»Ich verstehe nicht, was das alles soll«, brummt Dark. »Sie sind doch bereits miteinander verbunden.«

»Sie erneuern ihr Gefährtengelübde. Das ist sehr romantisch«, erkläre ich und hake mich bei ihm unter, bevor ich uns durch den Nebel bringe, weil ich weiß, dass er seine Versprechungen sonst wahr machen wird.

Wir landen auf der untersten Stufe des Sandpalastes und ich bin selbst ein bisschen beeindruckt, wie treffsicher mir das gelungen ist. Dark richtet seinen Hemdkragen und schaut mich vorwurfsvoll an. »Später«, mahne ich ihn. »Wenn du dich gut benimmst.« Er grollt leise, ehe er mich vorwärtsschiebt.

Seit der Trauerfeier für Yasar und True vor drei Monaten sind wir nur wenige Male hier gewesen, weil Dark ... Sagen wir es so: Er hat mich gern für sich allein und auch ich kann nicht genug von ihm bekommen. Schließlich hatten wir sehr viel nachzuholen. Einzig Hunter kommt uns ein Mal pro Woche auf einem seiner Rundflüge besuchen. Aber manchmal möchte ich auch unsere Familie sehen – so wie jetzt. Trotzdem ist es seltsam und auch ein wenig traurig, durch den Sandpalast zu wandern, weil ich stets denke, dass Yasar oder True mir jeden Moment entgegenkommen, mir manchmal sogar einbilde, ihre Schritte zu hören, obwohl sie nicht mehr hier sind.

All das fällt mir auch deshalb schwer, weil ich mich weder von Yasar noch True persönlich verabschieden konnte und True von Imperium besessen war, als ich zuletzt mit ihm sprach. Allerdings hat er für jeden von uns einen Brief hinterlassen und wenngleich es mich unendlich traurig macht, dass er keinen anderen Ausweg sah, tut es gut, dass seine endgültigen Worte an mich nun von ihm – und nicht von Ziva stammen.

Dark streicht eine Locke hinter mein Ohr, holt mich damit zurück in die Gegenwart. Fragend schaut er mich an und ich nicke, signalisiere ihm, dass ich in Ordnung bin. Er hebt die Faust, um anzuklopfen, und bringt mich zum Kichern, weil er dabei genervt die Augen verdreht. Es ist Fergus, der die hohen Flügeltüren für uns öffnet, denn seit er da ist … gibt es Regeln.

»Hallo Fergus.« Ich schenke ihm ein warmes Lächeln und küsse seine Wangen, woraufhin Röte seinen Hals hinaufkriecht.

»Die Herrschaften sind im kleinen Salon«, informiert er uns mit gestrafften Schultern.

»Danke, Fergus«, sage ich. »Wir finden den Weg.«

Er nickt knapp und ich stoße Dark meinen Ellenbogen gegen die Rippen, damit er ebenfalls ein »Danke« murmelt.

»Er ist so süß«, flüstere ich ihm zu, als wir uns einige Schritte entfernt haben.

»Nein«, erwidert Dark. »Hale hat recht. Er ist eine kleine Kröte. Und es hat ihm gefallen, dass du ihn geküsst hast.«

Ich lache schallend. »Oh, bitte …«

In diesem Moment kommt Hale um die Ecke, erstarrt jedoch, als er Fergus entdeckt. »Mist«, murmelt er.

»Sir!«, ruft Fergus sofort und läuft rasch auf ihn zu. Hale dreht sich um, vermutlich überlegt er, wohin er am besten fliehen kann. In dieser Sekunde fällt mir auf, dass sein Äußeres in einem leicht desolaten Zustand ist, seine Haare sind verstrubbelt und an seinem Hals eindeutige Spuren.

»Sir!«, wiederholt Fergus ärgerlich, als Hale eilig in einen anderen Gang abbiegen will. »Wir müssen miteinander sprechen.«

»Worüber, Fergus?«, fragt der Gott der Hoffnung. Man hört an seiner Tonlage, dass er sich geschlagen gibt, ungeachtet der Tatsache, dass er weitergeht.

»Die Königin der Unterwelt«, sagt sein ehemaliger Berater händeringend. Ich halte abrupt inne und starre den beiden hinterher, während ihre Stimmen leiser werden. »Ich halte das strategisch gesehen für keine gute Entscheidung«, beklagt Fergus sich. »Was soll dieses Bündnis bezwecken, wo sie überhaupt kein Reich mehr besitzt?« Hale brummt etwas, das ich nicht verstehen kann.

»Wir sollten auch andere Kandidatinnen in Betracht ziehen. Vielleicht eine Gemahlin, die ein wenig liebreizender ist?«

Ich schnaube, als ich an meine Mutter denke. »Eine Heirat ziehe ich aktuell nicht in Betracht«, erwidert Hale in diesem Moment.

»Aber Sir!«, quiekt Fergus empört, ehe sie hinter der nächsten Abzweigung verschwinden.

Langsam drehe ich mich zu Dark. »Persephone ... und Hale?« Kurz denke ich über die beiden nach, aber wirklich bloß sehr kurz. Dann schüttele ich mich. »Lass uns so tun, als hätten wir nichts gehört«, schlage ich vor, doch Dark scheint die Szene sowieso nicht zu beeindrucken.

»Wenn du den Hale von früher gekannt hättest, dann würde dich das hier auch nicht überraschen«, sagt er trocken.

Auf dem Weg zum kleinen Salon, wie Fergus das Musikzimmer nennt, höre ich bereits die anderen. Als wir ankommen, robbt Phoenix, der lebende Beweis, dass Daimonenbabys sich rasch entwickeln, über den blauen Teppichboden auf Cato und Ava zu, wobei Ersterer gespielt angsterfüllt aufspringt und vor ihr zurückweicht. »Was machen wir, sobald sie laufen kann? Sie wird uns alle umbringen!«

Seine Worte sorgen dafür, dass Prom vom anderen Ende des Raumes auf sie zustürzt. »Aber sie trägt doch ihre Hand–« Er lässt den Satz unvollendet, als er seine Tochter erreicht. »Haha, sehr witzig«, kommentiert er an Cato gerichtet, Phoenix hingegen quietscht vergnügt und klatscht tatsächlich begeistert in die Hände.

Ava sieht Cato enttäuscht an. »Aber ich wollte noch Zeit mit ihr verbringen.«

Ein vielsagendes Lächeln breitet sich in seinem Gesicht aus. »Wir könnten stattdessen auch in unser Gemach gehen und unser eigenes –«

»Gruselig«, unterbreche ich ihn im Vorbeischlendern. »Wirklich sehr sehr gruselig.«

Ich umarme Hunter, der sich zusammen mit Arachne am Fenster befindet und dabei sprudelnden Wein trinkt. »Haben wir die Feier schon verpasst?«, scherze ich und küsse Arachne auf die Wange, während Hunter und Dark sich per Handschlag begrüßen. Die beiden verstehen sich besser, als ich es erwartet hätte, und bei ihrer ersten offiziellen Begegnung hat Dark sich sogar bei Hunter bedankt, dass dieser auf mich achtgegeben hat. Als ich daraufhin gefragt habe, weshalb er das bei Cato nie gemacht hat, bekam ich lediglich ein Knurren als Antwort.

»Nein«, erwidert Arachne. »Aber als ich vorhin Adeon im Flur begegnet bin, sagte er, dass sie bald so weit sind.«

»Und wie steht es um eure Reisepläne?«, hakt Dark nach.

»Wir wollen übermorgen aufbrechen«, erwidert Hunter. Porcia, Adeon, Arachne und er wollen für einige Monate die Welt bereisen und auch wenn er mir fehlen wird, freue ich mich, dass er sich einen Traum erfüllt.

»Bleibt es dabei, dass ihr zum Ende hin für einige Wochen an der Ägäis zu uns stoßt?«, fragt Arachne. Ich nicke bestätigend und drücke leicht Darks Hand. Es gefällt mir, diese Art von Plänen zu schmieden, weil es sich so wunderbar normal anfühlt.

In diesem Moment erscheint Porcia im Türrahmen und gibt uns ein Zeichen, dass es losgeht. Wir folgen dem Strom und ich halte neben Prom an. »Soll ich sie dir abnehmen?«, biete ich an und er reicht mir Pixy mit einem dankbaren Lächeln, die sogleich anfängt, sich meine Locken um ihre kleinen Finger zu wickeln. »Wo ist Apate?«

»Sie und Porcia haben Fayna dabei geholfen, sich zurechtzumachen«, erklärt Prom. Eilig schiebt er mehrere Seiten Papier ineinander, die er in einem leeren Einband unterbringt.

Mit dem Daumen streicht Dark über meine Taille und nickt in Richtung des Pergaments. »Was genau machst du da?«

Proms Ohren erröten leicht, jedoch antwortet er nicht, was meine Neugierde weckt. »Jetzt sag schon«, fordere ich.

Der Titan richtet sich auf und seufzt. »Ich schreibe ein Buch.«

»Ein Buch«, wiederholen Dark und ich gleichzeitig, weil wir glauben, uns verhört zu haben.

»Ja, ein Buch«, bestätigt Prom. »Tut nicht so überrascht, irgendwer muss schließlich unsere Geschichte aufschreiben!« Dark und ich wechseln einen Blick, kommentieren es aber nicht, weil es ihm so wichtig zu sein scheint.

Umständlich klemmt er sich den Einband unter den Arm, ehe wir gemeinsam durch den Nebel treten. Im Innenhof sind mehrere Stuhlreihen aufgebaut, die mit gelben und zartrosa Blumen geschmückt sind. Ich reiche Pixy an Apate weiter, ehe Dark und ich in der vorderen Reihe Platz nehmen. Ladon wartet bereits und seine Haltung ist ganz anders als früher. Stolz. Glücklich. Unbeschwert. Seine Augen sind mit Wärme und mit Licht gefüllt. Es erscheint mir nach wie vor verrückt, dass wir miteinander verwandt – Adeon, er und ich über die königliche Linie der Drakon miteinander verbunden sind. Es ist etwas ganz Besonderes für mich, weil ich für sehr lange Zeit glaubte, dass ich – Persephone ausgenommen – niemals eine Familie haben würde, mit der ich Herkunft und Blut teile.

Sobald alle Anwesenden sitzen, beginnt Lavea, auf dem Klavier zu spielen, und es sind Klänge, die von Liebe und von Hoffnung sprechen. Ich sehe zu Dark, unsere Blicke verhaken sich ineinander. »Sag mir, wer du bist«, flüstere ich. Obwohl ich nun weiß, dass er zu keinem Zeitpunkt unter dem Einfluss des Rings stand, habe ich mir angewöhnt, ihm diese Frage zu stellen. Weil sie mich daran erinnert, dass wir zusammen sind – und jeder einzelne Moment zwischen uns real ist. Dass alles möglich – und unsere Zukunft grenzenlos ist. Seine Hand legt sich über den Schlitz im Stoff meines Kleides, streift meinen Schenkel, die rauen Schwielen bereiten mir wohlige Schauer und eine sehnsüchtige Gänsehaut, während ich den Duft nach Wald und Schnee und Kiefernnadeln einatme. Er lehnt seine Stirn an meine, unsere Nasenspitzen berühren sich. »Ich bin Dark«, raunt er. »Ich bin Dark und du bist Flame.«

SAPHIRA

Vorsichtig tupfe ich über meine Wangen, die von Tränen des Glücks benetzt sind. Flame und Dark sind vor uns in der Schlange, um Ladon und Fayna zu gratulieren. Erstere versucht, den beiden Gefährten zwischen mehreren Schluchzern mitzuteilen, wie sehr sie sich für sie freut, während Darks Hand an ihrem unteren Rücken liegt und mit dem Daumen beruhigende Kreise zeichnet.

»Ich wusste gar nicht, dass du derart rührselig bist, Cousine«, kommentiert Adeon, wofür Porcia ihm auf den Fuß tritt.

Flame weicht zurück und wendet sich ihm mit einem liebreizenden Lächeln zu. »Und ich wusste gar nicht, dass du willst, dass ich dir den Hintern versenge, Cousin.« Zur Verdeutlichung lässt sie Flammenfunken an ihren Fingerspitzen tanzen, was Dark als Zeichen wertet, sie zu der Tafel mit den Getränken zu bugsieren. Nachdem Chaos und ich unsere Glückwünsche überbracht haben und auf Fayna und Ladon angestoßen wurde, schlendern wir durch den Innenhof und zwischen den Säulen erkenne ich, dass Lost und Flora im Korridor sind. Keiner von uns weiß so genau, ob die beiden nun ein Paar sind, doch er hat seinen Arm ausgestreckt und sie wirbelt sich an seiner Hand darunter im Kreis. Ihr mit Blüten bestickter Rock schwingt bei jeder Bewegung und ihre rosafarbenen Haare fliegen durch den erzeugten Wind. Aber am schönsten ist, dass sie nun lacht, frei und losgelöst klingt.

Chaos und ich gehen weiter, bis wir ebenfalls zwischen den Säulen hindurchschlüpfen und er mich zu den hohen Fenstern führt, die einen Ausblick auf die unendliche Weite des Ozeans bieten. In den vergangenen Monaten konnte ich das Erlebte verarbeiten und es war Chaos, der mir dabei geholfen hat. Wir haben viele Gespräche geführt und er hat mir jede meiner Fragen beantwortet, es mir damit ermöglicht, seine Handlungen zu verstehen, sodass unsere Wunden sich schließen konnten.

Dennoch ist mir bewusst, dass er kein Heiliger ist. Chaos hat während seines Daseins grausame Taten begangen. Und trotzdem zählen für mich die Momente, in denen er uns – und eine Zukunft mit mir gewählt hat. Ich verschränke meine Hände in seinem Nacken, seine Mitternachtssonnenaugen glühen, als er auf mich hinabschaut und mir ein Lächeln schenkt, das seine Zähne aufblitzen lässt, und mir seinen Hunger verrät.

Ich habe mich dafür entschieden, furchtlos und lebendig zu sein.

Ich habe mich dafür entschieden, ein Monster zu lieben.

PROMETHEUS

Die Dämmerung streckt bereits ihre Fühler aus, doch es war ein Tag unendlicher Freude, sodass ich mir kaum vorstellen kann, dass die Nacht hereinbrechen – die Dunkelheit sich über uns legen wird. Apate spielt mit Phoenix im Sand, während ich die Seiten mit Buchstaben, Worten und Leben fülle. Mit all den Abenteuern, denen wir uns gestellt und all den Hürden und Aufgaben, die wir gemeistert haben. Und mit der Liebe, die wir empfunden, und dem Zusammenhalt, den wir dabei bewiesen haben.

Am Himmel ziehen die drei Drakon und ihre Reiter ihre Kreise, zeichnen ein Bild, das aus nachtblauen, smaragdgrünen und feuerroten Farben besteht. Die See ist ruhig, lediglich ein sanftes Schaukeln der sich zärtlich wiegenden Wellen. Es ist ein ganz besonderer Moment.

»Und wer ist der Held?«, fragt Apate unvermittelt, mustert neugierig das Pergament in meinen Händen.

Verwundert runzele ich die Stirn. »Was meinst du?«

Sie hebt Phoenix auf ihren Schoß und lächelt mich unschuldig an. »Wer ist der Held in deiner Geschichte?«

Ich verenge meine Augen zu Schlitzen. Meine kleine Daimonin weiß ganz genau, wie sie mich ärgern kann. Vermutlich erinnert sie sich an unseren Aufenthalt im Atlasgebirge, als wir die Lyra des Hermes beschafften und auf ihr Drängen meinen Bruder befreiten. Damals gab ich ihr zu verstehen, dass ich keine heroischen Eigenschaften in mir trage. Aber seitdem hat sich viel getan. Schließlich hätten wir ziemlich in der Klemme gesteckt, wäre ich nicht auf Ladons Rücken mit der Waffe im Kolosseum aufgetaucht.

»Selbstverständlich bin ich der Held in dieser Geschichte«, erwidere ich deshalb. Ist das denn nicht offensichtlich? »Warte, ich zeige es dir!« Rasch lege ich den Einband neben mich und springe auf die Beine. Pixy gibt ein Glucksen von sich, als Apate sich mit ihr erhebt und ich eine ausladende Bewegung mit meinen Armen mache, so tue, als würde ich einen schweren Vorhang zur Seite schieben. Dann betrete ich meine Bühne, verneige mich tief vor der Weite des Ozeans, der nach wie vor friedlich ist, und trotzdem höre ich tosenden Applaus. Und als ich mich umdrehe, sehe ich unsere Familie auf den Stufen des Sandpalastes stehen. Flame und Dark, Cato und Ava, Phia und Chaos, Apollo und Phoibe, Lavea und

Dream, Lost und Flora, Fergus, Hale und Persephone – sogar Atlas, Amanda, Jules, Miriam und Eros sind zu den Feierlichkeiten gekommen. Aber ich sehe auch True, Yasar und Candela, jene, die bloß in unserer Erinnerung anwesend sind. Ich stelle mir vor, dass Candela sich bei True unterhakt und dass sogar Yasar ein wenig grinst, selbst wenn er sich die größte Mühe gibt, es vor mir zu verbergen.

Sie alle jubeln und klatschen, weshalb ich mich ein weiteres Mal verbeuge, so tief, dass meine Nasenspitze beinahe meine Stiefel berührt. Ich genieße unsere Verbundenheit und diesen Augenblick. Apate und Phoenix kichern, als ich mich wieder aufrichte, meine Arme um sie lege und ihre Schläfen küsse.

Und dann blinzele ich euch zu, meinem unsichtbaren Publikum. Es war mir eine ganz besondere Ehre, euch auf diese Reise mitzunehmen.

Epilog

HIMMEL, HÖLLE UND MEERE

NYX

Meine langen Nägel klacken im selben Takt gegeneinander wie meine Absätze auf den gläsernen Boden, während ich durch die Dunkelheit der Tiefsee schreite. Nicht einmal die Geschöpfe der Finsternis wagen es, sich zu zeigen. Die einzige Lichtquelle ist die Fackel, die ich trage, ihre Leblosigkeit wird bestätigt durch ihr schwaches Glimmen. Doch es stört mich nicht. Denn ich bin die Nacht und die Essenz der ewigen Schwärze. Ich bin das Böse und die Angst, die sich in die Träume der Schlafenden schleicht, sodass sie mit einem Schrei auf den Lippen erwachen. Ich bin das Grauen, an das man sich bei Tage nicht mehr erinnern kann. Mein Versprechen ist die Qual der Gewissheit, dass ich immer in den Schatten warte. Und meine Melodie von der anhaltenden Furcht ist mein allerliebster Ton.

Die Schranken passiere ich mühelos, weil die Titanin Theia, der Gott der Zukunft und der Gott der Wahrheit – die Beschützer des Verlieses – tot sind. Ich war geduldig, habe diesen Moment für eine Unendlichkeit herbeigesehnt.

Das Glas um mich herum verschwindet, wird ersetzt durch ein härteres, unbezwingbares Material. Etwas, woraus auch ich erschaffen bin. Woraus ich den Samen der Zukunft entnehme.

Die Streben der Zelle zerfallen zu Staub, als ich das Verlies des letzten der drei Herrschergötter der alten Welt betrete. Gleichzeitig schließt sich jeder einzelne meiner Finger um den glühenden Speer, mit dem ich den Gott der Blitze töten werde.

CATO

Ich schnaube belustigt, als ich beobachte, wie Ava, Phia, Flame und die anderen Frauen tanzen, als gäbe es kein Morgen mehr. Prom, Phoenix und Apate haben sich bereits zurückgezogen. Die Nacht hat ihren Mantel über die Welt gelegt, doch am Strand prasselt ein hohes Feuer und die Feiernden werden von Leuchtkäfern umgeben. Es herrscht eine ausgelassene Stimmung und ich trinke einen Schluck von meinem Wein, als Ava abrupt innehält. Ihr Blick findet den meinen, dann verfällt sie in eine Starre, die mir mittlerweile vertraut ist. Ich ahne sofort, dass etwas nicht stimmt. Der Kelch rutscht aus meiner Hand, fällt in den Sand, während ich zu ihr sprinte.

Dark und ich sind gleichauf. Der Gott der Finsternis nimmt mich mit durch den Nebel, sodass wir einen Wimpernschlag später bei unseren Frauen sind. Er schlingt einen Arm um Flame, während ich Avas Handgelenk umfasse, ihre Augen mustere, deren Pupillen dunkel und riesig sind. Ein Grollen ertönt und ich hebe den Kopf, sehe, wie Chaos vor dem Ozean in die Knie geht. Phia stößt einen erstickten Laut aus und stürzt in seine Richtung. In dem Moment, in dem sie ihn erreicht, lässt ein noch lauteres Grollen den Strand erzittern. Jeder von uns atmet zischend ein, als Chaos sich ohne Vorwarnung krümmt und Flügel aus seinem Rücken hervorbrechen, die derart groß sind, dass Phia und er von uns abgeschirmt werden.

Als Nächstes regt sich das Meer. Es bäumt sich auf, als würde es kämpfen, als würde es sich wehren, ehe etwas aus den Wellen in die Höhe schnellt. Ein mit Tätowierungen überzogener Körper wird, erhellt vom Halbmond, in die Luft gezerrt, aber etwas verankert ihn mit dem Wasser.

Eine Insel.

»Mortem«, murmelt Flame und macht einen Schritt nach vorn, aber Dark hält sie auf, schlingt seine Arme noch fester um sie.

»Hört«, beginnt Ava zu sprechen. »Hört: Wie der Gesang der See verklingt.« Für Sekunden, die sich anfühlen, als würde die Ewigkeit verstreichen, herrscht ein ohrenbetäubendes Tosen, ehe ohne Vorwarnung gespenstische Stille einkehrt, keine Welle sich mehr bewegt.

»Fühlt: Wie Feuer zu Eis gefriert.« Die Flammen erlöschen und Frost kriecht über die Äste, die eben noch brannten.

»Seht: Wie die Finsternis den letzten Blitz verschlingt und ein Abgrund im Universum entsteht.« Ein einziger gleißender Strahl zuckt über das Firmament, bevor unsere Umgebung in der tiefsten Schwärze versinkt.

»Er öffnet die Pforte zum ewigen Nichts, während schützende Schwingen sich über uns legen. Es sind die Seele der Welt und der Anbeginn der Zeit, die ihre Wache antreten. Doch finden sie keine Erben, müssen Himmel, Hölle und Meere sterben.«

Figurenverzeichnis

Adeon – Drakon, Ladons Sohn, Partner von Porcia

Alecto – Rachegöttin, »die Unerbittliche«, Thanatos' »Allie«

Aloysius – Drakon, den wir nicht mögen

Amanda – Halbgöttin und Tochter der Nike

Apate – Proms Verlobte, Daimonin der Täuschung und des Betrugs

Apollo – Gott der Heilkunde

Arachne – ehemalige Weberin

Ares – Gott des Krieges

Artemis – Göttin der Jagd

Athene – Göttin der Weisheit, die gar nicht so weise ist und zu viele Leute verärgert hat

Atlas – Proms Bruder und ehemaliger Träger des Himmelsgewölbes

Atropos – eine der drei Moiren, »die Unabwendbare«

Aurelia – Aloysius' Gefährtin, Porcias Mutter

Ava von Delphi – Seherin

Boreas – Gott des Winters und der Nordwinde

Candela – Teilnehmerin des Turniers, Losts Geliebte, die durch einen Hinterhalt getötet wurde

Cato – der letzte Halbgott, der das Meer beherrscht

Cashel – heißer Unterweltkrieger aus dem Reich des grausamen Todes, Tartaros' rechte Hand

Charon – wurde vom Fährmann der Toten zum Herrscher über das Reich der Schatten befördert

Chaos – war zwei Jahrhunderte im Unterwasserverlies gefangen, ehe er ausbrach und Phia auf den Alten Olymp entführte

Cyrillus – Drakon, vorzugsweise »Schleimerrylus« genannt

Dark – Gott der Angst und der Finsternis, der sein Herz mit Flame teilt
Epimetheus – laut Prom »der danach Denkende« und sein Bruder
Erato – eine der neun Musen
Erebos – Urgott der Lichtlosigkeit, Herrscher über das Reich des Nebels und der Nacht, Nyx' Gemahl
Eos – Göttin des Morgens
Eros – Gott der Liebe, Sohn von Aphrodite und Ares, Miriams Partner
Euryale – Gorgone
Euterpe – eine der neun Musen
Evaris – Losts Vater
Fayna – Drakon, Ladons Gefährtin
Fergus – Hales Berater zu Zeiten Viridis
Flame – halb Göttin, halb Drakon; Persephones und Lemos' Tochter; befreite die Erde von der Hitze und ist mit Dark, dem Gott der Angst und der Finsternis, verbunden
Flora – Losts Verlobte zu Zeiten Viridis
Gregor – Drakon, Mareks Zwillingsbruder
Hades – König der Unterwelt
Hale – Gott der Hoffnung und des Lichts
Hekate – Göttin der Zauberei
Herakles – Held der Antike, der nicht so ganz auf einer Wellenlänge mit Flame ist
Hunter – Drakon, Flames Freund aus Kindheitstagen
Hyperion – Titan, Bruder von Krios und Koios
Hypnos – Gott und Daimon des ewigen Schlafes
Iason – Anführer der Argonauten, dem eigentlich auf Korinth das Genick gebrochen wurde
Janus – Heiler der Drakon
Jules – Halbgott, Apollos Sohn und Miriams Bruder
Juna – Halbgöttin, Kronos' Tochter und Enkelin der Gaia, Neros Zwillingsschwester
Kajetan – »Kaje«, Drakon, Hunters Freund

Kalliope – eine der neun Musen, die nach der Blume aus Eis verlangt hat, die niemals schmilzt
Kiana – Zivas Alter Ego
Klio – eine der neun Musen
Klotho – eine der drei Moiren, »die Spinnerin«
Koios – Titan, war einst mit Phoibe vermählt
Konstantin – Drakon, Ratsmitglied
Krios – Titan, Bruder von Koios und Hyperion
Lachesis – eine der drei Moiren, »die Zuteilerin«
Ladon – ehemaliger Prinz der Drakon, Faynas Gefährte, Adeons Vater und Flames Onkel
Lavea – Halbgöttin, Phoibes Tochter, Dreams Partnerin
Lemos – König der Drakon, Ladons Bruder
Lost – Gott der Vergangenheit und des Vergessens
Marek – Drakon, Gregors Zwillingsbruder
Medusa – Gorgone
Megaira – Rachegöttin, »die Zornige«
Melpomene – eine der neun Musen
Miriam – Apollos Tochter und Eros' Partnerin
Mnemosyne – Titanengöttin der Erinnerung, ehemalige Geliebte des Zeus und Mutter der neun Musen
Mortem – Drakongott der Toten
Nero – Halbgott und Anführer der Halbgötter, Kronos' Sohn und Enkel der Gaia, Junas Zwillingsbruder
Nyx – Urgöttin der Nacht, Herrscherin über das Reich des Nebels und der Nacht
Pandora – Epimetheus' Frau, öffnete die Büchse, aus der Übel und Grauen in die Welt gelangten
Pars – Zivas Leibwächter auf Viridi
Persephone – ehemalige Königin der Unterwelt, Göttin des Frühlings, auch genannt »Kore«, Flames Mutter
Phoenix – »Pixy«, Apates und Proms süße Daimonentochter, die immer ihre Handschuhe anbehalten muss
Phoibe – Titanin, Apollos Partnerin

Phyllis – Halbgöttin, Tochter des Asklepios
Polyhymnia – eine der neun Musen
Porcia – Drakon, deren Flügel für Adeon schlagen, hihi!
Prometheus – »Prom«, Titan und frecher Vagabund (jedenfalls bis Apate und Pixy ihn gezähmt haben)
Samuel – »Samu«, Halbgott, der sich in Persephone verliebt hat
Saphira – »Phia«, ehemalige Teilnehmerin des Turniers, die von einem verzauberten Apfel aus dem Garten der Hesperiden unsterblich gemacht und von Chaos geraubt wurde
Selene – Titanengöttin des Mondes
Silvan – Drakon
Stheno – Gorgone, die wollte, dass Lost sich nur einmal zu ihr umdreht
Tartaros – Herrscher über das Reich des grausamen Todes
Terpsichore – eine der neun Musen
Thalia – eine der neun Musen
Thanatos – Gott und Daimon des friedlichen Todes
Theia – Titanin der Edelmetalle und Edelsteine
Tisiphone – Rachegöttin, »die Vergeltende«
True – Gott der Wahrheit und der Wirklichkeit, Yasars Partner
Urania – eine der neun Musen
William – »Will«, Halbgott, Sohn des Helios
Yasar – Gott der Zukunft und des Lebens, Trues Partner
Zephyros – Gott der Westwinde und der Frühlingsbrise
Zeus – ehemaliger König der Götter
Ziva – Yasars Schwester und Darks ehemalige Verlobte, die den neuen Göttern auf die Erde gefolgt ist, um mithilfe der Urgegenstände Viridis gewaltsam über diese Welt zu herrschen

Wesen

Harpyien – Mischwesen aus Mensch und Vogel, leben in der Unterwelt

Kentauren – Mischwesen aus Mensch und Pferd

Kerberos »Kerbi« – der Höllenhund, frisst heimlich Schokoladenerdbeeren

Mantikor – Mischwesen aus Löwe und Skorpion

Pegalux – geflügeltes Lichtpferd, das zwischen den Planeten reisen kann

Stymphalische Vögel – menschenfressende Vogelungeheuer

Todesfee – will man bei Nacht lieber nicht begegnen, ihr Kuss ist für Sterbliche tödlich

Glossar

Acheron – der schwarze Fluss

Der Alte Olymp – Palast in den Wolken

Chalcedon – Edelstein der Kommunikation

Custodi – Bezeichnung der Mitglieder der Garde von Trues Vater auf Viridi

Delos – Heimat der Irrlichter und verfluchte Insel, auf der die Kappe von Apollo versteckt war, die zur Öffnung des Olymp von Dark und Flame beschafft werden musste

Delphi – Mittelpunkt der Welt

Donati – Menschenkrieger, die während des heißen Krieges die Unsterblichkeit erlangten

Gefängnis von Zeus und Chaos – verborgen in der Tiefsee des Atlantiks

Kokytos – Fluss des Wehklagens

Lethe – Fluss des Vergessens

Elysion – das Paradies, die Insel der Seligen, die in Wahrheit gar nicht so selig ist

Die Erinnyen – Rachegöttinnen

Die Moiren – Göttinnen des Schicksals

Der Neue Olymp – gläserner Unterwasserpalast im Pazifik

Omphalos – Stein in Delphi, der den genauen Mittelpunkt der Erde markiert

Pyriphlegethon – Fluss der Unterwelt, gefüllt mit Flammen und Blut

Styx – Fluss der Unterwelt und Wasser des Grauens

Tartaros – der dunkelste und gefürchtetste Ort der Unterwelt, der im Reich des grausamen Todes liegt

Viridi – Heimatplanet der neuen Götter

Geografie der Oberwelt

Land der Angst und der Finsternis – im Nordosten der Erde, Herrscher: Dark

Land der Fantasie und der Träume – im Südwesten der Erde, Herrscher: Dream

Land der Hoffnung und des Lichts – im Südosten der Erde, Herrscher: Hale

Land der Vergangenheit und des Vergessens – im Osten der Erde, Herrscher: Lost

Land der Wahrheit und der Wirklichkeit – im Nordwesten der Erde, Herrscher: True

Land der Zukunft und des Lebens – im Zentrum aller Länder, Herrscher: Yasar

Geografie der Unterwelt

Reich des ewigen Schlafes – im Süden der Unterwelt, Herrscher: Hypnos

Reich des friedlichen Todes – im Nordwesten der Unterwelt, Herrscher: Thanatos

Reich des grausamen Todes – im Südwesten der Unterwelt, Herrscher: Tartaros

Reich des Nebels und der Nacht – im Nordosten der Unterwelt, Herrscher: Nyx und Erebos

Reich der Schatten – im Südosten der Unterwelt, Herrscher: Charon

Viridi

Patriam Anxiet – Reich des dunklen Volkes, Herrscher: Vitus und Amélie, Fähigkeit: Gabe der Finsternis und Gestaltwandler

Patriam Lux – Reich des lichten Volkes, Herrscher: Valentin und Serena, Fähigkeit: Beeinflussung des Gemüts und der Jahreszeiten

Patriam Oculus – Reich des sehenden Volkes, Herrscher: Anatolius und Nova, Fähigkeit: das dritte Auge, Formwandler und Täuscher

Patriam Praeter – Reich des vergessenen Volkes, Herrscher: Livia (und früher Evaris), Fähigkeit: Gabe der Vergangenheit und des Vergessens

Patriam Somnium – Reich des träumenden Volkes, Herrscher: Lucius und Valeria, Fähigkeit: durch Träume wandeln

Patriam Veritas – Reich des ehrlichen Volkes, Herrscher: Cassius und Erina, Gabe: Lüge und Wahrheit erkennen

Urgegenstände Viridis

Imperium – der Ring der Überzeugung

Immortalem – das Armband der Unsterblichkeit

Cogitatio – der Spiegel der Unverwundbarkeit

Originem – die Krone der Schöpfung

Votum – die Uhr der Wünsche

Exitium – das Schwert der Zerstörung

Playlist

Born For This – The Score

Legends Never Die – League of Legends

STARSET – My Demons

Die for You – My Demons

Teeth – 5 Seconds of Summer

Play with fire – Sam Tinnesz feat. Yacht Money

Flames – R3HAB, ZAYN & Jungleboi

Proud – Marshmello

After You – Gryffin feat. Calle Lehmann

Danksagung

Ich glaube, ich bin in meinem Leben selten so emotional gewesen wie in diesem Moment – wie in diesem Schreibprozess, um ehrlich zu sein. Vielleicht deshalb, weil es mir vorkommt, als hätte das größte Abenteuer meines Lebens gestern erst begonnen. Denn ich erinnere mich ganz genau daran, wie ich am 02. Dezember 2019 im Wohnzimmer an meinem Schreibtisch auf einem super unbequemen Ikea-Stuhl (die Sorte, wo die Lehne dir in die Seite drückt) saß und innerlich ein klein wenig (Untertreibung des Jahrhunderts) ausgeflippt bin. An diesem ersten Tag meiner Selbstständigkeit waren die Stimmen aus meinem Umfeld, die mir mitgeteilt hatten, dass meine Entscheidung komplett unvernünftig sei, ziemlich laut. Wer schmeißt schon alles hin, um seine Träume zu jagen? Während diese Überlegungen sich in Dauerschleife abspielten, habe ich geheult – genau wie jetzt. Nicht wegen meiner Zweifel und Ängste. Sondern weil ich mich trotz des Gegenwindes getraut hatte und so unfassbar dankbar und glücklich war – genau wie jetzt. Und ich habe mir gesagt: Das hier ist dein Tag eins. Du darfst das nicht ver******.

Heute, exakt zweiunddreißig Monate später, fühlt es sich zum ersten Mal wirklich real an, als hätte ich tatsächlich meine Träume berührt. Und es gibt ein paar Leute, die mir dabei geholfen haben:

Danke, Flame – weil mit dir alles angefangen hat. Du bist in meinem Kopf aufgetaucht, wolltest stark, mutig und unerschrocken sein – wie der schwarze Wolf im Nadelwald. Mein einziger Gedanke war, dass ich nicht zurückgelassen werden will. Dass ich mit dir auf dieses Abenteuer gehen will. Dich zu begleiten, war die beste Entscheidung, die ich jemals getroffen habe. Danke – wenngleich kein Wort groß genug ist, um auszudrücken, was ich in dieser Sekunde fühle.

Danke an Dark, Hunter, Cato, Ava, Prom, Phoenix, Apate, Phia, Chaos, Lavea, Dream, Lost, Flora, Hale, Persephone, True, Yasar, Candela, Ladon, Fayna, Porcia, Adeon und all die anderen, die zu meiner Familie und zu meinem Zuhause geworden sind – ich kann nicht beschreiben, wie sehr mein Herz für euch schlägt und wie viel mir diese Reise mit euch bedeutet.

Danke an meinen Mann, dafür, dass dein Glaube an mich und an das, was ich schaffen kann, unerschütterlich ist. Ohne dich wäre das hier nicht möglich gewesen, weil deine Stimme stets viel lauter als die der Zweifler war. Danke, dass du bei jedem Hoch mit mir gefeiert und mich nach jedem Tief wieder aufgebaut hast. Ich bin stolz auf uns und es gibt niemanden in diesem Universum, mit dem ich mein Für immer lieber teilen würde.

Danke, Mama, dass du nach wie vor stets als Erste alles von mir liest und mich mit deiner Begeisterung für meine Erzählungen und meine Figuren so sehr ermutigst, dass es mir manchmal sogar selbst so vorkommt, als würde das Chaos meiner Gedanken Sinn ergeben.

An meine Lektorin Ute, die mich von Band 1–3 begleitet hat: Zwar habe ich es schon in der Danksagung zum ersten Band erwähnt, aber es ist noch immer wahr – den Tag, an dem deine Mail in meinem Postfach aufgetaucht ist, werde ich tatsächlich niemals vergessen. Danke, dass du Flami und mir diese Chance gegeben hast. Ohne dich wäre ich nicht an dem Punkt, an dem ich heute bin. Danke – für alles.

An meine Lektorin Stefanie: Ich bin unfassbar froh, dass wir uns für Band 4 und 5 gefunden haben. Nicht jeder kann das Durcheinander in meinem Kopf verstehen, aber dir ist es auf Anhieb bei jedem Austausch gelungen, Ordnung hineinzubringen. Tausend Dank, dass du so sehr an Flami, mich und meine Figuren glaubst <3

Danke an Christin Giessel von Giessel Design für die unfassbar tollen Flame Cover, die ich alle sehr liebe! (Du weißt ja, dass ich wegen dem Band 3 Cover ein paar Tränen verdrückt habe, SO SCHÖN IST DAS <3) Danke!!!

Tausend Dank sende ich außerdem an meine Kollegin Cristina Haslinger – für die großartigen Charakterillustrationen, die meine Figuren noch ein wenig mehr zum Leben erwecken.

Ein riesiges Dankeschön möchte ich auch der Bücherbüchse und Chaela aussprechen, die für die wundervollen Farbschnittausgaben verantwortlich sind. Als ich bei Band 1 gehört habe, dass ihr einen Flame-Farbschnitt und eine Signieraktion mit mir machen wollt, habe ich mir vor Freude fast in die Hose gemacht. Kein Quatsch.

Danke an meine Bloggerinnen Mandy, Jessi, Henriette, Lena, Lena und Michelle für eure Unterstützung zu den Release Days, eure Mut machenden Worte und eure Begeisterung für diese Geschichte. Flami wäre nicht dasselbe ohne euch.

Zum Abschluss sende ich ein millionenfaches Dankeschön an euch, die LeserInnen, BloggerInnen, BooktokerInnen und natürlich an Loomlight sowie alle, die aus meinem Verlag an den Flami-Veröffentlichungen mitgearbeitet haben. Danke, dass ihr mich begleitet und mir Dinge ermöglicht habt, die ich selbst vor dieser Reise für unmöglich hielt. Ihr könnt euch nicht vorstellen, wie viel mir das bedeutet, und ich werde es niemals als selbstverständlich ansehen.

27. Juli 2022

... 2 Wochen später ...

Ja, seit dem Epilog befindet sich ein Kentaur mit uns im Raum, er ist wohl kaum zu übersehen. Aber ihr könnt mir nicht wirklich böse sein, oder? Was wäre schon ein Flami-Band ohne einen Cliffhanger? Richtig, das geht doch gar nicht! So, nun will ich euch aber nicht länger auf die Folter spannen: Wir lesen uns beim Spin-off. Und ich hoffe, dass ihr es – wie immer und genauso wie ich – kaum erwarten könnt, bis es endlich weitergeht. Fühlt euch ganz fest gedrückt <3

P.S.: Von Prom soll ich euch noch fragen, ob ihr tatsächlich dachtet, dass ihr ihn und dieses Universum so leicht loswerden könnt – schließlich hat er gerade erst seinen Debütroman geschrieben. Hihi!

Dzeik, Henriette
Flame
Sonnentod und Sternensturz
ISBN 978 3 522 50802 5

Umschlaggestaltung: Christin Giessel
Unter Verwendung von Bildern von Shutterstock.com: AlexAnnaButs/paffy/Sun Shock/stockfour/COLOA Studio/letovsegda/tomertu/Angelatriks/Natalia Bakulina
Druck und Bindung: CPI buchbücher.de GmbH